서하객유기 6

徐霞客遊記

The Travel Diaries of Xu Xia Ke

지은이 **서하객**(徐霞客, 1587~1641)은 본명이 서홍조(徐弘祖)이며, 명나라 말의 걸출한 문인이자 지리학자, 여행가, 탐험가로서 세계의 문화명인으로 손꼽히고 있다. 그는 중국의 곳곳을 여행하면서 유람일기인 『서하객유기』를 남겼는데, 이 책은 유기문학의 최고의 성과이자, 명말의 사회상을 반영한 백과전서로 평가받고 있다.

옮긴이 **김은희**(金垠希, Kim, Eun Hee)는 이화여자대학교 중어중문과를 졸업하고 서울대학교에서 문학박사 학위를 취득했으며, 현재 전북대학교 인문대학 중어중문과 교수로 재직하고 있다. 주요 논문으로는 「1920년대와 1980년대의 여성소설 비교 연구」, 「1920년대 중국 여성소설의 섹슈얼리티」 등이 있으며, 저역서로는 『신여성을 말하다』, 『역사의 혼 사마천』 등이 있다.

옮긴이 **이주노**(李珠魯, Lee, Joo No)는 서울대학교 중어중문과를 졸업하고 같은 대학에서 문학박사 학위를 취득했으며, 현재 전남대학교 인문대학 중어중문과 교수로 재직하고 있다. 주요 논문으로는 「魯迅의 「狂人日記」의 문학적 시공간 연구」, 「王蒙 소설의 문학적 공간 연구」 등이 있으며, 저역서로는 『중국현대문학과의 만남-중국현대문학의 인물들과 갈래』(공저), 『중화유신의 빛 양계초』 등이 있다.

서하객유기 徐霞客遊記 **6**

1판 1쇄 인쇄 2011년 10월 20일 **1판 1쇄 발행** 2011년 11월 1일

지은이 서하객 **옮긴이** 김은희·이주노 **펴낸이** 박성모 **펴낸곳** 소명출판
등록 제13-522호 **주소** 137-878 서울시 서초구 서초동 1621-18 (란빌딩 1층)
대표전화 (02) 585-7840 **팩시밀리** (02) 585-7848
이메일 somyong@korea.com **홈페이지** www.somyong.co.kr

ISBN 978-89-5626-628-2 94820   값 35,000원   ⓒ 2011, 한국연구재단
ISBN 978-89-5626-622-0(전7권)

이 번역도서는 2005년도 정부재원(교육인적자원부 학술연구조성사업비)으로 한국연구재단의 지원에 의하여 연구되었음.

▲ 대리(大理)의 삼탑(三塔), 뒤쪽은 점창산(點蒼山) _사진 : 박하선

▲ 이해(洱海) 호숫가의 풍광 _사진 : 박하선

▲ 여강(麗江)의 고성(古城) _사진 : 박하선

▲ 여강의 목부(木府)

서하객 지음 | 김은희 · 이주노 옮김

서하객유기 6

徐霞客遊記

일러두기

1. 역문의 단락은 기본적으로 날짜를 기준으로 나누었으며, 하루의 기록이 긴 경우에는 여정을 기준으로 나누었다.
2. 주석에 기술된 판본은 각각 다음과 같이 간략히 일컬었다. 계회명초본(季會明抄本)은 계본(季本), 서건극초본(徐建極抄本)은 서본(徐本), 양명시초본(楊明時抄本)은 양본(楊本), 양명녕초본(楊明寧抄本)은 영본(寧本), 진홍초본(陳泓抄本)은 진본(陳本), 사고전서본(四庫全書本)은 사고본(四庫本), 서진(徐鎭)의 건륭본(乾隆本)은 건륭본(乾隆本), 섭정갑본(葉廷甲本)은 섭본(葉本), 주혜영교주본(朱惠榮校注本)은 주혜영본(朱惠榮本) 등으로 약칭했다.
3. 역문과 원문의 괄호는 다음과 같은 의미를 지닌다.
   (본문 크기의 글자) : 저본 및 참고문헌의 정리자가 개별적으로 보완한 부분
   (작은 크기의 글자) : 계본이나 건륭본 등의 원문에 주석의 형태로 원래 있던 글자
   [본문 크기의 글자] : 건륭본에는 있으나 계본에 빠져 있는 글자를 보충한 부분
   [작은 크기의 글자] : 계본과 건륭본의 내용이 서로 합치되지만 건륭본의 기술이 계본보다 상세한 부분
4. 매 편마다 해제를 두어 유람의 대강을 설명하고, 이어 날짜에 따라 역문과 역주를 두었으며, 각 편 뒷부분에 원문과 주석을 실었다. 아울러 각 편에 해당하는 여행노선도를 유람일정 혹은 유람노선에 따라 매 편의 앞에 실었다.
5. 권말에 주요 인물과 지명의 색인을 두어 참고하도록 했다.
6. 서하객의 여행노선도에 나타난 지도 기호의 의미는 다음과 같다.

   ◎ 　성성(省城)의 소재지 　　　　⟨⟩ 　호 수
   ● 　부(府)·직예주(直隷州)·위(衛)의 치소 　ⵗⵗⵗⵗ 　성 벽
   ◉ 　주(州)·현(縣)·소(所)·사(司)의 치소 　夭台山 　산 맥
   ○ 　진(鎭)과 마을 　　　　　　　▲ 　산봉우리 및 동굴
   ✕ 　요새 및 요충지 　　　　　　←— 　여행 노선
   ꞊ 　교 량 　　　　　　　　　←----- 　추측 노선
   ～～ 　하 천 　　　　　　　　　←→ 　왕복 노선

7. 유람노선도 일람표

천태산·안탕산 유람노선도	제1권 32쪽	강서 유람노선도	제2권 8쪽
백악산·황산·무이산 유람노선도	제1권 67쪽	호남 유람노선도1	제2권 174쪽
여산·황산(후편) 유람노선도	제1권 120쪽	호남 유람노선도2	제2권 175쪽
구리호 유람노선도	제1권 150쪽	광서 유람노선도(1-2)	제3권 8쪽
숭산·화산·태화산 유람노선도	제1권 166쪽	광서 유람노선도(3-4)	제4권 8쪽
복건 유람노선도(전편)	제1권 216쪽	귀주 유람노선도	제5권 8쪽
복건 유람노선도(후편)	제1권 237쪽	운남 유람노선도(1-4)	제5권 156쪽
천태산·안탕산 유람노선도(후편)	제1권 261쪽	운남 유람노선도(5-9)	제6권 8쪽
오대산·항산 유람노선도	제1권 305쪽	운남 유람노선도(10-13)	제7권 10쪽
절강 유람노선도	제1권 331쪽		

서하객유기(徐霞客遊記) 6__ 차례

서하객유기 전체 차례

서하객 유람노선도

吐魯番

韃靼土黙特部

朶甘思宣慰司

陝西

西安◎

四川

◎成都

鶴慶◎

大理◎ 鷄足山

永昌 雲南 曲靖

順寧 廣西

臨安

緬甸 雲南

貴陽

老撾

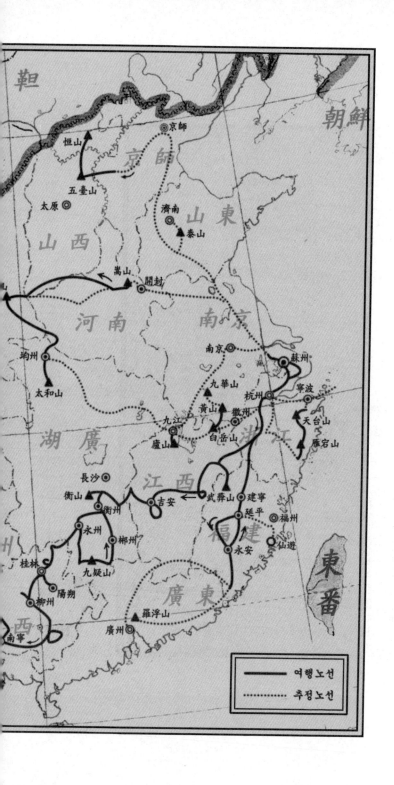

恒山
京師
京師
五臺山
太原
濟南
山東
山西
泰山
嵩山
開封
河南
南京
南京
蘇州
均州
九華山
寧波
太和山
黃山
杭州
九江
徽州
天台山
湖廣
廬山
白岳山
浙江
雁宕山
長沙
江西
衡山
吉安
武彝山
建寧
衡州
延平
永州
郴州
福建
福州
桂林
永安
仙遊
九疑山
東番
陽朔
柳州
廣東
羅浮山
廣西
南寧
廣州

여행노선
추정노선

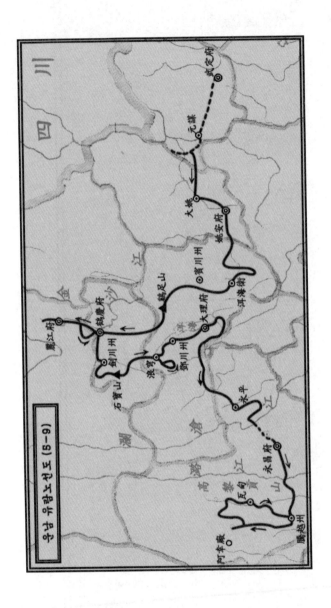

윈난 유람노선도 (5-9)

四 川

운남 유람일기5(滇遊日記五)

해제

「운남 유람일기5」는 서하객이 운남성 서부를 유람한 기록이다. 숭정 11년(1638년) 12월 초, 서하객은 원모현(元謀縣)을 떠나 요안부(姚安府)와 이해위(洱海衛), 빈천주(賓川州)를 거쳐 22일 계족산(鷄足山)에 이르렀다. 그는 이 여정에서 곳곳의 명승고적을 두루 유람했는데, 이 가운데에서도 특히 계족산에서 보낸 며칠은 그에게 특별한 인상을 남겨주기에 충분했다. 아울러 그는 정문 스님의 유지를 받들어 머나먼 곳에서 가져온 그의 유골을 계족산에 안치했다.

이번 유람의 주요 여정은 다음과 같다. 관장(官莊) → 노두(爐頭) → 대요현(大姚縣) → 요안부(姚安府) → 수분포(水盆鋪) → 소운남역(小雲南驛) → 이해위성(洱海衛城) → 강과촌(江果村) → 대각사(大覺寺) → 실단사(悉檀寺)

역문

무인년 12월 초하루

관장(官莊)의 찻집에서 지냈다. 이때 하인 고(顧)씨는 병이 약간 낫긴했지만, 너무나 쇠약하여 아직은 길을 떠날 수 없었다. 활불사(活佛寺)의 심법(心法) 스님이 오면, 함께 흑염정(黑鹽井)으로 향하여 이틀간 길을 에돌았다가 요안부(姚安府)에 가고자 했다. 이 길이 그래도 다닐 만하니, 장이 서는 날을 기다릴 필요가 없었다.

12월 초이틀, 초사흘, 초나흘

찻집에서 지냈다. 오공(悟空)은 날마다 쌀을 시주받아 먹을거리를 제공했으나, 하인 고씨는 여전히 쇠약했다. 심법 스님 역시 오지 않았다.

12월 초닷새

앞서 뇌응산(雷應山)에 올랐던 사천성(四川省)의 여러 스님들이 돌아왔다. 여러 스님들은 내일 마가(馬街)로 가서, 마가를 따라 노두(爐頭)로 갔다가 대요현(大姚縣)으로 빠져나간다. 나도 그들을 따라가고 싶었으나, 환자가 금세 병을 떨치지 못하니, 마음이 울적했다.

마가는 서계(西谿)의 동쪽 비탈 위에 있다. 이곳은 남쪽의 원모현(元謀縣)에서 25리 떨어져 있고, 북쪽의 황과원(黃瓜園)에서 35리 떨어져 있다. 또한 동쪽의 뇌응산 대나무숲 어귀까지는 10리이고, 서쪽의 계서파(溪西坡)까지는 5리이다. 계서파는 움푹한 평지의 한 가운데에 자리하고 있다.

움푹한 평지는 동서 양쪽의 산에 이르기까지 모두 15리이며, 남쪽의 산에 이르기까지와 북쪽의 강 너머까지는 모두 130리이다. 움푹한 평지 가운데 가장 멀리 펼쳐진 곳이라 할 수 있다. 그 남동쪽에는 관장이라는 마을이 있다. 이곳은 검부(黔府)의 장원이다. 찻집은 바로 마가가 있는 비탈의 북쪽에 있다.

원모현은 마두산(馬頭山)의 서쪽 7리, 마가의 남쪽 25리에 있다. 그 정남쪽의 35리에 납평(臘坪)이 있다. 이곳은 광통현(廣通縣)과 경계를 접하고 있고, 정북쪽의 95리에 금사강(金沙江)이 있다. 또한 강 건너 북쪽 15리에 강역(江驛)이 있다. 이곳은 여계(黎溪)와 경계를 접하고 있다.

(강역은 금사강 북쪽, 커다란 산의 남쪽에 있다. 강역 뒤쪽에서 북쪽의 비탈을 넘어 5리를 가면 오래된 비석이 있는데, '촉전교회蜀滇交會'라는 네 글자가 크게 적혀 있다. 그러나 이 역은 강의 북쪽에 있고, 이 역의 앞뒤 20리의 땅은 이른바 강 너머로서, 화곡주和曲州에 속한다. 원모현의 북쪽 경계는 사실 95리일 따름이다. 강역에는 이전에 역을 관리하는 역승이 있었다. 하지만 20년 동안 길이 통하지 않아 오래도록 행인이 없다. 지금은 금사강 순검사가 관리할 따름이다.)

원모현의 정동쪽 60리에는 허령역(墟靈驛) 동쪽의 고갯마루가 있다. 이곳은 화곡주와 경계를 접하고 있다. 또한 정서쪽 40리에 서쪽 고개가 있다. 이곳은 대요현과 경계를 접하고 있다. 이곳은 북쪽으로 멀리 회천위(會川衛)와 마주하고 있고, 남쪽으로 멀리 신화주(新化州)와 마주하고 있으며, 동쪽으로 멀리 숭명주(嵩明州)와 마주하고 있고, 서쪽으로 멀리 대요현과 마주하고 있다.

동쪽 경계의 커다란 산은 곧 허령역과 뇌응산이다. 이 산은 남쪽의 대맥지(大麥地)에서 북쪽의 금사강 남쪽 언덕에 이르기까지 200리를 가로뻗은 채, 하늘의 절반을 가로막고 있다. 서쪽 경계의 산들은 중중첩첩 들쑥날쑥 솟은 채, 모두 남쪽에서 북쪽으로 뻗어 있다.

원모현의 치소의 산갈래는 남쪽의 초웅부(楚雄府) 정원현(定遠縣)의 동쪽에서 뻗어나왔다가 갈래가 나뉘어 치소로 맺혀진다. 그 잔갈래 가운데 서쪽으로 에도는 갈래는 현의 서쪽에서 북쪽 15리의 서계(西溪)의 어귀까지 쭉 뻗었다가 끝난다. 이것이 첫 번째 층이다.

또 다른 갈래는 남쪽의 정원현에서 갈라져나와 현 서쪽의 산갈래와 나란히 북쪽으로 뻗어간다. 이어 서계 어귀에 이르러 동쪽의 갈래는 이미 끝이 나지만, 이 갈래는 나란히 계속 북쪽으로 뻗어 편담랑(扁擔浪)에 이르러서야 끝난다. 이것이 두 번째 층이다.

또 다른 갈래는 서쪽으로 정원현 서쪽에서 요안부(姚安府) 동쪽 경계의 갈래와 함께 동쪽으로 뻗어오다가, 편담랑의 갈래와 나란히 북쪽으로 뻗어간다. 그 사이에 저림(苴林) 뒤쪽의 물을 경계로 삼는다. 이곳은 곧 서첨계령(西尖界嶺)이라는 곳이다.

또 다른 갈래는 서쪽의 요안부 북동쪽 갈래와 함께 동쪽으로 뻗어오다가, 서첨계령과 함께 나란히 북쪽으로 뻗어간다. 그 사이에 노두계(爐頭溪)의 물을 경계로 삼는다. 이곳은 곧 노두 서쪽의 난석강(亂石岡)이라는 곳이다.

또 다른 갈래는 정원현 북서쪽의 묘봉산(妙峰山)의 갈래에서 동쪽으로 뻗어오다가, 난석강과 함께 나란히 북쪽으로 뻗어간다. 그 사이에 하저(河底)의 물길을 경계로 삼는다. 이곳은 곧 설전(舌甸)의 목독교(獨木橋)의 서쪽 산이다.

이들 여러 산은 물길을 끼고서 북쪽으로 뻗어간다. 물길은 혹 서계와 합쳐지기도 하고, 저각(苴榷)을 흘러나와 금사강으로 흘러내리기도 한다. 그러므로 현성 이북의, 서쪽 경계의 여러 산은 한 갈래가 끝나면, 또 다른 갈래가 새로이 뻗어나와, 마치 물고기 비늘처럼 차례차례 북쪽으로 뻗어 금사강에 이른다. 동쪽 경계의 물길은 모두 자그마한데, 오직 허령역의 갈래만은 비교적 크다. 이 물길은 남쪽의 마두산의 남쪽에서 발원하여, 현의 치소 동쪽을 거쳐 북쪽의 서계와 합쳐진다.

현성 이북의 시내 동쪽의 마을은 동쪽 경계에 있는 산의 기슭에 매우 많이 기대어 있다. 즉 관장에서 북쪽으로 10리를 가면 환주역(環州驛)이 있고, 10리를 더 가면 해료촌(海瀾村)이 있으며(서계 동쪽 언덕 가까이에 활불活佛이 태어난 곳이 있으며, 활불사와는 25리 떨어져 있다. 이 마을에는 목면수[1]가 있는데, 대여섯 명이 안아야 할 정도로 크다. 원모현 경내에는 목면수가 가장 많으며, 이곳의 목면수가 훨씬 크다), 15리를 더 가면 황과원이 있다.

시내 서쪽의 마을은 서쪽 경계에 있는 산의 기슭에 역시 매우 많이 기대어 있다. 즉 서쪽 비탈 아래의 마을은 관장과 마주하고 있으며, 북쪽으로 15리를 가면 오부촌(五富村)이 있다. 10리를 더 가면 저녕촌(苴寧村)이 있으며, 또한 북쪽으로 고개를 넘어 20리를 가면 편담랑이 있다. 북쪽의 서계를 끼고 뻗어온 산은 금사강에서 끝이 난다.

서쪽 경계의 여러 산은 모두 정원현에서 물길을 낀 채 갈라져 북동쪽으로 뻗어가다가 금사강에서 끝난다. 그 북서쪽에는 커다란 산의 네모진 꼭대기가 북쪽에 우뚝 솟구쳐 있는데, 금사강 북쪽 언덕의 '촉전교회(蜀滇交會)'의 고개와 더불어 나란히 북쪽 하늘을 감싸고 있다. 움푹한 평지에서 북쪽을 멀리 바라보니, 마치 두 개의 꼬리가 움푹한 평지의 어귀에 높다랗게 늘어서 있는 듯하다.

나는 처음에 모두 금사강 북쪽의 산이겠거니 여겼다. 그런데 금사강변에 이른 후에야, 금사강이 두 산의 가운데에서 흘러나와 북쪽에서 남쪽으로 향하는데, 강 북쪽으로는 동쪽 산을 감돌아 흐르고, 강 서쪽으로는 서쪽 산을 경계로 하고 있음을 알게 되었다. 비로소 이 네모진 꼭대기의 산이 여전히 금사강 남쪽에 위치해 있음을 깨달았던 것이다.

이 산은 (그 모양을 본떠) 방산(方山)이라고도 하고, (산의 형세에 따라) 번산(番山)이라고도 한다. 발음이 비슷한지라 이렇게 일컬었을 것이다. 이 지역은 여전히 대요현에 속하고, 현 북동쪽 140리에 있는 저각의 경내에 있으며, 동쪽의 금사강을 굽어보고 있다. 이 산은 또한 북서쪽의 북승주(北勝州)의 경계에서 감돌아 남동쪽으로 불쑥 튀어나와 있다. 이 산은 바깥으로는 금사강을 경계로 삼고, 가운데로는 삼요(三姚)를 감싸안고 있으며, 이곳의 서쪽 경계와는 빙 둘러 만나 서로 마주한 채 관문의 어귀를 이루고 있다.

금사강의 순검사(巡檢司)는 금사강이 남쪽으로 굽이도는 꼭지점에 있다. 금사강은 이곳에서 다시 동쪽으로 흘러 백마구(白馬口), 보도하(普渡河)의 북쪽 어귀를 지나자마자, 곧바로 오몽산(烏蒙山)의 서쪽에서 북쪽으로 돌아들었다가 오몽부(烏蒙府)와 마호부(馬湖府)로 흘러간다. 순검사의 서쪽은 금사강이 북쪽에서 흘러오는지라, 운남성(雲南省)의 북서쪽 경계 역시 금사강을 따라 북서쪽으로 흘러나가 북승주와 여강부(麗江府)에 이른다.

---

1) 목면수(木棉樹)는 낙엽 교목인 케이폭수(kapok樹)로, 반지화(攀枝花) 혹은 영웅수(英雄樹)라고도 한다. 나무줄기가 크고 높으며, 봄철에 붉은 꽃을 피운다.

12월 초엿새

이날 아침 구름기운이 약간 걷혔다. 사천 출신의 여러 스님들이 시장을 구경하고 싶어하기에, 오후에 서계를 건너가 하룻밤을 묵었다가 내일 아침에 장을 보고 돌아가는 이들을 따라 함께 고개를 넘기로 했다. 그런데 아침 식사를 마치자, 누군가 오늘 당장 떠나야 한다고 말했다. 오공 스님은 내게 동행이 있으니 가지 않겠다고 사양하고, 하인 고씨 또한 원기가 없어 여러 스님의 뒤를 재빨리 따라갈 수는 없다고 했다. 길을 나서기는 하여도 마음이 우울했다.

찻집을 나와 서쪽으로 1리 반을 가서 서계를 건넜다. 서계는 이곳에서부터 서쪽으로 굽이돌았다가, 시내의 남쪽 언덕을 따라 나아갔다. 다시 1리 남짓을 나아가 서쪽 산 아래에 이르렀다. 시내가 북쪽으로 꺾이자, 그 서쪽 벼랑에서 산기슭을 끼고서 시내를 따라 갔다. 다시 북쪽으로 1리 남짓을 가자, 길 북쪽에 마을이 자리하고 있다. 마을의 남쪽에서 서쪽으로 골짜기에 들어섰다.

반리를 가서 말라붙은 산골물을 건너 비탈을 올랐다. 이 비탈의 튀어나온 바위들에는 온통 금빛 모래가 반짝였다. 마치 운모가 첩첩이 쌓여 황금빛을 발하는 듯하다. 이때 날이 차츰 개인 터에 그 위를 오르니, 마치 몸이 상서로운 오색구름과 금빛의 곡식 속에 있는 듯하다. 단숨에 2리를 올라가 그 꼭대기를 넘어 서쪽을 바라보니, 또 하나의 경계가 펼쳐져 있다. 뾰족한 산이 홀로 우뚝 치솟아 있고, 그 사이로 길이 나 있는지라, 길을 바라보면서 달려갔다.

서쪽으로 차츰 내려가 3리를 가서 움푹한 평지 속에 이르렀다. 남쪽의 골짜기에서 흘러나온 물길은 이곳에 이르러 움푹한 평지를 에돌아 북동쪽으로 흘러간다. 이 물길은 깊지는 않으나 널찍하고, 길 북쪽에는 수십 채의 민가가 강 동쪽 언덕에 기대어 있다.

그 남쪽에서 강을 건너 서쪽으로 나아갔다. (이곳의 목면수는 나무줄기의 높이가 한 길 남짓이며, 두세 해 동안 꽃이 피어 시들지 않는다고 한다.) 말라붙은 산골물이 서쪽에서 흘러오는데, 산골물 안은 유사(流沙)인지라 발이 푹푹 빠진다. 양쪽 옆은 구불구불한 벼랑이 쭉 뻗어 벽을 이룬 채 산골물을 끼고서 뻗어온다. 산골물 바닥에는 물 한 방울도 보이지 않고, 모래의 하얀 재질은 마치 차가운 서리가 얼어붙어 만들어진 흰 물거품처럼 하얗게 반짝인다. 소금이 아닌가 하니 땅에서 나오고, 눈인가 하니 하늘에서 떨어져내린 것이 아니니, 초석 종류일 것이다.

길은 산골물 바닥에서 쭉 뻗어들어가야 했다. 그런데 여러 스님들을 앞서 가던 이들이 그만 잘못하여 남쪽 비탈에서 고개 위로 올라가고 말았다. 1리를 올라가 보니, 그 길은 남쪽으로 넘어가고 서쪽의 뾰족한 산은 서쪽에 있었다. 길을 잘못 들었음을 깨닫고서, 이에 스님과 함께 북서쪽의 산골물 바닥을 바라보면서 벼랑을 기어 내려왔다.

1리만에 다시 바닥을 따라 서쪽으로 나아갔다. 벼랑 위에 수많은 금구슬이 매달려 있다. 마치 탄환이 빽빽한 나뭇가지를 꿰뚫은 듯, 한 번에 수백 개씩 떨어졌다. 끌어당겨 자세히 살펴보니, 광서성(廣西省)에서 보았던 '전가(顚茄)'이다. (『지』에 따르면, "나뭇가지에 흰 진액이 있는데, 독성이 대단히 강하다. 토박이들은 이 진액을 정련하여 화살 위에 약으로 바른다. 이 약에 닿은 동물은 곧바로 죽는다.")

산골물 바닥에서 2리를 나아가니, 바닥은 돌아들어 북서쪽에서 뻗어 오고, 길은 남서쪽을 따라 고개를 넘어간다. 1리 반을 가서 고갯마루를 감아돌아 서쪽으로 나온 뒤, 다시 1리 반만에 남서쪽의 비탈을 내려왔다. 이곳에는 훤히 트인 구렁이 굽이돌아 북쪽으로 뻗어 있다. 구렁 바닥을 건너 서쪽으로 나아가니 물은 보이지 않았다. 반리를 가서 서쪽 구렁을 따라 들어가자, 바위 골짜기 사이에 물이 졸졸 흐르고 있다. 이 골짜기는 대단히 비좁고, 물 역시 대단히 조그맣다.

1리를 가자, 골짜기에 남쪽에서 흘러오는 물길이 있다. 내려가 이 물길을 건넜다. 이 물길 옆에는 반으로 쪼갠 박 모양의 구렁이 있는데, 동쪽 벼랑 아래를 쳐다본 채 한 사발의 물을 품고 있다. 이 물은 흐르지도 않고 마르지도 않은 채, 고인 물처럼 고요하고 변함없으며, 물길과 섞이지 않는다. 가느다란 물길을 건너 서쪽으로 올라 비탈을 넘어 반리를 가자, 나무를 심어 패방으로 삼았다. 패방 위에는 '검부관장(黔府官莊)'이라 씌어 있다.

서쪽으로 반리를 내려가자, 몇 채의 민가가 비탈 북쪽에 있다. 이곳의 골짜기 역시 빙글 에돌아 북쪽으로 뻗어 있으며, 가운데에는 수십 두둑의 밭이 있다. 생각건대 바위골짜기의 상류에서 실 같은 물길을 끌어들여 이곳의 밭을 개간했을 터이다. 이른바 '검부장전(黔府莊田)'은 바로 이곳이리라. 이때 여러 스님은 식사를 가져올 겨를이 없었기에, 그의 제자들을 시켜 이족(彝族)의 집에 가서 불을 구해오도록 했다. 우리 일행은 한길을 따라 그 남쪽을 에돌아 서쪽으로 나아가 1리를 갔다. 서쪽 비탈에 나무로 만든 패방이 있다. 씌어진 글씨는 방금 전과 마찬가지이다. '검부관장'의 서쪽 경계이다.

여기에서 서쪽으로 내려와 말라붙은 산골물을 건넌 뒤 서쪽의 고개를 올랐다. 고개 위는 대단히 가파르다. 방금 전에 불을 구하러 간 스님이 불을 가지고 왔으나, 샘물이 없는지라 밥을 지을 수 없었다. 고개를 올라 2리만에 골짜기를 감돌아 서쪽으로 간 뒤, 반리를 가서 남쪽으로 돌아들어 반리를 갔다. 평지가 북쪽으로 펼쳐져 있다. 빙 두른 웅덩이 속에는 역시 물이 없었다. 이에 나는 가져온 밥을 꺼내어 나누어 먹었다.

평지를 따라 약간 남쪽으로 반리를 나아갔다가 다시 서쪽으로 오르니, 그 위는 훨씬 가파르다. 2리만에 언덕마루에 올라 언덕을 넘었다고 여겼다. 그 위가 동쪽 자락의 등성이임을 알지 못했던 것이다. 서쪽을 바라보니 뾰족한 산이 여전히 그 북쪽에 있으며, 이 산은 깊은 구렁 너머로 대단히 멀었다. 서쪽의 뾰족한 산에는 남북 양쪽에 가로놓인 산이 양쪽 끄트머리로 뻗어내려 또 하나의 경계를 절로 이루고 있다.

등성이에서 서쪽으로 2리 반을 나아간 뒤, 남쪽의 골짜기 위로 돌아들어 골짜기를 따라 빙글 감돌았다가 다시 북서쪽으로 올라가 가파른 고개를 또 올랐다. 2리를 가서 언덕마루를 올랐다. 고개를 넘었다고 여겼는데, 그 위는 여전히 동쪽 자락의 등성이이다. 다시 등성이에서 서쪽으로 나아가자, 이곳에서 등성이 양쪽은 온통 깊이 꺼져내려 남북으로 구렁을 이루고 있다. 구렁은 아래로 빙빙 감아돌고, 등성이 끄트머리는 바깥으로 툭 튀어나온 채, 서쪽으로 가로뻗은 경계와 이어져 있다. 나무는 빽빽이 울창하고 바위는 들쑥날쑥하며 바람은 쏴쏴 마음을 격동시키는지라, 길이 무섭지 않을까 걱정스러웠다.

이때 짐꾼은 길이 가팔라 나아가기 힘들고, 하인 고씨는 몸이 허약하여 아가지 못했다. 나는 여러 스님의 뒤를 따라가면서 여러 차례 그들을 기다렸다가 함께 가자고 부탁했다. 고개 한 곳에 이를 때마다 한참 동안 앉아 기다렸다가, 그들이 이르면 여러 스님은 다시 앞으로 나아갔다. 자연히 두 사람은 다시 뒤처지게 되었다. 나는 마음이 불안하기 짝이 없었다. 두 사람이 한참 뒤로 쳐지게 될까 걱정스럽고, 또 여러 스님이 너무 빨리 앞서 가버릴까봐 염려스러웠다. 그래서 여러 차례 앞으로 가서 스님들을 만류하고, 다시 뒤로 가서 그들을 재촉했다. 두렵고 조급

한 마음을 이기지 못하는 터에, 오르막길은 끝이 없을 것만 같았다.

등성이에서 3리를 갔다가 고개에서 서쪽으로 1리를 올라, 마침내 가로놓인 남쪽 산의 북쪽 꼭대기를 넘었다. 그 꼭대기는 가운데가 불쑥 튀어나온 뾰족한 산과 남북으로 마주하고 있으며, 위에는 돌을 쌓아올린 담이 가로로 경계를 이루고 있다. 이곳은 원모현의 서쪽 경계이자 대요현의 동쪽 경계로서, 곧 무정부(武定府)와 요안부의 경계가 나뉘는 곳이다.

길은 그 사이를 따라 꼭대기의 가장 높은 곳으로 뻗어오른다. 꼭대기에는 넓고 평평한 큰 바위가 자리하고 있다. 남쪽으로 가로놓인 꼭대기에서 남쪽으로 그 등성이를 오르자, 동쪽으로 원모현이 굽어보이고, 서쪽으로 노두가 굽어보인다. 이 양쪽의 경계는 시렁같은 바닥을 따라 나뉘어진 채 움푹한 평지를 이루고 있다.

남쪽으로 등성이 위를 2리 나아가 서쪽으로 2리를 내려갔다. 길가는 차츰 꺼져내려 골짜기를 이루는데, 바위구덩이는 많으나 물이 고여 있지는 않았다. 바위비탈을 따라 쭉 1리를 내려와 골짜기 속에 이르렀다. 골짜기의 서쪽에는 또 겹겹의 감아도는 언덕이 북동쪽에서 남서쪽으로 굽이돌고 있다. 여기에서 골짜기를 건너고 언덕을 감아돈 뒤, 겹겹의 비탈을 넘어 7리만에서 남서쪽의 고개를 내려왔다.

1리를 가서야 산기슭에 이르렀다. 움푹한 평지는 남북으로 커다랗게 펼쳐져 있고, 그 가운데로 시내가 경계를 이루고 있다. 시내 서쪽을 바라보니, 커다란 마을이 있다. 이곳은 노두이다. 이때 여러 스님이 모두 허기가 진데다, 해도 서산에 기울었기에, 서둘러 묵을 곳을 물색한 끝에, 동쪽 기슭 아래의 초가로 가서 묵었다.

12월 초이레

토박이들의 이야기에 따르면, 노두에서 독목교(獨木橋)까지는 겨우 40

리길로, 관장에서 노두까지 오는 길의 삼분의 일에도 미치지 못한다고 한다. 나는 그들의 이야기를 믿었다. 이때 하인 고씨가 기운이 없는지라, 여러 스님들은 먼저 식사를 하고서 떠나고, 나는 하인 고씨가 기운을 차리기를 기다렸다가 함께 떠났다. 이날 아침은 어제와 마찬가지로 먹구름이 가득 뒤덮고 있다. 서쪽의 노두대촌(爐頭大村)을 바라보며 나아갔다.

반리를 가서 북쪽에서 흘러오는 시내를 건넌 뒤, 다시 서쪽으로 1리 남짓을 가서 곧장 서쪽 경계의 산기슭에 닿았다. 또 한 줄기의 꽤 커다란 시내가 남쪽 골짜기에서 흘러왔다. 이 시내를 건너 북쪽으로 벼랑을 오르니, 곧 노두대촌이 나타났다. 이 시내는 마을 앞을 빙 감돌아 북쪽으로 돌아들어 흘러갔다. 노두의 마을은 제법 번성하여 온통 기와집이나 층집이다. 원모현에서 오던 길에 보았던 여러 마을과는 사뭇 다르다.

그 서쪽에는 비스듬히 기운 산이 있다. 그 동쪽 기슭을 따라 남서쪽의 물길을 거슬러 나아가 3리만에 동쪽으로 불쑥 튀어나온 비탈을 넘어 남쪽으로 내려갔다. 반리를 나아가 움푹한 평지를 건너 1리를 간 뒤, 다시 남쪽의 비탈을 넘어 올라갔다. 서쪽에서 동쪽으로 튀어나온 이 비탈은, 북쪽의 비탈과 함께 동쪽을 향한 채, 빙 둘러 그 가운데에 움푹한 평지를 이루고 있다. 시냇물은 북쪽의 움푹한 평지 앞에서 흘러들고, 밭두둑은 움푹한 평지 안에 빙 둘러 엇섞여 있다.

남쪽의 비탈을 1리 올라 시내 동쪽을 바라보니, 또다시 움푹한 평지가 구불구불 밭을 이룬 채, 동쪽 산에 기대어 있다. 비탈에서 남서쪽으로 1리를 나아가 비탈을 내려갔다. 북쪽에서 남쪽으로 흐르고 있는 시내를 가로질렀다. 그 서쪽 벼랑을 오르자 방금 건넜던 시내의 북쪽이 보인다. 이 시내는 다시 북쪽에서 흘러오고, 북쪽 골짜기에서 흘러오는 지류는 조그마한 물길이다.

벼랑을 따라 서쪽을 나아가다가, 잠시 후 다시 시내의 남쪽 언덕을 넘어 시내를 거슬러 올라갔다. 시내는 북쪽 골짜기에 있는데, 몇 채의 민가가 그 남쪽 언덕에 기대어 있다. 골짜기 속에서 서쪽으로 2리를 나아갔다. 북쪽 골짜기에는 양쪽 벼랑이 높이 솟구친 채 마주하고 있으며, 바위가 문처럼 불쑥 튀어나와 있다. 그 북쪽 벼랑의 바위중턱에는 물길이 그 허리를 감아돈다. 토박이들이 물길을 건너 남쪽 벼랑으로 가도록 나무를 걸쳐 놓았다. 흩날리는 물줄기가 허공에 매달려 있다. 이 또한 기이한 경관이다.

길은 남쪽 벼랑의 허리를 따라 벼랑을 감돌아 서쪽으로 내려간다. 다시 반리를 가자, 그 시내는 다시 남쪽에서 북쪽으로 흐른다. 시내의 남북 양쪽에는 깎아지른 듯한 벼랑이 문처럼 치솟아 있고, 동서로도 까마득한 비탈이 구렁을 끼고 있는지라, 경관은 기이하고 길은 험준하다. 시내를 건너 다시 서쪽의 비탈을 올라 반리만에 벼랑의 남쪽을 기어올랐다가, 다시 시내의 북쪽 벼랑을 넘어 시내를 거슬러 올라갔다.

서쪽으로 2리를 가자, 시내 서쪽에 봉우리 하나가 까마득히 불쑥 솟아 있다. 시내의 본류는 봉우리의 남쪽에서 골짜기를 감돌아 흘러나가고, 시내의 지류는 봉우리의 북쪽에서 구렁을 뚫고 흘러내린다. 갈림길을 따라 서쪽의 시내의 지류를 건넜다. 서쪽 봉우리로 곧장 오르는 길은 한 줄기 오솔길이고, 시내 지류의 동쪽 벼랑에서 비탈을 올라 골짜기를 따라 북쪽으로 들어서는 길은 한길이다.

나는 이에 한길을 따라 북쪽의 비탈을 올랐다. 반리를 가서 비탈진 골짜기를 따라 완만하게 1리를 나아갔다. 이어 골짜기를 따라 북쪽으로 꺾어지자, 길은 구렁을 따라 뻗어 있다. 길가에는 나무숲이 우거지고, 깊은 벼랑에는 대나무숲이 그윽하다. 새만이 날 수 있을 만큼 험준하고, 양의 창자처럼 구불구불한 길이라는 생각이 들게 했다. 1리 남짓을 나아가자, 골짜기는 차츰 낮은 곳에서 높아지고, 길은 약간 높은 곳에서 낮아지더니, 골짜기와 길이 만난다.

이에 서쪽의 골짜기 속의 가느다란 물길을 건넜다. 골짜기를 따라 서쪽의 험준한 산길을 기어올라 서쪽으로 올랐다가 곧바로 북쪽으로 감아돌아서야, 이곳이 가운데에 매달린 언덕임을 깨달았다. 언덕의 서쪽으로도 골짜기의 물길이 북쪽에서 흘러오다가, 방금 건넜던 골짜기의 물길과 언덕 앞에서 만난다.

언덕을 따라 북쪽으로 1리를 올라갔다. 좌우를 살펴보니, 언덕 아래는 온통 골짜기이고, 골짜기 속으로 물길이 가로지르고 있다. 이 언덕에는 두 줄기의 물길이 꿰뚫고 흐르고 있다. 비로소 서쪽의 뾰족한 고개는 봉우리는 높으나 샘이 작은지라, 이곳의 곳곳에서 만나는 봉우리와 샘만은 못하다는 느낌이 들었다. 언덕 등성이에서 북쪽으로 나아가 차츰 위로 올랐다가, 차츰 서쪽으로 돌아들어 2리만에 언덕 꼭대기에 올랐다. 언덕을 바라보니, 이 언덕은 서쪽 봉우리에서 동쪽으로 불쑥 튀어나와 뻗어내린 것이다.

대체로 산등성이는 남서쪽에서 이곳까지 뻗어오다가, 한 겹 봉긋 솟구쳐 남쪽 산을 이룬다. 이어 그 북쪽 골짜기를 따라 북쪽으로 건너뻗어 가운데 봉우리에서 솟구쳤다가 다시 한 겹의 이 산을 이룬다. 이어 그 북쪽 고개를 따라 산 갈래를 빙 둘러 동쪽으로 뻗어 한 겹의 북쪽 산을 이룬다. 등성이의 형세는 마치 '천(川)'자와 흡사하다. 내가 올랐던, 갈래지어 남동쪽으로 뻗은 산은 그 가운데 갈래이다.

언덕 꼭대기에서 다시 서쪽으로 완만하게 2리를 가서 곧바로 그 서쪽의 가운데 봉우리의 가장 높은 곳 아래에 이르렀다. 그 봉우리의 동쪽 벼랑을 따라 남서쪽으로 올라 1리 반을 갔다. 이곳은 난석강(亂石岡)이다. 그 봉우리의 벼랑을 타고서 아래로 남쪽 골짜기 바닥을 굽어보니, 곧 가운데로 건너왔던 곳이다. 골짜기 속의 물은 이곳에서 동서로 나뉘어 흐른다.

고개의 가장 높은 곳에서 서쪽으로 돌아들어 구불구불 4리를 내려왔다가, 언덕 위에서 북서쪽으로 나아갔다. 홀연 언덕 좌우에 이루어진 시내가 언덕을 긴 채 흐르고 있는 것이 보였다. 이 시내의 물길들은 하나는 크고, 다른 하나는 작다. 평탄하게 언덕 위를 2리 나아갔다가 언덕 끄트머리에서 내려가 서쪽의 커다란 시내를 건넜다.

시내의 서쪽에서 비탈을 올라 약간 북쪽으로 돌아들어 반리를 갔다. 이어 북쪽 골짜기를 따라 서쪽으로 돌아들어 서쪽의 움푹한 평지로 들어섰다. 이곳에서 서쪽에서 흘러온 커다란 시내를 거슬러 북쪽으로 나아가다가 북쪽의 산을 따라 서쪽으로 나아갔다. 2리 반을 가자 시내 남쪽에 마을이 남쪽 산의 비탈에 기대어 있다. 북쪽 산은 이곳에 이르러 남쪽으로 불쑥 튀어나와 있고, 길은 불쑥 튀어나온 골짜기를 따라 뻗어 오른다. 이에 골짜기의 바위에 걸터앉아 식사를 했다.

다시 1리를 가서 그 남쪽 벼랑을 감돌아 벼랑을 따라 서쪽으로 돌아들었다. 1리를 더 가서 그 서쪽의 움푹 꺼진 곳을 넘은 뒤, 서쪽의 비탈을 내려갔다. 반리를 가서 비탈의 서쪽 기슭에 닿으니, 그 서쪽은 휜히 트인 채 움푹한 평지가 이루어져 있다. 반리를 가자, 길은 시내 북쪽의 산을 따라 나 있다. 시내 남쪽의 기슭에 마을이 기대어 있다. 방금 전의 시내 남쪽의 비탈에 기대어 있는 마을과 함께 모두 '이촌(夷村)'이라 일컬어진다.

서쪽으로 3리를 나아가자, 한 줄기 시내가 남쪽 골짜기에서 흘러오고, 길은 시내를 따라 남쪽으로 돌아든다. 약간 내려와 서쪽에서 흘러오는 조그마한 물길을 건너 남쪽 비탈을 따라 서쪽으로 올랐다. 2리만에 움푹 꺼진 곳을 넘은 뒤, 북서쪽으로 1리를 내려가 구렁 속에 이르렀다. 이 구렁은 남쪽을 향해 있는데, 커다란 산이 구렁의 북쪽을 빙 두르고 있으며, 조그마한 물길이 남동쪽으로 흐르고 있다. 틀림없이 커다란 시내로 흘러내릴 터이지만, 커다란 시내는 그 남동쪽의 골짜기 속을 감도는지라 보이지 않았다.

조그마한 물길을 건너 다시 서쪽으로 1리를 올라 서쪽의 움푹 꺼진 곳을 뚫고 나왔다. 그제야 서쪽의 움푹한 평지가 커다랗게 펼쳐져 있는 것이 보였다. 커다란 시내는 그 속을 꿰뚫어 서쪽에서 동쪽으로 흐르다가, 방금 전에 뚫고 나온 움푹 꺼진 곳의 남쪽에 이르러 그 골짜기의 절벽에 부딪치면서 동쪽으로 흘러간다. 골짜기는 바짝 조여들어 몹시 비좁은지라, 둘러보아도 시내는 보이지 않는다.

서쪽의 비탈을 반리 내려와 움푹한 평지에 이르렀다. 시내 북쪽의 움푹한 평지를 따라 서쪽으로 나아가 반리를 가서 조그마한 마을을 지났다. 다시 서쪽으로 1리를 가자, 문득 움푹한 평지의 밭 사이로 벽돌을 쌓아 만든 거리가 나왔다. 반리를 가서 커다란 마을의 앞을 에돌았다가, 서쪽으로 반리를 더 가서 마을 곁의 새 다리에 이르러 걸음을 멈추었다. 이곳은 대설전촌(大舌甸村)이다. 이 움푹한 평지에는 시내를 끼고서 밭이 일구어져 있다. 움푹한 평지를 빙 두른 채 밭이 매우 넓게 펼쳐져 있다.

마을에는 산에 기대어 거리가 나 있으며, 마을은 크고 민가는 매우 오래되었다. 이곳은 이(李)씨 가문이 대대로 거주하고 있다. 마을 뒤로 산 하나가 북쪽에서 감싸고 있으며, 또 하나의 산의 세 봉우리가 번갈아 뻗어내려가다가 남서쪽에 비스듬히 불쑥 솟아 있다. 골짜기 속에서 흘러나온 자그마한 물길은 마을의 서쪽에서 남쪽의 커다란 시내로 흘러들고, 그 위에는 다리가 걸쳐져 있다.

서쪽의 다리를 넘은 뒤, 비스듬히 불쑥 솟은 남쪽 봉우리 아래를 따라 남서쪽으로 나아갔다. 2리를 가서 봉우리의 서쪽 자락에 이르니, 커다란 시내는 남쪽에서 곧장 봉우리의 기슭에 부딪치면서 둑을 넘어 동쪽으로 흘러간다. 봉우리의 기슭은 철썩이는 물에 침식되고, 바위벼랑은 몹시 가파른지라, 거의 발을 딛을 곳이 없었다.

둑의 서쪽으로 나아가자, 상류는 고인 채 소용돌이 치다가 남쪽에서 북쪽으로 흘러가고, 길은 그 서쪽을 따라 남쪽으로 돌아들어 골짜기로 들어선다. 다시 남쪽의 골짜기를 1리 남짓 나아가자, 무지개 모양의 구멍이 뚫린 돌다리가 시내 위에 동서로 걸쳐져 있다. 이것은 독목교(獨木橋)이다. 길은 다리 서쪽에서 쭉 남쪽으로 비탈을 올랐다. 다리 너머 동쪽으로 뻗은 길은 성성(省城)으로 가는 한길이다. 이 다리는 예전에 외나무로 만들었는데, 지금은 돌로 바꾸고서 비문에 '섭운(躡雲)'이라는 이름을 붙였다. 하지만 사람들은 여전히 옛 이름으로 부르고 있었다.

다리 옆에는 매화 한 그루가 자라나 있다. 가지는 많고 줄기는 매우 예스러우며, 꽃잎은 가늘고 꽃은 대단히 빽빽하다. 초록색 꽃받침과 붉은색 꽃봉오리, 맑은 지조와 눈부신 어여쁨이 마치 고향의 옛벗을 만난 듯하다. 운남성에서 보았던 매화들이 모두 잎을 지닌 붉은 꽃들로, '산속에 눈 가득하고 나무 아래 달빛 밝다'는 의경을 깡그리 잃어버린 것과는 다르다. 이에 매화 한 가지를 꺾어서 다리 가장자리에서 잠시 쉬었다.

이어 다리 서쪽에서 남쪽의 비탈을 오른 뒤, 비탈을 따라 서쪽으로 돌아들었다. 대체로 서쪽의 움푹한 평지에서 흘러오던 시내는 이곳에 이르러 북쪽으로 돌아들어 바위둑을 넘어간다. 이 비탈은 시내가 돌아드는 곳에 자리하고 있다. 비탈 남쪽에는 또한 동서로 움푹한 평지가 커다랗게 펼쳐져 있고, 시냇물이 그 사이를 가로지르고 있다.

길은 시내의 북쪽 벼랑을 거슬러 북쪽의 산을 따라 서쪽으로 뻗어있다. 1리를 가자, 북쪽 산 아래에 마을이 기대어 있다. 이곳은 독모교촌(獨木橋村)이다. 마을 안에는 절이 자리하고 있으며, 절문은 남쪽을 향해 있다. 이 마을에는 여인숙이 없는 대신, 북경(北京) 출신의 스님이 절에서 손님을 접대했다. 나는 절에 들어가 묵었다.

12월 초여드레

아침 일찍 일어나니 몹시 추웠다. 하인 고씨가 다시 병이 난데다, 나 역시 여정이 고달픈지라, 1리만 나아가 수정둔사(水井屯寺)에서 쉬었다.

12월 초아흐레

절에서 나와 1리 반만에 □가장(□家莊)을 지났다. 이어 반리를 가서 남쪽으로 돌아들어 반리를 더 가니, 창둔교(倉屯橋)이다. 2리 반을 가니 사협구(泗峽口)가 나왔다. 서쪽으로 돌아들어 5리를 나아가 왕가교(王家橋)에 이르렀다. (북쪽에서 흘러오는 조그마한 물길이 있다.) 5리를 가자, 부중교(孚衆橋)가 나왔다. (북서쪽과 남서쪽에서 흘러오는 두 줄기의 조그마한 물길이 있다.) 서쪽의 산을 올라 10리만에 등성이에 이르렀다. 남쪽으로 돌아들어 반리를 가니, 묘산영(廟山營)이 나왔다. 서쪽으로 반리를 내려가니, 묘전타초(廟前打哨)이다.

서쪽으로 2리를 내려가자, 갈림길이 북쪽의 움푹 꺼진 곳으로 돌아들었다. 1리를 간 뒤, 서쪽의 완만한 골짜기를 따라 북쪽으로 나아갔다. 2리를 갔다가 다시 서쪽으로 내려와 2리만에 골짜기 바닥에 이르렀다. 서쪽으로 평탄하게 1리 반을 나아갔다가, 골짜기에서 북쪽으로 올라갔다. 1리를 가서 북쪽의 움푹 꺼진 곳으로 돌아들어 서쪽으로 나아간 뒤, 다시 북쪽으로 반리만에 골짜기의 등성이를 지났다.

다시 북쪽으로 반리를 내려갔다가 북쪽의 골짜기 바닥을 건넜다. 다시 서쪽의 비탈을 올라 1리만에 북쪽으로 돌아든 뒤, 다시 1리를 가서 서쪽으로 돌아들어 내려가 1리만에 등성이 사이에 이르렀다. 다시 서쪽으로 2리 남짓을 가서 등성이를 내려갔다. 1리 남짓을 가서 등성이 북쪽에 이르니, 이곳은 소흘로촌(小仡老村)이라고 한다. (밭과 못이 나타나기 시작했다.) 다시 서쪽으로 4리를 가서 서쪽 산 아래에 이르자, 마을이 나타났다.

남쪽으로 돌아들어 1리만에 서쪽의 조그마한 움푹 꺼진 곳을 지나고, 다시 반리만에 남서쪽으로 신패둔(新壩屯)을 지났다. 다시 서쪽으로 반리를 가서 신패교(新壩橋)를 지났다. 서쪽으로 1리를 더 가서 남쪽으로 돌아들어 2리만에 서쪽의 산부리를 감아돌았다가, 북서쪽으로 돌아들어 1리 남짓만에 대요현의 동문에 들어섰다. 반리를 가서 현의 관아 앞을 지났다. 다시 남서쪽으로 여인숙에 가서 묵었다.

12월 초열흘

아침에 몹시 추웠다. 북문을 나와 반리를 가서 남문을 지난 뒤, 남서쪽으로 돌아들어 비탈을 올랐다. 1리를 가자, 시내 위에 남문교(南門橋)라는 다리가 걸쳐져 있다. (『지』에서는 승은교承恩橋라 일컫는다.) 다리를 지나 남쪽으로 비탈을 올라 1리를 가서 비탈에 오른 뒤, 서쪽 산에 의지하여 남쪽으로 나아갔다. 3리를 가자, 움푹한 평지가 남쪽에서 뻗어오고, 움푹한 평지의 북동쪽 산 위에 탑이 있다. 이에 서쪽 산을 따라 남쪽으로 내려와 반리를 가서 움푹한 평지의 바닥에 이르렀다.

다시 반리를 가니, 물길이 움푹한 평지 속을 가로지르는 것이 보인다. 그 위에 토교(土橋)라는 돌다리가 걸쳐져 있다. 이 물길은 곧 남서쪽의 골짜기 속에서 흘러나온 요안부의 물길이 북동쪽 골짜기로 흘러가는 것이다. 다리 북쪽은 대요현이고, 대체로 다리 남쪽은 정원현(定遠縣)인데, 이 물길을 경계로 삼고 있다. 다리 남쪽에서 비탈을 오르니, 정원둔(定遠屯)이라는 마을이 있다.

골짜기에 들어서서 차츰 올라가 1리만에 동쪽으로 돌아들었다가, 반리만에 비탈을 올랐다. 반리만에 비탈을 따라 남쪽으로 돌아들어 1리를 가니 뢰산초(賴山哨)가 나온다. 여기에서 남쪽으로 내려와 1리만에 남동쪽의 비탈 어귀에 이르자, 갈림길이 나왔다. 남쪽으로 나아가는 길은 요안부로 가는 길이다. 호수가 그 동쪽에 있고, 동쪽으로 나아가는 길은 적초봉(赤草峰)으로 가는 길이다.

비탈을 넘어 동쪽으로 1리를 내려가니, 적초봉의 북쪽 마을이 나왔다. 마을에서 남쪽으로 돌아들어 시내를 거슬러 1리를 나아갔다가, 다리를 건너 남쪽으로 반리를 가서 적초봉의 거리를 따라 남쪽으로 나아갔다. 1리를 가서 동쪽으로 산을 올랐다. 1리 반만에 고개를 넘어 남동쪽으로 내려왔다. 그 동쪽에 또 움푹한 평지가 서쪽에서 북쪽으로 펼쳐져 있는데, 대단히 멀었다. 비탈을 반리 내려와 서쪽 산의 동쪽 기슭을 따라 남쪽으로 나아갔다.

2리를 가니, 시내의 좌우에 마을이 자리하고 있다. 이 마을은 모두 흘로촌(仡老村)이다. (이곳은 정원현에 속한다.) 다시 동쪽으로 1리 반을 나아가, 서쪽 물길의 언덕을 따라 남쪽으로 나아갔다. 반리를 가서 동쪽의 조그마한 다리를 넘은 뒤, 동쪽 기슭을 따라 남쪽으로 나아갔다. 2리를 가서 녹가촌(鹿家村)의 뒤쪽에 이른 뒤, 동쪽의 산을 올랐다.

산 중턱에 갈림길이 나왔다. 길은 갈림길에서 골짜기로 접어들어 반리만에 시내를 건너 북동쪽으로 올랐다. 1리를 가서 묘봉산 덕운사(德雲寺)에 닿았다. 절문은 서쪽을 향해 있고, 남쪽으로 연라산(煙蘿山)이 보이며, 뒤쪽에는 몽암정(夢庵亭)이 있다. 뒤로 5리를 가면 벽봉암(碧峰庵)이 있다.

12월 11일

법사를 기다렸으나 돌아오지 않기에, 경전을 읽었다. (종창혜宗昶慧 대사의 『서방합론』이다.)

12월 12일

식사를 하고서 서쪽으로 산을 내려왔다. 2리를 가서 남쪽으로 나아갔다. 2리를 가서 움푹한 평지를 따라 서쪽으로 돌아들었다. 2리를 가자, 시내 위에 양교(梁橋)라는 다리가 걸쳐져 있다. 다리 북쪽을 건너자마자 흘로촌의 끄트머리인데, 시냇물은 남쪽에서 흘러오고, 길은 마을 서쪽에서 고개를 올라간다. 1리 반을 가서 움푹 꺼진 곳의 서쪽을 넘어 고개 위를 반리 나아가자, 갈림길이 남서쪽에서 뻗어내려온다. 그만 잘못하여 비탈에서 내려가 쭉 서쪽으로 나아가고 말았다. 반리를 가서야 길을 바꾸어 갈림길에서 남서쪽으로 나아갔다.

반리를 가서 차츰 내려가면서 남쪽으로 돌아들었다가 1리를 더 가서 남쪽으로 반리를 내려가 골짜기 속에 이르렀다. 골짜기를 따라 남쪽으로 반리를 가자, 한길이 동쪽 골짜기에서 뻗어오고, 조그마한 물길이 한길을 따라 흘러간다. 서쪽으로 반리를 가서 남쪽 골짜기로 들어섰다. 1리를 가자 골짜기 속에 못이 있다. 1리 반을 더 가자, 골짜기가 두 갈래로 나뉘었다. 남서쪽의 길을 따라 동쪽 고개에 기대어 완만하게 올라갔다. 1리를 가서 남쪽으로 움푹 꺼진 곳을 넘었다.

움푹 꺼진 곳에서 서쪽으로 돌아들자, 서쪽의 움푹한 평지가 커다랗게 펼쳐져 있는 것이 보였다. 남서쪽에는 꽤 큰 호수가 있고, 그 남쪽에는 남쪽 산 아래에 기대어 탑이 서 있다. 이것은 바로 백탑(白塔)이다. 이에 남서쪽의 비탈을 내려와 2리를 가자, 비탈 아래에 파사둔(破寺屯)이라는 마을이 있다. 여기에서 갈림길을 따라 쭉 서쪽으로 오솔길을 나아가 1리만에 시내를 건넜다.

약간 남서쪽으로 반리를 가자, 시내 안에 마을이 자리하고 있다. 마을의 북쪽은 산에 둘러싸여 있고, 그 앞에는 물이 흐르지 않은 채 고여 있다. 그 서쪽 비탈 위에서 남쪽으로 1리를 나아갔다. 이곳은 호수의 북쪽 둑이다. 둑의 서쪽 오솔길을 따라 반리를 나아가 서쪽 비탈 아래에 이르렀다. 이곳은 해구촌(海口村)이다. 남쪽으로 돌아들어 서쪽 산의 동쪽 기슭을 따라 나아갔다. 이곳의 이름은 식이촌해자(息夷村海子)이다.

3리를 가니, 호수 서쪽의 끄트머리이다. 쭉 뻗은 길로 커다란 산 아래에 이르렀다가, 반리를 가자 토사 고(高)씨의 집이 나타났다. 그의 집에서 남서쪽의 골짜기 속으로 들어서서 비탈을 올라 1리 반을 가자, 비탈의 골짜기 사이에 사당이 자리하고 있다. 다시 반리를 올라가자, 활불사(活佛寺)가 사당 뒤쪽에 자리하고 있다. 그 서쪽의 커다란 산은 용봉산(龍鳳山)이며, 광목산(廣木山)이라고도 한다. 절의 이름은 용화사(龍華山)이고, 스님의 법호는 적공(寂空)이다.

이날 오후에 적공 스님이 나를 만류하여 뒤쪽 건물의 동쪽 곁채에 묵게 했다. 건물 뒤에는 깊은 골짜기가 아래로 매달려 있고, 골짜기 너머에는 까마득한 봉우리가 높이 치솟아 있다. 뜨락에는 작약의 화단이 있고, 계단에는 꽃이 만발하여 그윽하기 그지없다. 담 너머에 오래된 매화 한 그루가 있는데, 꽃이 대단히 많이 피어 있다. 매화꽃은 아래로 깊은 대나무숲을 굽어보고 있으며, 밖으로 겹겹의 산들을 비추고 있다. 이날 밤 미리 적공 스님에게, 내일 아침 일찍 떠나고자 하니 이른 식사를 준비해달라고 부탁했다.

백탑(白塔)은 절의 남동쪽 뒤편의 갈래진 언덕 위에 있다. 언덕의 동쪽에는 백탑해자(白塔海子)가 있고, 그 남쪽의 서쪽 산 아래에는 또 양편해자(陽片海子)가 있으며, 그 동쪽에는 자구해자(子鳩海子)가 있다. 요안부 부성의 남쪽에는 대패쌍해자(大壩雙海子)가 있으니, 식이촌해자(息夷村海子)와 더불어 모두 다섯 곳의 호수가 있다.

12월 13일

동틀 녘에 일어나니, 밥은 이미 지어진 지 오래 되었다. 식사를 하고서 산을 내려왔다. 2리를 가서 토사의 집 뒤로 나와 남쪽으로 돌아들어 나아갔다. 1리를 가서 격향교(格香橋)를 지나자, 조그마한 물길이 활불사 뒤쪽의 골짜기에서 흘러온다. 이 골짜기는 백탑이 있는 언덕과 사이가 뜬 채 마주 솟아 있다. 남쪽으로 2리를 더 가자, 언덕이 서쪽 경계에서 동쪽으로 불쑥 솟구쳐 나와 있고, 길은 그 동쪽 자락을 감돌아 뻗어 있다. 그 남동쪽에 또 하나의 호수가 모여 있다.

호수의 북쪽 둑에서 동쪽으로 나아가 반리를 갔다. 이어 둑을 따라 남쪽으로 돌아들어 1리 반만에 호수 남동쪽의 끄트머리에 이르러 남동쪽으로 나아갔다. 4리를 가자 언덕이 서쪽에서 동쪽으로 불쑥 솟구쳐 있다. 이곳은 용강위(龍岡衛)이다. 이 언덕의 동쪽을 빙 둘러 커다란 마을이 모여 있다. 반리를 가서 마을을 지나 동쪽으로 나아갔다. 1리를 가서 다시 남쪽으로 나아갔다.

2리를 가서 말라붙은 바닥을 구불구불 건넜다. 남쪽으로 2리를 더 갔다. 서쪽 산의 봉우리 하나가 그 남쪽에 불쑥 솟구쳤다가 차츰 동쪽 산에 이르는데, 남북 양쪽으로 경계를 이루고 있다. 다시 남쪽으로 5리를 더 가서 요안부의 북문에 이르러 청련암(青蓮庵)에서 쉬었다. 청련암의 비문에는 "동쪽의 연라산(煙蘿山), 서쪽의 금수산(金秀山), 남쪽의 청령천(青蛉川), 북쪽의 곡절(曲折)"이라 적혀 있다.

요안부에서 남쪽의 골짜기를 따라 140리를 올라가면 진남주(鎭南州)이고, 동쪽으로 커다란 산을 넘어 140리를 가면 정원현이며, 서쪽으로 조그마한 비탈을 넘어 120리를 갔다가, 북쪽으로 움푹한 평지를 따라 120리를 내려가면 백염정(白鹽井)이다.

요안부의 동서 양쪽 경계는 온통 커다란 산에 둘러싸여 있다. 요안부 부성은 그 남쪽에 자리하고 있으며, 서쪽 경계가 가장 훤히 트여 있다. 북쪽으로 25리를 쭉 나아가면, 양쪽 경계는 점차 조여들고, 각기 뻗은 갈래가 마치 문처럼 엇갈려 있다. 그 사이에 조그마한 물길이 서쪽의 진남주(鎭南州) 경계 북쪽에서 흘러오다가 부성의 북쪽에 이르러 여러 차례 둑에 막혀 호수를 이루고, 하류는 북쪽 골짜기의 어귀를 에돌아 흘러간다. 이것이 청령천(青蛉川)이다.

12월 14일

청련암에서 식사를 했다. 해가 중천에 높이 떠 있었다. 성 남쪽을 따라 1리 반을 가니, 관음사(觀音寺)가 나타났다. 북쪽의 서문을 지나 1리만에 옛 서문에 이르렀다. 2리 반을 가서 서쪽 기슭에 이르니, 이곳은 고사산(古寺山)이다. 산의 동쪽 중턱에 옛 절이 있기에 붙여진 이름이며, 『지』에서는 상귀사(祥龜寺)라 일컫는 곳이다. 2리를 가서 꼭대기를 넘어

내려가니, 산 서쪽이 움푹한 평지의 북쪽 어귀를 빙 두르고 있다. 양편호(羊片湖)가 이곳에 있다.

서쪽으로 1리 반을 내려가 움푹한 평지 속을 나아갔다. 1리 반을 가자, 움푹한 평지 속에 양편둔(羊片屯)이라는 동네가 있다. 서쪽으로 반리를 지나 남쪽으로 돌아들어 반리를 간 뒤, 남서쪽으로 반리를 나아가 조그마한 산의 기슭에 이르렀다. 그 남쪽의 움푹한 평지에서 서쪽으로 들어서서 1리 반을 간 뒤, 다시 서쪽으로 1리 반을 오르자, 갈림길이 나타났다. 북서쪽으로 뻗은 길은 산에 들어가 나무를 하거나 가축을 치는 이들이 다니는 길이고, 남서쪽으로 고개를 감돌아가는 길은 한길이다.

고개를 감돌아 1리 반을 올라 그 꼭대기를 넘었다. 이곳은 당파원(當波院)인데, 사실 절은 없으며, 남쪽에서 뻗어온 등성이이다. 이 등성이는 북쪽으로 건너뻗었다가 동쪽으로 나아가 고불사(古佛寺)가 있는 커다란 산과 대요현 서쪽 경계의 여러 산을 이룬다. 여기에서 남서쪽으로 2리를 내려오니, 조그마한 물길이 남쪽으로 흐르고 있다. 물길을 따라 남쪽의 대나무숲으로 들어섰다.

다시 동쪽으로 1리 반을 가서 서쪽으로 돌아들어 1리 반을 가서야, 골짜기가 열리기 시작했다. 약간 북쪽의 움푹 꺼진 곳을 감돌아 1리를 갔다가 남서쪽의 비탈을 내려왔다. 3리를 가니 골짜기 속의 시내가 남쪽에서 북쪽으로 쏟아진다. 시내를 건너갈 다리가 놓여 있다. 다리를 건너 서쪽 산을 따라 남쪽의 물길을 거슬러 나아갔다. 2리를 가서 마을의 민가에서 식사를 했다.

다시 남쪽으로 2리 남짓을 가자, 골짜기는 서쪽에서 뻗어오다가 돌아들고, 물길 역시 골짜기를 따라 흐른다. 여기에서 꺾어 들어서니, 이곳은 관음정(觀音箐)이라고 한다. 관음정은 겨우 물 한 줄기를 받아들일 만한 크기이다. 서쪽의 물길을 거슬러 2리를 들어가니, 관음당(觀音堂)이 있다. 관음당 앞에 고여 있는 물은 깊고 맑으며, 그 옆의 바위 역시 깊숙하다.

다시 서쪽으로 3리를 가서 남쪽의 산을 오르는데, 대단히 가파르다. 2리를 가서 그 등성이를 올라 남동쪽으로 내려갔다. 1리만에 골짜기 속에 이른 뒤, 비탈을 따라 남서쪽으로 내려와 2리만에 취경교(聚景橋)에 이르렀다. 다리 위에는 정자가 있고, 다리 아래로는 조그마한 물길이 서쪽에서 흘러온다. 다리를 지나 3리를 나아가 미흥(彌興)에 이르렀다. 이곳에는 민가가 대단히 많이 모여 있다.

다시 남쪽으로 반리를 가서 서쪽으로 돌아들어 1리 남짓을 가니, 공관과 사당이 언덕 위에 있다. 그 앞에서 남서쪽으로 반리를 가서 서쪽으로 돌아든 뒤, 여기에서 잇달아 세 곳의 비탈을 넘고, 세 곳의 골짜기를 오르내려 모두 9리를 갔다. 서쪽 비탈 위에 손가만(孫家灣)이라는 마을이 자리하고 있다. 이곳에서 묵었다.

12월 15일

동틀 녘에 일어나 식사를 하고서 길을 떠났다. 서릿발 추위가 몹시 매서웠다. 남쪽의 비탈을 올라 조그마한 물길을 거슬러 들어갔다. 5리를 가서 비탈 한 곳을 감돌았다. 비탈 아래에는 몹시 비좁은 동굴이 있고, 그 북동쪽에는 미저촌(尾苴村)이라는 마을이 있다. 약간 서쪽으로 나아가다가 남쪽으로 돌아드니, 이곳은 용마정(龍馬箐)이다.

3리를 가자, 산골 동쪽의 비탈 위에 초소가 자리하고 있다. 이곳은 용마초(龍馬哨)인데, 초소만 있을 뿐 사람은 보이지 않는다. 산구렁은 그윽하고도 험준하며, 시내는 빙글 감돌고 바위는 좁으며, 나무는 깊고 빽빽하다. 길은 내내 매화꽃이 한창이라 그윽한 향기가 시시로 전해온다. 다시 남쪽으로 1리를 가서 골짜기를 따라 서쪽으로 돌아들었다.

1리를 가자, 대단히 깊고 비좁은 골짜기 하나가 남쪽에서 뻗어오고, 또 하나의 골짜기는 서쪽에서 뻗어온다. 계속해서 북쪽의 산을 따라 서쪽에서 뻗어오는 골짜기 위로 나아갔다. 1리를 가서 골짜기를 빠져나오니, 움푹한 평지가 펼쳐져 있다. 서쪽으로 완만하게 1리를 내려가자, 그 서쪽에 대대저촌(大大苴村)이라는 마을이 자리하고 있다.

서쪽으로 2리를 나아가 서쪽 산 아래에 이른 뒤, 서쪽의 비탈을 올랐다. 반리를 가서 움푹 꺼진 곳을 넘어 북쪽으로 내려갔다가 움푹한 평지를 올라 북서쪽으로 반리를 갔다. 이곳은 소대저촌(小大苴村)이다. 마을의 남쪽에서 반리를 가서 북쪽으로 돌아들어 비탈을 올랐다. 서쪽 골짜기를 따라 2리를 가서 아래로 산골물 속의 조그마한 물길을 건너자마자, 서쪽의 몹시 가파른 고개를 올랐다.

3리 반만에 고갯마루를 넘어 서쪽의 등성이 위를 나아갔다. 때로 남쪽 골짜기 위를 나아가기도 하고 북쪽 골짜기를 굽어보기도 하면서, 두 차례 완만한 길을 가다가 두 차례 오르막길을 나아가 3리 남짓을 갔다. 이어 서쪽 고개의 동쪽을 감돌아 북쪽으로 돌아들어 2리를 가서 그 등성이를 넘으니, 이곳이 가장 높은 곳이다.

동쪽을 바라보니, 연라산(煙蘿山)의 동쪽 경계의 뾰족한 산이 전장관(錢章關)에 있는데, 은은하게 묘봉산과 이어져 있다. 서쪽 경계의, 남쪽으로 불쑥 솟구친 산 역시 보인다. 다만 북쪽을 바라보니, 활불사가 있는 커다란 산은 오히려 손가만의 뒷산에 가로막힌 채 보이지 않았다.

다시 서쪽으로 2리를 가서 서쪽으로 불쑥 튀어나온 곳에 이르렀다. 누군가 초소를 지키고 있다. 이곳은 노호관초(老虎關哨)이다. 이 초소에서 서쪽으로 반리를 내려와 비탈 사이로 1리 반을 나아가니, 이곳은 타금장패(打金莊牌)의 경계이다. 서쪽으로 1리 반을 더 가서 비탈을 넘은 뒤, 서쪽으로 1리 반을 오르자, 꼭대기가 나왔다. 이곳에는 공관이 있고, 남동쪽의 골짜기는 이곳에 이르러 끝이 난다. 이 산줄기는 남쪽의 천신당(天申堂) 뒤에서 쭉 북쪽으로 갈래지어 뻗어오다가, 동쪽의 노호관(老虎關)으로 건너뻗어 북쪽으로 뻗어나간다.

여기에서 서쪽으로 약간 내려와 반리만에 비탈 한 곳을 건넌 뒤, 반리를 가서 그 꼭대기를 넘었다. 꼭대기에서 서쪽으로 1리를 나아갔다가,

서쪽으로 40리 너머를 바라보았다. 층층의 산이 겹겹이 서쪽으로 에돌고, 높은 봉우리가 띠처럼 남쪽으로 빙 두르고 있는데, 온통 커다란 등성이뿐이다. 그 동쪽에는 안쪽으로 서로 떨어진 채 두 겹의 조그마한 등성이가 있고, 그 너머에는 머나먼 봉우리 두 개가 서쪽에 떠 있다. 어느 것이 점창산(點蒼山)이고 어느 것이 계족산(雞足山)인지 알 수 없었다.

여기에서 서쪽으로 꽤 완만하게 내려가 5리만에 골짜기 속에 이르렀다. 이곳은 오리파(五里坡)인데, 물길이 남쪽에서 북쪽으로 흐르고, 조그마한 돌다리가 그 위에 걸쳐져 있다. 다리를 건너 서쪽으로 나아가 서쪽 산 남쪽의 골짜기를 감돌아 들어서서 1리를 갔다. 다시 비탈을 올라 1리만에 그 꼭대기를 타넘은 뒤, 1리 반만에 약간 내려와 완만하게 고개 위를 나아갔다.

2리 남짓을 가서 서쪽으로 내려가자, 남서쪽에서 흘러오는 시내는 북쪽으로 흘러가고, 시내 위에 돌다리가 걸쳐져 있다. 이곳은 보창하(普昌河)이다. 서쪽의 비탈을 반리 오르자, 순검사에 이르렀다. 반리를 갔다가 산등성이에 올랐다. 등성이에서 서쪽으로 4리를 나아갔다가 내려와 1리만에 보빙(普淜)에 이르렀다.

12월 16일

보빙에서 북서쪽으로 나아갔다. 2리를 가서 한 줄기 물길을 건너고, 1리를 가서 또 한 줄기의 물길을 건너 서쪽의 비탈을 올랐다. 2리만에 비탈을 넘어 비탈 위로 1리를 갔다가 등성이 위를 완만하게 나아가 3리만에 금계묘(金雞廟)에 이르렀다. 다시 서쪽으로 2리를 가자, 계방(界坊)이 나왔다. 이곳은 요주(姚州)와 소운남역(小雲南驛)의 경계이다.

다시 서쪽의 고개 위에서 5리를 나아가 수분초(水盆哨)에 이르렀다. 이에 북서쪽으로 약간 내려가니, 서쪽으로 흐르던 남쪽 경계의 물길이 비창창(鼻窻廠)을 나와 원강(元江)으로 흘러내리는 것이 보였다. 이에 북쪽 산을 따라 남쪽 골짜기를 굽어보면서 서쪽으로 나아갔다. 2리를 가자, 산구렁은 남쪽의 골짜기로 푹 꺼져내리고, 길은 서쪽 등성이를 따라 지난다. 등성이 사이에는 수분포(水盆鋪)라는 마을이 자리하고 있다.

대체로 남서쪽에서 뻗어오던 주봉은 이 등성이에서 북쪽으로 건너뻗어 솟구쳐 봉우리 하나를 이루고, 그 남동쪽에서 다시 남쪽으로 꺾어져 수분포를 이룬다. 오직 중앙의 한 줄기만이 남쪽의 원강으로 흘러내린다고 한다. 수분포의 북서쪽 위에는 관제묘(關帝廟)가 있다. 이곳에 가서 기록을 하느라, 하인 고씨가 짐과 함께 먼저 가도록 내버려두었다.

한참 후에 한길을 따라 서쪽으로 2리를 가니, 고개 북쪽의 산 아래 역시 아래로 푹 꺼져 서쪽을 향한 골짜기를 이루고 있다. 여기에서 남쪽 골짜기의 꼭대기를 따라 서쪽의 골짜기 북쪽에 솟구친 뾰족한 산을 지났다. 이곳은 청산(靑山)인데, 이곳에 이르러 그 서쪽으로 뻗어간다. 이에 남쪽 골짜기의 꼭대기를 따라 서쪽으로 나아갔다.

2리를 가서 문득 바라보니, 길 북쪽에는 푹 꺼져내린 골짜기가 서쪽으로 뻗어가고, 길은 그 골짜기의 남쪽 고개등성이를 따라간다. 여기에서 골짜기 북쪽의 뾰족한 산과 다시 골짜기를 마주한 채 물길이 나뉘어지는데, 물은 서쪽의 운남현(雲南縣)으로 쏟아져 흐르다가 북쪽의 금사강으로 흘러내린다. 그제야 커다란 등성이는 구정산(九鼎山)에서 남쪽으로 뻗어내렸다가, 이해위성(洱海衛城)의 남쪽에 있는 청화동(靑華洞)에 이르러 동쪽으로 건너뻗고, 다시 솟구쳐올라 남쪽으로 수목산(水目山)을 이루며, 그 남쪽에서는 다시 동쪽으로 돌아들어 천화산(天華山)을 이루니, 이 산이 곧 운남현의 너른 들판의 남쪽을 두르고 있는 산임을 알게 되었다.

이어 등성이는 천화사(天華寺)에서 북동쪽으로 돌아들어 여러 차례 솟구쳐 말방(沫滂)의 동쪽 고개를 이루고, 다시 동쪽의 공관을 지나 수분포로 건너뻗었다가 북쪽으로 치솟아 청산을 이루고 있다. 청산의 형태는 동쪽이 불쑥 튀어나오고 서쪽은 둑 속으로 드리운다. 그래서 타금장(打金莊)의 고개에서 바라보았을 때에는 그저 북쪽의 뾰족한 봉우리만 보이더니, 여기에 이르자 양쪽에 가로누운 채 서쪽으로 뻗어 있는 것만 보인다.

그러나 이 산의 서쪽과 북쪽의 두 갈래는 모두 커다란 등성이가 아니다. 커다란 등성이는 남동쪽의 수분초에서 산줄기를 지나 남동쪽으로 구불구불 천신궁(天申宮)의 남쪽에 이어졌다가, 다시 동쪽의 사교참(沙橋站)에 이르러 등성이가 갈라진다. 내가 지나온 수분초와 수분포의 남쪽 사이의 거리는 2리도 채 되지 않는다.

문득 그 등성이의 남쪽을 건넌 뒤 다시 등성이의 북쪽을 넘어, 골짜기의 남쪽 고개를 따라 약간 오르내리다가 남서쪽으로 2리를 갔다. 그 꼭대기에 공관이 자리하고 있다. 다시 서쪽으로 내려갔다가 서쪽으로 올라온 뒤, 고개등성이에서 서쪽으로 8리를 나아갔다. 남서쪽에서 뻗어오던 등성이가 이곳에 이르러 북쪽으로 약간 불쑥 솟아 있기에, 북쪽으로 돌아들어 등성이를 따라갔다.

2리를 간 뒤 남서쪽으로 내려가서야, 비로소 앞서간 짐을 따라잡았다. 여기에서 산의 서쪽 벼랑으로 나오니, 서쪽의 움푹한 평지가 드넓게 펼쳐져 있다. 쭉 내려와 5리만에 기슭에 이르니, 이곳은 말방포(沫滂鋪)이다. 서쪽의 움푹한 평지를 가로질러 8리를 가자, 두 개의 돌다리가 동서로 걸쳐져 있는데, 그 아래는 온통 메말라 있다. 하천의 물은 실제로 다리 아래에서 북쪽으로 쏟아져 흐른다. 다시 서쪽으로 2리를 가서 대수언당(大水堰塘)을 건넜다. 둑에서 약간 북쪽으로 가다가 서쪽으로 10리만에 서쪽 산 아래에 이르렀다. 이곳은 소운남역(小雲南驛)이다. 여기에서 묵었다.

12월 17일

동틀 녘에 식사를 했다. 수목사(水目寺)를 물어보니, 소운남역 남쪽에 있다고 한다. 그래서 갈림길에서 산의 동쪽 기슭을 따라 남쪽으로 나아갔다가 그 남서쪽의 움푹한 평지 속으로 감아돌아 들어갔다. 모두 5리를 가자, 물길이 산 뒤쪽에서 골짜기를 뚫고서 남쪽으로 흘러나온다. 이 해위(洱海衛)의 청해자(靑海子)의 물길이다. 이곳은 연장촌(練場村)이며, 마을은 물길의 서쪽에 있다.

다리를 건너 서쪽으로 나아갔다가 산을 따라 남쪽으로 1리 반을 가니, 온천이 나왔다. 온천이 흘러나오는 샘의 입구는 서쪽을 향해 있다. 목욕을 하는 아낙이 목욕을 마치기를 기다려 네 시간이 지나서야 목욕을 했다. 계속해서 남쪽으로 서쪽 기슭을 따라 반리를 간 뒤, 그 산의 남쪽의 움푹한 평지를 감돌아 들어갔다. 움푹한 평지의 동쪽에서 흘러나오는 시내는 곧 수목산의 물길이다. 비로소 서쪽에 높이 솟구쳐 있는 수목산(水目山)이 보였다.

물길을 거슬러 서쪽으로 들어가자, 그 서쪽에 또다시 남북으로 널찍하게 펼쳐진 움푹한 평지가 보였다. 움푹한 평지를 가로질러 5리만에 서쪽 산의 기슭에 이르니, 염가둔(冉家屯)이라는 매우 큰 마을이 있다. 마을 뒤에서 서쪽의 산을 오르자, 시내가 마을을 끼고서 양쪽으로 흐르고 있다. 서쪽의 고개를 올라 2리만에 약간 내려와 산골물을 건넜다. 이 산골물은 남쪽에서 북쪽으로 흐르고 있다. 산골물을 거슬러 남쪽으로 올라갔다. 산속에는 차꽃이 만발해 있다.

다시 2리 남짓을 가자, 수목사가 나타났다. 나는 그만 잘못하여 그 남쪽의 한길을 따라 갔다. 거의 고개를 넘을 무렵에 나무꾼을 만나고서야, 북동쪽으로 돌아들어 내려와 반리만에 옥황각(玉皇閣)에 들어섰다. 다시 내려오는 길에 물위에 비친 모습을 구경한 뒤 더 내려와 보현사(普賢寺)를 지나고, 더 내려와 영광사(靈光寺)에서 짐을 만났다. 짐은 영광사 안의 누각에 놓여 있었다.

(혜연慧然과 함께) 서쪽의 옛 절로 가서 무주(無住) 스님을 찾았다. 하지만 스님은 마침 거처할 곳을 새로 짓느라 위에 있는지라 만나지는 못했다. 옛 절에는 우물이 있고, 커다란 녹나무가 있으며, 나무로 만든 개 형상

이 있고, 바람이 불어나오는 우물이 있으며, 탑이 있다. 그 뒤를 따라'무영암(無影庵)에 올라가 묘인(妙忍) 노스님의 정실(靜室)에서 식사를 했다. 해질 녘에 관음각을 지나면서 「연공비(淵公碑)」를 구경했다. 이 비문은 천개 16년에 초주(楚州) 사람인 조우(趙祐)가 지은 것이다.

12월 18일

무주 스님의 거처로 갔다. 정오에 휘주(徽州) 출신의 계월(戒月) 스님의 정실에 들러 식사를 했다. 오후에 혜연 스님의 새 누각에 있는 화초를 구경했다.

12월 19일

아침에 눈비가 날렸다. 무주 스님이 극력 만류하기에 화로불을 끼고서 죽은 듯이 누워 있었다. 오전에 눈비가 갑자기 그치기에 식사를 하고서, 산 앞에서 북동쪽으로 내려갔다. 5리만에 산을 내려와 마을 한 곳을 지났다. 북쪽으로 2리를 가서 비탈 한 곳을 넘었다. 2리를 더 가서 조그마한 호수를 지나는데, 그 북쪽 언덕 위에 몇 채의 민가가 있다. 이곳은 주약촌(酒藥村)이다.

1리를 가서 언덕을 넘은 뒤, 움푹한 평지를 올라 동쪽의 산을 따라 북쪽으로 나아갔다. 5리를 가니, 곧 청해자(青海子)의 남서쪽 물가이다. 이곳에서 소운남역에서 뻗어오는 한길과 만났다. 그리하여 청해자의 서쪽 물가를 따라 북서쪽으로 나아갔다. 8리를 가자, 남쪽 산이 다시 북쪽으로 불쑥 솟은 채 호수 가까이에 있고, 길 역시 남쪽 산을 감돌거나 넘어간다. 다시 5리를 가니 구촌포(狗村鋪)가 나왔다. 패방의 이름은 서화(瑞禾)이고, 공관의 이름은 청화(清華)이다. 이곳은 북쪽의 이해위성(洱海衛城)과 8리 떨어져 있고, 서쪽의 백애성참(白崖城站)과는 40리 떨어져 있다.

나는 서쪽 길을 따라 4리를 가서 청화동(淸華洞)을 구경했다. 청화동 북쪽에는 서쪽의 고개를 넘어가는 길이 있다. 이 길은 백애로 가는 길이다. 청화동 남쪽에는 남쪽의 등성이를 넘어가는 움푹한 평지가 있다. 이 길은 멸도(滅渡)로 가는 길이다. 나는 동굴을 나와 서쪽 산을 따라 계속해서 북쪽으로 나아가 6리만에 이해위성의 남문에 들어섰다. 하인 고씨 역시 당도했다. 서문을 나와 묵었다.

12월 20일

식사를 하고서 길을 나섰다. 날씨는 여전히 몹시 추웠으나, 날은 맑게 갰다. 서문에서 북쪽으로 서쪽 산을 따라 나아가 5리만에 마을 한 곳에 이르렀다. 마을 북쪽에 서쪽의 골짜기에서 흘러나오는 물길이 있기에 물길을 따라 들어갔다. 1리 남짓을 가서 약간 비탈을 오른 뒤 1리 남짓을 가자, 산골물 서쪽에 사평파(四平坡)라는 마을이 있다. 북쪽으로 돌아들어 5리를 가서 시내 위의 다리를 건넜다. 북쪽으로 3리를 가자, 구정산사(九鼎山寺)가 나왔다.

다시 2리를 가서 그 꼭대기에 올라 식사를 했다. 오후에 북동쪽을 따라 내려와 3리를 가서 북계교(北溪橋)를 지나 한길과 합쳐진 뒤, 양왕산의 서쪽 기슭을 따라 북서쪽의 물길을 거슬러 들어갔다. 5리를 가니 양왕촌(梁王村)이 나왔다. 북쪽으로 8리를 가니, 송자초(松子哨)이다. 반리를 나아가자, 시내는 서쪽으로 흘러가고, 길은 북쪽으로 올라간다. 반리를 가서 고개를 넘었다.

다시 북동쪽으로 5리를 내려오자, 시내는 다시 서쪽에서 흘러오고, 또 한 줄기의 조그마한 시내가 막산(幕山)의 북쪽 기슭에서 흘러와 합쳐진다. 두 줄기 시내가 만나는 곳을 건너니, 이곳은 운남현과 빈천주(賓川州)의 경계이다. 다시 동쪽으로 2리를 나아가 자북관(自北關)에 이르렀다. 어느덧 날이 저물어 있었다. 다시 동쪽을 2리 반을 가서, 산골물 위의

다리의 북쪽을 건넜다. 동쪽으로 반리를 더 가서 북쪽으로 돌아들어 1
리 반을 가니, 산강포(山岡鋪)가 나왔다. 이곳에서 묵었다.

12월 21일

날이 밝자 움푹한 평지 속을 나아갔다. 북쪽으로 10리를 가자, 그 서
쪽은 빈거(賓居)이다. 북쪽으로 5리를 더 가자, 조그마한 물길이 밭 사이
에서 흘러나온다. 북쪽으로 3리를 더 가니, 산골물이 서쪽 골짜기에서
흘러나온다. 산골물을 따라 북쪽으로 2리를 갔다. 이곳은 화두기(火頭基)
이다. 북서쪽으로 잇달아 두 줄기의 시내를 건넌 뒤, 다시 북쪽으로 5리
를 갔다. 이곳은 총부장(總府莊)이다.

북쪽으로 3리를 더 가자, 빈천주(賓川州)가 동쪽의 비탈 위에 나타났다.
빈천주는 동쪽으로는 커다란 산에 기대어 있고, 서쪽으로는 시냇물을
굽어보고 있는데, 시내와의 거리는 1리 남짓 떨어져 있다. 시내의 동쪽
언덕 가까이에 있는 곳은 대라성(大羅城)이다. 짐을 앞서 보내고서, 나는
서쪽 언덕 위에서 일기를 썼다.

빈천주를 바라보니, 북쪽에 동쪽 경계에서 서쪽으로 불쑥 솟구친 언
덕이 있고, 그 북쪽에 서쪽 경계에서 동쪽으로 불쑥 솟구친 언덕이 또
있다. 두 언덕은 움푹한 평지 속에서 서로 엇갈린다. 이곳은 빈천주 하
류의 요지이다. 시내는 이곳에 이르러 구불거리면서 언덕을 감아돌기
시작하는데, 비로소 그 모습이 보이기 시작한다.

다시 북쪽으로 3리 반을 가서 동쪽으로 불쑥 솟구친 언덕을 넘자, 그
북쪽 기슭에 자리한 마을이 보였다. 이곳은 홍모촌(紅帽村)이다. 시내는
남동쪽에서 동쪽으로 불쑥 솟구친 언덕을 감아돌았다가 서쪽으로 돌아
들어 마을 앞에서 감아돈다. 그 앞에는 또다시 움푹한 평지가 커다랗게
펼쳐져 북쪽으로 뻗어있다.

계속해서 서쪽 산을 따라 북쪽으로 나아가 5리를 가서 차츰 서쪽으

로 돌아들었다. 여기에서 갈림길은 두 갈래로 나누어진다. 북동쪽의 물길을 따라 움푹한 평지를 좇아 쭉 뻗어가는 길은 우정가(牛井街)에서 낭창위(浪滄衛)로 통하는 길이고, 북서쪽의 조그맣게 움푹한 평지에서 고개를 넘어가는 길은 강과(江果)에서 계족산으로 가는 길이다.

나는 처음에 산강포에서 북쪽을 바라보면서, 동쪽 경계의 커다란 산의 북쪽 고개가 바로 계족산이고, 둑 속의 물은 틀림없이 서쪽으로 돌아들어 난창강(瀾滄江)으로 흘러나갈 것이라고 생각했다. 그런데 이곳에 이르러서야, 빈천주의 물길은 북쪽의 금사강으로 흘러가고, 이른바 낭창위(浪滄衛)는 난창강이 아니라는 것을 알게 되었다. 그 동쪽 경계의 커다란 산은 양왕산의 북쪽에서 돌아들어 빈천주의 동쪽을 끼고서 북쪽의 금사강에 이르는데, 커다란 등성이는 아니다.

조그마한 움푹한 평지에서 서쪽으로 2리를 가서 서쪽 경계의 등성이를 넘으니, 비로소 계족산이 서쪽에 있는 것이 보였다. 계족산은 높이가 동쪽 경계와 나란하지만, 동쪽 경계가 훨씬 병풍처럼 뻗어 있고, 뇌응산(雷應山)처럼 절반 가량의 암벽이 가로로 봉긋 솟아 있다고 한다.

등성이 위에서 남쪽을 바라보니, 남쪽의 오덕산(五德山)이 남쪽 하늘을 가로지르고 있다. 이 산은 곧 전에 이해위에서 보았던, 구정산 서쪽의 높다랗게 에워싼 산이다. 그 위에는 눈이 쌓인 곳이 있는데, 이곳에 이르러 다시 동서 양쪽으로 높이 치솟아 있다. 그 동쪽에는 또 막산(幕山), 즉 양왕산이 솟구쳐 있다. 두 산 사이에 움푹 꺼진 곳이 약간 낮다. 이곳은 곧 송자초에서 등성이를 건너 북쪽으로 나아갔던 곳이다.

고개에서 서쪽으로 3리를 나아가 약간 북쪽으로 내려갔다. 서쪽에서 동쪽으로 흐르는 시내는 빈천주의 커다란 시내로 쏟아진다. 시내 위에는 다리가 걸쳐져 있고 정자를 지어놓았다. 이곳은 강과촌(江果村)으로, 시내의 북쪽 언덕에 있으며, 시내는 화두기(火頭基)만 하다. 때는 갓 오후이지만, 앞으로 동쪽 동굴까지는 35리길인데다, 도중에 묵을 만한 곳이 없기에 걸음을 멈추었다.

12월 22일

동틀 녘에 강과촌에서 식사를 하고서, 시내의 북쪽 언덕을 거슬러 서쪽으로 나아갔다. 이 시내는 서쪽 골짜기 속에서 흘러나왔다가 계족산의 남쪽 갈래 너머, 오덕산의 북쪽으로 흘러나가는데, 이해위의 동쪽 산의 물길이다. 4리를 가서 고개를 올라 북쪽으로 나아가는데, 차가운 바람이 뼈가 시리도록 매서웠다. 다행히 해가 막 떠오를 즈음이니, 더디게 떠오를까봐 마음을 졸였다.

고개를 감아돌아 북쪽으로 1리 반을 가서 고개 북쪽을 바라보자, 움푹한 평지가 또 동서로 펼쳐져 있다. 그 속에 서쪽에서 동쪽으로 흐르는 물길은 빈천주의 커다란 시내로 쏟아지는데, 이 물길은 우정가(牛井街)에서 흘러나온 것이다. 이곳의 움푹한 평지는 우정(牛井)이라 불리고, 위아래에 여러 마을이 있다. 물길은 계족산의 골짜기에서 흘러오는데, 이른바 합자공(盒子孔)의 하류이다. 여기에서 서쪽으로 차츰 내려가 1리 반만에 움푹한 평지 속에 이르렀다.

다시 서쪽으로 1리를 가서 움푹한 평지 속 마을의 뒤쪽을 지났다. 마을의 패방에는 '금우일정(金牛溢井)'이라 적혀 있으니, 명승임을 나타낸 것이다. (토박이들은 시내 북쪽의 언덕마루를 가리키면서, 바위동굴 안에 우물이 있는데, 예전에 소가 우물에서 나왔던 곳이라고 한다.) 서쪽으로 2리를 더 가서 언덕을 넘어 골짜기를 올랐다. 대체로 이곳의 산들은 모두 남쪽에서 불쑥 솟구쳐 나왔다가 시내 가까이에 이르러 끝난다. 동쪽으로 산을 감돌아 흐르는 시내는, 처음 펼쳐져 연동(煉洞)을 이루고, 두 번째로 펼쳐져 우정을 이룬다. 이곳은 그 가운데에 불쑥 솟구쳐 경계를 이루는 곳이다.

골짜기를 빙글 감돌아 오르니, 골짜기는 구불구불 북서쪽으로 이어져 있다. 두 차례 완만한 길을 가다가 두 차례 올라 5리만에 고개를 넘자, 움푹한 평지가 나타났다. 약간 내려와 1리 반을 가자, 비탈에 '광전류방(廣甸流芳)'이라 씌어진 패방이 있다. 1리 반을 더 가서 마을 뒤쪽을 지났다. 이곳은 연동(煉洞)의 맨 남동쪽 마을이다.

다시 북쪽으로 2리를 가자, 길 양쪽에 마을이 나왔다. 마을 어귀의 북동쪽에 시내를 굽어본 채 공관이 있다. 이곳은 연동의 가운데 마을이다. 그 북쪽으로 2리를 가서 다시 고개를 올랐다. 2리를 가서 고개를 넘어 북쪽으로 나아가자, '연법룡담(煉法龍潭)'이라 씌어진 패방이 있다. 이곳에 은사(隱士)와 도사가 있었음을 비로소 알게 되었는데, 연동이라는 이름은 여기에서 비롯되었던 것이다.

북쪽으로 2리를 더 가자, 마을이 높은 곳에 자리하고 있다. 마을 안에는 못이 한 군데 있고, 못 서쪽에는 정자를 인 우물이 있다. 이 우물은 용담(龍潭)이라 한다. 용담은 깊이가 네댓 길에 크기 역시 엇비슷한데, 물이 넘치지도, 마르지도 않는다. 앞쪽으로는 못 가까이에 있기에, 토박이들은 못에서 빨래를 하고 우물에서 물을 긷는다. 이곳은 계족산의 바깥 구렁이며, 계족산을 오르는 이들은 이곳을 산에 들어서는 시작으로 여기고 있다. 마침 마을에 혼인식이 있는지라 북소리와 나팔소리가 거리에 가득했다. 나는 상관치 않은 채 지나쳐 북서쪽의 고개를 올랐다.

5리를 가자 암자가 고개에 자리하고 있다. 이곳은 다암(茶庵)이다. 다시 북서쪽으로 1리 반을 오르자, 길은 두 갈래로 나누어진다. 한 갈래는 고개를 따라 쭉 서쪽으로 뻗어 있으며, 이해(洱海)의 동쪽으로 가는 길이다. 다른 한 줄기는 골짜기를 따라 쭉 북쪽으로 뻗어 있으며, 계족산으로 가는 길이다. 이에 북쪽으로 길을 따라갔다. 3리를 차츰 내려와 식사할 곳을 찾아 광주리를 열었더니, 텅 빈 채 아무 것도 없다. 아마 어제 묵었던 곳의 주인이 가져가버린 것이리라.

다시 북쪽으로 1리를 내려가자, 남서쪽 골짜기에서 시내가 흘러나온다. 이 골짜기는 빙글 돌면서 몹시 깊고 멀다. 아마 계족산의 남쪽 골짜기의 산이 삐져나온 나머지이리라. 두 벼랑 사이에는 정자가 딸린 다리가 걸쳐져 있다. 골짜기의 서쪽을 넘은 뒤, 북쪽의 고개를 올라 1리를 가자, 고개 사이를 지키는 초병이 보였다.

다시 북쪽으로 1리를 가자, 가운데의 구렁이 약간 트였다. 이곳은 넘화사(拈花寺)인데, 북동쪽을 향해 있다. 나는 몹시 배가 고픈지라 절에 들어가 스님에게 밥을 달라고 했다. 절의 북쪽을 따라 서쪽으로 돌아들어 3리를 가서 언덕 등성이를 넘자, 견불대(見佛臺)가 나왔다.

여기에서 북서쪽으로 1리를 내려갔다가 북쪽에서 뻗어내린 골짜기를 건넌 뒤, 다시 서쪽으로 북쪽에서 뻗어내린 등성이를 넘었다. 비로소 등성이 서쪽에 북쪽으로 푹 꺼져내린 움푹한 평지가 보이고, 움푹한 평지의 북쪽은 계족산의 기슭에 바짝 다가서기 시작한다. 대체로 계족산은 북서쪽에서 남동쪽으로 불쑥 솟구쳐 있고, 움푹한 평지가 그 가운데를 경계짓고 있다. 이곳에 이르러 움푹한 평지는 북동쪽의 골짜기로 돌아들고, 길은 그 남동쪽 갈래를 빙글 돌아든다. 이곳은 곧 골짜기가 죄어드는 곳이다.

서쪽으로 1리를 가자, 길 왼편에 자리한 패방이 보였다. 남쪽 산 옆으로 타넘어서야, 그 안에 오묘하고도 기이한 곳이 있음을 알았다. 방목하는 이에게 물었더니, "그 위에 백석애(白石崖)가 있는데, 남동쪽으로 비탈을 넘어 1리를 가야만 보입니다"라고 말했다. 나는 이에 짐은 한길을 따라 먼저 계족산으로 가라하고서, 홀로 걸음을 되돌이켜 백석애를 찾아나섰다.

구불구불 남동쪽으로 올라 과연 1리를 나아가니, 소나무와 대나무가 우거진 숲속에 까마득한 절벽이 나타났다. 벼랑 사이로 동굴이 있고, 동굴 앞에는 절이 있다. 절문은 북쪽을 향해 있는데, 문이 잠겨 들어갈 수 없었다. 이에 그 서쪽을 따라 길을 가로막은 가시덤불을 넘어 들어가 동굴과 절 안의 곳곳을 두루 구경했다. 다시 그 서쪽 벼랑을 기어올라 절 너머의 동굴을 살펴보았다. 동굴 앞을 바라보니 나무숲을 뚫고서 빠져나갈 수 있을 듯했다. 그래서 그곳을 따라 내려와 1리만에 한길에 이르렀다.

다시 북서쪽으로 2리를 가서 움푹한 평지로 내려가 시내를 건넜다.

이곳은 세심교(洗心橋)이다. 계족산의 남쪽 골짜기의 물은 서쪽의 도화정(桃花箐), 남쪽의 합자공에서 흘러나오는데, 모두 이곳을 거쳐 동쪽의 골짜기를 빠져나갔다가, 남동쪽의 연동과 우정을 거쳐 빈천주에서 합쳐진다. 시내 북쪽의 계족산 기슭에는 꽤 번성한 마을이 북쪽의 산에 기대어 있다. 이 마을은 사지촌(沙址村)이고, 이곳은 계족산의 남쪽 기슭이다. 여기에서 비로소 계족산에 바짝 다가서니, 오르막길은 있어도 내리막길은 없다.

마을 뒤쪽에서 서쪽의 산기슭을 따라가다가 북쪽으로 돌아들어 골짜기 속으로 들어갔다. 이어 가운데 줄기를 따라 올라 1리를 가니, 커다란 패방이 길에 걸쳐져 있다. 이것은 '영산일회방(靈山一會坊)'으로, 안찰사를 지낸 송(宋)씨가 세운 것이다. 이곳의 언덕 양쪽에는 온통 산골물 소리가 맑고, 커다란 소나무가 가지를 쭉쭉 늘어뜨리고 있다.

북쪽으로 올라 언덕을 감돌아 2리를 가자, 갈림길이 나왔다. 북동쪽으로 뻗은 길은 골짜기를 따라가고, 북서쪽으로 뻗은 길은 고개를 넘어간다. 고개를 넘어가는 길에는 서쪽 골짜기를 2리 오르면 폭포가 있고, 골짜기를 따르는 길에는 동쪽 골짜기를 2리를 오르면 용담이 있다. 폭포의 북쪽은 곧 대각사(大覺寺)이고, 용담의 북쪽은 곧 실단사(悉檀寺)이다.

나는 전에 이런 상황을 전혀 알지 못한 터라, 동쪽 골짜기에 용담의 패방이 있음을 보고서 그 길을 따라갔다. 층계를 감아돌아 수십 번 꺾어 올랐다. 깊고 먼데다 험준하다는 느낌이 들었으나, 용담이라는 곳은 보이지 않았다. 나무다리 한 곳을 넘어 움푹한 평지의 북쪽을 보니, 절이 있었다. 물어보니, 그 안이 실단사이고 그 앞이 용담인데, 지금은 구렁을 이루고 있음을 알았다. 이때 나는 짐꾼과 대각사로 가서 만나기로 약속했기에, 서쪽으로 3리를 가서 서축사(西竺寺)와 용화사(龍華寺)를 거쳐 대각사로 들어가 묵었다.

12월 23일

대각사에서 식사를 하자마자, 동쪽의 실단사로 갔다. 실단사는 계족산의 맨 동쪽의 절로서, 뒤로는 구중애(九重崖)에 기대어 있고, 앞으로는 흑룡담(黑龍潭)을 굽어보고 있다. 절의 앞쪽에는 구불거리는 등성이가 두 층으로 둘러싸고 있다. 이에 앞서 성성(省城)의 여러 벗들이 혹은 식담(息潭)이라 하고, 혹은 설담(雪潭)이라 했으나, 이곳에 이르러서야 그들 모두가 틀렸음을 알게 되었다. 홍변(弘辨) 법사와 안인(安仁) 법사 두 분이 나를 주지 스님의 처소로 맞이하여 식사를 대접하고, 쉴 곳으로 안내해주었다. 대각사의 편주 스님과 발의 질환 문제로 만나기로 약속했는데, 잠시 기다려야만 했다.

그래서 돌아가는 길에 대각사를 들렀다가, 서쪽으로 1리를 올라 적광사(寂光寺)에 들어갔다. 주지 스님은 나를 붙들어 간식을 대접했다. 이 일대의 여러 커다란 사찰 가운데, 이곳의 칠불전(七佛殿)만 좌우 양쪽에 참선할 수 있는 승당(僧堂)을 열어두고 있다. 대각사와 실단사만큼이나 아름다웠다. 다시 서쪽으로 반리를 가니, 수월암(水月庵)과 적행암(積行庵)이 나왔다. 이곳 모두 그들의 스승인 용주(用周) 스님이 남겨놓으신 것이다. 자못 그윽하고 가지런했다.

12월 24일

편주(遍周) 스님을 만나러 들어갔다. 바야흐로 정성스럽게 대접하고 있는데, 홍변 법사와 안인 법사가 만나러 오더니 거처를 옮기자고 간청했다. 그리하여 함께 실단사로 건너가, 정문 스님의 유골을 절 안의 오래된 매화나무 사이에 매단 뒤 들어갔다. 선타(仙陀)와 순백(純白) 두 스님은 어디에 있는지 물었더니, 마침 그 위쪽에서 탑을 세울 터를 닦는 것을 감독하고 있다고 했다. 이에 앞서 나는 당대래(唐大來)의 거처에서 두 스님을 만난 적이 있었으며, 기꺼이 정문 스님의 유골을 제사하겠노라 약속했었다.

계족산에 들어와 보니, 양쪽에 늘어산 산이 한 눈에 들어왔다. 동쪽이 물길의 어귀인데, 탑이 하나도 없는 것이 산속의 흠이었다. 이곳에 이르러 선타 스님이 탑 공사를 감독하고 있음을 알았으나, 어디에 세우는지는 알지 못했다. 홍변 법사가 가리키는 곳이 구불거리는 등성이 사이이니, 나의 뜻에 딱 들어맞았다. 식사를 한 후 남동쪽으로 2리를 가서 탑을 세울 터에 올라 선타 스님을 만났다.

12월 25일

실단사에서 북쪽으로 올라 무식암(無息庵)과 무아암(無我庵)의 두 곳을 지났다. 1리를 가서 대승암(大乘庵)을 지나자, 조그마한 두 줄기의 물길이 나타났다. 한 줄기는 환주암(幻住庵) 동쪽에서 흘러오고, 그리고 다른 줄기는 난타사(蘭陀寺) 동쪽에서 흘러온다. 두 물길은 모두 남쪽으로 흐르다가 이곳에서 만나, 실단사 서쪽의 물길을 이룬다.

두 줄기의 물길 사이에서 비탈을 올라 2리 남짓을 가니, 동쪽은 환주암, 즉 지금의 복녕사(福寧寺)이고, 서쪽 언덕은 난타사이다. 환주암 동쪽의 물길은 곧 야우(野愚) 법사의 정실의 동쪽 골짜기에서 흘러내리는 물로서, 구중애와 경계를 이루고 있다. 환주암 서쪽의 물길은 곧 간일 법사가 계시는 난타사와 움푹한 평지를 사이에 두고 있는 물로서, 위쪽의 신야(莘野) 스님의 정실에서 흘러내린다. 이 물은 염불당(念佛堂)에서 발원하여 사자림(獅子林) 속의 골짜기의 물을 이룬다.

동쪽 언덕의 환주암 곁을 따라 북쪽으로 1리를 가자, 스님의 정실인 천향암(天香庵)이 나왔다. 이때 절에는 아무도 보이지 않기에, 들어가 신야 스님의 거처를 물었다. 사미승이 빙글 감아도는 벼랑의 아득하고 깊은 곳을 가리키는데, 까마득한 벼랑의 서쪽에 자리하고 있다. 이에 그 뒤편을 따라 벼랑을 기어오르고, 숲을 가로질러 층계를 돌아들어, 온통 깊고 푸른 숲속을 나아갔다. 대체로 이곳에는 커다란 소나무는 없고 잡목만 어지러이 많을 뿐이나, 그 사이로 길이 중중첩첩이다. 또 하나의 장관을 이루고 있다.

수십 굽이를 나아가 1리쯤만에 동쪽의 언덕을 올랐다. 이곳은 야우 법사의 거처이다. 서쪽으로 벼랑을 따라 골짜기를 건너는 길은 신야 스님의 거처로 가는 길이다. 여기에서 서쪽으로 벼랑을 옆에 낀 채 반리를 오르니, 골짜기 속에 정실이 드높이 매달려 있다. 문이 잠겨 들어갈 수 없었다. 이곳은 실단사의 창고지기가 지은 것이다.

그 앞에서 서쪽의 난타사로 내려갔다가 그 뒤로 올라가 반리를 가니, 신야 스님의 정실이 나타났다. 이제야 신야 스님은 모니산(牟尼山)에 있고, 그의 아버지인 심(沈)노인이 집에 있음을 알게 되었다. 이곳에 이르자 문이 또 잠겨 있었다. 심노인이 다른 곳에 있음을 알고는 있었지만, 물어볼 이가 없었다.

그래서 그 왼쪽을 따라 올라가니, 또 하나의 정실이 있다. 주지 스님은 역시 출타중이었다. 제자가 있기에 그에게 묻자, 그의 스승은 난종(蘭宗) 스님이었다. "심노인은 어디 계십니까?"라고 묻자, "그의 집에 계십니다"라고 대답했다. "집이 왜 잠겨 있습니까?"라고 묻자, "어쩌다가 외출하셨으나, 멀리 가시지는 않았을 겁니다"라고 대답했다. 나는 돌아가고자 하여 성성에서 가져온 편지를 그에게 주었다. 그러자 제자는 "아마 더 내려가서 보아야 찾을 곳도 없을 터이니, 차라리 이곳에 남겨두어 대신 전해주는 게 나을 겁니다"라고 말하기에, 그의 말에 따르기로 했다.

다시 왼쪽 골짜기를 따라 주렴(珠簾)과 취벽(翠壁)을 지나 평대에 올라 집에 들어섰다. 이곳은 곧 영공(影空) 스님의 거처이다. 영공 스님은 집에 있지 않았다. 이에 집 왼쪽에서 동쪽으로 돌아들어 1리를 가서 야우 법사의 정실로 들어갔다. 이곳은 대정실(大靜室)이다. 세 칸짜리 집이 그 앞에 가로놓여 있고, 아래로는 절벽을 굽어보고 있다. 이 집의 창문은 넙찍하고도 밝은지라, 마치 구름 위에 떠 있는 듯하여, 그윽하면서도 청아하다고 할 만했다.

방안에는 나이가 들고 덕행이 높은 분들이 모여 계셨다. 야우 법사가 나와 맞아주었다. 내가 들어가 여쭈어보니, 난종 스님과 영공 스님 및 나한벽(羅漢壁)의 혜심(慧心) 스님 등의 여러 스님들이었다. 이날 야우 법사가 식사를 마련하여 여러 스님들을 모시고 있던 참이었다. 그는 나를 붙들어 식사를 하라고 했다.

식사를 마친 후, 내가 책상자를 지니고 있는 것을 보더니, 상자 속의 책을 꺼내 돌려가며 보았다. 난종 스님만은 유독 흥미진진하여 차마 책을 놓지 못했다. 아마 일찍이 떠돌아다니다가 나의 고향에 들린 적이 있는데다, 문화에 대한 소양이 있기 때문이리라.

이에 길을 잡아 숲속에서 서쪽의 나한벽으로 향하여 염불당 아래를 따라 지났다. 염불당이 숲에 가려 어디에 있는지 알 수 없기에, 평탄하게 서쪽으로 나아갔다. 모두 1리 반을 가자, 넓고 평평한 큰 바위 위에 감실이 있다. 감실에 들어가 길을 물었다.

감실의 남서쪽을 따라 반리를 가서 불쑥 튀어나온 산부리를 넘으니, 이곳은 곧 망대(望臺)라는 곳이다. 이 갈래가 아래로 꺼져내리다가 맺혀져 대각사를 이룬다. 망대의 서쪽은 산세가 안으로 물러서고, 아래로 빙글 에워싼 채 골짜기를 이루고 있다. 전단림(旃檀林)의 정실이 여기에 기대어 있다.

골짜기 서쪽에 또 하나의 산줄기가 산의 뾰족한 부분 앞에서 끌려내려온다. 이것은 전단령(旃檀嶺)이다. 이 산줄기는 서쪽의 나한벽과 경계를 이루고 있다. 이 산줄기가 아래로 꺼져내려 중앙의 줄기를 이루는데, 적광사와 수전사(首傳寺)는 이곳에 기대어 있다. 이 산줄기는 앞쪽의 식음헌으로 건너뻗었다가 동쪽으로 돌아들어 대사각(大士閣)에서 끝이 난다.

망대에서 평탄하게 서쪽으로 나아갔다가, 2리 반만에 이 고개를 넘었다. 고개 서쪽에는 바위벼랑이 차츰 모습을 드러내는데, 뒤쪽에 높다랗게 끌어안고 있다. 이에 북쪽으로 꺾어 반리를 오르자, 벽운사(碧雲寺)가 나타났다. 벽운사는 북경 출신의 법사의 여러 제자들이 세운 것으로, 참배객의 향불이 어지러이 많다. 법사의 명성을 앙모하여 찾아오는 이가 많았던 것이다. 법사가 거처하는 진무각(眞武閣)은 뒤쪽 벼랑의 움팬 곳에 매달려 있다.

이에 절 뒤쪽에서 길을 잡아들어 구불구불 올라갔다. 반리를 가서 진무각에 들어서니, 참배하는 남녀가 가득 차 있으나, 법사는 보이지 않았다. 나는 진무각 동쪽에 자못 그윽한 평대가 있는 것을 보고서 혼자서 살펴보러 갔다. 한 노스님이 마침 그 위에서 발을 씻고 있기에, 나는 이 분이 법사님이라 여겨 두 손을 모은 채 기다렸다. 법사는 곧장 벌떡 일어나더니 나의 팔을 붙들고서 "같은 소리는 서로 응하고, 같은 기운은 서로 구한다네"라고 외치고서, 상세히 풀이해주었다.

법사는 손에 양말 두 짝을 들고서 신지도 않은 채, 자신의 가슴을 가리키면서 말했다. "나는 이곳에서 너무 바쁜 나머지, 이십년간이나 양말의 때를 씻지 못했소" 막 양말을 들어 나에게 보여주려는데, 남녀가 법사의 목소리를 듣고 물밀듯이 몰려오더니, 엎드려 쉬지 않고 절을 했다. 평대가 비좁아 모두를 받아들일 수 없는지라, 사람들이 나뉘어 번갈아 왔다. 법사는 그들과 이야기를 나누었다. 법사가 사람들에게 말하는 내용은 각각 다른데, 염불을 하거나 강론을 하면서 흥에 겨워 쉬지 않았다.

이때 나는 길이 먼지라 먼저 작별인사를 드리고 나왔다. 벼랑 뒤편을 보니 오를 만한 길이 있기에 다시 그 위를 기어올랐다. 동쪽으로 돌아들어 골짜기 위에 오르니, 앉을 만한 감실이 있는지라 가파른 층계를 타고 올라갔다.

다시 벽운암(碧雲庵)으로 내려왔다. 마침 혜심 스님이 계셨다. 그는 실단사로 되돌아가는 길이 멀다면서, 머물러 가라고 나를 붙들었다. 주지 스님이 이불이 없어 난감한 표정을 지었다. 아마 이곳은 지세가 높아

추우리라. 나는 이에 서둘러 내려갔다. 남쪽으로 2리를 가서 백운사(白雲寺)를 지났다. 어느덧 해가 뉘엿뉘엿 지고 있었다.

절의 북쪽을 따라 가운데 갈래를 곁에 끼고서 나아갔다. 길은 차츰 평탄해지고 널찍해졌다. 2리를 가서 수전사를 지나는데, 어둠 속에서 아무 것도 볼 수가 없었다. 다시 남동쪽으로 1리 남짓을 가서 적광사를 지났다. 1리를 가서 대각사를 지났다. 다시 동쪽으로 1리를 가서 서축사를 지난 뒤, 한길에서 벗어나 소나무 숲속을 나아갔다. 아득하여 아무 것도 보이지 않았다.

다시 2리를 나아가 실단사 앞을 지났다. 용담 너머를 따라 내려가는 길에 되돌아보니, 등빛이 보이기에 돌아들어 절을 찾았다. 절문에 이르니, 앞쪽의 십방당(十方堂)은 이미 일찌감치 닫혀진 채 열어주려 하지 않았다. 왼쪽 곁문을 두드려서야 들어가 묵을 수 있었다.

12월 26일

아침 일찍 일어나 식사를 했다. 홍변 법사가 "오늘은 탑의 중심을 세우는데, 길일이니 함께 가서 보시지요. 다행히 장소를 정한다면, 정문 스님의 유골을 탑에 넣을 수 있을 것입니다"라고 말했다. 나는 뛸 듯이 기뻤다. 홍변 법사가 앞장서서 안내하는 길을 따라, 용담에서 동쪽으로 2리를 가서 용사[1]의 안쪽 갈래를 지났다.

그 겨드랑이 사이에 동굴 구멍이 있는데, 탑이 세워질 터의 북쪽 반리에 있다. 산줄기는 탑이 세워질 터의 갈라진 곳에서 매달려 뻗어내린다. 그 앞에는 세 개의 탑이 있으며, 모두 본무 법사의 훌륭한 제자들의 것이다. 맨 남쪽의 탑은 선타와 순백 스님의 스승의 것이다. 그들의 스승은 본적이 숭명주(嵩明州)이다. 이전에 사촌형제간인 선타 스님과 순백 스님은 모두 스승의 생질이며, 후에 스승을 따라 출가하여 스승의 제자가 되었다. 이들의 스승이 본무(本無) 법사에 앞서 세상을 뜨자, 본무 법사가 그를 위해 묘지를 고르고, 아울러 그를 위해 글을 써주었다.

나는 홍변 법사께 그 남쪽에 정문의 무덤을 만들어 달라고 부탁했다. 홍변 법사는 두루 골라보라고 했다. 그래서 고개 북쪽에 본무 법사의 탑이 있기에 역시 말씀하신 대로 살펴보았다. 나는 정문 스님의 무덤이 선타 스님의 스승과 가까이 있는 것이 좋다고 여겨, 상의하여 그렇게 하기로 정했다. 정문 스님의 유골은 이날 매장되었다.

---

1) 풍수지리에서는 산의 기맥이 이어지는 곳을 용혈(龍穴)이라 하는데, 용혈 주위의 산맥을 '사(砂)'라고 일컫는다. 일반적으로 용혈의 왼쪽을 '용사(龍砂)'라 하고, 용혈의 오른쪽을 '호사(虎砂)'라 한다.

12월 27일

(글이 빠져 있다.) 앞쪽의 길이 차츰 보이지 않았다. 마침 갈림길에 오고 간 흔적이 있기에, 바위를 더위잡아 북쪽으로 기어올랐다. 여러 차례 허공에 매달린 채 가파른 층계를 올랐다. 벼랑의 바위를 따라 원숭이처럼 올라갔다. 1리 반을 가자, 양쪽 벼랑이 앞으로 툭 튀어나와 있다. 온통 바위가 하늘을 떠받친 채 구렁에 우뚝 솟구쳐 있다. 아래에서 바라보니 마치 공중에 표지를 세워놓은 듯하다. 위에서 타넘으니 연이어져 있는 또 한 줄기 등성이가 마치 옥 같은 평대가 가운데에 매달려 있고, 두 개의 궐문이 나란히 늘어서 기대어 있는 듯하다. 뒤쪽에는 커다란 등성이가 가로뻗어 있다.

풀숲을 헤치고 올라가자, 한길이 동서로 산등성이에 가로놓여 있다. 이 한길은 동쪽의 계평관(雞坪關)이 있는 산에서 서쪽으로 올라 꼭대기에 이르는 길이다. 예전에 벽돌을 날라 꼭대기에 성을 쌓을 적에, 이 길을 닦아 나귀와 말이 다닐 수 있게 했던 것이다. 나는 이에 되짚어 그 동쪽을 따라 반리를 가서 겹겹의 벼랑을 타고서 올라갔다. 그런데 이곳은 위는 평평하나 아래는 움패어 있는지라, 굽어보아도 아무 것도 보이지 않았다. 불쑥 튀어나온 점두봉(點頭峰)처럼 한 눈에 모두 볼 수는 없었다.

그 등성이 양쪽은 온통 오래된 나무들에 깊숙이 가려져 있다. 그 가운데로 나 있는 길에 산뒤를 굽어보는 훤히 트인 곳이 있다. 그 북동쪽에는 또 빙 두른 산이 마치 키(箕)처럼 치솟은 채 남쪽을 향해 있다. 이곳은 마니산(摩尼山)으로, 곧 이 산의 나머지 줄기가 맺힌 곳이다. 그 북서쪽으로 가로뻗은 갈래는 이른바 '후지(後趾)'로, 곧 남쪽으로 치솟아 꼭대기를 이루고 있는 곳이다.

그래서 꼭대기는 남쪽 구렁에서 바라보면, 마치 깃발을 펼쳐 서쪽에 세워놓은 듯하고, 나한벽의 아홉 층의 등성이는 마치 깃발을 펼쳐 동쪽에 세워놓은 듯하다. 또한 북쪽 등성이에서 바라보면, 마치 깃발을 펼쳐 남쪽에 세워놓은 듯하고, '후지'의 등성이는 마치 깃발을 펼쳐 북쪽에 세워놓은 듯하다. 이것이 이 산의 대체적인 형세이다.

도화정(桃花箐)을 넘어가는 산등성이는 또한 꼭대기의 남서쪽 골짜기 속에 있다. 이 산등성이는 남쪽으로 치솟아 향목평(香木坪)의 고개를 이루고, 동쪽으로 뻗어 화자공(禾字孔)의 등성이를 이루는데, 나한벽 및 점두봉과 남북으로 마주 솟구쳐 양쪽 경계를 이루고 있다. 이것은 세 개의 발톱 가운데 남서쪽 갈래의 너머에 있으니, 맞은편 산이지 계족산은 아니다. 남쪽 갈래의 주봉은 향목평에서 남쪽의 오룡패(烏龍壩), 나한벽, 점두봉으로 치달리며, 그 동쪽으로 뻗어나온 갈래는 주요 줄기가 아니다. 산 뒤쪽은 나천(羅川)이 있는 곳으로, 북쪽의 남아(南衙)에 이른다. 모두 등천주(鄧川州)의 속지이며, 빈천주와는 이 산등성이를 경계로 나뉜다. 그러므로 꼭대기는 등천주에 속하고, 조계사(曹溪寺)와 화수문(華首門)은 여전히 빈천주에 속한다.

북동쪽의 마니산은 북승주와 낭창위의 관할지이다. 이곳은 계족산의 동쪽 기슭의 계평산을 경계로 삼는다. 등성이를 따라 쭉 북쪽으로 바라보니, 설산(雪山)이 손가락 모양으로 하늘 너머로 곧추서 있는데, 보였다 사라졌다 가물거린다. 이곳은 여강부의 경내로, 그 가운데에 학경부(鶴慶

府)를 사이에 두고 있다. 설산의 동쪽에는 금사강이 산 옆을 가로질러 남쪽으로 쏟아져 흐르지만, 그곳은 비좁아 겨우 한 길 남짓밖에 되지 않는지라 보이지 않는다.

산등성이의 길을 따라 서쪽으로 나아가 두 차례 솟아오른 뒤 5리를 가니, 남쪽에서 뻗어오르는 길이 있다. 이 길은 나한벽에서 동쪽의 전단령으로 가는 길이고, 등성이를 엇갈려 북서쪽으로 뻗어가는 길은 '후지'의 북쪽을 따라 학경부로 내려가는 길이며, 등성이를 엇갈려 북동쪽으로 내려가는 길은 나천으로 가는 길이고, 등성이를 따라 서쪽으로 가는 길은 꼭대기로 가는 길이다. 여기에서 다시 올라 북쪽으로 에돌았다가 2리 남짓만에 꼭대기 아래에 이르렀다. 그 북쪽 벼랑에는 눈 내린 흔적이 하얗게 남아 있는데, 언제 쌓인 것인지 알 수 없다.

다시 남쪽으로 반리를 올라 남문에 들어섰다. 문밖으로 푹 꺼져내려가는 길은 호손제(猢猻梯)에서 동불전(銅佛殿)으로 나오는 길이고, 북문에서 나와 뒤쪽 등성이를 올라 남서쪽으로 돌아들어 내려가는 길은 속신협(束身峽)에서 예불대(禮佛臺)로 나왔다가 화수문을 따라 동불전을 만나는 길이다. 남동쪽에 있는 호손제는 등성이 위를 따라가며, 북서쪽에 있는 속신협은 흘러내리는 물속을 따라간다. 이것은 꼭대기에 오르는 두 갈래의 험준한 길이다. 등성이를 따라 오면서 이런 일은 처음이었다.

문에 들어서자마자, 가섭전(迦葉殿)이 나왔다. 이곳은 토주묘(土主廟)의 옛터이며, 예전의 가섭전은 산중턱에 있다. 정축년[1]에 순안사 장(張)씨는 가섭(迦葉)을 꼭대기에 모시지 않으면 안되겠다고 여겼다. 그래서 그는 자금을 내어 이곳에 가섭전을 세우는 대신, 토지묘를 가섭전 왼편에 옮겼다. 가섭전 앞의 천장각(天長閣)은 천계 7년에 해염현(海鹽縣) 출신의 순안사 주(朱)씨가 세운 것이다.

천장각 뒤에는 관풍대(觀風臺)가 있고, 누각도 있다. 이 누각은 천계(天啓) 초에 광동성의 순안사 반(潘)씨가 세운 것이다. 지금은 다보루(多寶樓)로 이름을 바꾸었다. 그 뒤에는 있는 선우정(善雨亭) 역시 순안사 장씨가 세운 것이며, 지금은 그 속에 장씨의 초상이 그려져 있다. 훗날 서천(西川)의 순안사 예(倪)씨가 이름을 서각거려(西脚蘧廬)로 바꾸었는데, 다분히 풍자의 뜻이 포함되어 있다.

전각과 정자의 사방에는 성을 쌓아 빙 두르고, 사방에 누대를 지어 문을 만들었다. 즉 남쪽은 운관(雲觀)으로, 운남현에 예전에 채색 구름의 기이한 경관이 있었음을 가리킨다. 동쪽은 일관(日觀)으로, 태산(泰山)의 해뜨는 경관을 의미한다. 북쪽은 설관(雲觀)으로, 여강부의 설산(雪山)을 가리킨다. 서쪽은 해관(海觀)으로, 창산(蒼山)과 이해(洱海)가 있는 곳이다.

순안사 장씨는 겹겹이 솟은 산의 꼭대기에서 이 거대한 역사를 일으켰다. 목부(沐府) 역시 그의 뜻을 헤아려 중화산(中和山)의 동전(銅殿)을 이곳으로 옮겨왔다. 아마 중화산은 성성의 동쪽에 있다. 구리인 동(銅)은 서방에 속하는 것으로서 나무를 이길 수 있으므로, 그곳에서 이곳으로 옮겨왔으리라.

어떤 사람이 동전을 옮기지 못하도록 소문을 퍼뜨렸다. 즉 계족산은 여강부의 산줄기이고, 여강부의 지부 역시 성이 목(木)씨인지라 쇠(金)와 상극임을 꺼리니, 장차 계족산으로 군대를 이동시키려면, 지금 당장 일을 꾀한 중부터 죽여야 한다는 것이었다. 나는 귀주성(貴州省)에 있을 때 이 말을 들은 적이 있었는데, 이런 견해는 말이 안된다고 생각했다. 여강부는 북쪽에 있고, 계족산은 남쪽에 있으니, 계족산의 산줄기가 여강부에서 뻗어온다는 말을 들어보았다. 하지만 여강부가 계족산에서 뻗어온다는 말은 들어본 적이 없으며, 성씨와 지명은 서로 아무 관계가 없는데, 무슨 상극이란 말인가?

여기에 이르러보니, 동전(銅殿)의 기물들은 가섭전 안에 쌓여 있다. 다만 세워둘 곳이 없어 목부(沐府)가 헤아려 자리를 잡아주기를 기다리고 있을 뿐, 방해가 되지는 않았다. 다만 성 안쪽 가운데 천장각(天長閣) 뒤쪽은 하남(河南) 출신의 스님이 주관하고, 앞쪽의 새로 지은 가섭전은 섬서(陝西) 출신의 스님이 주관한다. 섬서 출신의 스님이 순안사 장씨와 고향이 같기에 목부 역시 동전을 그에게 속하게 했다. 그러나 아쉽게도 두 스님은 범속을 초탈하는 기질이 없어 사사건건 화목하지 못하니, 불문의 복은 아니었다.

나는 산에 들어서자마자, 하남과 섬서 출신의 두 스님의 이름을 들었다. 꼭대기에 이를 즈음에 해가 저무는데, 섬서성에서 온 스님의 숙부가 가섭전에 있는 것이 보이기에 짐을 그곳에 부렸다. 그의 조카 명공(明空)은 아직 나한벽의 서래사(西來寺)에 있었다. 나는 가섭전의 곁을 따라 천장각으로 들어갔다. 아마 섬서성 출신의 스님이 동전의 기물로써 가섭전 뒤쪽의 정문을 가로막아 가운데로 드나들 수 없게 했기 때문이리라.

하남성 출신의 스님은 다보루 아래에 사는데, 나를 붙들어 저녁식사를 대접했다. 그의 뜻을 헤아려보건대, 그는 몹시 분노하고 있었다. 나는 이에 대해 말은 하지 않았어도 마음속으로는 그렇지 않다고 생각했다. 토주묘로 돌아왔는데, 몹시 추웠다. 섬서성 출신의 스님이 불을 지피고 과일을 대접하면서, 나에게 자신의 조카인 명공 스님이 전에 동전을 위해 모금한 일을 자세히 이야기해주었다. 그는 "지금 서래사에 있으니, 한 번 가보시지요"라고 말했다. 나는 그러겠노라고 했다.

---

1) 정축년(丁丑年)은 숭정 10년인 1637년이다.

12월 28일

아침 일찍 일어나니 몹시 추웠다. 급히 옷을 걸쳐 입고서 해돋이를 구경하려고 남쪽 누대로 갔다. 하지만 해는 이미 환하게 떠올라 있었다. 아침 식사를 한 후, 장천각과 선우정 사이에서 비문을 베꼈다. 추위로 손가락이 곱은지라, 가장 긴 부도어사(副都御史) 장(張)씨의 비문 두 개만은 베낄 겨를이 없었다.

가섭전으로 돌아와 식사를 하고서, 북문으로 나왔다. 북문 바깥의 언

덕등성이 위에 마실 거리를 팔고 가루를 끓이는 이들이 많았다. 등성이
의 서쪽은 온통 깎아지른 듯한 벼랑이 뒤덮고 있다. 여기가 바로 이전
에 사신애(捨身崖)라고 일컬어진 곳일까?

북쪽의 등성이 위를 따라 1리를 나아갔다가 서쪽으로 꺾어져 내려와
낡은 누각 한 곳을 지나 남쪽으로 속신협으로 내려갔다. 커다란 바위가
양쪽으로 갈라져 있고, 가운데에는 구렁이 패어 있다. 길은 그 가운데로
내려가는데, 양쪽 벼랑이 바짝 조여드는데다가 대단히 가파르게 푹 꺼
져내린 채 구불구불 골짜기를 돌아들었다. 옆으로 몸을 옴짝달싹할 틈
이 없으니, 이것이 이른바 몸을 조인다는 의미의 '속신(束身)'이다.

반리를 내려가자 조그마한 평지가 나타났다. 복호암(伏虎庵)이 이곳에
기대어 있다. 복호암은 남쪽을 향해 있고, 암자 앞을 따라 향초를 파는
이들이 많이 있다. 이곳의 향초는 산등성이에서 자란다.

사신애를 따라 남동쪽으로 돌아드니, 조계사와 화수문으로 가는 길
이 나왔다. 암자를 에돌아 서쪽으로 돌아들어 절벽 위로 감아오르니, 이
곳은 예불대와 태자과현관(太子過玄關)이다. 나는 이에 먼저 예불대를 들
렀다. 예불대의 동쪽에 있는 정자는 가운데가 허물어져 있고, 예불대는
정자 앞의 바위무더기 사이에 솟구쳐 깊은 구렁 위에 매달려 있다.

북쪽을 바라보니, 까마득한 벼랑이 깊은 구렁 속에 거꾸로 박혀 있다.
이곳은 꼭대기의 북쪽 끄트머리이다. 그 아래는 도화정인데, 벼랑이 튀
어나와 있는지라 몸을 굽혀도 보이지 않았다. 그 남동쪽의 구렁 속에는
방광사(放光寺)가 있고, 그 서쪽의 움푹한 평지 너머로 마주하고 있는 것
은 향목평이다. 이 예불대는 꼭대기의 북서쪽 모퉁이의 험준한 곳에 자
리한 채 허공을 타고서 그림자를 거꾸로 드리우고 있다. 마치 깊은 구
렁 위로 배가 떠가는 듯하다. 이 산의 빼어난 곳이로되, 정자는 이미 허
물어져버렸다. 감개가 없을 수 없었다.

예불대의 북쪽에는 벼랑의 암벽이 거꾸로 매달려 있고, 돌층계 길은
끊겨 있다. 서쪽 벼랑에서 구렁 속을 굽어보니, 꽃받침과 꽃잎 같은 바

위가 마치 갓 피어나는 꽃자루처럼 위로 갈라져 있다. 멀리로는 길이 없는지라 벼랑의 가장자리에 나무를 가로놓아 잔도를 만들어 놓았다. 그 모습은 마치 날아오르는 규룡이 층층의 산위에 날개를 잇대어 놓은 듯하다. 갈라진 꽃자루 모양의 바위에 발을 내딛자, 마치 작약의 씨방에 들어서는 듯한데, 속은 비고 겉으로 뚫려 있어 붙을 듯 말듯 하다.

그 깊은 굴속으로 뚫고 들어가니, 바로 예불대의 아래이다. 이곳은 바깥 바위가 안쪽 바위에 붙어 이루어져 있는데, 위는 이어져 있고, 아래는 갈라진 채 양쪽으로 벌어져 뚫려 있다. 몸을 가로뉘어 들어가서 틈을 헤치고 나온 뒤, 다시 남쪽의 예불대 위로 올랐다. 계속해서 동쪽의 복호암을 지나 바위를 따라 암벽을 끼고서 구렁의 꼭대기로 감돌았다. 고개를 들어 치솟은 벼랑을 바라보니, 느닷없이 무너져내릴 것만 같다. 방금 전에 그 위에서 옷을 털고 신발을 고쳐 신었던 곳임을 누가 알리오?

남동쪽으로 벼랑을 끼고서 1리 남짓을 가자, 집이 벼랑에 기대어 있다. 이곳은 조계사이다. 그 옆에는 솟구친 벼랑 아래에 못이 있다. 구렁으로 떨어진 못물은 선종 법문의 갈채처럼 여러 물줄기의 원류가 된다. 약간 내려가자, 길은 두 갈래로 나뉜다. 바른 길은 남동쪽의 벼랑을 따라 완만하게 뻗어가고, 오솔길은 서쪽의 급경사의 비탈을 내려간다. 나는 방광사가 남서쪽의 구렁에 있는 것을 보고서, 오솔길로 따라가는 게 옳으리라 여겼다.

서쪽의 오솔길을 따라 1리 남짓만에 북쪽으로 돌아들어 산부리를 넘었다. 어느덧 예불대 아래로 감돌아 와 있었다. 그 북서쪽은 도화정으로 가는 길이고, 남동쪽의 구렁 바닥은 발을 디딜 곳이 전혀 없기에 왔던 길을 되짚어 돌아나왔다. 2리를 가서 벼랑의 바른 길을 따라 팔공덕수 (八功德水)를 지났다. 이곳에서 벼랑의 길은 더욱 좁아지고, 실 같은 바닥은 움푹 팬 절벽을 따라 뻗어오른다. 올려다보아도 그저 높이 봉긋 솟은 느낌만 들 뿐 그 꼭대기는 보이지 않고, 굽어보아도 그저 깊고도 그

윽한 느낌만 들 뿐 그 바닥을 볼 수 없다. 마치 내걸린 한 폭의 만인창
애도(萬仞蒼崖圖)에 몸이 들어가 있는 듯하니, 내가 어디쯤에 있는지 분간
할 수 없다.

동쪽으로 1리를 가니, 벼랑의 기세는 날아올라 처마처럼 드높이 봉긋
솟구치고, 그 아래를 빙 둘러 덮어 마치 문지방과 같다. 그 안쪽의 벼랑
벽은 닫힌 문처럼 우뚝 서 있다. 대체로 벼랑의 바위들은 이빨 모양으
로 늘어선 채 모두 떨어져 내리는데, 미처 떨어져내리지 않은 나머지가
이른바 화수문이다.

화수문의 높이는 스무 길이며, 그 위로 봉긋 뒤덮은 것은 얼마나 되
는지 알 길이 없다. 아마 바로 꼭대기의 관해문(觀海門) 아래에 있는 까
마득한 벼랑이리라. 화수문 아래에는 암벽에 기대어 정자를 만들고, 양
쪽에 조그마한 벽돌탑을 세워 어울리게 했다. 곧 불경에서 일컫는 바의,
가섭이 석가모니의 낡은 가사를 받아 걸치고서 좌정하여 수도하다가,
60백천세를 기다려 미륵불(彌勒佛)에게 건네주었던 곳이다.

암벽 사이에는 천태현(天台縣) 출신으로 부도어사를 역임한 왕십악(王
十岳, 사성士性)이 지은 게송(偈頌)의 시가 새겨져 있고, 순안사 예씨가 크
게 쓴 '석상기절(石狀奇絶)'이라는 네 글자가 가로로 새겨진 채 붉은색이
칠해져 있다. 이것은 남을 흉내낸 것인가? 얼굴에 자자(刺字)한 것일까?
속신애에 씌어진 '석상대기(石狀大奇)', 가사석(袈裟石)에 씌어진 '석상우기
(石狀又奇)', 도솔협 (兜率峽)어귀에 씌어진 '석상시기(石狀始奇)'와 함께, 모
두 네 곳이 각기 한 글자만을 바꾸었으니, 산신령이 무슨 죄가 있어 이
런 고통을 받아야 한단 말인가?

다시 반리를 가서 치솟은 벼랑이 동쪽으로 끝나는 곳에 바위 등성이
가 아래로 드리워져 있다. 절이 그 동쪽에 기대어 있다. 이곳은 동불전
(銅佛殿)이며, 지금 문에 걸린 편액에는 전등사(傳燈寺)라 되어 있다. 대체
로 꼭대기는 동쪽으로 불쑥 튀어나와 호손제에서 아래로 떨어져내려
이곳을 이룬다. 더 내려가면 가섭사(迦葉寺)가 나온다. 이곳은 계족산의

남서쪽 갈래가 산줄기를 이룬 것이다.

가섭사는 동쪽을 향해 있다. 아래에서 뻗어오르던 한길은 절 앞에 이르러 두 갈래로 나뉜다. 그 북쪽의 골짜기에서 절 뒤의 호손제로 오르는 길은 꼭대기의 앞문으로 가는 길로서, 내가 어제 올라오는 길에 굽어보았던 길이다. 절 앞에서 벼랑을 따라 서쪽으로 돌아들어 화수문을 지나 속신협을 오르는 길은 꼭대기의 뒷문으로 가는 길로서, 내가 지금 따라 내려오는 길이다.

대체로 절 북쪽은 골짜기이고, 절 서쪽은 벼랑이다. 절 뒤쪽의 호손제는 꼭대기에 드리워진 등성이를 따라 뻗어내려오는데, 벼랑이 동쪽으로 끝나는 곳이자 골짜기가 남쪽으로 빙 둘러 있는 곳이다. 절 북쪽에는 바위봉우리가 골짜기 속에 불쑥 솟은 채 웅크리고 있다. 그 위에 암자가 기대어 있다. 이곳은 가사석(袈裟石)이다. 나는 처음에 그것이 가사석인 줄 몰랐다. 그런데 바라보고 있노라니 무언가 다르다싶어 동불전에 들어가지 않고 이 바위에 올랐다.

가사석에 이르자, 암자의 스님이 나를 맞이하여 바위 위에 앉게 했다. 바위 무늬는 어지러이 아래로 드리워진 채 두 층의 흔적을 만들어내고 있고, 위에는 둥근 구멍이 있다. 스님은 그 무늬를 가리켜 가섭의 가사라 하고, 구멍을 가리켜 가섭의 지팡이가 꽂혔던 자국이라 했다. 설사 가섭의 자취가 없다할지라도, 이곳은 빙글 두른 벼랑이 밖으로 에워싸고 꺼져내린 구렁이 그 가운데에 감돌고 있는데다, 바위가 벼랑에 이어진 채 구렁을 굽어보고 있다. 절로 기이한 경관을 이루고 있다.

스님이 튀밥을 끓여 대접한 덕분에, 주린 배를 든든하게 채웠다. 나는 이때 방광사와 성봉사(聖峰寺) 등으로 내려가고 싶었으나, 호손제에 대한 정을 억누를 수 없었다. 그래서 가사석을 따라 오른쪽으로 올라갔다. 반리를 가서 호손제에 올랐다. 호손제는 천연의 돌층계로서, 첩첩의 층계 흔적이 있어 발을 디딜 수는 있으나, 흔적 사이의 바위모서리가 이빨 모양으로 날카로워 발을 붙이기가 몹시 어려웠다.

등성이 왼쪽을 굽어보니 바로 화수문이 있는 치솟은 벼랑의 위이고, 오른쪽을 굽어보니 가사석이 있는 꺼져내린 구렁의 끄트머리이다. 이빨 모양의 날카로운 바위가 화수문에서 드리워져 내린다. 이 호손제는 어긋버긋 위로 오르지만, 바위의 재질은 똑같다. 반리를 올라 여러 차례 꺾어돌자 돌층계는 끝이 난다. 계속해서 골짜기를 따라 올라갔다. 물어보니 꼭대기까지는 대단히 먼지라, 발걸음을 돌이켜 돌층계를 내려와 동불전의 북쪽에서 동쪽의 골짜기 속으로 내려왔다.

1리를 가서 골짜기 바닥을 빙글 돌아들자, 그 속에 암자가 자리하고 있다. 이곳은 이른바 도솔암(兜率庵)인데, 이미 반쯤 무너져 있었다. 도솔암의 뒤쪽은 꼭대기가 나한벽과 갈라져 앞으로 불쑥 튀어나온 곳이고, 암자 앞쪽에는 골짜기가 다시 깊숙이 푹 꺼져내린다. 암자를 따라 가로질렀다가 왼쪽의 벼랑을 따라 반리를 내려갔다. 벼랑 발치에 웅덩이가 안쪽으로 움패어 있다. 앞에는 거대한 나무가 그늘을 드리우고 있고, 학순(鶴峋) 거사의 시비(詩碑)도 있다.

그 앞쪽의 골짜기는 깊숙이 구불거리고, 길은 그 위를 따르다가 두 갈래로 나누어진다. 오른쪽 골짜기 속을 따라 남서쪽으로 뻗어내린 길은 가섭사와 성봉사의 서쪽 갈래로 가는 한길이다. 왼쪽 벼랑 아래를 따라 동쪽으로 나아가는 길은 서래사, 벽운사, 나한벽으로 가는 샛길이다. 나는 이때 몸은 서쪽 골짜기를 따라 내려가면서도 걸음마다 뒤돌아보았다. 마음은 미상불 나한벽 사이로 날아가 있었던 것이다.

반리를 내려와 앙고정(仰高亭)에 이르렀다. 이 정자는 깎아지른 듯한 골짜기 속에 있는데, 허물어져 있는지라 들어가지는 못했다. 정자에서 내려와 반리만에 골짜기를 빠져나오자, 가섭사가 나타났다. 절의 문은 동쪽을 향해 있고, 절 안은 높고도 널찍하다. 이곳은 예전의 가섭전이지만, 최근에 꼭대기에 새로 건물을 지었기에 이곳을 절이라 일컫는다고 한다. 절에 들어가 가섭존자의 불상에 절을 올렸다.

절 앞에서 남쪽의 갈림길을 따라 내려오는 길은 가파르나 널찍했다.

두 명의 거지가 소나무를 덮어 천막을 지어놓았다. 구불거리는 비좁은 길을 수십 번 꺾어 1리 남짓만에 회등사(會燈寺)에 이르렀다. 절은 남쪽을 향해 있다. 절에 들어가 예불을 드리고 나왔다. 동쪽으로 반리를 가자, 서쪽으로 뻗어가는 갈림길이 나타났다. 이 길은 방광사로 가는 길이다.

날이 저물어 당도하지 못할까봐 서쪽으로 가지 않은 채, 동쪽으로 길을 재촉했다. 길은 평탄하고도 널찍하다. 1리를 가자 성봉사가 나타났다. 절은 동쪽을 향한 채, 산이 갈라지는 곳에 자리하고 있다. 앞에는 커다란 패방이 있고, 뒤에는 높다란 누각이 있다. 대단히 웅장하고 훤히 트인 기세이다. 이 누각은 옥황상제를 제사지내는 터라, 지금은 모두들 이곳을 옥황각(玉皇閣)이라 일컫는다. 여기에서 북쪽을 쳐다보니, 서래사가 층층의 벼랑 위에 높이 엮어져 있다. 병풍처럼 벽에 뻗어 있는 노을이 높고 멀리 하늘에 아득하니, 그 경관이 대단히 기이했다.

절에서 나와 동쪽의 밭두둑을 따라 나아가 2리만에 백운사를 지났다. 다시 그 오른쪽에서 동쪽으로 1리 반을 나아가 혜림암(慧林庵)을 지났다. 암자 앞에서 좌우 양쪽의 시내가 합쳐지고, 밭두둑은 끝이 난다. 암자 왼쪽의 골짜기를 건너 동쪽의 대각사의 채소밭을 지나 1리를 갔다. 이어 식음헌 뒤를 따라 가운데 갈래의 등성이를 넘어 천불각(千佛閣) 앞에서 시장을 구경했다. 시장은 오직 연말에 산속에서 모여 이루어진다. 절에 가서 참배를 드리는 절기인지라 예전에는 석종사(石鐘寺) 앞에서 모이다가, 오늘은 이곳으로 옮겨 대각사 근처에 모여 있다. 천불각이 여러 절들의 가운데에 자리하고 있기 때문이다. 시장에서 동쪽으로 반리를 가서 서축사를 지난 뒤, 2리 남짓을 더 가서 실단사에 들어갔다.

저녁 식사를 한 뒤 심(沈)노인(신야 스님의 아버지)이 인사하러 와서 절에서 기다리고 있다는 것을 알았다. 서둘러 아래층으로 내려가보니 심노인이 와 있기에, 각자 경모하는 마음을 털어놓았다. 때는 어느덧 저물어 있었다. 절에서 목욕할 수 있는 뜨거운 물을 준비해준 덕분에, 네 분의 스님 및 심씨와 함께 못에서 목욕을 했다.

못은 벽돌을 쌓아 만들었다. 길이는 한 길 반이고 너비는 여덟 자이다. 탕은 깊이가 네 자인데, 벽 너머의 가마솥에서 종일토록 물을 끓여야 따뜻해진다. 목욕하는 이는 먼저 못 밖에서 물로 몸을 씻은 후에 못에 들어간다. 못의 물속에서 얼마동안 몸을 담근 후 다시 못 밖으로 나와 몸을 문질러 씻고, 다시 몸을 담근 후에 또 씻어낸다. 몸을 담그고 있을 때에는 움직이지 않고 가만히 있는데, 때가 못 속에 떨어질까 염려해서이다. 나는 삼리반(三里盤)에서 목욕을 한 후 운남성에 들어와 온천에서만 목욕을 했는데, 이런 식의 목욕은 대단히 드문 경우였다.

12월 29일

실단사에서 식사를 하고서, 심씨 및 체극(體極) 법사의 조카와 함께 시장을 구경했다. 나는 신발을 사고 하인 고씨는 모자를 샀다. 구경나온 대각사의 편주 스님을 만났는데, 놀러나온 길이었던 그는 나와 함께 가고 싶어했다. 나는 설날에 축수하러 가겠노라면서 사양했다. 이때 바로 그의 나이 일흔이기 때문이었다. 정오가 지나자 심씨가 먼저 작별하여 떠났다. 나는 면 한 사발을 사먹었다.

1리 남짓을 가서 대승암(大乘庵)을 따라 환주암에 올랐다. 1리를 가서 환주암에 들어가니, 복녕사(福寧寺)라 씌어진 편액이 보였다. 길을 묻고 나왔기에 환주암이 어떤지는 알 수 없다. 환주암의 오른쪽에서 골짜기를 지나 북서쪽으로 나아가 1리만에 난타사에 들어갔다. 난타사는 남쪽을 향해 있다. 정전에서 그 동쪽의 누각에 들어가자, 간일(艮一) 법사가 맞으러 나왔다. 정전 앞에 누워 있는 돌비석에 대해 물어보았다. 간일 법사는 "이것은 선사께서 쓰신, 가섭의 사적에 대한 기록입니다"라고 대답했다. 이전에는 화수문의 정자 속에 세워져 있었는데, 순안사 반씨가 꼭대기에 관풍대를 지을 적에, 일을 맡아보는 이가 이 비석을 꼭대기로 끌어와 갈아내고 새로운 기록을 새기려 했다. 간일 법사가 이 소식을 듣고서 가서 말린 덕에 다행히 훼손되지 않았으나, 화수문의 길이 가파른지라 끌어내릴 수 없어 길을 에돌아 이곳에 놓이게 되었다.

나는 비문을 베끼고 싶었다. 비석의 양면에 글자가 새겨져 있는데, 전반부는 아래에 있었다. 간일 법사는 벽 사이의 족자를 가리키면서 "이것이 바로 비문의 글인데, 비석에서 베껴 써낸 것입니다"라고 말했다. 나는 족자 아래에 책상을 옮겨놓고 그것을 베껴 썼다. 간일 법사는 시주 밥을 대접했다. 심씨도 역시 왔다.

시주 밥을 먹은 후, 비문이 길어 아무래도 다 마칠 수 없으리라는 생각이 들어, 하인 고씨에게 내려가 침구를 가져오도록 했다. 심씨가 작별을 고하고 떠나기에, 나는 내일 가서 뵙겠노라고 약속했다. 해가 저물도록 베껴쓰기를 마치지 못했다. 하인 고씨가 침구를 가져왔기에 난타사의 참선용 침상에 누워 잤다. 하인 고씨는 홍변 법사와 안인 법사의 "내일은 섣달 그믐이니, 그대의 주인더러 일찍 절로 돌아와 다른 사람들이 애타게 기다리지 않도록 하라"는 말씀을 전해주었다. 그 말을 듣고나니, 한참동안 서글픈 생각에 잠겨 있었다.

12월 30일

아침 일찍 일어나 세수하고 머리를 빗고 나니, 신야 스님이 왔다. 서로 만나니, 마음에 퍽이나 위안이 되었다. 함께 난타사에서 식사를 했다. 비문을 다 베끼고 나니, 신야 스님은 어느새 가버리고 없었다. 난타사에서 등성이를 따라 북쪽으로 올랐다. 길은 꽤 평탄했다. 1리를 가서 동쪽으로 돌아들었다가, 1리만에 신야 스님의 거처 앞에 있는 조그마한 정실로 나왔다.

다시 반리를 가서 신야 스님의 누각에 들어가보니, 심씨는 있었지만 신야 스님은 아직 돌아오지 않았다. 심씨가 나를 위해 식사를 준비했다. 신야 스님이 때마침 돌아왔기에, 그의 누각에서 식사를 했다. 부자가 몸소 밥을 지으며, 토란을 삶고 채소를 삶으면서 몹시 즐거워했다. 신야 스님은 하인 고씨에게 난타사에서 침구를 가져오라고 하면서, "하늘가 타지이기는 마찬가지인데, 어찌 반드시 사원과 정실(靜室)을 구분해야 합니까?"라고 말했다.

나는 그의 말에 따라, 위층의 북쪽 방에서 하룻밤을 묵었다. 이 누각 은 남동쪽을 향해 있고, 앞으로 겹겹의 구렁을 굽어보며, 좌우로 두 개 의 봉우리를 감싸안고 있다. 대단히 아늑하면서도 대칭을 잘 이루고 있 다. 누각 앞에는 껍질채인 사라나무로 난간을 둘렀는데, 소박하면서도 우아하다. 누각의 창문은 널찍하고 격자창은 밝고 깨끗하다.

수많은 산봉우리로 둘러싸인 심산유곡에서 섣달 그믐을 보내노라니, 오늘 하룻밤이 세상에서의 천백 날의 밤보다 나으리라. 저물녘에 창앞 에 기대어 굽어보노라니, 별빛은 밝게 드리우고, 움푹한 평지 속의 불빛 은 멀리 가까이에서 서로 끌어당긴다. 참배하러 온 이들의 불빛이 밤새 도록 끊이지 않은 채, 마치 옥 같은 못에 달빛이 스치듯 반짝인다. 이 또한 일대 장관이도다.

원문

戊寅十二月初一日 在官莊茶房. 時顧僕病雖少瘥, 而屣弱殊甚, 尚不能行. 欲候活佛寺僧心法來, 同向黑鹽井, 迂路兩日, 往姚安府, 以此路差可行, 不必待街子[1]也.

---

1) 가자(街子)는 정기적으로 서는 시장을 의미한다.

初二日、初三日、初四日 在茶房. <u>悟空</u>日日化¹⁾米以供食, 而<u>顧僕</u>屢弱如故. <u>心法</u>亦不至.

---

1) 화(化)는 스님이나 도사가 재물을 모금하는 것을 의미한다. 흔히 스님이 보시를 구하는 것을 화연(化緣) 혹은 화모(化募)라 한다.

初五日 <u>前上雷應諸蜀僧</u>返. 諸僧待明日往<u>馬街</u>, 隨街往<u>爐頭</u>出<u>大姚</u>. 余仍欲隨之, 而病者不能霍然, 爲之怏怏.

<u>馬街</u>在<u>西谿</u>東坡上, 南去<u>元謀縣</u>二十五里, 北去<u>黃瓜園</u>三十五里, 東至<u>雷應山</u>箐口十里, 西至<u>溪西坡</u>五里, 當大塢適中處. 東西抵山, 共逕十五里, 南抵山, 北逾江, 共逕一百三十里, 平塢之最遙者也. 其東南有聚廬曰<u>官莊</u>, 爲<u>黔府</u>莊田. 茶房卽在<u>馬街坡</u>北.

<u>元謀縣</u>在<u>馬頭山</u>西七里, <u>馬街</u>南二十五里. 其直南三十五里爲<u>臘坪</u>, 與<u>廣通</u>接界; 直北九十五里爲<u>金沙江</u>, 渡江北十五里爲<u>江驛</u>, 與<u>黎溪</u>接界; (<u>江驛</u>在<u>金沙江</u>北, 大山之南. 由其後北逾坡五里, 有古石碑, 大書'<u>蜀滇</u>交會'四大字. 然此驛在江北, 其前后二十里之地, 所謂江外者, 又屬<u>和曲州</u>; <u>元謀</u>北界, 實九十五里而已. <u>江驛</u>向有驛丞. 二十年來, 道路不通, 久無行人, 今止<u>金沙江</u>巡檢司帶管.) 直東六十里爲<u>墟靈驛</u>東嶺頭, 與<u>和曲州</u>接界; 直西四十里爲<u>西嶺</u>, 與<u>大姚縣</u>接界. 其地北遙與<u>會川衛</u>直對, 南遙與<u>新化州</u>直對, 東遙與<u>嵩明州</u>直對, 西遙與<u>大姚縣</u>直對. 東界大山卽<u>墟靈驛</u>與<u>雷應山</u>也, 南自<u>大麥地</u>, 直北抵<u>金沙江</u>南岸, 橫亙二百里, 平障天半焉. 西界山層疊錯出, 亦皆自南而北. 縣治之支, 南自<u>楚雄府定遠縣</u>東來, 分支結爲縣治. 其餘支西繞者, 由縣西直北十五里<u>西溪</u>之口而止, 是爲第一層; 又一支南自<u>定遠縣</u>分支來, 與縣西之支同夾而北, 至<u>西溪</u>口, 東支已盡, 此支更夾之而北, 至<u>扁擔浪</u>而止, 是爲第二層; 又一支西自<u>定遠</u>西與<u>姚安府</u>東界分支東來, 與<u>扁擔浪</u>之支同夾而北, 中界<u>茸林</u>後水, 卽所謂<u>西尖界嶺</u>也; 又一支西自<u>姚安府</u>東北分支東來, 與<u>西尖界嶺</u>同夾而北, 中界<u>爐頭溪</u>水, 卽所謂<u>爐頭</u>西亂石岡也; 又一支<u>定遠縣</u>西北妙

峰山分支東來, 與亂石岡同夾而北, 中界河底之水, 卽所謂舌甸獨木橋西山也. 諸山皆夾川流北出, 或合西溪, 或出苴権而下金沙, 故自縣以北, 其西界諸山, 一支旣盡, 一支重出, 若鱗次而北抵金沙焉. 其東界水皆小, 惟墟靈驛一支較大, 南出馬頭山之南, 經縣治東而北與西溪合. 自是以北, 溪東之村, 倚東界山之麓甚多: 官莊之北, 十里爲環州驛, 又十里爲海鬧村, (濱溪東岸, 卽活佛所生處, 離寺二十五里. 其村有木棉樹, 大合五六抱. 縣境木棉樹最多, 此更爲大.) 又十五里爲黃瓜園. 溪西之村, 倚西界山之麓亦甚多: 西坡下村, 與官莊對峙, 北十五里爲五富村, 又十里爲苴寧村, 又北逾嶺二十里, 爲扁擔浪, 於是北夾西溪, 盡於金沙焉.

西界諸山, 俱自定遠夾流分支, 東北而盡於金沙江. 其西北又有大山方頂矗峙於北, 與金沙北岸'蜀滇交會'之嶺, 駢擁天北. 從塢中北向遙望, 若二眉高列於塢口焉. 余初以爲俱江北之山, 及抵金沙江上, 而後知江從二山之中, 自北而南, 環東山於其北, 界西山於其西, 始知此方頂之山, 猶在金沙之南也. 其山一名方山(象形), 一名番山(以地), 因其音之相近而名之. 其地猶大姚縣屬, 在縣東北百四十里苴権之境, 東臨金沙江. 是此山又從西北北勝州界環突東南, 界金沙於外, 抱三姚於中, 與此西界迴合, 而對峙爲門戶者也.

金沙巡司, 乃金沙江南曲之極處, 自此再東, 過白馬口、普渡河北口, 卽從烏蒙山之西轉而北下烏蒙、馬湖. 巡司之西, 其江自北來, 故雲南之西北界, 亦隨之而西北出, 以抵北勝、麗江焉.

初六日 是早, 雲氣少霽, 諸蜀僧始欲遊街子, 俟下午渡溪而宿, 明晨隨街子歸人同逾嶺. 旣晨餐, 或有言宜卽日行者. 悟空以余行有伴, 辭不去, 而顧僕又以懨懨不能速隨諸僧後, 雖行, 心爲忡忡. 出茶房西一里半, 渡西溪, 溪從此西曲, 從其南岸隨之. 又一里餘, 抵西山下, 溪折而北, 又從其西崖傍山麓隨之. 又北一里餘, 有村當路北, 遂由其南西向入峽. 半里, 涉枯澗, 乃躡坡上. 其坡突石, 皆金沙燁燁, 如雲母堆疊, 而黃映有光. 時日色漸開,躍其上, 如身在祥雲金粟中也. 一上二里, 逾其頂, 望其西又闢一界, 有尖山獨聳, 路出其間, 乃望之而趨. 西向漸下, 三里, 抵塢中, 有水自南峽中來, 至此繞塢東北去. 其水不深而闊, 路北數十家, 倚河東岸. 由其南渡河而西, (其處木棉其有高一丈餘者, 云兩三年不凋.) 有枯澗自西來, 其中皆流沙沒足, 兩傍俱迴崖亘壁, 夾峙而來, 底無滴水, 而沙間白質皚皚, 如嚴霜結沫, 非鹽而從地出, 疑雪而非天降, 則硝之類也. 路當從澗底直入, 諸僧之前驅者, 誤從南坡躍嶺上. 上一里, 見其路愈南, 而西尖在西, 知其誤, 乃與僧西北望澗底攀崖下墜. 一里, 復循底西行, 見壁崖上懸金丸累累, 如彈貫叢枝, 一墜數百, 攀視之, 卽廣右所見'顚茄'也. (『志』云: "枝中有白漿, 毒甚, 土人鍊爲弩藥, 著物立斃.") 行澗底二里, 其底轉自西北來, 路乃從西南躍嶺. 一里半, 盤嶺頭西出, 又一里半, 西南下坡. 其處開塹灣環而北, 涉塹底而西, 不見有水. 半里, 循西坑入, 見石峽中有水潺潺, 其峽甚逼, 水亦甚微. 一里, 其峽有自南流而出者, 下就涉之. 其流之側, 有窞如半匏, 仰東崖下, 涵水一盂, 不流不竭, 亦瀦水之靜而有常, 不與流俱汨者也. 涉細流西上, 逾坡半里, 有植木爲坊者, 上書'黔府官莊'. 西下半里, 有數家在坡北, 其塹亦灣環而北, 中有田塍數十畦, 想卽石峽之上流, 得水如線, 遂開此畦, 所謂'黔府莊田'是也. 時諸僧未及攜餐, 令其徒北向彝家覓火. 余輩隨大道繞其南而西, 一里, 又有木坊在西坡, 書亦如前, 則其西界也. 從此西下, 又涉一枯澗, 遂西上嶺, 其上甚峻. 前乞火僧攜火至, 而不得泉, 莫能爲炊. 上嶺二里, 盤峽而西, 又半里, 轉而南, 半里, 一坪北向, 環窪中亦無水, 余乃出所攜飯分啖之. 隨坪稍南, 半里, 復西上, 其上愈峻. 二里, 登岡頭, 以爲逾嶺矣, 而不知其上乃東垂之脊也. 望西尖尙在其北, 隔一深坑甚遙, 西尖又有南北二橫山, 亘其兩頭, 又自成一界焉. 從脊向西行二里半, 又南轉峽上, 循而環之, 又西北上, 再陟峻嶺. 二里, 登岡頭, 又以爲逾嶺矣, 而其上猶東垂之脊也. 又從脊西向行, 於是脊兩旁皆深墜成南北塹, 塹蟠空於下, 脊端突起於外, 西接橫亘之界, 樹叢石錯, 風影颯颯動人, 疑是畏途. 時肩擔者以陟峻難前, 顧僕以體弱不進, 余隨諸僧後, 屢求其待之與俱, 每至一嶺, 輒坐待久之, 比至, 諸僧復前, 彼二人復後. 余心惴惴, 既恐二人之久遲於後, 又恐諸僧之速去於前, 屢前留之, 又後促之, 不勝惶迫, 愈覺其上不已也. 從脊行三里, 復從嶺西上一里, 遂陟橫亘南山之北巔. 其巔與中突之尖, 南北相對, 上有石疊垣橫界, 是爲<u>元謀</u>東界、<u>大姚</u>西界, 卽<u>武定</u>、<u>姚安</u>二府所分壞處也. 路由其間, 登巔之絶處, 則有盤石當頂, 於是從南橫之巔, 南向陟其脊, 東矙<u>元謀</u>, 西矙<u>爐頭</u>, 兩界俱從屋底分塢焉. 南行脊上二里, 西向下二里, 路側漸墜成峽, 石坎累累, 尙無滴水. 歷石坡直下, 一里, 抵峽中. 峽西又有迴岡兩重, 自東北而蟠向西南. 於是涉峽盤岡, 再逾坡兩重, 共七里, 乃西南下嶺. 一里, 始及其麓, 其塢乃南北大開, 中有溪界之, 望見溪西有大聚落, 是爲<u>爐頭</u>. 時諸僧已饑, 且日暮, 急於問邸, 遂投東麓下草廬家宿.

初七日 土人言, 自<u>爐頭</u>往<u>獨木橋</u>, 路止四十里, 不及<u>官莊</u>來三之一. 余信之. 時顧僕奄奄, 諸僧先飯而去, 余候顧僕同行. 是早陰翳如昨, 西望<u>爐頭大村</u>行. 半里, 渡一北流溪, 又西一里餘, 直抵西界山麓. 又有一溪頗大, 自南峽中來, 渡之, 北上崖, 卽<u>爐頭大村</u>也. 其溪環村之前, 轉而北去. <u>爐頭</u>村聚頗盛, 皆瓦屋樓居, 與<u>元謀</u>來諸村逈別. 其西復有山斜倚, 循其東麓西南溯流行, 三里, 逾一東突之坡, 乃南下. 半里, 涉塢, 一里, 又南涉坡而上. 其坡自西而東突, 與北坡東向, 環成中塢, 溪流北注於前, 田塍環錯於內. 陟南坡一里, 見溪東又盤曲成田, 倚東山爲塢. 由坡西南行一里, 下坡, 溪自北而南, 乃橫涉之. 登其西崖, 則見所涉之北, 其溪復自北來, 有支流自北峽來者, 小水也. 從崖西行, 已復逾溪之南岸, 溯溪上. 溪在北峽, 有數家倚其南岡. 從其中西行二里, 北峽兩崖對竦, 石突如門. 其北崖石半有流環其腰, 土人架木度流, 引之南崖, 沸流懸度於上, 亦奇境也. 路循南崖之腰, 盤崖西下, 又半里, 則其溪又自南而北, 南北俱削崖峙門, 東西又危坡夾塹, 境奇道險. 渡溪, 又西上坡半里, 躡坡南, 則復逾溪之北崖, 溯溪上. 西二里, 一峰危突溪西, 溪身自其南環峽而出, 支溪自其北塹壑而下. 有岐西渡支溪, 直躡西峰者, 小路也; 自支溪之東崖, 陟坡循峽而北入者, 大道也. 余乃從大道北上坡. 半里, 由坡峽平行, 一里, 隨峽折而北, 路緣塹, 木叢路旁, 幽箐深崖, 令人有鳥道羊腸之想. 一里餘, 峽漸從下而高, 路稍由高而下, 兩遇之. 遂西陟峽中細流, 復從峽西躡峻西上, 卽盤而北, 乃知是爲中懸之岡, 其西復有峽流自北來, 與所涉之峽流卽會於岡前. 緣岡北上一里, 左右顧瞰, 其下皆峽, 而流貫其中, 斯岡又貫二流之中, 始覺西尖之嶺, 峰隆泉縮, 不若此之隨地逢源也. 從岡脊北向, 以漸上躋, 亦以漸轉西, 二里, 登岡之首, 望其岡, 猶自西峰東突而下者. 蓋山脊自西南來至此, 旣穹南山一重, 卽從其北峽中度而北, 再起中峰, 又亘爲此山一重, 卽從其北嶺環支而東, 又亘爲北山一重, 恰如'川'字, 條支東南走而所上者, 是其中支也. 從岡首又西向平行二里, 直抵其西中峰最高之下, 乃循其峰之東崖西南上, 一里半, 是爲亂石岡, 遂凌其峰之崖, 下瞰南峽之底, 卽其中度處也, 峽中之水遂東西分焉. 由嶺崖最高處西轉而下, 逶迤曲折, 下四里, 復從岡上西北行, 忽見岡左右復成溪而兩夾之, 其溪流分大小. 平行岡上二里, 卽從其端下, 西渡大溪. 由溪西上坡, 稍轉而北, 半里, 從北峽轉西, 遂向西塢入, 於是溯西來大溪之北, 循北山西行矣. 二里半, 有村在溪南, 倚南山之坡, 北山亦至是南突, 路遂從所突峽中上. 乃踞峽石而飯. 又一里, 盤其南崖, 從崖轉西. 又一里, 逾其西坳, 乃西下坡. 半里, 抵坡之西麓, 其西復開成塢. 半里, 路循溪北之山, 又有村倚溪南之麓, 與前倚溪南之坡者, 皆所謂'夷村'也. 西行三里, 一溪自南峽來, 路亦隨之南轉. 稍下, 渡西來小水, 從南坡西上, 二里逾其坳, 西北下一里, 下至塹中. 其塹南向, 而大山環其北, 又有小水東南流, 當亦下大溪者, 而大溪盤其東南峽中, 不見也.

渡小水, 又西上一里, 透西坳出, 始見西塢大開, 大溪貫其中, 自西而東, 抵所透坳南, 破其峽壁東去, 其峽逼束甚隘, 迴顧不能見. 西下坡半里, 抵塢中, 遵溪北塢西行, 半里, 過一小村. 又西一里, 忽塢塍間甃甋爲衢, 半里, 繞大村之前, 又西半里, 抵村側新橋而止, 是爲大舌甸村. 其塢夾溪爲田, 塢環而田甚闢; 其村倚山爲衢, 村巨而家甚古, 蓋李氏之世居也. 村後一山橫擁於北, 又一山三峰遞下, 斜突於西南. 有小流自其峽中出, 由村西而南入大溪, 架橋其上, 西逾之, 遂循斜突南峰下西南行. 二里, 抵其西垂, 則大溪自南直搗其麓, 乃逾堰東向. 其麓爲水所囓, 石崖逼削, 幾無置足處. 歷堰之西, 上流停洄, 自南而北, 路從其西轉而南入峽. 又行南峽一里餘, 則有石梁一鞏, 東西跨溪上, 是爲獨木橋. 路從橋西直南上坡; 其逾橋而東者, 乃往省大道. 是橋昔以獨木爲之, 今易以石, 有碑名之曰'躡雲', 而人呼猶仍其舊焉. 橋側有梅一株, 枝叢而幹甚古, 瓣細而花甚密, 綠蒂朱蕾, 冰魂粉眼, 恍見吾鄉故人, 不若滇省所見, 皆帶葉紅花, 盡失其'雪滿山中, 月明林下'[1]之意也. 乃折梅一枝, 少憩橋端. 仍由其西上南坡, 隨坡西轉, 蓋是溪又從西塢來, 至是北轉而逾石堰, 是坡當其轉處. 其南又開東西大塢, 溪流貫之. 路溯溪北崖, 循北山西行, 一里, 有聚落倚北山下, 是爲獨木橋村. 有寺當村之中, 其門南向, 其處村無旅店, 有北京僧接衆於中, 余乃入宿.

---

1) 명나라 초기의 시인인 고계(高啓)의 시 가운데 「매화 아홉 수(梅花九首)」가 있는데, 이 시의 첫 수 가운데의 두 구가 바로 "눈 가득 쌓인 산속에 고아한 선비 누워 있고, 달빛 밝은 숲 아래 미인이 오도다(雪滿山中高士臥 月明林下美人來)"이다. 앞의 구는 한나라의 원안(袁安)이 눈을 품고 홀로 누웠다는 고사에서 비롯되었으며, 뒤의 구는 수나라의 조사웅(趙師雄)이 한밤중에 술에 취해 매화선녀를 만났다는 고사에서 비롯되었다.

初八日 晨起寒甚. 顧僕復病, 余亦苦於行, 止行一里, 遂憩水井屯寺中.

初九日 出寺一里半, 過□家莊, 半里, 轉南, 半里, 倉屯橋. 二里半, 泗峽口. 轉西五里, 王家橋. (有小水北來.) 五里, 孚衆橋. (有西北、西南二小水.) 西上山, 十里至脊. 轉南半里, 廟山營. 西下半里, 廟前打哨. 西下二里, 有岐轉北坳. 一里, 復西隨平峽北. 二里, 又西下, 二里, 至峽底. 西平行一里半, 復於峽北上. 一里, 轉北坳而西, 又北半里, 過一峽脊. 又北下半里, 又北度一峽底. 又西上坡, 一里, 轉而北, 又一里, 轉而西下, 一里, 至脊間, 又西二里餘, 乃下脊. 一里餘, 抵其北, 曰小乞老村. (始有田、有池.) 又西四里, 抵西山下, 有村. 轉南一里, 西過一小坳, 又半里, 西南過新塢屯. 又西半里, 過新塢橋.

又西一里, 轉而南, 二里, 盤西山嘴, 轉而西北, 一里餘, 入大姚東門. 半里, 過縣前. 又西南至旅肆歇.

初十日 早寒甚. 出北門, 半里, 經南門, 轉而西南上坡. 一里, 有橋跨溪上, 曰南門橋. (『志』曰承恩.) 過橋, 南上坡, 一里, 登坡, 倚西山南行. 三里, 其塢自南來, 有塔在塢東北山上, 乃沿西山南下, 半里, 抵塢底. 又半里, 見有水貫塢中, 石梁跨其上, 是名土橋. 卽姚安水從西南峽中來, 向東北峽去, 橋北爲大姚, 橋南爲定遠, 蓋以是水爲界也. 從橋南上坡, 有村爲定遠屯. 入峽漸上, 一里東轉, 半里上坡, 半里, 由坡南轉, 一里, 是爲賴山哨. 於是南下, 一里, 抵東南坡頭. 有岐, 南行者爲姚安府路, 有海子[1]在其東; 東行者爲赤草峰路. 逾坡東下一里, 爲赤草峰北村. 由村轉南, 溯溪行一里, 度橋而南, 半里, 隨赤草峰街子南行. 一里, 乃東上山. 一里半, 逾嶺東南下, 其東又有塢自西而北, 甚遙. 下坡半里, 由西山東麓南行. 二里, 村落傍溪左右, 皆爲忔老村. (此定遠所屬.) 又東一里半, 始傍西水岸南行. 半里, 東度小橋, 遂由東麓南行. 二里至鹿家村後, 遂東上山. 山半有岐, 路從歧入峽, 半里, 渡溪東北上. 一里, 至妙峰山德雲寺. 寺門西向, 南望煙蘿, 後有夢庵亭. 後五里, 碧峰庵.

---

1) 운남성에서는 흔히 호수를 해자(海子) 혹은 해(海)라 일컫는다.

十一日 待師未歸, 看藏. (宗晜慧大師『西方合論』.)[1]

---

1)『서방합론(西方合論)』은 명대 문학가인 원굉도(袁宏道, 1568~1610)가 지은, 만명 시기의 정토종(淨土宗)의 중요 저작으로, 염불문의 실의(實義)를 알지 못하는 선(禪)·유(儒)의 비난에 대하여 염불삼매의 참뜻을 밝힌 책이다. 원굉도는 당시 성행하던 선종(禪宗)의 폐해를 바로잡고자 1599년에 이 저작을 저술했는데, 선종에 대한 비판 정신은 송나라의 대혜종고(大慧宗杲, 1089~1163)에게서 힘입은 바 크다. 대혜종고는 송나라 당시의 선종이 조용히 앉아 사념을 끊고 마음을 관조하는 '묵조선(默照禪)'을 강조하는 데에 반대하여, 선의 생명은 활기 넘치는 삶 자체에 펼쳐져야 한다고 강조하면서 삶의 진기(眞機)가 흐르는 '간화선(看話禪)'을 제창했다. 이 문장에서『서방합

론』의 저자로서 거명한 종창혜 대사는 원굉도의 오기이며, 이는 『서방합론』의 내용이 대혜종고의 주장과 유사하기에 서하객이 착각한 듯하다.

十二日 飯, 仍西下山. 二里, 南行. 二里, 隨塢西轉. 二里, 有橋跨溪上, 日<u>梁橋</u>. 度其北, 卽<u>屹老村</u>盡處也, 其水自南來入, 路從村西上嶺. 一里半, 逾坳西, 行嶺上半里, 有岐從西南下, 誤從坡下直西. 半里, 乃改從岐西南行. 半里, 漸下轉南, 又一里, 乃南下, 半里, 抵峽中. 隨峽南去半里, 有大路隨東峽來, 小水隨之. 西半里, 入南峽. 一里, 有池在峽中. 又一里半, 峽分兩岐, 從西南者, 倚東嶺平上. 一里, 南逾坳. 由坳轉而西, 始見西塢大開, 西南有海子頗大, 其南有塔倚西山下. 是卽所謂<u>白塔</u>也. 乃西南下坡, 二里, 有村在坡下, 曰<u>破寺屯</u>. 於是從岐直西小路, 一里, 渡溪. 稍西南半里, 有一屯當溪中, 山繞其北, 其前有止水. 由其西坡上南行一里, 是爲海子北堤. 由堤西小路行半里, 抵西坡下, 是爲<u>海口村</u>. 轉南, 隨西山東麓行, 名<u>息夷村海子</u>. 三里, 海子西南盡, 有路直抵大山下, 半里, 爲<u>高土官家</u>. 由其西南入峽中, 上坡一里半, 有神廟當坡峽間. 又上半里, <u>活佛寺</u>臨其後. 其西大山名<u>龍鳳山</u>, 又名<u>廣木山</u>. 寺號<u>龍華</u>, 僧號<u>寂空</u>. 是日下午, <u>寂空</u>留止後軒東廂. 其後有深峽下懸, 峽外卽危峰高峙, 庭中藥欄花砌甚幽. 牆外古梅一株, 花甚盛, 下臨深箐, 外映重巒. 是夜先訂<u>寂空</u>, 明晨欲早行, 求爲早膳.

<u>白塔</u>尙在寺東南後支岡上. 岡東有<u>白塔海子</u>, 其南西山下, 又有<u>陽片海子</u>, 其東又有<u>子鳩海子</u>, 府城南又有<u>大壩雙海子</u>, 與<u>息夷村</u>共五海子.

十三日 昧爽起, 飯已久待, 遂飯而下山. 二里, 仍出土官家後, 遂轉南行. 一里, 過<u>格香橋</u>, 有小水自活佛寺後峽中來者, 此峽正與白塔之岡, 中格而對峙. 又南二里, 有岡自西界東突而出, 路盤其東垂, 則又一海子匯其東南. 從海子北堤東向行, 半里, 隨堤南轉, 一里半, 抵海子東南盡處, 遂東南行. 四里, 有岡自西而東突, 是爲<u>龍岡衛</u>. 盤岡東皆大聚, 半里, 過聚東行. 一里, 復南. 二里, 曲度乾底. 復南二里, 則西山一峰, 復突其南, 遂漸抵東山, 則

南北成兩界焉. 又南五里而入姚安府北門, 歇青蓮庵. 青蓮碑記曰 : "東煙蘿, 西金秀, 南青蛉, 北曲折."

姚安府南隨峽上一百四十里, 鎮南州; 東逾大山一百四十里, 定遠縣; 西逾小坡一百二十里, 北隨大塢下一百二十里, 白鹽井.

姚安東西兩界, 皆大山夾抱, 郡城當其南, 西界最闊, 直北二十五里, 兩界以漸而束, 各有支中錯如門戶焉. 中有小水, 西自鎮南州界北來, 至郡北屢堰爲湖, 下流繞北峽之門而出, 所謂青蛉川也.

十四日 飯於青蓮. 日色已高, 循城南一里半, 爲觀音寺. 轉北過西門, 共一里, 抵舊西門. 二里半, 抵西麓, 是爲古寺山, 以有古寺在山之東半也, 卽『志』所稱祥龜寺也. 二里, 逾頂下, 其西環塢北口, 則羊片湖在焉. 西下一里半, 行塢中. 一里半, 有坊當塢中, 曰羊片屯. 西過半里, 轉南半里, 又西南半里, 抵小山之麓. 從其南塢西入一里半, 又西上一里半, 有岐焉 : 西北者, 入山樵牧者所經; 西南盤嶺者, 大道也. 盤嶺上一里半, 逾其頂, 是爲當波院, 而實無寺宇, 乃南來之脊, 北度而東, 爲古佛寺大山及大姚西界諸山也. 於是西南下二里, 有小水南流, 隨之南入箐. 又東一里半, 轉而西一里半, 峽始開. 稍北盤坳一里, 復西南下坡. 三里, 峽中溪自南而北注, 有橋跨之. 度橋, 遂循西山南向溯水行. 二里, 飯於村家. 又南向行二里餘, 其峽自西來轉, 水亦從之, 於是折而入, 是名觀音箐. 箐中止容一水, 西溯之入二里, 有觀音堂, 其前堰水甚泓澈, 其側石亦峭岈. 又西三里, 乃南上山, 甚峻. 二里, 陟其脊, 乃東南下. 一里, 抵峽中, 遂循坡西南下, 二里, 抵聚景橋. 橋上有亭, 橋下水乃西來小流也. 過橋三里, 是爲彌興, 居集甚盛. 又南半里, 轉西一里餘, 有公館神廟在岡上. 由其前西南半里, 轉而西, 於是連逾三坡, 下陟三峽, 共九里, 有村懸西坡上, 是爲孫家灣, 宿.

十五日 昧爽, 飯而行, 霜寒殊甚. 南上坡, 溯小流入. 五里, 盤一坡, 坡下有洞甚束, 其東北人家, 曰尾苴村. 稍西轉南, 是爲龍馬箐. 三里, 有哨當澗東坡上, 是爲龍馬哨, 有哨無人. 山壑幽阻, 溪環石隘, 樹木深密, 一路梅花, 幽香時度. 又南一里, 隨峽轉西. 一里, 有一峽自南來, 甚深隘; 一峽自西來. 仍循北山行西來峽上, 一里出峽, 乃成塢焉. 西向平下一里, 有村當其西, 是爲大大苴村. 西行二里, 抵西山下, 遂西上坡. 半里, 逾坳, 北下陟塢, 西北半里, 是爲小大苴村. 由其南半里, 轉而北上坡. 循西峽行二里, 下渡澗中小水, 卽西上嶺, 甚峻. 三里半, 逾嶺頭. 西行脊上, 或南峽上, 又臨北峽, 再平再上, 三里餘, 則盤西嶺之東, 北轉二里, 逾其脊, 此最高處也. 東望煙蘿東界尖山, 在錢章關者, 隱隱連妙峰, 而西界南突之山亦見; 惟北望活佛寺大山, 反爲孫家灣後山所隔, 不可見. 又西二里, 當西突之處, 有人守哨焉, 是爲老虎關哨. 哨西下半里, 行坡間一里半, 是爲打金莊牌界. 又西一里半, 逾坡, 又西上一里半, 是爲絶頂, 有公館, 東南之峽, 至是始窮. 其脈自南天申堂後, 直北分支來, 東度老虎關而北. 於是西向稍下, 半里, 度一坡, 半里, 逾其巔. 從巔西行一里, 遂西望四十里外, 層山一重西繞, 又高峰一帶南環者, 皆大脊也. 其東有小脊二重內隔, 外有遠峰二抹西浮, 不知爲點蒼爲雞足也. 於是西下頗坦, 五里下至峽中, 是爲五里坡, 有水自南而北, 小石梁跨之. 度而西, 盤西山南峽入, 一里, 又躡坡而上, 一里, 凌其巔. 一里半稍下, 平行嶺上. 二里餘, 西向下, 有溪自西南來, 北向去, 亦石梁跨之, 是爲普昌河. 西上坡半里, 爲巡司. 半里, 復上一山脊. 由脊西行四里, 乃下, 一里而抵普淜.

十六日 由普淜西北行. 二里, 渡一水, 一里, 又渡一水, 乃西上坡. 二里, 逾坡上, 一里, 脊上平行, 三里, 爲金雞廟. 又西二里, 爲界坊, 乃姚州、小雲南界. 又西行嶺上五里, 至水盆哨, 乃西北稍下, 卽見南界水亦西流, 出鼻窗廠而下元江矣. 乃隨北山臨南峽西行. 二里, 山坑南隆峽, 路隨西脊過, 有村當脊間, 是爲水盆鋪. 蓋老龍自西南來, 從此脊北度, 峙爲一峰, 其東南又折而南爲水盆鋪, 惟中央一線, 南流下元江云. 鋪西北上有關帝廟, 就而作記, 聽顧僕同行李先去. 久之, 乃隨大道西二里, 則嶺北山下, 亦下隆成西向之峽. 於是循南峽之頂西徑峽北所起尖山, 是爲靑山, 至是其西橫拖而去. 於是循南峽之頂西行. 二里, 忽見路北隳峽西去, 路由其峽南嶺脊行, 於是與峽北之尖山, 又對峽分流, 西注雲南, 而北下金沙矣. 始知大脊自九鼎南下, 至洱海衛城南靑華洞東度, 又聳而南爲水目山, 其南又東轉爲天華山, 卽雲南川[1]南兜之山也. 從天華東北轉, 數起而爲沫瀧東嶺, 又東過公館而度水盆鋪, 北聳爲靑山, 其形東突而西垂川中, 故自打金莊嶺望之, 僅爲北尖峰, 而至此又橫夾而西. 然是山西北二支, 皆非大脊也; 大脊卽從東南水盆哨過脈, 遂東南迤邐於天申宮南, 又東至沙橋站分脊焉. 所過水盆哨、鋪之南間, 相去不過二里, 忽度其脊南, 又度其脊北, 至由峽南嶺稍上稍下, 西南二里, 公館當其頂. 又西下西上, 再從嶺脊西行八里, 脊自西南來, 至此稍突而北, 乃轉而北緣之. 二里, 又西南下, 始追及前行行李. 於是遂出山之西崖, 見其西塢大開, 於是直下, 五里及麓, 爲沫瀧鋪. 西截塢八里, 有二石梁東西跨, 其下皆涸, 而川水實由之北注. 又西二里, 過大水堰塘. 堰稍北, 復西十里, 抵西山下, 爲小雲南驛, 宿.

1) 당나라 이래로 운남에는 '천(川)'이 들어간 지명이 많은데, '천' 혹은 '평천(平川)'은 흔히 넓고 평평한 땅을 의미한다.

十七日 昧爽飯. 詢水目寺在其南, 遂由岐隨山之東麓南行, 盤入其西南塢中. 共五里, 有水自山後破峽南出, 卽洱海衛靑海子之流也, 是爲練場村, 村在水西. 渡橋西, 復沿山而南, 一里半, 爲溫泉, 其穴西向. 待浴婦, 經兩時乃浴. 仍南沿西麓半里, 又盤其山之南塢入, 有溪自塢東出, 卽水目之流也, 始見水目山高峙於西. 溯水西入, 見其西又大開南北之塢. 橫截其間, 五里, 抵西山麓, 有村甚大, 曰冉家屯. 由其後西向上山, 於是有溪流夾村矣. 西上逾一嶺, 二里稍下, 涉一澗. 其澗自南而北, 溯之南上. 山間茶花盛開. 又二里餘, 爲水目寺. 余誤從其南大路, 幾逾嶺, 遇樵者, 轉而東北下, 半里, 入玉皇閣. 又下, 觀倒影, 又下, 過普賢寺, 又下, 遇行李於靈光寺,遂置於寺中樓上. (慧然)乃西至舊寺訪無住, 方在上新建住靜處, 不值. 舊寺有井, 有大香樟, 有木犬, 有風井, 有塔. 由其後上無影庵, 飯於妙忍老僧靜室. 暮過觀音閣, 觀「淵公碑」, 乃天開十六年[1]楚州趙祐撰者.

---

1) 천개(天開)는 대리국(大理國)의 단지상(段智祥)의 연호이며, 천개 16년은 1220년이다.

十八日 往無住處. 午過徽僧戒月靜室, 飯. 下午, 觀慧然新樓花卉.

十九日 早, 雨雪. 無住苦留, 因就火僵臥. 上午, 雨雪倏開, 再飯, 由山前東北下. 五里, 下山, 過一村. 北向二里, 逾一坡. 又二里, 過一小海子, 其北岡上有數家, 曰酒藥村. 一里, 越之, 乃陟塢循東山北向行. 五里, 即青海子之西南涯也, 遂與小雲南來之大道遇, 於是由青海子西涯西北向行. 八里, 則南山再突而北, 瀕於海, 路或盤之, 或逾之. 又五里, 爲狗村鋪, 坊名瑞禾, 館名淸華. 其處北向洱海衛城八里, 西向白崖城站四十里. 余從西路四里觀淸華洞. 洞北有路西過嶺, 此白崖道; 洞南有塢南過舂, 此減渡道. 余出洞, 循西山仍北行, 六里, 入衛城南門. 顧僕亦至. 出西門宿.

二十日 飯而行, 猶寒甚而天復霽. 由西門北向循西山行, 五里, 抵一村, 其北有水自西峽出, 遂隨之入. 一里餘, 稍陟坡, 一里餘, 有村在澗西, 曰四平坡. 北轉五里, 渡溪橋, 又北上三里, 爲九鼎山寺. 又二里陟其巓, 飯. 下午, 從東北下, 三里, 過北溪橋, 仍合大路, 循梁王山西麓西北溯流入. 五里, 梁王村. 北八里, 松子哨. 行半里, 溪西去, 路北上, 半里, 逾嶺. 又東北下者五里, 則溪復自西來, 又有一小溪, 自幕山北麓來與之合, 乃涉其交會處, 是爲雲、賓之界. 又東二里, 爲自北關, 已暮. 又東二里半, 渡澗橋之北. 又東半里, 轉北一里半, 爲山岡鋪, 宿.

二十一日 平明, 行大塢中. 北向十里, 其西爲賓居. 又北五里, 有小水出田間. 又北三里, 有澗自西峽出, 隨之北二里, 爲火頭基. 西北連渡二溪, 又北五里, 總府莊. 又北三里, 賓川州在東坡上, 東倚大山, 西臨溪流, 然去溪尙里許; 其濱溪東岸者, 曰大羅城. 令行李先去, 余草記西崖上. 望州北有岡自東界突而西, 其北又有岡自西界突而東, 交錯於塢中, 爲州下流之鑰, 溪至是始曲折縈之, 始得見其形焉. 又北三里半, 逾東突之岡, 則見有村當其北麓, 是名紅帽村. 溪自東南縈東突之岡, 西轉而縈於村之前, 其前又開大塢北去. 仍循西山北行, 五里, 漸轉而西, 於是岐分爲二 : 東北隨流遵大塢直去者, 由牛井街通浪滄衛道; 西北從小塢逾嶺者, 由江果往雞足道. 余初由山岡鋪北望, 以爲東界大山之北嶺卽雞足, 而川中之水當西轉出瀾滄江. 至是始知賓川之流乃北出金沙江, 所云浪滄衛而非瀾滄江也; 其東界大山, 乃自梁王山北轉, 夾賓川之東而北抵金沙, 非大脊也. 從小塢西二里, 逾西界之脊, 始見雞足在西, 其高與東界並, 然東界尤屛亘, 與雷應同橫穹半壁云. 從脊上南望, 其南五德山橫亘天南, 卽前洱海衛所望九鼎西高擁之山, 其上有雪處也, 至是又東西橫峙; 其東又聳幕山, 所謂梁王山也; 二山中坳稍低, 卽松子哨度脊而北處也. 從嶺西行三里, 稍北下, 有溪自西而東, 注於賓川大溪, 架梁其上, 覆以亭, 是爲江果村, 在溪北岸, 其流與火頭基等. 時日甫下午, 前向東洞尙三十五里, 中無托宿, 遂止.

二十二日 昧爽, 由江果村飯, 溯溪北岸西行. 其溪從西峽中來, 乃出於雞山南支之外, 五福[1]之北者, 洱海東山之流也. 四里, 登嶺而北, 寒風刺骨, 幸旭日將升, 惟恐其遲. 盤嶺而北一里半, 見嶺北又開東西塢, 有水從其中自西而東, 注於賓川大溪, 卽從牛井街出者. 此塢名牛井, 有上下諸村, 其水自雞足峽中來, 所謂盒子孔之下流也. 於是西向漸下, 一里半而抵塢中. 又西一里過塢中村後, 在坊曰'金牛溢井', 標勝也. (土人指溪北岡頭, 有井在石穴間, 云是昔年牛從井出處也.) 又西二里, 復逾岡陟峽, 蓋其山皆自南突出, 瀕溪而止, 溪東流縈之, 一開而爲煉洞, 再開而爲牛井, 此其中突而界之者.

盤峽而上, 迤邐西北, 再平再上, 五里, 越嶺而復得塢. 稍下一里半, 有坊在坡, 曰'廣甸流芳'. 又一里半, 復過一村後, 此亦煉洞最東南村也. 又北二里, 有村夾道, 有公館在村頭東北俯溪, 是爲煉洞之中村. 其北二里, 復上嶺. 二里, 越之而北, 有坊曰'煉法龍潭', 始知其地有蟄龍,[2] 有煉師, 此煉洞所由名也. 又北二里, 村聚高懸, 中有水一池, 池西有亭覆井, 即所謂龍潭也. 深四五丈, 大亦如之, 不溢不涸, 前瀦於塘, 土人浣於塘而汲於井. 此雞山外壑也, 登山者至是, 以爲入山之始焉. 其村有親迎者, 鼓吹塡街. 余不顧而過, 遂西北登嶺.

五里, 有庵當嶺, 是爲茶庵. 又西北上一里半, 路分爲二: 一由嶺直西, 爲海東道, 一循峽直北, 爲雞山道. 遂北循之. 稍下三里而問飯, 發筐中無有, 蓋爲居停所留也. 又北下一里, 有溪自西南峽中出, 其峽迴合甚窅, 蓋雞足南峽之山所洩餘波也. 有橋亭跨兩崖間. 越其西, 又北上逾嶺, 一里, 有哨兵守嶺間. 又北一里, 中壑稍開, 是爲拈花寺, 寺東北向. 余餒甚, 入索飯於僧. 隨寺北西轉, 三里, 逾岡之脊, 是爲見佛臺. 由此西北下一里, 又涉一北下之峽, 又西逾一北下之脊, 始見脊西有塢北墜, 塢北始逼雞山之麓. 蓋雞山自西北突而東南, 塢界其中, 至此塢轉東北峽, 路盤其東南支, 乃谷之綰會處也.

西一里, 見有坊當道左, 跨南山側, 知其內有奧異. 訊之牧者, 曰 : "其上有白石崖, 須東南逾坡一里乃得." 余乃令行李從大道先向雞山, 獨返步尋之. 曲折東南上, 果一里, 得危崖於松篁之間. 崖間有洞, 洞前有佛宇, 門北向, 鑰不得入. 乃從其西逾窔徑之棘以入, 遍遊洞閣中. 又攀其西崖, 探閣外之洞, 見其前可以透植木而出, 乃從之下, 一里仍至大路. 又西北二里, 下至塢中, 渡溪, 是爲洗心橋. 雞山南峽之水, 西自桃花箐、南自盒子孔出者, 皆由此而東出峽, 東南由煉洞、牛井而合於賓川者也. 溪北雞山之麓, 有村頗盛, 北椅於山, 是爲沙址村, 此雞山之南麓也. 於是始迫雞山, 有上無下矣.

從村後西循山麓, 轉而北入峽中, 緣中條而上, 一里, 大坊跨路, 爲'靈山一會坊', 乃按君宋所建者. 於是岡兩旁皆澗水冷冷,[3] 喬松落落. 北上盤岡二里, 有岐, 東北者隨峽, 西北者逾嶺; 逾嶺者, 西峽上二里有瀑布, 隨峽者, 東峽上二里有龍潭; 瀑之北卽爲大覺, 潭之北卽爲悉檀. 余先皆不知之, 見東峽有龍潭坊, 遂從之. 盤磴數十折而上, 覺深窅險峻, 然不見所謂龍潭也. 逾一板橋, 見塢北有寺, 詢之, 知其內爲悉檀, 前卽龍潭, 今爲壑矣. 時余期行李往大覺, 遂西三里, 過西竺、龍華而入宿於大覺.

1) 오복(五福)은 전날인 21일자에서는 오덕(五德)으로 되어 있는데, 오덕의 오기인 듯하다.
2) 칩룡(蟄龍)은 숨어 지내는 용으로서, 흔히 은둔지사를 가리킨다.
3) 랭랭(泠泠)은 소리가 맑고 가락이 은은함을 가리킨다.

二十三日 飯於大覺, 卽東過悉檀. 悉檀爲雞山最東叢林, 後倚九重崖, 前臨黑龍潭, 而前則迴龍兩層環之. 先是省中諸君或稱息潭, 或稱雪潭, 至是而後知其皆非也. 弘辨、安仁二師迎飯於方丈, 卽請移館. 余以大覺遍周以足疾期晤, 於是欲少須之. 乃還過大覺, 西上一里, 入寂光寺. 住持者留點. 此中諸大刹, 惟此七佛殿左右兩旁俱闢禪堂方丈, 與大覺、悉檀並麗. 又稍西半里, 爲水月、積行二庵, 皆其師用周所遺也, 亦頗幽整.

二十四日 入晤遍周. 方留款而弘辨、安仁來顧, 卽懇移寓. 遂同過其寺, 以靜聞骨懸之寺中古梅間而入. 問仙陀、純白何在, 則方監建塔基在其上也. 先是余在唐大來處遇二僧, 卽殷然[1]以瘞骨事相訂. 及入山, 見兩山排闥, 東爲水口, 而獨無一塔, 爲山中欠事. 至是知仙陀督塔工, 而未知建於何所. 弘辨指其處, 正在迴龍環顧間, 與余意合. 飯後, 遂東南二里, 登塔基, 晤仙陀.

1) 은연(殷然)은 정이 넘치고 흔쾌한 모습을 가리킨다.

二十五日 自悉檀北上, 經無息、無我二庵. 一里, 過大乘庵, 有小水二派, 一自幻住東, 一自蘭陀東, 俱南向而會於此, 爲悉檀西派者也. 從二水之中蹍坡上, 二里餘, 東爲幻住, 今爲福寧寺, 西岡爲蘭陀. 幻住東水, 卽野愚師靜室東峽所下, 與九重崖爲界者; 幻住西水, 卽與艮一蘭陀寺夾塢之水, 上自莘野靜室, 發源於念佛堂, 而爲獅子林中峽之水也. 循東岡幻住旁, 北向一里而得一靜室, 卽天香者. 時寺中無人, 入訊莘野廬, 小沙彌指在盤崖杳藹[1]間, 當危崖之西. 乃從其後躡崖上, 穿林轉磴, 俱在深翠中, 蓋其地無喬松, 惟雜木繽紛, 而疊路其間, 又一景矣. 數十曲, 幾一里, 東躡岡, 卽野愚廬; 西緣崖度峽, 卽莘野廬道. 於是西向傍崖, 橫陟半里, 有一靜室高懸峽中, 戶扃莫入, 是爲悉檀寺庫頭所結. 由其前西下蘭陀寺, 躡其後而上, 又半里而得莘野靜室. 時知莘野在牟尼山, 而其父沈翁在室, 及至其門又扃, 知翁別有所過, 莫可問. 遂從其左上, 又得一靜室. 主僧亦出, 有徒在, 詢之, 則其師爲蘭宗也. 又問:"沈翁何在?" 曰:"在伊室." 問:"室何扃?" 曰:"偶出, 當亦不遠." 余欲還, 以省中所寄書畀之. 其徒曰:"恐再下無覓處, 不若留此代致也." 從之. 又從左峽過珠簾、翠壁, 躡臺入一室, 則影空所棲也. 影空不在. 乃從其左橫轉而東, 一里, 入野愚靜室, 所謂大靜室也. 有堂三楹橫其前, 下臨絕壁. 其堂窗櫺疏朗, 如浮坐雲端, 可稱幽爽. 室中諸老宿具在. 野愚出迎. 余入詢, 則蘭宗、影空及羅漢壁慧心諸靜侶也. 是日野愚設供招諸靜侶, 遂留余飯. 飯後, 見余攜書篋, 因取篋中書各傳觀之. 蘭宗獨津津不置, 蓋曾雲游過吾地, 而潛心文教者.

　既乃取道由林中西向羅漢壁, 從念佛堂下過, 林翳不知, 竟平行而西. 共一里半, 有龕在磐石上, 入問道. 從其西南半里, 逾一突嘴, 卽所謂望臺也, 此支下墜, 卽結爲大覺寺者. 望臺之西, 山勢內遜, 下圍成峽, 而旃檀林之靜室倚之. 峽西又有脈一支, 自山尖前拖而下, 是爲旃檀嶺, 卽西與羅漢壁分界者. 是脈下墜, 卽爲中支, 而寂光、首傳寺倚之, 前度息陰軒, 東轉而盡於大士閣者也. 由望臺平行而西, 又二里半而過此嶺. 嶺之西, 石崖漸出, 高擁於後. 乃折而北上半里, 得碧雲寺. 寺乃北京師諸徒所建, 香火雜沓, 以慕師而來者衆也. 師所棲眞武閣, 尙在後崖懸嵌處. 乃從寺後取道, 宛轉上之. 半里, 入閣, 參叩男女滿閣中, 而不見師. 余見閣東有臺頗幽, 獨探之. 一老僧方濯足其上, 余心知爲師也, 拱而待之. 師卽躍而起, 把臂呼:"同聲相應, 同氣相求." 且詮解之. 手持二襪未穿, 且指其胸曰 : "余爲此中忙甚, 襪垢二十年未滌." 方持襪示余, 而男婦聞聲湧至, 膜拜不休, 臺小莫容, 則分番迭換. 師與語, 言人人殊, 及念佛修果, 娓娓[2]不竭. 時以道遠, 余先辭出. 見崖後有路可躡, 復攀援其上. 轉而東, 得一峽上緣, 有龕可坐, 梯險登之.

復下碧雲庵. 適慧心在, 以返悉檀路遙, 留余宿. 主寺者以無被難之, 蓋其地高寒也. 余乃亟下. 南向二里, 過白雲寺, 已暮色欲合. 從其北傍中支腋行, 路漸平而闊. 二里, 過首傳寺, 暗中不能物看色. 又東南一里餘, 過寂光. 一里, 過大覺. 又東一里過西竺, 與大道別, 行松林間, 茫不可見. 又二里過悉檀前, 幾從龍潭外下, 回見燈影, 乃轉覓. 抵其門, 則前十方堂已早閉不肯啓, 叩左側門, 乃得入宿焉.

1) 묘애(杳藹)는 깊숙하고 아득히 먼 모양을 가리킨다.
2) 미미(娓娓)는 도도히 끊이지 않는 모양이나, 이야기가 흥미진진한 모양을 가리킨다.

二十六日 晨起飯. 弘辨言 : "今日豎塔心, 爲吉日, 可同往一看. 幸定地一處, 卽可爲靜聞入塔." 余喜甚. 弘辨引路前, 由龍潭東二里, 過龍砂內支. 其腋間一穴, 在塔基北半里, 其脈自塔基分派處中懸而下. 先有三塔, 皆本無高弟也. 最南一塔, 卽仙陀、純白之師. 師本嵩明籍, 仙陀、純白向亦中表,[1] 皆師之甥, 後隨披薙,[2] 又爲師弟. 師歸西方, 在本無之前, 本公爲擇地於此, 而又自爲之記. 余謂辨公, 乞其南爲靜聞穴. 辨公請廣擇之, 又有本公塔在嶺北, 亦惟所命. 余以其穴近仙陀之師爲便, 議遂定. 靜聞是日入窆.

1) 중표(中表)는 아버지의 자매 및 어머니 자매의 자식으로서, 이종 및 내종을 가리킨다.
2) 피치(披薙)는 출가할 때 불교의 계율에 따라 가사를 입고 머리카락을 깎는 것을 가리키며, 출가하여 중이 됨을 의미한다.

二十七日 (有缺文) 余見前路漸翳, 而支間有跡, 可躡石而上, 遂北上攀陟之. 屢懸峻梯空, 從崖石間作猿猴升. 一里半, 則兩崖前突, 皆純石撐霄, 拔壑而起, 自下望之, 若建標空中, 自上凌之, 復有一線連脊, 又如瓊臺·中懸, 雙闕並倚也. 後卽爲橫亘大脊. 披叢莽而上, 有大道東西橫山脊, 卽東自雞坪關山西上而達於絶頂者. 因昔年運甎, 造城絶頂, 開此以通騾馬. 余乃反從其東半里, 凌重崖而上. 然其處上平下嵌, 俯瞰莫可見, 不若點頭峰之突聳而出, 可以一覽全收也.

其脊兩旁皆古木深翳, 通道於中, 有開處下瞰山後. 其東北又峙山一圍, 如箕南向, 所謂摩尼山也, 卽此山餘脈所結者. 其西北橫拖之支, 所謂‘後趾’也, 卽南聳而起爲絶頂者. 故絶頂自南壑望之, 如展旗西立, 羅漢九層之脊, 則如展旗東立; 自北脊望之, 則如展旗南立, ‘後趾’之脊, 則如展旗北立. 此一山大勢也. 此桃花箐過脊, 又在絶頂西南峽中, 南起爲香木坪之嶺, 東亘爲禾字孔之脊, 與羅漢壁、點頭峰南北峙爲兩界. 此在三距西南支之外, 乃對山而非雞足矣. 若南條老脊, 自香木而南走烏龍壩、羅漢壁、點頭峰, 又其東出之支, 非老幹矣. 山後卽爲羅川地, 北至南衙, 皆鄧川屬, 與賓川以此山脊爲界, 故絶頂卽屬鄧川, 而曹溪、華首, 猶隸賓川焉. 若東北之摩尼, 則北勝、浪滄之所轄, 此又以山之東麓雞坪山爲界者也. 從脊直北眺, 雪山一指豎立天外, 若隱若現. 此在麗江境內, 尙隔一鶴慶府於其中, 而雪山之東, 金沙江實透腋南注, 但其處逼夾僅丈餘, 不可得而望也.

由脊道西行, 再隆再起, 五里, 有路自南而上者, 此羅漢壁東旃檀嶺道也; 交脊而西北去者, 此循‘後趾’北下鶴慶道也; 交脊而東北下者, 此羅川道也, 隨脊而西者, 絶頂道也. 於是再上, 再紆而北, 又二里餘而抵絶頂之下. 其北崖雪痕皚皚, 不知何日所積也. 又南上半里, 入其南門. 門外隤壑而下者, 猢猻梯出銅佛殿道; 由北門出, 陟後脊轉而西南下者, 束身峽出禮佛臺, 從華首門會銅佛殿道. 而猢猻梯在東南, 由脊上; 束身峽在西北, 由霤中. 此登頂二險, 而從脊來者獨無之.

入門卽迦葉殿. 此舊土主廟基也, 舊迦葉殿在山半. 歲丁丑, 張按君謂絶頂不可不奉迦葉, 遂捐賚建此, 而移土主於殿左. 其前之天長閣, 則天啓七年海鹽朱按君所建. 後有觀風臺, 亦閣也, 爲天啓初年廣東潘按君所建, 今

易名多寶樓. 後又有善雨亭, 亦張按君所建, 今貌其像於中. 後西川倪按君
易名西脚蓮廬, 語意大含譏諷. 殿亭四圍, 築城環之, 復四面架樓爲門: 南
曰雲觀, 指雲南縣昔有彩雲之異也; 東曰日觀, 則泰山日觀之義; 北曰雪觀,
指麗江府雪山也; 西曰海觀, 則蒼山、洱海所在也. 張君於萬山絶頂興此
巨役, 而沐府亦伺其意, 移中和山銅殿運致之, 蓋以和在省城東, 而銅乃西
方之屬, 能剋木, 故去彼移此. 造流言以阻之者, 謂雞山爲麗府之脈, 麗江
公亦姓木, 忌金剋, 將移師雞山, 今先殺其首事僧矣. 余在黔聞之, 謂其說
甚謬. 麗北雞南, 聞雞之脈自麗來, 不聞麗自雞來, 姓與地各不相涉, 何剋
之有? 及至此而見銅殿具堆積迦葉殿中, 止無地以豎, 尚候沐府相度, 非有
阻也. 但一城之內, 天長以後, 爲河南僧所主, 前新建之迦葉殿, 又陝西僧
所主, 以張按君同鄉故, 沐府亦以銅殿屬之, 惜兩僧無道氣, 不免事事參商,
非山門之福也. 余一入山, 即聞河南、陝西二僧名, 及抵絶頂, 將暮, 見陝
西僧之叔在迦葉殿, 遂以行李置之. 其姪明空, 尚在羅漢壁西來寺. 由殿側
入天長閣, 蓋陝僧以銅殿具支絶迦葉殿後正門, 毋令從中出入也. 河南僧
居多寶樓下, 留余晚供. 觀其意殊憤憤. 余於是皆腹誹[1]之. 還至土主廟中,
寒甚. 陝僧爇火供果, 爲余談其姪明空前募銅殿事甚悉. "今現在西來, 可
一顧也." 余唯唯.

---

1) 복비(腹誹) 혹은 복비(腹非)는 입으로는 말하지 않아도 마음속으로는 그렇지 않다고
여기는 것을 의미한다.

二十八日 晨起寒甚, 亟披衣從南樓觀日出, 已皎然上升矣. 晨餐後, 即錄
碑文於天長、善雨之間. 指僵, 有張憲副二碑最長, 獨不及錄. 還飯迦葉殿,
從北門出. 門外岡脊之上, 多賣漿淪粉者. 脊之西皆削崖下覆, 豈即向所謂
捨身崖者耶? 北由脊上行者一里, 乃折而西下, 過一敝閣, 乃南下束身峽.
巨石雙迸, 中霤成坑, 路由中下, 兩崖逼束而下墜甚峻, 宛轉峽中, 旁無餘
地, 所謂'束身'也. 下半里, 得小坪, 伏虎庵倚之. 庵南向, 從其前, 多賣香草

者, 其草生於山脊.

循捨身崖東南轉, 爲曹溪、華首之道; 繞庵西轉, 盤絕壁之上, 是爲禮佛臺、太子過玄關. 余乃先過禮佛臺. 有亭在臺東, 亦中圮, 臺峙其前石叢起中, 懸絕壑之上. 北眺危崖, 倒插於深壑中, 乃絶頂北盡處也, 其下卽桃花箐, 但突不能俯窺耳. 其東南壑中, 則放光寺在焉, 其西隔塢相對者, 香木坪也. 是臺當絶頂西北隅懸絕處, 凌虛倒影, 若浮舟之駕壑, 爲一山勝處, 而亭旣傾敝, 不容無慨. 臺之北, 崖壁倒懸, 磴道斬絶, 而西崖之瞰壑中者, 蕚瓣上迸, 若蔕斯啓. 遙向無路, 乃棧木橫崖端, 飛虯接翼於層巒之上, 遂分蔕而蹈, 如入藥房, 中空外透, 欲合欲分. 穿其奧窟, 正當佛臺之下, 乃外石之附內石而成者, 上連下迸, 裂透兩頭. 側身而進, 披隙而出, 復登南臺之上. 仍東過伏虎, 循巖傍壁, 盤其壑頂. 仰視矗崖, 忽忽欲墮, 而孰知卽向所振衣躡履於其上者耶.

東南傍崖者一里餘, 有室倚崖, 曰曹溪寺. 以其側有水一泓, 在矗崖之下, 引流墜壑, 爲衆派之源, 有似宗門法脈也. 稍下, 路分爲二, 正道東南循崖平去, 小徑西下危坡. 余睇放光在西南壑, 便疑從此小徑爲是. 西循之一里餘, 轉而北逾一嘴, 已盤禮佛臺之下, 其西北乃桃花箐路, 而東南壑底, 終無下處, 乃從舊路返. 二里, 出循崖正道, 過八功德水, 於是崖路愈逼仄, 線底緣嵌絶壁上, 仰眺祇覺崇崇隆隆而不見其頂, 下瞰祇覺窅窅冥冥而莫晰其根, 如懸一幅萬仞蒼崖圖, 而綴身其間, 不辨身在何際也.

東一里, 崖勢上飛, 高穹如簷, 覆環其下, 如戶闑形, 其內壁立如掩扉, 蓋其石齒齒皆墮而不盡墮之餘, 所謂華首門也. 其高二十丈, 其上穹覆者, 又不知凡幾, 蓋卽絶頂觀海門下危崖也. 門之下, 倚壁爲亭, 兩旁建小甎塔裹之, 卽經所稱迦葉受衣入定處, 待六十百千歲以付彌勒[1]者也. 天台王十岳[士性]憲副詩偈鐫壁間, 而倪按院大書‘石狀奇絶’四字, 橫鐫而朱丹之. 其效顰耶?[2] 黥面耶? 在束身書‘石狀大奇’, 在袈裟書‘石狀又奇’, 在兜率峽口書‘石狀始奇’, 凡四處, 各換一字, 山靈何罪而受此耶?

又半里, 矗崖東盡, 石脊下垂, 有寺倚其東, 是爲銅佛殿, 今扁其門曰傳燈寺. 蓋卽絶頂東突, 由猢猻梯下墜爲此, 再下卽迦葉寺, 而爲西南支發脈者. 寺東向, 大路自下而來, 抵寺前分兩歧 : 由其北峽登寺後猢猻梯, 爲絶頂前門道, 余昨從上所瞰者, 由寺前循崖西轉, 過華首門, 上束身峽, 爲絶頂後門道, 余玆下所從來者. 蓋寺北爲峽, 寺西爲崖, 寺後猢猻梯由絶頂垂脊而下, 乃崖之所東盡而峽之所南環者也. 寺北有石峰突踞峽中, 有庵倚其上, 是爲袈裟石. 余初不知其爲袈裟石也, 望之有異, 遂不入銅佛殿而登此石. 至則庵僧迎余坐石上. 石紋離披作兩疊痕, 而上有圓孔. 僧指其紋爲迦葉袈裟, 指其孔爲迦葉卓錫之跡. 卽無遺蹟, 然其處迴崖外繞, 墜壑中盤, 此石綴崖瞰壑, 固自奇也. 僧瀹米花爲獻, 甚潤枯腸. 余時欲下放光、聖峰諸寺, 而不能忘情於猢猻梯, 遂循石右上. 半里, 升梯. 梯乃自然石級, 有疊磴痕可以踄趾, 而痕間石芒齒齒, 著足甚難. 脊左瞰卽華首矗崖之上, 右瞰卽袈裟墜壑之端, 其齒齒之石, 華首門乃垂而下, 此梯乃錯而上者, 然質則同也. 上半里, 數折而梯盡, 仍從峽上. 問去頂迴絶, 乃返步下梯, 由銅佛殿北東下峽中.

一里, 橫盤峽底, 有庵當其中, 所謂兜率庵也, 已半傾. 其後卽絶頂與羅漢壁分支前突處, 庵前峽復深墜. 循庵橫度, 循左崖下半里, 崖根有窪內嵌, 前有巨樹流蔭, 並鶴岣居士詩碑. 其前峽遂深蟠, 路從其上, 又分爲兩 : 循右峽中西南下者, 爲迦葉寺、聖峰寺西支大道; 循左崖下東向行者, 爲西來寺、碧雲寺、羅漢壁間道. 余時身隨西峽下, 而一步一迴眺, 未嘗不神飛羅漢壁間也. 下半里爲仰高亭, 在懸峽中, 因圮未入. 旣下, 又半里出峽, 爲迦葉寺, 其門東向, 中亦高敞. 此古迦葉殿, 近因頂有新構, 遂稱此爲寺云. 入謁拜見尊者. 從其前南向循岐而下, 其路峻而大. 兩丐者覆松爲棚. 曲折夾道數十折, 一里餘而至會燈寺. 寺南向, 入謁而出. 東下半里, 有岐西去者, 放光寺道也. 恐日昃不及行, 遂不西向而東趨. 其路坦而大, 一里爲聖峰寺. 寺東向, 踞分支之上. 前有巨坊, 後有杰閣, 其勢甚雄拓. 閣祀玉皇, 今皆以玉皇閣稱之. 從此北瞻西來寺, 高綴層崖之上, 屛霞亘壁, 飄渺天半, 其景甚異. 出寺, 東隨隴行, 二里, 過白雲寺. 又從其右東行一里半,過慧林庵, 則左右兩溪合於前而隴盡. 遂渡其左峽, 東過大覺寺蔬園, 一里, 從息陰後逾中支之脊, 從千佛閣前觀街子. 街子者, 惟臘底集山中, 爲朝山[3]之節, 昔在石鐘寺前, 今移此以近大覺, 爲諸寺之中也. 由街子東半里, 過西竺寺, 又二里餘, 入悉檀.

具餐後, 知沈公(莘野乃翁.)來叩, 尙留待寺間, 亟下樓而沈公至, 各道傾慕之意. 時已暮, 寺中具池湯候浴, 遂與四長老及沈公就浴池中. 池以磚甃, 長丈五、闊八尺, 湯深四尺, 炊從隔壁釜中, 竟日乃溫. 浴者先從池外挽水滌體, 然後入池, 坐水中浸一時, 復出池外, 擦而滌之, 再浸再擦, 浸時不一動, 恐垢落池中也. 余自三里盤浴後, 入滇祇澡於溫泉, 如此番之浴, 遇亦罕矣.

<hr />

1) 『치문경훈(緇門警訓)』에서는 이 대목을 다음과 같이 풀이하고 있다. "『조정』에 말했다. 가섭이 왕사성에 들어가 최후로 걸식을 했다. 식사가 끝나고 얼마 후에 계족산에 오르니 산에는 봉우리가 세 개 있었는데, 마치 닭의 발이 하늘을 우러러보고 있는 것 같았다. 가섭이 그 가운데로 들어가 결가부좌를 하고는 정성스럽고도 진실된 말로 '원하옵건대, 나의 이 몸과 가사 및 발우 등이 오래도록 허물어지지 않은 채 57구지 60백천세가 지나기에 이르러 자씨여래께서 이 세상에 출현할 때 불사를 이루어 베풀도록 하여 주십시오.'하여 이러한 서약을 짓고 난 후에 곧 열반에 드셨다. 이때 그 세 봉우리가 문득 합쳐져서 하나로 되었다(『祖庭』云: 迦葉入王舍城, 最後乞食. 食已未久, 登鷄足山, 山有三峯, 如仰鷄足. 迦葉入中, 結跏趺坐, 作誠實言: '願我此身幷衲鉢等, 久住不壞, 乃至經於五十七俱只六十百千歲, 慈氏如來出現世時, 施作佛事.' 作此誓已, 尋般涅槃. 時, 彼三峯, 便合成一.)"
2) 효빈(效矉)은 미녀인 서시(西施)가 병이 있는지라 가슴을 움켜쥔 채 눈썹을 찡그리면서 아픔을 참는 것을 같은 마을의 추녀가 보고서, 이를 아름답다 여겨 서시의 찡그리는 모습을 흉내낸 것을 가리키며, 흔히 남의 결점을 장점으로 여겨 본떠서 더욱 나빠짐을 의미한다.
3) 조산(朝山)은 명산의 사찰에 가서 향불을 피우고 참배하는 것을 의미한다.

二十九日 飯於悉檀, 同沈公及體極之姪同遊街子. 余市鞋, 顧僕市帽. 遇大覺遍周亦出遊, 欲拉與俱. 余辭歲朝往祝, 蓋以其屆七旬也. 旣午, 沈公先別去, 余食市面一甌. 一里餘, 從大乘庵上幻住. 一里入幻住, 見其額爲福寧寺, 問道而出, 猶不知爲幻住也. 由其右過峽西北行, 一里而入蘭陀寺,寺南向. 由正殿入其東樓, 艮一師出迎. 問殿前所臥石碑. 曰："此先師所撰迦葉事跡記也." 昔豎華首門亭中, 潘按君建絶頂観風臺, 當事者曳之頂, 將摩鐫新記, 艮一師聞而往止之, 得免, 以華首路峻不得下, 因紆道置此. 余欲錄之, 其碑兩面鐫字, 而前半篇在下. 艮一指壁間掛軸云："此卽其文, 從碑賸寫而出者." 余因低懸其軸, 以案就錄之. 艮一供齋, 沈公亦至. 齋後, 余度文長不能竟, 令顧僕下取臥具. 沈公別去, 余訂以明日當往叩也. 迨暮, 錄猶未竟, 顧僕以臥具至, 遂臥蘭陀禪榻. 顧僕傳弘辨、安仁語曰："明日是除夕, 幸爾主早返寺, 毋令人懸望也." 余聞之, 爲淒然者久之.

三十日 早起盥櫛而莘野至, 相見甚慰. 同飯於蘭陀. 余乃錄碑, 完而莘野已去. 遂由寺循脊北上, 其道較坦, 一里, 轉而東, 一里出莘野廬前小靜室. 又半里而入莘野樓, 則沈公在而莘野未還. 沈公爲具食, 莘野適至, 遂燕其樓. 父子躬執爨, 煨芋煮蔬, 甚樂也. 莘野懇令顧僕取臥具於蘭陀曰："同是天涯, 何必以常住[1]靜室爲分." 余從之, 遂停寢其樓之北楹. 其樓東南向, 前瞰重壑, 左右抱兩峰, 甚舒而稱. 樓前以杪松連皮爲欄, 製樸而雅, 樓窗疏櫺明淨. 度除夕於萬峰深處, 此一宵勝人間千百宵. 薄暮, 憑窗前, 瞰星辰爗爗下垂, 塢底火光, 遠近紛挐, 皆朝山者, 徹夜熒然不絶, 與瑤池月下, 又一觀矣.

---

1) 불가나 도가에서 사사(寺舍)나 전지(田地), 집기 등을 상주물(常住物)이라 일컫는데, 상주(常住)라 약칭하기도 한다.

운남 유람일기6(滇遊日記六)

해제

「운남 유람일기6」은 서하객이 운남의 북서부를 유람한 기록이다. 서하객은 숭정 12년(1639년) 정월에 계족산(鷄足山)의 곳곳을 유람한 후, 여강부(麗江府)의 토사인 목증(木增)의 초대를 받아 정월 22일 계족산을 떠나 학경부(鶴慶府)를 거쳐 25일 여강에 도착했다. 약 한 달간의 여정에서, 서하객은 계족산의 명승을 유람함은 물론, 산사(山寺)의 갖가지 의식과 생활습속을 자세히 관찰하여 기록함으로써, 명대의 불교 명산에 대한 연구에 귀중한 자료를 남기고 있다.

이번 유람의 주요 여정은 다음과 같다. 실단사(悉檀寺) → 도화정(桃花箐) → 나무성(羅武城) → 금정촌(金井村) → 하저촌(河底村) → 학경부(鶴慶府) → 삼차황니강(三岔黃泥岡) → 구당관(丘塘關) → 여강부(麗江府)

역문

기묘년[1] 정월 초하루

계족산(鷄足山) 사자림(獅子林)의 신아(莘野) 스님의 정실에 있었다. 이날 날씨는 맑기 그지없으며, 말간 해가 눈앞에 떠올랐다. 나는 날이 밝자 일어나 예불을 드리고 식사를 한 후, 은공(隱空)스님과 난종(蘭宗) 스님의 정실에 올라갔다. 다시 야우(野愚) 법사의 정실에 들렀더니, 야우 법사는 이미 난종 스님의 거처로 내려가고 없었다.

위쪽의 길을 따라 완만하게 서쪽으로 나아가 염불당(念佛堂)에 들어갔다. 이곳은 백운(白雲) 법사께서 참선하면서 기거하는 곳으로, 사자림에서 제일 먼저 지어진 곳이다. 이전에 대력(大力) 법사란 분이 고행하면서 수도하셨는데, 난종 스님과 먼저 아래쪽에 정실을 짓고, 나중에 백운 스님이 이 집을 지어 그들과 함께 기거했다. 사자림의 한가운데이자 가장 높은 곳이다.

이곳에는 애초에 샘이 없었으며, 지세가 높은지라 나무를 깎아 물을 끌어들일 수도 없었다. 두 법사가 공덕을 쌓아 신령을 감동시킨 덕분에, 홀연 어느 날 백운 스님이 감실 뒤의 산등성이가 드리워진 곳에서 바위를 뚫어 샘을 얻었다. 이것은 매우 기이한 일이지만, 이 일을 전하는 이가 아무도 없다.

감실에 들어가보니, 바위등성이 가운데가 치솟아 벼랑을 이루고 있고, 벼랑 왼편에 동굴 한 곳이 있다. 동굴은 높이가 두 자이고, 깊이와 너비 역시 두 자이다. 동굴 밖의 바위는 처마처럼 거꾸로 드리워져 있고, 샘은 처마 안쪽에서 처마를 따라 흘러내린다. 처마 안쪽의 동굴 꼭대기는 속이 비어 있으나, 물은 비어 있는 곳을 따라 넘쳐흐르지 않는다. 또한 처마 밖의 벼랑바위가 가파르지만, 물은 가파른 곳을 따라 떨어져 내리지도 않는다. 물은 도리어 처마에서 떨어져내리는데, 마치 주옥을 꿰어 늘어뜨린 듯하다. 동굴 바닥에는 고인 물이 네모난 못을 이루고 있으며, 곁에는 온통 창포가 울창하게 우거져 있다. 백운 스님이 매화를 꺾어 못에 담그자, 맑고 깨끗함이 사람들의 마음에 전해져온다.

나는 벼랑을 기어오르면서, 문득 기이한 느낌이 들었다. 그래서 이 등성이는 가운데로 늘어진 채 양쪽 옆구리와 나란하지 않은데, 어떻게 샘이 봉긋 솟은 곳에서 바위를 뚫고 나올 수 있는지 물었다. 백운 스님은 "예전에 바위를 뚫어 샘을 얻었는데, 오늘에 이르기까지 물이 끊이지 않습니다"라고 대답했다. 나는 더욱 기이하게 여겼다. 나중에 난종을 만나서야 자세한 사정을 물었다. 이에 천신을 공양한 일과 불가에 거짓이 없음을 알게 되었으며, 예전에 언급되던 탁석천(卓錫泉)이나 호포천(虎跑泉)에 대해 여기에서 그 증거를 얻게 되었다.

감실 앞에는 측백나무를 엮어 난간을 만들고, 무성한 푸른 잎이 빙 두르고 있다. 마치 야트막한 병풍이 둥글게 에워싸고 있는 듯하다. 계단 앞의 맥문동은 겹쳐진 듯 높고 둥글어, 그 위에 가부좌를 틀고 앉으면 부들방석이나 비단방석도 이보다 낫지는 못할 것이다. 감실은 대단히 좁고, 앞에는 소나무 울타리가 엮어져 있다. 때마침 독경하면서 참회하는 의식이 행해지고 있었다.

백운 스님이 나를 맞아 차와 간식을 내오더니, 나에게 "이곳 서쪽에 소일할 만한 정실이 두 곳 있습니다. 여기에서 잠시 쉬고 계시면 산나물을 삶아 대접하겠습니다"라고 말했다. 나는 그의 말에 따르기로 했다. 서쪽의 대나무숲을 지나자, 두 분의 스님이 나무뿌리에 앉아 햇빛에 등을 쪼이고 있었다. 그 중의 한 분이 나를 데리고 서쪽의 정실로 들어갔다.

세 칸으로 이루어진 이 정실은 새로 지은 것이다. 앞에는 돌을 쌓아 만든 평대가 놓여 있다. 지세는 대단히 훤히 트이고 가지런하며, 정실의 창문과 탁자 모두 정갈하지 않은 것이 없다. 불감과 공불화(供佛花)[2]는 모두 정교하고도 장엄한데, 정실의 주인이 보이지 않았다. 물어보니 "백운 스님의 감실에서 행해지는 참회 의식에서 북을 치는 이가 바로 주인입니다"라고 대답했다. 나는 이 스님이 소박하기 그지없는 분인데, 어떻게 이런 정실을 지닐 수 있을까 궁금했다.

그 옆을 따라 또 다른 감실로 올라갔다. 편액에 '표월(標月)'이라 씌어져 있는데, 문 역시 잠겨 있었다. 이에 되돌아가 백운 스님에게 들러 식사를 했다. 그제야 그 서쪽의 정실은 실단사(悉檀寺)의 체극(體極) 법사가 지은 곳이며, 북을 치는 스님은 정실을 지키는 이임을 알았다.

식사를 한 후, 다시 염불당에서 동쪽으로 올라가 두 곳의 감실을 올랐다. 그 가운데 제일 높은 곳은 거의 고개등성이에 자리하고 있다. 정실 뒤쪽은 온통 벼랑뿐, 길이 없다. 그 앞에는 빙글 감도는 벼랑이 중중첩첩이다. 길은 구불거리면서 벼랑을 따라가는데, 벼랑에 붙어 평대가 놓이고, 나무에 기대어 층계가 만들어져 있다. 산빛이 허공에 피어오르니, 참으로 비래봉(飛來峰)을 오르는 듯하다.

감실 앞에 바위 하나가 불쑥 솟구친 채 한가운데에 자리하고 있는데, 빙 둘러 기댄 채 평대를 이루고 있다. 감실의 편액에는 '설실(雪室)'이라 씌어져 있다. 이것은 정환(程還, 호는 이유二游이고, 곤명昆明 사람이며, 재주가 많다)의 친필인데, 문은 역시 잠겨져 있다. 아마 모두들 백운 스님의 참회 의식에 가 있으리라.

다시 동쪽으로 약간 내려온 뒤 야우 법사의 정실에 들어갔다. 법사가 아직 돌아오지 않았기에, 그 동쪽을 따라 동쪽 골짜기를 기어올랐다. 이 골짜기는 꼭대기에서 아래로 꺼져내린다. 마치 구중애(九重崖)와 더불어 움푹 가르고 있는 듯하다. 꼭대기에는 가파른 바위가 층층이 겹쳐 있고, 골짜기 동쪽에는 바위 하나가 갈라져 남쪽으로 뻗어내린다. 이곳은 곧 실단사가 의지해 있는 갈래이다.

그 동쪽은 바로 구중애의 정실인데, 이 너머의 봉우리와 골짜기는 가로막혀 보이지 않았다. 내가 전에 일납헌(一衲軒)에서 꼭대기로 오르다가 그 동쪽에서 바위틈새를 기어 쭉 올랐었다. 그때 이곳만은 갈 겨를이 없었는지라, 이번에는 위험을 무릅쓰고 올라갔다. 길은 차츰 막다른 곳에 이르렀다. 골짜기 속에 이르니, 동쪽 봉우리의 암벽은 깎아지른 듯하고, 골짜기 아래에는 무너진 구렁이 허공에 매달려 있다. 짐작컨대 길은 여전히 아래쪽 깊숙한 곳에 있으리라.

이에 걸음을 되돌이켜 왔던 길을 되짚어, 발이 드리운 듯한 샘과 비취빛 절벽 아래를 지난 뒤 난종 스님의 거처로 들어갔다. 난종 스님과 야우 법사가 모두 현명(玄明) 스님의 절에 있다기에, 그들을 뒤쫓아 갔다. 현명 스님은 적광(寂光) 스님의 먼 후손이다. 새로이 지은 그의 거처는 난종 스님의 정실과 동서로 마주보고 있으며, 염불당의 아래이자 신야 스님의 누각 위에 자리하고 있다.

나는 이전에 여러 차례 이 곁을 지났으나, 비취빛에 가려져 있기에 발견하지 못했다. 이제야 난종 스님의 제자가 가리키는 대로 따라가 찾게 되었던 것이다. 누각은 작고 창문은 훤히 트였으며, 구름과 눈이 밝고 맑아, 청아하기 그지없다. (누각의 이름은 우화雨花이고, 야우 법사께서 친히 쓰셨다.) 여러 스님들이 마침 그 안에서 한가롭게 이야기를 나누고 있다가, 내가 이르자 모두들 차를 끓여 마시면서 고상한 이야기를 나누었다.

해가 설핏 기울자, 야우 법사 등의 스님들이 백운 스님을 만나러 간다기에, 나는 신야 스님의 거처로 내려가 쉬었다. 저물녘에 난종 스님이 다시 찾아왔다. 그와 더불어 산속의 사원과 관련된 여러 이야기와 함께, 옛 덕망 있는 선배들의 유적에 대해 이야기를 나누었다. 날이 저물도록 이야기는 끝이 없었다.

---

1) 기묘년(己卯年)은 숭정 12년으로, 1639년이다.
2) 공불화(供佛花)는 불전의 공품(供品) 위에 꽂는 조화로서, 흔히 풀이나 비단, 종이 등으로 만든다.

정월 초이틀

신야 스님의 거처에서 식사를 하자마자, 난종 스님에게 들렀다. 그가 징험하는 이야기를 마저 듣고자 함이었는데, 난종 스님은 거처에 있지 않았다. 현명 스님의 우화각(雨花閣)의 정갈함이 마음에 들어, 다시 가서 차를 끓여 마시면서 이야기를 나누었다.

이어 지팡이를 짚고서 서쪽으로 1리를 가서 망대령(望臺嶺)을 지났다. 이 고개는 사자림의 서쪽에 있다. 아마 전단령(旃檀嶺)과 경계를 이루는 산이리라. 고개등성이에서 남쪽으로 뻗어내려가면 곧 대각사(大覺寺)가 의지하여 있는 언덕이 나오고, 사자림에서 서쪽의 그 고개를 넘으면 서쪽에 매달려 있는 꼭대기를 바라볼 수 있을 터이다. 그래서 '망(望)'이라 일컬었으리라.

그 서쪽의 고개 한 곳과 구렁을 사이에 끼고서 움푹한 평지가 펼쳐져 있다. 여러 정실은 움푹한 평지를 따라 층층이 겹쳐진 채 뻗어내린다. 이곳은 전단령이다. 일찍이 계족산의 정실은 단지 세 곳으로 나누어져 있을 뿐이었다. 가운데는 사자림이고, 서쪽은 나한벽(羅漢壁)이며, 동쪽은 구중애이다. 이 고개는 사자림과 나한벽의 사이에 있고, 아래쪽의 적광사(寂光寺)에 가까운지라, 적광사의 여러 후대 제자들 또한 여러 정실을 지었다. 세 곳의 정실에 이은 네 번째 정실인 것이다.

대체로 이곳의 여러 정실은 골짜기 사이에 있다. 동쪽은 망대령이고, 서쪽은 전단령이다. 나한벽과 경계를 이루고 있는 망대령이 고개등성이에서 남쪽으로 뻗어내려가면, 곧 적광사가 의지해 있는 갈래이며, 이것이 가운데 갈래이다. 대체로 나한벽의 동쪽은 벼랑을 감아돌았다가 고개등성이에서 갈라져 남쪽으로 뻗어내리다가 적광사에서 맺혀지고, 그 앞에서 다시 남쪽으로 건너뻗었다가 동쪽으로 돌아들어 관음각(觀音閣)과 식음헌(息陰軒)을 이룬다. 이어 폭포의 동쪽 고개로 솟구쳤다가, 여기에서 다시 등성이를 건너 남쪽으로 나아가면 모니암(牟尼庵)을 이루고,

다시 앞쪽으로 불쑥 튀어나와, 마치 가운데에 표지를 세운 듯이 가운데 고개를 이룬다. 대사각(大士閣)은 그 끄트머리에 의지해 있고, 용담(龍潭)과 폭포의 두 줄기 물길의 어귀는 그 아래에서 엇갈린다. 온 산의 맥락은 이것을 요충지로 삼는다.

망대령을 넘어 서쪽으로 3리를 갔다. 여러 정실 위를 따라 구렁을 감아돌아 서쪽으로 3리를 갔다. 다시 고개를 감아돌아 남쪽으로 나아갔다가 북쪽으로 돌아들어 1리를 갔다. 북쪽의 벼랑은 온통 하늘 높이 구름에 휘감겨 있다. 노을빛 무늬비단이 늘어선 듯하다. 서쪽은 온통 나한벽이다. 동쪽의 전단령에서 서쪽의 앙고정(仰高亭) 골짜기에 이르기까지 뭇구렁 위에 암벽이 거꾸로 꽂혀 있다. 그 동쪽 자락의 주름 접힌 곳은 환공(幻空) 법사의 거처가 지어져 있는 곳이다.

진무각(眞武閣)은 나한벽의 발치에 기대어 있다. 그 아래의 구불구불한 길은 종횡으로 나 있고, 돌층계는 층층이 겹쳐 있다. 환공 법사는 대나무를 갈라 울타리를 만들고, 바위를 가리켜 평대로 삼았다. 진무각에 가서 쉬었다. 그 아래에 제자들이 절을 세웠는데, 지금은 벽운사(碧雲寺)라고 일컫는다. 나는 전에 이미 환공 법사를 찾아뵙고 돌아온 적이 있었다. 마침 전각 안에 아직 베끼지 못한 진군후(陳郡侯) 천공(天工)의 시가 있다는 것이 떠올랐다. 그래서 다시 들러 그것을 베꼈다. 법사는 따뜻하게 맞아주었다. 그는 오래도록 이야기를 나누면서, 과일을 꺼내와 침상 사이에서 먹었다. 전각의 양쪽 곁에는 옆으로 통하는 정실이 있다. 이곳에는 모두 그의 제자들이 거처하고 있다. 서래사(西來寺)로 가는 길이 없는지라 계속해서 벽운사로 내려가야만 했다.

산문에서 서쪽으로 벼랑의 비탈을 빙 둘러 1리 반만에 북쪽으로 반리를 올라 나한벽의 발치에 이르렀다. 이곳에 섬서(陝西) 출신의 명공(明空) 스님이 암자를 지었다. 지금은 이곳을 서래사라 일컫는다. 북경(北京)과 섬서, 하남(河南) 출신의 세 스님은 모두 지역으로써 이름을 삼았다. 현재 북경 스님과 섬서 스님의 명성은 거의 엇비슷하게 드높다.

내가 품평한다면, 명공 스님은 평범한 스님일 뿐이다. 그의 명성이 이렇게 드높은 것은 그가 순안대리 장봉핵(張鳳翮)의 고향 사람이기에 그를 꼭대기의 가섭전(迦葉殿)의 주지로 임명했고, 목부(沐府) 또한 중화산(中和山)의 동전(銅殿)을 옮겨와 그에게 넘겨주었기 때문에 명성이 자자해졌던 것이다. 그러나 명성이 제일 높으면서도 하남 스님과 화목하지 못하고, 서방에서 왔다고 하면서도 절에 참배하러 오는 남녀를 대접할 줄만 알 뿐이다. 그의 식견은 벽운사의 여러 제자들과 엇비슷한 수준이니, 환공 법사의 발밑에도 오지 못한다.

그런데 절벽에 기대어 있는 이곳 절 뒤쪽은 흰구름과 붉은 노을에 휩싸인 채 우뚝 솟아 있고, 절벽이 병풍처럼 하늘가를 감싼 채 가파르게 솟구쳐 있다. 장대한 경관은 이곳이 으뜸이다. 절 서쪽에는 만불각(萬佛閣)이 있다. 암벽 아래에는 샘이 한 군데 있는데, 벼랑에 움팬 채 암벽에 기대어 있다. 샘의 깊이는 네댓 자이고 너비 역시 비슷하며, 가운데에 고인 물은 넘치지도, 마르지도 않는다. 수많은 봉우리 위에, 오로지 바위뿐인 그 사이로, 이 한 줄기 물을 모았으니 진실로 기이하다. 다만 백운감(白雲龕)처럼 허공에 드리워져 내리는 신기한 느낌을 자아내지는 못했다. 물빛을 보아하니, 그다지 맑고 깨끗하지는 않으며, 절에서 먹는 물은 모두 멀리 서쪽 골짜기 위에서 끌어온다. 참으로 이곳이 백운감의 샘물에 훨씬 미치지 못함을 알았다.

절 동쪽에는 삼공(三空) 스님의 정실이 있으며, 역시 절벽에 기대어 있다. 삼공 스님과 명공 스님은 모두 섬서 출신으로 사형과 사제의 사이이다. 삼공 스님은 자못 초탈하여 도인의 기풍을 지니고 있다. 그는 나에게 자신의 정실에 머물러 식사를 하자고 청했다. 어느덧 오후였다. 서래사에서 동쪽의 이곳에 이르니, 암벽은 더욱 치솟아 깎아지른 듯하다. 절 곁의 벼랑은 갈라져 동굴을 이루었는데, 그 안은 텅 빈 채 훤히 트여 있다. 그런데 스님들이 그 안에 유람객의 말을 묶어둔 채 들어가지 못하도록 막아 놓았다. 참으로 서글프고 원망스러웠다.

또다시 꼭대기에서 갈라진 골짜기가 웅덩이진 채 뻗어내린다. 하늘에 닿을 듯 높고 칼날처럼 깎아지른 듯한 암벽 가운데에, 틈새가 움푹 패어 있다. 이 또한 대단한 장관이다. 스님이 꼭대기에서 땔감을 가져올 때마다 늘 이 틈새에서 벼랑 아래에 내던져 지름길로 삼고 있다. 이는 보기 좋은 모습이라 할 수 없다.

식사를 마친 후 다시 절에서 벼랑을 따라 2리를 나아갔다. 벼랑은 끝나고 골짜기가 이루어져 있다. 이곳은 앙고정(仰高亭)의 위이다. 이에 앞서 나는 꼭대기에서 이곳을 거쳐 내려가다가, 한길을 따라 가섭사로 들어가는 바람에, 곁의 갈림길을 따라 동쪽의 나한벽에 갈 겨를이 없었다. 가섭사에서 고개를 돌려 벼랑의 끄트머리를 바라보니, 한 줄기 길은 실의 흔적과 같고, 수많은 동굴 구멍은 마치 수레덮개 모양의 구름처럼 보였다. 마음속으로 몹시 기이한 느낌이 들었다. 그래서 날이 어두워지는 것을 아랑곳하지 않은 채, 미처 구경하지 못한 곳을 마저 구경하려고 했다. 그러나 그 위의 벼랑바위가 비록 날듯이 움팬 채 허공에 떠 있으나, 온통 화수문(華首門)과 같은 종류라서 깊이 들어갈 수가 없었다.

이에 되돌아나와 서래사와 벽운사 앞에서 동쪽의 전단림(旃檀林)을 지난 뒤, 이어 사자림에 들어가 백운감 아래에 이르러 현명 스님의 거처를 찾으려 했다. 그런데 길을 잘못 들어 그 옆으로 들어갔다가 또 한 곳의 감실을 만났다. 취월(翠月) 법사의 거처였다. (실단사의 동문이다.) 앞쪽은 성긴 대나무로 두르고, 오른쪽에는 소나무 덮개를 엮어 정자를 만들어 놓았다. 역시 맑고도 우아한 정취가 있는지라, 이곳에서 잠시 쉬었다. 신야 스님의 누각으로 묵으러 돌아가니, 어느덧 해가 저물어 있었다.

정월 초사흘

아침에 일어나 식사를 했다. 짐을 지고 실단사로 내려가려는데, 난종 스님이 와서 초대하여 산속에서 못 다한 이야기를 마저 하고 싶어했다.

그래서 나는 그의 거처에 들렀다. 그는 과일 상자와 식사를 차려놓고서 산속의 옛 일을 두루 들려주었다. 정오가 되자, 염성(念誠) 법사가 난종 스님을 찾아와 식사에 초대했다. 이에 난종 스님은 밥 짓기를 그만두고서 나와 함께 염성 법사에게 갔다.

주렴(珠簾)과 취벽(翠壁) 아래를 지나는 길에, 한참동안 머뭇머뭇 배회했다. 대체로 난종 스님이 지은 처소의 동쪽에는 바위벼랑이 골짜기 곁에 솟아 있다. 높이는 수십 길이고 그 아래에는 암벽이 움푹 패어 들어가 있다. 벼랑 밖에 날듯이 걸린 물은 허공에 드리워진 채 암벽에 흩뿌려져, 어지러이 종횡으로 흩날린다. 마치 반짝이는 구슬이 실에 꿰어있는 듯하다.

그리하여 나는 흩날리는 물의 주렴을 밀치고서 움푹 팬 암벽 속으로 들어갔다. 바깥에 있는 난종 스님 등의 사람들을 바라보니, 마치 안개 너머로 비단을 끌어당기는 듯하고, 그 앞의 나무 그림자와 꽃가지는 모두 사람의 혼백을 날려 맑게 해준다. 서로 가려 돋보이는 묘미가 그지없다. 벼랑의 서쪽 가에는 푸른 이끼가 위쪽을 뒤덮고 있다. 마치 눈부신 채색의 융단이 깔려 있고 비취빛이 방울져 떨어질 듯하다. 이 또한 자연의 조화가 물들인 것으로, 바위도 아니고 산기운도 아니면서, 또 하나의 환상적인 절경을 빚어내고 있다. 벼랑 곁의 나무들은 무성하게 한데 모여 있다. 옥과 같은 가지와 줄기가 휘장을 이어놓은 듯 그늘을 드리우고, 갖가지 꽃들은 다채로움을 자랑하고 있다.

난종 스님이 나무 한 그루를 가리키면서, "이것이 편수(扁樹)인데, 전에 본 적이 있으십니까?"라고 물었다. 대체로 고목 한 그루가 뿌리로부터 한 길 남짓 가로누웠다가 곧추서 일어나 있는데, 가로누운 곳은 둥글지 않고 납작하다. 마치 길가에 바위가 넘어져 있는 듯하다. 높이는 세 자이나 두께는 한 자도 되지 않는다. 나는 처음에 바위가 아닌가 여겼다가 그 끄트머리를 보고서야 나무임을 믿게 되었다. 대체로 바위는 풀에 기대어 색깔을 만들어내고, 나무는 바위에 기대어 형태를 빚어내니, 모두 원래의 바탕은 없는 법이다.

동쪽으로 반리를 가서 염성 법사의 처소에서 식사를 했다. 난종 스님과 헤어져 남쪽으로 '지(之)'자 모양으로 굽어진 곳을 내려가 반리를 간 뒤, 의헌(義軒) 스님의 처소에 들어갔다. 의헌 스님은 대각사의 지파로, 이곳 사자림의 남동쪽 끄트머리에 새로이 정실을 지었다. 그 위는 염성 법사의 처소이고, 맨 위가 대정실, 즉 야우 법사가 거처하는 곳이다. 이것은 동쪽 갈래이다. 신야 스님의 누각은 남서쪽의 끄트머리이고, 그 위는 현명 스님의 처소이며, 맨 위는 체극 법사가 지은 새 집이다. 이것은 서쪽 갈래이다.

주렴이 있는 벼랑은 골짜기의 가운데에 자리하고 있다. 골짜기 곁에 있는 것은 난종 스님의 처소이고, 그 위는 은공 스님의 처소이며, 맨 위는 염불당, 즉 백운 법사의 처소이다. 이것은 가운데 갈래이다. 이 사이로 길은 돌아들고 벼랑은 나뉘어 있다. 꾸미는 정실마다 나름의 묘미를 지니고 있으며, 굽이져 빙글 돌아드는 것도 나름의 경지를 이루고 있다. 그리하여 마치 거대한 연꽃 한 송이가 꽃잎이 천 갈래로 나뉘어 조각조각 나름의 경지를 절로 이루고 있는 듯하니, 모두 모자람이 전혀 없다.

의헌 스님의 처소에서 다시 남쪽으로 '지(之)'자 형태로 내려가 1리 남짓만에 천향(天香) 스님의 정실을 들렀다. 천향 스님은 환주암(幻住庵)의 스님으로, 연세가 아흔 살인데, 내가 처음 신야 스님의 처소를 찾아갈 때 맨 먼저 이곳에 들러 길을 물었었다. 다시 남쪽으로 1리를 가서 환주암을 지났다. 그 서쪽은 난타사(蘭陀寺)이다. 이곳에는 밭두둑이 나뉘어 대칭을 이루고 있고, 좌우에서 흐르던 사자림의 물이 절 아래에서 합쳐진다.

다시 남쪽으로 1리 남짓을 내려오자, 두 줄기 물길은 비로소 합쳐진다. 물을 건너자마자, 대승암(大乘庵)이 나왔다. 산골물의 남쪽에서 동쪽의 물길을 따라 반리를 가자, 물길은 꺾어져 남쪽으로 흐른다. 다시 산골물을 넘어 남동쪽으로 내려가 1리만에 무아암(無我庵)과 무식암(無息庵)

의 두 암자를 지났다. 그 아래는 곧 소룡담(小龍潭)과 오화암(五花庵)이다. 어느새 등성이의 밭두둑을 사이에 둔 채 실단사의 오른쪽 울타리의 너머에 와 있었다.

다시 산골물을 건너 남쪽의 영상사(迎祥寺)를 지난 뒤, 동쪽의 산골물을 따라 나아가 1리만에 절 서쪽의 호사(虎砂)에 이르렀다. 이곳은 곧 지난번에 어둠 속에서 길을 찾아 헤맸던 곳이다. 이 지맥은 난타사에서 남쪽으로 뻗어오다가 영상사에 이르러 동쪽으로 돌아들어, 실단사 앞까지 가로 뻗어있다. 동쪽에는 안쪽에 불쑥 솟은 용사(龍砂)와 이어지고 안으로는 흑룡담(黑龍潭)을 싸안는다. 이것은 실단사의 첫 번째 겹의 안산(案山)이다. 그 안쪽에는 사자림을 가로막는 물길이 동쪽의 용담으로 흘러들고, 그 바깥쪽에는 전단림을 경계짓는 물길이 용담의 하류에서 합쳐진다. 지맥은 이곳에서 끝난다.

여기에서 다시 북쪽으로 산골물을 넘어 반리만에 실단사에 들어가 홍변(弘辨) 법사 등 여러 스님과 만났다. 마치 타향이 고향인 듯했다. 전에 신야 스님의 부친이 실단사에서 사자림으로 들어왔을 무렵에는, 절 앞에 살구꽃이 갓 피어나고 있었다. 그래서 사람들마다 한 가지씩 꺾어들고 갔었다. 그런데 이제 내려와 보니, 절 앞에는 복숭아꽃이 만발한 채, 앞서 피었던 살구꽃은 훨씬 옅으면서도 풍성하다. 뒤에 피어난 복숭아꽃이 더욱 신선하고도 아름다우니, 닷새 사이에 화초의 향기로움이 이처럼 바뀌었던 것이다. 천지간에 봄날이 오는 것을 보니, 뜬구름 같은 고금의 변화를 한결 느끼지 않을 수 없다.

정월 초나흘

실단사에서 식사를 하자마자 곧바로 지팡이를 짚고서 서쪽의 영상사와 석종사(石鐘寺)를 지났다. 모두 2리를 가서 석종사와 서축사(西竺寺) 앞에서 산골물을 건너 남쪽을 나아가자, 앞쪽의 산에서 뻗어오는 한길이 나왔다. 나는 전에 보은사(報恩寺) 뒤쪽에서 시내를 건너 갈림길로 가다가, 길을 잘못 들어 용담계(龍潭溪)를 따라 올라가는 바람에, 대사각을 지나 이곳으로 나올 겨를이 없어, 짐만 이 길을 따라온 적이 있었다.

하인 고(顧)씨가 대사각 뒤에 매우 기이한 폭포가 있는데, 여기에서 내려가도 멀지 않다고 말했다. 그래서 그의 말에 따라 등성이를 넘었다. 등성이는 대단히 비좁으나 평탄하다. 등성이 남쪽은 폭포가 떨어져내리는 골짜기이고, 등성이 북쪽은 돌다리를 흘러내리는 산골물이다. 서쪽의 식음헌에서 뻗어온 등성이는 이곳을 지나 남쪽으로 불쑥 솟구쳐 모니암을 이루었다가, 대사각에서 끝난다.

등성이 남쪽의 한길은 남동쪽에서 고개를 따라 뻗어 있다. 관폭정(觀瀑亭)이 한길에 기대어 있다. 폭포는 남서쪽에서 골짜기를 뚫고 흐르며, 옥룡각(玉龍閣)이 폭포 위에 걸쳐져 있다. 관폭정 맞은편의 벼랑에서 굽어보니, 폭포는 옥룡각을 따라 부서져 내린다. 벼랑에 내걸린 백여 길의 명주 같은 폭포는 곧장 골짜기 바닥으로 쏟아져내린다. 골짜기는 좁다랗고 대나무숲이 깊은지라, 굽어보아도 벼랑의 기슭이 보이지 않는다.

정자에 걸터앉아 굽어보고 쳐다보니, 꼭대기에 떠 있는 산안개는 하늘 높이 매달려 있고, 깎아지른 듯한 벼랑에 떨어진 눈은 땅속 깊이 패어 있다. 게다가 비 내린 뒤의 맑은 하늘빛이 말갛게 비치고 꽃빛이 어른어른 떠다니니, 이 몸이 선경에 와 있는 듯하다. 천태산(天台山)의 석량(石梁)이 다시 담화정(曇花亭)으로 올라온 듯하다.

이때 나의 마음은 옥룡각으로 날아올랐다. 남쪽으로 내려가 대사각의 빼어난 경관을 살펴볼 겨를이 없었다. 그래서 여기에서 등성이로 되돌아와 남쪽의 골짜기 가장자리를 따라 1리만에 폭포 위로 기어올라 옥룡각에 올라섰다. 옥룡각은 폭포의 상류에 걸쳐져 있고, 두 산골짜기의 어귀에 자리하고 있다. 이곳은 계족산의 세 발톱 같은 봉우리 가운데 서쪽 갈래와 가운데 갈래의 두 봉우리가 한데 모아지는 곳이다. 나한벽과 화엄사(華嚴寺)에서 흘러오는 물길은 이곳에 이르러 허공을 떨어져내려 아래에 부딪친다.

이 옥룡각은 마치 돌다리가 비취빛 푸르른 산에 가로놓이고, 오작교 (烏鵲橋)가 하늘 높이 날아오르는 듯하다. 다만 거처하는 이가 없음이 아쉽지만, 그저 복사꽃 떠가는 물 아득히 흐르는 모습에 별천지인 듯한 느낌이 든다. 옥룡각은 양랭연(楊泠然) 사공(師孔)이 이름을 썼고, 관폭정과 함께 빈천주(賓川州)의 지주(知州)인 장이제(蔣爾弟)가 지었다. 비석 하나가 누각의 마루판 위에 누워 있기에, 쭈그린 채 엎드려 비문을 베꼈다.

가운데 갈래를 따라 1리를 가서 서쪽의 식음헌에 올랐다. 그 왼쪽에서 북쪽의 산골물을 건너 북쪽으로 1리를 더 가서, 대각사에 들어가 편주(遍周) 법사께 인사를 올렸다. 편주 법사는 무심 법사의 의발을 이어받았으며, 올해 연세가 일흔이다. 연세도 많고 덕행도 뛰어난, 산속의 덕망가이다. 내가 이전에 설날에 축수하러 오겠노라고 약속했는데, 사자림에서 늦게 내려온데다 빈손인지라 마음이 몹시 편치 않았다.

법사는 나를 붙들어 동쪽 집에서 식사를 대접했다. 동쪽 집 안에는 정자가 딸린 못 속에서 분수가 허공으로 쏘아 올려진다. 크지 않은 못 가운데에는 돌화분이 놓여 있으며, 돌화분 안에는 주석으로 만든 관이 심어져 있다. 물은 주석 관에서 거의 세 길 높이로 허공에 뿜어오른다. 아래에서 위로 솟구친 한 줄기 옥의 자취가 바람을 타고 날아 흩뿌려지면서 허공의 꽃을 이루고 있다.

전에 이것을 보았을 적에는 몹시 기이하게 여겼다. 비록 관이 못 속에 꽂혀 있기는 해도 틀림없이 못의 물과는 관계가 없을 터이니, 하물며 세 길 높이로 쏘아올릴 수 있다면, 어찌하여 세 길 너머로는 뿜어내지 못할까 의아하게 여겼다. 여기에는 틀림없이 다른 물이 있으며, 그 물의 높이는 이곳과 같을 터이다. 그 물이 아래의 이곳에 떨어지기에, 이곳만큼 뿜어져 올라가고, 그 높이는 이곳의 높이까지일 수밖에 없을 것이다. 물이 뿜어져 오르는 기제는 못 바닥에 있는 것이지, 못의 물이 할 수 있는 것이 아니리라.

이곳에 이르러 알아보니, 과연 동쪽 집의 왼쪽에 높이가 세 길이 넘는 벼랑이 있었다. 벼랑을 따라 떨어져내리는 물을 주석 관으로 받는데, 받는 곳의 높이가 세 길인지라 뿜어져나오는 것 역시 세 길인 것이다. 땅속을 따라 수십 길이나 감추어진 채 뻗어 있는 주석 관이 못의 중심을 향해 수직으로 솟아 있고, 관속의 공기는 한 치도 바깥으로 새지 않기에, 이처럼 뿜어져 나오는 것이다.

(안탕산(雁宕山)의 소룡추(小龍湫) 아래에 예전에 쌍검천(雙劍泉)이 있다. 이곳은 세 자 높이의 천연의 바위동굴인데, 후에 사람들이 동굴을 파는 바람에 물이 더 이상 솟구치지 않았다. 이는 공기가 샌 증거이다. 내가 예전에 말릉(秣陵)에서 황석재(黃石齋)를 기다리다가, 홍무문(洪武門)의 한 가게의 상자에서 역시 물이 위로 뿜어 나오는 것을 본 적이 있었다. 상자 가운데에 구슬처럼 둥근 물건이 있고, 물이 그 위에서 튀어올랐다가 떨어졌다. 그 높이는 세 자에 지나지 않았는데, 황석재를 찾아가기에 다급한 나머지 자세히 살펴볼 겨를이 없었다. 그러나 틀림없이 이러한 상황이었으리라.)

식사를 마치고서 서쪽 집에서 비문을 베꼈다. 집안에는 산차가 무성하게 피어 있다. 내가 이전에 산차를 본 적이 있는지라, 이곳에 온 김에 가지 하나를 꺾었다. 편주 법사와 헤어져 서쪽으로 반리를 가서 다리 하나를 지난 뒤, 북쪽의 비탈을 올라 1리만에 적광사에 들어갔다. 절의 주지는 방금 전에 편주 법사를 따라 동쪽 집에서 식사를 함께 했기에, 이곳에는 아직 돌아오지 않았다. 나는 비문을 베끼다가 끝마치지 못하고 말았다. 날이 곧 저물려 하는데다 가지고 간 종이도 이미 다 써버린지라, 이에 실단사로 돌아왔다. 다시 대각사 동쪽을 따라 용화사(龍華寺)와 서축사를 대충 둘러보았는데, 날이 저물어 자세히 살피지는 못했다.

정월 초닷새

실단사에서 잠시 쉬었다. 신야 스님의 부친인 심(沈)노인이 편지를 보내왔다. 나와 실단사의 여러 스님을 초대하여 초엿새에 사자림에서 식사를 대접하겠노라는 것이었다. 이날은 외출할 겨를이 없었다.

정월 초엿새

실단사의 네 분의 스님과 식사를 한 후 심노인의 집에 가기로 약속했다. 심노인 역시 새해 들어 환갑을 맞이했다. 그래서 나는 섣달 그믐날 잠자리에 들면서 네 수의 축시를 써두었다. 이어 5리를 가서 천향 스님의 처소 곁에 이른 뒤, 2리를 기어올라 신야 스님의 누각에 올랐다. 백운 법사, 취월 법사, 현명 스님 등 여러 분이 모두 와 계셨다.

식사를 한 뒤, 네 분의 스님과 함께 사자림 속의 여러 정실을 두루 살펴보았다. 푸른 산 사이를 구불구불 다녔다. 날씨는 맑고 아름다우며, 차꽃은 산뜻하고 고운 터에, 구름이 자욱한 어귀와 비취빛 틈새로 이르지 않은 곳이 없었다. 먼저 은공 스님에게 들렀더니, 차 한 상자를 주었다. 난종 스님과 야우 법사에게 들렀으나, 모두 산을 내려가고 없었다. 현명 스님에게 들렀더니, 차를 대접하고 잣을 주었다. 백운 법사에게 들렀더니, 차를 대접하고 차의 열매를 주었다.

(차의 열매는 크기가 가시연밥만하고, 속살은 개암나무처럼 희다. 두 조각으로 쪼개져 있는 열매는 길쭉하며, 입에 넣으면 시원한 맛이 대단히 특이하다. 바로 우리 고향의 차 열매인데, 이곳에서만 먹을 수 있다. 듣자하니, 감통사感通寺의 것이 가장 좋지만, 쉽게 얻을 수 없다고 한다. 간혹 기름이 있는 것은 입에 따끔거린다.)

체극 법사의 처소에 들렀더니, 차 상자를 준비해놓고서 기다리고 계셨다. 오후에 여전히 신야 스님의 누각에서 식사를 했다. 네 분의 스님이 억지로 나를 말에 태워 서쪽 산자락을 따라 2리를 내려갔다가, 난타사의 서쪽을 지나 그 앞에서 동쪽으로 돌아들었다. 환주암 앞에서 비탈을 내려가 4리만에 실단사로 돌아왔다.

정월 초이레

아침에 일어나니, 대각사의 편주 법사께서 제자에게 초대의 편지를 보내왔다. 내가 막 가려할 즈음에 마침 간일(艮一) 스님과 난종 스님이 오고, 게다가 본사(本寺)의 복오(復吾) 법사가 마니사(摩尼寺)에서 오셨다. (복어 법사는 학경鶴慶 사람으로, 학생의 신분으로 본무本無 법사의 으뜸가는 제자가 되었다. 지금은 마니산의 주지로서, 간혹 본사에 들리시는데, 네 분의 스님의 사형이다. 아들이 있는데, 지금 학경부의 학교에 다니고 있다.) 야우 법사도 오자, 함께 본사에서 시주밥을 먹었다.

오후에 야우 법사와 난종 스님이 탑반(塔盤)에서 대사각에 가기에, 나는 대각사의 초대에 응했다. 조금 먹은 후에 배가 몹시 부르기에 짬을 내어 적광사에 가서, 전에 마치지 못했던 비문을 마저 베꼈다. 대각사에서 식사를 한 후, 실단사로 돌아와 묵었다.

정월 초여드레

식사를 한 후, 네 분의 스님들이 본무탑(本無塔)의 뜨락에 가려고 기다리고 있었다. 아마 전에 이날 성묘하기로 약속한 모양이다. 나도 그들을 따라갔다. 절 왼쪽의 용담에서 동쪽으로 1리를 내려간 뒤, 동쪽 겨드랑이의 물을 건너 남쪽으로 반리를 나아갔다. 용사의 안쪽 갈래가 동쪽에서 서쪽으로 불쑥 튀어나온 채, 가운데 갈래의 대사각이 있는 봉우리와 함께 실단사 앞에서 마주 솟아 있는데, 대단히 바짝 다가서 있는 형세이다. 실단사의 좌우와 앞뒤의 여러 물길들은 모두 여기에서 흘러나간다.

길이 고개의 움푹 꺼진 곳에서 남쪽으로 건너뻗는다. 나는 홍변 법사, 야우 법사와 함께 특별히 서쪽의 그 고개를 살펴보기로 했다. 골짜기 너머에서 서쪽을 바라보니, 가운데 갈래는 남쪽으로 불쑥 튀어나왔다가 이곳에 이르러 끝난다. 그 아래에 기대어 있는 대사각은 천연의 요새로서, 실단사를 위해 지은 것이다. 계속해서 되돌아와 한길에서 동쪽 고개를 따라 남쪽으로 반리를 가자, 정문 스님의 유골이 묻힌 곳이 나왔다. 무덤으로 올라가 절을 올렸다.

다시 남쪽으로 1리를 갔다. 용사의 바깥 줄기가 동쪽 고개에서 갈라져 불쑥 튀어나와 서쪽으로 뻗어있는데, 서쪽 갈래의 전의사(傳衣寺)가 있는 봉우리와 마주한 채, 역시 실단사 앞에서 마주 솟아 있다. 그 형세가 대단히 웅장하다. 대사각의 동쪽 용담의 여러 물길과 대사각 서쪽의 폭포의 여러 물길은 모두 여기에서 흘러나온다. 이 산의 용사에 해당하는 이 고개는 실단사에서 훨씬 가까운데, 곧 계족산 앞쪽의 세 개의 발톱 가운데에서 남동쪽 갈래이다. 이 산줄기는 꼭대기에서 동쪽으로 뻗다가 허공 속에 병풍처럼 늘어서 있으며, 나한벽, 사자림, 점두봉(點頭峰), 구중애의 뒷등성이를 이루고 있다.

가운데 갈래는 나한벽에서 꺼져내려와 대사각에서 끝난다. 동쪽 갈래는 구중애에서 남동쪽으로 빙 둘러 이 고개를 이루고 있다. 마치 팔로 안쪽으로 껴안고 있는 듯한 모습이다. 앞쪽의 갈라진 한 층이 내사(內砂)를 이룬 채, 가운데 갈래의 대사각과 마주하고 있고, 이 층을 에돈 것은 외사(外砂)를 이룬 채 서쪽 갈래의 전의사 뒷봉우리와 마주하고 있다. 이곳은 동쪽에서 서쪽으로 불쑥 튀어나와 있는 기세이며, 그 건너뻗은 등성이는 마치 말안장처럼 약간 움푹 꺼져 있다. 그래서 예전에 마안령(馬鞍嶺)이라 일컬었던 것이다.

내가 처음에 계족산에 들어와 대각사에 이르러 사방으로 산세를 둘러보았을 때에는, 겹겹으로 휘감아돌고 사찰과 정실이 곳곳에 매달려 있는지라 잘 어울리지 않는 곳이 없었다. 그런데 유독 이곳만은 탑이 없어 산속의 결함이라 여겼었다. 이번에 실단사에 이르러 이 봉우리를 멀리 둘러보니, 더욱 기이한 생각이 들었다. 어찌하면 팔만 사천 개의 탑에 신통력을 크게 발휘하셨던 아육왕(阿育王)을 얻어, 이곳에 신령스러운 빛 하나를 나누어주도록 할 수 있을까?

홍변 법사를 만나 "선타 스님은 어디에 계십니까?"라고 물었더니, "탑반에 있습니다"라고 대답했다. "탑반은 어디에 있습니까?"라고 묻자, 그는 손가락으로 이 산을 가리켰다. 당시에는 아직 탑심(塔心)을 세우지 못해 멀리 바라볼 수 없었으나, 앞으로는 마치 마주한 듯이 쳐다보게 될 것이다.

사람들은 계족산 앞쪽으로 뻗어나간 세 개의 발톱 가운데 서쪽 갈래가 길고, 가운데와 동쪽의 두 갈래는 짧다고들 말하지만, 이는 틀린 말이다. 가운데 갈래가 짧지 않으면, 홀로 가운데에 매달린 채 바깥 갈래에 둘러싸여 있을 수 없기 때문이다. 서쪽 갈래는 참으로 길지만, 그 지세는 꽤 낮은데, 아마 호사(虎砂)는 낮기를 바라기 때문이리라. 만약 동쪽 갈래가 짧다고 말하는 것은, 둘러싼 채 떨어져내리는 곳에서 본다면 짧겠지만, 가로놓인 등성이 뒤쪽의 싸안은 곳에서 본다면 대단히 길고 높으니, 서쪽 갈래와 견줄 만한 것이 아니다.

대체로 서쪽 갈래는 빙글 에두르고 낮으며, 호사로서 곧 앞쪽의 안산인 셈이다. 동쪽 갈래는 제멋대로이고 높으며, 용사로서 뒤쪽의 병풍인 셈이다. 두 갈래 모두 천지가 빚어낸 천연의 기이한 경관이며, 본떠서는 이룰 수 없는 것이다. 탑반은 봉우리의 꼭대기에 자리하고 있으며, 마안령 중앙의 움푹 꺼진 곳의 서쪽에 있다. 마안령 사이에 나 있는 한길은 남동쪽의 계평관(雞坪關)으로 내려가는 길이며, 마안령의 동쪽에 나 있는 갈림길은 북동쪽의 본무탑의 뜨락으로 향하는 길이다.

이때 탑반에는 백여 명이 일하고 있었다. 봉우리 꼭대기에 물이 없고, 그 동쪽 봉우리의 대단히 높은 곳에 물이 있다. 하지만 이 물은 중간이 움푹 꺼져 있는지라 서쪽에 이르지 못한다. 그래서 여러 줄의 나무 기둥을 움푹 꺼진 곳에 세운 다음, 그 위에 다리를 놓아 물을 받았다. 기둥의 높이는 네 길 남짓이고, 나무를 도려내어 도랑으로 삼아 소나무 끄트머리와 가로 이어놓았다. 예전에 듣기로, 은하수의 오작교는 물을 건너기 위함이라 했는데, 이제는 오히려 물이 건너오도록 하기 위함이니, 더욱 기묘하다. (대각사의 경우는 물을 땅속으로 내리눌러 거꾸로 뿜어 나오게 했는데, 이곳은 물을 허공에 띄워 흐르게 했으니, 이 모두 자연의 조화를 전도시킨 것이다.)

움푹 꺼진 곳에서 동쪽의 봉우리를 따라가니, 계족산의 커다란 등성이의 남쪽 끄트머리이다. 그 앞은 또다시 널찍하게 훤히 트여 있고, 산갈래에 감싸여 있으면서도 하나의 방향을 이루고 있다. 이처럼 영산(靈山)은 면면마다 기이하도다.

2리를 나아가 본무탑에 올라 절을 올렸다. 탑은 대단히 웅장한데, 세 개의 탑이 나란히 솟구쳐 있다. 가운데 탑은 본무(本無) 법사의 사리를 모시고 있고, 좌우의 탑은 제자인 보(普)와 동(同)의 탑이다. 왼쪽은 탑이 세워져 있는 뜨락이며(정자도 있고 곁채도 있으나, 지키는 이는 없었다), 쉬거나 머물 수 있다. 여러 스님들 및 세 명의 라마승이 제사를 도왔다. 나는 제사음식을 음복했다.

이때 함께 제사를 지내는 이들로는 네 분의 스님 외에, 백운 법사, 복오 법사, 심노인 및 신야 스님 등의 여러 후배들이 모두 모였다. 난종 스님과 간일 스님은 본무 법사와 형제의 항렬이기에 오시지 않았다고 한다. 제사를 지낸 후, 선타스님과 순백(純白) 스님이 또 제물을 가지고서 마안령 북쪽의 세 탑에 제사를 드리러 갔다. 정문(靜聞) 스님에게도 제사를 지냈다. 오후에 되돌아와 탑반을 지나는 길에 선타 스님을 찾아 뵙고서, 정문 스님을 제사지낸 것에 대해 감사드렸다.

정월 초아흐레

아침 식사를 한 후, 나는 곧바로 지팡이 짚고서 서쪽으로 나아갔다. 3리를 가서 식음헌을 지났다. 식음헌은 가운데 갈래의 등성이에 있다. 이 등성이는 대각사의 앞쪽 안산에 해당되며, 식음헌은 본무 법사가 수도하던 곳이다. 편액은 첨도어사 풍원성(馮元成)[1](시가時可)이 쓴 것이다. (공죽헌(筇竹軒)은 식음헌이라고도 일컫는다. 본무 법사가 공죽(筇竹)[2]을 좇아 출가하여 스님이 되었기에 붙여진 이름이다.)

식음헌 앞에는 세 줄기의 갈림길이 있다. 왼쪽에서 산골물을 건너면 대각사와 적광사로 가고, 오른쪽에서 산골물을 건너면 전의사로 갔다가 접대사(接待寺)로 내려가며, 뒤쪽에서 쭉 올라가다가 갈라져 오른쪽 산골물을 건너면 혜림암(慧林庵)을 지나 성봉사(聖峰寺)에 이르거나, 혹은 서쪽 갈래를 올라 화엄사에 이른다.

이에 나는 먼저 반리를 가서 오른쪽에서 산골물을 건넌 뒤, 동쪽으로 돌아들어 남쪽 고개를 올라 반리만에 동쪽 벼랑 위로 감아돌았다. 이곳은 폭포의 서쪽 봉우리이다. 여기에서 봉우리를 따라 남쪽으로 나아가다가 동쪽을 바라보았다. 가운데 갈래에 있는 대사각이 그 아래에 있고, 동쪽 갈래에 있는 탑반령(塔盤嶺)이 그 위에 마주하고 있다.

완만하게 3리를 나아갔다가 동쪽으로 돌아들어 비탈을 따라 1리를 내려왔다. 전의사가 동쪽을 향한 채 산 중턱에 기대어 있다. 그 북쪽에는 일찍이 지지암(止止庵)이 있다. 묵암(嘿庵) 진어(眞語) 스님이 지은 것이다. 진어 스님은 전의사의 대기(大機) 선사의 벗이다. 또한 남쪽에는 정운암(淨雲庵)이 있다. 철공(徹空) 진병(眞炳) 스님이 지은 것이다. 더 남쪽으로 가면 미타암(彌陀庵), 원통암(圓通庵), 팔각암(八角庵)의 세 암자가 있으며, 모두 전의사에 의지하여 붙어 있다. 이 가운데 팔각암의 이름이 가장 널리 알려져 있다. 예전에 있던 팔각정(八角亭)을 지금은 암자로 고쳐 지었기 때문이다.

팔각정은 가정(嘉靖) 연간[3]에 길공(吉空) 스님이 지은 것이다. 정자 남쪽에 전의사가 있다. 절터가 훤히 트여 있으며, 규모가 웅장하다. 절 앞에는 '죽림청은(竹林淸隱)'이라 적힌 커다란 패방이 있다. 이는 직지사(直指寺)[4] 모감(毛堪, 소주(蘇州) 출신의 모구자(毛具茨)이다)이 이름붙인 것이나, 썩 어울리지는 않다. 위쪽에도 직지사에서 크게 써붙인 고송시(古松詩)가 있는데, '백악(白岳)'이라고만 서명되어 있다.

패방 앞에 오래 묵은 소나무가 자리하고 있다. 소나무의 뿌리는 세 사람이 싸안아야 할 정도이며, 용린송이지 오렵송이 아니다. 산속의 커다란 소나무들은 모두 오렵송으로, 하늘높이 솟구쳐 있다. 이 용린송은 그다지 크지는 않지만, 구불구불 휘감아 기이함을 드러내고 있다. 줄기는 한 길 다섯 자를 넘고, 사방으로 가지를 내뻗고 있는데, 가지가 줄기만큼 굵다. 가지의 시작부분은 거꾸로 드리워진 채 비스듬히 기울어져 있고, 가지의 커다란 끄트머리는 떨어져 내리지 않으니, 줄기가 거의 찢어질 지경이다. 그래서 지금은 예닐곱자 높이의 평대를 쌓아 빙 둘러놓고, 또 나무를 심어 그 늘어진 가지를 받쳤는데, 간신히 찢어지지 않을 정도이니, 그나마 다행이었다.

층계를 따라 평대를 오르자, 사방에 늘어진 가지가 바깥에 거꾸로 매달려 있다. 어떤 것은 안에서 뛰쳐오르고, 또 어떤 것은 꼭대기에서 드리워져 날린다. 그 어지러이 휘날리면서 나부끼는 모습은 일일이 열거할 수 없을 지경이니, 천태산에 날아오르는 봉황과 한 종류이로다!

패방의 대련에는 "꽃은 마음을 전하기 위해 비단에 수를 놓았고, 소나무는 불법을 지킬 줄 알기에 규룡을 만들었네"라고 적혀 있다. 이것은 취주(聚洲) 왕원한(王元翰)[5]이 쓴 것이다. 문에 붙인 대련에는 "봉우리 그림자 멀리 바라보니 뭉게구름이 덮여 있고, 소나무에 이는 파도소리 가만히 들어보니 바다 물결 피어나네"라고 적혀 있다. 이것은 근계(近溪) 나여방(羅汝芳)[6]이 쓴 것이다. 그런대로 만족스럽기는 하지만, 나여방의 대련에는 '도(濤)'자와 '조(潮)'자의 두 글자가 연이어 쓰인지라 중복의 병폐를 면치 못했다. 왜 '도(濤)'자를 '성(聲)'자로 바꾸지 않았을까?

전의사는 예전에 원신암(圓信庵)이었는데, 가정 연간에 원양(元陽) 이중계(李中谿)[7]가 대기 선사를 위해 절로 확장했다. 그의 제자인 인광(印光), 재전제자인 법계(法界)는 대기 선사와 마찬가지로 계율을 엄격히 준수했다. 그런데 만력(萬曆) 신축년[8] 새해 첫날에 화재로 불타버리자, 불교계에서 다시 힘을 쏟아 건축한 덕분에, 이전보다 훨씬 더 좋아졌다.

이에 앞서 내가 지지암을 지나는데, 한 병든 스님이 나더러 식사를 하고 가라고 붙들었다. 나는 한참동안 앉아 있다가, 그가 막 쌀을 이는 것을 보고는 떠났다. 정운암(淨雲庵)의 각심(覺心) 스님의 처소에서 식사를 했다. 절로 들어가 참배한 후, 그 서쪽의 장경각(藏經閣)에 들어갔다. 장경각 앞에 있는 조그마한 산차나무에는 꽃이 대단히 만발해 있기에, 꽃가지 두 개를 꺾어서 나왔다.

이에 북동쪽의 골짜기 속을 내려갔다. 1리를 가자, 빙 두른 담이 보였다. 산을 파내어 못을 만들고, 못에는 금붕어를 기르고 있다. 그 위에 초가를 지은 이는 전의사의 후대 스님이다. 구름 그림자와 산빛이 못물에 새겨지니, 나도 모르게 물 속에 비친 모습에 마음이 맑게 비워졌다.

다시 북동쪽으로 반리를 내려와 골짜기 바닥에 이르니, 폭포로부터 이미 한 굽이나 떨어져 있는 폭포의 하류이다. 이전에 폭포 위에서 굽어볼 적에는 골짜기의 바닥이 보이지 않더니, 이제 골짜기 바닥에 이르니 폭포가 보이지 않는다. 골짜기 서쪽에 초가와 채마밭이 있다. 전의사의 채마밭이다. 골짜기 속의 물길은 이곳에 이르러 마치 실을 뽑은 듯한지라, 매달린 폭포의 웅장한 기세와는 딴판이었다.

산골물을 건너 동쪽의 비탈을 올라 1리만에 한길에 이르렀다. 이곳은 대사각의 곁이다. 대사각은 가운데 갈래가 남쪽으로 불쑥 튀어나온 중턱에 기대어 있고, 그 앞에는 패방과 누각이 있다. 층계를 오르는데, 대단히 가파르다. 그 뒤에 있는 대사각은 용마루가 날아오르고 마룻대가 겹겹이다. 전각 위에 관음보살을 모시고 있다. 전각의 좌우에는 각기 누각이 있으며, 훤히 트인 채 널찍하다.

이곳은 만력 병오년[9]에 직지사 심(沈)씨가 지었으며, 노스님 졸우(拙愚)를 뽑아 살게 하고 삼마사(三摩寺)라는 이름을 붙였다. 내가 대사각 아래에서 비문을 베끼는데, 홀연 스님 한 분이 정성스럽게 대해주었다. 여쭈어보니, 졸우 스님의 제자 허우(虛宇) 스님이라고 한다. 허우 스님 또한 난종사(蘭宗寺)의 지파이기도 하다. 현재 졸우 스님은 돌아가셨고 허우 스님이 일을 맡아보고 있다. 어제 야우 법사와 난종 스님이 이곳에서 묵었으니, 먼저 나에 대해 이야기했기에 허우 스님이 나를 보자마자 정성을 다하고 붙들어 머물도록 했으리라는 생각이 들었다. 나는 해가 지는데다 비문이 긴지라 머물기로 했다. 하인 고씨에게 실단사로 돌아가라 하고서, 나는 서쪽 누각의 내실에 묵었다.

---

1) 풍원성(馮元成)은 명나라 말기의 학자이자 관료인 풍시가(馮時可)를 가리킨다. 그는 송강(松江) 화정(華亭) 사람으로, 자는 민경(敏卿)이고 호는 원성(元成)이다. 융경(隆慶) 5년(1571년)에 벼슬길에 올라 광동안찰사첨사(廣東按察司僉事), 운남포정사참의(雲南布政司參議), 호광포정사참정(湖廣布政司參政) 및 귀주포정사참정(貴州布政司參政) 등을 역임했다. 저서로는 『좌씨석(左氏釋)』, 『좌씨토(左氏討)』, 『상지잡식(上池雜識)』 등 대단히 많다.
2) 공죽(笻竹)은 대나무의 이름으로, 마디가 굵고 안이 튼실하여 지팡이를 만드는 데 쓰인다.
3) 가정(嘉靖) 연간은 1522년부터 1566년까지이다.
4) 직지사(直指使)는 한(漢)나라 무제(武帝) 때에 설치한, 각지를 순시하면서 정무를 처리하던 관직이다. 직지 혹은 직지사자(直指使者)라고도 한다.
5) 왕원한(王元翰)은 명나라의 관리로서, 자는 백거(伯擧)이고 호는 취주(聚洲)이며, 녕주(寧州) 출신이다. 만력(萬曆) 29년(1601년)에 벼슬길에 올라 공과급사중(工科給事中)을 역임했으며, 저서로는 『응취집(凝翠集)』이 있다.
6) 나여방(羅汝芳, 1515~1588)은 명나라의 사상가이자 서예가로서, 자는 유덕(惟德)이고 흔히 근계(近溪)선생이라 일컬어졌으며, 강서성 남성(南城) 출신이다. 가정(嘉靖) 23년(1544년)에 벼슬길에 올라 운남대참(雲南大參)을 역임했으며, 저서로는 『서사회요(書史會要)』가 있다.
7) 이원양(李元陽, 1497~1580)은 명나라의 학자이자 문인으로서, 자는 인보(仁甫)이고 호는 중계(中谿)이며, 지금의 운남성 대리(大理)인 태화(太和) 출신의 백족(白族)이다. 가정 5년(1526년)에 벼슬길에 올라 감찰어사를 역임했으며, 『운남통지(雲南通志)』와 『대리부지(大理府志)』 등을 편찬했다.
8) 만력(萬曆) 신축년(辛丑年)은 만력 29년으로, 1601년이다.
9) 만력(萬曆) 병오년(丙午年)은 만력 34년으로, 1606년이다.

정월 초열흘

아침에 일어나 세수를 하고 머리를 빗고 있었다. 하인 고씨가 오더니, 홍변 법사가 스님을 여강부(麗江府)로 이미 떠나보냈다고 전해주었다. 아마 나를 위해 먼저 보냈으리라. 이에 나는 기다려 식사를 하고서, 곧바로 절 오른쪽의 한길을 따라 북쪽으로 나아갔다. 2리를 올라가 가운데 갈래의 등성이를 넘자, 그 위에 모니암이라는 암자가 자리하고 있다. 그 앞에는 소나무 그림자와 복숭아꽃이 기이한 정취를 풍기고 있다. 암자 뒤는 관폭정이다. 폭포를 둘러보니, 참으로 보고 또 보아도 물리지 않는다.

　계속해서 가운데 갈래를 거슬러 2리만에 식음헌을 지나고, 그 뒤에서 쭉 서쪽으로 1리를 나아갔다. 다시 남쪽으로 내려와 산골물을 건너 서쪽으로 나아가니, 어느덧 대각사의 채마밭 남쪽에 와 있었다. 대체로 대각사의 채마밭은 가운데 갈래의 뒤쪽에 자리하고 있다. 가운데 갈래는 이곳에 이르러 북쪽에서 동쪽으로 돌아들고, 그 서쪽에는 두 줄기의 물길이 엇섞여 만난다. 이곳은 폭포의 상류이다. 한 줄기의 물길이 나한벽에서 남동쪽으로 흘러내리고, 다른 한 줄기는 화엄사에서 북동쪽으로 흐른다. 두 물길이 만나 가운데에 한 갈래의 산을 끼고 있다. 산 위에 혜림암이 있다. 이곳은 남서쪽 갈래가 동쪽으로 뻗어나가는 곁가지로서, 성봉사와 백운사(白雲寺)가 기대어 있는 곳이다.

　화엄사로 가는 길에 또 채마밭을 따라 동쪽의 폭포 하류를 건넜다. 이어 산골물 남쪽을 따라 물길을 거슬러 서쪽으로 올라 1리 반만에 차츰 산갈래 등성이를 올랐다. 등성이 남쪽에 또 한 줄기의 산골물이 있는데, 서쪽 갈래의 동쪽으로 뻗어가는 등성이와 떨어져 있다. 다시 그 산골물을 따라 북쪽으로 물길을 거슬러 서쪽으로 1리 남짓을 올라갔다. 등성이위에는 서너 기의 무덤이 보이고, 등성이 뒤쪽에 건물의 잔재가 있다. 건물은 무덤과 함께 모두 허물어져 있다. 서쪽 갈래의 나머지인 이 등성이는 쭉 뻗어나가는지라, 둘러싼 것이 아무 것도 없는 게 어쩌면 당연하다.

　무덤 서쪽에서 다시 골짜기로 내려가자, 골짜기의 물은 두 줄기로 나누어진다. 서쪽 갈래의 법조사(法照寺) 남쪽에서 발원한 남쪽의 물길은 동쪽으로 뻗어내려가 화엄사 북쪽을 거쳐 이곳에 이르더니 북쪽의 산골물과 합쳐진다. 서쪽 갈래의 법조사 북쪽에서 발원한 북쪽의 물길은 동쪽으로 내려가 비로사(毗盧寺) 북쪽을 거쳐 이곳에 이르더니 남쪽의 산골물과 합쳐진다. 두 줄기의 물길은 엇섞인 채 가운데에 산갈래 하나를 끼고 있다. 이 산갈래는 화엄사의 북쪽을 향해 있는 안산이자, 남서쪽 갈래가 동쪽으로 뻗어나간 곁가지이다. 비로사와 축국사(祝國寺)의 두 절은 이곳에 기대어 있다.

북쪽 산골물을 건너자, 두 갈래의 갈림길이 나타났다. 산골물을 따라 서쪽으로 나아가는 길은 축국사와 비로사로 가는 길이고, 갈림길 끄트머리에서 등성이를 올라 남쪽 산골물의 북쪽을 거슬러 서쪽으로 나아가는 길은 화엄사로 가는 길이다. 이에 나는 등성이를 올라 남쪽의 산골물을 굽어보면서 나아갔다. 1리를 가자, 산골물 위에 정자가 놓인 다리가 가로걸려 있다. 화엄사는 이곳에 의지하여 하류의 요지가 되고 있다.

다리를 지나서야 비로소 남서쪽의 본 갈래가 나왔다. 서쪽으로 반리를 가자, 화엄사가 나타났다. 화엄사는 남서쪽 갈래의 등성이에 자리하고 있으며, 북동쪽으로 구층애를 향하여 우뚝 솟아 있다. 이곳의 지세는 지금까지와 사뭇 다르니, 이 또한 산속의 빼어난 경관이다. 대체로 계족산의 가운데 갈래와 동쪽 갈래, 그리고 꼭대기의 여러 사찰은 모두 남쪽 아니면 동쪽을 향해 있으며, 북쪽을 향해 있는 것은 없다. 그런데 유독 이 절만은 고개를 돌린 채 반대로 바라보고 있으며, 북쪽의 커다란 산속의 여러 사찰들은 똑똑이 거꾸로 솟구쳐 있다. 이 또한 전혀 다른 느낌을 준다.

가지런한 화엄사의 규모는 전의사와 맞먹는다. 이 절은 가정 연간에 남경(南京)의 선배이신 월당(月堂) 스님께서 창건하셨다. 그의 제자인 월륜(月輪) 스님이 강연으로 이름이 난지라, 만력 초기에 황태후께서 불경을 하사하셨다. 그러나 훗날 화재를 입고 말았다. 이제 비록 다시 세워 사찰은 전과 다름없으나, 불교경전은 사라지고 없다. 절 동쪽에 길이 나 있다. 이 길을 따라 동쪽의 산등성이를 나아가면, 곧바로 전의사에 이른다.

절 앞의 골짜기를 따라 서쪽으로 나아가 반리를 가자, 산골물 위에 또 정자가 놓인 다리가 걸쳐져 있다. 이곳은 동쪽 다리의 상류이다. 절 좌우에 다리와 정자가 있는 것은 산속에서 보기 드문 경우이다.

다리를 지나 다시 그 북쪽으로 뻗어 있는 잔갈래를 넘고 언덕을 올라 반리를 갔다. 이어 언덕등성이를 빙글 감돌아 비로사를 지나자, 비로사 앞에 축국사가 있다. 두 절 모두 동쪽을 향한 채 언덕에 자리하고 있다. 절 북쪽에는 산골물이 동쪽으로 흘러내린다. 방금 전에 건넜던 북쪽의 산골물이다. 다시 그 남쪽 벼랑을 따라 산골물을 거슬러 서쪽으로 올라가 1리 반을 가자, 언덕등성이에 절이 자리하고 있다. 이곳은 법조사이다.

대체로 남서쪽 갈래는 동불전(銅佛殿) 아래에서 남쪽으로 꺼져내리다가 이곳에 이르러 동쪽으로 돌아든다. 돌아들어 꺾이는 곳에서 또다시 동쪽으로 한 갈래가 빠져나와 비로사와 축국사의 산줄기를 이룬 뒤, 화엄사의 앞까지 뻗어간다. 이것은 남서쪽 잔갈래의 첫 번째이다. 법조사의 북쪽에는 사이에 끼어 있는 하나의 언덕이 있다. 이 언덕에 무주암(無住庵)이 기대어 있고, 바로 아래는 허물어진 무덤이 있는 갈래이다. 이곳은 남서쪽 잔갈래의 두 번째이다.

여러 차례 길이 쭉 북쪽으로 언덕을 넘고 골짜기를 건너 뻗어 있다. 모두 성봉사와 회등사(會燈寺)로 가는 한길이다. 나는 이 갈라진 갈래의 근원을 살펴보고 싶어서, 골짜기 속을 따라 골짜기를 거슬러 올라갔다. 그래서 여기에서 남쪽의 법조사를 놓아둔 채, 북쪽의 무주암의 뒤쪽을 에돌아 나아갔다. 골짜기의 길은 차츰 가려져 보이지 않고, 우거진 대나무와 가로놓인 가지가 그윽하고 조용한 곳을 이루고 있다. 어느덧 차츰 꼭대기 아래에 바짝 다가서 있었다.

이때 길에는 오가는 이가 없는지라, 도화정(桃花箐)의 시골 사람을 따라 나아갔다. 1리를 가서 북쪽의 골짜기를 따라 다시 1리를 갔다. 이어 북쪽으로 푹 꺼져내린 등성이를 오른 뒤 1리를 더 가서야 등성이를 넘어 서쪽으로 나아갔다. 이에 서쪽을 바라보니, 향목평(香木坪)의 앞쪽 산이 바깥을 감싸고 있으며, 화수문의 절벽이 높이 매달려 있다. 또한 도화정의 건너뻗은 겨드랑이가 서쪽으로 빙글 두르고 있다. 이 등성이는 위쪽의 동불전에서 아래의 법조사에 이르러 동쪽으로 돌아들어 뻗어가다가, 이 등성이의 서쪽 구렁과 나누어지면서 또다른 정경을 만들어낸다. 이 등성이는 방광사(放光寺)가 기대어 있는 곳이다.

등성이를 넘은 뒤 북서쪽의 구렁을 감아돌아 위로 나아갔다. 1리 반을 더 가자, 한길이 나왔다. 어느덧 곧장 화수문 아래의 벼랑에 바짝 다가와 있었다. 이 길은 동쪽의 성봉사에서 뻗어나와 서쪽의 방광사를 거쳐 도화정으로 나오며, 등천주(鄧川州)에 이르러 한길이 된다. 나는 서쪽의 길을 따라 반리를 나아가 방광사에 이르렀다.

방광사는 남쪽을 향한 채, 뒤쪽은 절벽에 기대어 있고, 앞쪽은 감아도는 구렁을 굽어보고 있다. 이 절은 도화정을 오른쪽 빗장으로 삼고, 남서쪽의 첫 번째 갈래를 왼쪽 울타리로 삼고 있다. 이곳은 비록 계족산의 세 곳의 발톱 너머에 있지만, 사실은 꼭대기의 아래에 위치하여 있다. 이채로운 빛을 뿜어내는 데에도 그럴만한 이유가 있다.

내가 처음에 조계사(曹溪寺)와 화수문 아래에서 방광사를 굽어보니, 이 절은 깊숙이 구렁 바닥까지 쭉 떨어져있었다. 깊고 고요한 속에서 빛이 올라오기에 날다람쥐가 서식하고 독사가 기어다니는 소굴이리라 여겼었다. 그런데 이곳에 이르러보니, 수많은 골짜기가 감싸도는 위에 있는데다, 위로 화수문을 바라보니 만 길의 깎아지른 절벽이 가로로 훤히 트여 대단히 드넓다. 그 사이에 비취빛 푸른 무늬와 피어오르는 아지랑이가 마치 수놓은 흔적과 같으니, 도저히 기어오를 수 없으리라 여겼다. 그런데 그 위에 서쪽의 조계사에서 동쪽의 동불전까지, 절로 구름 높이 까마득한 길이 나 있고, 이 길이 화수문 앞까지 이어질 줄이야 누가 알았겠는가?

그러나 몸소 화수문을 지날 적에는 위쪽의 벼랑이 봉긋 솟아 있는 것만 보일 뿐, 아래쪽 절벽의 가파르고 드높음이 느껴지지 않았다. 그러더니 이곳에 이르자, 위아래의 벼랑과 절벽이 다시 한 폭으로 합쳐지니, 높고 큰 웅장한 모습을 무엇에 비할 수 있으리오? 이러한지라, 계족산에 비록 층층의 벼랑이 없지 않고, 화수문, 나한벽, 구중애 등의 여러 곳의 경계가 진실로 드높긴 하지만, 웅장하고 빼어난 경관은 이곳보다 나은 곳이 없다.

절 앞쪽은 커다란 패방을 문으로 삼고 있으며, 문 아래에는 돌로 만든 두 개의 금강역사(金剛力士)가 있다. 금강역사는 대단히 기이하게 새겨져 있는데, 그 흉악한 모습은 자연산수와 더불어 만들어진 듯하다. 그 안은 앞쪽의 누각이고, 누각 앞에는 커다란 바위가 왼쪽에 솟아 있다. 바위는 다섯 길 높이에 크기 역시 다섯 길이며, 위쪽은 높이 들리고, 아래쪽은 깎여 있다. 그 위에 정자를 지은 빈천주의 지주(知州)인 장씨가 '사벽무연(四壁無然)'이라 제목을 붙여놓았다. 그 북쪽은 화수문을 올려다보기에 딱 알맞은데, 다만 누각의 용마루에 가려져 있다. 네 벽 가운데에서 이 빼어난 절경 한 쪽이 가리워져 있는지라, 서운하지 않을 수 없다.

절은 가정 연간에 세워졌으며, 섬서의 원성(圓惺) 스님이 지었다. 만력 초기에 훼손되었으나 다시 지었다. 이원양(李元陽)이 가지고 있는 비문을 구리를 녹여 새겼는데, 새긴 글자 가운데 틀린 글자가 없을 수 없다. 그의 제자인 귀공(歸空) 스님이 다시 비로각(毗盧閣)을 세웠다. 비로각이 지어지자 신종(神宗) 황제께서 불경을 하사했다.

내가 구리 비문을 베끼는데, 전각 안이 몹시 어두운데다 배도 몹시 고팠다. 이때 스님들은 모두 외출하고 오직 어린 사미승만 있었다. 나는 그에게 돈을 주고 대나무에 불을 지펴 야채를 삶도록 했다. 식사를 한 후, 동쪽의 한길을 따라 1리를 가서 늘어져 내린 갈래의 등성이를 넘어 1리 남짓을 더 갔다. 이어 꺼져내린 골짜기를 감돌아 오르자 갈림길이 나타났다. 골짜기를 지나 동쪽으로 쭉 뻗은 한 줄기는 성봉사로 가는 길이고, 고개를 올라 북쪽으로 뻗어오른 다른 한 줄기는 회등사로 가는 길인데, 이 길이 꼭대기로 오르는 바른 길이다.

이에 나는 북쪽의 고개를 기어올라 여러 차례 굽이돌아 회등사에 이르렀다. 회등사는 남쪽을 향해 있는데, 예전에 곽연(廓然) 법사의 정실이었다가 지금은 그의 제자가 절로 창건했다. 회등사의 서쪽에서 다시 북쪽으로 돌아들어 올라갔다. 이어 여러 차례 굽이돌아 1리 남짓만에 가섭사(迦葉寺)에 들렀다. 가섭사는 동쪽을 향해 있다. 이곳은 예전의 가섭전이다. (지금은 순안사 장張씨가 꼭대기에 가섭전을 지었기에, 이곳을 가섭사로 개칭했다.)

그 앞에서 북쪽의 골짜기에 들어갔다. 골짜기는 각기 서쪽으로는 꼭대기에서, 동쪽으로는 나한벽에서 시작되며, 양쪽 벼랑 사이에 끼어 있다. 가운데에는 돌층계길이 드리워져 있다. 약간 위쪽에 패방이 있고, 나(羅)선생과 이(李)선생이 유람한 곳이다. (나선생은 근계 나여방이고, 이선생은 견라見羅 이재李材인데, 두 사람 모두 강서江西 사람으로, 함께 사도관을 지낼 적에 이곳을 유람했다.)

조금 더 위에는 앙고정이라는 정자가 있고, 그 안에는 비석이 있다. 비석은 만력 연간에 순안사인 주무상(周懋相)이 세운 것인데, 산에 오른 일과 두 선생을 숭앙하는 뜻을 기록하고 있다. 주무상 역시 강서 사람이다. 나는 이전에 이곳을 지날 적에, 정자 안이 쇠락한 것을 보고 비문을 베낄 겨를이 없어 지나쳐버렸다. 이번에는 이곳에 이르자마자 우선 비문부터 베꼈다. 바람이 양쪽 벼랑 사이에서 몰아치는지라 다른 곳보다 배나 추운데다, 비문의 글자가 길어, 손이 여러 차례 찬바람에 얼어붙었다

베껴쓰기를 마치자, 해는 서산에 기울어 있었다. 정자 위쪽을 바라보니 도솔암(兜率庵)이 있다. 이곳은 전에 따라 내려왔던 곳으로, 암자 동쪽에 가로로 뻗은 길을 따라가면 나한벽으로 나온다. 전에도 이곳에 왔다가 되돌아간 바람에 나한벽의 꼭대기까지는 가보지 못했는데, 이번에도 시간이 모자라 끝내 가보지 못했다.

이에 되돌아 내려오는 길에 가섭사 앞을 지났다. 갈림길이 동쪽의 구

렁 속에 뻗어내리는 것이 보였다. 그 구렁 바닥에 암자 하나가 성봉사의 북쪽에 있으니, 틀림없이 보처암(補處庵)일 것이다. 이에 길을 잡아들어 골짜기 속에서 구렁을 따라 내려갔다. 대체로 등성이를 따라 내려가 회등사를 거치는 길이 바른 길이고, 구렁을 따라 동쪽으로 내려가 보처암으로 가는 길은 샛길이다.

2리를 내려가 보처암을 지났다. 주위 역시 약간 황량한데다, 해가 저물까봐 들어가지 않았다. 보처암 앞에서 골짜기의 산골물을 건너 남쪽으로 가다가 비탈을 올라 성봉사를 지났다. 성봉사는 동쪽을 향해 있고, 앞에는 커다란 패방이 있다. 패방 바깥에서 동쪽으로 1리 남짓을 나아가자, 언덕등성이는 대단히 좁다랗고, 남북으로 온통 깊은 구렁이 바짝 붙어 있다.

등성이를 넘어 동쪽으로 1리 남짓을 더 가자, 새로 지은 절이 비탈 가운데 자락에 자리하고 있다. 이곳은 백운사이다. 나는 이 갈래의 끄트머리까지 가보고 싶었다. 그래서 동쪽으로 내려가 남쪽의 산골물 위를 따라 2리를 갔다. 비탈 끄트머리에 혜림암이 자리하고 있다. 혜림암 앞을 따라 돌아들어 북쪽의 산골물로 내려가 건넌 뒤, 가운데 갈래를 올라 나아가기 시작했다. 북쪽의 산골물은 남쪽의 산골물과 길 남쪽에서 합쳐진다. 그 동쪽이 바로 대각사의 채마밭이다.

동쪽으로 반리를 나아가 채마밭 북쪽을 지나고, 동쪽으로 1리를 더 가서 식음헌의 남쪽을 지났다. 다시 동쪽으로 1리를 더 가서 폭포의 북쪽을 지나, 드디어 가운데 갈래를 벗어나 북쪽의 서축사의 산골물을 건넜다. 이어 가운데 갈래와 동쪽 갈래가 구렁을 감아도는 사이로 나아갔다. 2리를 더 가니 해가 뉘엿뉘엿 저물었다. 실단사에 들어갔다.

정월 11일

식사를 한 후, 왼쪽 엄지발가락이 편치 않은 느낌이 들었다. 신발에

눌린 탓이겠거니 여겼다. 복오 법사가 내게 나가지 말고 잠시 하루라도 쉬라고 하기에, 그의 말에 따랐다. 홍변 법사와 안인(安仁) 법사는 그의 스승이 지은 책(『선종찬송禪宗讚頌』, 『노자현람老子玄覽』, 『벽운산방고碧雲山房稿』 등)을 꺼내어 내게 보여주었다. 홍변 법사는 또 지묵으로 탁본한 것[본무 법사가 새긴 것]을 내게 주면서, 편주 법사가 노잣돈을 보내올 것이라고 했다. 나는 감사의 편지를 썼다. 막 하인 고씨에게 편지를 보냈는데, 대각사의 스님이 길에서 만나 돈을 가져왔다. 나는 돈을 대나무상자에 받아 넣었다.

오전에 복오 법사의 초대를 받아 갔더니, 내놓은 차와 과일은 모두 진기한 것들이었다. 이곳 현지의 산삼을 꿀에 재어 말린 포로 만든 것도 있고, 영락없이 사람 모습을 하고 있는 동자삼도 있다. 모두 산속에서 나는 것들이었다. 또 차조기도 있고 해당 열매도 있는데, 모두 본 적이 없는 것들이었다.

대체로 운남성(雲南省) 서부의 과일들은 우리 고향에도 다 있는 것들이지만, 다만 밤은 약간 작고 대추는 속살이 없는 편이었다. 잣, 호두, 산초 열매는 모두 이곳에서 생산되는 것이다. 다만 용안(龍眼)과 여지(荔枝)는 시장에도 보이지 않았다. 버섯류는 계종 외에, 백생과 향심이 있다. 백생은 나무에서 자라고, 모양은 향심의 반 송이와 같다. 둥글지 않고 얇으며, 바삭바삭하고 딱딱하지 않다. (귀주성貴州省에서는 이것을 팔담시라고 하는데, 맛은 이것에 떨어진다.) 이 일대의 석청은 대단히 좋다. 굳어있는 기름처럼 하얀지라 보기에 기름진 색깔에 향기가 매우 독특하다.

이어 안인재(安仁齋)에 들러 난을 구경했다. 난의 품종이 대단히 많았다. 이른바 설란(꽃이 희다), 옥란(꽃이 푸르다)은 최상급이고, 호두란은 가장 크다. 홍설란과 백설란(꽃술 가운데의 한 부분이 마치 혀처럼 밖으로 내밀고 있다)은 가장 쉽게 꽃을 피우는데, 그 잎은 한 치 반의 너비에 길이는 두 자이고 부드러우며, 꽃 한 떨기에 스무 송이 남짓의 꽃이 달려 있다. 길이가 두 자 반인 것은 꽃송이의 크기가 두세 치이고, 꽃잎의 너비가 모두 대여섯 푼이다. 이것은 가란이다. 야생의 난은 한 떨기에 꽃 한 송이이다. 이것은 우리 고향과 다름이 없으나, 잎이 훨씬 가늘고 향기 역시 맑고 멀리 퍼진다. 이곳에서도 모란을 중시한다. 실단사에는 산차나무는 없어도 모란은 많은데, 정월 보름 전에 꽃술이 벌써 달걀만큼이나 크다.

정월 12일

네 분의 스님과 구중애에 오르기로 약속했다. 일납헌에 식사를 대접받으러 가려 했는데(일납헌은 목공木公[1]이 지었다. 절을 지키는 스님이 매년 절을 위해 백 석의 곡식을 받기에, 매년 새해 벽두에 식사를 한 차례 대접한다), 비가 와서 갈 수 없었다. 식사를 한 후 서재 머리맡에 앉아있노라니, 정오가 되어 날이 갰다. 네 분의 스님과 서로 끌어주면서 구중애에 올랐다.

처음에는 절 왼쪽을 따라 반리를 가다가, 홍변 법사의 정실이 있는 터의 옆으로 올라갔다. 다시 서쪽으로 반리를 가서 천주(天柱) 스님의 정실 옆을 지났다. 다시 북쪽으로 1리 반을 올라 골짜기의 대나무숲을 가로질러 오르자, 비로소 서쪽에서 뻗어오는 길과 합쳐진다. 동쪽의 골짜기를 감돌아 올랐다.

반리를 가서 북쪽으로 다시 골짜기를 꺼져내려갔다. 한길은 골짜기를 올라 북동쪽의 고개를 넘었다가 북쪽으로 뒤쪽의 하천을 내려가 나천(羅川)으로 향하는 길이고, 오솔길은 등성이를 기어 북서쪽으로 올라 구중애의 동쪽으로 가는 길이다. 오솔길은 매우 가파른데, 이전에 내가 올랐던 길이다. 다만 이때 날이 흐릴지 개일지 알 수 없어 남서쪽의 향목평 일대를 바라보았다. 쌓인 눈이 반짝이면서 골짜기를 환히 비추어 사람의 마음속을 맑게 해주니, 이전의 곱던 해와 맑은 하늘과 더불어 또 하나의 광명법계로 바뀌었다.

1리 남짓을 나아가 하남(河南) 법사의 정실에 이르렀다. 그곳 너머로 지나는 길에 물어보고서야 이 정실을 알게 되었다. 다시 비가 내릴 조짐이 보였다. 나는 여러 스님들에게 먼저 일납헌으로 오르도록 하고서, 홀로 하남 법사를 찾아갔다. 법사는 하남(河南) 사람으로서, 산에 온 이래로 이 처소에 살면서 밖으로 나간 적이 없었다.

나는 전에 구중애를 따라 꼭대기를 오른 있었는데, 정실이 있는 줄도 모르고 그 위로 지나쳤었다. 후에 사자림을 따라 야우 법사의 정실 동쪽에 있는 점두봉 아래로 가로지르려다가 길을 찾지 못한 적이 있었다. 머뭇머뭇하다가 오늘에 이르러서야 마침내 품은 뜻을 이룬 셈이다.

집에 들어가 하남 법사를 만났다. 사람들 이야기로는 혼자 산다고 했으나, 한 방에 세 분의 스님이 계셨다. 사람들 이야기로는 말을 하지 않는다고 했으나, 조목조목 대답하시는 게 조리가 있다. 또한 사람들 이야기로는 외출하지 않는다고 했으나, 다른 스님들과 어울려 숲에 들어가는지라 결코 고독하지 않았다. 구중애의 정실은 법사가 기거함으로써, 사자림 및 나한벽과 정족지세를 이룰 수 있다.

잠시 앉아 있노라니 일납헌의 스님이 맞으러 왔다. 비가 한 바탕 내리더니 오래지 않아 눈이 펄펄 내렸다. 법사가 나를 붙드는지라 날이 약간 개인 후에 작별했다. 층계를 반리 오르자, 서쪽에서 뻗어오는 한길이 나타났다. 한길을 가로질러 일납헌으로 들어갔다. 구중애 정실의 주인인 대정(大定) 스님과 졸명(拙明) 스님 등이 모두들 끊임없이 해가 저물도록 음식을 대접했다. 눈비가 불시에 내리는 가운데, 네 분의 스님이 말을 타고서 나를 전송했다.

한길에서 서쪽으로 내려왔다. 길은 점두봉을 따라 내려가다가 등성이 골짜기를 감돌았다. 이때 산안개가 아래에 자욱한지라, 깊은 벼랑과 가파른 구렁은 아득히 분별할 수 없었다. 2리를 가서 사자림으로 가는 길과 만났다. 어느덧 환주암 뒤쪽에 와 있었으며, 서쪽의 대각사 탑원(塔院)과는 골짜기 너머로 마주하고 있었다. 이곳에 이르러서야 말을 타고서 환주암 앞을 따라 산을 내려왔다. 4리를 더 가서 실단사에 들어섰다. 등불을 밝히고서 조주(趙州)의 지주인 양(楊)씨에게 편지를 썼다.

1) 목공(木公)은 목증(木增, 1587~1646)으로, 자는 장경(長卿)이고 호는 화악(華岳) 또는 생백(生白)이며, 납서족(納西族)의 이름은 아택아사(阿宅阿寺)이다. 그는 11세 때인 만력(萬曆) 26년(1598년)에 부친을 세습하여 19대 토사가 되었으며, 여강부 일대를 장악했다. 저서로는 『운과담묵집(雲薖淡墨集)』, 『소월함(嘯月函)』, 『산중일취집(山中逸趣集)』, 『지산집(芝山集)』, 『광벽루선초(光碧樓選草)』 등을 남기고 있는데, 운남의 토사들 가운데 중원문화의 영향을 가장 많이 받은 인물로 평가받고 있다.

정월 13일

아침에 일어나 식사를 하자마자, 조주 지주인 양씨에게 보내는 편지를 하인 고씨에게 주어 양씨에게 전하라 했다. 나는 동쪽 누각에서 기억을 더듬어 일기를 썼다. 오후에 구름이 걷히더니, 하늘이 맑아졌다.

정월 14일

아침에 대단히 추웠다. 동쪽 누각이 해를 등지고 있기 때문이다. 나는 벼루를 장경각 앞의 복숭아꽃 아래로 옮겨놓고서, 따뜻한 햇살을 쪼이며 일기를 썼다. 오전에 묘종(妙宗) 법사가 계종과 다과를 대접하고, 법사 역시 이곳에서 불경을 읽었다. 이날 날씨가 예전처럼 맑았다. 밤이 되자, 나는 갑자기 병이 나서 기침을 해댔다.

정월 15일

나는 기침을 해댄 탓에 늦게까지 누워 있다가 정오에야 일어났다. 한낮에는 먹구름이 자욱하더니, 밤이 되자 하늘을 뒤덮었다. 나는 등을 달라고 하여 누워 있으려는데, 홍변 법사 등 여러 스님들이 서쪽 누각에서 등을 구경하자고 초대했다. 등은 복건성(福建省)에서 나는 비단으로 싼 것으로, 감자나무 껍질로 싼 조그마한 등을 배합하여, 나무 사이에 걸거나 물위에 띄워놓았다. 모두 반짝이는 별빛을 의미한다. 오직 주마

등[1]만은 어두워 돋보이지 않았다.

누각 아래에는 청송모를 모아 방석 삼아 깔았고, 탁자를 치운 채 가부좌를 틀고 앉았다. 각자 앞에는 한 통의 과일과 끓인 차를 놓아 음미했다. 처음에는 맑은 차(淸茶)를, 다음에는 소금차(鹽茶)를, 그 다음에는 꿀차(蜜茶)를 마셨다.[2] 이 절의 스님들이 방 가득 둘러앉아 있는데, 외지에서 온 손님이나 타국에서 온 스님은 참여할 수 없다.

나는 작년에 삼리(三里)에서의 용등(龍燈)을 떠올렸다. 한쪽은 조용하고 다른 한쪽은 떠들썩하다. 광서와 운남은 지방이 다르고, 절과 관아는 거주방식이 다르건만, 다만 정월 대보름과 나그네의 외로운 넋은 다름이 없도다! 우울한 마음이 들어 일어서는데, 전각 모퉁이의 밝은 달이 홀연 구름을 뚫고 밝은 빛을 뿌려준다.

---

1) 주마등(走馬燈)은 놀이개용 꽃등으로, 가운데에 종이바퀴를 세우고, 바퀴 주위에 종이로 만든 사람이나 말 등의 형상을 달아 놓는데, 바퀴 아래의 촛불로 데워진 공기의 힘으로 종이바퀴를 돌린다.
2) 운남지역의 여러 소수민족들은 차, 특히 보이차(普洱茶)를 즐겨 마시는데, 이때 각자의 취향에 따라 여러 가지 조미료, 예컨대 파나 생강, 소금, 설탕 등을 쳐서 마신다. 합니족(哈尼族)은 대관차(大罐茶)라는 맑은 차(淸茶)를, 이족(彝族)은 소금 차(鹽茶)를, 태족(傣族)은 꿀차(蜜茶)를 즐겨 마신다.

정월 16일

아침 식사를 한 후, 또 벼루를 장경각 앞의 복숭아꽃 아래로 옮겨 햇살을 쪼이면서 일기를 썼다. 해가 때로 구름에 가려졌다. 오후에 동쪽 누각으로 돌아왔다. 기침이 여전히 그치지 않았다. 저물녘에 다시 구름이 개이고 달이 보였다.

정월 17일

동쪽 누각에서 일기를 썼다. 비가 때때로 내렸다.

정월 18일

먹장구름이 자욱하더니 오래지 않아 흩어지고 날이 갰다. 저물녘에 하인 고씨가 조주에서 돌아왔다.

정월 19일

식사를 한 후, 날씨가 유달리 맑았다. 이에 침구를 옮겼다. 실단사에서 동쪽으로 나아가 대승암 동쪽의 산골물을 넘어 1리만에 등성이를 오르니, 곧 영상사가 나왔다. 절 남쪽을 따라 올랐다. 절 뒤쪽에서 반리 되는 곳에 석종사가 있고, 그 뒤로 원통암(圓通庵)과 극락암(極樂庵)이 있다. 극람암의 오른쪽이 바로 서축사이고, 서축사의 뒤쪽이 바로 용화사(龍華寺)이다.

용화사 앞에서 서쪽의 한길을 지나자, 어느새 서축사 위에 와 있다. 석종사로부터 1리 거리이다. 용화사의 북쪽 비탈 위는 바로 대각사이다. 용화사의 서쪽에 산골물을 굽어보면서 또 하나의 절이 있다. 앞쪽의 석종사와 마찬가지로 남동쪽을 향해 있다. 그 뒤를 따라 산골물을 건너자마자 피안교(彼岸橋)가 나오고, 다리의 하류에는 식음헌이 있다. 어느덧 가운데 갈래의 등성이에 와 있었다.

식음헌의 왼쪽에서 북쪽으로 올라가 관음각(觀音閣)을 지나자 천불사(千佛寺)가 나왔다. 그 앞은 이전에 장이 서던 곳으로서, 가운데 갈래의 등성이에 자리하고 있다. 지금은 터만 남아 있을 뿐이다. 다시 북쪽의 산골물을 건너 대각사 옆을 따라 북서쪽으로 올라갔다. 대각사의 스님이 나를 붙들어 들어오라고 했으나 사양했다.

이어 산골물 위의 다리를 지났다. 다리 위에 있는 집의 편액에는 '피안동등(彼岸同登)'이라 적혀 있다. 망대령에서 동쪽으로 내려온 물길이 적 · 광사와 대각사 사이를 경계짓고 있다. 용화사에서 이곳까지는 1리이다. 다리를 지난 뒤 가운데 갈래 위를 올라 반리를 가자, 등성이 가운데에 수월암(水月庵)이 있다. 등성이 동쪽 겨드랑이는 적광사이고, 등성이 서쪽 겨드랑이는 수전사(首傳寺)이다. 정방(淨方) 스님은 올해 연세가 아흔인데, 나를 붙들었으나 들어가지 않았다.

절의 오른쪽을 따라 산부리를 빙글 감돌자, 동쪽에 암자 하나가 보였다. 암자에는 복숭아꽃이 어여쁘게 피어 있고, 소나무 그림자가 어지럽게 뒤섞여 있다. 달려가보니 적행암(積行庵)이다. 적행암은 수월암의 서쪽, 수전사의 북쪽에 있다. 각융(覺融) 스님이 식사하고 가라고 나를 붙들었다.

식사를 한 후 암자의 왼쪽에서 동쪽으로 올라가다가 북서쪽으로 돌아들어 등성이를 올랐다. 가운데 갈래의 등성이 위에서 2리를 가자, 정실이 등성이에 자리하고 있다. 이곳은 연하실(煙霞室)로서, 극심(克心) 법사의 제자인 본화(本和) 스님이 거처하는 곳이다.

그 서쪽에서 갈라져나온 갈림길을 따라 나한벽을 오르다가, 그 동쪽의 휘감아도는 골짜기를 따라 전단령을 올랐다. 고개는 골짜기의 서쪽에서 뻗어내리고, 길은 북쪽으로 '지(之)'자 모양으로 올라간다. 1리를 가자, 극심 법사의 정실이 나왔다. 극심 법사는 용주(用周) 법사의 제자로서, 이전에는 적광사의 주지를 지내다가 이제 새로이 이 정실을 짓고서 물러나 쉬고 있다.

이 정실은 등성이 자락의 왼쪽에 자리하고 있으며, 동쪽을 향한 채 약간 남쪽으로 드리워져 있는데, 서쪽 갈래 너머 화자공(禾字孔)의 커다란 산을 호사로 삼고, 점두봉을 용사로 삼고 있다. 용사는 가깝고 호사는 먼지라, 사자림의 용사 및 호사와는 달랐다. 그 동쪽에 중화(中和) 스님의 정실이 있다. 중화 스님 역시 극심 법사의 제자인데, 정실이 화재로 불타버렸기에, 지금 중화 스님은 성성에 가 있다. 극심 법사가 나를 붙들었다. 간식과 차가 넉넉하고 은근한지라 한참만에야 작별했다. 어느덧 오후가 되었다. 이에 오른쪽을 따라 올랐다. 오솔길이 가파르기 그지없다. 극심 법사가 그의 제자에게 동행하도록 해주었다.

반리를 올라가자, 서쪽에서 뻗어오는 한길이 나왔다. 한길을 따라 동쪽으로 올랐다. 다시 반리를 가서 전단령 등성이를 올라 남서쪽으로 나아가다가 연하실을 지나 차츰 남동쪽으로 돌아드니, 수월암과 적광사가 나왔다. 그 앞에서 다시 남서쪽으로 1리를 가서 산부리 한 곳을 빙글 감도니, 산부리 위에 집이 있다. 내가 세 차례나 지났는데도 문이 잠겨 있어 들어가지 못한 곳이다. 그 아래는 바로 백운사가 기대어 있는 곳이다.

다시 서쪽으로 반리를 갔다가 불쑥 튀어나온 산부리를 감돌아 올라가니, 곧 혜심(慧心) 스님의 정실이다. 혜심 스님은 환공 법사의 제자이며, 맨 처음에 야우 법사의 처소에서 만난 적이 있고, 전에 실단사로 찾아온 적도 있었다. 그래서 들어가 그를 찾아뵈었는데, 마침 회등암에서 불경을 암송하고 있는지라, 그의 제자가 차를 대접하고서 물러갔다. 그 뒤는 바로 벽운사(碧雲寺)인데, 들어가지 않았다.

그 곁을 따라 다시 두 겹의 산부리를 감돌아 2리만에 북쪽의 서래사(西來寺)에 올랐다. 이어 서쪽의 인설루(印雪樓) 앞을 지난 뒤, 서쪽의 여러 절벽을 따라 1리를 나아갔다. 일진란약(一眞蘭若)이 나왔다. 그 위에 덮여 있는 바위는 평평하고 날아오를 듯하다.

다시 서쪽으로 반리를 가자, 벼랑이 끝나더니 골짜기를 이루고 있다. 이 골짜기는 바로 봉우리 꼭대기와 나한벽이 마주 치솟아 이루어진 것으로, 위로는 도솔궁(兜率宮)에서 시작하여 아래로 나여방과 이재 두 선생의 패방에 이른다. 양쪽의 절벽 사이에는 가운데에 여울이 이루어져 있고, 그 속에 길이 나 있다. 여울의 절반은 벼랑의 발치 안쪽으로 움패어 있다. 여울 앞쪽에 커다란 나무가 솟구쳐 있고, 오래된 비석이 있다.

비석에는 순학(峋鶴)의 시가 새겨져 있다. 나한벽을 노래하는 시이다.

중간에 갈림길이 가로놓여 있기에, 갈림길을 따라 여울을 넘어 반리를 나아가 현무묘(玄武廟)를 지났다. 반리를 더 가서 도솔궁을 지나니, 어느덧 날이 저물었다. 도솔궁은 허물어지고 사는 이가 없었다. 다시 1리를 올라 동불전 문을 두드렸다. 들어가 쉴 작정이었다. 이곳은 전등사(傳燈寺)라는 곳이다. 이전에 지날 적에는 불공을 드리러 산에 가는 이들이 끊이지 않은지라 내가 들어갈 겨를이 없었는데, 지금은 고요하다. 한참만에야 노스님이 문을 열어주기에 들어가 묵었다.

정월 20일

아침에 일어나 절 안의 오래된 비문을 베끼려 했다. 그런데 날씨가 너무 추운지라 산을 내려올 때 베끼기로 남겨두고서, 짐을 절 안에 놓았다. (절 안의 땅에는 온통 대리석을 깔았다.) 대체로 꼭대기로 오르는 두 갈래 길은 모두 이 절에서 나누어지고, 돌아오는 길 또한 반드시 이 절을 따라 나 있기 때문이다. 절을 나와 북쪽으로 막 가사석(袈裟石) 위를 지날 무렵, 전에 호손제(猢猻梯)를 올라 그 벼랑 끄트머리에 올랐다가 속신협(束身峽)으로 내려갔던 일을 떠올렸다. 전에는 비록 속신협을 따라 내려왔지만 올라갈 겨를이 없었다. 이번에는 남쪽에서 올랐다가 북쪽으로 내려가면서 두루 빠짐없이 둘러보는 게 나을 듯했다.

이에 절 오른쪽에서 벼랑을 따라 서쪽으로 나아가다가 화수문을 지나 서쪽으로 갔다. 벼랑 바위 위아래가 온통 가파르기 그지없다. 길은 그 사이를 좇아 한 오라기 실처럼 통해 있다. 아래를 굽어보니 방광사가 바로 벼랑의 바닥에 있고, 위를 쳐다보니 봉우리 꼭대기의 사신애(捨身崖)가 바로 벼랑의 끄트머리에 있다. 하지만 끝까지 가보지는 못했다.

그 서쪽으로 1리를 가자, 갈림길이 벼랑 곁에 매달려 있다. 나는 방광사로 가는 길이겠거니 여기고서, 층층의 벼랑 사이로 어떻게 하면 틈새를 내려갈 수 있을까 궁리했다. 조금 내려가자, 벼랑 곁의 나무뿌리 사이에서 흘러나온 물이 도려낸 나무에 가득 담겨 있다. 이것이 팔공덕수(八功德水)이다. 물은 도려낸 나무 외에는 남김없이 겹겹의 벼랑에 흩날리는데, 가늘어 보이지 않는다.

길이 끝나자 계속해서 올라가니, 곧 전에 서쪽에서 오다가 한길로 들어섰던 곳이 나왔다. 풀을 이은 감실이 벼랑 사이에 기대어 있고, 그 안에는 하남 법사가 정진하고 있다. 법사는 이 물을 받아 살고 있다. 다시 서쪽으로 반리를 가서 약간 올라간 뒤, 반리를 더 가자, 조계암(曹溪庵)이 나왔다. 조계암은 겨우 세 칸짜리 집이다. 벼랑에 기대어 있는데, 문이 잠긴 채 아무도 없다. 이곳의 물은 팔공덕수에 비해 약간 컸으며, 그 뒤에는 까마득한 벼랑이 약간 앞쪽으로 패옥처럼 둘러싸고 있다.

나는 바위를 기어 곧장 벼랑 아래로 올라갔다. 동쪽을 바라보니, 왼쪽의 벼랑이 앞쪽으로 둘러싸고 있는 곳이 갑자기 나란히 솟구쳐 봉우리를 이루고 있다. 마치 쇠망치를 곧추 세운 듯이 둥근 이 봉우리는, 북쪽의 벼랑 꼭대기와 나란히 늘어서 있는데, 닿을락 말락하다. 걸음을 옮겨 달리 돌아들자, 벼랑의 꼭대기에 가려져 분간할 수 없지만, 다만 이곳만은 합쳐지고 떨어짐의 묘미가 지극하다. 하지만 이전에 닦아놓은 터가 지금은 이미 가시덤불이 되어버린지라, 아쉽게도 도무지 올라갈 수가 없다. 대체로 계족산에는 땅에서 솟구친 봉우리가 없는지라, 여기에서 바라보니 참으로 번쩍거리는 그림자처럼 보인다.

다시 서쪽으로 반리 남짓을 가서 속신협 아래를 지난 뒤, 남쪽으로 돌아들어 복호암(伏虎庵)을 지났다. 다시 남쪽으로 예불암(禮佛庵)을 지나 1리만에 예불대(禮佛臺)에 다시 올랐다. 예불대는 남쪽의 도화정이 건너 뻗은 산줄기 위에 매달려 있는데, 정면으로 도화정 너머로 향목평과 마주한 채, 서쪽으로 도화정을 굽어보고, 동쪽으로 방광사를 굽어보니, 마치 겹겹의 깊은 못 아래에 있는 듯하다.

나는 예불대 끄트머리에서 바위동굴로 내려가 들어갔다. 서쪽의 동굴을 가로질러 나오자, 우뚝 솟은 바위가 틈새를 비집고서 평대를 이루고 있다. 평대 아래는 온통 만 길의 까마득한 벼랑이다. 나무로 잔도를 만들어 다닐 수 있게 해놓았다. 이곳은 '태자과현관(太子過玄關)'이다. 잔도를 지나자, 곧바로 예불대 뒤의 예불감(禮佛龕)이 나왔다. 이전에는 잔도를 통해 동굴로 들어갔는데, 이번에는 동굴을 거쳐 잔도로 나온지라, 바라보이는 경관은 비록 같을지라도, 이전에는 참배객들이 꼬리에 꼬리를 물었다면, 지금은 암자마다 모두 문이 잠긴 채 아무도 없이 적막하기 그지없다. 몸소 가없이 드넓은 신령스러움과 더불어 유유자적하는 느낌이 들 따름이다.

잔도를 타고서 서쪽의 벼랑가를 따라 북쪽으로 돌아들자, 따를 만한 길이 나왔다. 그래서 길을 헤치고서 서쪽으로 나아가, 마침내 도화정(桃花箐) 위를 지났다. 모두 1리를 가자, 길은 끝나고, 나무꾼들이 오가는 길이 나왔다. 계속하여 복호암으로 되돌아와 속신협을 따라 올라갔다. 골짜기의 형세는 바짝 조여 있다. 반리만에 골짜기 위로 뚫고 나왔다. 문수당(文殊堂)이 나타났다. 비로소 노스님의 독경소리가 들려왔다.

길은 그 앞에서 등성이로 뻗어오른다. 이 길은 내가 전에 동쪽의 꼭대기에서 왔던 길이다. 그 뒤로 오솔길이 등성이를 올라 서쪽으로 뻗어가기에, 나는 오솔길을 따라갔다. 대체로 문수당이 있는 등성이는 등성이의 움푹 꺼진 곳이고, 동쪽을 따라 다시 솟구쳐 오른 곳은 바로 꼭대기에 세워 만든 성이며, 서쪽을 따라 다시 솟구쳐 오른 곳은 도화정이 건너뻗어 맨먼저 치솟은 곳이다. 서쪽으로 1리를 가자 우거진 초목이 무성하고, 눈 쌓인 흔적이 끊임없이 이어져 있다. 마침내 계족산의 정상에 이르렀다.

대체로 계족산은 도화정에서 북쪽으로 건너뻗자마자, 하늘을 찌를 듯 높이 치솟아 있다. 이것은 계족산의 머리 부분이다. 북쪽으로 드리워 내린 산등성이는 20리를 뻗어간 뒤 대석두(大石頭)에서 끝난다. 이것은 이른바 계족산의 뒷발톱이다. 동쪽으로 가로뻗은 줄기는 문수당 뒤쪽에 이르러 약간 물러난 채 가운데가 낮게 엎드렸다가, 동쪽으로 다시 솟구쳐 꼭대기를 이루고, 다시 동쪽으로 약간 내려가서 나한벽과 전단림, 사자림 뒤쪽의 등성이를 이룬다. 이어 더 동쪽으로 나아가 불쑥 튀어나와 점두봉을 이루고, 빙 둘러 구중애의 등성이를 이루는데, 온통 병풍처럼 끊이지 않고 이어져 있다. 여기에서 꼬리를 흔들어 남쪽으로 돌아들어 뻗어내렸다가 탑터가 있는 마안령을 이룬다. 이것은 계족산의 문에 해당한다. 드리워진 등성이는 동쪽으로 쭉 뻗어내려 계평관을 이룬다. 이것은 계족산의 정강이다.

그리하여 산 북쪽의 물은 북쪽으로 흐르다가 대석두 동쪽으로 흘러 나오고, 산 서쪽의 물 가운데 남쪽의 서이해(西洱海)[1]의 북쪽에서 발원한 물길은 화광교(和光橋)를 거쳐 흐르고, 서쪽의 하저교(河底橋)에서 발원한 물길은 남아(南衙)와 북아(北衙)를 거쳐 흐른다. 이들 물길은 모두 대석두 아래에서 합쳐졌다가, 동쪽의 모니산 북쪽을 감돌아 빈천주의 물길과 함께 북쪽의 금사강(金沙江)으로 흘러내린다.

이제야 알게 되었으니, 남쪽의 큰 산줄기는 여강부의 서쪽 경계에서 동쪽으로 치달려 문필봉(文筆峰)을 이룬다. 이것은 검천주(劍川州)와 여강부의 경계이다. 이어 여강부의 남동쪽에 있는 구당관(邱塘關)에 이르러 남쪽으로 돌아들어 조하동(朝霞洞)을 이룬다. 이것은 검천주와 학경부의 경계이다. 다시 쭉 남쪽으로 치달려 요룡동산(腰龍洞山)에 이른다. 이것은 학경부와 등천주(鄧川州)의 경계이다. 더 남쪽으로 서산만(西山灣)을 지나 서이해의 북쪽에 이르렀다가 동쪽으로 돌아든다. 이것은 등천주와 태화현(太和縣)의 경계이다.

이 산줄기는 서이해의 동쪽 모퉁이에 이른다. 여기에서 바른 갈래는 서이해(西洱海)를 따라 남쪽으로 뻗어 청산(靑山)을 이룬다. 이것은 태화현과 빈천주의 경계이다. 이어 남동쪽으로 솟구쳐 오룡패산(烏龍壩山)을 이룬다. 이것은 조주와 소운남현(小雲南縣)의 경계이다. 다시 동쪽으로 건너

뻗어 구정산(九鼎山)을 이루고, 더 남쪽으로 청화동(清華洞)에 이르며, 더 동쪽으로 건너뻗어 수목산(水目山)에 이른다. 나누어진 갈래는 서이해의 동쪽 모퉁이에서 북쪽으로 치솟아 향목평의 산을 이루었다가 도화정에서 북쪽으로 건너뻗는다. 이것은 빈천주와 등천주의 경계이다. 이 계족산은 큰 갈래에 붙어있으나 여전히 주요 등성이이다.

이 산에 올라 쭉 북쪽으로 설산(雪山)[2]을 바라보니, 아득하여 보이지 않는다. 다만 북서쪽에 한 줄기 산이 북쪽에서 남쪽으로 뻗어 있는데, 눈 쌓인 흔적이 하얗게 빛난다. 이것이 바로 요룡동(腰龍洞)과 남아(南衙), 북아(北衙)가 서쪽에 기대어 있는 산이다. 그 아래로 보리밭에 비췻빛이 떠돈 채, 쭉 계족산 자락까지 바짝 다가서 있다. 이곳은 나천(羅川)으로, 비파 모양으로 굽어든 지역이다. 이곳은 비록 30리 아래에 있으나, 검푸른 빛깔이 사람의 옷에 스며들 것만 같다.

사방의 다른 기슭을 돌아보니, 온통 멀리 가지런한 나무끝이 짙푸르게 펼쳐져 있다. 남서쪽의 이해(洱海)는 오늘따라 유달리 출렁거리는데, 마치 술잔이 손바닥에 떠 있는 듯하다. 대체로 이전에는 설산만 보이고 이해는 보이지 않았는데, 오늘은 이해만 보이고 설산은 보이지 않는다. 그래서 날이 흐리고 맑음에 따라 뭇 구렁들이 달라보이는 것이다. 드러나고 사라짐은 이처럼 정해진 것이 아니다. 이곳은 봉우리의 서쪽 끄트머리이다.

동쪽으로 1리를 되돌아가 문수당 뒤쪽의 등성이를 지났다. 이곳의 등성이 남쪽은 온통 까마득한 벼랑이 하늘을 찌를 듯하다. 이곳은 사신애이다. 동쪽으로 나아갈수록 더욱 가팔라진다. 사신애 끄트머리를 타고 올라 굽어보니 그 아래가 곧 속신애이고, 동쪽은 조계사 뒤의 동쪽 봉우리에 이르러 있다. 이전에는 벼랑 아래에서 올라갔는데, 지금은 그 위에서 굽어보고 있다. 동쪽 봉우리 한 조각이 벼랑 바닥에서 나란히 솟아오르는데, 서로의 거리는 한길 남짓이다. 가운데에 한 줄기 산맥이 마치 엄지손가락처럼 이어져 있다. 움푹 꺼진 곳으로 내려왔다가 그 꼭대기로 오를 수 있을 듯하다.

나는 그 산줄기를 기어올랐지만, 하인 고씨는 따라오지 못했다. 이때 매섭게 부는 세찬 바람이 사람을 말아올려 허공에 내동댕이칠 듯하다. 나는 손으로 붙들고 발을 웅크려 다행히 내동댕이쳐지지는 않았는데, 하마터면 목숨을 잃을 뻔했다. 다시 1리를 가서 정성문(頂城門)에 들어섰다. 이 문은 사실 서문이다. 다보루(多寶樓)에 들어서니, 하남 스님은 계시지 않고, 그의 제자가 녹두죽과 깨소금을 대접했다. 나는 선우정(善雨亭) 안의, 미처 다 베끼지 못한 비문을 다시 베꼈다.

오후에, 그 제자가 나를 안내하여 스승이 은퇴한 후 머물 정실을 구경시켜 주었다. 이 정실은 성의 북쪽 2리에 있다. 전에 올랐던 서쪽 봉우리의 북쪽에 있는 움푹 꺼진 곳이다. 길은 문수당의 등성이를 따라 북쪽으로 약간 내려갔다가 서쪽을 따라 나아가는데, 계족산의 북쪽 자락의 겨드랑이에 자리하고 있다. 정실은 세 칸이며 북쪽을 향해 있고, 에워싸인 주위 또한 잘 어울린다. 대체로 계족산에서 빙 둘러 합쳐지는 묘미는 모두 산의 남쪽에 있다. 산의 북쪽에서는 오직 이곳만이 그윽하고 험준한 곳 가운데 오묘한 곳이다.

그 왼쪽으로 약간 내려가면 못이 두 군데 있다. 위아래의 못은 서로 이어져 있고, 물은 많지 않으나 마르지도 않는다. 꼭대기의 성에서 제공하는 물은 모두 이곳에서 퍼온 것이다. 성 북쪽으로 되돌아와 성밖에서 남문으로 달려갔으나, 가섭전의 앞 전각에 들어갈 겨를은 없었다. 문 앞에서 동쪽에 매달린 바위 틈새로 1리를 가자, 세 칸짜리 전각이 동쪽을 향해 있다. 전각의 편액에는 '만산공승(萬山拱勝)'이라 씌어 있으며, 문은 잠겨 있다. 그 앞에서 아래로 내려오는 층계는 몹시 가파르다.

호손제에 막 이를 즈음, 어떤 사람을 만났다. 실단사의 스님이 내게 보내온 사람이었다. 여강부에서 사자를 보내 나를 초대했다는 것이다. 그리하여 함께 내려가 1리만에 동불전에 이르렀다. 나는 당초에 이곳에 머물 작정이었으나, 나를 기다리는 사람이 온지라 짐을 챙겨 떠났다. 5

리를 가서 벽운사 앞을 지나고, 곧장 5리를 더 내려가 백운사를 지났다. 절 북쪽에서 조그마한 산골물을 건넌 뒤, 동쪽으로 5리를 가서 수전사 뒤를 지났다. 때는 어느덧 어둑어둑해졌다.

3리를 더 가서 적광사의 서쪽을 지나자, 나를 기다렸던 사람이 허리춤에서 밤 같은 돌멩이를 꺼냈다. 그는 돌멩이를 부딪쳐 쑥에 불을 붙이더니, 마른 나뭇가지를 주워 모아 불을 지폈다. 가운데 갈래를 따라 3리를 가서 식음헌의 문을 두드려, 횃불을 내달라 하여 길을 밝혔다. 다시 1리 남짓만에 폭포 동쪽의 등성이를 넘어 북쪽으로 나아갔다가, 3리를 더 가서 실단사에 이르렀다. 홍변 법사는 여강부의 통사[3]를 데려다 만나게 해주었다. 통사는 생백공(生白公)[4]이 나를 초대한다는 편지를 가져왔는데, 출발 날짜를 하루 더 늦추기로 서로 약속했다.

---

1) 명나라 때에는 이해(洱海)를 서이해(西洱海)라고도 일컬었다.
2) 『일통지』에 따르면, 설산(雪山)은 여강부 북서쪽 20여 리에 있는, 일명 옥룡산(玉龍山)을 가리킨다. 지금도 옥룡산이라 일컬으며, 열두 봉우리가 남북으로 늘어서 있는데, 주봉인 선자두(扇子陡)는 해발 5596미터이다. 산 정상에는 일 년 내내 눈이 쌓여 있으며, 100리 너머에서도 눈부신 흰 눈을 볼 수 있다.
3) 통사(通事)는 예전의 통역원을 가리킨다.
4) 생백공(生白公)은 목증(木增)을 가리키며, 생백은 그의 호이다.

정월 21일

아침에 일어나 나는 짐을 묶고서 떠날 채비를 했다. 통사는 구중애를 거쳐 산꼭대기의 유람에 나섰다. 정오가 다 되어 복오 법사가 내게 칠송책자[1]에 시를 써달라고 하고, 홍변 법사는 또한 돌을 갈아 그의 제자인 계선(雞仙) 스님에게 「정문비(靜聞碑)」를 쓰게 했다.

---

1) 칠송책자(七松冊子)는 복오 법사가 계족산에 많이 있는 고송(古松)을 그린 화책(畵冊)일 것이다. 복오 법사는 서하객과 헤어지면서 자신이 그린 고송의 그림에 시나 문장을 써달라고 부탁했던 것으로 보인다.

정월 22일

아침 식사를 한 후, 홍변 법사는 말을 준비하여 나의 출발을 기다리고 있었다. 나는 극구 사양했다. 마침내 통사와 함께 길을 나섰다. 한 사람에게 가벼운 짐을 짊어지고서 따르게 하고, 무거운 짐은 절 안에 맡겨두었다. 다시 이곳으로 되돌아올 작정이었다. 10리를 가서 성봉사를 지났다. 서쪽 갈래의 등성이를 넘어 서쪽으로 4리만에 방광사에 들러, 절에 소장된 불경과 황제의 칙유(勅諭)를 베꼈다. 스님은 나를 붙들어 차를 내왔으나, 마실 겨를이 없어 바로 나왔다.

반타석(盤陀石)이라는 정실이라는 곳에 대해 물어보자, 스님은 북서쪽의 깎아지른 듯한 벼랑의 중턱을 가리켰다. 절 뒤의 층층의 벼랑을 쳐다보니, 화수문과 위아래로 연결되어 한데 합쳐져 있다. 구중애라는 곳은 틀림없이 이곳을 가리켜 일컬은 것이리라. 절이 지어진 뒤 사람들은 화수문이라고만 알고 있을 뿐, 구중애의 자취를 찾다가 찾지 못하자 점두봉의 왼쪽을 구중애로 여겼다. 그러나 산언덕과 골짜기는 자리를 바꿀 수 없다고 누가 말했던가?

절에서 서쪽으로 1리 남짓을 나아가 움푹 꺼진 곳을 오르기 시작했다. 다시 1리 남짓만에 대단히 가파른 길을 올라 등성이를 넘었다. 등성이는 남북으로 서로 이어지고, 동서 양쪽에는 구렁이 나뉜 채 꺼져내린다. 이곳은 도화정이다. 등성이에는 두 개의 패방이 있다. 모두 '빈등분계(賓鄧分界)'라 씌어져 있었다. 이곳은 어느덧 높이 올라와 있었다. 전에 예불대에서 이곳을 바라볼 적에는, 마치 겹겹의 깊은 연못 바닥처럼 보였던 곳이다.

도화정의 서쪽에서 나무숲을 따라 2리를 내려갔다. 길 양쪽에 띠집이 나타났다. 작년 말에 절의 참배객들에게 마실 거리를 팔던 이들이 의탁해 있던 곳인데, 지금은 적막하여 무서운 길이 되고 말았다. 그 앞에 남서쪽으로 갈라져 가는 길은 등천주로 가는 길이고, 쭉 서쪽으로 가는 길은 나천으로 가는 길로서 여강부로 통하는 길이다.

　길을 따라 구불구불 이어져 2리를 내려갔다. 길 북쪽의 북쪽 산 아래에 금화암(金花庵)이라는 암자가 자리하고 있다. 다시 서쪽으로 3리를 내려가자, 잇달아 두 줄기의 산골물이 동쪽에서 서쪽으로 쏟아진다. 모두 도화정의 하류이며, 각기 나무판자로 만든 다리가 가로걸려 있다. 잇달아 다리 남쪽을 넘어 비로소 남쪽 산을 따라 서쪽으로 나아갔다. 1리를 가자 남쪽 산의 등성이에 대성사(大聖寺)라는 절이 자리하고 있다. 절은 서쪽을 향해 있다.

　이에 그 앞에서 등성이를 넘어 남쪽으로 내려가다가 서쪽으로 흐르는 또 한 줄기의 산골물을 만났다. 산골물을 따라 반리를 가자, 산골물은 방금 전에 건넜던 두 곳의 다리 아래의 물길과 함께 골짜기를 돌아들어 북쪽으로 흘러간다. 길은 서쪽으로 뻗어있다. 반리를 가서 남쪽 산의, 북쪽으로 불쑥 튀어나온 움푹 꺼진 곳을 넘었다. 움푹 꺼진 곳의 서쪽에는 비탈이 서쪽으로 가파르게 내려가고, 길은 비탈을 따라 뻗어내린다. 4리를 가자 남쪽 산의 움푹한 평지 사이에 마을이 있다. 이곳은 백사취(白沙嘴)이다.

　백사취를 따라 다시 서쪽으로 2리를 내려가자, 홀연 깊은 구렁이 남쪽에서 북쪽으로 펼쳐져 있다. 물길이 그곳을 가로지르고, 그 위에 다리가 동서로 걸쳐져 있다. 이에 구렁을 푹 꺼져내려와 2리만에 다리 가장자리에 이르렀다. 이곳은 화광교(和光橋)이다. 계족산의 서쪽 기슭은 이곳에 이르러 끝난다. 다리 아래의 물은 남쪽의, 이해 동쪽에 있는 청산의 북쪽 골짜기에서 흘러나왔다가, 이곳에 이르러 꽤 커진다. 이어 북쪽의 도화정에서 흘러오는 물과 합쳐져 대석두에 쏟아져 흘러든다. 여강부의 생백공은 실단사를 짓고 남은 돈으로 이 다리를 세웠으며, 다리 위에 몇 칸짜리 집을 지었다. 이 집에 가서 식사를 했다.

　다리 서쪽에 오솔길이 있는데, 북쪽에서 남쪽으로 뻗은 채 물길을 거슬러 골짜기를 따라간다. 이 길은 낭창위(浪滄衛)에서 대리부(大理府)로 가는 길로서, 한길과는 '십(十)'자 모양으로 교차한다. 한길은 물길을 따라 약간 북쪽으로 가다가 곧장 서쪽의 고개를 올라 빙글 감돌아 오른다. 한길은 때로는 가파르고 때로는 평탄하다. 5리를 가서 움푹 꺼진 곳을 넘어 북서쪽으로 내려가 4리만에 비로소 평탄해진다.

1리를 더 가니 나무성(羅武城)이 나왔다. 이곳에 이르러서야 비로소 움 푹한 평지가 훤히 트였다. 이 산의 서쪽에서부터 움푹한 평지가 동서로 커다랗게 펼쳐져 있더니, 천호영(千戶營)에 이르기까지 움푹한 평지는 둘로 나뉜 채 남북의 움푹한 평지로 바뀐다. 이곳 모두가 나천이라는 곳이다. 전에 산꼭대기에서 서쪽을 바라볼 적에 비취빛이 사람의 옷에 스며들 것만 같았던 곳이 바로 이곳인데, 온통 보리와 누에콩이 자라고 있다. 나무성은 성곽이 없는 채, 그저 조그마한 마을에 지나지 않는다. 마을 북쪽에는 서쪽의 천호영에서 흘러오는 시내가 있다. 곧 남아 하저(河底)의 물인데, 이곳에 이르러 북동쪽의 골짜기로 쏟아졌다가, 화광교 아래를 흐르는 물길과 합쳐져 북동쪽의 대석두를 거친다.

여기에서 남쪽 산을 따라 시내의 남쪽으로 2리를 가자, 시내 북쪽의 산 아래에 백호영(百戶營)이라는 마을이 있다. 다시 서쪽으로 5리를 가자, 시내 북쪽의 가파른 언덕 위에 천호영이라는 마을이 있다. 천호영의 서쪽에는 서쪽의 커다란 산에서 갈라져 남동쪽으로 뻗어내리는 산이 있다. 산은 움푹한 평지 속에 불쑥 솟아 있고, 움푹한 평지는 가운데가 나누어져 있다. 산의 남서쪽에 자리하고 있는 것은 빙글 감아도는 움푹한 평지이며, 이곳의 물길은 조그맣다. 이곳은 서산만(西山灣)이다. 신창(新廠)은 그 남동쪽에 있고, 길은 그 북서쪽으로 뻗어나간다. 산의 북동쪽에 자리하고 있는 것은 멀리까지 펼쳐져 있는 움푹한 평지이며, 이곳의 물길은 커다랗다. 이곳은 중소둔(中所屯)이다. 남아와 북아는 그 북서쪽에 있고, 길은 산의 남서쪽에서 남쪽으로 움푹 꺼진 곳을 넘어 뻗어든다.

여기에서 천호영의 시내를 따라 남쪽으로 돌아들었다. 남쪽의 움푹한 평지로 들어서서 1리 남짓만에 신창에 이르렀다. (모두 모래를 일어 은을 제련하는 곳이다.) 북쪽으로 1리 남짓을 가서 경계를 나누는 산의 남쪽에 이른 뒤, 조그마한 물길을 건너 산의 남쪽을 따라 북서쪽으로 3리를 가서 북쪽의 움푹 꺼진 곳을 넘었다. 여기에서 약간 내려와 서쪽의 커다란 산의 기슭을 따라 북쪽으로 나아갔다. 그 동쪽에 또 남북으로 커다랗게 펼쳐진 움푹한 평지가 이루어져 있다. 이곳은 천호영의 상류이다. 북쪽으로 1리를 가자, 서쪽 산의 비탈에 마을이 기대어 있다. 이곳은 중소둔으로, 등천주와 학경부의 경계가 나뉘는 곳이다. 실단사의 장원 건물이 이곳에 있는지라, 들어가 묵었다. 실단사의 스님이 이미 미리 알려놓았기에, 이곳을 지키는 스님이 가로막지 않았다.

정월 23일

아침에 실단사의 장원에서 식사를 했다. 날이 흐려졌다. 동쪽의 움푹한 평지로 내려와 서쪽 산기슭을 따라 북쪽으로 나아갔다. 2리를 가자, 산갈래의 언덕이 서쪽 산에서부터 또다시 동쪽으로 불쑥 솟아 있다. 그 언덕을 올랐다. 서쪽으로 산을 오르는 갈림길은 남아로 가는 길이며, 요룡동(腰龍洞)이 이곳에 있다. 북쪽으로 움푹 꺼진 곳을 넘어가는 길은 북아로 가는 길이며, 학경부로 가는 한길이 이 길을 따라간다. 이에 앞서 요룡동이라는 이름을 들은 적이 있는지라, 짐과 통사는 한길을 따라 가라 하고서, 송회(松檜, 지명으로, 한길가에 묵어가는 곳이다)에서 만나기로 약속했다.

나는 하인 고씨와 함께 지팡이를 짚고 우산을 든 채, 길을 달리하여 갈림길을 따라 산등성이에서 서쪽으로 올라갔다. 1리를 가서 약간 남쪽으로 돌아들자, 갈림길이 남정(南箐)을 따라 뻗어있기에 의아스럽게 생각했다. 나귀를 몰고 가는 이가 오기를 기다려 물었더니, "저도 남아로 가는 길입니다만, 한길은 여기에서 서쪽의 고개를 넘어내려가는데, 대략 10리길입니다"라고 대답했다. 내가 남정을 따라 가는 갈림길은 무슨 길이냐고 묻자, "그 길은 계명사(鷄鳴寺)로 가는 길입니다"라고 대답했다.

계명사는 어디에 있느냐고 묻자, 그는 손으로 가리키면서 "남정의 양쪽 벼랑 사이에 끼어 있는데, 이 갈림길은 좁아서 다닐 수가 없습니다"라고 대답했다. 그런데 갑자기 어떤 사람이 오더니, "그곳도 경관이 기묘합니다. 설사 이 골짜기를 따라 남쪽의 움푹 꺼진 곳을 넘어가더라도 남아(南衙)에 이를 수 있으니, 이 길로 가운데의 움푹 꺼진 곳을 따라가는 것과 마찬가지입니다"라고 말했다. 나는 그의 말을 듣고서 몹시 기뻐서 "그렇다면 일거양득이겠군요"라고 말했다. 그에게 고맙다고 인사하고서, 이내 갈림길을 따라 남쪽으로 나아갔다.

1리 남짓을 가서 돌아들어 비좁은 벼랑 아래로 들어갔다. 이어 벼랑의 틈새를 기어올라 바위틈을 뚫고 들어갔다. 이 바위는 벼랑 끄트머리에서 드리워져 있는데, 바깥은 마치 코끼리의 코처럼 벼랑 바닥에 박혀 있고, 가운데는 마치 문처럼 굴이 뚫려 있다. 이 문을 통과하면 곧바로 골짜기 안에서 위로 올라간다. 계족산의 속신애와 비슷했다.

골짜기를 올라오니, 위쪽에 벼랑이 휑하니 늘어서 있다. 벼랑은 동굴 모양의 것, 감실 모양의 것, 문 모양의 것, 누각 모양의 것, 잔도 모양의 것 등 갖가지이다. 동굴은 모두 그다지 깊지 않으며, 동굴에 기대어 스님이 전각을 지어놓았다. 왼쪽은 진무각이고, 좀더 왼쪽은 관음감이다. 모두 북동쪽을 향한 채 까마득한 절벽을 굽어보고 있다.

전각 사이에 두 겹의 벼랑이 드리워져 내린다. 모두 코끼리의 코처럼 벼랑 바닥에 내리박혀 있고, 가운데는 문처럼 뚫려 있다. 두 명의 스님이 각기 감실 하나씩을 차지하고 있다. 그들은 손님이 오는 것을 보더니, 깨가 방금 다 익었다면서 함께 식사하자고 초대했다. 나는 두 그릇이나 먹었다. 감실 뒤를 보니 바위등성이에는 사다리를 드리워 올라가도록 해놓은 듯하다. 그래서 맨발로 기어올라보니, 그 위층에 동굴이 매달려 있다. 동굴 속은 텅 비어 있고, 옆의 조그마한 굴로 통해 있다.

벼랑의 좌우로 비좁은 틈새를 따라 고개를 올랐다. 이 길은 남쪽의 움푹 꺼진 곳으로 가는 길이다. 하지만 벼랑이 가팔라서 갈 수 없는지라 다시 내려온 뒤, 동굴문에서 나오자마자 벼랑의 왼쪽으로 돌아들어 남서쪽으로 올라갔다. 고개를 들어보니, 위쪽에는 벼랑이 매달린 채 뻗어있고, 가운데에는 휑한 채 벌레의 발자취처럼 가느다란 갈림길이 있다.

이 길을 따라 기어오르자, 또 하나의 커다란 동굴이 나왔다. 동굴 문은 북동쪽을 향해 있고, 앞에는 돌을 쌓아 만든 평대가 있으며, 패방을 세워 문으로 삼았다. 이곳은 청련계(靑蓮界)이다. 그 왼쪽에 약을 달이는 부뚜막과 비석이 있다. 하지만 글자도, 사람도 없는 채, 가시덤불과 덩굴이 곳곳에 덮여 있는지라, 누가 미처 마치지 못한 일인지 물어볼 길이 없다.

그 오른쪽의, 코끼리의 코처럼 밖으로 드리워진 문을 뚫고서 남쪽으로 나아갔다. 높다랗게 매달린 채 둥글게 말린 만장(挽章)이 있다. 만장 오른쪽의 위쪽 벼랑에는 높고 큼지막한 동굴이 있고, 아래쪽 벼랑에는 두 명의 스님이 거처하는 곳이 있다. 그러나 돌층계가 끊어져 다닐 수 없었다.

이에 계속해서 청련계에서 동쪽 골짜기로 나왔다가 다시 반리를 올랐다. 벼랑과 골짜기는 끝이 나고 산중턱은 평평하게 훤히 트여 있다. 또한 남쪽의 움푹 꺼진 곳에서 동쪽으로 흘러나온 샘물이 평지를 거쳐 흐르다가 벼랑의 오른쪽으로 떨어지고, 또 한 줄기는 평지의 두둑을 이러저리 흐르다가 벼랑의 왼쪽으로 떨어진다. 벼랑은 그 한가운데에 자리하고 있으니, 정신과 마음을 맑게 씻어 주면서, 기이하고 환상적인 경관을 이루고 있다.

평지에서 물길을 거슬러 반리만에 북쪽의 골짜기에 들어섰다. 골짜기 속의 물길은 남쪽으로 쏟아진다. 물길을 거슬러 1리를 갔다. 산골물의 모습은 변함이 없는데, 그 가운데에 커다란 바위가 웅크리고 있다. 바위 아래에는 물이 솟구쳐 물길을 이루고 있으나, 바위 위에는 자갈만이 산골에 쌓인 채 물의 흔적이라고는 전혀 없다. 다시 메마른 산골을 거슬러 북쪽으로 반리를 나아가자, 길은 끊긴 채 띠풀이 뒤덮고 있다. 아마 이 산골물은 서쪽 골짜기에서 흘러오고, 길은 마땅히 북쪽으로 뻗어가리라.

이에 동쪽으로 고개를 올라 벼랑을 기어오르고 가시덤불을 헤치면서 반리를 더 가자, 남쪽에서 오는 길을 만났다. 이 길을 따라 북쪽으로 나아갔다. 반리를 가서 서쪽으로 움푹한 평지를 넘은 뒤, 둔덕을 올라 서쪽으로 가자, 갈림길이 나왔다. 남서쪽 골짜기 속으로 들어서는 길은 꽤 작고, 쭉 북쪽으로 둔덕을 내려가는 길은 제법 널찍하다. 나는 쭉 북쪽으로 뻗어있는 길이 남아로 가는 길임을 마음속으로 짐작했으나, 요룡동이 남서쪽 골짜기에 있지 않을까 싶어 골짜기를 바라보면서 나아갔다. 그러나 반리를 갔으나, 길이 보이지 않았다. 멀리 북서쪽의 산꼭대기에서 사람의 말소리가 들려오기에, 온힘을 다해 고개를 기어올랐다.

1리를 가서 동쪽에서 뻗어오는 길을 만났다. 1리를 더 가서 송아지를 몰고 오는 이를 만나 물어보니, 이 길은 서쪽으로 등성이를 넘어 초석동(焦石峒)에 이르는 길이었다. "요룡동은 어디에 있습니까?"라고 묻자, "이 갈래 고개의 북쪽에 있소만, 고개 북쪽에는 길이 없다오 길을 따라 동쪽의 산을 내려갔다가 북쪽으로 꺾어 남아에 이르러야 갈 수 있소"라고 대답했다. 대체로 이 산의 주요 등성이는 북쪽에서 남쪽으로 뻗어 있다. 등성이의 서쪽에는 초석동(焦石峒)이 있고, 등성이의 동쪽에는 산갈래 하나가 동쪽으로 불쑥 솟아 있다. 그 북쪽의 겨드랑이 중앙이 요룡동이 있는 곳이고, 남쪽 겨드랑이 중앙이 바로 이 길이다.

나는 이에 실망한 채 길을 따라 되돌아나왔다. 동쪽으로 1리를 내려와 북동쪽으로 돌아들어 내려왔다. 다시 1리를 나아가 산기슭에 이르렀다. 이어 기슭을 따라 북쪽으로 나아가 1리를 더 가서 남아에 이르렀다. 남아의 마을은 그다지 크지 않으며, 서쪽 산에 기댄 채 동쪽으로 움푹한 평지를 굽어보고 있다. 이 움푹한 평지는 북쪽의 북아에서 시작되어 남쪽 한 가운데의 움푹 꺼진 곳까지 이르고, 가운데는 대단히 넓다.

대체로 이 일대의 움푹한 평지는 세 차례 굽이돌았다가 세 차례 훤히 트인다. 맨 북쪽의 것은 북쪽의 움푹한 평지로서, 남북으로 뻗어 있으며, 북쪽의 움푹 꺼진 곳의 동쪽에 있는 비좁은 곳을 골짜기 어귀로 삼고 있다. 그 남쪽은 중소둔의 움푹한 평지로서, 역시 남북으로 뻗어 있으며, 강음촌(江陰村)을 골짜기 어귀로 삼고 있다. 그 남쪽은 천호영과 백호영의 움푹한 평지로서, 동서로 뻗어 있으며, 나무촌(羅武村)을 골짜기 어귀로 삼고 있다. 한 줄기의 시내가 이 모두를 가로지르고 있는데, 이 시내를 나천(羅川)이라 일컫는다.

남아의 뒤쪽에서 남서쪽의 산을 올랐다. 돌층계가 매우 널찍했다. 1리 반을 가자, 정자와 집이 산 가운데에 자리하고 있다. 그 옆에는 북숭아꽃과 배꽃이 화사했다. 정자 뒤로 돌층계를 오르자, 절이 나왔다. 문의 편액에 '금룡사(金龍寺)'라 씌어 있다. 문 안쪽에는 누각이 동굴 입구에 자리하고 있다. 이 누각은 앞으로 평평한 들판을 내려다보고, 뒤로는 동굴 바닥을 굽어보고 있다. 경관이 매우 아름답다.

누각의 뒤쪽은 곧 동굴 입구이며, 동굴과 누각은 모두 동쪽을 향해 있다. 동굴 입구는 가파르게 움팬 채 내려간다. 강서성의 석성동(石城洞)과 매우 흡사하다. 서쪽 암벽 위는 봉긋이 덮여 있고, 아래는 툭 트여 넓다. 남쪽과 북쪽은 차츰 빙글 돌아들고, 오직 동쪽만이 층계를 타고 내려올 수 있다. 다섯 길을 내려오자, 바위 하나가 불쑥 솟은 채 동굴 중앙에 자리하고 있다. 서쪽은 높이 치솟아 있고 동쪽은 깎아지른 듯 가파른데, 돌을 쌓아 평대를 만들고, 그 위에 정자를 지어 관음보살을 받들고 있다. 이 정자는 동쪽으로 층층의 돌층계를 마주하고 있으며, 올라가도록 나무다리가 놓여 있다. 서쪽의 동굴 바닥을 굽어보니, 고인 물이 그 아래를 빙 두르고 있다. 검푸른색이 비춧빛에 어려 있다. 광경이 대단히 괴이했다.

급히 다리에서 돌층계로 되돌아와 다리 아래를 뚫고 내려와 평대의 왼쪽을 따라 서쪽으로 내려왔다. 열 길 뒤에야 물가에 닿았다. 물은 서쪽 벼랑의 발치를 움패들고 있으며, 서쪽의 너비는 약 세 길이다. 또한 남북 양쪽은 차츰 끌어안으면서 오그라들지만, 삼면 모두 절벽에 둘러싸여 있고, 옆으로 난 구멍이 없다. 그 사이에 고여 있는 물은, 영락없이 초승달이 희미한 테두리를 껴안고 있는 듯하다. 물속은 깊이가 일정치 않으나, 맑고 투명하기 그지없고, 환하게 다채로운 빛을 비춘다. 안녕(安寧)의 온천과 흡사하다. 얕은 곳에는 푸른빛이 떠 있고, 깊은 곳에는 쪽빛이 드리워져 있다. 손으로 떠서 물맛을 보니, 대단히 차고 달콤하다.

이 동굴은 산의 중턱에 있기에 요룡(腰龍)이라 이름을 짓고, 점잖은 선비가 이 절의 편액에 금룡(金龍)이라 썼다. 참으로 신룡의 궁전이로다. 동굴의 입구는 사발처럼 들려 있고, 아래는 석성동처럼 둥글다. 물은 패옥처럼 삼면을 에워싸고, 바위등성이는 가운데가 마치 늘어뜨린 혀처럼 감아돈다. 석성동과 다른 점이라면, 석성동은 옆으로 통하여 있으나 층계가 없음에 반해, 이곳은 가운데에 물이 고여 있는지라, 반짝반짝 빛나는 기이함은 다른 물이 따를 수 있는 바가 아니다. 한참 뒤에야 동굴 입구로 올라와 앞쪽의 누각을 올랐다. 앞쪽의 기둥과 뒤쪽의 복도는 모두 가지런히 놓여 있는데, 스님이 외출하면서 열쇠를 잠가버렸기에 들어갈 수 없었다.

계속해서 1리 남짓을 가서 남아에 이르렀다. 송회로 가는 길을 물으니, 모두들 가기에는 시간이 촉박하다고 말했다. 이에 온힘을 다해 발걸음을 재촉했다. 남아 뒤쪽에서 서쪽 산을 옆에 끼고서 북쪽으로 나아가 2리를 나아가 북아(北衙)에 이르렀다. 사당이 북아의 남쪽에 자리하고 있으며, 문은 동쪽을 향해 있다. 사당 뒤의 커다란 등성이 위에는 벼랑이 나란히 솟구쳐 있고, 그 사이에서 조그마한 물길이 흘러나온다. 사당의 북쪽에 공관이 있고, 길 양쪽에 자못 홍성한 저자가 늘어서 있다.

동쪽으로 꺾어져 반리를 가자, 저자는 끝이 난다. 대체로 남아와는 대단히 멀리 떨어져 있다. 남아와 북아는 모두 은광의 공장인데, '아(衙)'라고만 일컫는 것은 이곳이 번성하기 때문이리라. 동쪽으로 나아가 남쪽에서 뻗어오는 한길과 합쳐진 뒤, 북쪽으로 1리 남짓을 나아갔다. 저자가 또다시 길 양쪽에 늘어서 있다. 아마 용광로를 두고서 제련하는 곳이리라.

저자를 지나 북쪽의 비탈을 내려가 1리만에 비탈의 바닥에 이르렀다. 남아와 북아 모두가 여전히 산중턱의 움푹한 평지임을 깨달았다. 매우 깊은 골짜기 사이로 커다란 산골물이 북쪽에서 남쪽으로 흐르고 있다. 이곳은 하저(河底)로서, 아마 나천의 상류일 것이다. 서쪽 골짜기에서 지류가 흘러들었다. 물줄기는 꽤 작으며, 그 위에 나무다리가 세워져 있다.

다리를 넘어 북쪽으로 나아가자, 커다란 산골물 위에 돌다리가 걸쳐져 있다. 산골물 속에 거대한 바위가 있다. 이 바위의 동서 양쪽에 다리가 걸쳐져 있고, 바위 가운데에는 관음보살을 모신 전각이 세워져 있다. 다리의 동쪽을 넘어 산골물을 거슬러 북쪽으로 올라가자, 까마득한 벼랑이 길에 기대어 있다. 층계를 감돌아 올랐다. 오른쪽은 벼랑이고 왼쪽은 산골물이며, 아래로는 깊은 못이 움패어 있고 위로는 절벽이 깎아지른 듯 가파르다. 5리를 나아가 평평한 등성이에 올라가니, 메마른 산골이 산꼭대기에 패어 있고, 역시 돌다리가 걸쳐져 있다.

다리를 건너 북쪽으로 나아갔다. 새로 지은 전각이 있고, 물이 넘쳐 흐르는 못이 있으며, 차를 대접하는 정자가 있다. 나는 정자에 들어가 식사를 했다. 스님 한 분이 막 끓인 차를 따르면서, "방금 통사와 짐꾼이 이곳에서 오랫동안 기다렸는데, 앞길이 머니 속히 떠나시라는 말을 남겼습니다"라고 말했다. 아마 이 전각 역시 여강부에서 차를 대접하기 위해 지은 것이기에, 스님이 통사의 명령에 따라 나를 기다렸다가 이 말을 전해준 것이리라. 나는 서둘러 식사를 하고서 허둥지둥 길을 떠나느라, 이곳이 열수교(熱水橋)이고, 전각 앞을 흐르는 것이 바로 뜨거운 물임을 까맣게 잊고 있었다.

열수교의 곁을 따라 또 하나의 돌다리를 지났다. 다리는 산머리에 걸처져 있다. 앞의 다리와 마찬가지로, 아래에 서쪽의 커다란 산골물로 쏟아지는 조그마한 물길이 있다. 다리를 지나 가운데 등성이에서 북쪽으로 나아가니, 동서 양쪽 모두 커다란 산에 끼어 있다. 대체로 서쪽 경계의 커다란 산은 학경부 남쪽에서 뻗어와 칠평(七坪)의 주봉(主峰)에 이르렀다가, 남쪽의 하저의 서쪽에까지 쭉 높다랗게 뻗어온다. 이곳은 노파(魯擺)이다. 칠평에서 동쪽으로 건너뻗었다가 갈래지어 남쪽으로 내려오면, 곧 가운데 등성이와 동쪽 경계의 산이다. 그래서 이 가운데 등성이의 북쪽을 서읍(西邑)이라고도 한다.

대체로 서읍과 노파는 모두 지명인데, 두 산이 각기 두 곳에 가까운지라, 패방을 경계로 명명했다. 가운데 등성이와 노파의 주봉 사이에 낀채 서쪽의 골짜기가 이루어져 있다. 이곳은 하저의 물길이 흘러나오는 곳이다. 아마 칠평의 남쪽에서 발원하리라.

가운데 등성이를 10리 나아가자, 등성이 동쪽 역시 휘감긴 채 가운데가 우묵한 구렁을 이루고 있다. 등성이는 서쪽 골짜기의 동쪽 웅덩이 사이에 매달려 있다. 서쪽에서 불어오는 세찬 바람이 사람을 말아올리려는 듯하다. 다시 3리를 가서 북서쪽의 고개를 올라 1리를 갔다. 고개를 넘어 서쪽으로 나아가 반리만에 북서쪽으로 내려갔다. 1리를 가서 움푹한 평지 속에 이르니, 이곳은 칠평이다. 이곳은 가운데 경계의 건너뻗은 등성이와 서쪽 경계의 커다란 산 사이에 이루어진 평지이며, 하저의 가장 높은 곳이다.

평지 속에서 북쪽으로 2리를 가서야, 건너뻗은 등성이의 비좁은 어귀가 나왔다. 등성이 남쪽에는 두세 채의 민가가 길에 자리하고 있고, 등성이 서쪽에는 마을이 산에 기대어 있다. 복숭아꽃과 배꽃이 화사하게 피어있다. 이때 어느덧 해는 기울어 있는데, 송회까지는 아직도 20리나 떨어져 있었다. 서둘러 비좁은 어귀를 넘어 북쪽으로 나아갔다.

5리를 가자 서쪽 경계를 약간 빠져나왔다. 커다란 산은 여전하다. 동쪽 경계 역시 차츰 좁아지더니 웅덩이를 이루고 있다. 웅덩이 속의 바위구멍은 아래로 움푹 꺼져 있다. 하나하나가 마치 구덩이 같기도 하고 함정 같기도 하다. 길은 동쪽 등성이를 따라 나아가 몇 리를 더 가자, 여러 채의 민가가 북쪽 골짜기의 어귀에 자리하고 있다. 이곳은 금정촌(金井村)이다. 비로소 방금 전에 곳곳에 움푹 꺼진 함정들이 모두 금정이라는 것임을 깨달았다. 비좁은 어귀에 마을을 낀 채, 복숭아꽃들이 생긋 웃듯이 마을 곳곳에 피어나 있다.

마을 북쪽에서 동쪽의 비탈을 내려와 1리를 가자, 길은 차츰 평탄해졌다. 동쪽의 고개등성이를 나아가자, 등성이의 좌우가 차츰 비좁아지더니 움푹한 평지를 이루었다. 등성이를 따라 3리를 나아갔다가, 등성이 북쪽의 꺼져내린 구렁에서 동쪽으로 내려와 1리만에 기슭에 이르렀다. 이곳에 움푹한 평지가 커다랗게 펼쳐져 있다. 세 칸짜리 집이 기슭의 동쪽에 자리하고 있다. 역시 절이다.

그 앞에서 동쪽의 움푹한 평지를 따라 달렸다. 남북으로 높이 솟구쳐 있는 봉우리가 멀리 동쪽에 바라보였다. 햇빛이 봉우리 끝부분에 비치니, 한 점의 붉은 꽃 같은 태양은 마치 허공에 들려 있는 연꽃봉오리와 같다. 대체로 서쪽의 산은 병풍처럼 높다랗게 뻗어있고, 동쪽 봉우리는 어지러이 솟구쳐 있다. 해가 서산에 기운 채 동쪽 산을 되비치니, 동쪽 산의 낮은 곳은 햇빛이 이미 물러간 채 푸른빛을 띠고 있으며, 동쪽 산의 높은 곳은 해가 아직 비추어 붉은빛이 넘실거린다. 붉은빛에 푸른빛이 더해진 채 산을 빙 두르는지라, 산뜻하고 아름다운 느낌이 더욱 들었다. 세상에 전해지기를 학경부에 '석보지이(石寶之異)'가 있고, '서쪽에는 아침놀 비치고, 동쪽에는 저녁놀이 비추네'라고 하더니, 바로 이러한 의경이로다.

동쪽으로 2리를 달려 몇 채의 민가를 지났다. 동쪽으로 1리를 더 가자, 꺼져내린 구렁은 산골을 이루어 남동쪽으로 뻗어간다. 이에 북쪽으로 꺾어져 둔덕 한 곳을 넘은 뒤 1를 더 나아갔다. 서쪽 산의 기슭에 공관이 있고, 그 좌우에 마을이 보이기 시작했다. 이곳이 송회인 줄은 알

겠는데, 어디에 머물러야 할지 알 수 없었다.

다시 북쪽으로 반리를 가자, 짐꾼이 마을의 문에 기대어 있다가 나를 불렀다. 이에 들어갔는데, 날은 어느덧 캄캄했다. 이 집의 주인은 성이 하(何)씨이고 강서성 사람이다. 그의 선친이 공장의 감독으로 파견된 관원이기에 이곳에 살고 있었다.

정월 24일

동틀 녘에 송회에서 식사를 하고서, 북쪽의 산골짜기에 들어섰다. 송회의 남쪽에는 산이 빙글 감돌면서 커다란 구렁을 이루고 있으나, 물은 보이지 않는다. 산골물의 형태를 보건대, 남동쪽으로 흘러가는 듯하다. 송회의 북쪽에는 산이 차츰 사이에 끼더니 움푹한 평지가 되고, 조그마한 물길이 남쪽으로 흘러간다. 5리만에 비탈을 오르니, 파라장(波羅莊)이 나왔다. 산은 서쪽의 커다란 산에서 건너뻗은 등성이를 따라 동쪽으로 뻗어있다. 등성이는 그다지 높지 않으나 물은 남북 양쪽으로 갈라진다.

다시 북쪽으로 5리를 나아갔다. 북쪽의 움푹한 평지를 바라보니, 마을이 높거니 낮거니 서쪽의 커다란 산에 기대어 있다. 이곳은 산장(山莊)이다. 여기에서 북쪽으로 내려가 조그마한 시내를 따라 북쪽으로 나아갔다. 5리길을 가는 동안, 마을이 들쑥날쑥 나타나고, 복숭아꽃과 살구꽃이 흐드러지게 피어 있다. 오래지 않아 곧장 북쪽 산 아래에 이르니, 남쪽 산에 기대어 사는 이들이 있다. 이곳은 삼장(三莊)의 하저촌(河底村)이다.

마을 북쪽의 시내는 서쪽에서 동쪽으로 흐른다. 시냇물 한 줄기는 삼장(三莊)의 서쪽 골짜기에서 흘러오고, 다른 한 줄기는 하저촌(河底村)의 남쪽 골짜기에서 흘러온다. 두 물길 모두 가느다랗다. 또 다른 한 줄기는 북서쪽의 커다란 산골짜기에서 흘러온다. 이 세 줄기는 모두 하저촌의 북쪽에서 합쳐져 동쪽으로 흘러가고, 그 위에 정자가 딸린 다리가 걸쳐져 있다. 다리 북쪽은 곧 용주산(龍珠山)의 남쪽 기슭이다.

용주산은 지금은 상면산(象眠山)이라 일컫는데, 서쪽의 커다란 산의 동쪽에서 갈래지어 동쪽으로 뻗어나와, 곧바로 동쪽의 커다란 산의 서쪽 기슭에 이어져 있다. 산 북쪽에 있는 서쪽의 커다란 산은 곧 주봉의 등성이로서, 북쪽에서 남쪽으로 뻗어 있다. 산 북쪽에 있는 동쪽의 커다란 산은 곧 봉정산(峰頂山)으로서, 역시 북쪽에서 남쪽으로 뻗어 있다. 이 사이에 남북으로 움푹한 평지가 커다랗게 이루어져 있다.

여강부(麗江府)에서 남쪽으로 흘러내리는 양공강(漾共江)은 학경부의 부성의 동쪽을 감돌아 남쪽으로 이곳까지 흘러왔다가, 용주산에 가로막혀 흘러갈 곳이 없어지자 봉정산의 기슭에서 용주산을 따라 서쪽으로 돌아들어 용주산 뼈마디의 동굴로 찾아들어간다. 그 속으로 파고든 물은 마디마디에 스며드는데, 모두 108개 동굴에 스며들고서야 그친다.

(토박이들의 이야기에 따르면, 예전에 굴다(屈多)라는 신통한 스님이 동쪽 산봉우리 꼭대기에서 수도하고 계셨다. 학천(鶴川) 일대가 온통 물에 잠겨 물바다를 이루고도 물이 빠져나갈 곳이 없었다. 그는 지팡이와 염주를 손에 들고 산을 내려와 물이 통하도록 만들고자 했다. 길을 가다 한 부인을 만났는데, 손에 표주박을 들고서 "법사님은 어디를 가십니까?"라고 묻자, 법사는 자신이 하고 싶은 일을 말해주었다. 그러자 부인은 이렇게 말했다. "그대의 바람은 비록 원대하나 공력이 아직은 부족한 듯합니다. 시험삼아 이 표주박을 물속에 던져 표주박이 되돌아오면 성공할 것이나, 그렇지 않으면 더욱 힘써 정진하지 않으면 안됩니다." 법사는 부인의 말을 믿지 않은 채 표주박을 들어 물속에 던졌는데, 표주박은 물위에 둥둥 떠서 흘러가버렸다. 얼마 후 과연 그의 바람은 이루어지지 못했다. 봉우리로 되돌아와 온 마음을 다해 20년간 수양한 후, 표주박을 물에 던지니 던질 때마다 되돌아왔다. 이에 염주를 물속에 뿌리고서 염주가 멈추어 있는 곳마다 지팡이로 내리치자, 손가는 곳마다 물이 통하게 되었다. 이리하여 마침 108개의 동굴을 얻게 되었으니, 이는 염주의 숫자대로이다. 지금 토박이들은 법사의 신력에 감사드려, 여러 동굴 위에 절을 세워 그의 은덕에 보답하고 있다. 『일통지』에는 '굴다(屈多)'라고 써어 있으나, 토박이들은 마가타(摩伽陀)라고 한다.)

여러 동굴의 물은 산허리에서 하나로 합쳐진 뒤, 용주산 남동쪽 기슭에서 함께 쏟아진다. 한길은 하저교를 지나자 곧바로 용주산을 넘어 북쪽으로 뻗어 있다. 한길은 물이 드나드는 동굴과는 만나지 않는데, 동굴이 모두 그 동쪽에 있기 때문이다. 나는 다리 북쪽에서 물길을 따라 동쪽으로 내려가 오솔길로 잡아들었다. 물이 흘러나오는 동굴까지 가보고 싶은지라, 통사와 짐꾼에게는 한길을 따라 가라고 했다. 짐꾼이 "오솔길은 찾기 힘들 터이니, 차라리 함께 가는 게 나을 것입니다"라고 말했다. 아마 그의 집이 물이 드는 동굴의 북쪽에 있기에 오솔길로 가는 편이 편하기 때문이리라.

나는 더욱 기뻐하여, 함께 동쪽의 시내를 따라 용주산의 남쪽을 나아갔다. 1리를 가서 시내 남쪽으로 넘었다가 반리만에 다시 시내 북쪽으로 건넜다. 길은 비좁기 짝이 없는데, 시내 양쪽 모두에 사람이 살고 있었다. 다시 동쪽으로 반리를 가자, 풍밀하(楓密河)는 남동쪽의 골짜기로 쏟아져 흘러가고, 길은 북동쪽의 용주산 갈래의 고개를 넘어간다. 두 차례 오르내렸다가 북동쪽의 고개를 감돌아 4리를 가자, 길은 점차 위로 올라간다.

남동쪽의 깊은 골짜기를 굽어보니, 물이 골짜기에 부딪치면서 세차게 흐르고 있다. 이 물길은 동굴을 빠져나와 한데 합쳐진 물이다. 이 물은 남쪽의 골짜기 바닥을 달리다가 풍밀하의 물과 합쳐진 뒤, 남동쪽의 봉정산의 남쪽 골짜기를 거쳐 금사강으로 흘러든다. 그러나 걷는 길이 대단히 높은데다 물동굴은 겹겹의 벼랑 아래에서 물을 흘려보내는지라, 아무리 굽어보아도 동굴이 보이지 않았다.

통사와 짐꾼에게 길가에 앉아 기다리라 하고서, 나는 하인 고씨와 함께 골짜기를 꺼져내려 남동쪽으로 내려갔다. 반리를 내려가도 길이 보이지 않아 풀숲과 바위 사이에서 머뭇거렸다. 이어 동쪽의 대나무숲으로 돌아들어 반리를 갔다가, 다시 남쪽으로 반리를 에돌아서야 산골물 바닥으로 내려왔다. 서쪽으로 물길을 거슬러 가시덤불을 헤치고 들어가 반리를 가자, 커다란 바위들이 층층이 산골물속에 겹겹으로 쌓여 있고, 물은 바위틈새를 따라 넘쳐흐른다. 나는 커다란 바위 위에 앉았다. 그저 물과 바위가 틈새를 다투는 것이 보일 뿐, 동굴은 보이지 않았다. 물이 눈송이처럼 튀어오르고 우레처럼 울리면서 사방에서 엇섞이지만, 어디에서 흘러나온 물인지 알 수 없었다.

한참만에 다시 왔던 길을 되짚어 올라갔다. 1리 남짓을 가서 위쪽으로 가까이 에돌았다가 바위를 기어 이리저리 뛰어오르고, 다시 반리를 가서 한길에 올라 북동쪽으로 올라갔다. 반리만에 골짜기로 돌아들자, 뒤에서 부르는 이가 있기에 돌아보니 통사와 짐꾼이었다.

이에 북쪽으로 반리를 가서 바위 사이를 비집고 올랐다. 북쪽의 등성이를 지나자, 비로소 북쪽에 양쪽의 산이 문처럼 펼쳐져 있는 것이 보였다. 그 가운데에 움푹한 평지가 빙 둘러 펼쳐져 있고, 그 동쪽을 양공강이 두르고 있다. 또 한줄기의 조그마한 물길이 그 북서쪽을 가로지르고 있다. 두 줄기 모두 등성이 아래에 이르러 있는지라 보이지 않았다. 이 양쪽 산의 북쪽에 낀 채로 멀리 북동쪽 모퉁이에 내던져진 것이 바로 여강부의 구당관(邱塘關)이 자리잡은 곳이며, 양공강의 물이 흘러나오는 곳이다.

이에 북쪽으로 산을 내려와 1리 남짓만에 산기슭에 이르렀다. 기슭 사이에는 절이 매달려 있고, 절의 문은 북쪽을 향해 있다. 그 아래는 물이 들어오는 동굴이다. 절에 들어갈 겨를이 없어 서둘러 물길에 대해 알아보았다. 방금 보았던 동굴에는 서쪽에서 흘러온 조그마한 물길이 흘러들고, 그 동쪽의 평지 한 길 남짓 너머에는 동쪽에서 흘러오는 양공강이 흐른다. 양공강은 여러 차례 동굴을 흘러들었다가 나뉘어 떨어지더니, 이곳에 이르러 마침내 끝이 난다. 이른바 108개의 동굴은 모두 동쪽에 있다.

그래서 나는 물길의 북쪽을 넘어 동쪽으로 물길을 거슬러 나아갔다. 벼랑 아래에서 동굴 한 곳과 만나는 물길을 보았다. 물은 문득 동굴을 휘감아돌아 마치 항아리 주둥이로 떨어지듯 아래로 흘러들고, 우렁찬 소리를 내고 있다. 각각의 동굴은 먼 것은 한 길 남짓이고, 가까운 것은 지척일 따름이다. 얼마 지나지 않아 다시 절 앞으로 올랐다가 북쪽으로 서쪽에서 흘러오는 조그마한 물길을 건넜다. 물길 위에 조그마한 돌다리가 걸쳐져 있다. 북쪽으로 1리를 가자, 평평한 언덕 사이에 전미촌(甸尾村)이라는 마을이 자리하고 있다. 짐꾼의 집은 이곳에 있다. 마을로 들어가 복숭아꽃 아래에서 식사를 했다.

식사를 한 후 북서쪽으로 3리 남짓을 가서 남쪽에서 뻗어오는 한길로 들어섰다. 이 길은 하저교의 북쪽에서 고개를 넘어가는 길이다. 여기에서 서쪽 산을 따라 다시 북쪽으로 5리를 가자, 장강포(長康鋪)라는 동네가 나타난다. 남서쪽 골짜기에서 흘러오는 강물 위에 거대한 돌다리가 걸쳐져 있고, 다리 남쪽에 비석이 세워져 있다. 이 다리는 학천교(鶴川橋)이다. 대체로 학천은 한 줄기 하천의 통칭인데, 이 다리만 유독 이 이름을 차지한 것은 이 다리가 이 하천에서 으뜸이기 때문이다. 다리 북쪽에 갈림길이 있는데, 물길을 거슬러 남서쪽으로 나아가면 대리부로 가는 한길이 나온다. 그래서 다리 북쪽에 가게가 차려져 있다.

다리를 지나 반리를 채 가지 않아 장강관(長康關)이 나왔다. 길 양쪽에는 집들이 늘어서 있다. 이날은 장날이라, 장을 보는 이들이 모여들어 있다. 전미촌에서 이곳에 이르기까지 마을이 여기저기 흩어져 있다. 집은 매우 가지런하고, 복숭아꽃과 흐르는 물이 그 사이를 감돌아 엇섞여 있다. 그 서쪽은 조하사(朝霞寺) 봉우리이고, 이 봉우리는 정동쪽의 석보산(石寶山)과 마주하고 있다. 여기에서 길은 북동쪽으로 돌아들었다. 8리 남짓을 더 가서 학경부(鶴慶府) 남문에 들어섰다.

성은 그다지 높지 않은데, 성문 안의 문묘(文廟)는 웅장하고도 가지런했다. (토박이들의 이야기에 따르면, 이 문묘는 운남성에서 으뜸이며, 역시 여강부의 목공이 천금을 찬조하여 지은 것이라고 한다.) 문묘에서 북동쪽으로 반리를 나아가자, 약간 동쪽에 학경부의 치소가 있다. 치소의 서쪽에서 다시 북쪽으로 반리를 나아가 고루(鼓樓)를 나오니, 새로 지은 성의 북문이다. 그 북쪽은 옛 성이며, 이곳에 수비대가 있다. 북쪽으로 반리를 더 가서 옛 성의 북문을 나와, 약간 서쪽으로 굽어졌다가 북쪽으로 1리를 갔다. 이 어 동쪽으로 굽어졌다가 북쪽으로 4리를 가자, 길 동쪽에 연무장이 나 타났다.

연무장의 서쪽에서 다시 북쪽으로 5리를 가서 마을 한 곳을 지났다. 5리를 더 가니, 대판교(大板橋)가 나왔다. 다리 아래를 흐르는 물은 제법 크고 물이 고여 있으며, 서쪽에서 동쪽의 양공강으로 흘러든다. 이때 걷 는 길은 교외의 움푹한 평지에 자리하고 있다. 동쪽 산 아래로는 강물 이 따라 흐르고, 서쪽 산 아래로는 마을이 기대어 있다. 이 다리에서 북 쪽으로 나아가는 길은, 길을 쌓은 돌이 온통 천을 짜듯 이빨처럼 삐죽 삐죽 깔려 있다. 붓자루의 반토막을 세워놓은 듯하여 자갈길을 걷기가 몹시 힘들었다.

북쪽으로 6리를 더 가니, 소판교(小板橋)가 나왔다. 다리는 대판교보다 작고 물길도 버금가지만, 물살은 세찬 듯하다. 북쪽으로 7리를 더 가서 전두촌(旬頭村)의 신둔(新屯)에 이르렀다. 마을이 꽤 번성하다. 약간 동쪽 으로 돌아들자, 공사인 왕(王)씨의 집이 나타났다. 들어가 묵기로 했다.

(공사 왕씨는 현재 사천성四川省의 훈도[1]이다. 그의 손자는 나에게 이렇게 말했다. "이곳 북서쪽의 산중턱에 대단히 기묘한 청현동青玄洞이 있고, 아래에는 출수용담出水 龍潭이 있으며, 북쪽에도 흑룡담黑龍潭이 있습니다. 만약 서쪽 산을 따라 나아가시면, 모두 다 구경하실 수 있습니다." 이날 풍밀촌에 이르러 묵으려고 했으나, 날이 저문지 라 이곳에서 묵기로 했다.)

---

1) 훈도(訓導)는 명나라와 청나라 때의 학관(學官)의 일종으로, 각 부(府)와 주(州), 현 (縣)에는 학교에 훈도를 두었으며, 훈도의 지위는 교유(敎諭)에 버금가는데, 재학 중 인 생원을 관리하는 책임을 맡았다.

정월 25일

동틀 녘에 식사를 하고서 길을 떠났다. 북쪽으로 2리를 나아가 풍밀촌에 이르렀다. 마을이 역시 번성한데, 전두촌은 여기에서 끝난다. 대체로 북서쪽에 높은 언덕 한 갈래가 있다. 이 언덕은 남동쪽으로 드리워져 내리다가 동쪽 산의 문필봉 아래에 바짝 붙으며, 강물 역시 굽이져 동쪽으로 흘러간다. 높은 언덕이 갈라지는 곳의 겨드랑이에는 흑룡담의 물길이 있다. 이 물길은 서쪽의 커다란 산에서 흘러나와 남쪽으로 흐르다가, 풍밀(馮密)에 이르러 높은 언덕의 남쪽을 따라 동쪽의 양공강으로 쏟아진다. 학경부와 여강부는 이 물길을 경계로 삼는다고 한다.

풍밀촌 서쪽에는 벼랑가에 절이 높다랗게 솟아 있다. 이곳은 청현동(靑玄洞)이다. 나는 그곳을 바라보다가 들어가려 했다. 그런데 통사가 돌아올 때 들르자고 통사정을 하면서, "내일은 6이 들어간 날이니 주인께서 나와 일을 보시겠지만, 이날이 지나면 조용히 양생하면서 나오지 않으실 겁니다"라고 말했다. 이에 나는 그를 따라 곧바로 북쪽의 언덕을 올랐다.

4리를 가자, 길이 비스듬히 '차(叉)'자 모양으로 교차하고 있다. 이곳은 삼차황니강(三岔黃泥岡)이다. 언덕의 남서쪽 겨드랑이 속에 소나무와 대나무가 이어진 채 꺼져내린다. 이곳은 흑룡담이 있는 곳이다. 여기에서 북서쪽의 산은 황량한 바위뿐으로 민숭민숭하고, 북동쪽의 산은 한두 곳의 조그마한 마을이 그 아래에 기대어 있을 뿐, 언덕등성이를 휘둘러보니 온통 띠풀뿐이다.

다시 북쪽으로 1리를 가자, 초소가 나왔다. 네댓 채의 민가가 언덕에 자리하고 있는데, 이미 여강부의 관할지역이다. 북쪽으로 언덕 위를 나아가 8리를 더 갔다가 내려왔다. 그 북동쪽의 움푹한 평지에는 물이 휘감아 굽이돌고, 밭두둑이 에워싸고 있다. 1리를 내려오니, 몇 채의 민가가 서쪽 산에 기대어 있고, 그 앞에 길이 나 있다. 이곳은 칠화남촌(七和

南村)이다.

다시 북쪽으로 2리를 가자 관사처럼 잘 정비된 집이 있으니, 이곳은
칠화(七和)의 관세소이다. (장사하러 드나드는 이들은 모두 이곳에 세금을 낸다. 칠
화는 여강부의 지명이며, 구화九和, 십화十和 등의 명칭도 있다.) 그 북쪽에 새로 지
은 대저택이 있다. 이곳은 목공의 둘째 아들이 사는 곳이다.

저택 앞에서 북쪽으로 나아가다가 고개 한 곳을 감돌아 북쪽으로 7
리를 갔다. 이어 차츰 북서쪽으로 돌아드니, 북쪽 산 위에 있는 구당관
이 보인다. 양공강의 물은 이미 깊은 구렁 속에 움패든지라 보이지 않
는다. 이곳의 길 북쪽에 바위산이 치솟아 있고 벼랑이 겹겹인데, 비록
높지는 않지만, 커다란 산과 함께 그 사이에 골짜기를 이루고 있다.

골짜기 사이를 따라 북서쪽으로 올라 1리만에 동쪽으로 건너뻗은 등
성이를 넘었다. 다시 북서쪽으로 2리 남짓을 간 뒤, 북쪽의 말라붙은 구
렁으로 내려와 가로질러 반리를 갔다가, 다시 북쪽의 언덕을 올랐다. 북
서쪽으로 언덕 위를 반리 올라갔다가 북쪽으로 반리만에 조그마한 다
리 하나를 건넌 뒤, 반리를 나아가 북쪽의 산에 올랐다.

이 산은 서쪽에서 동쪽으로 뻗어오는 서쪽의 커다란 산갈래에 자리
하고 있는데, 이곳에 이르러 다시 가로로 봉우리 하나를 겹겹이 이루고
있다. 그 주요 갈래는 남쪽으로 돌아들어 내려가고, 잔갈래는 동쪽으로
쭉 뻗어내려 동쪽 산에 바짝 다가서 있다. 여강부의 남북 양쪽 산에 가
로막힌 물은 동쪽 산의 골짜기를 뚫고 흘러나와 양공강을 이룬다. 이렇
게 보니, 이 산은 참으로 여강부의 요충지이다. 여강부에서는 언덕등성
이에 관문을 설치하여 출입을 엄격히 통제했으며, 아울러 동쪽 자락에
탑을 세워 물길의 어귀를 지키도록 했다. 산 아래에 나 있는 한길은 약
간 동쪽으로 굽이졌다가 탑 옆으로 올라가며, 오솔길은 벼랑을 올라 쭉
북쪽으로 뻗어오른다.

나는 오솔길을 따라 나아갔다. 온통 가파른 바위들이 겹겹이 드리워
져 있다. 바위 모서리는 칼끝처럼 날카롭고 깎아지른 듯 가파르며, 허공

에 매달린 채 굽이져 있다. 단번에 2리를 올라가자, 동쪽에서 뻗어오는 한길과 합쳐졌다. 어느새 산의 등성이에 와 있었다. 이곳에 세 칸짜리 집이 남동쪽을 향한 채 자리하고 있다. 가운데는 훤히 트인 채 문을 이루고 있으며, 앞에는 두 마리의 돌사자가 놓여 있다. 이 안에 몇 가구의 수비병이 살고 있다.

드나드는 자들은 목공의 명령을 받들지 않으면, 마음대로 다닐 수 없다. 멀리서 온 사람은 반드시 발걸음을 멈춘 채 문지기가 들어가 보고한 후에, 들어오라는 명령이 내려져야 들어갈 수 있다. 그래서 통안주(通安州) 등의 여러 지주(知州)들은 조정에서 이곳으로 파견되면, 모두 성안에 머문 채, 이 문을 들어오는 이가 없다. 설사 황제의 명령이 이를지라도, 모두 여기에서 맞으러 나갈 뿐, 직접 들어갈 수는 없다. 순방사와 감사 위원들도 모두 들어갈 수 없다. 나는 목공의 사자가 명을 받들어 맞이한 덕분에, 직접 들어갈 수 있었다.

관문에 들어가 서쪽 산을 따라 북쪽으로 나아가 2리만에 구렁으로 내려갔다. 구렁 바닥을 건넌 뒤 비탈을 올라 북쪽으로 1리를 나아가 약간 북동쪽으로 산을 내려갔다. 다시 북동쪽으로 비탈 사이를 2리 가로질렀다가 비로소 북쪽으로 돌아들었다. 2리만에 목가원(木家院)의 동쪽을 지났다. 북쪽으로 2리를 더 가서 조그마한 다리를 지나자, 흙언덕 한 갈래가 남서쪽의 커다란 산의 등성이로부터 갈라져나온다. 언덕은 빙 둘러 북동쪽으로 뻗어가다가 동쪽 산의 기슭까지 이르러 양공강의 상류를 가로막는다.

언덕의 남쪽에서 그 위로 오르니, 이곳은 동원리(東圓里)이다. 북쪽의 고갯마루를 나아갔다. 남서쪽의 커다란 등성이를 바라보고, 남동쪽의 시냇물을 굽어보니, 모두 몇 리 너머에 있다. 6리를 가서 내려갔다. 둔덕 북쪽에는 평탄한 들판이 드넓게 펼쳐져 있고, 골짜기 사이에는 움푹한 평지가 종횡으로 나 있다. 언덕 아래에는 한 줄기 물길이 서쪽의 문필봉에서 움푹한 평지의 남쪽을 감돌아 오고, 그 위에 돌다리가 걸쳐져 있다. 이 다리는 삼생교(三生橋)이다.

다리를 지나자 그 북쪽에 패방이 두 개 서 있고, 그 옆에는 수비병의 집이 한두 채 있다. 여기에서 평탄한 들판 사이로 북서쪽으로 나아갔다. 북쪽을 바라보니, 설산이 겹겹의 움푹한 평지 너머에 바라보였다. 흰 눈이 설산의 꼭대기에 장막을 두르고, 구름이 뭉게뭉게 피어오른다. 맑고 투명한 빙설은 보이지 않았다.

서쪽을 바라보니, 커다란 구렁의 남쪽에 오룡(烏龍)이 뾰족하고 가파르게 홀로 우뚝하다. 커다란 등성이의 으뜸인지라, 여강부의 사람들이 이곳을 문필봉이라 일컫는다. 길 북쪽에 움푹한 평지가 깊고도 그윽하게 북동쪽으로 뻗어있다. 이곳은 동쪽의 움푹한 평지이다. 그 안에는 남쪽으로 흘러내리는 물길이 있는데, 만자교(萬字橋) 아래를 흐르는 물이 북서쪽에서 흘러오다가 이 물길과 합쳐진다. 이 물길은 삼생교 아래를 흐르는 물과 함께 구당관 동쪽으로 흘러나온다.

모두 5리를 가자, 아름드리 버드나무가 밭 사이에 우뚝 서 있다. 토박이들이 버들을 꺾어 전송하는 곳이다. 길 북쪽의 만자교 아래의 물은 감돌아 동쪽으로 흘러가고, 물길 북쪽의 상면산(象眠山)은 이곳 남쪽에 이르러 끝난다. 서쪽으로 2리를 더 가서 상면산의 남서쪽 자락을 따라 가니, 집들이 한데 모인 채 비탈을 휘감고 골짜기에 이어져 있다. 이곳이 여강부가 있는 곳이다.

여기에서 반리를 나아가 돌다리를 건너 북쪽으로 나아가다가, 다시 서쪽으로 반리를 가서 통사의 집에서 걸음을 멈추었다. (통사의 집안은 성이 화和씨이다. 대체로 여강부의 토박이로서, 벼슬살이로서의 성은 목木씨이고, 백성으로서의 성은 화和씨이며, 더 이상 다른 성은 없다. 그의 아들은 곧바로 우리 일행을 맞아주었다. 그의 부친은 일찍이 명을 받들어 도성에 사신으로 간 적이 있는데, 지금은 외국 물품을 사들이는 일을 생업으로 삼고 있다.) 그는 나를 이층에 앉히고, 시큼한 우유를 술로 내놓았다. 나는 입에 댈 수조차 없었다. 이때 겨우 정오를 막 지난 때이었다. 통사는 곧바로 결과를 보고하러 갔고, 나는 그의 집에서 그를 기다렸다.

동쪽 다리의 서쪽으로 나아가 1리를 가면, 만자교라는 서쪽 다리가
있는데, 흔히 옥하교(玉河橋)라고 일컫는다. 다리 아래에서 남쪽으로 흐
르는 상비수(象鼻水)는 중해(中海)의 물과 합쳐진 뒤, 동쪽 다리로 쏟아진
다. 대체로 상비수를 토박이들은 옥하(玉河)라고 일컫는다. 옥하의 서쪽
에 조그마한 산이 우뚝 솟아 있는데, 상면산의 남쪽 끄트머리와 함께
시내를 사이에 둔 채 솟아 있다.

그 뒤쪽은 훤히 트인 채 북쪽의 움푹한 곳을 이루고 있으며, 움푹한
평지에는 조그마한 산이 마치 중문(中門)의 표지처럼 자리하고 있다. 앞
쪽에 가로놓인 구렁을 굽어보니, 상비수는 그 동쪽을 끼고 있으며, 중해
의 물길은 그 서쪽을 거쳐 흐르면서 뒤로는 설산에 기대어 있고 앞으로
는 문필봉을 껴안고 있다. 이곳은 산 가운데에서 유독 작은 곳으로서,
여강부의 치소는 그 남쪽에 자리한 채, 동쪽으로 옥하를 굽어보고 있다.
뒤로 장막 같은 산꼭대기를 올라가면 이른바 황봉(黃峰)이라는 곳이 나
온다. 흔히 천생채(天生寨)라고 일컫기도 한다.

목공은 이곳에서 이천년을 지냈으며, 궁실의 화려함은 제왕과 겨룰
만하다. 대체로 막강한 군대가 닥치면 고개 숙여 속박을 받아들였다가,
군대가 물러나면 야랑[1]처럼 스스로 대단하다고 여겼다. 대대손손 커다
란 전쟁이 없었던 데다가, 광물 생산이 유달리 번창한 덕분에, 여러 토
부(土府) 가운데 가장 부유하다고 한다.

---

1) 야랑(夜郎)은 중국 남서부 지구의 옛 나라 명칭이다. 지금의 귀주성의 북서부 및 운
남성, 사천성의 일부 지역을 차지하고 있었다.

정월 26일

아침에 자그마한 누각에서 식사를 했다. 통사의 부친의 이야기에 따르면, 목공은 내가 왔다는 소식을 듣고서 몹시 기뻐했으며, 즉시 내일 아침에 해탈림(解脫林)[1]에서 만날 수 있도록 하라고 명령했다고 한다. 여러 시중드는 이들에게 이레 동안의 양식을 준비하여 따르도록 알렸다고 한다. 아마 이레 동안 환대할 모양이다.

---

1) 해탈림(解脫林)은 여강부의 북서쪽, 설산의 남서쪽 기슭에 위치한 절로서, 명나라 천계(天啓) 연간에 이 이름을 하사받았으며, 지금은 복국사(福國寺)라고 일컫는다.

정월 27일

보슬비가 내렸다. 통사의 자그마한 누각에 앉아 지난 일을 더듬어 일기를 썼다. 이곳의 살구꽃은 시들기 시작하는데, 복숭아꽃은 이제 갓 피어나고 있다. 아마 더 북쪽이어서 춥기 때문이리라.

정월 28일

통사의 이야기에 따르면, 목공은 말을 준비시키고, 오후에는 해탈림으로 가겠노라고 했다고 한다. (해탈림은 북쪽의 움푹한 평지의 서쪽 산 중턱에 있다. 아마 설산이 남쪽으로 뻗어내린 갈래일 터인데, 여강부의 여러 절 가운데 으뜸이다.)

정월 29일

아침에 일어나니, 식사 준비가 매우 일렀다. 통사는 말을 준비한 채, 해탈림에 가기 위해 기다리고 있었다. 비로소 서쪽 다리를 지나 여강부의 치소 앞에서 북쪽으로 올라, 황봉(黃峰)의 동쪽 기슭을 끼고서 북쪽으로 나아갔다. 이어 북쪽의 움푹한 평지를 따라 5리를 나아가자, 동쪽의 상면산이 바라보였다. 비로소 옥하의 상류와 헤어졌다.

5리를 더 가서 말라붙은 산골물의 돌다리를 지나 서쪽의 중해(中海)를 바라보았다. 언덕에는 버들이 늘어지고 물결이 일렁거리며, 그 위에 큰 마을이 굽어보고 있다. 이곳은 십화원(十和院)이다. (그 뒤가 바로 십화산十和山인데, 설산에서 남쪽으로 뻗어내린 줄기이다.) 다시 북쪽으로 10리를 가자, 한 길이 북쪽으로 뻗어있다. 한길은 백사원(白沙院)으로 가는 길이고, 북서쪽으로 다리를 건너는 길은 해탈림으로 가는 길이다. 다리 아래의 산골물은 자못 깊으나, 물이 한 방울도 없다.

다리를 건넌 후, 서쪽 산을 따라 나아가 5리를 가니, 애각원(崖脚院)이 나왔다. 이곳에는 민가들이 한데 모여 있는데, 집 모퉁이마다 두 개의 조그마한 깃발이 꽂혀 있다. 이곳은 파사[1]의 집이다. 애각원 북쪽으로 반리를 가자, 산골물이 서쪽 산골짜기에서 흘러나오고, 그 위에 나무다리가 걸쳐져 있다. 다리를 건너 북서쪽의 고개로 오르는 길은 충전(忠甸)으로 가는 한길이고, 다리 남쪽에서 시내를 거슬러 서쪽의 고개로 오르는 길은 해탈림으로 가는 길이다.

이에 다리 남쪽에서 서쪽으로 고개를 올랐다. 고개가 대단히 가파르다가, 2리를 가자 약간 평탄해졌다. 남쪽 골짜기로 꺾어 들어서서 반리를 가자, 서쪽 산위에 절이 기대어 있다. 절의 문은 동쪽을 향해 있고, 앞쪽에 한 갈래가 나뉘어 안산을 이루고 있다. 이곳이 곧 해탈림이다. 절 남쪽의 언덕 위에 별장 하나가 절 뒤에 가까이 붙어 있다. 목공은 이곳에서 휴식을 취하고 있었다.

통사가 나를 문으로 안내하자, 두 명의 대파사가 다가오더니 두 손을 모아 인사를 했다. (두 사람 모두 성이 화和씨이다. 한 사람은 문사文事를 담당하는데, 도성에 가서 상소문을 올리는 일을 한 적이 있으며 진지대陳芝臺를 만난 적도 있다. 다른 한 사람은 무사武事를 담당하는데, 체격이 대단히 건장하고 얼굴이 거무스름하며,

참으로 사나운 용사이다.) 나를 데리고 들어갔다.

목공은 이문(二門)을 나와 나를 그의 안방으로 맞아들였다. 서로 예를 갖추어 인사를 나누는데, 대단히 정성스러웠다. 판자 위에는 자리가 깔려 있다. 주인이 판자에 앉는 것이 이 일대에서 가장 정중한 예절이다. 한참동안 이야기를 나누면서 차를 세 차례나 바꾸어 마셨다. 내가 자리에서 일어서자, 목공은 바깥 응접실 문까지 배웅하면서, 통사에게 해탈림으로 모셔서 장경각(藏經閣)의 오른쪽 곁방에 묵도록 하라고 명령했다. 절의 주지는 운남 사람인데, 주인의 뜻을 얼른 눈치 채고서 손님을 환대했다.

---

1) 파사(把事)는 원래 일을 잘 처리하고 세상물정에 밝은 수완가나 전문가를 의미한다. 여기에서 파사는 토부(土府)의 일을 맡아보는 관리를 가리키며, 직급에 따라 대파사(大把事), 이파사(二把事) 등이 있었다.

원문

己卯正月初一日 在雞山獅子林莘野靜室. 是早天氣澄澈, 旭日當前. 余平明起, 禮佛而飯, 乃上隱空、蘭宗二靜室. 又過野愚靜室, 野愚已下蘭宗處. 遂從上遡平行而西, 入念佛堂, 是爲白雲師禪棲之所, 獅林開創首處也. 先是有大力師者, 苦行淸修, 與蘭宗先結靜其下, 後白雲結此廬與之同棲, 乃獅林最中, 亦最高處. 其地初無泉, 以地高不能剡木以引. 二師積行通神, 忽一日, 白雲從龕後龍脊中垂間, 劚石得泉. 其事甚異, 而莫之傳. 余入龕, 見石脊中崿爲崖, 崖左有穴一龕, 高二尺, 深廣亦如之. 穴外石倒垂如簷, 泉從簷內循簷下注, 簷內穴頂中空, 而水不從空處溢, 簷外崖石峭削, 而水不從削處墜, 倒注於簷, 如貫珠垂玉. 穴底匯方池一函, 旁皆菖蒲茸茸, 白雲折梅花浸其間, 淸冷映人心目. 余攀崖得之以爲奇, 因詢此龍脊中垂, 非比兩腋, 何以泉從其隆起處破石而出? 白雲言: "昔年剜石得之, 至今不絶." 余益奇之. 後遇蘭宗, 始徵其詳. 乃知天神供養之事, 佛無誑語, 而昔之所稱卓錫、虎跑, 於此得其徵矣. 龕前編柏爲欄, 茸翠環繞, 若短屛迴合. 階前繡墩草,1) 高圓如疊, 跏趺其上, 蒲團2)錦茵皆不如也. 龕甚隘, 前結松棚, 方供佛禮懺. 白雲迎余茶點, 且指余曰: "此西尙有二靜室可娛, 乞少延憩, 當瀹山蔬以待也." 余從之. 西過竹間, 見二僧坐木根曝背, 一引余西入一室. 其室三楹, 乃新闢者, 前甃石爲臺, 勢甚開整, 室之軒几, 無不精潔, 佛龕花供, 皆極精嚴, 而不見靜主. 詢之, 曰: "白雲龕禮懺司鼓者是." 余謂此僧甚樸, 何以有此? 乃從其側又上一龕, 額曰'標月', 而門亦局. 乃返過白雲而飯. 始知其西之精廬, 卽悉檀體極師所結, 而司鼓僧乃其守者. 飯後, 又從念佛堂東上, 躡二龕. 其一最高, 幾及嶺脊, 但其後純崖無路, 其前則旋崖層疊, 路宛轉循之, 就崖成臺, 倚樹爲磴, 山光懸繞, 眞如躡鷺嶺3)而上也. 龕前一突石當中, 亦環倚爲臺, 其龕額曰'雪屋', 爲程還筆, (號二游, 昆明人, 有才藝.) 而門亦局. 蓋皆白雲禮懺諸靜侶也.

又東稍下, 再入野愚室, 猶未返, 因循其東攀東峽. 其峽自頂下墜, 若與九重崖爲分塹者. 頂上危巖疊疊, 峽東亘巖一支, 南向而下, 卽悉檀寺所倚之支也. 其東卽九重崖靜室, 而隔此峰峽, 障不可見. 余昔自一衲軒登頂, 從其東攀巖隙直上, 惟此未及經行, 乃攀險陟之. 路漸窮, 抵峽中, 則東峰石壁峻絶, 峽下壑崩懸, 計其路, 尙在其下甚深. 乃返從來徑, 過簾泉翠壁下, 再入蘭宗廬. 知蘭宗與野愚俱在玄明精舍, 往從之. 玄明者, 寂光之裔孫也. 其廬新結, 與蘭宗靜室東西相望, 在念佛堂之下, 莘野山樓之上. 余先屢過其旁, 翠餘罨映, 俱不能覺; 今從蘭宗之徒指點得之, 則小閣疏櫺, 雲明雪朗, 致極淸雅. (閣名雨花, 爲野愚筆.) 諸靜侶方坐嘯其中, 余至, 共爲淸談瀹茗. 日旣昃, 野愚輩乃上探白雲, 余乃下憩莘野樓. 薄暮, 蘭宗復來, 與談山中諸蘭若4)緣起, 並古德5)遺蹟, 日暮不能竟.

1) 수돈초(繡墩草)는 세엽맥동(細葉麥冬), 서대초(書帶草), 연계초(沿階草)라고도 하며, 흔히 맥문동(麥門冬)이라고 한다. 백합과의 여러해살이 풀로, 줄기는 높이가 30~50 ㎝이고, 뿌리는 짧고 굵으며, 잎은 선 모양으로 부추 잎과 비슷하다. 열매는 검푸른 색을 띠고 있으며, 덩이뿌리는 약재로 쓰인다.
2) 포단(蒲團)은 스님이 좌선하거나 참배할 때에 사용하는 깔개이며, 부들로 짜고 둥근 모양인지라 포단이라 일컫는다.
3) 취령(鷲嶺)은 흔히 불사(佛寺)를 가리키는데, 여기에서는 항주의 영은사(靈隱寺) 앞에 있는 비래봉(飛來峰)을 가리킨다.
4) 란약(蘭若)은 범어의 '아란약(阿蘭若)'의 약칭으로서 고뇌와 번뇌가 없는 청정한 곳을 의미하며, 흔히 사원을 가리킨다.
5) 고덕(古德)은 불교도의 선배에 대한 존칭이다.

初二日 飯於莘野, 卽再過蘭宗, 欲竟所徵, 而蘭宗不在. 愛玄明雨花閣精潔, 再過之, 仍淪茗劇談. 遂扶筇西一里, 過望臺嶺. 此嶺在獅林之西, 蓋與旃檀嶺爲界者, 亦自嶺脊南向而下, 卽大覺寺所倚之岡也, 自獅林西陟其嶺, 卽可望見絶頂西懸, 故以'望'名. 與其西一里, 又夾墼爲塢, 諸靜室緣之, 層累而下, 是爲旃檀嶺. 先是雞山靜室, 祇分三處, 中爲獅子林, 西爲羅漢壁, 東爲九重崖, 而是嶺在獅林、羅漢壁之間, 下近於寂光, 故寂光諸裔, 又開建諸廬, 遂繼三而爲四焉. 蓋其諸廬在峽間, 東爲望臺嶺, 西爲旃檀嶺, 此嶺又與羅漢壁爲界者, 又自嶺脊南向而下, 卽寂光寺所倚之支也, 是爲中支. 蓋羅漢壁之東, 迴崖自嶺脊分隤南下, 旣結寂光, 由其前又南度東轉, 爲觀音閣、息陰軒, 峙爲瀑布東嶺, 於是又度脊而南, 爲牟尼庵, 又前突爲中嶺, 若建標於中, 而大士閣倚其端, 龍潭、瀑布二水口交其下, 一山之脈絡, 皆以茲爲綰轂[1]云.

逾望臺嶺西三里, 由諸廬上盤墼而西三里, 又盤嶺而南, 北轉一里, 北崖皆揷天盤雲, 如列霞綃, 而西皆所謂羅漢壁也, 東自旃檀嶺, 西至仰高亭峽, 倒揷於衆墼之上, 當其東垂之襵者, 幻空師結廬處也. 眞武閣倚壁足, 其下曲徑縱橫, 石級層疊, 師因分箐爲籬, 點石爲臺, 就閣而憩焉. 其下諸徒闢爲叢林, 今名碧雲者也. 余前已訪幻空返, 憶閣間有陳郡侯[天工]詩未錄, 因再過錄之. 師復款談甚久, 出果餉之榻間. 閣兩旁俱有靜室旁通, 皆其徒所居, 而無路達西來寺, 必仍下碧雲.

由山門西盤崖坡, 又一里半, 北上半里, 抵壁足, 則陝西僧明空所結庵也, 今名西來寺. 北京、陝西、河南三僧, 俱以地名, 今京、陝之名幾並重. 以余品之, 明空猶俗僧也. 其名之重, 以張代巡鳳翮同鄉, 命其住持絶頂迦葉殿, 而沐府又以中和山銅殿移而界之, 故聲譽赫然. 然在頂而與河南僧不協, 在西來而惟知款接朝山男婦, 其識見猶是碧雲諸徒流等, 不可望幻空後塵²⁾也. 然其寺後倚絶壁, 雲幕霞標, 屛擁天際, 巍峭大觀, 此爲第一. 寺西有萬佛閣, 石壁下有泉一方, 嵌崖倚壁, 深四五尺, 闊如之, 潴水中涵, 不盈不涸. 萬峰之上, 純石之間, 匯此一脈, 固奇, 但不能如白雲龕之有感而出, 垂空而下, 爲神異耳. 觀其水色, 不甚澄澈, 寺中所餐, 俱遙引之西峽之上, 固知其益不如白雲也. 寺東有三空靜室, 亦倚絶壁. 三空與明空俱陝人, 爲師兄弟, 然三空頗超脫有道氣, 留余飯其廬, 已下午矣. 自西來寺東至此石壁尤竦峭, 寺旁崖迸成洞, 其中崆峒, 僧悉以遊騎塡駐其中, 不可攔入, 深爲悵恨. 又有峽自頂剖窪而下, 若雲門劍壁, 嵌隙於中, 亦爲偉觀. 僧取薪於頂, 俱自此隙投崖下, 留爲捷徑, 不能藉爲勝槪也.

既飯, 復自寺西循崖而去, 二里, 崖盡而爲峽, 卽仰高亭之上也. 先是余由絶頂經此下, 逐從大道入迦葉寺, 不及從旁岐東趨羅漢壁, 然自迦葉寺迴眺崖端, 一徑如線痕, 衆寶如雲蓋, 心甚異之, 故不憚其晚, 以補所未竟. 然其上崖石雖飛嵌空懸, 皆如華首之類, 無可深入者. 乃返, 從西來、碧雲二寺前, 東過旃檀, 仍入獅林, 至白雲龕下, 尋玄明精舍. 誤入其旁, 又得一龕, 則翠月師之廬也. (悉檀法眷.)³⁾ 前環疏竹, 右結松蓋爲亭, 亦蕭雅有致, 乃少憩之. 逐還宿莘野樓, 已暮矣.

---

1) 관곡(綰轂)은 바퀴통에 바퀴살이 연결되듯 사방팔방을 연결하고 제어하는 교통의 요충지를 의미한다.
2) 후진(後塵)은 행진할 때 뒤에서 일어나는 먼지를 의미하며, 흔히 남의 뒤에 있음을 비유한다.
3) 법권(法眷)은 함께 수도하는 도우(道友)를 의미하는 불교 용어이다.

初三日 晨起, 飯. 荷行李將下悉檀, 蘭宗來邀, 欲竟山中未竟之旨, 余乃過其廬, 爲具盒具餐, 遍徵山中故跡. 旣午, 有念誠師造其廬, 亦欲邀過一飯. 蘭宗乃輟所炊, 同余過念誠. 路經珠簾、翠壁下, 復徙倚久之. 蓋蘭宗所結廬之東, 有石崖傍峽而起, 高數十丈, 其下嵌壁而入, 水自崖外飛懸, 垂空灑壁, 歷亂縱橫, 皆如明珠貫索. 余因排簾入嵌壁中, 外望蘭宗諸人, 如隔霧牽綃, 其前樹影花枝, 俱飛魂濯魄, 極罨映之妙. 崖之西畔, 有綠苔上翳, 若絢彩鋪絨, 翠色欲滴, 此又化工之點染, 非石非嵐, 另成幻相者也. 崖旁山木合沓, 瓊枝瑤乾, 連幄成陰, 雜花成彩. 蘭宗指一木曰: "此扁樹, 曾他見乎?" 蓋古木一株, 自根橫臥丈餘, 始直聳而起, 橫臥處不圓而扁, 若側石偃路旁, 高三尺, 而厚不及尺, 余初疑以爲石也, 至是循視其端, 乃信以爲樹. 蓋石借草爲色, 木借石爲形, 皆非故質矣.

東半里, 飯於念誠廬. 別蘭宗, 南向下之字曲, 半里, 又入義軒廬. 義軒, 大覺之派, 新構靜室於此, 乃獅林之東南極處也. 其上爲念誠廬, 最上爲大靜室, 卽野愚所棲, 是爲東支. 莘野樓爲西南極處, 其上爲玄明精舍, 最上爲體極所構新廬, 是爲西支. 而珠簾之崖, 當峽之中, 傍峽者爲蘭宗廬, 其上爲隱空廬, 最上爲念佛堂, 卽白雲師之廬也, 是爲中支. 其間徑轉崖分, 綴一室卽有一室之妙, 其盤旋迴結, 各各成境, 正如巨蓮一朵, 瓣分千片, 而片片自成一界, 各無欠缺也.

從義軒廬又南向"之"字下, 一里餘, 過天香靜室. 天香, 幻住庵僧也, 其年九十, 余初上覓莘野廬, 首過此問道者. 又南一里, 過幻住庵, 其西卽蘭陀寺也, 分隴對衡, 獅林之水, 界於左右, 而合於其下焉. 又南下一里餘, 二水始合, 渡之卽爲大乘庵. 由澗南東向循之, 半里, 水折而南, 復逾澗東南下, 一里, 過無我、無息二庵. 其下卽爲小龍潭、五花庵, 已在悉檀寺右廓之外, 而岡隴間隔. 復逾澗南過迎祥寺, 乃東向隨澗行, 一里, 抵寺西虎砂, 卽前暗中摸索處也. 其支自蘭陀南來, 至迎祥轉而東, 橫亙於悉檀寺之前, 東接內突龍砂, 兜黑龍潭於內, 爲悉檀第一重案. 其內則障獅林之水, 東向龍潭; 其外則界旃檀之水, 合於龍潭下流, 而脈遂止於此焉. 於是又北逾澗

半里, 入悉檀寺, 與弘辨諸上人相見, 若幷州故鄉¹⁾焉. 前同莘野乃翁由寺
入獅林, 寺前杏花初放, 各折一枝攜之上; 旣下, 則寺前桃亦繽紛, 前之杏
色, 愈淺而繁, 後之桃醲, 更新而豔, 五日之間, 芳菲²⁾乃爾. 睹春色之來天
地, 益感浮雲之變古今也.

---

1) 당나라의 승려 시인인 가도(賈島)의 「도상건(渡桑乾)」에 "却望幷州是故鄉"이란 시구
가 보인다.
2) 방비(芳菲)는 화초의 향기롭고 아름다운 모습을 가리킨다.

初四日 飯於悉檀, 卽攜杖西過迎祥、石鐘二寺. 共二里, 於石鐘、西竺之
前, 逾澗而南, 卽前山所來大道也. 余前自報恩寺後渡溪分道, 誤循龍潭溪
而上, 不及過大士閣出此, 而行李從此來. 顧僕言大士閣後有瀑甚奇, 從此
下不遠, 從之, 卽逾脊. 脊甚狹而平, 脊南卽瀑布所下之峽, 脊北卽石橋所
下之澗, 脊西自息陰軒來, 過此南突而爲牟尼庵, 盡於大士閣者也. 脊南大
路從東南循嶺, 觀瀑亭倚之. 瀑布從西南透峽, 玉龍閣跨之. 由觀瀑亭對崖
瞰瀑從玉龍閣下隤, 墜崖懸練, 深百餘丈, 直注峽底, 峽逼箐深, 俯視不
能及其麓. 然踞亭俯仰, 絶頂浮嵐, 中懸九天, 絶崖隤雪, 下嵌九地, 兼之霽
色澄映, 花光浮動, 覺此身非復人間, 天台石梁, 庶幾又向曇花亭上來也.
時余神飛玉龍閣, 遂不及南下問大士閣之勝, 於是仍返脊, 南循峽端共一
里, 陟瀑布之上, 登玉龍. 其閣跨瀑布上流, 當兩山峽口, 乃西支與中支二
大距湊拍處, 水自羅漢華嚴來, 至此隤空下搗. 此一閣正如石梁之橫翠, 鵲
橋之飛空, 惜無居人, 但覺沓然有花落水流¹⁾之想. 閣爲楊冷然師孔所題,
與觀瀑亭俱爲蔣賓川爾弟所建. 有一碑臥樓板, 偃踞而錄之.

遂沿中支一里, 西上息陰軒. 從其左北逾澗, 又北半里, 入大覺寺, 叩遍
周老師. 師爲無心法嗣, 今年屆七十, 齒德兩高, 爲山中之耆宿.²⁾ 余前與之
期以新旦往祝, 而獅林遲下, 又空手而前, 殊覺怏怏. 師留餐於東軒. 軒中
水由亭沼中射空而上, 沼不大, 中置一石盆, 盆中植一錫管, 水自管倒騰空
中, 其高將三丈, 玉痕一縷, 自下上噴, 隨風飛灑, 散作空花. 前觀之甚奇,

卽疑雖管植沼中, 必與沼水無涉, 況旣能倒射三丈, 何以不出三丈外? 此必別有一水, 其高與此並, 彼之下, 從此墜, 故此上, 從此止, 其伏機[3]當在沼底, 非沼之所能爲也. 至此問之, 果軒左有崖高三丈餘, 水從崖墜, 以錫管承之, 承處高三丈, 故倒射而出亦如之, 管從地中伏行數十丈, 始向沼心豎起, 其管氣一絲不旁泄, 故激發如此耳. (雁宕小龍湫下, 昔有雙劍泉, 其高三尺, 但彼則自然石竅, 後爲人斫竅而水不涌起. 是氣泄之驗也. 余昔候黃石齋於秣陵,[4] 見洪武門一肆盒中, 亦有水上射, 中有一圓物如丸, 跳伏其上, 其高止三尺, 以物色黃君急, 不及細勘, 當亦此類也.) 旣飯, 錄碑於西軒. 軒中山茶盛開, 余前已見之, 至是折一技. 別遍周, 西半里, 過一橋, 又北上坡一里, 入寂光寺. 寺住持先從遍周東軒同餐, 至此未返. 余錄碑未竟, 暝色將合, 攜紙已罄, 乃返悉檀. 又從大覺東一探龍華、西竺二寺, 日暮不能詳也.

---

1) 당나라의 이백(李白)의 「산중문답(山中間答)」이란 시에 "복숭아 꽃 흐르는 물따라 아득히 떠나가니, 인간 세상이 아닌 별천지라네(桃花流水杳然去, 別有天地非人間)"라는 구절이 있다.
2) 기숙(耆宿)은 나이가 많고 덕망이 높은 이를 가리킨다.
3) 복기(伏機)는 어떤 일을 가능케 하는 잠재 요인 혹은 숨겨진 메커니즘을 의미한다.
4) 말릉(秣陵)은 명대에 설치된 관(關)의 명칭으로, 지금의 강소성 남경시의 남쪽 50리에 위치하여 있다.

初五日 暫憩悉檀寺. 莘野乃翁沈君, 具柬邀余同悉檀諸禪侶, 以初六日供齋獅林. 是日遂不及出.

初六日 悉檀四長老飯後約赴沈君齋 : 沈君亦以獻歲周花甲, 余乃錄除夕下榻四詩爲祝. 仍五里, 至天香爐側, 又躡峻二里而登莘野樓, 則白雲、翠月、玄明諸靜侶皆在. 進餐後, 遂同四長老遍探林中諸靜室. 宛轉翠微間, 天氣清媚, 茶花鮮嬌, 雲關翠隙, 無所不到. 先過隱空, 爲留盒茗. 過蘭宗、野愚, 俱下山. 過玄明, 啜茗傳松實. 過白雲, 啜茗傳茶實. (茶實大如芡實, 中有肉白如榛, 分兩片而長, 入口有一陣涼味甚異. 卽吾地之茗實, 而此獨可食. 聞感通寺最佳, 不易得也. 間有油者辣口.) 過體極靜廬, 預備茶盒以待. 下午, 仍飯於莘野樓. 四長老强余騎, 從西垂下二里, 過蘭陀寺西, 從其前東轉, 乃由幻住前下坡, 四里, 歸悉檀.

初七日 晨起, 大覺寺遍周令其徒折柬來招, 余將赴之, 適艮一、蘭宗至, 又有本寺復吾師自摩尼寺至, (復吾, 鶴慶人, 以庠士爲本無高徒. 今主摩尼, 間歸本刹, 乃四長老之兄行也. 有子現在鶴庠.) 野愚師又至, 遂共齋本刹. 下午, 野愚、蘭宗由塔盤往大士閣, 余赴大覺之招. 小食後, 腹果甚, 遂乘間往寂光, 錄前所未竟碑. 仍飯於大覺, 而還悉檀宿.

初八日 飯後, 四長老候往本無塔院, 蓋先期以是日祭掃也, 余從之. 由寺左龍潭東下一里, 又過一東腋水南行半里, 則龍砂內支, 自東而西突, 與中支大士閣之峰, 夾持於悉檀之前, 其勢甚緊. 悉檀左右前後諸水, 俱由此出. 路由嶺坳南度, 余同弘辨、莘野特西探其嶺. 隔峽西眺, 中支南突, 至此而盡, 大士閣倚其下, 乃天然鎖鑰, 爲悉檀而設者也. 仍還由大路, 循東嶺而南, 半里, 爲靜聞瘞骨處, 乃登拜之.

又南一里, 則龍砂外支, 又自東嶺分突而西, 與西支傳衣之峰對, 亦夾持於悉檀之前, 其勢甚雄. 大士閣東龍潭諸水, 閣西瀑布諸水, 悉由此而出. 此嶺爲一山之龍砂, 而在悉檀爲尤近, 卽雞足前三距中之東南支也. 其脈自絕頂東亙, 屏立空中, 爲羅漢壁、獅子林、點頭峰、九重崖後脊. 中支由羅漢壁下墜而止於大士閣, 東支由九重崖東南環爲此嶺, 若臂之內抱, 先分一層爲內砂, 與中支大士閣對, 又紆此層爲外砂, 與西支傳衣後峰對. 其勢自東而西突, 其度脊少坳如馬鞍, 故昔以馬鞍嶺名之. 余初入雞山抵大覺, 四顧山勢, 重重迴合, 叢林淨室, 處處中懸, 無不恰稱, 獨此處欠一塔, 爲山中缺陷. 及至悉檀, 遙顧此峰尤奇, 以爲焉得阿育王大現神通於八萬四千中,[1] 分一靈光於此. 旣晤弘辨, 問: "仙陀何在?" 曰: "在塔盤." 問: "塔盤何在?" 則正指此山也. 時尚未豎塔心, 不能遙矚, 自後則瞻顧如對矣.

人謂雞山前伸三距, 惟西支長, 而中東二支俱短, 非也. 中支不短, 不能獨
懸於中, 令外支環拱. 西支固長, 然其勢較低, 蓋虎砂正欲其低也. 若東支
之所謂短者, 自其環抱下墜處言之, 則短, 自其橫脊後擁處言之, 則甚長而
崇, 非西支之可並也. 蓋西支繚繞而卑, 虎砂也, 而卽以爲前案; 東支夭矯
而尊, 龍砂也, 而兼以爲後屏, 皆天設地造, 自然之奇, 擬議所不及者也. 塔
盤當峰頭, 在馬鞍中坳之西, 有大路在馬鞍之間, 則東南下雞坪關者; 有岐
路在馬鞍之東, 則東北向本無塔院者. 時塔盤工作百餘人, 而峰頭無水, 其
東峰有水甚高, 以中坳不能西達, 乃豎木柱數排於坳中, 架橋其上以接之.
柱高四丈餘, 刳木爲溝, 橫接松杪. 昔聞霄漢鵲橋, 以渡水也, 今反爲水渡,
抑更奇矣. (大覺則抑之地中以倒射, 此則浮之空中使交通, 皆所謂顚倒造化也.) 由坳
東向循峰, 則雞山大脊之南盡處也. 其前復開大洋, 分支環抱, 又成一向,
可謂靈山面面奇矣.

共二里, 登謁本無塔. 塔甚偉, 三塔並峙, 中奉本公舍利, 左右則諸弟子
普、同二塔也. 左爲塔院, (有亭有廡, 而無守者.) 可憩可棲. 諸靜侶及三番僧[2]
皆助祭, 余則享餕[3]焉. 時同祭者, 四長老外, 則白雲、復吾、沈公及莘野
諸後裔俱集. 若蘭宗、艮一, 則本公雁行, 故不至云. 祭後, 仙陀、純白又
攜祭品往祭馬鞍嶺北三塔, 遂及靜聞. 下午, 還過塔盤, 叩仙陀, 謝其祭靜
聞也.

---

1) 부처님이 열반하시자 시신을 다비한 후, 제자들이 부처님의 사리를 나누어 여덟 개
   의 탑을 세웠는데, 이것은 근본팔탑(根本八塔)이라 한다. 이후 인도를 통일하고 불교
   를 신봉했던 아육왕(阿育王, B.C. 272~232. Asoka왕)은 근본팔탑 가운데 일곱 개의
   탑을 헐어 그 안에 있던 사리를 꺼낸 다음, 이것을 나누어 팔만 사천 개의 탑을 세
   웠다고 한다.
2) 번승(番僧)은 라마승을 의미한다.
3) 준(餕)은 제사음식이나 남이 먹다 남긴 음식을 의미한다.

初九日 晨餐後, 余卽攜杖西行. 三里, 過息陰軒. 軒在中支之脊, 大覺寺之
前案也, 爲本無師靜攝處. 額爲斂憲[1]馮元成[時可]所書. [篛竹軒, 亦曰息

陰, 以本無從箁竹披剃也.] 其前有三岐: 從左渡澗, 趨大覺、寂光; 從右渡澗, 趨傳衣, 下接待; 從後直上, 則分渡右澗, 或由慧林而上聖峰, 或陟西支而抵華嚴焉. 余乃先半里從右渡, 轉而東上南嶺, 半里, 盤其東崖之上, 卽瀑布之西峰也. 於是循之南行, 東矖中支之大士閣在其下, 東支之塔盤嶺對其上. 平行三里, 乃東轉隨坡下, 一里, 則傳衣寺東向倚山之半. 其北先有止止庵, 嘿庵眞語所建, 傳衣大機禪師之友也. 又南爲淨雲, 徹空眞炳所建. 又南有彌陀、圓通、八角三庵, 皆連附於傳衣寺者, 而八角名之最著, 以昔有八角亭, 今改創矣. 八角開創於嘉靖間, 爲吉空上人所建. 其南卽爲傳衣寺, 寺基開爽, 規模宏拓, 前有大坊, 題曰'竹林淸隱', 乃直指毛堪(蘇州毛具茨也.)所命, 頗不稱. 上又一直指大標所題古松詩, 止署曰'白岳'. 古松當坊前, 本大三圍, 乃龍鱗, 非五鬣也. 山間巨松皆五鬣, 聳幹參天, 而老龍鱗頗無大者, 邃以糾挐見奇. 幹丈五以上, 輒四面橫枝而出, 枝大倅於乾, 其端又倒垂斜攫, 尾大不掉, 幹幾分裂. 今築臺擁幹, 高六七尺, 又植木支其橫枝, 僅免於裂, 亦幸矣. 由梯登臺, 四面橫枝倒懸於外, 或自中躍起, 或自巓垂颺, 其紛糾翔舞之態, 不一而足, 與天台翥鳳, 其一類耶?

坊聯曰: "花爲傳心開錦繡, 松知護法作虯龍." 爲王元翰聚洲筆. 門聯曰: "峰影遙看雲蓋結, 松濤靜聽海潮生." 爲羅汝芳近溪筆. 差可人意, 然羅聯'濤''潮'二字連用, 不免疊牀之病, 何不以'聲'字易'濤'字乎? 寺昔爲圓信庵, 嘉靖間, 李中谿元陽爲大機禪師宏創成寺, 其徒印光、孫法界, 戒律一如大機. 萬曆辛丑元日, 毁於火, 法界復鼎建之, 視昔有加. 先是余過止止庵, 一病僧留飯, 坐久之, 見其方淅米, 乃去, 飯於淨雲僧覺心處, 邃入參寺中, 入其西藏經閣. 閣前山茶樹小而花甚盛, 爲折兩枝而出. 乃東北下峽中, 一里, 有垣圍一區, 濬山爲池, 畜金魚於中, 結茅龕於上者, 亦傳衣之裔僧也. 雲影山光, 以一泓印之, 不覺潭影空心. 又東北下半里, 抵峽底, 則瀑布之下流也, 去瀑布已一曲. 昔從瀑上瞰, 不見其底, 今從峽底涉, 亦不見其瀑. 峽西有草廬茮畦, 則猶傳衣之蔬圃也. 峽中水至是如引絲, 反不如懸瀑之勢巨矣.

渡澗, 乃東上坡, 一里而至大道, 則大士閣之側也. 閣倚中支南突之半, 其前有坊有樓, 歷級甚峻, 後爲閣, 飛甍疊棟, 上供大士, 左右各有樓, 其制亦敞. 乃萬曆丙午, 直指沈公所建, 選老僧拙愚者居之, 命曰三摩寺. 余錄碑閣下, 忽一僧慇懃款曲, 問之, 乃拙公之徒盧宇也. 盧宇又爲蘭宗之派, 今拙公沒, 盧宇當事. 昨野愚、蘭宗宿此, 想先道余, 故盧宇一見倦倦,[2] 且留宿. 余以日暮碑長, 許之. 令顧僕返悉檀, 乃下榻於西樓之奧室.

---

1) 첨헌(僉憲)은 첨도어사(僉都御史)의 미칭(美稱)이며, 첨도어사는 명대에 도찰원(都察院)에 설치한 관직으로서 부도어사(副都御史) 아래에 놓여 있었다.
2) 권권(倦倦)은 간절하고 충직한 모양을 가리킨다.

初十日 晨起盥櫛, 而顧僕至, 言弘辨師遣僧往麗江已行, 蓋爲余前茅[1]者. 余乃候飯, 卽從寺右大道北上, 二里, 陟中支之脊, 有庵踞其上, 曰车尼庵. 其前松影桃花, 恍有異致. 庵後卽觀瀑亭, 迴瞰瀑布, 眞有觀不足之意. 仍溯中支二里, 過息陰軒, 從其後直西一里, 又南下渡澗西行, 已在大覺寺蔬圃之南矣. 蓋大覺蔬圃當中支之後, 中支至是自北轉東, 其西有二流交會, 卽瀑布之上流也. 一自羅漢壁東南下, 一自華嚴東北流, 二水之交, 中夾一支, 其上爲慧林庵, 乃西南支東出之旁派, 聖峰白雲寺所倚者也. 華嚴之路, 又從圃東渡其下流. 乃從澗南溯之西上, 一里半, 漸逾支脊. 其南復有一澗, 與西支東走之脊隔. 又從其澗北溯之西上, 一里餘, 見脊上有塚三四, 後有軒樓遺構, 與塚俱頹. 此脊乃西支余派, 直送而出, 無有環護, 宜其然也. 由塚西復下峽, 其峽復有二 : 在南者, 自西支法照寺南發源, 東下經華嚴寺北, 至此而與北澗合; 在北者, 自西支法照寺北發源, 東下經毗盧寺北, 至此而與南澗合. 二水之交, 中夾一支, 爲華嚴寺北向之案, 亦西南支東出之旁派, 毗盧、祝國二寺所倚者也. 涉北澗, 有二岐 : 隨澗西行者, 爲祝國、毗盧道; 由支端登脊而上, 溯南澗之北西行者, 爲華嚴道. 余乃登脊, 瞰南澗行. 一里, 有亭橋橫跨澗上, 乃華嚴藉爲下流之鑰也. 度橋, 始爲西南本支, 又西半里而得華嚴寺. 寺當西南支之脊, 東北向九層崖而峙, 地迥向異,又山中一勝也. 蓋雞山中東二支, 及絶頂諸刹, 皆東南二向, 曾無北拱者, 惟此寺迴首返照, 北大山諸林刹, 歷歷倒湧, 亦覺改觀. 規模亦整, 與傳衣伯仲. 嘉靖間, 南都古德月堂開建, 其徒月輪, 以講演名, 萬曆初, 聖母[2]賜藏. 後遭回祿.[3] 今雖重建, 紺宇[4]依然, 而法範寂寥矣. 寺東有路, 東行山脊, 乃直達傳衣者. 由寺前峽上西行, 半里, 復有亭橋橫跨澗上, 卽東橋上流也. 寺左右各有橋有亭, 山中之所僅見.

過橋, 又陟其北向餘支, 躡岡半里, 旋岡脊, 過毗盧寺, 寺前爲祝國寺, 俱東向踞岡. 寺北有澗東下, 卽前所涉之北澗也. 又由其南崖溯之西上, 一里半, 有寺踞岡脊, 是爲法照寺. 蓋西南支自銅佛殿下南墜, 至此東轉, 當轉折處, 又東抽一支以爲毗盧、祝國之脈, 而橫亘於華嚴之前者也, 是爲西南餘支之第一. 法照之北, 又分一岡相夾, 無住庵倚之, 卽下爲頹塚之支, 是爲西南餘支之第二. 屢有路直北逾岡渡峽而橫去, 皆向聖峰、會燈之大道. 余欲析其分支之原, 遂從峽中溯之而上, 於是南捨法照, 北繞無住之後, 峽路漸翳, 叢筝橫柯, 遂成幽關, 然已漸逼絶頂之下矣. 時路無行人, 隨一桃花箐村氓行. 一里, 北循峽中, 又一里, 北躡墜脊, 又一里, 遂逾脊而西. 乃西見香木坪之前山外擁, 華首門之絶壁高懸, 桃花箐之過腋西環, 而此脊上自銅佛殿, 下抵法照寺, 轉而東去, 界此脊西一壑, 另成一境, 則放光寺所倚也. 逾脊, 更西北盤壑上行, 又一里半而得大路, 已直逼華首門下崖矣. 其路東自聖峰來, 西由放光出桃花箐, 抵鄧川州, 爲大道. 余西隨之, 半里而放光寺在焉.

其寺南向, 後倚絶壁, 前臨盤壑, 以桃花箐爲右關, 以西南首支爲左護, 其地雖在三距之外, 而實當絶頂之下, 發光鍾異, 良有以也. 余初自曹溪華首門下瞰之, 見其寺沉沉直墜壑底, 以爲光從宵關中上騰, 乃黿樓虺伏之窟. 及至而猶然在萬壑盤拱之上, 而上眺華首, 則一削萬仞, 橫拓甚闊, 其間雖有翠紋煙縷, 若繡痕然, 疑無可披陟, 孰知其上乃西自曹溪, 東連銅佛殿, 固自有凌雲之路, 橫緣於華首之前也? 然當身歷華首時, 止仰上崖之穹崇, 不覺下壁之峻拔, 至是而上下又合爲一幅, 其巍廓又何如也? 然則雞山雖不乏層崖, 如華首、羅漢、九重諸處, 其境界固高, 而雄傑之觀, 莫以逾此矣. 寺前以大坊爲門, 門下石金剛二座, 鏤刻甚異, 猙獰之狀, 恍與煙雲同活. 其內爲前樓, 樓之前有巨石峙於左, 高丈五, 而大如之; 上擎下削, 構亭於上, 蔣賓川題曰: ‘四壁無然’. 其北面正可仰瞻華首, 而獨爲樓脊所障, 四壁之中, 獨翳此絕勝一面, 不爲無憾. 寺建於嘉靖間, 陝西僧圓惺所構. 萬曆初, 毀而復興. 李元陽有碑, 範銅而鑴之, 然鑴字不能無訛. 其後嗣歸空更建毗盧閣, 閣成而神廟[5]賜藏.

余錄銅碑, 殿中甚暗, 而腹亦餒. 時主僧俱出, 止一小沙彌在, 余畀之靑蚨, 乃爇竹爲炬, 煮蔬爲供. 既飯, 東遵大道一里, 逾垂支之脊又一里餘, 盤墜峽之上, 得分岐焉. 一過峽直東者, 爲聖峰路; 一躋嶺北上者, 爲會燈路, 始爲登頂正道. 余乃北躋上嶺, 數曲而至會燈寺. 寺南向, 昔爲廓然師靜室, 今其嗣創爲寺. 由寺西更轉而北上, 復數曲, 一里餘而過迦葉寺. 寺東向, 此古迦葉殿也. (今張按君建迦葉殿於絕頂, 因改此爲寺.) 由其前北向入峽, 其峽乃西自絕頂, 東自羅漢壁, 兩崖相夾而成, 中垂磴道. 少上有坊, 爲羅、李二先生游處. (羅爲近溪先生汝芳, 李爲見羅先生材, 皆江西人, 同爲司道游此.) 又上有亭, 爲仰高亭, 中有碑, 爲萬曆間按君周懋相所立, 紀登山及景仰二先生意. 周亦江西人也. 余前過此, 見亭中頹, 不及錄其文而去, 故此來先錄之. 風撼兩崖間, 寒凜倍於他處, 文長字冗, 手屢爲風所僵. 錄竟, 日色西傾. 望其上兜率庵, 卽前所從下, 而其東橫緣之路出羅漢壁者, 前又曾抵此而返, 頂頭未了之事, 未可以餘晷盡也.

乃返出下, 仍過迦葉寺前, 見有岐東下塹中, 其塹底一庵在聖峰北者, 必補處庵也, 乃取道峽中隨塹下, 蓋緣脊下經會燈者爲正道, 隨塹東下趨補處者爲間道. 下二里, 過補處庵. 亦稍荒落, 恐日暮不入. 由其前渡峽澗南, 遂上坡, 過聖峰寺. 寺東向, 前有大坊. 由坊外東行里餘, 岡脊甚狹, 南北俱深坑逼之. 度脊又東里餘, 有寺新構, 當坡之中垂, 是爲白雲寺. 余欲窮此支盡處, 遂東下行南澗之上, 二里, 則慧林庵踞坡盡處. 緣庵前轉下北澗, 渡之, 始陟中支行, 北澗與南澗乃合於路南, 其東卽大覺蔬圃矣. 東半里,過蔬圃北, 又東一里, 過息陰軒南, 又東一里, 過瀑布北, 遂去中支, 北涉西<u>竺寺澗</u>, 而行中東二支盤壑中矣. 又二里, 薄暮, 入<u>悉檀寺</u>.

---

1) 전모(前茅)는 고대에 행군할 때 선두에 서서 적군의 정황을 깃발로 알려주는 척후병을 의미하며, 흔히 선발대나 선구자를 비유한다.
2) 성모(聖母)는 황제의 생모를 의미한다.
3) 회록(回祿)은 전설에 나오는 불의 신이며, 흔히 화재를 비유한다.
4) 감우(紺宇) 혹은 감원(紺園)은 사찰의 별칭이다.
5) 신묘(神廟)는 명나라의 신종(神宗), 즉 주익균(朱翊鈞)을 가리킨다.

十一日 飯後, 覺左足拇指不良, 爲皮鞋所窘也. 而復<u>吾</u>亦訂余莫出, 姑停憩一日, 余從之. <u>弘辨</u>、<u>安仁</u>出其師所著書見示,(『禪宗讚頌』、『老子玄覽』、『碧雲山房稿』.) <u>弘辨</u>更以紙帖墨刻<u>本</u>公所勒相畀, 且言<u>遍周</u>師以靑蚨相贐, 余作束謝之. 甫令<u>顧</u>僕持去, 而<u>大覺</u>僧復路遇持來, 余姑納之笥. 上午, 赴<u>復吾</u>招, 出茶果, 皆異品. 有本山參, 以蜜炙爲脯, 又有孩兒參, 頗具人形, 皆山中産. 又有桂子, 又有海棠子,[1] 皆所未見者. 大抵<u>迆西</u>果品, 吾地所有者皆有, 惟栗差小, 而棗無肉. 松子、胡桃、花椒, 皆其所出, 惟龍眼、荔枝市中亦無. 菌之類, 雞葼之外, 有白生、香蕈. 白生生於木, 如半蕈形, 不圓而薄, 脆而不堅. (<u>黔</u>中謂之八擔柴, 味不及此) 此間石蜜最佳, 白若凝脂, 視之有肥膩之色, 而一種香氣甚異. 因過<u>安仁</u>齋中觀蘭. 蘭品最多, 有所謂雪蘭(花白)、玉蘭(花綠)最上, 虎頭蘭最大, 紅舌、白舌(以心中一點, 如舌外吐也.)最易開, 其葉皆闊寸五分, 長二尺而柔, 花一穗有二十餘朶, 長二尺五者, 花朶大二三寸, 瓣闊共五六分, 此家蘭也. 其野生者, 一穗一花, 與吾地無異, 而葉更細, 香亦淸遠. 其地亦重牡丹, <u>悉檀</u>無山茶而多牡丹, 元宵前, 蕊已大如雞卵矣.

---

1) 해당자(海棠子) 혹은 해홍(海紅)은 해당리(海棠梨)의 열매이다. 모양은 모과처럼 작고, 2월에 붉은 꽃을 피우며, 8월에 열매를 맺는다.

十二日 四長老期上<u>九重崖</u>, 赴<u>一衲軒</u>供, (<u>一衲軒</u>爲<u>木</u>公所建, 守僧歲支寺中粟百石, 故每歲首具供一次.) 以雨不能行. 飯後坐齋頭, 抵午而霽, 乃相拉上崖.
始由寺左半里, 上弘辨靜室基旁. 又西半里, 過天柱靜室旁. 又北躋一里半,
橫陟峽箐, 始與一西來路合, 遂東盤峽上. 半里, 其北又下墜一峽, 大路陟
峽而逾東北嶺, 乃北下後川向羅川之道; 小路攀脊西北上, 乃九重崖之東
道, 其路甚峻, 卽余前所上者. 第此時陰晴未定, 西南望香木坪一帶積雪峥
嵸, 照耀山谷, 使人心目融徹, 與前之麗日澄空, 又轉一光明法界[1]矣. 一里
餘, 抵河南師靜室. 路過其外, 問而知之. 雨色復來, 余令衆靜侶先上一衲
軒, 而獨往探之. 師爲河南人, 至山卽棲此廬, 而曾未旁出. 余前從九重崖
登頂, 不知而過其上; 後從獅林欲橫過野愚東點頭峰下, 又不得路; 躊躇至
今, 恰得所懷. 比入廬, 見師, 人言其獨棲, 而見其一室三侶; 人言其不語,
而見其條答有敘; 人言其不出, 而見其把臂[2]入林, 亦非塊然[3]者. 九重崖靜
室得師, 可與獅林、羅漢鼎足矣. 坐少定, 一衲軒僧來邀, 雨陣大至, 旣而
雪霏, 師挽留, 稍霽乃別. 躡磴半里, 有大道自西上, 橫陟之, 遂入一衲軒.
崖中靜主大定、拙明輩, 皆供餐絡繹, 迨暮不休. 雨雪時作, 四長老以騎送
余, 自大道西下. 其道從點頭峰下, 橫盤脊峽, 時嵐霧在下, 深崖峭壑, 茫不
可辨. 二里, 與獅林道合, 已在幻住庵之後, 西與大覺塔院隔峽相對矣. 至
此始勝騎, 從幻住前下山, 又四里而入悉檀. 篝燈作楊趙州書.

---

1) 법계(法界)는 불교용어로서 범어 dharma~dhatu의 의역이며, 흔히 각종 사물의 현상
및 그 본질을 일컫는다.
2) 파비(把臂)는 손과 팔을 붙들다는 의미로, 흔히 친밀함을 비유한다.
3) 괴연(塊然)은 고독한 모습을 가리킨다.

十三日 晨起飯, 卽以楊趙州書畀顧僕, 令往致楊君. 余追憶日記於東樓.
下午, 雲淨天皎.

十四日 早寒, 以東樓背日, 余移硯於藏經閣前桃花下, 就暄爲記. 上午, 妙
宗師以雞葼茶果餉, 師亦檢藏其處也. 是日, 晴霽如故. 迨晚, 余忽病嗽.

十五日 余以嗽故, 臥遲遲, 午方起. 日中雲集, 迨晚而霽. 余欲索燈臥, 弘辨諸長老邀過西樓觀燈. 燈乃圍中紗圍者, 佐以柑皮小燈, 或掛樹間, 或浮水面, 皆有熒熒明星意, 惟走馬紙燈, 則闇而不章也. 樓下采青松毛, 鋪藉爲茵席, 去卓趺坐, 前各設盒果注茶爲玩, 初清茶, 中鹽茶, 次蜜茶, 本堂諸靜侶環坐滿室, 而外客與十方諸僧不與焉. 余因憶昔年三里龍燈, 一靜一鬧; 粵西、滇南, 方之異也; 梵宇官衙, 寓之異也, 惟佳節與旅魂無異! 爲黯然而起, 則殿角明蟾, 忽破雲露魄矣.

十六日 晨餐後, 復移硯就喧於藏經閣前桃花下. 日色時霽. 下午返東樓, 嗽猶未已. 抵暮, 復雲開得月.

十七日 作記東樓. 雨色時作.

十八日 濃雲密布, 旣而開霽. 薄暮, 顧僕返自趙州.

十九日 飯後, 晴霽殊甚. 遂移臥具, 由悉檀而東, 越大乘東澗, 一里上脊, 卽迎祥寺. 從其南上, 寺後半里爲石鐘寺, 又後爲圓通、極樂二庵. 極樂之右卽西竺, 西竺之後卽龍華. 從龍華前西過大路, 已在西竺之上, 去石鐘又一里矣. 龍華之北坡上, 卽大覺寺. 龍華西, 臨澗又有一寺, 前與石鐘同東南向. 從其後渡澗, 卽彼岸橋, 下流卽息陰軒, 已爲中支之脊矣. 從軒左北向上, 過觀音閣, 爲千佛寺, 其前卽昔之街子, 正當中脊, 今爲墟矣. 復北渡澗, 從大覺側西北上. 寺僧留余入, 謝之. 仍過澗橋, 上有屋, 額曰'彼岸同登', 其水從望臺嶺東下, 界於寂光、大覺之間者, 龍華至此, 又一里矣. 過橋復躡中支上, 半里, 中脊爲水月庵, 脊之東腋爲寂光, 脊之西腋爲首傳. 僧淨方, 年九十矣, 留余, 未入. 由寺右盤一嘴, 東覯一庵, 桃花嫣然, 松影歷亂, 趨之, 卽積行庵也. 其庵在水月之西, 首傳之北. 僧覺融留飯. 後乃從庵左東上, 轉而西北登脊. 從中支脊上二里, 有靜室當脊, 是曰煙霞室, 克心之徒本和所居. 由其西分岐上羅漢壁, 由其東盤峽上旃檀嶺. 嶺從峽西下, 路北向作'之'字上, 一里, 得克心靜室. 克心者, 用周之徒, 昔住持寂光, 今新構此, 退休. 其地當垂脊之左, 東向稍帶南, 又以西支外禾字孔大山爲虎砂, 以點頭峰爲龍砂, 龍近而虎遠, 又與獅林之砂異. 其東有中和靜室, 亦其徒也, 爲鬱攸1)所焚, 今中和往省矣. 克心留余, 點茶稠疊, 久之別, 已下午. 遂從右上, 小徑峻極, 令其徒偕.

上半里, 得西來大道, 隨之東上. 又半里, 陟旃檀嶺脊而西南行, 經煙霞室, 漸轉東南, 爲水月、寂光. 由其前, 又西南一里, 盤一嘴, 有廬在嘴上, 余三過皆鑰門不得入, 其下卽白雲寺所託也. 又西半里, 再盤突嘴而上, 卽慧心靜室. 慧心爲幻空徒, 始從野愚處會之, 前曾過悉檀來叩, 故入叩之, 方禪誦會燈庵, 其徒供茶而去. 後卽碧雲寺, 不入. 從其側又盤嘴兩重, 二里, 北上西來寺, 西經印雪樓前, 又西循諸絕壁行, 一里, 爲一眞蘭若, 其上覆石平飛. 又西半里, 崖盡而成峽. 其峽卽峰頂與羅漢壁夾峙而成者, 上自兜率宮, 下抵羅、李二先生坊, 兩壁夾成中溜, 路當其中. 溜之半, 崖脚內嵌, 前聳巨木, 有舊碑, 刻崤鶴詩, 乃題羅漢壁者. 中橫一岐, 由其上涉溜半里, 過玄武廟. 又半里, 過兜率宮, 已暮, 而宮圮無居人. 又上一里, 叩銅佛殿, 入而棲焉, 卽所謂傳燈寺也. 前過時, 朝山之履相錯, 余不及入, 茲寂然. 久之, 得一老僧啓戶, 宿.

---

1) 울유(鬱攸)는 화기나 화염, 화재를 의미한다.

二十日 晨起, 欲錄寺中古碑, 寒甚, 留俟下山錄, 遂置行具寺中. (寺中地俱大理石所鋪.) 蓋以登絕頂二道, 俱從寺而分, 還必從之也. 出寺, 將北由袈裟石上, 念猢猻梯前已躡之, 登其崖端而下束身峽, 向雖從之, 猶未及仰升, 茲不若由南上北下, 庶交覽無偏. 乃從寺右循崖西行, 遂過華首門而西, 崖石上下俱峭甚, 路緣其間, 止通一線, 下瞰則放光寺正在其底, 上眺則峰頂之捨身崖卽其端, 而莫能竟也. 其西一里, 有岐懸崖側, 余以爲下放光道,又念層崖間何能垂隙下. 少下, 有水出崖側樹根間, 刳木盛之, 是爲八功德水. 刳木之外無餘地, 水卽飛灑重崖, 細不能見也. 路盡仍上, 卽前西來入大道處, 有草龕倚崖間, 一河南僧習靜其中, 就此水也. 又西半里, 稍上, 又半里, 爲曹溪庵. 庵止三楹, 倚崖, 門扃無人. 其水較八功德稍大, 其後危崖, 稍前抱如玦. 余攀石直躋崖下, 東望左崖前抱處, 忽離立成峰, 圓若卓錐, 而北並崖頂, 若卽若離. 移步他轉, 卽爲崖頂所掩不可辨, 惟此處則可盡其離合之妙, 而惜乎舊曾累址, 今已成棘, 人莫能登. 蓋雞山無拔地之峰, 此一見眞如閃影也. 又西半里餘, 過束身峽下, 轉而南, 過伏虎庵, 又南過禮佛庵, 共一里, 再登禮佛臺. 臺南懸桃花箐過脈之上, 正與香木坪夾箐相對, 西俯桃花箐, 東俯放光寺, 如在重淵之下. 余從臺端墜石穴而入, 西透窟而出, 復有聳石, 攢隙成臺, 其下皆危崖萬仞, 棧木以通, 卽所謂'太子過玄關'也. 過棧卽臺後禮佛龕. 昔由棧以入穴, 今由窟以出棧, 其憑眺雖同, 然前則香客駢趾, 今則諸庵俱扃, 寂無一人, 覺身與灝靈同其游衍[1]而已. 棧西沿崖端北轉, 有路可循, 因披之而西, 遂過桃花箐之上. 共一里, 路窮, 乃樵徑也. 仍返過伏虎庵, 由束身峽上. 峽勢逼束, 半里, 透其上, 是爲文殊堂, 始聞有老僧持誦聲. 路由其前躋脊, 乃余前東自頂來者, 見其後有小徑, 亦躋脊西去, 余從之. 蓋文殊堂脊處, 乃脊之坳; 從東復聳而起者, 卽絶頂之造而爲城者也; 從西復聳而起者, 桃花箐之度而首峙者也. 西一里, 叢木蒙茸, 雪痕連亘, 遂造其極.

蓋其山自桃花箐北度, 卽凌空高峙, 此其首也. 其脊北垂而下, 二十里而盡於大石頭, 所謂後距也. 其橫亘而東者, 至文殊堂後, 少遜而中伏, 又東而復起爲絶頂, 又東而稍下, 遂爲羅漢壁, 旃檀嶺, 獅子林以後之脊, 又東而突爲點頭峰, 環爲九重崖之脊, 皆迤邐如屏. 於是掉尾而南轉, 墜爲塔基馬鞍嶺, 則雞山之門戶矣. 垂脊而東, 直下爲雞坪關, 則雞山之脛足矣. 故山北之水, 北向而出於大石東; 山西之水, 其南發於西洱海之北者, 由和光橋; 西發於河底橋者, 由南,北衙, 皆會於大石之下, 東環牟尼山之北, 與賓川之流, 共北下金沙大江焉. 始知南龍大脈, 自麗江之西界, 東走爲文筆峰, 是爲劍川、麗江界; 抵麗東南邱塘關, 南轉爲朝霞洞, 是爲劍川、鶴慶界, 又直南而抵腰龍洞山, 是爲鶴慶、鄧川州界; 又南過西山灣, 抵西洱海之北, 轉而東, 是爲鄧川、太和界. 抵海東隅, 於是正支則遵海而南, 爲靑山, 太和、賓川州界; 又東南峙爲烏龍壩山, 爲趙州、小雲南界; 遂東度爲九鼎, 又南抵於淸華洞, 又東度而達於水目焉. 分支由海東隅, 北峙爲香木坪之山, 從桃花塢北度, 是爲賓川、鄧川界. 是雞足雖附於大支, 而猶正脊也. 登此直北望雪山, 茫不可見. 惟西北有山一帶, 自北而南者, 雪痕皚皚, 卽腰龍洞、南、北衙西倚之山也. 其下麥畦浮翠, 直逼雞山之麓, 是爲羅川, 若一琵琶蟠地, 雖在三十里下, 而黛色欲襲人衣. 四顧他麓, 皆平楚[2]蒼蒼也. 西南洱海, 是日獨瀰蕩如浮杯在掌. 蓋前日見雪山而不見海, 今見海而不見雪山, 所謂陰晴衆壑殊, 出沒之不可定如此. 此峰之西盡處也.

東還一里, 過文殊堂後脊, 於是脊南皆危崖凌空, 所謂捨身崖也. 愈東愈甚, 余凌其端瞰之, 其下卽束身峽, 東抵曹溪後東峰, 向躋其下, 今臨其上, 東峰一片, 自崖底並立而上, 相距丈餘, 而中有一脈聯屬, 若拇指然, 可墜坳上其巔也. 余攀躡從之, 顧僕不能至. 時罡風[3]橫厲, 欲卷人擲向空中, 余手黏足踞, 幸不爲捨身者, 幾希矣. 又共一里, 入頂城門, 實西門也. 入多寶樓, 河南僧不在, 其徒以菉豆粥、芝麻鹽爲餉. 余再錄善雨亭中未竟之碑. 下午, 其徒復引余觀其師退休靜室. 其室在城北二里, 卽前所登西峰之北坳也. 路由文殊堂脊, 北向稍下循西行, 當北垂之腋. 室三楹, 北向, 環拱亦稱. 蓋雞山迴合之妙, 俱在其南, 當山北者僅有此, 亦幽峻之奧區也. 其左稍下, 有池二方, 上下連匯, 水不多, 亦不竭, 頂城所供, 皆取給焉. 還抵城北, 竟從城外趨南門, 不及入迦葉前殿. 由門前東向懸石隙下, 一里, 有殿三楹, 東向, 額曰'萬山拱勝', 而戶亦扃. 由其前下墜, 級甚峻.

將抵糊猻梯, 遇一人, 乃悉檀僧令來候余者, 以麗江有使來邀也. 遂同下, 共一里而至銅佛殿. 余初擬宿此, 以候者至, 乃取行李. 五里, 過碧雲寺前. 直下五里, 過白雲寺. 由寺北渡一小澗, 又東五里, 過首傳寺後, 時已昏黑. 又三里, 過寂光寺西, 候者腰間出一石如栗, 擊火附艾, 拾枯枝燃之. 遵中支三里, 叩息陰軒門, 出火炬爲導. 又一里餘, 逾瀑布東脊而北, 又三里而至悉檀. 弘辨師引麗府通事見, 以生白公招柬來致, 相與期遲一日行.

1) 유연(游衍)은 제 뜻대로 여유 있고 얽매이지 않음을 가리킨다.
2) 평초(平楚)는 높은 곳에서 멀리 바라보면 우거진 숲의 나무끝이 가지런하고 평평하게 보이는 것을 가리킨다.
3) 강풍(罡風)은 도가(道家)에서 이르는, 하늘 높이 부는 바람으로, 세찬 바람을 의미한다.

二十一日 晨起, 余約束行李爲行計. 通事由九重崖爲山頂游. 將午, 復吾邀題七松冊子, 弘辨又磨石令其徒雞仙書「靜聞碑」.

二十二日 晨餐後, 弘辨具騎候行, 余力辭之. 遂同通事就道, 以一人擔輕裝從, 而重者姑寄寺中, 擬復從此返也. 十里, 過聖峰寺. 越西支之脊而西, 共四里, 過放光寺, 入錄其藏經、聖諭. 僧留茶, 不暇啜而出. 問所謂盤陀石靜室者, 僧指在西北危崖之半. 仰視寺後層崖, 並華首上下, 合而爲一, 所謂九重崖者, 必指此而名. 開山後, 人但知爲華首, 覓九重故跡而不得, 始以點頭峰左者當之, 誰謂陵谷無易位哉? 由寺西一里餘, 始躡坳而上, 又一里餘, 其上甚峻, 乃逾脊. 脊南北相屬, 東西分坑下墜, 所謂桃花箐也. 脊有兩坊, 俱標爲'賓鄧分界'. 其處陟歷已高, 向自禮佛臺眺之, 直似重淵之底云.

由箐西隨箐下, 二里, 有茅舍夾道, 爲前歲底朝山賣漿者所託處, 今則寂然爲畏途. 其前分岐西南者, 爲鄧川州道; 直西者爲羅川道, 乃通麗江者. 遵之迤邐下二里, 有庵當路北北山下, 曰金花庵. 又西下三里, 連有二澗, 俱自東而西注, 即桃花箐之下流也, 各有板橋跨之. 連越橋南, 始循南山西向行. 一里, 有寺踞南山之脊, 曰大聖寺, 寺西向. 乃從其前逾脊南下, 又值一澗亦西流, 隨之半里, 澗與前度二橋之流, 俱轉峽北去, 路乃西. 半里, 逾南山北突之坳. 坳西, 其坡始西懸而下, 路遵之. 四里, 有村在南山塢間, 是爲白沙嘴. 隨嘴又西下二里, 忽見深壑自南而北, 溪流貫之, 有梁東西跨其上. 乃隊壑而下, 二里, 始及梁端, 所謂和光橋也. 雞山西麓, 至是而止. 其水南自洱海東青山北谷來, 至此頗巨, 北向合桃花箐水, 注於大石頭者也. 麗府生白公建悉檀之餘, 復建此梁, 置屋數楹跨其上. 遂就而飯焉.

橋之西有小徑, 自北而南, 溯流循峽者, 乃浪滄衛通大理道, 與大道'十'字交之. 大道隨流少北, 卽西上嶺, 盤旋而上, 或峻或夷. 五里越其坳, 西北下, 四里始夷. 又一里爲羅武城, 其處塢始大開. 自此山之西, 開東西大塢, 直至千戶營塢分爲二, 始轉爲南北塢, 皆所謂羅川也. 向自山頂西望, 翠色襲人者卽此, 皆麥與蠶豆也. 羅武無城, 一小村耳. 村北有溪, 西自千戶營來, 卽南衙河底之水, 至此而東北隊峽, 合和光橋下流, 而東北經大石頭者也. 於是循南山行溪之南, 二里, 有村在溪北山下, 曰百戶營. 又西五里, 有村在溪北懸岡上, 曰千戶營. 營之西, 有山西自大山分支東南下, 突於塢中, 塢遂中分. 當山之西南者, 其塢迴盤, 其水小, 爲西山灣, 新廠在其東南, 而路出其西北. 當山之東北者, 其塢遙達, 其水大, 爲中所屯, 南北二衙又在其西北, 而路則由山之西南逾坳以入. 於是從千戶營溪南轉入南塢, 一里餘, 至新廠. (皆淘沙煎銀者.) 乃北一里餘, 抵分界山之陽, 渡一小流, 循山陽西北行三里, 北逾過岡. 於是稍下, 循西大山之麓北向行, 其東又成南北大塢, 卽千戶營之上流也. 北一里, 有村倚西山之坡, 是爲中所屯, 乃鄧川、鶴慶分界處, 悉檀寺莊房在焉, 乃入宿. 悉檀僧已先傳諭之, 故守僧不拒云.

二十三日 晨, 飯於悉檀莊, 天色作陰. 乃東下塢中, 隨西山麓北行. 二里, 有支岡自西山又橫突而東, 乃躡其上. 有岐西向登山者, 爲南衙道, 腰龍洞在焉; 北向逾坳者, 爲北衙道, 鶴慶之大道隨之. 余先是聞腰龍洞名, 乃令行李同通事從大道行, 期會於松檜. (地名, 大道託宿處.) 余同顧僕策杖攜傘, 遂分道從岐, 由山脊西上. 一里, 稍轉而南, 復有岐緣南箐而去, 余惑之. 候驅驢者至, 問之, 曰: "余亦往南衙者, 大路從此西逾嶺下, 約十里." 余問南岐何路? 曰: "此往雞鳴寺者." 問寺何在? 其人指: "南箐夾崖間者是, 然此岐隘不可行." 忽一人後至, 曰: "此亦奇勝. 卽從此峽逾南坳, 亦達南衙, 與此路由中坳者同也." 余聞之喜甚, 曰: "此可兼收也." 謝其人, 遂由岐南行. 里許, 轉入夾崖下, 攀崖隙, 透一石隙而入. 其石自崖端垂下, 外挿崖底, 若象鼻然, 中透一穴如門, 穿門卽由峽中上躋, 亦猶雞山之束身焉. 登峽上, 則上崖岈然橫列, 若洞、若龕、若門、若樓、若棧者, 駢峙焉. 洞皆不甚深, 僧依之爲殿, 左爲眞武閣, 又左爲觀音龕, 皆東北向下危壁. 殿閣之間, 又垂崖兩重, 俱若象鼻, 下挿崖底, 而中通若門. 有僧兩人, 皆各踞一龕, 見客至, 胡麻方熟, 輒邀同飯, 余爲再啜兩盃. 見龕後有石脊, 若垂梯而上, 跣而躡之, 復有洞懸其上層, 中空而旁透小穴. 崖之左右, 由夾中升嶺, 卽南坳道, 而崖懸不通, 復下, 由穴門出, 卽轉崖左西南上. 仰見上崖復懸亘而中岈然, 有岐細若蟲跡, 攀條從之, 又得一大穴, 其門亦東北向, 前甃石爲臺, 樹坊爲門, 曰青蓮界. 其左藥竈碑板俱存, 而無字無人, 棘蘿旁翳, 無可問爲何人未竟之業. 其右復有象鼻外垂之門, 透而南, 復有懸絹高捲之幛. 幛之右, 上崖有洞巍張, 下崖卽二僧結庵之處, 然磴絶俱莫可通.

乃仍由青蓮界出東夾, 再上半里, 而崖窮夾盡, 山半坪開. 又有泉自南坳東出, 由坪而墜於崖之右; 又分而交瀠坪塍, 墜於崖之左. 崖當其中, 濯靈滌竅,[1] 遂成異幻. 由坪上溯流半里, 北向入峽, 峽中之流, 傾湧南向. 溯之一里, 澗形不改, 而有巨石當其中. 石之下, 則湧水成流; 而石之上, 惟礫石堆澗, 絶無水痕. 又溯枯澗北行半里, 路窮茅翳, 蓋其澗自西峽來, 路當北去也. 乃東向躡嶺, 攀崖躋棘, 又半里, 得南來路, 遂隨之北. 半里, 西涉一塢, 復升隴而西, 有岐, 入西南峽中者頗小, 其直北下隴者頗大. 余心知直北者爲南衙道, 疑腰龍洞在西南峽中, 遂望峽行. 半里, 不得路. 遙聽西北山巓有人語聲, 乃竭蹶攀嶺上. 一里, 得東來道, 又一里, 得驅犢者問之, 則此路乃西向逾脊抵焦石峒者. 問: "腰龍洞何在?" 曰: "卽在此支嶺之北, 然嶺北無路, 須隨路仍東下山, 折而北, 至南衙, 乃可往." 蓋是山大脊, 自北而南, 脊之西爲焦石峒, 脊之東, 一支東突, 其北腋中, 則腰龍洞所在, 南腋中卽此路也. 余乃悵然, 遂隨路返. 東下一里, 乃轉而東北下, 又一里, 抵山麓, 循之北行, 又一里而至南衙. 南衙之村不甚大, 倚西山而東臨大塢, 其塢北自北衙, 南抵中坳, 其中甚寬. 蓋此中大塢, 凡三曲三闢, 最北者爲北塢, 塢南北亙, 以北坳東陷爲峽口; 其南卽中所屯塢, 塢亦南北亙, 以江陰村爲峽口; 其南卽千戶營、百戶營塢, 塢東西亙, 以羅武村爲峽口. 總一溪所貫, 皆謂之羅川云.

由南衙之後西南上山, 磴道甚闢. 一里半, 有亭有室, 當山之中, 其旁桃李燁然. 亭後躡級而上, 有寺, 門榜曰'金龍寺'. 門內有樓當洞門, 其樓前臨平川, 後瞰洞底, 甚勝也. 樓後卽爲洞門, 洞與樓俱東向, 其門懸嵌而下, 極似江右之石城洞. 西壁上穹覆而下岹峒, 南與北漸環而轉, 惟東面可累級下. 下五丈, 一石突起, 當洞之中, 西聳而東削, 甃以爲臺, 亭其上, 供白衣大士. 其亭東對層級, 架木橋以登, 西瞰洞底, 潆水環其下, 沉紺映碧, 光怪甚異. 亟由橋返級, 穿橋下, 緣臺左西降, 十餘丈而後及水. 水嵌西崖足, 西面闊約三丈, 南北二面, 漸抱而縮, 然三面皆絕壁環之, 無有旁竇, 水渟涵其間, 儼若月牙之抱魄[2]也. 水中深淺不一, 而澄澈之極, 煥然映彩, 極似安寧溫泉, 淺者浮綠, 深者沉碧, 掬而嘗之, 甘冷異常. 其洞以在山之半, 名爲腰龍, 而文之者額其寺爲金龍, 洵神龍之宮也. 洞口如仰盂, 下圓如石城, 水潆三面如玦, 石脊中盤如垂舌, 其異於石城者, 石城旁通無級, 而此則一水中涵, 若其光瑩之異, 又非他水可及也. 久之, 仍上洞口, 始登前樓, 則前楹後軒, 位置俱備, 而僧人他出, 扃鑰不施.

仍一里餘, 一至南衙, 問松檜道, 俱云行不能及. 乃竭蹶而趨, 由南衙後傍西山而北, 二里, 是爲北衙. 有神廟當北衙之南, 門東向, 其後大脊之上, 駢崖矗夾, 有小水出其中. 廟之北有公館, 市舍夾道, 甚盛. 折而東, 共半里, 而市舍始盡, 蓋與南衙迥隔矣. 二衙俱銀礦之廠, 獨以'衙'稱者, 想其地爲盛也. 東與南來大道合, 復北行一里餘, 市舍復夾道, 蓋烹煉開爐之處也. 過市舍, 遂北下坡, 又一里餘而及其底, 始知南北兩衙, 猶山半之塢也. 其峽既深, 有巨澗流其間, 自北而南, 是爲河底, 蓋卽羅川之上流. 有支流自西峽來入, 其派頗小, 置木橋於上. 越之又北, 見石梁跨巨澗, 澗中有巨石,梁東西兩跨之, 就其中爲閣, 以供白衣大士. 越橋之東, 溯澗北向上, 危崖倚道, 盤級而登, 右崖左澗, 下嵌深淵, 上削危壁. 五里登坪脊, 有枯澗塹山頭, 亦跨石梁. 度梁北, 有殿新構, 有池溢水, 有亭施茶. 余入亭飯, 一僧以新淪茶獻, 曰: "適通事與擔俱久待於此, 前途路遙, 託言速去." 蓋此殿亦麗江所構以施茶者, 故其僧以通事命, 候余而致之耳. 余亟飯行, 竟忘其地爲熱水橋, 而殿前所流卽熱水也.

既從其側, 又過一石梁, 梁跨山頭, 與前梁同, 而下有小水, 西墜巨澗. 過梁, 從中脊北向而行, 東西俱有巨山夾之. 蓋西界大山, 自鶴慶南來, 至七坪老脊, 直南高亘於河底之西者, 爲魯擺; 由七坪東度, 分支南下, 卽此中脊與東界之山, 故此中脊之北, 又名西邑. 蓋西邑與魯擺皆地名, 二山各近之, 界坊遂以爲名焉. 中脊與魯擺老脊夾成西峽, 此河底之流所自出者, 蓋源於七坪之南云. 行中脊十里, 脊東亦盤爲中窪之宕, 脊懸西峽東窪之間, 狂風西來, 欲捲人去. 又三里, 乃西北上嶺, 一里, 又蹻嶺而西, 半里, 乃西北下. 一里抵塢中, 是爲七坪, 卽中界所度之脊, 與西界大山夾成此坪, 爲河底之最高處也. 由坪中北行二里, 始爲度脊隘口. 脊南有兩三家當道, 脊西有村落倚山, 桃李燦然. 時日已下舂, 尚去松檜二十里, 亟逾隘北行. 五里, 少出西界, 巨山如故, 而東界亦漸夾而成窪, 窪中石穴下陷, 每若坑若窌. 路循東脊行, 又數里, 有數家當北峽之口, 曰金井村, 始悟前之下窌累累者, 皆所稱金井者耶. 隘口桃花夾村, 嫣然若笑.

由村北東向下坡, 一里漸夷, 乃東行嶺脊, 脊左右漸夾而成塢. 由脊行三里, 復由脊北墜坑東下, 一里抵其麓, 於是塢乃大開. 有三楹當麓之東, 亦梵龕也. 由其前東向徑平塢而馳, 望東峰南北高聳者, 日光倒映其尖, 丹葩一點, 若菌莟[3]之擎空也. 蓋西山屏亘甚高, 東峰雜沓而起, 日銜西山, 反射東山, 其低者, 日已去而成碧, 其高者, 日尚映而流丹, 丹者得碧者環簇其下, 愈覺鮮妍, 世傳鶴慶有'石寶之異', '西映爲朝霞, 東映爲晚照', 卽此意也. 東馳二里, 過數家之舍. 又東一里, 漸墜墾成澗向東南去. 乃折而北度一隴, 又一里, 有公館在西山之麓, 其左右始有村落, 知其爲松檜矣, 而猶

未知居停何處也. 又北半里, 擔者倚閭門而呼. 乃入之, 已就晦矣. 是家何姓, 江右人, 其先爲監廠委官, 遂留居此

---

1) 영규(靈竅)는 불교에서 일컫는 바의 지혜로운 마음을 가리킨다.
2) 백(魄)은 초승달이나 그믐달의 테두리 부분의 희미한 빛을 의미한다.
3) 함담(菡萏)은 아직 피어나지 않은 꽃봉오리 상태의 연꽃을 가리킨다. 『시경·진풍 (陳風)·택피(澤陂)』에서는 "저 못 둑에는 부들과 연꽃이 있네(彼澤之陂, 有蒲菡萏)"라 고 했다.

二十四日 昧爽, 飯於松檜, 北向入山峽. 松檜之南, 山盤大墅而無水, 溝澗之形, 似亦望東南去; 松檜之北, 山復漸夾爲塢, 小水猶南行. 五里登坂, 爲波羅莊, 山從此自西大山度脊而東, 脊不甚高, 而水分南北. 又北五里, 望北塢村落高下, 多傍西大山, 是爲山莊. 於是北下, 隨小溪北行, 五里間, 聚廬錯出, 桃杏繽紛. 已而直抵北山下, 有倚南山居者, 是爲三莊河底村. 村北溪自西而東, 其水一自三莊西谷來, 一自河底村南谷來, 皆細流; 一自西北大山夾中來, 俱合於河底村北, 東流而去, 亭橋跨之, 橋北卽龍珠山之南麓矣. 龍珠山者, 今名象眠山, 自西大山之東, 分支東亘, 直接東大山之西麓. 其北之西大山, 卽老龍之脊, 皆自北而南; 其北之東大山, 卽峰頂山, 亦皆自北而南, 中夾成南北大塢. 漾共之江, 亦自麗江南下, 濚鶴城之東, 而南至此爲龍珠所截, 水無從出, 於是自峰頂之麓, 隨龍珠西轉, 搜得龍珠骨節之穴. 遂搗入其中, 寸寸而入, 凡百零八穴而止. (土人云, 昔有神僧倔多尊者, 修道東山峰頂, 以鶴川一帶, 俱水匯成海, 無所通泄, 乃發愿携錫杖念珠下山, 意欲通之. 路遇一婦人, 手持瓢問: "師何往?" 師對以故. 婦人曰: "汝願雖宏, 恐功力猶犹未. 試以此瓢擲水中, 瓢還, 乃可得, 不然須更努力也." 師未信, 携瓢棄水中, 瓢泛泛而去. 已而果不獲通. 復還峰潛修二十年, 以瓢擲水, 隨擲隨回, 乃以念珠撒水中, 隨珠所止, 用杖戳之, 無不應手通者, 适得穴一百零八, 隨珠數也. 今土人感師神力, 立寺衆穴之上, 以報德焉. 『一統志』作倔多, 土人作摩伽陀.) 衆水於山腹合而爲一, 同泄於龍珠之東南麓. 大路過河底橋, 卽逾龍珠而北, 與出入諸水洞皆不相值, 以俱在其東也. 余

乃欲從橋北, 隨流東下, 就小徑窮所出洞, 令通事及擔者從大路往. 擔者曰
: "小徑難覓, 不若同行." 蓋其家在入水洞北, 亦便於此也. 余益喜, 遂同東
向隨溪行龍珠山之南. 一里, 反越溪南, 半里, 又渡溪北. 其路陰甚, 而夾溪
皆有居者. 又東半里, 楓密河東南瀉峽去, 路東北逾龍珠支嶺. 兩下兩上,
東北盤嶺共四里, 其路漸上. 俯瞰東南深峽中, 有水破峽奔決, 即合併出穴
之水也. 其水南奔峽底, 與楓密之水合, 而東南經峰頂山之南峽以出, 下金
沙大江. 然行處甚高, 水穴在重崖下出, 俯視不見其穴. 令通事及擔者坐待
道旁, 余與顧僕墜壑東南下. 下半里, 不得路, 躑躅草石間, 轉向東箐半里,
又南迂半里, 始下至磵底. 乃西向溯流披棘入, 共半里, 則巨石磊落, 堆疊
磵中, 水從石隙, 泛溢交湧. 余坐巨石上, 止見水與石爭隙, 不見有餘穴, 雪
躍雷轟, 交於四旁, 而不知其所從來也.

久之, 復迂從舊道, 一里餘, 迂上既近, 復攀石亂躍, 又半里, 登大道, 遂
東北上. 半里, 轉一峽, 見後有呼者, 乃通事與擔夫也. 於是北半里, 上攢石
間, 北過脊, 始北望兩山排闥, 一塢中盤, 漾共江絡其東, 又一小水緯其西
北, 皆抵脊下而不可見. 其兩山之北夾而遙控於東北隅者, 是爲麗府邱塘
關所踞, 漾共水所從出也. 乃北下山, 一里餘而及其麓, 有寺懸麓間, 寺門
北向, 其下即入水之穴也. 不及入寺, 急問水. 先見一穴, 乃西來小流所入,
其東又有平土丈餘隔之, 東來之漾共江, 屢經穴而屢分墜, 至是亦遂窮, 然
則所謂一百八穴者, 俱在東也. 余因越水北東向溯流, 見其從崖下遇一穴,
輒旋穴下灌, 如墜甕口, 其聲嗚嗚, 每穴遠者丈餘, 近者咫尺而已. 既而復
上寺前, 乃北下渡西來小流, 有小石梁跨之. 北一里, 有村當平岡間, 是曰
甸尾村. 擔者之家在焉, 入而飯於桃花下. 既乃西北行三里餘, 而入南來大
道, 即河底橋北上逾嶺者. 於是循西山又北五里, 爲長康鋪坊. 有河流自西
南峽來, 巨石橋跨之, 有碑在橋南, 稱爲鶴川橋. 蓋鶴川者, 一川之通名, 而
此橋獨擅之, 亦以其冠一川也. 橋北有岐, 溯流西南, 爲大理府大道, 故於
此設鋪焉. 過橋不半里, 爲長康關, 廬舍夾道. 是日街子, 市者交集. 自甸尾
至此, 村落散佈, 廬舍甚整, 桃花流水環錯其間. 其西即爲朝霞寺峰, 正東

與石寶山對. 於是路轉東北, 又八里餘而入鶴慶南門.

城不甚高, 門內文廟宏整. (土人言其廟甲子滇中, 亦麗江木公以千金助成.) 由其東北行半里, 稍東爲郡治. 由其西, 又北行半里, 出一鼓樓, 則新城之北門也. 其北爲舊城, 守禦所在焉. 又北半里而出舊城北門, 稍西曲而北一里, 復東曲而北四里, 爲演武場, 在路東. 從其西又北五里, 過一村, 又五里爲大板橋. 橋下水頗大而潚, 乃自西而東下漾共江者. 時所行路, 當甸塢之中, 東山下, 江流沿之, 西山下, 村廬倚之. 自此橋之北, 甃路石皆齒齒如編, 仰管之半, 礫趾難措. 又北六里, 爲小板橋. 橋小於前, 而流亦次之, 然其勢似急. 又北七里, 爲甸頭村之新屯, 居落頗盛. 稍轉而東, 有王貢士家, 遂入而託宿. (王貢士, 今爲四川訓導. 其孫爲余言 :"其西北山半, 有靑玄洞甚妙, 下有出水龍潭, 又北有黑龍潭. 若沿西山行, 卽可盡觀." 是日欲抵馮密宿, 以日暮遂止此云.)

二十五日 昧爽, 飯而行. 北二里爲馮密村, 村廬亦盛, 甸頭之村止此矣. 蓋西北有高岡一支, 垂而東南下, 直逼東山文筆峰下, 江流亦曲而東. 高岡分支處, 其腋中有黑龍潭之水, 亦自西大山出, 南流而抵馮密, 乃沿高岡之南而東注漾共江, 鶴慶、麗江以此爲界云. 馮密之西, 有佛宇高擁崖畔, 卽靑玄洞也. 余望之欲入, 而通事苦請俟回日, 且云: "明日逢六, 主出視事, 過此又靜攝不卽出." 余乃隨之行, 卽北上岡. 四里, 有路橫斜而成'叉'字交, 是爲三岔黃泥岡. 其西南腋中, 松連箐墜, 卽黑龍所託也. 於是西北之山, 皆荒石濯濯,[1] 而東北之山, 漸有一二小村倚其下, 其岡脊則一望皆茅云.

又北一里爲哨房, 四五家當岡而踞, 已爲麗江所轄矣. 又北行岡上八里而下, 其東北塢盤水曲, 田疇環焉. 下一里, 有數家倚西山, 路當其前, 是爲七和南村. 又北二里, 有房如官舍而整, 是爲七和之查稅所. (商貨出入者, 俱稅於此 七和者, 麗江之地名, 有九和、十和諸稱.) 其北又有大宅新構者, 乃木公次子所居也. 由其前北向行, 又盤一支嶺而北, 七里, 乃漸轉西北, 始望見邱塘關在北山上, 而漾共之水已嵌深塹中, 不得見矣. 於是路北有石山橫起, 其崖累累, 雖不高, 與大山夾而成峽. 遂從峽間西北上, 一里, 逾其東度之眷. 又西北二里餘, 乃北下枯壑, 橫陟之, 半里, 復北上岡. 西北行岡上半里, 又北半里, 度一小橋, 半里, 乃北上山. 其山當西大支自西東來, 至此又橫疊一峰. 其正支轉而南下, 其餘支東下而橫亘, 直逼東山, 扼麗江南北山之流, 破東山之峽而出爲漾共江, 此山眞麗之鎖鑰也. 麗江設關於嶺眷, 以嚴出入, 又置塔於東垂, 以鎮水口. 山下有大道, 稍曲而東, 由塔側上; 小道則躡崖直北登. 余從其小者, 皆峻石累垂, 鋒稜峭削, 空懸屈曲. 一上者二里, 始與東來大道合, 則山之眷矣. 有室三楹, 東南向而踞之, 中闢爲門, 前列二獅, 守者數家居其內. 出入者非奉木公命不得擅行, 遠方來者必止, 闍者入白, 命之入, 乃得入. 故通安諸州守, 從天朝選至, 皆駐省中, 無有入此門者. 卽詔命至, 亦俱出迎於此, 無得竟達. 巡方使與查盤之委, 俱不及焉. 余以其使奉迎, 故得直入.

入關隨西山北行, 二里, 下一坑. 度坑底復登坡而北, 一里, 稍東北下山. 又東北橫度坡間者二里, 始轉而北. 二里, 過木家院東. 又北二里, 度一小橋, 則土岡一支, 西南自大山之眷分, 岡環而東北, 直抵東山之麓, 以扼漾共江上流. 由岡南陟其上, 是爲東圓里. 北行嶺頭, 西南瞻大眷, 東南瞰溪流, 皆在數里之外. 六里乃下. 隴北平疇大開, 夾塢縱橫, 岡下卽有一水, 西自文筆峰環塢南而至, 有石梁跨其上, 曰三生橋. 過橋, 有坊二在其北, 旁有守者一二家, 於是西北行平疇間矣. 北瞻雪山, 在重塢之外, 雪幕其頂, 雲氣鬱勃, 未睹晶瑩. 西瞻烏龍, 在大壑之南, 尖峭獨拔, 爲大眷之宗, 郡中取以爲文筆者也. 路北一塢, 窈窕東北入, 是爲東塢. 中有水南下, 萬字橋水西北來會之, 與三生橋下水同出邱塘東者也. 共五里, 有柳徑抱, 鬖立田間, 爲土人折柳送行之所. 路北卽萬字橋水瀠流而東, 水北卽象眠山至此南盡. 又西二里, 歷象眠山之西南垂, 居廬駢集, 縈坡帶谷, 是爲麗江郡所託矣. 於是半里, 度石梁而北, 又西半里, 稅駕於通事者之家. (其家和姓. 蓋麗江土著, 官姓爲木, 民姓爲和, 更無別姓者. 其子卽迎余之人, 其父乃曾奉差入都, 今以居積番貨爲業.) 坐余樓上, 獻酪爲醴, 余不能沾脣也. 時纔過午, 通事卽往復命, 余處其家待之.

東橋之西, 共一里爲西橋, 卽萬字橋也, 俗又謂之玉河橋. 象鼻水從橋南下, 合中海之水而東泄於東橋, 蓋象鼻之水, 土人名爲玉河云. 河之西有小山兀立, 與象眠南盡處, 夾溪中峙. 其後卽闢爲北塢, 小山當塢, 若中門之標, 前臨橫堅, 象鼻之水夾其東, 中海之流經其西, 後倚雪山, 前拱文筆, 而是山中處獨小, 郡署踞其南, 東向臨玉河, 後幕山頂而上, 所謂黃峰也, 俗又稱爲天生寨. 木氏居此二千載, 宮室之麗, 擬於王者. 蓋大兵臨則俯首受綑, 師返則夜郎自雄, 故世代無大兵燹, 且産礦獨盛, 宜其富冠諸土郡云.

---

1) 탁탁(濯濯)은 나무나 풀 따위가 없어 민숭민숭한 모습을 가리킨다.

二十六日 晨, 飯於小樓. 通事父言, 木公聞余至, 甚喜, 卽命以明晨往解脫林候見. 逾諸從者, 備七日糧以從, 蓋將爲七日款也.

二十七日 微雨. 坐通事小樓, 追錄前記. 其地杏花始殘, 桃猶初放, 蓋愈北而寒也.

二十八日 通事言木公命駕, 下午向解脫林. (解脫林在北塢西山之半, 蓋雪山南下之支, 本郡諸刹之冠也.)

二十九日 晨起, 具飯甚早. 通事備馬, 候往解脫林. 始過西橋, 由郡署前北上, 挾黃峰東麓而北, 由北塢而行, 五里, 東瞻象眠山, 始與玉河上流別. 又五里, 過一枯澗石橋, 西瞻中海, 柳岸波瀠, 有大聚落臨其上, 是爲十和院. (其後卽十和山, 自雪山南下之脈也.) 又北十里, 有大道北去者, 爲白沙院路; 西北度橋者, 爲解脫林路. 橋下澗頗深而無滴瀝. 旣度橋, 循西山而行, 五里爲崖脚院. 其處居廬交集, 屋角俱揷小雙旗, 乃把事之家也. 院北半里, 有澗自西山峽中下, 有木梁跨其上. 度橋, 西北陟嶺, 爲忠甸大道; 由橋南溯溪西上嶺者, 卽解脫林道. 乃由橋南西向躡嶺, 嶺甚峻, 二里稍夷, 折入南

峽, 半里, 則寺依西山上, 其門東向, 前分一支爲案, 即解脫林也. 寺南岡上,
有別墅一區, 近附寺後, 木公憩止其間. 通事引余至其門, 有大把事二人來
揖, (俱姓和. 一主文, 嘗入都上疏, 曾見陳芝臺者; 一主武, 其體幹甚長壯而面黑, 眞猛士
也.) 介余入. 木公出二門, 迎入其內室, 交揖而致慇懃焉. 布席地平板上, 主
人坐在平板下, 其中極重禮也. 敍談久之, 茶三易, 余乃起, 送出外廳事門,
令通事引入解脫林, 寓藏經閣之右廂. 寺僧之住持者爲滇人, 頗能體主人
意款客焉.

운남 유람일기7(滇遊日記七)

해제

　　「운남 유람일기7」은 「운남 유람일기6」에 이어 서하객이 운남성 북서부 지역을 유람한 기록이다. 서하객은 여강부(麗江府)에 도착한 이후 열흘 남짓동안 토사인 목증(木增)에게 융숭한 환대를 받았는바, 목증의 도움으로 상비수(象鼻水)를 유람하고 목가원(木家院)의 거대한 산차나무를 감상했다. 아울러 서하객은 목증을 위해 『운과담묵집(雲薖淡墨集)』을 정리·교열하고, 『산중일취집(山中逸趣集)』의 발문을 썼으며, 목증의 아들에게 문장을 가르치기도 했다. 그는 2월 11일 여강부를 떠나 검천주(劍川州)를 거쳐 18일 낭궁현(浪穹縣)에 이르렀다. 이 기간에 서하객은 각지의 명승고적을 유람하여 기록으로 남겼을 뿐만 아니라, 소수민족의 생활상, 기후와 풍광, 물산 등에 관해서도 자세한 기록을 남겼다.

　　이번 유람의 주요 여정은 다음과 같다. 해탈림(解脫林) → 목가원(木家院)

→ 여강부(麗江府) → 동원리(東圓里) → 칠화(七和) → 청현동(靑玄洞) → 학경부(鶴慶府) → 여남초(汝南哨) → 검천주(劍川州) → 금화산(金華山) → 망헐령(莽歇嶺) → 석보산(石寶山) → 낭궁현(浪穹縣) → 이해(洱海) → 불광채(佛光寨) → 일녀관(一女關)

역문

기묘년 2월 초하루

목공(木公)이 대파사(大把事)에게 명하여 집안에 모은 흑향백은 (열냥)을 선물로 보내주었다. 오후에 해탈림(解脫林)의 동쪽 집에서 연회를 베풀었는데, 아래에 솔잎을 깔고, 초웅부(楚雄府)의 여러 학생 가운데에서 허(許)씨 성의 학생에게 연회에서 나를 모시도록 했다. 이어 은잔과 비단 (은잔 두 개와 푸른 비단 한 필)을 선물했다. 여든 가지 음식이 대단히 멀리까지 늘어서 있으니, 이 가운데 어느 것이 진기한 맛인지 분간할 수 없었다. 저물녘에야 연회는 파했다. 자리깔개를 허(許)씨 성의 학생에게 선물로 주고, (여러 아전들에게 각각 노고를 위로했다.)

2월 초이틀

목공이 거처하고 있는 해탈림 남쪽의 정실로 들어갔다. 따뜻하게 맞이하여 자리를 마련해주는 것은 전과 다름없었다. 그와 헤어져 해탈림으로 되돌아왔다. 어제 연회에 배석했던 허씨 성의 학생이 선물받은 푸른 비단을 백은으로 바꾸어갔다. 오후에 목공은 다시 대파사를 보내, 자신이 지은 『운과담묵집(雲薖淡墨集)』의 서문을 써달라고 부탁했다.

2월 초사흘

내가 원고를 써서 보내니, 목공이 또 대파사를 보내 감사의 뜻을 전해왔다. 선물로 받은 술과 과일에는 백포도, 용안, 여지 등의 진귀한 품종이 있으며, 소병유선(머리카락처럼 가늘고 안에는 잣을 넣은 고기를 묶어 조각을 만들었는데, 매우 바삭바삭하고 부드럽다)과 발당(흰 설탕을 실처럼 만드는데, 머리카락보다 더 가늘다. 수없이 많은 가닥을 한데 모으고, 고운 밀가루로 뒤섞었는데, 그래야 느끼하지 않다) 등의 기이한 간식들도 있었다.

2월 초나흘

계족산(雞足山)의 어느 스님이 성성(省城)에서 『운과담묵집』을 베껴쓴 것을 목공에게 바쳤다. 목공은 곧바로 대파사를 시켜 나에게 전해 보여주면서, 교정해주기를 부탁했다. 스님이 쓴 홍무(洪武)체는 비록 가지런하기는 하지만, 오자가 매우 많고, 어긋나고 빠진 채 순서가 없는데다 중첩과 뒤바뀜 또한 심했다. 나는 대략 교정을 하고서, 이 책은 부문별로 나누어 엮어야 어지러이 나타나는 잘못이 없어지리라고 말했다. 밤에 이 책을 바쳐 보냈다.

2월 초닷새

다시 대파사를 시켜 감사의 인사를 전해왔다. 내일은 공자를 모시는 제사를 지내는지라 이곳에 머물러 있을 수 없으니, 각별히 대파사 한 사람을 보내 시중들게 하겠노라고 말했다. 며칠을 더 머무르면서, 번거롭겠지만 『운과담묵집』을 내가 전에 말했던 대로 부분별로 나누어달라고 부탁했다. 나는 그렇게 하겠노라고 했다. 편지를 써서 감사드리고서, 충전(忠甸)에 가서 그곳에 주조된 세 길 여섯 자의 동상을 구경하게 해달라고 부탁했다.

정오가 지나 목공이 떠나면서 나에게 답신을 보냈다. 충전은 온통 장족(藏族)들의 길이고 도적이 많은지라 가서는 안된다고 했다. 아마 대파사가 가운데에서 막았을 터인데, 그들의 관할지역을 엿볼까봐 두려워했으리라. 이날 기름에 튀긴 빵을 보내왔는데, 너무나 크고 많아 하루에 하나도 채 먹지 못했다.

2월 초엿새

나는 해탈림에 머물러 책을 교정했다. 목공은 떠났지만, 때때로 사람을 보내 술과 과일을 보내왔다. 거위만큼이나 커다란 생닭은 온통 기름투성이로, 색깔은 누렇고 몸집은 둥근데, 대단히 살져 있다. 나는 이런 닭을 좋아하는지라, 하인 고씨에게 소금에 절인 닭고기를 만들라고 했다.

해림은 백사오(白沙塢)의 서쪽 경계의 산에 기대어 있다. 이 산은 설산(雪山)의 남쪽, 십화(十和) 뒷산의 북쪽에 있고, 동쪽 경계의 취병산(翠屛山)과 상면산(象眠山) 등과 이어져 있으며, 백사오를 사이에 두고서 황봉 뒤쪽의 움푹한 평지를 이루고 있다. 절은 산 중턱에 자리한 채 동쪽을 향해 있고, 취병산을 안산으로 삼고 있다. 이 절은 여강부(麗江府)의 으뜸가는 절로서, 설산에 있는 옥룡사(玉龍寺)조차도 이에 미치지 못할 것이다.

절의 복도와 계단은 모두 대단히 깔끔하다. 중앙의 전각은 웅장하지 않으며, 불상 역시 거대하지 않으나, 장식은 장엄하고 벽은 청결하다. 다른 곳에서는 볼 수 없는 모습이다. 정전의 뒤에는 층층의 평대가 높이 둘러싸고 있으며, 위에 법운각(法雲閣)이 세워져 있다. 법운각은 팔각에 용마루가 겹겹인지라, 웅장하고 화려하기 그지없다. 전각 안에는 만력(萬曆) 연간에 하사한 장경이 보관되어 있다.

법운각 앞에는 두 곳의 곁채가 있는데, 나는 남쪽의 곁채에 묵었다. 두 곳의 곁채 외에, 남쪽에는 둥근 전각이 있다. 이 전각은 지붕을 띠풀로 이었으나, 가운데는 사실 벽돌로 둘러져 있다. 불상은 흰 돌을 새겨 만들었으며, 대단히 예스럽고 정교하다. 전각 안에는 불상이 하나뿐이고, 옆에 늘어선 것이 없으며, 대단히 청정한 의경을 자아내고 있다.

그 앞은 절 안의 식당과 주방이다. 북쪽에도 둥근 전각이 한 곳 있다. 전각 위에는 층층의 창문이 열려 있고, 전각 앞에는 세 칸짜리 누각이 있는데, 조각한 창과 무늬를 새긴 칸막이는 죄다 금빛과 푸른빛으로 꾸몄다. 이곳은 목공이 쉬는 곳인데, 잠긴 채 열려 있지 않다. 그 앞은 연회를 베푸는 곳이다.

정실은 절 오른쪽의 비탈 오르막에 있고, 문은 동쪽을 향해 있다. 정실은 세 겹으로 이루어진 집이다. 모두 그다지 웅장하거나 툭 트여 있지는 않다. 사방을 두른 담은 겨우 어깨 높이였지만, 우람한 소나무가 이어져 있는지라 산림의 분위기를 물씬 풍기고 있다. 듣자하니 여기에서 올라가면, 공수대(拱壽臺)와 사자애(獅子崖)가 있다고 하지만, 교정보는 일에 쫓겨 올라갈 겨를이 없었다.

2월 초엿새, 초이레

연일 교정을 보고 부류를 나누었다. 책의 부문을 여덟 항목으로 나누었다. 대파사가 기다린 지 오래인지라, 나는 마음이 불안하여 밤마다 불을 밝히다가 삼경이 되어서야 잠자리에 들었다. 이날 밤 일을 마치자, 곧바로 편지를 써서 대파사에게 건네주었다. 교정을 이미 끝마친 터인지라, 고강(古岡)이라는 명승지가 있다고 하던데, 안내인을 보내 나를 유람시켜줄 수 있을지 모르겠다고 적었다.

고강은 서라(聵儸)라고도 하며, 여강부의 북동쪽으로 열흘 남짓이 걸리는 곳에 있다. 이 산에는 가운데가 뚫린 동굴이 몇 군데 있고, 그 속에 네 곳의 못이 있다. 못의 물은 각기 한 가지 색깔을 띠고 있으며, 모두 기이할 정도로 맑고 투명하여 절로 광채를 피워내고 있다. 못 위에는 세 개의 봉우리가 가운데에 우뚝 솟구쳐 있는데, 유달리 눈이 엉겨 붙어 하얗게 반짝인다. 이 일대의 설산이 따를 수 없을 정도이다.

목공은 여러 차례 고강에 가보고 싶어했다. 그러나 여러 대파사들이 가서는 안된다고 극력 말리는 바람에, 몇 년 만에야 가서 고강의 모습을 그려 돌아올 수 있었다. 이 그림은 지금 해탈림 뒤쪽의 집 벽에 걸려 있다. 이 집은 북쪽의 법운각과 마주보고 있다. 나는 그림을 보고서야 고강에 대해 알게 되었다.

아울러 주지인 순일(純一) 스님에게 고강에 대해 여쭈어보았다. 그의 이야기에 따르면, 그곳에는 진정으로 수도하는 이들이 매우 많은데, 사람마다 동굴 하나씩에 기거하면서 금식할 수 있다. 그들 가운데 으뜸인 자는 신통력을 지녀 손으로 돌을 부수어 가루로 만들고 발로 비탈을 밟아 웅덩이로 만들 수 있으며, 나이는 매우 젊은데도 앞일을 예측할 수 있다고 한다. 목공이 아직 가지 않았을 적에, 모두 먼저 여러 토박이들에게 귀인이 올 것이라고 말했기에, 토박이들이 목공을 더욱 믿고 떠받들었다. 그래서 나는 더욱 동경하는 마음이 생겨 꼭 한 번 가보고 싶었다.

2월 초여드레

동틀 녘에 대파사가 책을 가지고 서둘러 갔다. 나는 느지막이 일어났다. 식사를 하고 나니 비가 부슬부슬 내리기 시작했다. 순일 스님이 내게 골동 자기잔, 얇은 청동 솥, 그리고 어린 싹에서 딴 질 좋은 차를 선물로 보내왔기에, 차를 끓여 마실 도구로 삼았다. 말을 준비하여 순일 스님과 작별하고서 산을 내려왔다.

약간 북쪽으로 나아가다가 동쪽으로 꺾어져 내려왔다. 내리막길은 매우 가파르다. 2리를 가서 산기슭에 이르자, 길 북쪽에 설산의 남동쪽에서 흘러오는 산골물이 있다. 이 물길을 따라 동쪽으로 반리를 가자, 나무다리가 나왔다. 산골물을 건너 북서쪽으로 산을 넘으니, 충전으로 가는 길이다.

나는 다리 남쪽에서 동쪽으로 나아가 반리만에 동쪽으로 돌아들었다. 이곳은 애각원(崖脚院)인데, 산에 기댄 채 동쪽을 향해 있다. 이곳의 거처들은 끊임없이 이어져 있다. 이 가운데에는 판자집이나 띠집이 많이 있다. 기와집도 있는데, 모두 우두머리의 거처이며, 집의 모퉁이에는 한결같이 두 개의 작은 깃발로 표시를 했다. 깃발들은 불어오는 바람에 펄럭이면서 요염한 복숭아꽃과 소박한 배꽃 사이에서 휘날린다. 지난밤의 비에 붉은빛을 머금고 있으며, 아침 안개에 푸른빛을 띠고 있다. 홀로 말을 탄 채 숲을 뚫고 나아갔다. 비바람이 처량하지만, 오히려 아름다운 경관을 이루고 있다.

애각원의 남동쪽으로 마을 사이에 웅덩이가 있다. 웅덩이 속은 말라붙어 물 한 방울이 없으나, 정자와 평대, 둑길의 버들은 아직 남아 있다. 지난날의 호수로서, 빙 둘러 원림(園林)을 형성했으나, 지금은 폐허의 구렁으로 변하고 말았다.

다시 남쪽으로 2리를 가자, 말라붙은 산골물이 땅속으로 대단히 깊이 패어 있다. 이곳은 설산 남동쪽의 시내이며, 남쪽의 중해로 흘러든다. 지금은 이 물을 동쪽의 움푹한 곳의 등성이로 끌어들이는 바람에, 물 한 방울도 산골로 흘러내리지 않는지라, 산골물 위에는 돌다리만 걸쳐져 있다.

다리의 동쪽을 건너자마자, 남쪽으로 끌어들인 물길을 따라 나아가 4리를 갔다. 십화의 마을이 서쪽에 있는 것이 보이는데, 매우 번창하다. 그 남쪽은 중해(中海)이다. 중해를 바라보면서 남동쪽으로 나아갔다. 이 한길은 쭉 북쪽으로 뻗어간다. 백사(白沙)로 가는 길이다. 남쪽으로 4리를 가자, 말라붙은 산골물이 움푹한 평지 속을 동서로 가로지르고, 그 위에 조그마한 돌다리가 남쪽으로 걸쳐져 있다.

다시 동쪽으로 5리를 갔다. 동쪽의 상면산을 바라보니, 어느덧 가까워져 있었다. 이전에 통사가 나를 데리고 상비수(象鼻水)를 구경시켜 주겠노라고 했었다. 이곳에 이르러 남동쪽의 밭 사이를 나아가 2리만에 산 아래에 이르렀다. 물은 구렁 아래의 동굴 속에서 서쪽으로 흘러나온다. 동굴은 작지만 한둘이 아니다. 물은 넘쳐흘러 커다란 시내를 이루더니, 남쪽으로 꺾어져 흘러간다.

2리를 가자, 물길은 두 줄기로 나뉘었다. 한 줄기는 상면산을 따라 남쪽으로 흘러가고, 다른 한 줄기는 움푹한 평지에서 거꾸로 골짜기로 흘러들었다가 조그마한 돌다리를 지나 다시 두 갈래로 나뉘어 길을 낀 채 동서 양쪽으로 흐른다. 5리를 가서 황봉산(黃峰山) 북쪽에 이르렀다. 끌어들인 물길 가운데 한 줄기는 갈라져 산 뒤로 흘러가고, 다른 한 줄기는 동쪽으로 황봉산을 따라 남쪽으로 흘러간다.

이제야 비로소 알게 되었다. 즉 황봉산의 산줄기는 상비수 북쪽의 비탈에서 움푹한 평지를 따라 남쪽으로 드리워져 내리다가, 이곳에 이르러 조그마한 봉우리로 맺혀져 움푹한 평지 어귀에 자리하고 있다. 또한 동쪽 경계의 상면산 역시 이곳에 이르러 남쪽으로 끝이 나고, 서쪽 경계의 산은 중해의 남서쪽에서 북쪽으로 빙글 감돌아 십화의 뒷산과 이어진다.

남쪽에는 다시 움푹한 평지가 가로로 커다랗게 펼쳐져 있다. 남쪽의 주요 산줄기는 서쪽에서 동쪽으로 뻗은 채 앞쪽에 늘어서서 안산을 이루고 있다. 그 위의 오룡봉(烏龍峰)은 홀로 남서쪽에서 문필봉(文筆峰)으로 솟구쳐 오르고, 목가원(木家院)의 남쪽 봉우리는 남동쪽에서 빙 둘러 치솟아 장관을 이루고 있다. 수많은 커다란 산 가운데에서 작은 산이 주요해진 것은 황봉산이 목씨를 위해 천대의 공업(功業)의 첫머리를 열었기 때문이다.

황봉산의 왼쪽 겨드랑이에서 남쪽으로 올라가다가 서쪽으로 돌아든 뒤, 1리를 더 가서 그 남쪽으로 나왔다. 여강부의 치소가 동쪽의 시내를 굽어보면서 솟구쳐 있다. 상비수가 그 앞을 빙 두르고 있으며, 황봉산이 그 뒤쪽을 끌어안고 있다. 듣자하니, 치소 안에는 누각이 대단히 성대하여 제도를 어긴 곳이 많은지라, 그래서 치소에서는 손님을 맞아들이지 않는다고 한다.

이에 앞서 황봉산에 채 이르기 3리 전에, 파사가 편지를 갖고서 한 사람에게 술과 고기를 지운 채 비를 무릅쓰고 찾아왔다. 내가 아직 해탈림을 떠나지 않았다고 여겼던 것이다. 그와 함께 치소 앞을 지나 옥하교(玉河橋)를 건넌 뒤, 동쪽으로 반리를 가서 통사의 조그마한 누각에서 발걸음을 멈추었다.

목공의 편지를 읽어보니, 황석재(黃石齋)에게 글을 써줄 것을 요청해달라고 부탁함과 아울러, 사람을 성성(省城)으로 보내 오방생(吳方生)을 초청할 수 있도록 편지를 써달라고 부탁했다. 이전에 목공은 나와 천하의 인물에 대해 논한 적이 있었는데, 나는 그에게 이렇게 말했었다. "사상과 품덕이 뛰어난 사람은 오직 황석재 한 사람뿐입니다. 그의 글과 그림은 한림원의 으뜸이며, 문장은 우리나라의 으뜸이며, 인품은 천하의 으뜸이고, 그의 학문은 주공(周公)과 공자를 직접 이어받았으니 고금의 으뜸입니다. 그러나 이 사람은 쉽게 만날 수 없고, 청하기도 쉽지 않습니다."

그러자 목공이 "내 친히 가르침을 받을 만한 사람으로, 진(陳)씨와 동(董)씨 이후로 또 누가 있을까요?"라고 묻자, 나는 이렇게 대답했다. "인품으로는 대단히 어렵지요. 진(陳)씨와 동(董)씨의 행적은 후에도 계승하는 이가 없었으며, 설사 있다 해도 어찌 모셔올 수 있겠습니까? 그러나 멀리로는 만리에 짝할 만한 이가 없으나, 가까이로는 삼생[1]에나 절로 만날 만한 인물로, 저의 고향사람으로는 오방생이란 이가 있지요. 마침 지금 변방을 지키느라 성성(省城)에 살고 있습니다. 이 사람은 천자라도 죽이지 못하고, 죽음과 삶에 흔들리지 않으며, 문무를 겸비하고 있고, 학문과 덕행을 두루 갖추고 있으니, 이 역시 놓쳐서는 안될 분입니다."

목공이 모셔오지 못할까봐 염려하기에, 내가 청하는 편지를 써주겠노라고 했었다. 그래서 이러한 부탁이 있게 되었던 것이다. 목공은 내가 여강부의 치소에 와 있는 줄을 모르고 있었다. 사자는 답신을 가지고 되돌아갔다.

전에 책을 받아갔던 대파사가 와서 목공의 명에 따라 감사를 표시하면서, 고강에 다녀오기는 아무래도 어려우니, 절대로 아무 생각 없이 가셨다가 뜻밖의 봉변을 당하지 말라고 말했다. 아마 핑계이리라. 하지만 듣자하니, 작년 겨울에도 토번(吐蕃)[2]에 병사를 보냈다가 불리해지는 바람에 우두머리 몇 사람을 잃어버리고, 아직까지도 회복하지 못한 터였다. 게다가 서라와 고종(古宗) 모두 여강부의 북쪽 변경과 맞닿아 있어 도중에 두려운 일이 많은데다, 밖의 철교 역시 불타 끊겨져 있다.

이날 느닷없이 비가 한 바탕 쏟아졌다. 누각에서 북쪽의 설산을 바라보니, 희미해졌다 나타났다 한다. 남쪽의 하천과 들판을 살펴보니, 복숭아꽃과 버드나무가 어지럽다. 이 때문에 한 잔 가득 술을 들이켰다.

이 일대는 천연두를 대단히 두려워했다. 12년마다 호랑이해가 되면, 천연두가 한 번씩 발병하는데, 서로 전염되어 죽는 이가 끊이지 않았다. 그러나 전염을 피하여 천연두에 걸리지 않은 이도 많았다. 그래서 호랑이해를 맞을 때마다 아직 천연두에 걸리지 않은 사람들 가운데에는 남에게 알리지 않은 채 깊은 산골짜기로 피신하는 이들이 많았다. 부성과 변경 사이에서 천연두에 걸린 이가 한 명이라도 나타나면, 즉시 환자를 구화(九和)로 이송하고 왕래를 끊으며, 도로를 차단했다. 금지령이 대단히 엄격했다. (구화는 여강부 남쪽의 변경으로, 문필봉 남쪽 산의 커다란 등성이 너머에 있으며, 검천주(劍川州)와의 접경지역이다.)

전염을 피하여 천연두에 걸리지 않은 사람이 반을 차지했지만, 나이가 쉰 살, 예순 살이 되도록 여전히 불안에 떨면서 피신했다. 목공의 지부의 관직을 세습받은 맏아들, 그리고 셋째아들은 아직 천연두에 걸리지 않았는데, 작년이 무인년(戊寅年)의 호랑이해인지라 산속에 피해 있다가, 해를 넘기고서도 아직 돌아오지 않았다. 둘째와 넷째아들(넷째의 이름은 숙(宿)으로, 최근에 학경부(鶴慶府)의 학궁에 입학했다)은 모두 천연두를 앓았다. 목공은 넷째아들에게 편지로 나에게 문안을 여쭈고, 목가원에 와서 글을 배우겠노라 간청하도록 했다.

---

1) 삼생(三生)은 불가에서 일컫는 삼세전생(三世傳生)으로서, 전생(前生), 금생(今生)과 내생(來生)을 가리킨다.
2) 토번(吐蕃)은 지금의 서장(西藏)자치구를 중심으로 티베트족이 세운 정권을 가리킨다.

2월 초아흐레

대파사가 또다시 예물을 받쳐들고 감사하러 와서 책을 교정보는 수고에 보답했다. (철판 요 한 장, 황금 넉 냥) 또 편지를 써서 『계산지(鷄山志)』를 편찬해달라고 부탁함과 아울러, 내일 자신의 넷째아들을 위해 목가원에서 문장을 고쳐달라고 간청한 후에 관문을 나섰다. 목가원에는 산차나무가 대단히 커다란데, 버들을 꺾어 송별하는 대신 산차나무로 했다. 나는 그렇게 하겠노라고 했다. 이날 날이 여전히 맑지 않아 통사의 누각에서 쉬었다.

이곳의 풍속은 새해 정월에 하늘에 제사지내는 예를 중시한다. 정월 초하루부터 정월 대보름 후인 20일까지, 여러 차례 제사를 올리고서야 그친다. 매번 제사를 지낸 후에는, 대파사가 연회를 베풀어 목공을 초대했다. 한 차례 순서가 올 때마다, 그 집안의 호사가들은 천 냥 이상의 은자를 써서 금단지와 팔보(八寶)를 바치곤 했다.

이곳의 전답은 3년에 한 번씩 벼를 뿌린다. 올해 벼를 뿌렸으면, 이듬해에는 콩이나 채소 따위를 심고, 그 이듬해에는 휴경하여 씨를 뿌리지 않는다. 그 다음 이듬해가 되어서야 다시 벼를 심는다.

이곳의 토박이들은 모두 마사족(麼些族)이다. 지금의 왕조 초기에 한족들이 수자리하러 왔는데, 지금은 모두 현지의 풍속을 따르고 있다. 아마 왕조 초기에는 군민(軍民)이 있던 부(府)였으나, 지금도 군대가 있는지는 모르겠다. 다만 관의 성과 민의 성만 있다. 관의 성은 목(木)씨이고(맨 처음에는 모두 성이 맥麥씨였으며, 한나라부터 현재의 왕조 초기까지 그러했다. 태조 황제 때에 목씨로 바꾸었다), 민의 성은 화(和)씨이며, 다른 성씨는 없다. 여강부 북쪽은 곧 고종이고, 고종의 북쪽은 곧 토번이다. 그들의 풍속은 각기 다르다고 한다. 고종의 북쪽 변경은 비가 적고 눈만 내리니, 절대로 우레 소리가 나는 법이 없다. 고종 사람들 가운데 남쪽에 온 이들은, 여강부에 와서 우레 소리를 듣고서 신기하게 여긴다.

여강부 북쪽의 충전에 가는 길에는 북암(北巖)이 있다. 북암은 높이와 너비가 모두 세 길이고, 벼랑의 바위는 흰색이며, 동쪽을 향해 있다. 해가 동쪽에 떠오를 때마다 사람들이 울긋불긋한 옷차림으로 그 아래에 온다. 벼랑 가득 채색이 넘실넘실 뛰어오르니, 밝게 빛난 모습이 눈길을 사로잡는다. 붉은빛이 특히 선명하고 아름답다. 마치 거울에 흐르는 빛과 같고 노을의 환영과 같다. 해가 높이 떠오르면 더 이상 그렇지 않다.

2월 초열흘

아침 식사 후에 대파사가 다시 오더니 목가원에 가자고 기다렸다. 통사가 말을 준비했는데, 대파사가 갑자기 사라지더니 한참이 지나도 오지 않기에 그냥 출발했다. 동쪽으로 반리를 가자, 거리는 남북의 방향으로 돌아든다. 북쪽으로 가면 상면산의 남쪽 자락으로서, 통안주(通安州)의 치소가 있는 곳이며, 남쪽으로 가면 한길이 나온다.

반리를 가서 동쪽의 다리를 지났다. 여기에서 시내의 남쪽 언덕을 따라 남동쪽으로 나아갔다. 3리를 가자, 길 오른쪽의 밭두둑 사이에 버드나무 두세 그루가 있다. 이곳은 토박이들이 전송하는 곳이다. 그 북쪽에는 움푹한 평지가 북동쪽으로 아주 멀리 펼쳐져 있다.

대체로 설산의 갈래는 동쪽 자락에서 남쪽으로 두 겹을 이루어 뻗어내린다. 첫 번째 겹은 취병산과 상면산이다. 이들은 해탈림 및 십화 사이에 백사오를 이루고 있다. 두 번째 겹은 오열동산(吳烈東山)이다. 이 산은 취병산 및 상면산 사이에 이곳의 움푹한 평지를 이루고 있고, 그 북쪽의 어귀는 백사오와 나란하다. 그 북쪽의 건너뻗은 등성이는 바로 금사강(金沙江)이 설산의 기슭에 바짝 기대어 동쪽으로 흐르는 곳이다. 동산(東山) 너머에서는 강물이 남쪽으로 돌아든다. 등성이의 남쪽은 바로 이곳의 움푹한 평지이며, 움푹한 평지 속에는 동산에서 흘러나온 시내가 밭두둑을 대단히 드넓게 적시고 있다.

이곳의 움푹한 평지에서 북동쪽의 등성이를 넘어 강을 건넜다. 이 길은 향라전(香羅甸)으로 가는 길이다. 움푹한 평지 속을 흐르는 시내는 남동쪽의 삼생교(三生橋)의 동쪽에서 옥하와 만난다. 또한 남서쪽의 문필산에서 흘러나오는 물은 남쪽 산을 따라 동쪽으로 돌아들었다가 동원강(東圓岡)의 아래를 따라 삼생교를 거쳐 동쪽으로 흘러 두 줄기의 물길과 합쳐진다. 여기에서 세 줄기의 물길이 합쳐져 양공강(漾共江)의 원류를 이룬다. 동원강이란 곳은 여강부 남동쪽의 으뜸가는 요새이다.

대체로 서쪽에서 뻗어오는 커다란 등성이가 봉긋 솟아 목가원 뒤쪽의 높다란 봉우리가 있는 커다란 등성이를 이루고, 여기에서 남쪽의 학경부로 뻗어간다. 그 동쪽으로 뻗어내린 것은 구당관(邱塘關)을 이루고, 그 북동쪽으로 뻗어내린 것은 빙글 돌아들어 이 동원강을 이룬 채, 동산의 기슭에 바짝 붙는다. 세 줄기의 물길은 하나의 물길로 조여진 채 동산을 따라 남쪽으로 흘러내려 구당관의 동쪽 골짜기를 흘러나왔다가, 칠화(七和)와 풍밀(馮密)을 지나 학경부에 이른다. 언덕마루는 빙글 돌아 여강부의 치소를 향하고, 남쪽 산의 시내는 그 아래를 지난다. 무지개 모양의 다리를 건너 시내를 건넜다. 이 다리는 삼생교이다. 삼생교의 북쪽에는 두 개의 패방이 있고, 두세 채의 집이 지키고 있다. 유당(柳塘)에서 여기까지는 5리이다. 그 북쪽은 온통 비옥한 밭이고, 남쪽은 오르막 비탈이다.

1리를 가서 비탈 꼭대기에 올라 그 위로 완만하게 나아갔다. 오른쪽을 굽어보니 비탈은 안쪽으로 감싸안겨 있고, 아래로는 움푹한 평지가 펼쳐져 있으며, 북쪽의 여강부의 치소와 이어져 있다. 비탈은 비스듬히 동쪽으로 깎여내리며, 동쪽의 산 사이에 남쪽으로 흐르는 시내를 끼고 있다. 비탈 사이마다 마을이 있다. 웅덩이와 구덩이 곁에 복숭아꽃의 붉은빛과 버드나무의 푸른빛이 높거니 낮거니 서로 어울려 돋보인다. 3리를 가서 약간 내려와 웅덩이쪽으로 다가가니, 물길의 흔적이 보였다. 서쪽에서 동쪽의 시내로 내려갔다. 다시 남쪽의 비탈 한 곳을 넘은 뒤, 나무다리를 건너 남쪽으로 갔다. 목가원은 이곳에 있다.

이에 앞서 도중에 여러 차례 말들이 남쪽으로 빠르게 달려가는 것을 보았다. 아마 목공이 그의 아들에게 먼저 목가원에 가서 나를 기다리게 하려는 것이리라. 또한 여러 차례 사람을 불러와 환대의 예의를 가르치기도 했다. 도중에 통사와 이러쿵저러쿵 뭐라고 이야기를 나누는데, 나는 도통 알아들을 수 없었다.

드디어 목가원에 이르렀다. 이미 먼저 와 있던 대파사가 문에 들어서는 나를 맞아주었다. 목가원의 문은 남쪽을 향한 채 대단히 널찍하다. 앞에는 커다란 돌사자가 있고, 사방의 담 너머에는 거대한 나무가 하늘 높이 솟구쳐 있다. 막 문에 들어서자 넷째아들이 맞이했다. 두 겹의 문을 들어서자, 응접실 또한 드넓다. 응접실의 오른쪽을 따라 다시 내청으로 들어가 예를 갖추어 자리를 권하고 차를 내왔다. 곧바로 두 손을 모아 인사를 하고서 서쪽의 곁문으로 들어섰다. 서쪽 곁채 앞에는 소나무 울타리가 쳐져 있고, 아래에는 솔잎을 깔아 정중한 예를 나타냈다.

대파사는 두 개의 탁자를 마련해놓았다. 그는 자리에 앉자마자 지필을 올리더니 소매에서 조그마한 봉투 하나를 꺼내면서 이렇게 말했다. "저희 집 주인께서 아들이 이제 갓 학궁에 입학하여 글쓰기를 배우고 있으나, 이 일대에 이름난 스승이 없어 중원의 문장 풍격을 보지 못했으니, 아들을 위해 글 한 편을 내려주시어 문장의 법식을 깨닫게 해주시기를 원합니다. 이렇게 해주시면 죽도록 감복하겠노라 말씀하십니다." 나는 그의 말에 고개를 끄덕였다.

그의 봉투를 뜯어보니, 목공은 나에게 글을 지어달라고 요청하는 한편, 아들의 시문을 고쳐달라고 부탁하는 글이었다. 편지 끝부분에는 '아(雅)와 송(頌)이 제자리를 얻게 되었네'라는 글귀가 씌어 있었다. 내가 넷째아들에게 글의 제목을 주자, 즉시 자리에 앉아 붓을 들었다. 이파사(二把事)는 계단 아래로 물러가 기다렸다. 오후가 되어, 나의 글과 넷째아들의 글이 각기 지어졌다. 내가 넷째아들의 글을 보니, 자못 청아하고 명쾌했다. 이파사가 다시 주인의 뜻이라면서 세심하게 지적해달라고 부탁했다. 내가 고쳐주려고 붓을 들려고 하자, 이파사가 "한참 시장하실 터이니, 잠시만 늦추었다가 고쳐주십시오 뒤쪽에 차꽃이 피었는데, 운남성의 으뜸입니다. 한 차례 감상하시고 자리에 드시는 게 어떻겠습니까?"라고 말했다. 아마 그 주인의 지시일 것이다. 나는 그의 말에 따랐다.

소나무 울타리 오른쪽에서 한 칸 대청을 돌아들자, 왼쪽에 커다란 누각이 있고, 누각 앞에 차나무가 있다. 차나무는 빙 두른 채 몇 묘의 땅에 그늘을 지우고 있고, 높이는 누각과 나란하다. 나무의 직경이 한 자인 차나무가 서너 그루 모여 솟구쳐, 사방에 무성한 가지를 드리운 채 빽빽하게 뒤덮어 내리는지라 가운데가 보이지 않았다.

차의 꽃은 아직 완전히 피어나지 않은 채, 수십 송이만이 우거진 잎사귀 사이를 장식하고 있다. 꽃이 크기는 하지만, 가까이 다가가 볼 수는 없었다. 게다가 꽃은 적고 잎사귀는 무성하여 찬란한 아름다움을 보여주지는 못하지만, 월말쯤 되면 불꽃 노을과 같은 나무숲을 이룰 것이다. 아쉽게도 이곳의 날씨가 썰렁해서 꽃 피는 때가 좀 늦다. 파사의 이야기에 따르면, 이 나무는 연세 많으신 파사의 나이와 비슷한데, 손가락을 곱아보더니 60여 년이 된다고 한다. 나는 처음에 수백 년이나 된 나무이리라 여겼는데, 기세가 왕성한지라 이처럼 몇 해밖에 되지 않았을 줄 어찌 알았겠는가?

잠시 후 소나무 울타리로 되돌아오니, 어느새 연회석이 마련되어 있었다. 넷째아들이 정성스레 술을 권하고, 또 붉은 담요와 어여쁜 열쇠를 선물로 주었다. 이파사 역시 계단 아래에 자리를 마련하여 앉아, 술을 권할 때마다 서둘러 올라왔다. 넷째아들은 나이가 스무 살 남짓으로, 호리호리한데다 피부가 하얗고 준수한지라 변방에서 자란 것 같지 않다. 말하는 것도 분명하고 듣기에 좋으며, 예의와 행동거지가 절도에 어긋나는 일이 조금도 없다. 그는 나에게 북쪽 벼랑이 붉은빛을 비치는 기이한 현상에 대해 이야기했다.

이때 나는 구화에서 검천주로 가고자 했는데, 넷째아들이 이렇게 말했다. "이 길은 비록 험하지만 실제로는 가깝습니다. 다만 지금 천연두에 걸린 사람들을 이곳에 옮기고 있어서 죽음의 고약한 냄새만 나고 길역시 행인이 끊겼습니다. 그러니 학경부를 거쳐 가는 편이 나을 것입니다." 맛있는 음식 가운데 애저, 야크의 혀가 있다. 모두 나에게 설명해주는데, 하나하나가 들을 만했다.

(애저는 대여섯 근 무게의 새끼돼지에게 쌀밥을 먹여 키운 것이다. 뼈가 연하고 사각사각하며, 통째로 구운 뒤 얇은 조각으로 잘라먹는다. 야크의 혀는 돼지의 혀와 흡사하나 크고 달콤하며, 사각거리면서 기이한 맛을 띠고 있다. 아쉽게도 나는 이때 이미 취하고 배부른지라 많이 맛보지 못했다.) 그리고 나에게 "이곳에는 야크가 많은데, 꼬리는 크고 힘이 세서 무거운 짐도 질 수 있습니다. 북부의 산사람들은 경작할 밭이 없기에 세금 대신에 야크를 납부하기도 합니다"라고 말했다.

대체로 학경부 이북에는 야크가 많고, 순녕부(順寧府) 이남에는 코끼리가 많다. 남북마다 각기 기이한 짐승을 지니고 있는 셈이다. 오직 가운데의 대리부(大理府) 너머로 서쪽으로 영창부(永昌府)와 등월주(騰越州)에 이르면 그 서쪽은 차츰 비좁아진다. 이 사이에는 온통 사람뿐, 기이한 짐승은 하나도 보이지 않는다. 등월주의 서쪽에는 붉은 털이 나 있는 야만인들이 있는데, 이들 역시 사람들 가운데의 야크나 코끼리처럼 기이한 종족이다.

저물녘에야 연회석은 파했다. 나의 글을 받아가던 이파사는 넷째아들의 글을 나에게 건네주면서, "등불 아래에서 세세하게 고쳐주십시오. 내일 아침에 일찍 주인께 말씀드리겠습니다"라고 말했다. 나는 그러마고 고개를 끄덕였다. 넷째아들이 나를 대문까지 배웅했다. 말을 달려 여강부의 치소로 돌아온 뒤, 통사에게 말에 태워 배웅해달라고 했다. 남동쪽으로 2리를 가서, 시골사람의 집에 묵었다. 나는 등불을 밝혀 글을 고치고서, 서쪽의 곁채에서 잠들었다.

2월 11일

동틀 녘에 통사가 내가 바로잡은 글을 받아 목가원으로 갔다. 그가 목가원에서 식사를 가지고 돌아온 때는 어느덧 정오가 다 되어 있었다. 짐꾼을 구하다가 한참만에야 한 사람을 구하여, 남쪽으로 나아갔다. 2리를 가서 남쪽 산 아래에 이르렀다. 산을 따라 남동쪽으로 1리를 갔다가 아래로 내려가 구렁 바닥을 넘은 뒤, 이어 남동쪽으로 2리를 올라 구당관으로 나왔다.

구당관 안에는 몇 채의 민가가 있는데, 파사가 나를 맞아 차를 내왔다. 구당관에는 세 칸짜리 집이 가로로 늘어서 있고, 집은 남쪽을 향한 채 고개 위에 자리하고 있다. 다만 남쪽 아래는 꽤 가파르나, 관문은 그다지 험하거나 비좁지 않다. 이 고개는 서쪽의 커다란 등성이에서 갈라져 나와 동쪽으로 불쑥 솟아 있으며, 동산과 마주한 채 아래로 양공강(漾共江)을 끼고 있다. 관문 동쪽의 등성이는 강어귀를 굽어보고 있고, 그 위에 탑이 세워져 있다. 이곳은 여강부 남동쪽의 두 번째 겹의 요충지이다.

강 너머의 동산은 이곳에 이르러 웅장하게 솟구쳐 있는데, 마치 서쪽의 커다란 봉우리와 함께 뿔을 이루고 있는 듯하다. 관문의 문지기가 그 동쪽 기슭을 가리켰다. 곧 금사강이 남쪽으로 흐르다가 남동쪽으로 돌아들어 낭창위(浪滄衛)와 순주(順州) 사이로 흐르는 곳이다. 이곳에 길이 나 있다. 한나절이면 이 고개를 넘고, 다시 하루 반이면 남동쪽의 낭창위에 이른다.

구당관을 나온 뒤, 통사와 헤어졌다. 통사는 말을 타고 되돌아가고, 나는 짐꾼과 함께 계속해서 남쪽의 오솔길을 타고서 산을 내려갔다. 이 길은 온통 바위가 높고 가파르다. 틈새를 타고서 봉우리를 기어내려가 2리만에 그 기슭에 이르렀다. 남서쪽의 다리를 넘자, 다리 서쪽에 비탈이 있다. 남쪽으로 비탈을 따라갔다. 반리를 가서 다시 비탈을 내려오니, 서쪽에 움푹한 평지가 남쪽으로 툭 트여 있다. 평지 속에는 물이 없다.

다시 반리를 가서 움푹한 평지를 가로지른 후, 서쪽의 비탈 위를 반리 올라 서쪽의 커다란 산의 기슭을 따라 남동쪽으로 돌아들어 나아갔다. 1리 남짓을 가자, 길 왼편에 바위산이 우뚝 솟은 채, 서쪽의 산과 마주하여 있고, 길은 그 사이로 뻗어있다. 2리를 가서 등성이를 넘어 남쪽으로 내려가자, 등성이 오른쪽에 아래가 움푹 팬 바위벼랑이 있고, 동쪽 중턱의 바위봉우리는 더욱 높고 험하다. 남쪽으로 1리를 가자 동쪽 봉우리는 낮아지기 시작했다. 다시 서쪽 비탈을 따라 빙글 감돌아 남서쪽으로 나아갔다. 2리를 가자, 그 갈래가 다시 동쪽으로 불쑥 솟구친다. 다시 남쪽으로 그곳을 넘었다.

반리를 내려가 동쪽으로 불쑥 솟구친 봉우리의 남쪽을 뒤돌아보니, 벼랑이 허공에 움푹 팬 채 문을 이루고 있다. 걸음을 돌이켜 살펴보니, 비록 두 개의 동굴 입구가 있기는 하나 동굴은 그다지 깊지 않다. 다시 서쪽 산을 따라 남쪽으로 1리 남짓을 나아가자, 서너 가구의 민가가 서쪽 산 아래에 기대어 있다. 여기에서 다시 골짜기를 빠져나온 양공강이 골짜기의 기슭을 감돌아 흐르는 모습이 보였다. 골짜기 속에는 밭이 층층이 빙 두르고 있다. 마을 앞에는 이미 물을 끌어들여 도랑을 만들어 놓았다. 산을 따라 남쪽으로 나아가면, 칠화에 이른다.

도랑을 따라 서쪽 산의 동쪽으로 불쑥 솟구친 산부리를 감돌아 3리 만에 칠화에 이르렀다. 칠화는 여강부의 외성이며, 서쪽 산에 기대어 있는 마을은 자못 번성했다. 그 아래의 움푹한 평지 속에는 논이 강을 끼고 있다. 목공의 둘째아들이 이곳에 살고 있으며, 그의 저택 역시 동쪽을 향해 있다. 그 앞에서 다시 남쪽으로 반리를 가자, 세무국이 나왔다. 세금을 거두는 이가 이곳에 살고 있다.

다시 남쪽으로 차츰 1리를 내려가 마을 한 곳을 지난 뒤, 남서쪽의 비탈을 올랐다. 1리를 가서 비탈 꼭대기에 오르니, 그 위는 대단히 평탄하다. 그 위에서 평탄하게 남쪽으로 나아가 2리를 가자, 몇 채의 민가가 비탈등성이에 자리하고 있다. 이곳은 칠화초(七和哨)이다. 여강부 남쪽 끄트머리의 변방인지라 초소를 세운 것이다.

초소 남쪽으로 다시 반리를 가자, 남동쪽에서 북서쪽으로 가로지르는 길이 나왔다. 이곳은 삼차황니강(三岔黃泥岡)이다. 대체로 이 비탈은 서쪽의 커다란 산에서 드리워져 내리다가 이곳에 이르러 남동쪽으로 뻗어가고, 가로지른 길은 그 등성이를 따라 비스듬히 내려간다. 등성이 서쪽은 아래로 움푹 꺼져 골짜기를 이루고, 그 아래에 흑룡담(黑龍潭)이 자리하고 있다.

한길은 골짜기 동쪽에서 쭉 남쪽으로 뻗어있고, 학경부와 여강부의 경계는 이 비탈 등성이를 따라 나누어진다. 그래서 등성이 서쪽의, 아래로 움푹 꺼진 골짜기는 서쪽에서 빙 둘러 남쪽의 풍밀에 이르는데, 그 아래는 이미 학경부에 속해 있다. 반면 등성이 동쪽의, 빙 둘러 뻗어가는 곳은 남쪽의 풍밀의 동쪽으로 내려간다. 그 안은 여전히 여강부에 속해 있다. 이 등성이는 동서 양쪽 경계의 커다란 산을 가로지르는 경계인 셈이다. 여기에서 서쪽의 골짜기 속을 굽어보니, 소나무와 대나무가 멀리 이어져 있고, 길은 동쪽 등성이를 따라 남쪽으로 차츰 내려간다. 6리를 가서 풍밀에 이르렀다.

날은 겨우 정오를 지났는데, 묵을 여인숙을 찾다가 내키는 대로 어느 집의 이층에 묵었다. 진(陳)씨 성의 유생의 집인데, 이전에 실단사(悉檀寺)에서 서로 만난 적이 있던 사람이다. 짐꾼은 짐을 부려놓고 떠나갔다. 나는 그의 집에서 밥을 지어먹고서 청현동(青玄洞)으로 갈 작정이었다.

그런데 유생 진씨가 나를 만류하면서, "내일 출발하면 충분히 여기에서 갈 수 있습니다. 오늘은 늦었으니, 동산의 기슭을 살펴보시지요?"라고 말했다. 그리하여 함께 동쪽의 움푹한 평지의 밭두둑을 넘었다. 대체로 이곳의 움푹한 평지는 흑룡담에서 남쪽으로 뻗어내리다가 이곳에 이르러 동쪽으로 빠져나온다. 움푹한 평지의 북쪽은 황니강(黃泥岡)의 비탈이다. 이 비탈은 쭉 드리워져 동산의 기슭에 바짝 다가서고, 양공강 역시 동쪽으로 물러나 멈춘 듯하다가 황니강 어귀로 흘러나온다. 그러므로 움푹한 평지의 동쪽 경계는 황니강 어귀를 중심으로 나누어진다.

움푹한 평지에서 동쪽으로 1리를 나아가, 곧바로 양공강과 만났다. 양공강을 거슬러 북동쪽으로 반리를 가자, 나무다리가 강위를 가로지르고 있다. 다리에서 동쪽으로 건넜다. 다리 나무는 네 단이 이어져 있다. 동쪽 언덕을 따라 강을 거슬러 북쪽으로 나아가 반리를 가서 동쪽의 둔덕을 올랐다. 그 위에는 둔덕을 빙 둘러 밭두렁이 이루어져 있고, 펼쳐진 밭은 대단히 넓다.

북쪽으로 1리를 더 가자, 황니강의 어귀와 정면으로 마주했다. 동쪽 경계의 가장 높은 뾰족한 봉우리는 필가봉(筆架峰)으로서, 정서쪽으로 풍밀 뒤쪽의 퇴곡봉(堆谷峰)과 마주하고 있다. 유생 진씨의 부친의 무덤이 마침 그 둔덕 위에 있다. 이때 이장을 의논하고 있던 터인지라 측량하러 왔던 것이다. 나는 그에게 이장하지 말라고 권유했다. 산줄기가 뻗어오는 곳에 물을 끌어 도랑을 내면 무덤 뒤에서 가로로 끊기고, 만약 무덤 오른쪽을 따라 물을 끌어오면 앞에서 빙 둘러 흐를 터이니, 이것이 야말로 풍수의 감돌아드는 법이다. 유생 진씨는 나의 말을 옳게 여겼다.

이어 나무다리에서 강을 건너 3리만에 숙소로 돌아왔다. 유생 진씨는 술을 가져와 내게 따라주었다. 나는 그에게 먼 길을 갈 수 있는 짐꾼을 구해달라고 부탁했다. 진씨는 내일 구할 수 있을 것이니, 부탁할 필요가 없다고 말했다.

2월 12일

진씨가 나를 위해 짐꾼을 구하려고 했으나, 모두들 밭을 갈아 파종하느라 먼 길 떠나기를 꺼렸다. 은자를 받은 사람조차도 얼마 지나지 않아 다시 와서 거절했다. 식사를 한 후 한참동안 이리저리 다니다가 조귀(趙貴)라는 사람을 구해 길을 떠났다. 나는 순일 스님이 선물한 사발 두 개와 솥 하나를 진씨의 외상술에 대한 사례로 주었다.

그의 집에서 서쪽의 산골물 하나를 건너, 움푹한 평지를 가로질러 북서쪽으로 나아가 1리 남짓을 가서 서쪽의 비탈을 올랐다. 어느덧 퇴곡봉 아래에 바짝 다가와 있었다. 비탈위로 물을 끌어 만든 도랑이 남쪽으로 흘러가고 있었다. 나무를 걸쳐 건너자마자 동쪽으로 뻗어내린 등성이를 따라 남쪽으로 올라갔다. 반리를 가자 평평한 언덕이 나타났다.

언덕 위에서 서쪽으로 반리를 가서 곧바로 서쪽 산 아래에 바짝 다가서니, 사당이 언덕을 굽어보면서 솟아 있다. 사당 남쪽에서 동쪽의 언덕 겨드랑이의 바닥에 내려갔다. 용왕을 제사지내는 사당이 남쪽의 못 하나를 굽어보고 있다. 못은 대단히 드넓고 맑다. 이곳은 향미룡담(香米龍潭)이다.

사당의 남쪽에서 서쪽으로 층층의 벼랑을 올라갔다. 입구가 동쪽으로 나 있는 동굴이 있고, 그 위에 벼랑이 빙 둘러 불쑥 솟아 있다. 이곳은 청현동(靑玄洞)이다. 두 곳의 사당 모두 들어가지 않은 채, 서쪽의 산을 쭉 올라가 반리만에 벼랑 아래에 이르렀다. 동굴 입구에는 드리워진 바위가 가운데에 걸린 채 입구를 둘로 나누고 있다. 왼쪽 입구는 크고, 오른쪽 입구는 조그맣다. 어떤 스님이 가운데에 드리워진 바위에 기대어 있다. 그는 동굴바깥에 집을 짓고, 왼쪽 입구 아래에 바위를 빙 둘러 바깥문으로 삼고 있다.

빙 두른 바위틈으로 들어가 왼쪽 입구에 올라서니, 입구는 대단히 크다. 서쪽으로 쭉 들어가자, 한 가운데에 불좌가 자리하고 있다. 불좌 앞 약간 왼쪽에는 위로 뚫린 동굴 꼭대기로부터 한 줄기 빛이 내리비친다. 높이가 수십 길은 될 듯하다. 그 오른쪽에는 밖으로 매달린 암벽이 그 앞에 자리하고 있다. 가운데 옆은 남쪽으로 통해 있으며, 훤히 트여 오른쪽 문을 이루고 있다. 문은 약간 남동쪽을 향해 있으며, 그 아래에는 암벽이 매달려 있다. 암벽은 바라볼 수는 있어도 다닐 수는 없다.

대체로 불좌 앞에는 매달린 바위가 바깥에 병풍처럼 두르고 있는지라, 빙글 감돌아드는 느낌이 든다. 그런데 옆으로는 두 개의 문에 이르고, 위에는 구멍이 하나 뚫려 있기에, 매우 밝다. 이것이 동굴 앞쪽의 빼어난 경관이다. 불좌 뒤쪽에는 커다란 비석이 가운데에 서 있고, 그 위에 시가 새겨져 있다. 여기에서 안으로 들어가려면 횃불을 들고 가야 한다. 이에 짐꾼에게 횃불을 들고 앞장서게 했다. 가만히 살펴보니, 안쪽 동굴 역시 두 곳의 입구로 나누어져 있는데, 오른쪽이 크고 왼쪽이 작다.

우선 왼쪽 벽을 따라 왼쪽 틈을 기어올랐다. 벼랑 한 곳을 오르자, 그 위는 틈새를 이루고 있다. 틈새를 헤치고 들어가 남쪽으로 돌아들자, 아래로 깊이 꺼져내린 동굴이 있다. 먼저 횃불을 던져 바닥을 비춰보니, 함정처럼 보인다. 이에 틈새를 더위잡아 허공에 버틴 채 세 길을 내려가 바닥에 이르렀다. 약간 남쪽 멀리서 뚫고 들어오는 빛이 보였다. 다른 구멍으로 통해 있다는 생각이 들었다.

다시 앞으로 나아가 자세히 살펴보니, 빛은 동쪽에서 들어왔다. 그제야 바로 오른쪽 입구에서 들어오는 커다란 동굴임을 깨달았다. 다시 서쪽으로 돌아들어가자, 안에 차츰 내려가는 조그마한 입구가 있다. 이에 엎드린 채 기어가면서 자세히 살펴보았다. 몇 길을 가자 더욱 좁아져 더 이상 나아갈 수 없는지라, 거꾸로 물러나왔다.

오른쪽 벼랑의 암벽을 따라가다가, 벼랑의 남서쪽에서 또 하나의 동굴 입구를 찾아냈다. 처음은 역시 조그맣더니, 그 안은 약간 트였다. 그러나 몇 길을 더 들어가자, 더욱 비좁아져 차츰 엎드린 채 기어가다가 더 이상 나아갈 수 없어 또다시 거꾸로 물러나오고 말았다. 이곳은 방금 전에 멀리서 빛이 뚫고 들어오던 곳이다.

밝은 곳을 향하여 동쪽으로 걸으면서 좌우로 이리저리 둘러보니, 벼랑의 바위가 구불구불 이어져 있을 뿐, 벼랑에는 달리 구멍이 없었다. 마침내 커다란 비석에 이르러, 비석의 시를 베꼈다. 아울러 앞의 동굴을 나와, 드리워진 바위 안쪽의 뒤 벼랑에 사다리를 걸쳐놓고서 역시 벼랑 위의 시를 베꼈다. 스님이 좋은 차를 끓여 보내왔다. 차를 마신 후에 아래 동굴 앞으로 나오니, 동굴 입구에 복숭아꽃이 있다. 아직 활짝 피지는 않았다.

이 동굴은 앞뒤로 갈림길이 나뉜 채 그윽하기 그지없다. 앞쪽 동굴은 가려져 돋보인 채 앞뒤로 뚫려 있고, 뒤쪽 동굴은 중중첩첩 깊숙하고 머니, 두 가지 아름다움을 지니고 있다. 게다가 바깥은 빙 두른 벼랑이 위를 에워싸고, 아래에는 넘실거리는 푸른 물이 고여 있다. 이 또한 빼어난 절경이다.

동굴에서 내려와 평평한 언덕에 이르렀다. 나는 북쪽의 흑룡담을 살펴볼 작정이었는데, 짐꾼이 이렇게 말했다. "흑룡담으로 가는 길은 마땅히 황니강에서 서쪽으로 내려가야 하며, 그렇지 않으면 풍밀 뒤쪽에서 물길을 거슬러 들어가야 합니다. 이 산의 기슭에는 다닐 만한 길이 없습니다. 대체로 이 일대에는 두 곳의 용담이 있는데, 북쪽 골짜기는 흑룡담이고, 이곳의 아래는 향미룡담입니다. 두 곳 모두 서쪽 산에서 흘러나온 물이 동굴 앞에 고여 이루어진 것입니다. 경관은 빼어나지만 마치 한 틀에서 나온 듯 똑같으니, 번거롭게 양쪽을 찾아볼 필요는 없습니다."

나는 그의 말이 옳다고 여겨 남쪽의 향미룡담으로 갔다. 몇 십 무(畝)의 크기인 향미룡담은 물이 깊어 맑고 푸르다. 대체로 평평한 언덕의 등성이는 동쪽을 향한 채 남쪽으로 빙 두르고 있는데, 서쪽 산과의 사이에 못을 끼고 있다. 오직 남서쪽으로만 물이 흐르는 골짜기가 펼쳐져 있다. 길은 못 서쪽에서 서쪽 산을 따라 남쪽으로 뻗어간다. 산벼랑이 갑자기 갈라지더니, 벼랑 가운데에서 넘쳐흐른 물이 못으로 흘러간다. 가로놓인 바위를 타고서 벼랑 어귀를 건넜다.

벼랑 앞에는 커다란 바위가 문 입구를 받치고 있다. 물은 갈라진 채 커다란 바위틈새를 감돌아 흐르고, 바위 역시 갈라진 채 가로놓여 있다. 이 바위는 높낮이가 일정치 않은데, 동쪽으로는 맑은 물결을 굽어보고, 서쪽으로는 거꾸로 암벽이 매달려 있다. 아래에는 동굴의 물길이 철썩이고, 그 위에는 벼랑의 나무가 둘러싸여 있다. 그윽한 정취가 사람을 잡아끄니, 다른 것을 돌아볼 겨를이 없었다.

잠시 후 틈새를 헤치고 동굴을 들어갔다. 동굴 속에는 커다란 바위가 비스듬히 치켜들려 있고, 갈라진 물길이 막혀 이리저리 흩어진 채 구불구불 감돌고 있다. 하나의 동굴인데도 물과 바위가 들쑥날쑥한 채, 위쪽은 마치 장막이 매달려 있는 듯하고, 아래쪽은 연꽃이 갈라져 있는 듯하다. 연꽃잎을 밟으니 조각조각 떼어져 있는 듯한 느낌이 들고, 동굴 꼭대기를 쳐다보니 동굴 속이 텅 비어 있는 느낌이 들었다. 몇 길을 들어가자, 뒤쪽의 암벽에 아직 빛이 남아 있고, 물이 아래의 구멍에서 솟아 나오고 있다. 하지만 붙들고 들어갈 틈이 없었다.

동굴을 나와 서쪽 산을 따라 남쪽으로 2리를 나아가자, 몇 채의 민가가 산에 기대어 자리하고 있다. 그 앞에서 다시 남쪽으로 1리를 갔다가 서쪽으로 돌아들어 1리를 간 뒤, 서쪽 산의 기슭에 바짝 다가갔다. 다시 남쪽으로 2리를 나아가자, 서쪽 산은 가운데가 끊긴 채 양쪽 벼랑이 마치 문처럼 마주하고 있다. 벼랑은 위아래가 바짝 붙어 있고, 그 사이로 길이 나 있다.

길을 따라 올라갔다. 대체로 이 벼랑은 여강부 남쪽 끄트머리의 경계로서, 들판 안은 평탄하게 펼쳐져 있다. 오직 학경부만 아래를 뚫고서 북쪽으로 뻗어가는데, 양쪽 경계는 높은 산이다. 또한 여강부는 앞에 자리잡은 채 남쪽으로 뻗어간다. 양쪽 산의 뒤쪽은 여전히 납서족의 풍속을 지니고 있다. 여기에서 남쪽으로 동서 양쪽 경계의 뒤쪽은 모두 라라(㩉㩉)이며, 학경부의 토사인 천호 고(高)씨에게 속해 있다.

다시 남쪽으로 2리를 가자, 한 줄기 시내가 서쪽 산에서 흘러내렸다. 나는 시내를 거슬러 끝까지 가보기로 했다. 약간 북쪽으로 돌아들어 반리를 가자, 시냇물은 두 곳의 동굴로 나뉘었다가 동쪽으로 흘러나온다. 모두 바위 아래에서 흘러넘칠 뿐, 커다란 구멍은 없다. 이에 물이 흘러나오는 바위 위를 넘어 물길의 서쪽에서 산을 따라 남쪽으로 나아갔다.

반리를 가자 동굴이 있고, 연이어 갈라진 세 곳의 동굴 입구가 벼랑에 기댄 채 동쪽을 향해 있다. 동굴의 깊이는 한 길 남짓이고, 높이 역시 마찬가지이다. 세 곳의 동굴 입구는 각기 치솟은 채, 가운데로 서로 통해 있지는 않다. 바위의 색깔은 진홍빛이고, 앞에 복숭아꽃이 아름답게 꾸미고 있는지라, 노을이 비단폭에 어린 정취를 자못 띠고 있다. 다만 이 동굴 속이 뚫려 있지 않은 점이 아쉬울 따름이다.

벼랑의 오른쪽에는, 위에서 동쪽으로 뻗은 갈라진 봉우리가 팔을 빙 두른 듯 뻗어내리는데, 봉우리의 겨드랑이 속의 모래와 자갈과 부딪쳐 떨어지다가, 북쪽으로 돌아들어 벼랑 앞으로 기울어져 있다. 봉우리 겨드랑이의 바닥에는 또 하나의 동굴이 있다. 남쪽의, 팔을 빙 두른 듯한 등성이에 올라서서 둘러보니, 그리 깊지 않은 듯하여 내버려둔 채 가보지 않았다.

남쪽의 팔 모양의 등성이를 넘어 남동쪽으로 반리를 내려가자, 수십 가구의 마을이 서쪽 산의 어귀에 기대어 있다. 이곳은 사장(四莊)이다.

마을의 남쪽 겨드랑이 속에 못 하나가 있다. 백여 무의 크기의 못은 서쪽 산에 바짝 붙어 있고, 서쪽 산의 바위벼랑은 못에 박힌 채 뻗어내려 있다. 길은 벼랑 위를 감돌아 벼랑의 남쪽을 타고서 뻗어있다.

다시 1리를 가서 못 동쪽의 언덕을 따라 남쪽으로 에돌아 나아갔다. 언덕 남동쪽에는 물이 새나가는 둑이 있다. 물은 가파른 구렁을 흘러내리자마자, 동쪽으로 흘러나와 소판교(小板橋)로 쏟아진다. 그 북서쪽 겨드랑이에는 벼랑이 감아돌고, 바위발치는 거꾸로 박혀 있더니, 다시 동쪽에 치솟은 벼랑이 못 속에 마치 엄지손가락처럼 불쑥 솟구쳐 있다. 벼랑 위에 울타리가 쳐져 있는데, 어느 신에게 제사를 지내는지 알 수 없다. 벼랑 아래는 바로 못물이 흘러나오는 곳이다. 물동굴의 크기가 얼마인지 역시 알 수 없다.

그런데 이곳은 물이 바위를 휘감아돌고 봉우리의 벼랑이 거꾸로 불쑥 솟은데다, 물결이 수정처럼 반짝이며 일렁거리는지라, 향미룡담의 경관보다 훨씬 빼어나다. 하지만 아쉽게도 어느새 못을 따라 동쪽으로 1리만에 물이 새어나가는 둑에 이르러보니, 서쪽 벼랑을 따라 험준한 곳을 넘어오르기가 쉽지 않았다.

그 남쪽에서 서쪽 산을 따라 다시 2리를 가자, 바위산의 한 갈래가 서쪽 산에서 동쪽의 널따란 들판 속에 불쑥 튀어나와 있다. 그 남서쪽의 겨드랑이를 돌아드는 곳에는 오래된 사당이 있고, 사당 앞에는 커다란 바위가 마치 연꽃의 꽃받침이 한데 모여 있는 양 겹겹이 쌓여 있다. 바위의 색깔은 청홍색에 재질이 날카롭다. 그러나 북쪽에서 오면서 보았던 바위들처럼 붉은빛을 띤 채 매끄럽지는 않다. 사당에 들어가 문을 두드렸지만 아무도 없기에, 복도에서 밥을 지어먹었다.

식사를 하고서 동쪽의 불쑥 튀어나온 봉우리를 따라 동쪽으로 반리를 간 뒤, 남쪽으로 돌아들어 봉우리의 돌기를 빙글 돌았다. 봉우리의 돌기는 동쪽의 넓고 평탄한 땅을 굽어보고 있으며, 뒤에는 바위봉우리가 솟구쳐 있다. 돌기 아래의 바위부리는 날카롭기 그지없어, 마치 칼날이 옆에 놓여 있는 듯하다. 한 줄기 물길이 그 사이를 뚫고 졸졸거리며 남쪽으로 흘러간다. 마음속으로 이상하다는 생각이 들었다. 고개를 치켜들어 그 뒤쪽에 솟구쳐 있는 바위봉우리를 쳐다보니, 수만 송이의 꽃받침과 꽃들이 한데 모여 있다. 틀림없이 영묘한 경계이리라는 느낌이 들었다. 짐꾼은 "최근에 절 한 곳을 지어 학명암(鶴鳴庵)이라 이름을 지었는데, 사람이 살고 있는지는 알 수 없습니다"라고 말했다.

이에 나는 짐꾼과 하인 고씨에게 앞서 가라하고서, 혼자서 길을 되돌아 그 위로 올랐다. 명주실 같은 길을 헤치고 꽃잎이 깔린 길을 따라 반리만에 봉우리 꼭대기에 오르니, 암자가 나타났다. 암자의 문은 동쪽을 향해 있고, 가운데에는 세 칸의 방이 있는데, 서방의 관음보살을 모시고 있다. 왼쪽에는 문창신(文昌神)을 제사지내는 누각이 있다. 모두 크지 않은 데다 회칠도 끝나지 않은 상태였다. 이 안에 도인 한 분이 살고 있었다.

대체로 2년 전에 산 위에서 학이 우는 기이한 모습을 주민들이 보았는데, 마침 도인이 와서 돈을 모아 이 암자를 지었다. 마을 사람들은 이에 감응하여 이곳을 학명암이라 일컬었다고 한다. 도인은 나에게 하룻밤을 묵어가라고 했으나, 나는 짐꾼과 하인이 이미 앞서 간지라 극구 사양했다. 나는 차를 끓이는 것도 기다리지 않은 채 작별을 고했다.

학명암의 남쪽에 서쪽 산에 기댄 채 아주 번성한 마을이 있다. 3리 남짓을 가자 까마득한 봉우리가 서쪽 산에서 동쪽으로 불쑥 튀어나온 채, 학명암이 있는 봉우리와 남북으로 마치 어깨를 나란히 하듯 앞으로 펼쳐져 있다. 다만 학명암이 있는 봉우리는 첩첩중중 빙 에두르고 있으나, 이 봉우리는 손을 맞잡은 양 우뚝 치솟아 있는 점이 다를 뿐이다.

이 봉우리의 이름은 석채봉(石寨峰)이며, 앞에는 석채촌(石寨村)이라는 마을이 있다. 한 줄기 샘물이 봉우리에서 흘러나와 고여서 못을 이루고 있는데, 사장의 못보다는 작다. 동쪽에는 둑을 빙 두른 채 방죽이 만들어져 있다. 물은 방죽에서 동쪽의 구렁으로 쏟아진다. 이 물은 동쪽의 대판교(大板橋)에서 흘러나오는 물이다.

반리를 나아가 둑의 남쪽을 넘은 뒤, 서쪽 산을 따라 남쪽으로 나아 갔다. 이곳은 차츰 황량해지더니, 밭두둑도 보이지 않고 마을이 기댈 곳도 없다. 수원(水源)이 없기 때문이리라. 8리를 가서야, 물이 동쪽으로 쏟아지고, 길은 동쪽으로 돌아들었다가 남쪽으로 물길을 건너간다. 이곳에서 바라보니, 동쪽은 연무장의 북쪽 마을이고, 서쪽은 서룡담(西龍潭)의 큰 마을이다. 아마 이 물길은 바로 서룡담의 물이 갈라져 흐르는 것이리라.

서룡담 역시 서쪽 산이 동쪽으로 불쑥 튀어나온 겨드랑이에 자리하고 있으며, 고인 물이 꽤 크다. 북동쪽으로 흐르는 것이 이 물이고, 가운데로 흐르는 것은 학경부의 부성 북쪽의 한길 어귀의 물이며, 남동쪽으로 끌어들인 물은 성안에서 사용하는 물이다. 그 유익함은 학경부의 으뜸이라고 한다.

다시 남쪽으로 2리를 가서 한길로 나왔다. 한길이 향하는 곳과 마주하여, 그 동쪽에 대숲에 둘러싸인 마을이 있다. 이곳은 내가 전에 올 적에 따라왔던 길이다. 한길에서 남쪽으로 4리 남짓을 나아가 학경부의 북쪽 관문에 이르러 관문 밖에 묵기로 했다.

북문에 들어가니, 이곳은 옛 성이다. 남쪽으로 반리를 가서 서쪽으로 돌아드니, 어전수어소(禦前守禦所)가 나왔다. 마니산(摩尼山)의 복어(復吾) 법사의 아들인 유생 장(張)씨의 집은 북쪽을 향한 채 자리하고 있다. 들어가 문을 두드리니, 마니산에 가서 아직 돌아오지 않은 터였다. 다시 남쪽으로 돌아들어 다시 성문을 들어섰다. 이곳은 새로운 성이다. 비로소 학경부의 성은 두 겹으로 이루어져 있음을 알게 되었다. 남쪽은 새로운 성이고 북쪽은 옛 성이며, 남쪽은 훤히 트여 드넓고, 북쪽은 비좁다.

새로운 성에 들어가자마자, 학경부의 치소에서 남동쪽으로 반리를 나아갔다. 동쪽의 부학(府學) 앞으로 돌아드니, 남쪽을 향하여 한길이 있고 저자가 자못 번성하다. 잠시 후에 두 곳의 북문을 나와 숙소로 들어갔다. 밥이 막 익었기에 식사를 하고서 잠자리에 누웠다.

학경부가 기대어 있는 서쪽의 커다란 산은 남쪽으로 뻗은 주봉이고, 동쪽의 커다란 산은 석보산(石寶山)의 봉우리이다. (석보산은 봉긋 치솟아 홀로 우뚝하고, 꼭대기는 굴다(屈多) 스님의 도량이다. 이 산은 여강부 동쪽의 산에서 남쪽으로 뻗어내려 남쪽의 금사강에서 끝난다.) 가운데에는 넓고 평탄한 땅을 끼고 있는데, 넓고 평탄한 땅은 칠화에서 남쪽으로 뻗어내린다. 다만 칠화의 남쪽에 삼차황니강(三岔黃泥岡)이 있는데, 서쪽에서 동산에 바짝 다가서 있다. 그래서 이 넓고 평탄한 땅은 풍밀 남쪽의 신둔(新屯)을 들판의 첫머리로 삼으며, 남쪽으로 쭉 내려와 50리를 가면 상면산이 나온다. 상명산은 서쪽의 주요 등성이에서 동쪽으로 뻗어 석보산으로 이어진다.

(석보산은 서쪽의 검천주의 석보산과 이름이 같은데, 『일통지』에서는 봉정산峰頂山이라 일컫고 있다. 『일통지』에 따르는 것이 옳다. 상면산은 여강부의 상면산과 이름이 같은데, 『일통지』에서는 용주산龍珠山이라 일컫고 있다. 역시 『일통지』를 따르는 것이 옳다.)

넓고 평탄한 땅을 가로지르는 양공강은 남쪽의 상면산에 이르러, 갈라진 채 여러 동굴로 흘러들었다가 산허리에서 합쳐진 뒤, 남쪽으로 흘러나와 한 줄기를 이룬 채 풍목수(楓木水)와 합쳐져 남동쪽의 금사강으로 흘러든다. 넓고 평탄한 땅의 양쪽의 동쪽에는 다섯 곳의 샘이 있는데, 석보산에서 흘러내려온다. 서쪽에는 흑룡담과 서룡담(西龍潭) 등의 못이 있는데, 서쪽의 커다란 산에서 흘러내려온다. 그래서 넓고 평탄한 땅은 기름지고 수확이 풍성하여 여러 부(府) 가운데의 으뜸이다. (풍밀의 보리 역시 여러 부 가운데의 으뜸이며, 서맥이라 일컫는다. 보리 낟알이 보통의 보리보다 배는 크다.)

2월 13일

일찌감치 식사를 하고, 동틀 녘에 북문에 이르렀다. 북문 밖에서 옛성을 따라 서쪽으로 나아가 1리만에 남쪽으로 돌아들었다. 반리를 가자,

그 남쪽에 새로운 성이 다시 서쪽으로 훤히 트여 있다. 새로운 성을 따라 서쪽으로 반리를 더 간 뒤, 성을 따라 남쪽으로 돌아들어 반리만에 서문을 지나, 이내 서쪽으로 꺾어 나아갔다.

다리 하나를 건너 서쪽으로 3리를 가서 비탈을 올랐다. 2리만에 비탈을 넘어 서쪽으로 약간 내려갔다. 서쪽 산에서 동쪽으로 내려오는 이 비탈은, 이곳에 이르러 낮게 엎드렸다가 다시 솟구친다. 그 남북 양쪽에 모두 팔을 벌린 듯 감싸안은 봉우리가 있다. 토박이들은 이 봉우리를 기고산(旗鼓山)이라 일컫는다. 비탈 위에는 무덤이 대단히 많다. 이 비탈은 대체로 학경부 부성에서 뻗어오는 줄기이다.

토박이들은 "예전에 토사 고(高)씨의 무덤이 이 언덕에 자리하고 있었는데, 이번 왕조 초기에 이곳에 왕의 기운이 있다고 여겨 대군(大軍)을 보내 언덕의 뒷맥을 파서 끊었지요. 그곳이 바로 지금의 낮게 엎드린 곳입니다"라고 말했다. 높이 치솟고 낮게 엎드림이 빼어난 풍수의 묘처인 줄을 모르고, 정말로 그곳을 파서 풍수의 뛰어남을 이루었을 따름이니, 부성(府城)이 날로 흥성함도 그럴만한 이유가 있는 것이다.

낮게 엎드린 곳에서 위로 비탈을 올라 나아가 1리만에 비탈의 등성이에 이르니, 남북 양쪽 모두 움푹 구덩이가 진 채 골짜기를 이루고 있다. 1리를 더 가서 남쪽으로 서쪽 골짜기 위를 건넜다. 남쪽의 비탈을 따라 골짜기를 타고서 서쪽으로 올라 2리를 가자, 약간 평탄해졌다.

다시 남쪽 비탈을 따라 위쪽으로 꺾어져 1리를 갔다. 이어 골짜기를 따라 서쪽으로 들어가 1리만에 서쪽 고개 아래에 이르러 북쪽으로 돌아들어 골짜기 속을 걸었다. 이 골짜기에는 떨어지는 물이 산골에 말라붙어 있고, 커다란 바위가 첩첩이 쌓여 있다. 층층의 돌층계를 따라 걷노라니, 물 한 방울도 보이지 않는다. 온통 벼랑인 동서 양쪽에는 암벽이 나란히 모여 있고, 바위 모서리가 날카롭게 빽빽이 뒤덮고 있다. 그래서인지 그 사이를 따라 나 있는 길은 한낮에도 차가운 느낌이 물씬 풍긴다.

2리 남짓을 가자, 산골길에 커다란 바위가 불쑥 튀어나와 있다. 마치 물새의 머리가 허공에 떠 있는 듯하고, 사자가 문앞에 웅크리고 있는 듯하다. 그 오른쪽 벼랑에서 가로질러 위로 올라간 뒤, 왼쪽 벼랑을 따라 올랐다. 길은 더욱 가파르고 비좁아지더니, 2리를 가서야 평탄해진다. 서쪽의 골짜기 속을 나아갔다.

1리를 나아가 약간 올라갔다. 북쪽의 벼랑에는 가파른 암벽이 치솟아 있다. 마치 날개를 퍼덕이며 하늘을 가르는 듯하다. 남쪽의 벼랑 역시 높고 가파른 채 서로 바짝 붙어 있는데, 가운데가 문처럼 한데 모여 있다. 그 가운데를 평탄하게 나아가다가 고개를 치켜드니, 하늘이 한 줄기 선처럼 보인다. 나는 이곳이 남쪽으로 건너뻗은 주요 등성이라고 여겼다.

골짜기 서쪽으로 뚫고 나가 봉우리와 구렁을 빙글 돌아들자, 길은 두 갈래로 나누어진다. 한 갈래는 등성이 어귀에서 서쪽으로 뻗어내리다가 북쪽 산을 따라 북서쪽으로 뻗어있다. 다른 한 갈래는 등성이 어귀에서 쭉 뻗어나가다가 남쪽 산을 따라 남서쪽으로 뻗어있다. 어느 갈래로 가야할지 정할 수 없었다. 방목하는 이가 보이기에 멀리서 소리쳐 묻고서야, 북서쪽은 나무꾼들이 다니는 길임을 알았다. 이에 남서쪽의 길을 따라 나아갔다.

반리를 가자 구렁 속 한가운데에 봉우리가 우뚝 솟아 있고, 그 위에 두세 채의 띠집이 자리하고 있다. 띠집에는 초소를 지키는 이들이 살고 있다. 그 남쪽을 따라 골짜기 속을 평탄하게 나아가다가 서쪽을 바라보니, 높다랗게 치솟은 뾰족한 봉우리가 뭇산의 꼭대기보다 높이 솟구쳐 있다. 길이 그 북서쪽으로 나 있을지 문득 의구심이 들었다.

서쪽으로 2리를 가서 웅덩이 속으로 약간 내려왔다가, 반리만에 뾰족한 봉우리의 동쪽 기슭에 이르렀다. 이곳은 웅덩이가 져 있으나 물이 없고, 북서쪽과 남서쪽의 골짜기는 모두 가운데가 움푹 꺼져있는 듯하다. 이제야 비로소 등성이 어귀에서 서쪽의 평평한 구렁을 오면서 이곳에 이르기까지 온통 가운데가 웅덩이져 있다. 밖으로 물이 새나가는 골짜기가 아님을 깨달았다.

웅덩이를 따라 남서쪽으로 올라, 뾰족한 봉우리의 남동쪽 골짜기를 헤치고 올랐다. 나무들은 빽빽하게 울창하고, 높은 봉우리는 거꾸로 그림자를 드리우고 있다. 2리를 가서 봉우리를 따라 서쪽으로 돌아든 뒤, 동쪽으로 건너뻗은 등성이를 넘었다. 서쪽으로 반리를 가서 뾰족한 봉우리의 남쪽을 감돈 뒤, 북서쪽으로 반리를 가서 남쪽으로 건너뻗은 등성이를 넘었다.

북쪽의 등성이는 동쪽으로 건너뻗은 등성이보다 높지만, 주요 등성이가 지나는 곳은 동쪽으로 건너뻗은 등성이를 따라 남쪽으로 돌아드는 듯하고, 등성이 어귀는 여전히 주요 등성이가 건너뻗은 곳이 아니다. 등성이를 넘어 북쪽으로 내려가 1리를 가니, 어느덧 뾰족한 봉우리의 서쪽으로 나와 있었다. 이곳에 이르기까지 대체로 삼면에서 뾰족한 봉우리를 낀 채 나아왔다.

이에 서쪽으로 골짜기를 따라 내려가 1리를 가서야 비로소 골짜기가 열렸다. 1리를 가서 남서쪽으로 돌아들었다가, 남쪽 산의 비탈을 따라 구불구불 서쪽으로 내려가 3리만에 빙글 감돌아드는 구렁 속에 이르렀다. 이곳의 동쪽, 북쪽과 서쪽의 삼면은 온통 높다란 봉우리이고, 북서쪽과 남동쪽은 모두 푹 꺼져내린 골짜기이다. 오직 남서쪽만은 등성이가 담처럼 뻗어있다.

그 위로 완만하게 올라 모두 2리를 가서 앞쪽의 언덕을 넘으니, 폐허가 된 집이 언덕마루에 자리하고 있다. 이곳은 여남초(汝南哨)이다. 그 남동쪽의 움푹한 평지 속에 마을이 동산(東山)에 기대어 있다. 이곳은 토사가 살고 있는 곳이다. 토박이들은 우랍파기(虞蠟播箕)라고도 일컫는다.

여남초에서 남쪽으로 내려와 움푹한 평지 속에서 1리 남짓을 나아가 남쪽의 골짜기에 들어섰다. 동서 양쪽에는 온통 흙봉우리가 바짝 다가서 있는데, 내리막길이 자못 가파르다. 2리를 가서 골짜기를 나와 식사를 했다. 남동쪽을 바라보니 푹 꺼져내린 구렁이 있다. 서쪽 봉우리의 남쪽을 빙글 감돌아 서쪽의 움푹한 평지를 올랐다.

1리 남짓을 가서 다시 서쪽 봉우리를 올라 남쪽으로 감돌았다가, 서쪽의 비탈을 따라 내려갔다. 북쪽은 봉우리이고, 남쪽은 구렁이다. 길은 깊숙한 나무숲속의 겹겹이 쌓인 바위 사이로 뻗어내리는데, 몹시 가파르다. 4리를 가서 골짜기를 돌아들어 등성이를 건너자, 내리막길이 조금 평탄해졌다. 남서쪽으로 반리를 가자, 언덕마루에 마실 거리를 파는 초막이 있다. 마실 거리를 사서 주린 배를 채웠다.

다시 남서쪽으로 반리를 가서 구렁 바닥으로 내려가니, 남쪽 골짜기에서 흘러나온 물이 구렁 속을 가로질러 북쪽의 골짜기를 뚫고 흐르고 있다. 이것은 청수강(清水江)이다. 그제야 구렁 서쪽의 산은 오히려 주요 등성이의 남쪽에서 북쪽으로 건너 뻗어있다. 청수강은 갓 발원한 가느다란 물길일 뿐, 시내라고 하기에도 걸맞지 않다. 그런데 어찌하여 강이라고 일컬을까?

청수강의 하류는 북쪽으로 흘러가다가 서쪽으로 돌아들어 남쪽으로 흘러가 검천의 상류와 합쳐질 터이니, 검천의 근원이 칠화에서만 시작되는 것은 아닐 것이다. 청수강의 동쪽 언덕에는 몇 채의 민가가 구렁 속에 자리하고 있고, 위쪽에 공관이 있다. 이곳은 가운데 길이다.

강물의 서쪽으로 건너 서쪽 비탈을 따라 남쪽으로 올라가, 구불구불 서쪽 산을 따라 남쪽으로 나아갔다. 3리 남짓을 나아가 남서쪽으로 꺾어져 오르는데, 길이 매우 가파르다. 1리를 가서 다시 서쪽으로 꺾어져 반리만에 서쪽의 고개등성이를 넘었다. 이 등성이는 남쪽에 있는, 동쪽의 주요 등성이를 따라 서쪽으로 건너뻗었다가 북쪽으로 돌아든 것이다. 틀림없이 북쪽의, 청수강이 서쪽으로 가로지른 곳에서 끝날 것이다.

등성이를 넘어 서쪽의 골짜기 속에 내려가 2리를 갔다. 골짜기는 비로소 훤히 트이지만 내리막길은 더욱 가파르더니, 1리 남짓을 더 가서야 평탄해졌다. 빙 두른 구렁 사이로 1리 남짓을 더 가서, 남쪽 봉우리의 서쪽을 따라 남쪽으로 감돌았다. 1리를 가서 구렁 어귀로 나오고서야, 그 서쪽의 뭇봉우리들이 나지막이 엎드려 있고, 골짜기가 대단히 깊이 패어 있는 모습이 보였다. 남쪽으로 가자 골짜기가 약간 트이더니, 남동쪽 골짜기 속에 물빛이 어울린 채 돋보이는 듯하다. 이곳은 검천호(劍川湖)이다. 남서쪽에는 층층의 봉우리가 높이 솟구치고 쌓인 눈의 빛깔이 영롱하게 반짝인다. 이곳은 노군산(老君山)이다.

남쪽으로 감돌아 2리를 가자, 감돌아 왔던 벼랑이 다시 보였다. 그 서쪽에 우뚝 솟구친 험한 바위봉우리가 발 아래 들쑥날쑥 이어지고, 그 아래의 깊은 구렁 속에는 집들이 빙 둘러 있다. 집들은 마치 누각이 서로 기대어 있는 듯한 모양이지만, 공관인지 사당인지 알 길이 없다.

그 위에서 남쪽을 향하여 동쪽 벼랑에 의지한 채 2리를 내려와서 서쪽의 골짜기 등성이를 넘었다. 어느새 집들의 남쪽에 나와 있었다. 서쪽 봉우리를 따라 남쪽으로 내려와 1리를 가니, 동쪽 골짜기는 어느덧 남쪽을 향한 채 검천호로 뻗어나간다. 여기에서 남쪽을 바라보니 호수빛이 아득하다. 호수는 동산의 기슭에 자리하고 있다. 호수 북쪽에는 구렁이 띠를 두른 듯 푸른빛을 띤 채 이어져 있고, 빙 두른 밭두둑이 대단히 많다. 검천주의 치소는 이 속에 있으나, 골짜기를 따라 나 있는 길이 없었다.

길은 도리어 봉우리 꼭대기에서 움푹 꺼진 곳을 가로질러 서쪽으로 1리를 간다. 이어 약간 내려갔다가 다시 서쪽 봉우리를 돌아들어 봉우리의 남쪽을 감돌았다. 1리를 더 가자, 여기에서 남쪽이 훤히 트여 앞에 가로막는 것이 없는지라, 남쪽의 호수와 북쪽의 움푹한 평지가 굽어보인다. 검천주의 치소는 서쪽 산에 기댄 채 호수와 평지가 만나는 곳에 자리하고 있는데, 여기에서 꽤 멀리 떨어져 있다.

길은 비탈을 감돌아 서쪽으로 나아가 1리 남짓만에 비탈 서쪽의 골짜기 속에서 남쪽으로 내려갔다. 1리를 더 가서 산기슭에 이르러, 벼랑을 따라 서쪽으로 돌아들었다. 반리를 가니, 마을이 산에 기댄 채 움푹한 평지를 굽어보고 있다. 빙 두른 담이 대단히 크다. 이곳은 산승당(山塍塘)이다. 물어보니 검천주와의 거리는 아직 10리나 되는데, 짐꾼이 지쳐있는지라 쉬기로 했다.

2월 14일

동틀 녘에 산승당에서 식사를 하고서, 날이 밝자 길을 나섰다. 여기
에서부터 줄곧 남서쪽을 향하여 평탄한 들판을 나아갔다. 2리 남짓을
가자, 남쪽의 넓고 평탄한 땅에 조그마한 산이 불쑥 솟아 있고, 길은 그
북쪽을 따라 서쪽으로 돌아들어 산을 끼고 있다. 다시 남서쪽으로 평탄
한 들판을 나아갔다. 비가 부슬부슬 내렸다.

2리를 가자, 북쪽에서 남쪽으로 흐르는 커다란 시내가 얕은 모래밭을
완만하게 흐르더니, 요란한 소리를 내면서 호수 속으로 쏟아졌다. 호수
는 아래의 산승당에서는 이미 보이지 않았다. 시내를 따라 남쪽으로 나
아가 반리를 더 가자, 커다란 돌다리가 서쪽의 시내 위에 걸쳐져 있다.
시냇물은 아마 북쪽의 전두(甸頭)에서 흘러오리라.

『지』에 따르면, 검천주의 북서쪽 70리에 있는 산꼭대기에 산정천(山頂
泉)이 있는데, 넓이는 반 무(畝) 정도이고, 검천의 원천이다. 이 산의 이름
은 모르지만, 현재 여강부 남쪽 경계인 칠화의 뒤쪽 주요 등성이가 실
은 검천의 발원지이니, 이 산은 곧 주요 등성이의 남쪽에 있음을 알 수
있다. 게다가 동산의 청수강의 물길 역시 검천에 합쳐진다. 청수강이 구
불거리며 이곳에 이르기까지 역시 70리가 채 되지 않으니, 청수강 역시
검천의 근원임을 알 수 있다.

다리에서 북쪽을 바라보니, 물길은 서쪽 산에 기댄 채 남쪽으로 흘러
내리고 있음을 알게 되었다. 그 동쪽에는 산승당 북쪽의 산이 감아돈
채로 사이에 끼어 있고, 산승당 동쪽의 산은 남쪽으로 푹 꺼져내려 너
른 들판을 이루고 있다. 더 동쪽으로는, 남쪽으로 뻗어내리는 동산이 그
동쪽에 병풍처럼 선 채, 서쪽 경계의 금화산(金華山)과 서로 마주하고 있
다. 이 산승당은 사실 넓고 평탄한 땅의 북쪽 끄트머리인 셈인데, 훤히

트인 그 남동쪽은 넓고 평탄한 땅을 이루어 호수물이 고이게 하고, 그 사이에 끼어 있는 그 북서쪽은 골짜기를 이루어 물이 빠져나가게 한다.

다리를 지나자, 비바람이 휘몰아쳤다. 시내를 따라 남쪽으로 반리를 가서 패방 아래에서 비를 그었다. 한참이 지나 비가 약간 그치자, 남서쪽의 밭두둑 사이로 다시 나아갔다. 1리 남짓을 가자, 조그마한 물길이 서쪽에서 흘러왔다. 이에 물길을 거슬러 서쪽으로 1리를 가서 검천주(劍川州)에 닿았다.

검천주의 치소에는 성이 없다. 동쪽 거리로 들어서서 치소 앞에 이른 뒤, 북쪽으로 나아가 북쪽 거리의 공사(貢士)인 양(楊)씨집에 짐을 맡겼다. 시장에 가서 생선을 샀다. 거리 북쪽에 사당이 있기에, 들어가 절을 올렸다. 절조를 지켜 죽은 단(段)씨를 모시는 사당이다. 단씨의 이름은 고선(高選)이며 검천주 사람인데, 만력(萬曆) 말기에 진사의 직분으로 중경(重慶) 파현(巴縣)의 현령이 되었다가 온가족이 사숭명(奢崇明)의 난으로 죽었기에, 조서를 받들어 사당을 세웠다. 지금은 그의 맏아들인 단훤(段暄)이 아버지의 공로로 수도에서 벼슬을 하고 있다.

사당 안에는 아이들을 가르치는 서생이 있었다. 화분에 심은 꽃이 자못 무성하다. 산차나무는 한 자 남짓밖에 되지 않지만, 꽃은 사발만큼이나 크다. 사당을 나와 동쪽의 숙소로 돌아와, 생선을 하인 고(顧)씨에게 주었다. 그에게 짐을 지키라 하고서, 나는 주인의 아들과 함께 짐꾼에게 식사 보따리를 들려 금화산(金華山)으로 유람을 떠났다.

서쪽 교외로 나오니 날이 대단히 맑다. 먼저 넓고 평탄한 땅의 형세를 살펴보았다. 대체로 동쪽 경계에는 남쪽으로 뻗어내린 주요 등성이가 호수 동쪽의 산으로 갈라진다. 이것이 동산이다. 서쪽 경계는 금화산이 가장 높으며, 북쪽의 애장(崖場)의 여러 산과, 남쪽의 나우(羅尤)의 뒤쪽 고개와 맞선 채 서쪽에 산이 솟아 있다. 이곳은 서산이다.

(금화산줄기는 사실 남서쪽의 노군산에서 뻗어온다. 노군산은 검천주 남서쪽 60리에 있는 양촌(楊村)의 북쪽에 있다. 이 산은 가장 높고, 여강부와 난주(蘭州)의 경계이다.

이곳은 광물 생산이 대단히 풍부하여 다른 산의 배나 된다. 토박이들의 이야기에 따르면, 예전에 검천주에 속했는데, 이십년 전에 성을 알 수 없는 토착의 천호가 여강부로부터 뇌물을 받고서 이 산을 여강부에 넘겨주었다고 한다. 여강부는 이 산을 뭇산의 줄기로 여겨 광석 채취를 금지했다. 그러나 『일통지』에 따르면, 금화산줄기는 서역西域의 나균산羅均山에서 뻗어온다고 했는데, 아마 노군산을 나균산으로 오인했기 때문이며, 서역에서 뻗어온다고 한 것은 『일통지』의 오류이다. 금화산은 난주蘭州의 동쪽에 위치하여 있고, 서역은 난주의 서쪽 난창강 너머에 있다. 이 산이 검천주에 속하지 않을지라도, 여강부와 난주의 경내에 있으니, 어찌 서역에서 뻗어온다고 할 수 있겠는가? 이러한 즉, 이 또한 이 산이 원래 검천주에 속하지 않음을 알 수 있으니, 뇌물을 받고 넘겨주었다는 토박이들의 이야기는 믿을 수 없다.)

넓고 평탄한 땅의 북쪽은 산승당의 뒷고개이며, 이 고개는 동산에서 북쪽으로 돌아들었다가 꼬리를 끌면서 서쪽으로 뻗어간다. 그 남쪽은 인학산印鶴山이다. 이 산은 동산에서 남쪽으로 뻗어내리다가 서쪽을 바라보면서 고개를 감아돈다. 가운데는 넓고 평탄한 땅이 빙 두르고 있는데, 동서의 너비는 10리이고, 남북의 길이는 30리이며, 호수가 절반을 차지하고 있다. 호수의 근원은 북서쪽에서 흘러와 남서쪽의 골짜기를 뚫고 흘러가고, 호수만은 남동쪽으로 넓혀간다. 이것이 넓고 평탄한 땅의 개략적인 모습이다.

이곳 검천주는 학경부 서쪽에 자리한 채 약간 남쪽에 치우쳐 있고, 여강부의 남쪽에 자리한 채 약간 서쪽에 치우쳐 있으며, 난주의 동쪽에 자리한 채 약간 북쪽에 치우쳐 있고, 낭궁浪穹의 북쪽에 자리한 채 약간 서쪽에 치우쳐 있다. 이것이 사방 경계의 기준이다. 검천주의 산줄기는 금화산의 북쪽 고개에서 동쪽으로 빙 둘러 뻗어내린다. 검천주의 치소에서 서쪽으로 1리 남짓을 나아가면 그 기슭에 이른다.

두 개의 절이 나란히 늘어선 채 동쪽을 향해 있다. 모두 크거나 툭 트여있지는 않다. 절 뒤에는 정자와 복도가 있는데, 층계가 감아도는 층층의 벼랑위에 있다. 이곳은 샘물이 휘날리고 대나무 그림자와 복숭아꽃이 서로 어울려 돋보이는지라 운치가 있다. 이곳은 향신인 양(楊)씨의 집이다. 절의 북쪽에서 벼랑을 타고서 서쪽으로 오르면, 관제묘(關帝廟)가 동쪽을 향해 있다. 이곳의 지세는 차츰 높아진다. 동쪽으로 넓고 평탄한 땅의 호수빛, 그리고 동산 가장 높은 곳에 겹겹이 쌓인 눈의 흔적을 바라보니, 대단히 아름답다.

사당 뒤에서 한길을 따라 다시 서쪽으로 반리를 오른 뒤, 북쪽으로 비탈을 따라 내려가면 도화오(桃花塢)가 나오고, 남쪽으로 갈라져 올라가면 만송암(萬松庵)이 나오며, 서쪽으로 쭉 한길을 따라가면 서쪽의 고개를 넘어 망헐령(莽歇嶺)에 이른다.

이에 양씨의 안내를 따라 북쪽의 비탈을 따라 내려갔다. 수백 걸음을 내려가는 길에는 천 그루의 복사꽃이 만발한 채, 진홍빛이 옅은 꽃무리를 이루고 있다. 문득 마치 수놓은 비단속을 걸어 들어가는 듯하다. 복사꽃 사이를 뚫고서 서쪽의 한길에 오른 뒤, 그 남쪽으로 가로질렀다. 그 위는 바로 만송암이고, 그 아래는 단씨의 무덤이다. 두 곳 모두 동쪽을 향해 있다.

단씨의 무덤은 움푹한 평지 속에 매달려 있고, 만송암은 고개 위에 높이 자리하고 있다. 두 곳 모두 도화오와 함께 처음에는 모두 토사 집안의 산이었다. 이제 무덤은 단씨가 장사되어 있고, 도화오와 만송암은 여전히 토사 집안의 것이다. 만송암은 이전에 암자였으나, 지금은 마굿간으로 쓰이고 있다고 하는데, 문이 잠겨 들어갈 수 없었다.

계속해서 관제묘 옆을 따라 약 1리만에 산을 내려왔다. 산의 북쪽에는 대단히 깊은 골짜기가 뒷산에서 빙 둘러 뻗어나오고, 산골물이 그 아래를 움패어 흐른다. 이곳은 애장(崖場)이다. 애장에는 두 개의 벼랑이 나란히 늘어서 있고, 그 어귀는 대단히 비좁다. 멀리 밖에서 바라보면, 산이 가운데에서 끊겨 있음을 알 수 없다. 나는 산골물을 거슬러 들어가고 싶었으나, 금화산에 가는 길이 급한지라 산을 따라 남쪽으로 나아갔다.

1리 남짓을 걸으니 담처럼 생긴 언덕이 나왔다. 이곳은 서산(西山)에서 동쪽의 검천주 남쪽까지 뻗어 있는데, 물을 끌어들인 언덕이다. 언덕을 넘어 다시 남쪽으로 1리 남짓을 더 가자, 서산 아래에 기댄 채 도궁(道宮)이 동쪽을 향해 있다. 도궁 안의 왼쪽에는 하씨서관(何氏書館)이 있다. 이곳에서 향신인 하(何)씨의 아들이 공부하고 있다. 도궁에서 분향하고 수행하는 이는 도인이 아니라 스님이었다. 스님은 나를 안내하여 서관을 구경시켜주고, 차꽃을 감상하게 해주었다. 그는 하(何)씨 도령을 불러 만나게 해주려 했으나, 그는 보이지 않았다. 그는 나에게 잠시 쉬어가라고 붙들었지만, 나는 산에 오르는 길이 급한지라 이내 나왔다.

　도궁의 오른쪽에서 서쪽으로 꺾어져 비탈을 올라 1리를 가자, 바위비탈 위에 사당이 자리하고 있다. 이곳은 토주묘(土主廟)이다. 토주묘는 동쪽을 향해 있고, 앞에 전각이 있다. 전각 뒤에는 두 그루의 오래된 잣나무가 양쪽에 서 있고, 규룡처럼 보이는 등나무가 구불구불 기세좋게 위아래로 이어져 있다. 또한 흐르는 샘물과 불쑥 튀어나온 바위가 좌우에 들쑥날쑥하다. 역시 그윽하고도 고요한 곳이다.

　하 도령을 만나니, 나를 서관으로 데려가고 싶어하면서 "아버지께서도 뵙고 싶어하실 겁니다"라고 말했다. 아마 그의 아버지가 기인을 모시는 것을 좋아하기에, 아들이 나를 모시려는 것이리라. 나는 산을 내려오는 길에 들르겠노라고 약속했다. (후에 물어보니 하씨는 진사 신분으로 집안을 일으켰으며, 이름은 가급可及이다. 그가 위당[1]이어서 관직을 삭탈당했음이 기억나 나중에 가지 않았다.)

　사당의 오른쪽에서 서쪽으로 올랐다. 여기에서 높이 기어올라 드리워진 비탈을 따라 올라 3리를 가서 불쑥 튀어나온 벼랑 위로 돌아들었다. 이 벼랑은 비탈 오른쪽에 우뚝 솟구친 채 아래로 깊은 골짜기를 굽어보고 있다. 골짜기는 그 위의 바위문 아래에서 대단히 깊이 꺼져내린다. 여기에서 위로 올려다보니, 두 개의 벼랑이 나란히 서서 문을 이룬 채 높이 봉우리 꼭대기에 기대어 있고, 문 안쪽은 빙 둘러선 채 비취빛으로 뒤덮여 있다. 마치 구름 같은 깃발과 신선이 출몰할 것만 같다.

더욱 기운을 내어 쭉 올라가니, 길은 구불구불 가파르게 매달려 있다. 1리를 더 가서 문의 왼쪽 벼랑에 올라가자, 그 위에 조그마한 석탑이 있다. 벼랑을 따라 서쪽으로 들어가니, 양쪽 벼랑은 가운데가 트인 채 위로 하늘 높이 꽂혀 있고 아래는 대단히 평탄하다. 그 가운데에 세 칸의 절이 자리하고 있는데, 기둥은 좌우로 양쪽 벼랑을 떠받치고 있는 듯하다. 골짜기는 그 앞에서 푹 꺼져내리고, 길은 왼쪽 벼랑을 따라 들어가다가 오른쪽 벼랑의 암벽의 잔도에서 그 앞을 감돌아 옥황각(玉皇閣)으로 올라간다.

절 뒤에는 네모진 못이 있다. 못은 뒤쪽의 골짜기에서 떨어지는 조그마한 물길을 끌어들이고 있다. 못 위에는 날듯한 동굴이 오른쪽 벼랑 사이에 움패어 있고, 스님 한 분이 동굴에 의지하여 살고 있다. 동굴은 두 벼랑 사이에 끼어 있는 바닥에 자리하고 있는지라, 한낮인데도 햇빛조차 보이지 않고, 오직 푸른 하늘과 차가운 구름만이 바위문과 바위창을 칭칭 감싸고 있을 따름이다.

벼랑 바닥과 비탈의 움푹 꺼진 곳에서 안쪽의 움푹한 평지로 오르면, 삼청각(三淸閣)이 있고, 벼랑의 오른쪽에서 잔도를 타고서 앞쪽의 벼랑을 오르면 옥허정(玉虛亭)이 있다. 두 곳은 지척간인데도, 그윽함과 광활함의 색다른 정취를 지니고 있다. 이에 나는 먼저 광활한 느낌을 주는 쪽으로 올랐다. 잔도를 타고서 오른쪽 벼랑 앞으로 감돌았다. 잔도는 몇 길 높이에 매달려 있는데, 위아래는 온통 까마득한 절벽이고, 끄트머리는 하늘 높이 솟구쳐 있고, 발치는 골짜기 바닥에 박혀 있다. 잔도는 허공에 걸린 채 절벽에 가로로 의지하여 있다.

동쪽으로 앞쪽 벼랑을 건넌 뒤, 남쪽 벼랑을 감돌아 서쪽으로 돌아들었다가 북쪽으로 올라가 그 끄트머리에 올라섰다. 이곳은 곧 골짜기 어귀에 있는 오른쪽 벼랑의 꼭대기이다. 벼랑의 끄트머리는 동쪽을 향한 채 높이 매달려 있고, 삼면은 깎아지른 듯 가파른지라, 허공 속에 의지할 곳이 한 군데도 없다.

앞쪽으로 넓고 평탄한 땅을 굽어보니, 운무에 뒤덮인 호수면과 마을의 나무들이 마치 화폭이 거꾸로 펼쳐진 듯 뚜렷하다. 뒤쪽으로 안쪽 골짜기를 바라보았다. 마치 연꽃의 성과 꽃술의 궁궐처럼 푸른빛이 빙 두른 채 서로 어울려 돋보인다. 깊고도 그윽함을 헤아릴 길이 없다. 봉우리 꼭대기에는 겨우 전각 하나만을 들일 수 있다. 전각에서는 옥황대제를 받들어 모시고 있다.

나는 한참동안 구경하다가 사방을 둘러보았다. 길이 없는지라 왔던 길을 되짚어 잔도를 내려가는데, 홀연 스님 한 분이 오더니 "여기에 안쪽 골짜기로 들어갈 수 있는 오솔길이 있으니, 아래로 내려가실 필요가 없습니다"라고 말했다. 나는 스님의 말씀에 따라, 전각 왼쪽의 까마득한 벼랑의 끄트머리에서 허공에 기댄 채 몸을 모로 뉘여 벼랑의 한 줄기 틈새를 타고서 벼랑을 감돌아 서쪽으로 들어갔다. 아래를 굽어보니 날 듯한 잔도의 위쪽이다. 반리만에 안쪽 골짜기 속에 이르렀다.

골짜기 속에는 까마득한 봉우리가 마치 꽃잎이 나뉘고 꽃받침이 이어져 있듯이 한쪽에 한데 모여 있고, 가운데는 연꽃방처럼 텅 비어 있다. 뒤쪽에 홀로 봉긋 솟은 둥근 봉우리는 골짜기 속에 솟구쳐 있고, 양쪽 옆에 모여든 봉우리는 양쪽 골짜기로 갈라졌다가, 가운데의 봉우리 앞에서 합쳐진다. 옆의 봉우리는 바깥의 언덕과 이어진 채, 뒤쪽 등성이에서 팔로 감싸듯이 앞으로 나아가 합쳐져 벼랑의 문을 이루고 있는데, 서로 마주하여 겨우 실과 같은 골짜기를 이루고 있을 뿐이다. 골짜기가 밖으로 에워싸고 가운데로 한데 모이니, 이 또한 신선이 살 만한 빼어난 경관이다.

언덕 위의 조그마한 봉우리는 모두 다섯 곳이며, 토박이들은 오행에 따라 금, 목, 수, 화, 토의 봉우리로 구분하고 있다. 그러나 이는 지나친 이야기이니, 설사 오행에 의거하지 않더라도 어찌 동해의 삼신산에 뒤지겠는가? 가운데 봉우리 앞에는 전각을 지어 원시천존과 영보천존, 도덕천존을 모시고 있다. 전각 앞에는 오래된 거대한 잣나무 한 그루가 양쪽 골짜기가 합쳐지는 가운데에 자리하고 있다.

나는 가운데 봉우리로 기어오르고 싶었다. 그런데 전각 뒤의 길이 몹시 기울어져 보이는지라 왼쪽 골짜기로 올라갔다. 앞쪽에 골짜기 어귀의 왼쪽 벼랑의 꼭대기로 가는 길이 있기에, 골짜기를 타고서 북쪽으로 올라갔다. 이어 동쪽으로 나왔다가 서쪽으로 돌아들자, 비탈 사이에 탑이 솟구쳐 있다. 길은 이곳에 이르자 그만 끊기고 말았다.

나는 깎아지른 듯 가파른 벼랑을 기어올랐다. 하지만 한참이 지나도 길을 찾지 못한데다, 양씨의 아들과 짐꾼이 아래에서 불러대는 바람에 돌아나오고 말았다. 안쪽 골짜기의 삼청각 앞에서 골짜기 바닥으로 내려와 1리만에 골짜기 어귀 안의 네모진 못 위에 이르렀다. 동굴에 살고 있는 스님에게로 가서 불을 지피고 샘물을 끓인 후, 가져온 밥을 집어넣어 함께 먹었다.

그리고서 스님과 함께 골짜기 어귀로 나와 왼쪽 벼랑을 따라 동쪽으로 나아갔다. 스님이 오른쪽 골짜기의 암벽 사이에 불쑥 솟은 벼랑 아래를 가리켰다. 그곳은 바위가 갈라져 골짜기를 이루고 있고, 아래로 까마득한 구렁을 굽어보고 있으며, 가운데에는 가파른 벼랑이 움푹 패어 있고, 그 안으로는 산 뒤쪽의 망혈령으로 곧장 통해 있다. 이 골짜기 안에는 호랑이와 표범이 살고 있는지라 지금껏 감히 들어가는 사람이 없었다.

내가 남쪽으로 깎아지른 듯한 벼랑을 타고 내려가려하자, 스님이 이렇게 만류했다. "길도 없는데다가 호랑이까지 있는데, 그대는 무엇 하러 고생스럽게 기어이 가시려고 합니까? 게다가 밖으로는 까마득한 벼랑이 가로막고 있고 안에는 횃불도 없으니, 설사 호랑이를 만나지 않더라도 들어가서는 안됩니다." 양씨의 아들은 "서둘러 산을 내려가시면 나우(羅尤) 온천을 찾아갈 수 있을 것입니다. 이렇게 예측할 수 없는 곳은 절대로 가셔서는 안됩니다"라고 말했다.

이에 그들의 말에 따라 북동쪽으로 산을 내려왔다. 1리를 가자, 길은 두 갈래로 나뉘었다. 한 갈래는 산을 따라 북쪽으로 내려가는 길로서, 검천주의 치소로 가는 지름길이고, 다른 한 갈래는 쭉 동쪽으로 비탈을 따라 내려가는 길로서, 이곳에 올 적에 왔던 길이다. 스님은 나와 헤어져 북쪽을 따라 가고, 나는 계속해서 동쪽으로 내려왔다.

1리를 가자, 길 왼쪽의 비탈에 자리한 커다란 바위가 동쪽을 향하여 솟구친 채, 아래로 토주묘 뒤쪽을 굽어보고 있다. 바위는 세 길 높이에 동쪽면이 평평하게 깎여 있다. 그 위에 삼대천왕상이 새겨져 있다. 가운데의 상이 훨씬 커다란데, 위로는 바위꼭대기와 나란하고 아래로는 벼랑발치에 닿은 채 손에 탑 하나를 받쳐들고 있다. 좌우 두 개의 상은 약간 작은 편이다. (토박이들의 이야기에 따르면, 토사가 출병할 때에는 반드시 돼지와 양을 잡아 밤에 제사를 올린다. 제사를 올린 뒤에 제물이 없어지면 전쟁에 반드시 이겼다고 한다.) 이것은 천왕석(天王石)이다.

다시 1리를 내려와 토주묘의 남쪽에 이르러, 산골물을 건너 남쪽으로 비탈을 올랐다. 이어 서산의 동쪽을 따라 비탈을 오르고 움푹한 평지를 건너 남쪽을 나아갔다. 비탈에 기댄 채 넓고 평탄한 땅을 굽어보고 있는 마을은 울타리와 집들이 굽이져 있고 대나무가 무성하다. 어여쁜 복숭아꽃과 새하얀 배꽃으로 수놓인 경관이 매우 기이하다.

삼리 남짓을 가자 커다란 마을이 나왔다. 금화산의 봉우리는 이곳에 이르러 남쪽으로 끝난다. 좀 더 아래쪽에는 감아도는 고개가 남쪽으로 뻗어있다. 난주로 가는 길은 여기에서 서쪽으로 고개를 넘어 양촌(楊村)을 따라가면 나온다.

마을 남쪽에서 동쪽의 불쑥 튀어나온 산부리를 동쪽으로 감돌아 1리 남짓만에 남쪽으로 돌아들자, 나우읍(羅尤邑)이 나왔다. 이곳에는 백 가구가 모여 살고 있으며, 온천이 있다. 마을의 웅덩이에서 솟아나오는 온천은, 겨울이 되면 끓는 물이 쏟아지는 듯한지라 사람들이 다투어 목욕한다. 그렇지만 봄이 되면 말라붙어 더러운 못으로 변한 채, 물은 고인 채 흐르지 않고 뜨겁지도 않다. 두 군데의 못이 있는데, 하나는 길가에 있고, 다른 하나는 빙 두른 담 안에 있다. 지금 보니 물이 고인 웅덩이와 다를 바가 없다.

토박이들의 이야기에 따르면, 이 물은 난주의 온천과 서로 통해 있다. 그래서 이곳의 온천물이 넘쳐흐르면 그곳이 말라붙고, 그곳이 넘쳐흐르면 이곳이 말라붙는다고 한다. 대체로 가을과 겨울에는 동쪽에 흘러나오고, 봄과 여름에는 서쪽에 흘러나온다. 그 사이에 겹겹의 산과 무성한 대나무숲으로 막혀 있고 서로 떨어진 거리가 80리나 되는데도, 철따라 오가고 변함없이 갈마드니, 이 또한 경이로운 일이다.

마을 안에는 서쪽의 골짜기에서 흘러나오는 샘이 있다. 사람들이 다투어 끌어다 물을 대지만, 온천과는 아무 관계가 없다. 그 위에는 석룡사(石龍寺)가 있었다. 그러나 날이 저문지라 찾아볼 겨를이 없어, 한길을 따라 북쪽으로 되돌아왔다. 4리를 가서 북쪽의 다리 하나를 넘자, 다리 북쪽에 민가가 보였다. 이곳은 수채촌(水寨村)이다.

수채촌의 북쪽에서 서쪽으로 꺾어졌다. 금화산의 바위문이 있는 골짜기를 바라보니, 두 개의 궐문이 천궁(天宮)의 문이 멀리 솟구친 듯이 높이 매달려 있다. 2리를 더 가서 북쪽으로 검천주의 치소에 이르러 남쪽 거리에 들어섰다. 1리 남짓을 더 가서 숙소로 돌아왔다.

---

1) 위당(魏黨)은 명나라 희종(熹宗) 당시의 환관인 위충현(魏忠賢)을 위시한 파당을 가리킨다. 명나라 말기에 조정이 동림당(東林黨)과 비(非)동림당으로 나뉘어 붕당간의 정쟁이 심각했을 때, 위충현은 비동림당과 결탁하여 동림당을 탄압했다.

2월 15일

내가 길을 나서려는 참에 양씨 부자가 하는 말을 들어보니, 망헐령이 검천주의 명승지라고 하기에 하루를 더 묵기로 했다. 짐꾼에게 식사를 꾸려 유람에 따라오도록 하고서, 먼저 애장을 따라 들어섰다. 애장은 금화산 북쪽 봉우리 아래에 있다. 산골물이 겹겹의 암벽을 뚫고서 동쪽으로 흘러나가면서 층층의 봉우리를 둘로 가르는데, 그 안은 온통 구름이 자욱하고 물이 쌓여 있는지라, 그윽하고 고요하기 그지없다.

망혈령으로 가는 바른 길은 남쪽 벼랑을 따라 올라가야 마땅하지만, 나는 골짜기를 헤치고 서쪽으로 나아갔다. 골짜기 바닥에서 길을 찾아 오르면서 샅샅이 살펴볼 작정이었던 것이다. 물길을 거슬러 들어갔다. 처음에는 산골물을 따라 북쪽으로 나아갔으나, 들어갈 수 없었다. 이에 산골물의 남쪽을 건너 서쪽으로 들어섰다. 남쪽 벼랑 위는 바로 어제 복숭아꽃이 흐드러지게 피어 있던 움푹한 평지이다. 이곳은 도화오 아래의 움팬 곳이리라.

고개를 들어보니, 양쪽 벼랑이 하늘 가까이 닿아 있다. 그저 산골물 바닥에 샘물이 흐르기에 별천지이리라 생각했을 뿐, 봉우리 꼭대기의 봄빛이 인간세상을 차지해버렸는지는 더 이상 알 수 없었다. 구불구불 3리를 가는 동안, 구불거리는 한 줄기 시내만이 어지러이 부딪쳐 흐를 뿐이었다.

얼마 지나지 않아 봉우리와 골짜기를 돌아들자, 앞쪽의 고개는 서쪽으로 뻗어있고, 좁다란 산골물은 북쪽에서 흘러온다. 가운데의 구렁은 약간 트이더니 벼랑을 빙글 돌아 더욱 움패어 있고, 길 역시 북쪽으로 돌아든다. 고개를 돌려 남서쪽의 고갯마루를 바라보니, 망혈령이 있는 곳이 틀림없다. 북쪽으로 들어서서는 안된다는 생각이 들었다. 마침 나무꾼이 오기에 그를 붙잡고 물어보니, "이 산골물은 북서쪽의 뒷산에서 흘러옵니다. 망혈령으로 가는 길은 서쪽으로 뻗은 고개를 따라 남쪽으로 가다가 그 등성이를 올라야 바른 길에 오를 수 있습니다"라고 말했다. 나는 그의 말에 따랐다.

서쪽으로 뻗은 고개를 따라 남서쪽으로 기어올랐다. 비록 길은 없어도, 방향은 이미 나의 시야를 벗어나지 않았다. 1리 남짓을 가서 북쪽의 불쑥 솟은 등성이를 남쪽으로 올랐다. 동쪽에서 뻗어오는 길 역시 이곳을 넘어 남쪽으로 돌아들기에, 이 길을 따라갔다. 이 봉우리는 금화산에서 북쪽으로 불쑥 솟았다가 이곳에서 꺼져내리는데, 앞쪽으로는 애장의 골짜기 어귀에서 끝나고, 뒤쪽으로는 방금 넘어온 등성이에서 끝난다. 그 서쪽에 또 한 갈래의 산이 남쪽에서 북쪽의 금화산 뒤쪽으로 불쑥 솟아 있으며, 북쪽으로 내려가는 골짜기를 이루고 있다.

　대체로 이 두 산은 모두 남서쪽의 노군산에서 뻗어오다가 갈라져 나란히 치달린다. 그 가운데에는 대나무숲이 끼어 있고 바위벼랑이 휘감은 채 엇섞여 있다. 이곳이 바로 망헐령이다. 여기에서 금화산의 서쪽을 따라 남쪽으로 2리를 간 뒤, 차츰 반리를 내려가 대나무숲에 이르렀다. 대나무숲은 남쪽에서 뻗어오는데, 동쪽 벼랑은 금화산 북쪽 고개의 뒤쪽이고, 서쪽 벼랑은 망헐령이다. 까마득히 솟은 양쪽의 바위벼랑은 나란히 마주한 채 골짜기를 치달리고, 그 아래에는 길이 뻗어 있다.

　앞에는 벼랑 하나가 북쪽을 향해 가로누운 채 대나무숲속을 가로막고 있다. 벼랑 아래쪽은 두 길 남짓 내리덮인 채 움푹 패어 바위방을 이루고 있다. 북동쪽에는 바위 하나가 코끼리의 코가 땅에 박힌 듯이 드리워져 있고, 길은 남쪽으로 지나갈 틈이 없다. 코끼리의 코가 말려 있는 사이를 따라 동쪽 벼랑에 기댄 채 뚫고 올라갔다. 바위방을 뒤덮고 있는 벼랑 위에 올라서서 동서 양쪽의 벼랑을 바라보니, 온통 시렁 같은 암벽과 뒤덮은 구름뿐이다. 그 가운데에서도 서쪽 벼랑은 더욱 불쑥 튀어나온 채, 위쪽에 두 곳의 정자를 드러내고 있다.

　그리하여 서쪽의 가파른 벼랑을 기어올랐다. 이 정자들은 모두 동쪽을 향한 채 벼랑에 기대어 암벽에 이어져 있고, 허공 속에 움푹 박힌 채 비스듬히 기울어져 있다. 두 정자 가운데 남쪽에 늘어선 정자가 비교적 크고, 안에 불상을 모시고 있다. 왼쪽 벽에는 바위틈에서 흘러나온 샘물이 아래의 작은 못으로 흘러들지만, 넘쳐흐르지는 않는다. 북쪽 정자는 움푹 팬 벼랑에 기댄 채 길과 통해 있다. 허공을 더듬어 지나자, 바위조각이 정자 위로 솟구친 채 삼면은 깎아지른 듯 가파르다. 길은 마침내 끊기고 말았다.

여기에서 거꾸로 북쪽으로 대나무숲 어귀를 타넘어, 코끼리의 코와 뒤덮은 벼랑의 위로 나왔다. 한참동안 바라보고 있노라니, 대단히 맑은 목어 소리가 들려왔다. 벼랑은 돌아들고 바위에 막혀 있는지라, 어디에서 들려오는지 알 수 없었다. 다시 동쪽의 대나무숲 바닥으로 내려와 가느다란 물길을 거슬러 북쪽으로 들어섰다. 서쪽 벼랑은 산부리를 돌아든 채 가파른데, 구름놀이 무너지고 가파른 산이 가라앉는 듯하니, 그 형세가 더욱 기이하다.

반리를 가서 고개를 치켜들어 쳐다보니, 암벽은 아래로 움푹 패이고 위로 불쑥 솟구치거나, 혹은 가운데가 도려지고 옆으로 갈라지거나, 혹은 층층이 쌓여 있거나, 혹은 반듯이 쪼개져 있는 등 갖가지 모습인데, 각기 날아오르는 기세가 대단하다. 벼랑 위에 '천작고산(天作高山)'이라 씌어 있다. 글자는 대단히 크고, 봉긋 솟은 암벽 역시 대단히 높다. 어떤 이는 대광주리와 등나무 밧줄을 봉우리 꼭대기에서 거꾸로 매달아 내려 쓴 글이라고 말한다. 서쪽 벼랑에는 관음보살이 있고, 동쪽 벼랑에는 달마대사가 있다. 두 가지 모두 허공을 탄 채 암벽에 달라붙어 이루어져 있는데, 사람의 발자취가 이른 것 같지는 않았다.

다시 남쪽으로 반리를 가자, 옥황각이 대나무숲속에 자리하고 있다. 여기에서 서쪽 벼랑을 더위잡아 돌층계를 올랐다. 벼랑의 틈새에 스님이 전각을 지어놓았다. 이 전각 역시 동쪽을 향해 있다. 그 벼랑의 위아래는 깎아지른 듯 가파르고, 가운데에는 가로로 틈새가 패어 있다. 전각은 패인 틈새에 기대어 있다.

가로로 난 틈새를 따라 북쪽으로 나아가자, 또 하나의 정자가 세워져 있다. 정자 안에는 커다란 불상이 모셔져 있고, 불상은 암벽에 기대어 서 있다. 벼랑이 비좁아 청련좌(靑蓮座)조차 들일 수 없기 때문이었다. 그 북쪽에는 가로로 난 틈새가 끊겨 있다. 방금 전에 멀리서 들려왔던 목어 소리는 바로 이 전각의 스님이 치는 소리이다. 그의 사부는 남경(南

京) 사람으로, 채식을 하면서 그윽한 곳을 개척하여 이곳에서 산 지 여러 해가 되었다. 사부는 어제 참선하러 애장에 갔으며, 집을 지키고 있는 이는 그의 제자이다. 그는 나를 붙들어 법사를 기다리라고 했다. 나는 이곳의 그윽하고 험준함이 마음에 들어, 전각 안에서 쉬면서 한나절 동안 일기를 썼다.

스님은 나를 위해 점심을 차렸다. 오후가 되었는데도 법사는 오지 않았다. 나는 스님에게 "이곳에 금화산으로 가는 길이 있습니까?"라고 묻자, 스님은 이렇게 대답했다. "금화산은 남동쪽의, 한 겹의 주요 등성이 저 너머에 있는데, 대나무숲에는 올라가는 길이 없습니다. 동쪽으로 곧장 동쪽 벼랑을 오른 뒤, 남쪽으로 가다가 꼭대기를 넘어 동쪽으로 내려가십시오. 대체로 동쪽 벼랑은 그곳에 이르면 바위가 아니라 흙일 텐데, 다만 가파르기 그지없어 마치 병풍처럼 곧추선 채 늘어서 있는지라 오르기가 힘들 것입니다."

이때 이미 마음이 끌린 나는 곧장 옥황각으로 내려와 동쪽으로 고개를 기어올랐다. 이때 놀이객이 옥황각에 있다가 "이곳은 험하기 그지없어 오르기 힘듭니다!"라고 외쳤다. 나는 개의치 않았으나, 올라갈수록 더욱 가팔라졌다. 2리를 가자, 길이 봉우리 허리를 따라 남쪽에서 북쪽으로 나 있다. 짐꾼은 북쪽을 따라 가고자 했으나, 나는 남쪽으로 가라고 밀어부쳤다.

반리를 갔다. 이 길은 동쪽의 뒤쪽 고개로 통하는 길이지, 남동쪽의 꼭대기를 넘는 길이 아니었다. 그래서 다시 동쪽으로 가파른 길을 기어올랐다. 짐꾼은 매번 뒤처진 채 불러도 오지 못했다. 나는 더 이상 기다릴 수 없어, 온힘을 다해 기어올라 1리 남짓만에 동쪽의 등성이를 넘었다. 등성이 위에서 굽어보니, 검천주의 치소는 북동쪽에 있다. 이에 곧장 등성이를 따라 남쪽으로 발걸음을 재촉했다.

반리를 가서 다시 남동쪽으로 가파른 길을 올라 1리만에 금화산 꼭대기에 올랐다. 여기에서 북쪽의 여강과 서쪽의 난주, 동쪽의 학경부와 남쪽의 대리부를 바라보았다. 이 모두 비록 겹겹의 봉우리 아래에 움패어 있지만, 그 성곽과 백성이 똑똑히 분간되지는 않았다. 다만 서쪽의 노군산, 북쪽의 주요 등성이, 동쪽의 주요 등성이가 갈라진 곳, 남쪽의 인학산이 빙 두른 곳은 눈 쌓인 산줄기가 눈앞에 또렷이 보인다. 이는 마치 하늘의 신선이 내려와 아홉 주로 나눈 듯하며, 모두 한 알의 기장과 같다.

다시 꼭대기의 등성이에서 남쪽으로 나아가자, 등성이 위에 길이 나 있다. 길을 따라 1리를 나아갔다가 차츰 서쪽으로 돌아들어 노군산으로 향했다. 이 길이 양장(楊莊)으로 가는 길임을 알고서, 이에 북쪽으로 돌아들었다. 굽어보니 동쪽으로 나 있는 한 줄기 길이 대나무숲 아래로 드리워져 있다. 이 길을 따라갔다.

1리 남짓을 내려가자, 길은 끝나고 대나무숲이 울창하다. 기울어진 벼랑과 무너진 구렁이 비스듬히 기운 채 가려져 있고, 아래로 움푹 팬 곳은 헤아릴 길이 없다. 가지를 붙들고 기어오르다가 걸려 넘어지고, 넘어지면 다시 다른 가지를 붙들고 기어올랐다. 다행히 가지와 대나무숲이 빽빽하여 허공에 넘겨질 위험은 느끼지 못했다. 이렇게 1리를 가노라니, 마치 아득히 끝이 없을 것만 같은 푸른 바다를 걷고 있는 듯했다. 얼마 지나지 않아 살펴보니, 갑자기 아래에서 탑이 솟구쳐 올랐다. 비록 겹겹의 대나무숲 너머에 있지만, 탑의 일부가 눈에 들어왔다. 석문(石門)[1]으로 가는 길이 약수(弱水)[2] 너머에 있지는 않겠지.

계속해서 붙잡고 기어오르다가 떨어져내려오는 방식으로 내려왔다. 1리를 더 가자, 한 줄기 길이 대나무숲 사이에 감추어져 있다. 이 길을 따라 서둘러 나아갔다. 반리를 가자 가운데가 웅덩이진 골짜기가 나타나고, 반리를 더 가자 삼청각 뒤쪽으로 빠져나왔다. 어제 오면서 보았을 적에 따라가기 힘드리라 여겼던 곳이다.

여기에서 골짜기 어귀로 내려와, 어제 식사했던 곳을 지났다. 행인은 한 사람도 보이지 않았다. 이에 앞으로 발걸음을 재촉하여 어제 보았던 호랑이굴 위를 지났다. 이곳부터는 쭉 사통팔달의 한길로, 험한 길은 아니었다. 이내 북쪽 길에서 서쪽 산을 따라 북쪽으로 내려가 5리만에 숙소로 돌아왔다. 짐꾼은 아직 돌아오지 않았다.

---

1) 석문(石門)은 원래 사천분지에서 운남과 귀주의 고원으로 가는 주요 도로이다. 이 길이 지금의 사천성 고현(高縣) 경내의 석문산(石門山)을 지나기에 이 명칭으로 불리워졌다.
2) 약수(弱水)는 고대의 신화전설 속의, 물살이 거세어 건너기 어려운 강을 가리킨다. 깊이는 삼천 길이지만, 깃털조차 뜨지 못하기에 건널 수 없다고 한다.

2월 16일

날이 밝자 밥을 지어 먹고서 길을 나섰다. 남쪽 거리를 따라 7리만에 나우읍에 이르렀다. 나는 머잖아 호수를 따라 가겠거니 여겼는데, 한길이 줄곧 남서쪽의 비탈을 따르는지라, 끝내 물결의 그림자는 보지 못했다. 길가는 중에 여러 차례 언덕을 넘고 산골물을 건넜다. 가는 길은 줄곧 서쪽에서 동쪽을 향했으며, 언덕과 산골물은 모두 크지 않으나 늘 마을이 보였다. 8리를 가자, 자못 번성한 마을이 나타났다.

마을의 남쪽에서 다시 1리를 갔다. 한길은 동쪽으로 돌아들어 해문교(海門橋)로 나아가려는데, 갈림길이 남서쪽에서 뻗어왔다. 이 길은 석보산(石寶山)으로 가는 길이다. 여기에서 비로소 한길과 헤어졌다. 남쪽을 바라보니 뾰족하게 솟은 인학산이 검천호(劍川湖)의 남쪽에 자리하고 있다. 넓고 평탄한 땅에 세워진 남쪽 병풍인 셈이다.

인학산 산줄기는 호수 동쪽에서 남쪽으로 낮게 엎드렸다가, 서쪽으로 건너뻗어 다시 솟구쳐 있다. 유성(楡城)으로 가는 한길은 해문교를 지나 호수 남쪽을 에돌아 동쪽으로 가다가, 그 동쪽의 낮게 엎드린 곳에서 남쪽으로 넘어 관음산(觀音山)으로 빠져나온다. 호수의 물길은 해문교에서 산 북쪽을 에돌아 서쪽으로 흐르다가, 그 서쪽 끄트머리에서 남쪽으로 부딪쳐 흘러 사계(沙溪)로 흘러내린다. 석보산은 인학산 남서쪽에 있는데, 동쪽으로는 사계(沙溪)의 남쪽 아래와 떨어져 있고, 또한 서쪽으로는 타강강(駝强江)의 북쪽 물길과 떨어져 있다. 그래서 길은 사계 북쪽의 골짜기에서 뻗어오다가 다시 타강강 동쪽 골짜기를 따라 건넌 뒤, 석보산 기슭에 이른다.

갈림길에서 서쪽 비탈을 따라 남쪽으로 내려와 1리만에 골짜기 한곳을 건넜다. 이어 골짜기를 따라 남쪽으로 올라가다 서쪽으로 돌아들어 2리 남짓을 나아갔다. 멀리 바라보니, 석보산이 서쪽의 커다란 봉우리 남쪽에 뾰족하게 봉긋 솟아 있다.

여기에서 다시 남서쪽으로 1리를 내려와 산골물을 건넌 뒤, 남쪽의 층층의 언덕을 오르고 골짜기 속에서 구불구불 3리를 가서야 비로소 남쪽의 그 등성이를 넘었다. 남쪽으로 2리를 내려오자, 남서쪽 골짜기에서 흘러오던 물길이 이곳에 이르러 동쪽으로 꺾어져 흘러간다. 이것이 타강강이다. 강 위에는 커다란 돌다리가 남쪽으로 걸쳐져 있고, 다리 남쪽에는 밭두둑이 빙 두른 채 이어져 있다.

남쪽의 밭두둑을 올라 반리를 가자, 남쪽 비탈 아래에 기댄 채 마을이 자못 번성하다. 이곳은 타강촌(駝强村)이다. 타강촌의 남쪽에서 다시 대나무숲을 따라 남쪽으로 올라가 1리 남짓만에 고개등성이에 올랐다. 등성이 위에서 서쪽을 바라보니, 눈 쌓인 노군산이 높고 가파른 채 산골을 사이에 끼고서 겹겹의 봉우리의 서쪽에 있다. 비로소 깨닫게 되었거니와, 석보산의 줄기는 금화산에서 남쪽으로 뻗어내리다가 타강산이 북쪽으로 돌아드는 곳에서 끝나고, 노군산의 줄기는 남쪽에 가로놓인 고개를 따라 뻗어오다가 흑회강(黑會江)과 난창강(瀾滄江)이 만나는 곳에서 끝난다.

고개등성이 위에서 완만하게 1리 남짓을 올랐다가 약간 남쪽으로 내려가 골짜기의 움푹 꺼진 곳을 건너 반리를 나아갔다. 동쪽을 바라보니, 해문교를 흐르던 시내는 어느덧 골짜기를 뚫고 바닥을 움패면서 남쪽으로 흐르고 있고, 길은 대나무숲을 따라 쭉 아래로 뻗어있다. 이곳은 사계로 가는 길이다. 갈림길은 남쪽으로 올랐다가 서쪽 봉우리의 남쪽을 감돈다. 이곳은 석보산으로 가는 길이다. 이에 남쪽으로 올랐다가 봉우리를 감돌아 1리 남짓만에 봉우리의 남쪽에 올랐다. 이어 서쪽으로 돌아들어 식사를 했다.

고갯마루에서 서쪽으로 2리를 나아가 약간 내려갔다가 등성이 서쪽을 넘은 뒤, 등성이를 따라 남쪽으로 돌아들었다가 서쪽으로 1리를 갔다. 다시 남서쪽으로 나아가 그 북쪽에 불쑥 솟구친 벼랑을 넘어서서 바라보니, 석보산의 뾰족한 봉우리가 서쪽 봉우리와 나란히 솟아 있고, 그 사이에 하얀색의 탑이 높이 매달려 있다.

남쪽으로 1리를 간 뒤, 구렁을 쭉 타고 내려와 1리만에 벼랑 기슭에 이르렀다. 타강강은 남쪽에서 북쪽의 바위골짜기 속을 달리듯 흘러가고, 양쪽 벼랑은 동서 양쪽에 치솟아 있다. 가파른 바위는 날듯이 치켜들려 있고 오래된 나무는 구불구불 솟구치며, 매달린 등나무와 빽빽한 대나무숲은 산골짜기를 뒤덮고 있다. 다만 푸른 구름이 위에 장막을 드리우고 있으리라는 느낌이 들었으나, 고개 들어 쳐다보니 하늘은 보이지 않는다. 또한 옥룡과도 같은 강물이 아래로 치달리고 있으리라는 느낌이 들었건만, 곁에는 물가가 보이지 않는다.

대체로 서쪽은 곧 석보산의 기슭이고, 동쪽은 북쪽으로 에도는 봉우리이다. 이들은 나란히 늘어선 채 한 줄기 물길만을 받아들이고 있을 뿐인데, 아래는 움푹 패이고 위는 바짝 다가서 있다. 대단히 그윽하고도 기이한 형세이다.

동쪽 벼랑을 따라 남쪽으로 3리를 나아가자, 양쪽의 암벽이 약간 트이고, 서쪽으로 건너가는 돌다리가 놓여 있다. 돌다리 위에 서서 사방을 바라보니, 여전히 절이 어디에 있는지 보이지 않았다. 돌다리 남쪽은 양쪽 벼랑인데, 물길을 거슬러 오르자 오솔길은 어느덧 보이지 않았다. 다리 동쪽에 길이 나 있다. 이 길을 따라 남쪽으로 동쪽 봉우리를 넘어갔다. 이 길은 사계로 가는 길이다.

다리를 건너 서쪽으로 반리를 가자, 서쪽의 암벽이 약간 트이고, 가운데에는 구렁이 매우 가파르게 움푹 꺼져내렸다. 그 어귀에 자리잡은 커다란 전각은 이미 무너진 채, 비바람도 가리지 못할 형편이다. 구렁 안으로도 들어가는 길이 없다. 그저 그 위를 쳐다보니, 빙글 감도는 벼랑은 중중첩첩이고 구름은 장막처럼 휩싸고 있다. 마치 신선이 사는 열두 겹의 연꽃과 같아, 눈을 아찔하게 하고 마음을 놀라게 한다.

길은 구렁 오른쪽을 따라 벼랑의 층계를 감돌아 구불구불 올라간다. 1리 남짓을 나아가 석보사 산문에 들어섰다. 3~4층의 문과 대전은 모두 동쪽을 향해 있으나, 황량한 채 너저분하고, 스님이나 도사도 거의 없어 쓸쓸하기 그지없다. 하지만 돌층계나 대전의 터로 보아, 참으로 웅장했을 것이다.

나는 짐을 뒤쪽 대전의 오른편에 내려놓았다. 그 뒤에 살고 있는 노스님 한 분이 처음에는 받아들이려 하지 않았지만, 나는 개의치 않았다. 나는 대전의 북쪽을 따라 왼쪽 겨드랑이로 빙글 돌아 북쪽에 있는 두 겹의 동굴을 자세히 살펴본 뒤에 내려왔다. 이어 대전의 남쪽을 따라 오른쪽 겨드랑이로 빙글 돌아 북쪽에 있는 한 겹의 동굴을 자세히 살펴본 뒤 다시 내려왔다. 노스님이 기장밥을 지어놓고서 기다리고 있었다. 때는 어느덧 오후가 되어 있었다. 다시 오른쪽 겨드랑이를 따라 옥황각에 올라 탑 꼭대기까지 자세히 살펴본 후, 저물녘에야 내려왔다.

대체로 뒤쪽의 대전은 벼랑발치에 움패어 있고, 층층이 뻗은 벼랑은 겹겹이 위로 감돌아 오른다. 길은 각기 양쪽 곁의 겨드랑이 사이를 따라 나뉜 채 가로질러 들어가지만, 그 앞쪽은 깎아지른 듯 가팔라서 곧장 오를 수 없고, 위쪽 역시 가운데가 끊겨 서로 통하지 않는다. 대전 뒤쪽 벼랑의 첫 번째 층은 세 개의 구멍으로 나뉘어 움패어 있다. 북쪽의 구멍은 두 겹이며, 길은 북쪽 겨드랑이를 따라 돌아든다. 남쪽의 구멍은 한 겹이며, 길은 남쪽 겨드랑이를 따라 돌아든다. 두 곳 모두 빙글 돌아 대전 위를 굽어보지만, 가운데로 통해 있지는 않다. 첫 번째 층의 위쪽은 빙 둘러 두 번째 층을 이루는데, 대전 뒤에서는 쳐다보아도 보이지 않는다.

다시 옥황각을 따라 북쪽으로 돌아들자, 곧바로 첫 번째 층의 위를 굽어보고 있다. 불쑥 치솟은 벼랑을 따라 북쪽으로 올랐다. 북쪽 갈래를 타고서 서쪽으로 3리 남짓을 올라가 뒤쪽 봉우리의 꼭대기에 올라섰다. 꼭대기는 자못 평평한데, 서쪽으로 반리를 가자 평지에 하얀색의 탑이 자리하고 있다. 또한 가운데의 웅덩이에는 두 곳의 흙둑이 이루어져 있으나, 물은 보이지 않는다. 웅덩이의 남쪽에는 온통 바위비탈이 튀어나와 있다. 시렁 같은 평평한 바위는 마치 못의 둑처럼 보이고, 바위의 표면에는 용의 비늘과 같은 무늬가 있다. 그 위에 조그마한 웅덩이가 움패어 있다. 모두 얕기는 하지만, 물이 고여 있다.

이곳 꼭대기는 서쪽의 커다란 봉우리와 나란히 서 있다. 커다란 봉우리는 가로로 늘어선 채 솟구쳐 올라 병풍처럼 서쪽으로 끌어안고 있다. 그 위로 올라가려 했으나, 길이 끊겨 있는데다 날은 저문지라 그만두었다. 스님의 이야기에 따르면, 그 위에는 천연의 석상(石像)이 있으며, 결코 마르지 않는 바위못이 있다고 한다. 내가 지금껏 보아온 것이 한둘이 아닌데, 약간씩 다듬은 것도 있는지라, 어느 것이 천연인지는 분별할 수 없다.

2월 17일

석보사에서 식사를 하고서 산을 내려왔다. 2리를 가서 다리를 건너 동쪽으로 오르자마자, 곧바로 남동쪽으로 돌아들어 2리만에 동쪽의 등성이를 넘은 뒤, 남쪽으로 돌아들어 나아갔다. 차츰 내려가다가 남서쪽으로 돌아들어 3리를 간 뒤, 동쪽으로 돌아들어 1리만에 산을 따라 남쪽으로 돌아들었다. (이곳에는 자귀나무가 만발해 있다. 십여 송이가 한 무더기를 이루고 있는데, 진홍빛이 눈길을 끈다. 산차만큼 아름답다.)

남쪽으로 건너뻗은 등성이를 지나, 1리 남짓만에 고개를 넘어 남쪽으로 갔다. 바라보니 비로소 사계의 움푹한 평지가 동쪽 기슭에 펼쳐져 있다. 넘어온 봉우리는 동쪽 경계의 커다란 산과 마주한 채 남쪽으로 뻗어가고, 가운데에는 움푹한 평지가 커다랗게 끼어 있다. 검천호의 물길은 타강강과 합쳐진 뒤, 골짜기를 흘러나와 넓고 평탄한 땅을 가로지른다. 이 물길이 이른바 사계이다. 움푹한 평지는 동서의 너비가 5~6리이고, 남북으로 50리를 넘는다. 이곳에서 생산된 쌀이 대단히 풍성한지라, 검천주는 여기에서 가져다 충족시킨다.

고개 남쪽에서 다시 2리를 나아가자, 봉우리 꼭대기에 바위가 별안간 솟구쳐 있다. 바위는 마치 사자 같기도 하고 코끼리 같기도 하며, 높은 것은 벼랑을 이루고, 낮은 것은 층계를 이루고 있다. 바위문을 지나 꽃잎 모양의 바위를 밟으니 기이한 느낌이 들었다. 그러나 이곳이 종산(鍾山)인지는 알지 못했다. 떠난 후에야 종산임을 알고서 다시 되돌아가 구경하고 싶었지만, 때는 이미 늦어버렸다.

다시 1리를 가서 남동쪽으로 내려갔다가 3리만에 산기슭에 닿았다. 밭두둑 사이를 따라 남동쪽으로 2리를 가자, 사퇴(沙腿)라는 커다란 마을이 나타났다. 스님 한 분을 만났는데, 그는 석보산의 주지 스님이다. 그는 되돌아가 종산을 구경하라고 나를 붙들면서 이렇게 말했다. "여기에서 서쪽으로 40리를 가서 궐식평(蕨食坪)을 지나면 곧바로 양촌과 난주로 통하는데, 난주에서 오염정(五鹽井)으로 나와 운룡주(雲龍州)를 따라 영창부(永昌府)로 가면 매우 편할 겁니다."

나는 그의 말에 따르고 싶었다. 그러나 낭궁의 하소아(何巢阿)를 아직 만나지 못한데다, 대리부도 한 번 구경하고 싶었다. 또 듣자하니, 이곳에서 동쪽으로 가면 관음산이 있는데, 학경부와 대리부로 가는 통로라고 한다. 만약 이것을 포기하고 서쪽으로 간다면, 이루지 못한 바람이 많으리라 생각했다.

이에 스님과 헤어져 남동쪽의 밭두둑 사이를 나아가 3리만에 사둔(四屯)에 이르렀다. 마을은 대단히 번성하다. 사계의 물이 마을의 동쪽을 흐르며, 그 위에 나무다리가 동서로 매우 기다랗게 걸쳐져 있다. 다리를 건넌 뒤, 남동쪽의 골짜기의 비탈을 바라보면서 발걸음을 재촉했다. 2리를 나아가 골짜기에서 비탈을 타고서 동쪽으로 5리를 올라 비탈 꼭대기에 이르렀다. 그곳에 걸터앉아 식사를 했다.

동쪽으로 1리 남짓을 더 갔다. 길 오른쪽에는 골짜기가 마치 구렁을 잘라내듯 서쪽으로 푹 꺼져내리고, 그 남쪽에는 벼랑이 북쪽을 향해 있는데, 동굴 하나가 북쪽을 향한 채 입구가 훤히 열려 있다. 골짜기를 내려가기는 어려운지라 그저 벼랑 너머로 바라볼 뿐, 기어오를 겨를이 없었다.

다시 동쪽으로 1리 남짓을 가서 동쪽 등성이 아래에 이르렀다. 산골이 북쪽에서 뻗어오고, 조그마한 물길이 그 속을 남쪽으로 흐르다가 서쪽으로 꺼져내린 골짜기 속에 쏟아진다. 한길은 산골물을 건너 동쪽으로 등성이를 넘어간다. 잠시 후에 이곳이 삼영(三營)으로 가는 길임을 알게 되었다. 만약 관음산으로 가려면 마땅히 산골물을 거슬러 북쪽의 움푹한 평지로 들어서야 했다.

나는 이에 산골물의 서쪽으로 되돌아가 북쪽의 산골물을 거슬러 들어가 골짜기 속을 나아갔다. 길이 대단히 비좁은지라, 양옆의 바위와 나무가 차츰 한데 합쳐진다. 2리를 나아가 골짜기를 빠져나온 뒤, 북동쪽의 비탈을 타고 올랐다. 비탈 사이에는 수많은 소나무가 빽빽이 늘어서 있고, 자귀나무꽃은 햇살을 받아 숲을 불태울 듯 붉다. 사람의 소리는 들려오지 않는다.

5리를 나아가 동쪽으로 돌아든 뒤, 5리를 가서야 등성이에 올랐다. 등성이의 남북 양쪽은 온통 봉우리이지만, 가운데는 오히려 웅덩이진 채 움푹 꺼져 있다. 움푹 꺼진 곳을 뚫고서 1리를 가서 북동쪽으로 내려가기 시작했다. 동쪽 경계를 바라보니, 산은 멀리 병풍처럼 늘어서 있다. 위쪽의 나무줄기는 하늘을 찌를 듯하고, 아래쪽의 나뭇가지는 둔덕에 기댄 채 휘어져 있다. 여전히 아래로 펼쳐진 움푹한 평지는 보이지 않았다.

골짜기를 2리를 내려오자, 동쪽 기슭에 호수 한 군데가 보였다. 물빛은 눈썹먹처럼 짙푸른 채 산골짜기에 떠 있으나, 길이 황량하고 막혀 있는지라 그저 호수를 바라보면서 동쪽으로 내려왔다. 2리를 더 가서야 북쪽의 꼭대기에서 뻗어내리는 길이 나왔다. 길을 따라 북동쪽으로 내려가 5리 남짓만에 산기슭에 이르렀다.

기슭의 동쪽은 평탄한 구렁이 안을 빙 두르고, 조그마한 산이 밖을 에워싸고 있다. 서쪽의 커다란 산의 북쪽 기슭에서 나뉘어진 갈래는 빙 둘러 동쪽을 싸안은 뒤, 서쪽으로 돌아들어 남쪽 기슭과의 사이에 끼어 있다. 사방은 성처럼 에워싸이고 가운데는 그림쇠로 그려낸 듯 펼쳐져 있다. 북쪽의 절반은 평탄한 들판이 드넓게 펼쳐져 있고, 남쪽의 절반은 물이 고인 채 호수를 이루고 있다. 호수는 남서쪽의 커다란 산의 기슭에 바짝 다가가, 골짜기를 가로질러 떨어져내린다. 이 일대는 아마도 별천지이리라.

골짜기 가운데에 집이 한데 모여 있다. 이곳은 나목초(羅木哨)이다. 이 북쪽의 언덕 봉우리는 병풍처럼 뒤쪽에서 홀로 감싸고 있으며, 앞쪽에는 집이 언덕의 봉우리 남쪽에 기대어 있다. 이 집에는 이(李)씨가 살고 있다. (이모는 진사 신분으로 이부랑을 맡고 있다. 지금 그는 집에 살고 있다.) 땅이 신령스러우면 걸출한 인물이 난다는 말은 참으로 맞는 말이다.

동쪽으로 밭두둑 사이를 2리 나아가 나목초촌을 지났다. 동쪽으로 1리 남짓을 더 가자, 한길이 북서쪽에서 남동쪽으로 비껴 지난다. 동쪽으로 반리를 더 가서 동쪽 언덕 아래에 이르렀다. 언덕을 따라 북쪽으로 반리를 간 뒤, 동쪽의 움푹 꺼진 곳을 넘어 올라가 반리를 갔다가 내려와 그 동쪽 기슭에 이르렀다. 몇 채의 민가가 동쪽 시내 가까이에 모여 있다. 삼거리의 골짜기에서 발원한 이 시내는 관음산을 거쳐 이곳을 지난 뒤, 남서쪽의 출동비(出洞鼻)를 에돌아 낭궁해자(浪穹海子) 및 봉우민강 (鳳羽悶江)과 합쳐져 함께 보타공(普陀岾)으로 흘러들었다가, 남쪽의 중소 (中所)를 거쳐 이해(洱海)로 흘러내린다.

이때 날이 곧 저물려하고 짐꾼도 쉬고 싶어하는데, 마을 사람에게 묵을 곳을 물어보아도 구할 수가 없었다. 그런데 길을 잘못 들어 마을 남쪽에서 조그마한 다리를 건너 시내 동쪽의 한길을 따라 북쪽으로 나아가고 말았다. 2리를 가서야 관음포촌(觀音鋪村)이 나왔다. 날은 이미 저물었기에, 이곳에서 묵었다.

2월 18일

동틀 녘에 재촉하여 식사를 했는데, 짐꾼이 도망쳐버렸다. 한참 뒤에 가게 주인이 후한 돈을 달라면서 나를 위해 낭궁현(浪穹縣)까지 짐을 보내주겠노라고 했다. 이에 남쪽으로 2리를 나아가 돌다리 하나를 건넜다. 이어 동쪽 산의 기슭을 따라 남쪽으로 7리를 나아가 우가자(牛街子)에 이르렀다. 산을 따라 남쪽으로 가면 삼영(三營)으로 가는 한길이 나오고, 갈림길에서 남서쪽으로 나아가 열수당(熱水塘)을 지나 움푹한 평지를 나아가면 낭궁현으로 가는 샛길이 나온다. 대체로 이곳은 낭궁현과 학경부가 들쑥날쑥 맞물리는 접경지역이다.

여기에서 남서쪽의 갈라진 비탈을 따라 내려가 1리를 가서 열수당을 지나자, 집들이 둘러싸고 있다. 남쪽으로 밭두둑 사이를 나아가자, 움푹한 평지가 드넓게 펼쳐져 있다. 남서쪽으로 8리를 가니, 조그마한 시내가 동쪽에서 서쪽으로 쏟아진다. 시내를 넘어 다시 남쪽으로 나아가 동쪽으로 삼영을 바라보았다. 민가가 대단히 번성한 채 동쪽 산의 기슭에 기대어 있고, 그곳의 봉우리는 훨씬 높다. 서쪽으로 시내를 바라보니, 시내가 서쪽 산의 기슭에 바짝 다가서 있고, 그곳의 밭은 더욱 비옥하다.

이 일대를 가로지르는 시내를 건넜다. 어느덧 완전히 낭궁현의 경내에 들어와 있다. (삼영 역시 낭궁현의 경내에 있다. 내가 처음 계족산에서 이 이름을 들었을 때에는 산음山陰이라 여겨, 왜 산의 남쪽에 있을까 의아하게 생각했다. 이곳에 이르러서야 서평후西平侯 목영沐英이 불광채佛光寨를 다시금 평정하고 나서, 이곳이 험준한 요새이기에 특별히 삼영을 세워 통제했음을 알게 되었다. 토박이들은 '잉營'을 '인陰'이라 발음하는데, 회계會稽의 이웃 현인 산음현과 똑같이 발음하는 바람에 구분하지 못했던 것이다.)

남쪽으로 10리를 더 나아가자, 커다란 시내가 서쪽에서 동쪽으로 굽이져 흐른다. 시내를 따라 서쪽으로 가자, 나무다리가 남북으로 시내 위에 걸쳐져 있고, 다리 좌우마다 마을이 있다. 남쪽으로 다리를 건너 시내의 서쪽으로 3리를 가자, 시내는 다시 동쪽에서 서쪽으로 굽이져 흐른다. 다시 다리를 건너 시내의 동쪽으로 3리를 갔다. 이곳에서 시내는 서쪽의, 서쪽 산이 남쪽으로 불쑥 튀어나온 산부리에 바짝 다가서 있고, 길은 남동쪽의 둔덕을 올라 뻗어간다.

4리를 가자, 커다란 시내는 다시 서쪽에서 동쪽으로 굽이져 흐르다. 돌다리가 남쪽으로 시내 위에 걸쳐져 있다. 다리는 이미 가운데가 무너져 있는지라 건너기가 자못 위험스러웠다. 다리의 남쪽에는 민가가 꽤 번성하고, 관제묘가 남동쪽을 향해 있다. 이곳은 대둔(大屯)이다.

대둔의 서쪽에는 북쪽의 서대산(西大山)에서 갈라진 한 줄기 산이 남쪽으로 불쑥 솟아 있고, 그 남동쪽에는 남쪽의 동대산(東大山)에서 갈라진 산이 북쪽으로 불쑥 솟아 있다. 두 산은 마치 평형을 유지하는 저울의 바늘처럼 동서로 마주하고 있는데, 가운데가 서로 이어져 있지는 않다. 커다란 시내의 물은 북쪽의 출동비의 동쪽 자락을 치달린 뒤, 굽이 돌아 남쪽으로 동쪽에 가로놓인 산의 서쪽 기슭을 감돈다. 마치 베틀북이 그 틈새를 뚫고 다니는 듯하다. 두 산은 나뉜 채 움푹한 평지 속에 우뚝 솟아 있고, 움푹한 평지 역시 둘로 나누어져 있다.

여기에서 다시 남서쪽으로 밭두둑 사이를 나아가 3리를 갔다가, 서쪽으로 돌아들어 3리를 나아가 조그마한 돌다리를 지났다. 그 서쪽은 드넓은 호수이고, 북쪽은 낭궁해자와 이어져 있다. 남쪽은 산색이 비치고, 서쪽은 성가퀴가 떠 있다. 호수 가운데에 있는 둑은 쭉 서쪽으로 뻗어 나가 성에 닿는다.

이에 둑을 따라 서쪽으로 나아갔다. 이 둑은 서호(西湖)의 소제(蘇堤)와 매우 흡사하다. 비록 여섯 개의 다리와 버드나무는 없어도, 사방의 산이 비취빛으로 둘러싸고, 호수 가운데의 언덕들이 구슬처럼 꿰어져 있으니, 이는 서호가 따를 수 없는 점이다. 호수 안에는 고깃배가 떠다니고 부들이 보송보송 갓 피어나며, 비취빛 새들은 마치 옥으로 점을 찍은 듯 날아다니고 있다. 끝닿은 데 없이 아득히 푸르고 물결이 찰랑거리는 의경을 지니고 있으니, 호수의 이름을 '자벽(此碧)'이라 한 것도 그럴만 한 까닭이 있었던 것이다.

서쪽으로 2리를 나아갔다. 호수 안에 작은 섬이 매달려 있고, 그 위에 백여 가구가 살고 있다. 남쪽에는 불쑥 튀어나온 바위가 있다. 높이는 여섯 자이고 크기는 세 길에, 형상이 마치 거북이와 같다. 북쪽에는 휘 감아도는 언덕이 있다. 높이는 넉 자이고 길이는 십여 길에, 동쪽으로 불쑥 튀어나와 머리를 치켜들고 있다. 이것은 바위뱀이다.

거북이와 뱀이 하나의 섬 안에 섞여 둥지를 틀고 있고, 사방에는 샘 물이 용솟음쳐 흘러나오는 동굴이 아홉 군데이다. 거북이의 입은 남동 쪽을 향해 있고, 뱀의 입은 북동쪽을 향해 있는데, 모두 입을 쩍 벌린 채 끓는 물을 뿜어낸다. 이 물은 뒤섞인 채 감돌아 겹겹의 호수 안으로 넘쳐흐른다. 거북이 위에는 현무각(玄武閣)을 짓고, 그 아래에 아홉 동굴 을 빙 둘렀다. 이곳은 지금 구기대(九炁臺)라 일컫는다.

거북이의 남쪽을 따라가다가 보니, 거북이의 잇몸에서 샘물이 끓어 오르고 있다. 거북이의 윗입술이 덮인 채 튀어나와 있으나, 사람들이 치 는 바람에 깨져 있다. 거북이가 내뿜는 물은 뜨거워서 씻을 수가 없었 다. 어느 스님이 내가 멀리서 온 것을 알고서 식사를 하라고 붙들었다. 하 인과 짐꾼에게도 그러했다. 섬 북쪽의 뱀언덕 아래에도 새로 암자가 지어져 있다. 나는 성에 들어가기에 급급하여 두루 살펴볼 겨를이 없었다.

구기대의 서쪽에서 다시 둑길을 나아가 1리만에 평평한 다리를 건넌 뒤, 1리를 더 가서 낭궁현의 동문에 들어섰다. 1리를 가서 서쪽 산 아래에 이르러, 남쪽으로 돌아들어 호명사(護明寺)에 들어가 짐을 주지 스님의 처소에 풀어놓았다. 절은 동쪽을 향해 있고, 대전은 이미 오래도록 피폐해져 있었는데, 스님이 마침 수리하고 있던 터였다. 절의 남쪽에는 문창각(文昌閣)이 있고, 더 남쪽에는 문묘(文廟)가 있다. 모두 동쪽을 향해 있다. 온천은 절의 북쪽에서 넘쳐흐르고 있다.

짐을 풀어놓고 나니 막 정오를 넘었기에, 하소아를 만나러 들어갔다. 그는 나를 보자마자 팔을 붙들어 숲으로 들어갔다. 그는 몹시 기뻐하면서 늦게 만난 걸 한스러워했다. 나를 붙들어 날이 저물도록 술을 권하더니, 그의 맏아들에게 나를 절로 모셔 묵게 했다.

(하씨의 이름은 명봉鳴鳳이며, 경괴[1]로서 처음에는 사천성四川省 비현郫縣의 현령을 배수받았다가 절강성浙江省의 염운판관으로 승진했다. 일찍이 진미공에게 자신이 평민인지라 만나고 싶어도 만날 수 없다고 말했었다. 그가 진목숙陳木叔[2]에게 보낸 시에 '죽은 이로는 왕자지王紫芝[3]를 부끄러워하고, 살아있는 이로는 서하객徐霞客을 부끄러워한다'는 시구가 있는데, 나는 내심 부끄러우면서도 또한 잊을 수 없다.

후에 하씨가 육안주六安州의 지주로 전임했을 적에, 나는 집을 떠나 서쪽을 유람하고 있었다. 운남성에 이르러 관리의 명부를 보니, 육안주는 다른 사람으로 바뀌어 다스려지고 있었다. 동쪽에서 온 이에게 육안주가 이미 도적떼의 공격을 받아 격파되었음을 전해듣고서 더욱 걱정되었다. 진녕주晉寧州에 이르러 교유[4]인 조趙씨를 만났다. 그는 육량주陸涼州 사람으로서, 애초에 항주杭州에서 진녕주로 전임해왔는데, 그에게 묻고서야 하씨가 항주에서 오래 사귀었던 벗임을 알았다. 그가 전임해올 적에 강 너머에서 수소문했는 바, 하씨가 부모의 상을 당하여 먼저 돌아갔음을 알게 되었노라고 말했다.

나중에 내가 계족산의 대각사의 스님 한 분을 만났다. 그가 하씨의 친척인지라, 비로소 그가 정말로 고향에 돌아갔다는 것을 알게 되었다. 그가 부모상을 당하여 관직에서 물러나자마자 성은 함락되고 말았다. 그가 고향집에 당도한 지 얼마 되지 않아서였다.)

1) 명나라와 청나라의 과거시험은 오경으로 나누어 선발했는데, 향시나 회시의 합격자 가운데 성적 우수자 다섯 명은 오경으로 나누어 각각 한 명을 일등으로 선발했으며, 이를 경괴(經魁)라고 일컫는다.

2) 진목숙(陳木叔)은 진함휘(陳函輝, 1590~1646)를 가리킨다. 그는 임해(臨海) 성관(城關) 사람이며, 원명은 위(煒)이고 자는 목숙(木叔), 호는 소한산자(小寒山子)이다. 명나라 숭정(崇禎) 7년(1634년)에 벼슬길에 올랐다.

3) 왕자지(王紫芝)는 왕립곡(王立轂, 1578~1630?)을 가리킨다. 그는 자가 백원(伯元)이고 호는 자지(紫芝) 혹은 호상인(鎬上人)이다. 만력(萬曆) 34년(1606년)에 향시에서 장원으로 합격했으며, 한때 사표(師表)로 추앙받기도 했다.

4) 교유(敎諭)는 현학(縣學)에서 제사 및 고시, 교육과 학생 관리 등을 주관하는 학관(學官)을 가리킨다.

2월 19일

하씨가 또다시 집에서 식사를 차렸다. 나는 짐을 가지고 문묘의 서쪽 곁채로 들어왔다. 이곳은 그의 인척인 유포석(劉匏石)이 공부하는 곳이다. 오전에 하씨가 동쪽 관문 밖에 배를 마련하여, 나와 그의 네 아들을 데리고 배에 올랐다. 배가 작아 겨우 네 사람밖에 태울 수 없어, 두 척의 배에 여덟 명이 타고서 호수를 유람하면서 북쪽으로 나아갔다. 배는 노를 저을 필요 없이, 대나무 상앗대로 물을 밀어젖힐 따름이었다.

호수를 건너 북동쪽으로 3리를 갔다. 호수 한 가운데에 세 채의 어부의 집이 보이고, 끊긴 두둑에 수양버들이 둘러싸고 있다. 하씨는 장차 이곳에 누각을 짓고 정자를 꾸며, 호수와 산의 빼어난 경치를 아우르려던 참이었다. 그는 나에게 미리 대련의 편액을 지어달라고 부탁했으며, 나는 그러겠노라고 했다.

한참동안 바라보다가 배를 띄워 북서쪽으로 나아가 2리만에 호수에서 바다로 들어섰다. 남쪽은 호수이고 북쪽은 바다인데, 모양이 마치 표주박과 같다. 가운데의 잘록한 곳은 마치 표주박의 목처럼 보인다. 호수는 크지만 얕고, 바다는 작지만 깊다. 호수의 이름은 자벽(茈碧)이고, 바다의 이름은 이원(洱源)이다. 동쪽은 출동비(出洞鼻)이고, 서쪽은 역두촌(閣頭村)이며, 북쪽은 용왕묘(龍王廟)이다. 삼면이 산으로 둘러싸여 우묵한 곳을 이루고 있으며, 바다는 안에서 넘쳐흘러 남쪽으로 흘러나가 호수를 이루고 있다.

바다의 한가운데는 바닥이 몇 길로 깊고, 물빛이 맑게 반짝여 유리빛을 내고 있다. 물바닥의 구멍에서 마치 실에 꿰인 진주나 옥처럼 뿜어져 나오는 물은 물기둥의 휘장을 이룬 채 수면 위로 한 자 남짓 뛰쳐오른다. 그 옆에서 물속의 형상을 보노라니, 천만 송이 꽃과 꽃술이 뿜어져 나와 진주나무를 이루는 듯한데, 한 알 한 알 분명하고 한 오라기 한 오라기 흐트러짐이 없으니, 이것이 '영해요주(靈海耀珠)'라는 것이다.

『산해경』에서는 이원(洱源)이 파곡산(罷谷山)에서 발원한다고 했는데, 바로 이곳이다. 태사 양(楊)씨의 「배를 띄워 이원을 두루 다니다(泛湖窮洱源)」를 적은 비석이 산속에 파묻혀 있다가, 하씨가 최근 그것을 사들였다. 하씨는 이 비문을 위해 정자를 세워 그 아름다운 경관을 드러낼 작정이다.

바다의 남서쪽 물가에서 뭍에 오른 뒤, 서쪽으로 밭 사이를 나아가 암자에 들어섰다. 이곳은 호명사(護明寺)의 아래 뜨락이다. 하씨의 친척이 벌써 암자 안에 식사를 준비해 두었다. 덕분에 밥과 술을 실컷 먹고 마셨다. 오후에 계속해서 배를 타고서 호수 유람에 나섰다. 남서쪽으로 2리를 가서 조그마한 항구에 들어섰는데, 하씨가 친척에게 붙들렸다. 두 명의 어린 아들들이 남아서 아버지를 모시고, 두 명의 큰 아들들에게는 나와 함께 돌아가도록 했다. 저녁밥을 먹고서, 문묘의 서쪽 곁채에서 묵었다.

2월 20일

하씨는 돌아오지 않고, 두 명의 아들이 이른 아침에 식사하기를 기다렸다. 찬합을 들고 거문고를 안은 채 동쪽의 둑을 다 거닐고 나서, 다시 한 번 구기대를 구경했다. 못에 들어가 목욕을 할 작정이었으나, 못에 지붕이 덮인 집이 없는데다, 이날은 장이 서는 날인지라 목욕하는 이들이 너무 많아서 그만 두기로 했다.

그래서 새로 지어진 암자를 따라 바위뱀의 입에서 뿜어나오는 온천물을 두 손으로 움켜쥐면서 한참동안 놀다가 구기대에 이르러, 거문고를 타면서 술을 따르게 했다. 하씨의 맏아들은 문장에 뛰어날 뿐만 아니라, 현악기와 관악기에도 정통했다. 바위거북이의 입에서 흘러나오는 온천물에 계란을 삶아 점심 식사를 했다. 그 맛이 물에 끓인 것보다 나았다.

얼마 되지 않아 절의 스님이 또 찬합을 내오고 술을 곁들였다. 오후에야 되돌아왔다. 서풍이 몹시 세차게 불어오는데, 하씨의 맏아들이 거문고를 안은 채 바람을 맞으면서 나아갔다. 바람에 거문고줄이 울리는데, 맑고 그윽한 소리가 산수와 어울리니 더욱 자연스럽다.

2월 21일

하씨가 돌아와 앞의 누각에서 나에게 식사를 청했다. 그는 자신의 문집을 나에게 보여주었는데, 그 가운데에는 나를 위해 읊조린 시도 있었다. 나 역시 두 수의 시를 지어 응대했다.

2월 22일

하씨가 특별히 연회를 베풀어 나를 초대했다. 나는 병이 좀 나서 잠시 누워있고 싶기에 진심으로 사양했으나, 하씨의 허락을 얻지 못하여 억지로 일어나 연회에 나갔다. 하씨는 자신이 소장하고 있는 황산곡(黃山谷)[1]의 진품과 양승암(楊升庵)[2]의 두루마리글을 꺼내어 내게 보여주었다.

---

1) 황산곡(黃山谷)은 북송대의 시인이자 서예가인 황정견(黃庭堅, 1045~1105)을 가리킨

다. 그는 강서성 분녕(分寧) 사람으로, 자는 노직(魯直)이고, 호는 산곡도인(山谷道人)
이다. 그는 소식(蘇軾)과 함께 송나라의 대표적인 시인으로 손꼽히며, 강서시파(江西
詩派)의 시조로 일컬어진다. 그는 왕안석(王安石)의 신법당(新法黨)이 권력을 장악한
후, 1095년 사천성 검주(黔州)로 유배되었으며, 1102년에는 광서성 의주(宜州)로 유배
되어 그곳에서 병사했다.
2) 양승암(楊升庵)은 명나라의 문학가인 양신(楊愼, 1488~1559)을 가리킨다.

2월 23일

하씨의 맏아들과 함께 말을 타고서 불광채(佛光寨)를 유람했다. 불광채
는 낭궁현의 동쪽 산에서 가장 높고 험한 곳이다. 동쪽 산은 북쪽의 관
음산에서 남쪽으로 뻗어내린다. 맨 처음에 봉긋 솟아 삼영의 뒷산을 이
루고, 두 번째로 봉긋 솟아 불광채를 이루며, 세 번째로 봉긋 솟아 영응
산(靈應山)을 이룬다. 이들의 산세는 모두 병풍처럼 높고 웅장하며, 이어
진 채 하늘의 절반을 덮고 있다. 이들 산은 멀리서 바라보면 갈라진 둔
덕처럼 보이지만, 그 안에는 사실 무너질 듯 가파른 벼랑과 겹겹의 암
벽이 많아 기어오르기가 쉽지 않다. 그래서 불광채는 예부터 천연의 요
새라 일컬어졌다. (『명승지』에는 맹획(孟獲[1])의 첫 산채라고 씌어있는데, 등천주(鄧川
州)에 있다고 적혀 있지, 낭궁현에 있다고 적혀 있지는 않았다. 이는 오류이다.)

이 왕조의 초기에 운남 서부를 평정했는데, 보안독(普顔篤)이란 자가
다시 이곳을 거점으로 삼아 반란을 일으켰다. 오랫동안 공략하여 굴복
시키지 못하다가, 몇 년이 지난 후에야 정복했다. 지금은 이곳에 영광사
(靈光寺)를 지었다.

절 뒤쪽을 따라 올라가자, 가장 험준하다는 일녀관(一女關)이 나왔다.
여자 한 명이 관문을 지키고 있을지라도, 어느 누구도 넘을 수 없다고
한다. 보안독이 불광채를 차지하고 있을 적에 여러 여자를 나누어 봉우
리 꼭대기를 지키게 했는데, 멀리 산 아래를 바라보면 보이지 않는 곳
이 없었다고 한다. 관문을 따라 올랐다. 뒷산으로 통하는 이 길은, 북쪽
으로는 칠평(七坪)으로 나가고, 남쪽으로는 북아로 내려간다. 나는 이곳의

빼어난 경관을 들은 적이 있는지라, 맏아들과 함께 먼저 이곳에 왔다.

계속해서 구기대를 따라 10리만에 대둔의 돌다리를 지났다. 이 돌다리는 이미 끊긴지라 다시 짓고 있으니, 나무다리를 가로질러 건넜다. 북동쪽을 따라 5리를 나아갔다가 동쪽으로 돌아들어 지름길로 3리만에 동쪽 산 아래에 이르렀다. 이어 산을 따라 북동쪽으로 올라 2리만에 영광사(靈光寺)에 닿았다.

절의 문은 동쪽을 향한 채 아래로 멀리 넓고 평탄한 땅을 굽어보고 있다. 그 앞의 비탈은 가파르기는 하여도 바위가 많지 않은데, 오직 절 앞에 있는 바위만은 집채만큼 높이 불쑥 솟아 있다. 앞에는 누각이 있고 뒤에는 대전이 있으며, 양쪽의 곁채는 밥을 짓고 잠을 자는 곳이다. 어느 부(府)의 별가인 하(何)씨의 백부가 지었다는데, 지금은 금방이라도 허물어질 것만 같다.

내가 이곳에 닿았을 때, 세 명의 나그네가 먼저 와 있었다. 모두 여(呂)씨인데, 그 가운데 나이가 젊고 삼베옷을 걸친 이는 지휘사인 여씨의 아들이고, 나머지 두 연장자는 그의 숙부이다. 식사를 차려 함께 먹으면서 나에게 일녀관의 빼어난 경치에 대해 이야기해주었다. 곧바로 올라가려 했더니, 모두들 날이 저물어 늦었다고 말했다.

오후가 되자, 여씨 세 사람은 작별하여 떠났다. 하씨의 맏아들 역시 삼영의 친척집으로 갔다. 나 홀로 절에 남게 되었는데, 내일 아침에 두루 유람할 작정이었다. (여씨 세 사람은 스님에게 채소와 과일을 남겨주면서 나를 대접함과 아울러, 내가 유람하도록 안내하라고 당부했다.)

---

1) 맹획(孟獲)은 삼국시대의 중국 남방의 소수민족의 수령이다. 건흥(建興) 3년(225년)에 제갈량(諸葛亮)은 대군을 이끌고 남방민족의 정복에 나섰는데, 이 전쟁에서 맹획을 일곱 번 풀어주었다가 일곱 번 사로잡아 마침내 심복시켰다는 '칠종칠금(七縱七擒)'의 이야기가 전해진다.

2월 24일

아침 일찍 일어나 밥을 달라했다. 곧바로 절의 스님과 함께 절 뒤를 따라 가파른 비탈을 기어올랐다. 2리 남짓을 가자 갈림길이 나왔다. 북쪽으로 감돌아 골짜기로 들어서면 불광채의 터로 가는 길이고, 층계를 따라 쭉 올라가 남쪽으로 봉우리 꼭대기를 넘으면 일녀관으로 가는 길이다.

나는 위로 올라가는 길을 따라 1리 남짓만에 비탈 등성이에 올랐다. 이어 등성이를 따라 남쪽으로 돌아들었다. 등성이 동쪽으로 휘감아도는 골짜기를 굽어보니, 옛터에 담이 둘러져 있다. 이곳이 바로 보안독의 옛 산채인데, 오히려 등성이 아래에 있다.

남쪽으로 1리를 가자, 봉우리 꼭대기에 비로소 바위가 많이 쌓여 있다. 그 아래에서 동쪽으로 돌아들었다. 남쪽에는 까마득한 벼랑이 불쑥 솟아 있고, 북쪽에는 산채의 바닥이 굽어보인다. 실 같은 샛길이 산허리를 가로지르고 있다.

(25일부터 월말까지는 모두 빠져 있다.)

원문

己卯 二月初一日 <u>木</u>公命大把事以家集黑香白鑞[1](十兩)來饋. 下午, 設宴<u>解脫林</u>東堂, 下藉以松毛, 以<u>楚雄</u>諸生<u>許</u>姓者陪宴. 仍侑以盃緞(銀盃二只、綠縐紗一疋)、 大肴八十品, 羅列甚遙, 不能辨其孰爲異味也. 抵暮乃散. 復以卓席饋<u>許</u>生. (爲分犒諸役.)

初二日 入其所棲林南淨室, 相迎設座如前. 旣別, 仍還解脫林. 昨陪宴許君來, 以白鏹易所侑綠縐紗去. 下午, 又命大把事來, 求作所輯『雲薖空淡墨』序.

初三日 余以敍稿送進, 復令大把事來謝. 所饋酒果, 有白葡萄、龍眼、荔枝諸貴品, 酥餅油線(細若髮絲, 中纒松子肉爲片, 甚鬆脆.)、髮糖(白糖爲絲, 細過於髮, 千條萬縷, 合揉爲一, 以細麵拌之, 合而不膩.)諸奇點.

初四日 有雞足僧以省中錄就『雲薖淡墨』繳納木公. 木公卽令大把事傳示, 求爲較政. 其所書洪武體雖甚整, 而訛字極多, 旣舛落無序, 而重疊顚倒者亦甚. 余略爲標正, 且言是書宜分門編類, 庶無錯出之病. 晩乃以其書繳入.

初五日 復令大把事來致謝. 言明日有祭丁[1]之擧, 不得留此盤桓, 特令大把事一人聽候. 求再停數日, 煩將『淡墨』分門標類, 如余前所言. 余從之. 以書入謝, 且求往忠甸, 觀所鑄三丈六銅像. 旣午, 木公去, 以書答余, 言忠甸皆古宗[2]路, 多盜, 不可行. 蓋大把事從中沮之, 恐覘其境也. 是日, 傳致油酥麵餅, 甚巨而多, 一日不能盡一枚也.

初六日 余留解脫林校書. 木公雖去, 猶時遣人饋酒果. 有生雞大如鵝, 通體皆油, 色黃而體圓, 蓋肥之極也. 余愛之, 命顧僕醃爲臘雞.
解脫林倚白沙塢西界之山. 其山乃雪山之南, 十和後山之北, 連擁與東界翠屏、象眠諸山, 夾白沙爲黃峰後塢者也. 寺當山半, 東向, 以翠屏爲案, 乃麗江之首刹, 卽玉龍寺之在雪山者, 不及也. 寺門廡階級皆極整, 而中殿不宏, 佛像亦不高巨, 然崇飾莊嚴, 壁宇淸潔, 皆他處所無. 正殿之後, 層臺高拱, 上建法雲閣, 八角層甍, 極其宏麗, 內置萬曆時所賜藏經焉. 閣前有兩廡, 余寓南廡中. 兩廡之外, 南有圓殿, 以茅爲頂, 而中實磚盤. 佛像乃白石刻成者, 甚古而精緻. 中止一像, 而無旁列, 甚得淸淨之意. 其前卽齋堂香積[1]也. 北亦有圓閣一座, 而上啓層窗, 閣前有樓三楹, 雕窗文楯, 俱飾以金碧,[2] 乃木公燕憩之處, 局而不開. 其前卽設宴之所也. 其淨室在寺右上坡, 門亦東向, 有堂三重, 皆不其宏敞, 四面環垣僅及肩, 然喬松連幄, 頗饒煙霞[3]之氣. 聞由此而上, 有拱壽臺、獅子崖, 以迫於校讐, 俱不及登.

---

1) 재당(齋堂)은 사찰 안의 식당을 의미하고, 향적(香積)은 수도승의 식사 혹은 주방을 의미한다.
2) 금벽(金碧)은 동양화의 안료 가운데의 이금(泥金), 석청(石靑)과 석록(石綠)을 가리킨다.
3) 연하(煙霞)는 구름과 노을을 의미하며, 여기에서 산림을 비유하고 있다.

初六、初七日 連校類分標, 分其門爲八. 以大把事候久, 余心不安, 乃連宵籌燈, 丙夜始寢. 是晩旣畢, 仍作書付大把事, 言校核已完, 聞有古岡之勝, 不識導使一遊否? 古岡者, 一名瘋儸, 在郡東北十餘日程, 其山有數洞中透, 內貯四池, 池水各占一色, 皆澄澈異常, 自生光彩. 池上有三峰中峙, 獨凝雪瑩白, 此間雪山所不及也. 木公屢欲一至其地, 諸大把事言不可至, 力尼之, 數年乃得至, 圖其形以歸, 今在解脫林後軒之壁. 北與法雲閣相對, 余按圖知之. 且詢之主僧純一, 言其處眞修者甚多, 各住一洞, 能絶粒休糧, 其爲首者有神異, 手能握石成粉, 足能頓坡成窪, 年甚少而前知. 木公未至時, 皆先與諸土人言, 有貴人至, 土人愈信而敬之. 故余神往而思一至也.

初八日 昧爽, 大把事齋冊書馳去, 余遲遲起. 飯而天雨霏霏. 純一饋以古磁盃、薄銅鼎, 幷芽茶爲烹瀹之具. 備馬, 別而下山. 稍北, 遂折而東下, 甚峻, 二里, 至其麓, 路北有澗, 自雪山東南下, 隨之, 東半里, 有木橋. 渡澗西北逾山爲忠甸道; 余從橋南東行, 半里, 轉而東, 是爲崖脚院, 倚山東向. 其處居廬連絡, 中多板屋茅房. 有瓦室者, 皆頭目之居, 屋角俱標小旗二面, 風吹翩翩, 搖漾於夭桃素李之間. 宿雨含紅, 朝煙帶綠, 獨騎穿林, 風雨淒然, 反成其勝. 院東南有窪地在村廬間, 中涸無水, 尙有亭臺堤柳之形, 乃舊之海子, 環爲園亭者, 今成廢壑矣. 又南二里, 有枯澗嵌地甚深, 乃雪山東南之溪, 南注中海者. 今引其水東行塢脊, 無涓滴下流澗中, 僅石梁跨其上. 度梁之東, 卽南隨引水行, 四里, 望十和村落在西, 甚盛. 其南爲中海, 望之東南行, 其大道直北而去者, 白沙道也. 南四里, 有枯澗東西橫塢中, 小石梁南跨之.

又東五里, 東瞻象眠山已近. 通事向許導觀象鼻水, 至是乃東南行田間, 二里, 抵山下. 水從坎下穴中西出, 穴小而不一, 遂溢爲大溪, 折而南去. 二里, 析爲二道, 一沿象眠而南, 一由塢中倒峽, 過小石橋, 又析爲二, 夾路東西行. 五里, 至黃峰山北, 所引之水, 一道分流山後而去, 一道東隨黃峰而南. 始知黃峰之脈, 自象鼻水北坡垂塢中南下, 至此結爲小峰, 當塢之口, 東界象眠山亦至此南盡, 西界山自中海西南, 環繞而北, 接十和後山. 南復橫開東西大塢, 南龍大脊, 自西而東, 列案於前, 其上烏龍峰, 獨聳文筆於西南, 木家院南峰, 迴峙雄關於巽位.[1] 衆大之中, 以小者爲主, 所以黃峰爲木氏開千代之緖也. 從黃峰左腋南上西轉, 又一里, 出其南, 則府治東向臨溪而峙, 象鼻之水環其前, 黃峰擁其後. 聞其內樓閣極盛, 多僭制, 故不於此見客云.

先是未及黃峰三里, 有把事持書, 挈一人荷酒獻胙, 衝雨而至, 以余尙未離解脫也. 與之同過府治前, 度玉河橋, 又東半里, 仍稅駕於通事小樓. 讀木公書, 乃求余乞黃石齋敘文, 倂索余書, 將令人往省邀吳方生者. 先是, 木公與余面論天下人物, 余謂: "至人[2]惟一石齋. 其字畫爲館閣[3]第一, 文章爲國朝第一, 人品爲海宇第一, 其學問直接周、孔, 爲古今第一. 然其人不易見, 亦不易求." 因問: "可以親炙[4]者, 如陳、董之後, 尙有人乎?" 余謂

：“人品甚難. 陳、董芳躅,⁵⁾ 後來亦未見其繼, 卽有之, 豈羅致⁶⁾所及? 然遠則萬里莫儔, 而近則三生自遇. 有吳方生者, 余同鄕人, 今以戌僑寓省中. 其人天子不能殺, 死生不能動, 有文有武, 學行俱備, 此亦不可失者.” 木公慮不能要致, 余許以書爲介, 故有是請, 然尙未知余至府治也. 使者以復柬返. 前緻冊大把事至, 以木公命致謝, 且言古岡亦艱於行, 萬萬毋以不貲⁷⁾蹈不測. 蓋亦其託辭也. 然聞去冬亦曾用兵吐蕃不利, 傷頭目數人, 至今未復, 瘋儸, 古宗皆與其北境相接, 中途多恐, 外鐵橋亦爲焚斷. 是日雨陣時作, 從樓北眺雪山, 隱現不定, 南窺川甸, 桃柳繽紛, 爲之引滿.

是方極畏出豆.⁸⁾ 每十二年逢寅, 出豆一番, 互相牽染, 死者相繼. 然多避而免者. 故每遇寅年, 未出之人, 多避之深山窮谷, 不令人知. 都鄙間一有染豆者, 卽徙之九和, 絶其往來, 道路爲斷, 其禁甚嚴. (九和者, 乃其南鄙, 在文筆峰南山之大脊之外, 與劍川接壤之地.) 以避而免於出者居半, 然五六十歲, 猶惴惴奔避. 木公長子之襲郡職者, 與第三子俱未出, 以舊歲戊寅, 尙各避山中, 越歲未歸, 惟第二、第四(第四名宿, 新入泮⁹⁾鶴慶.)者, 俱出過. 公令第四者啓來候, 求肄文木家院焉.

---

1) 손위(巽位)는 남동쪽 방향을 의미한다.

2) 지인(至人)은 사상이나 도덕수양이 높고 뛰어난 사람을 의미한다.

3) 북송(北宋)대에는 소문관(昭文館), 사관(史館)과 집현원(集賢院)의 세 관(館)과 비각(秘閣), 용도각(龍圖閣) 등의 각(閣) 도서경적과 국사(國史)의 편수 등의 업무를 분장했는데, 이를 통칭하여 관각(館閣)이라 일컬었다. 명나라에 들어서서 이 업무는 한림원(翰林院)으로 이관되었으며, 이로 인해 한림원을 관각이라 일컬었다.

4) 친자(親炙)는 몸소 교육과 훈도를 받음을 의미한다. 『맹자 · 진심하(盡心下)』에 “성인이 아니더라도 이러할 수 있는가? 하물며 성인의 가르침을 친히 받은 사람임에랴?(非聖人而能若是乎? 而況於親炙之者乎?)”라는 글귀가 있다.

5) 방촉(芳躅)은 행적이나 자취의 미칭(美稱)이다.

6) 라치(羅致)는 그물로 날짐승을 붙잡는다는 의미이며, 훗날 인재를 불러들임을 비유한다. 당나라 한유(韓愈)의 「하양군으로 부임하는 온처사를 보내며(送溫處士赴河陽軍序)」에는 “오공께서는 …… 석생이 재능이 있다고 여겨 예를 그물로 삼아 그분을 모셔 자신이 집무하는 곳으로 모셔오셨습니다(烏公 …… 以石生爲才, 以禮爲羅, 羅而致之幕下)”라는 글귀가 있다.

7) 부자(不貲) 혹은 부자(不訾)는 생각하지 않음을 의미한다.

初九日 大把事復捧禮儀來致謝, 酬校書之役也. (鐵皮褥一, 黃金四兩.) 再以書求修『雞山志』, 並懇明日爲其四子校文木家院, 然後出關. 院有山茶甚巨, 以此當折柳也. 余許之. 是日仍未霽, 復憩通事樓.

其俗新正重祭天之禮. 自元旦至元宵後二十日, 數擧方止. 每一處祭後, 大把事設燕燕木公. 每輪一番, 其家好事者費千餘金, 以有金壺八寶之獻也.

其地田畝, 三年種禾一番. 本年種禾, 次年卽種豆菜之類, 第三年則停而不種. 又次年, 乃復種禾.

其地土人皆爲麽些.[1] 國初漢人之戍此者, 今皆從其俗矣. 蓋國初亦爲軍民府, 而今則不復知有軍也. 止分官、民二姓, 官姓木, (初俱姓麥, 自漢至國初. 太祖乃易姓木) 民姓和, 無他姓者. 其北卽爲古宗, 古宗之北, 卽爲吐蕃. 其習俗各異云. 古宗北境, 雨少而止有雪, 絶無雷聲. 其人南來者, 至麗郡乃聞雷, 以爲異.

麗郡北, 忠甸之路有北巖, 高闊皆三丈, 崖石白色而東向. 當初日東升, 人穿彩服至其下, 則滿崖浮彩騰躍, 煥然奪目, 而紅色尤爲鮮麗, 若鏡之流光, 霞之幻影. 日高則不復然矣.

1) 마사(麽些) 혹은 마사(麽沙)는 오늘날의 납서족(納西族)의 일파이다.

初十日 晨餐後, 大把事復來候往木家院. 通事具騎, 而大把事忽去, 久待不至, 乃行. 東向半里, 街轉南北, 北去乃象眠山南垂, 通安州治所托, 南去乃大道. 半里, 過東橋, 於是循溪南岸東南行. 三里, 有柳兩三株, 在路右塍間, 是爲土人送行之地. 其北有塢, 東北闢甚遙. 蓋雪山之支, 東垂南下者兩重, 初爲翠屏、象眠, 與解脫、十和一夾而成白沙塢; 再爲吳烈東山, 與翠屏、象眠再夾而成此塢, 其北入與白沙等. 其北度脊處, 卽金沙江逼雪山之麓而東者. 東山之外, 則江流南轉矣. 脊南卽此塢, 中有溪自東山出,灌溉田疇更廣. 由此塢東北逾脊渡江, 卽香羅之道也. 塢中溪東南與玉河會於三生橋之東. 又有水西南自文筆山, 沿南山而東轉, 隨東圓岡之下, 經三生橋而東與二水會. 於是三水合而成漾共江之源焉. 東圓岡者, 爲麗郡東南第一重鎖鑰. 蓋有大脊自西來, 穹爲木家院後高峰大脊, 從此南趨鶴慶. 其東下者爲邱塘關, 其東北下者, 環轉而爲此岡, 直逼東山之麓, 束三水爲一, 沿東山南下而出邱塘東峽, 自七和、馮密而達鶴慶. 岡首迴環向郡, 南山之溪經其下, 鞏橋度之, 曰三生橋. 橋北有二坊, 兩三家爲守者. 自柳塘至此, 又五里矣. 其北皆良疇, 而南則登坡焉. 一里, 升坡之巓, 平行其上. 右俯其坡內抱, 下關平塢, 直北接郡治, 眺其坡, 斜削東下, 與東山夾溪南流. 坡間每有村廬, 就窪傍坎, 桃花柳色, 罨映高下. 三里, 稍下就窪, 有水成痕, 自西而東下於溪. 又南逾一坡, 度板橋而南, 則木家院在是矣.

　先是途中屢有飛騎南行, 蓋木公先使其子至院待余, 而又屢令人來, 示其款接之禮也. 途中與通事者輒喞喞語, 余不之省. 比余至, 而大把事已先至矣, 迎入門. 其門南向甚敞, 前有大石獅, 四面牆垣之外, 俱巨木參霄. 甫入, 四君出迎, 入門兩重, 廳事亦敞. 從其右又入內廳, 乃拜座進茶. 卽揖入西側門, 搭松棚於西廡之前, 下藉以松毛, 以示重禮也. 大把事設二卓, 坐定, 卽獻紙筆, 袖中出一小封, 曰：“家主以郎君新進諸生, 雖事筆硯, 而此中無名師, 未窺中原文脈, 求爲賜教一篇, 使知所法程, 以爲終身佩服.” 余頷之. 拆其封, 乃木公求余作文, 並爲其子斧正.[1] 書後寫一題曰：‘雅頌各得其所.’[2] 余與四君, 卽就座拈毫, 二把事退候階下. 下午, 文各就. 余閱其作, 頗淸亮. 二把事復以主命求細爲批閱. 余將爲擧筆, 二把事曰：“餒久矣, 請少遲之. 後有茶花, 爲南中之冠, 請往一觀而就席.” 蓋其主命指示也, 余乃從之. 由其右轉過一廳, 左有巨樓, 樓前茶樹, 盤蔭數畝, 高與樓齊. 其本徑尺者三四株叢起, 四旁蓁蕪, 下覆甚密, 不能中窺. 其花尙未全舒, 止數十朵, 高綴叢葉中, 雖大而不能近覷. 且花少葉盛, 未見燦爛之妙, 若待月終, 便成火樹霞林, 惜此間地寒, 花較遲也. 把事言, 此樹植與老把事年相似, 屈指六十餘. 余初疑爲數百年物, 而豈知氣機發旺, 其妙如此. 已還松棚, 則設席已就. 四君獻款, 復有紅氈、麗鎖之惠. 二把事亦設席坐階下, 每獻酒則趨而上焉. 四君年二十餘, 修晳3)淸俊, 不似邊陲之産, 而語言淸辨可聽, 威儀動盪, 悉不失其節. 爲余言北崖紅映之異. 時余欲由九和趨劍川, 四君言 : "此道雖險而實近. 但此時徙諸出豆者在此, 死穢之氣相聞, 而路亦絶行人, 不若從鶴慶便." 肴味中有柔豬、氂牛舌, 俱爲余言之, 縷縷可聽. (柔豬乃五六斤小豬, 以米飯喂成者, 其骨俱柔脆, 全體炙之, 乃切片食. 氂牛舌似豬舌而大, 甘脆有異味. 惜余時已醉飽, 不能多嘗也.) 因爲余言 : "其地多氂牛, 尾大而有力, 亦能負重, 北地山中人, 無田可耕, 惟納氂牛銀爲稅." 蓋鶴慶以北多氂牛, 順寧以南多象, 南北各有一異獸, 惟中隔大理一郡, 西抵永昌、騰越, 其西漸狹, 中皆人民, 而異獸各不一産. 騰越之西, 則有紅毛野人, 是亦人中之氂、象也. 抵暮乃散. 二把事領余文去, 以四君文畀余, 曰 : "燈下乞細爲削抹, 明晨欲早呈主人也." 余領之. 四君送余出大門, 亦馳還郡治, 仍以騎令通事送余. 東南二里, 宿村氓家. 余挑燈評文, 就臥其西廡.

---

1) 부정(斧正)은 도끼로 깎아내어 기준에 맞춤을 의미하며, 흔히 남에게 시와 글을 고쳐달라고 부탁하는 경어로 쓰인다. 부정(斧政)이라고도 한다.
2) 이 글귀는 『논어·자한(子罕)』에서 비롯되었는바, "공자께서 말씀하시기를, '내가 위나라에서 노나라로 돌아온 뒤에 음악을 바로잡아 아와 송이 제자리를 얻게 되었다("子曰 : '吾自衛反魯, 然後樂正, 雅頌各得其所.')"고 했다.
3) 수석(修晳)은 키가 크고 피부가 흼을 의미한다.

十一日 昧爽, 通事取所評文送木家院, 就院中取飯至, 已近午矣. 覓負擔者, 久之得一人, 遂南行. 二里, 抵南山下. 循山東南一里, 下越一坑底, 仍東南上二里, 出邱塘關. 關內數家居之, 有把事迎余獻茶. 其關橫屋三楹, 南向踞嶺上, 第南下頗削, 而關門則無甚險隘也. 其嶺自西大脊分支東突, 與東山對夾漾共江於下, 關門東脊臨江之嘴, 竪塔於上. 爲麗東南第二重鎖鑰. 隔江之東山, 至是亦雄奮而起, 若與西大峰共爲犄角者. 關人指其東麓, 卽金沙江南下, 轉而東南, 趨浪滄、順州之間者. 此地有路, 半日逾此嶺, 又一日半而東南抵浪滄衛.

出關, 辭通事以騎返, 余遂同擔夫仍南向就小道下山. 其道皆純石嵯峨,
踐隙攀峰而下, 二里, 乃抵其麓. 遂西南陟橋, 橋西有坡, 南向隨之. 半里,
復下坡, 西有塢南開, 而中無水. 又半里, 橫陟之, 由西坡上半里, 依西大山
之麓轉而東南行. 一里餘, 路左復起石山, 與西山對夾, 路行其中. 二里, 逾
脊南下, 脊右有石崖下嵌, 而東半石峰, 尤爲巑嶪. 南一里, 東峰始降, 復隨
西坡盤而西南. 二里, 其支復東突, 再南逾之. 下半里, 還顧東突峰南, 有崖
嵌空成門, 返步探之, 雖有兩門, 而洞俱不深. 又循西山而南, 一里餘, 三四
家倚西山下, 於是復見漾共江出峽而下盤其麓, 峽中始環疊爲田. 村之前,
已引水爲渠, 循山而南, 抵七和矣. 隨渠盤西山東突之嘴, 又三里而抵七和.
七和者, 麗郡之外郛也, 聚落倚西山頗盛. 其下塢中, 水田夾江, 木公之次
子居此, 其宅亦東向. 由其前又南半里, 爲稅局, 收稅者居之. 又南漸下一
里, 復過一村, 乃西南上坡. 一里, 陟坡頂, 其上甚平. 由其上平行而南, 二
里, 有數家居坡脊, 是爲七和哨, 則麗江南盡之鄙也, 故設哨焉.

哨南又半里, 有路自東南橫過西北者, 爲三岔黃泥岡. 蓋是坡自西大山
下垂, 由此亙而東南, 橫路隨其脊斜去, 脊西遂下陷成峽, 黑龍潭當其下焉.
大道由峽東直南, 鶴慶、麗江之界, 隨此坡脊而分. 故脊西下陷處, 自西盤
而南至馮密, 其下已屬鶴慶; 脊東盤亙處南下馮密東, 其內猶屬麗江, 此東
西兩界大山內之橫界也. 於是西瞰峽內, 松篁遙連, 路依東脊南向漸下, 六
里而至馮密.

日纔過午, 覓宿店, 漫投一樓上, 乃陳生某家也, 向曾於悉檀相晤者. 擔
人卸擔去, 余炊飯其家, 欲往青玄洞. 陳生止余曰: "明日登程, 可卽從此
往. 今日晚, 可一探東山之麓乎?" 遂同東陟塢塍. 蓋此塢卽自黑龍潭南下,
至此東向而出者, 塢北則黃泥岡之坡, 直垂而逼東山之麓, 江亦東遜若逗
而出於門者, 故塢東之界, 直以此門而分. 由塢東行一里, 卽與漾共江遇.
溯之東北半里, 有木橋橫江上. 從橋東度, 木凡四接. 循東岸溯之而北, 半
里, 登東隴, 其上復盤隴成畦, 闢田甚廣. 又北一里, 直對黃泥之嘴, 東界尖
峰最聳, 是爲筆架峰, 正西與馮密後堆谷峰相對焉. 陳生父塚正在其隴之

上, 時將議遷, 故來相度. 余勸其勿遷, 惟來脈處引水開渠, 橫截其後, 若引從墓右, 環流於前, 是卽旋轉之法. 陳生是之. 仍從木橋度江, 共三里, 還寓. 陳生取酒獻酌. 余囑其覓遠行擔夫, 陳言明日可得, 不必囑也.

十二日 陳爲余覓夫, 皆下種翻田, 不便遠去, 已領銀, 復來辭. 旣飯, 展轉久之, 得一人曰趙貴, 遂行. 余以純一所饋甌二鼎一, 酬陳生之薑酒. 從其居之西涉一澗, 旣截塢而西北, 一里餘, 登西坡, 已逼堆谷峰下. 坡上引水爲渠南注, 架木而度, 卽南循東下之脊而上, 半里, 得平岡. 由岡上西行半里, 直逼西山下, 有廟臨岡而峙. 廟南東下腋底, 有廟祀龍王, 南臨一池, 甚廣而澄澈, 乃香米龍潭也. 廟南西上層崖, 有洞東向闢門, 其上迴崖突兀, 卽青玄洞也. 二廟俱不入, 西躡山直上, 半里, 抵崖下, 則洞門有垂石中懸, 門闢爲二, 左大而右小. 有僧倚中垂之石, 結廬其外, 又環石於左門之下, 以爲外門. 由環石竇間入, 登左門, 其門大開, 西向直入, 置佛座當其中. 佛座前稍左, 其頂上透, 引天光一縷下墜, 高蓋數十丈. 其右則外懸之壁當其前, 中旁達而南, 卽谽爲右門, 門稍東南向, 下懸石壁, 可眺而不可行也. 蓋佛座之前, 懸石外屏, 旣覺迴環, 而旁達兩門, 上通一竅, 更爲明徹, 此其前勝也. 佛座以後, 有巨碑中立, 刻詩於上. 由此而內, 便須秉炬. 乃令擔人秉炬前, 見內洞亦分兩門, 則右大而左小. 先循左壁攀左隙上躋, 旣登一崖, 其上夾而成隙. 披隙入, 轉而南向, 有穴下墜甚深, 先投炬燭其底, 以爲穽也, 乃撑隙支空而下, 三丈, 至其底; 稍南見有光遙透, 以爲通別竇矣; 再前諦視, 光自東入, 始悟卽右門所入之大竇也. 復轉而西入, 內有小門漸下, 乃伏而窮之. 數丈, 愈隘不能進, 乃倒退而出. 循右崖之壁, 從其西南, 復得一門. 初亦小, 其內稍開, 數丈後, 亦愈隘而漸伏, 亦不能進, 復倒退而出, 卽前之有光遙透處也. 向明東蹈, 左右審顧, 石雖婉蜒而崖無別竅. 遂至大碑後錄其詩, 並出前洞, 以梯懸垂石內後崖, 亦錄其詩. 僧淪茶就, 引滿而出下洞前, 則有桃當門, 猶未全放也. 是洞前後分岐窈窱, 前之罨映透漏, 後之層疊嶙岈, 擅斯二美, 而外有迴崖上擁, 碧浸下涵, 亦勝絶之地.

旣下, 至平岡, 余欲北探黑龍潭, 擔者言 : "黑龍潭路當從黃泥岡西下, 不然, 亦須從馮密後溯流入. 此山之麓, 無通道可行. 蓋此中有二龍潭, 北峽爲黑龍潭, 此下爲香米龍潭, 皆有洞自西山出, 前匯爲潭, 其勝如一軌, 不煩兩探." 余然之, 遂南向趨香米. 其潭大數十畝, 淵然澄碧. 蓋卽平岡之脊, 東向南環, 與西山挾潭於中, 止西南通一峽容水去. 路從潭西循西山而南, 山崖忽迸, 水從中溢於潭, 乃橫石度崖口. 崖前巨石支門, 水分㶇巨石之隙, 橫石亦分度之. 其石高下不一, 東瞰澄波, 西懸倒壁, 洞流漱其下, 崖樹絡其上, 幽趣縈人, 不暇他顧. 已乃披隙入洞, 洞中巨石斜騫, 分流墮派, 曲折交旋, 一洞而水石錯落, 上如懸幕, 下若分蓮, 蹈其瓣中, 方疑片隔, 仰其頂上, 又覺玄同. 入數丈, 後壁猶有餘光, 而水自下穴出, 無容捫入矣.

出洞, 依西山南行二里, 有數家倚山而居. 由其前又南一里, 轉而西行一里, 又逼西山之麓. 復南行二里, 則西山中斷, 兩崖對夾如門, 上下逼湊, 其中亦有路. 緣之上, 蓋此崖乃麗江南盡之界, 川內平疇, 鶴慶獨下透而北, 兩界高山, 麗江俱前踞而南, 以兩山之後, 猶麼些之俗耳. 自此而南, 東西界後亦俱儸儸, 屬鶴慶土官高千戶矣. 又南二里, 一溪自西山下出, 余溯而窮之. 稍轉北半里, 其水分兩穴東向出, 皆溢自石下, 無大竅也. 乃逾出水石上, 由水之西, 循山南行. 半里, 有洞連裂三門, 倚崖東向, 洞深丈餘, 高亦如之, 三門各峙, 中不相通, 而石色殷紅, 前則桃花點綴, 頗有霞痕錦幅之意, 但其洞不中透, 爲可惜耳. 崖右, 其支峰自上東向, 環臂而下, 腋中衝砂墜礫, 北轉而傾於崖前. 腋底亦有一洞, 南登環臂之脊, 始迴眺見之, 似亦不深, 乃舍之. 南逾臂脊, 東南下半里, 有村廬十數家, 倚西山之嘴, 是爲四莊. 其南腋中, 有龍潭一圍, 大百餘畝, 直逼西山, 西山石崖, 揷潭而下. 路盤崖上凌其南, 又一里, 循潭東岸南繞之, 泄水之堰, 在其東南, 懸坑下墜, 卽東出而注於小板橋者也. 其西北腋崖迴轉, 石脚倒揷, 復東起一崖, 突潭中如拇指, 結檻其上, 不知中祀何神, 其下卽潭水所自出也, 亦不知水穴之大小. 然其境水石瀠迴, 峰崖倒突, 而水尤晶瑩晃漾, 更勝香米之景, 惜已從潭東一里, 抵泄水之堰, 不便從西崖逾險而上矣. 由其南循西山又二里, 有石山一支, 自西山東向突川中, 其西南轉腋處, 有古廟當其間, 前多巨石嶙峋, 如芙蓉簇萼, 其色青殷, 而質廉利, 不似北來之石, 色赭而質厲也. 入叩無人, 就廡而飯. 既乃循東突之峰東行半里, 轉而南盤其嘴. 其嘴東臨平川,[1] 後聳石峰, 嘴下石骨稜稜, 如側刀列鍔. 水流一線, 穿於其間, 汩汩南行, 心異之. 仰眺其後聳石峰, 萬萼雲叢, 千葩蜃結, 以爲必有靈境. 擔者曰: "近構一寺, 曰鶴鳴, 不識有人棲否." 余乃令擔僕前行, 獨返而躡其上, 披綃蹓瓣半里, 陟峰頭而庵在焉. 其門東北向, 中有堂三楹, 供西方大士, 左有樓祀文昌, 俱不大, 而飾堊未完. 有一道者棲其間. 蓋二年前, 居人見山頭有鳴鶴之異, 而道者適至, 募建此庵, 故鄉人感而名之. 道者留余遲一宿, 余以擔僕已前, 力辭之, 不待其炊茶而別.

　其庵之南, 村廬倚西山下者甚盛. 三里餘, 又有危峰自西山東突, 與鶴鳴之峰南北如雙臂前舒, 但鶴鳴嶙峋而繚繞, 此峰聳拔而拱立爲異耳. 是峰名石寨, 前有村名石寨村. 有一龍泉自峰下出, 匯水爲潭, 小於四莊, 東乃環堤爲堰, 水從堰東注壑去, 卽東出於大板橋者也. 半里, 越堤之南, 復循西山南行, 其地漸莽, 無田塍, 村廬之託, 想無水源故也. 八里, 始有溪東注, 路東轉而南渡之, 於是東望爲演武場北村, 西望爲西龍潭大村, 蓋此水卽西龍潭所分注者也. 西龍潭亦當西山東突之腋, 匯水頗大, 東北流者爲此水, 中爲城北大路口水, 東南引者爲城中之水, 其利爲一郡之冠云. 又南二里, 出大路. 正當大路所向之處, 其東有竹叢村廬, 卽來時所遵道也. 從大路南四里餘, 而抵鶴慶北關, 托宿於關外, 乃入北門, 是爲舊城. 南半里, 轉而西, 爲禦前守禦所在焉. 摩尼山復吾師之子張生家, 北向而居, 入叩之, 往去摩尼未返也. 又轉南, 再入城門, 是爲新城. 始知鶴慶城二重, 南新北舊, 南拓寬闊而北束. 入新城, 卽從府治東南行, 半里, 東轉郡學前, 南向有大街, 市舍頗盛. 已乃仍出兩北門, 入寓而餐始熟, 遂啜而臥.

　鶴慶西倚大山, 爲南龍老脊, 東向大山, 爲石寶高峰. (石寶山高穹獨聳, 頂爲偏多尊者道場. 此山自麗江東山南向下, 南盡於金沙江.) 中夾平川, 自七和南下. 但七和之南, 又有三岔黃泥岡, 自西而橫逼東山. 故其川以馮密南新屯爲甸頭, 直下而南, 共五十里, 有象眠山, 西自西大脊東屬於石寶山. (石寶山西與劍川同名, 『一統志』稱爲峰頂山, 從志爲是. 象眠山與麗江同名, 『一統志』稱爲龍珠山, 亦當從志爲是.) 漾共江貫於中川, 南抵象眠, 分注衆竅, 合於山腹, 南泄爲一派, 合楓木之水, 東南入金沙江. 兩旁東有五泉, 出石寶之下; 西有黑龍、西龍諸潭, 出西大山下. 故川中田禾豐美, 甲於諸郡. (馮密之麥, 亦甲諸郡, 稱爲瑞麥, 其粒長倍於常麥.)

---

1) 평천(平川)은 넓고 평탄한 땅을 의미하며, 여기에서는 흔히 천(川)으로도 씌어 있다.

十三日 早飯, 平明抵北門. 從門外循舊城而西, 一里, 轉而南. 半里, 其南則新城復拓而西出. 隨之又西半里, 又循城南轉半里, 過西門, 乃折而西向行. 度一橋, 西三里, 乃躡坡, 二里, 逾坡西稍下. 其坡自西山東下, 至此伏而再起, 其南北俱有峰舒臂前抱, 土人稱爲旗鼓山, 而坡上塚累累, 蓋卽郡城之來脈也. 土人言: "昔土官高氏之塚當此岡, 國初謂其有王氣, 以大師挖斷其後脈, 卽今之伏處也." 不知起伏乃龍脈1)之妙, 果挖之, 適成其勝耳, 宜郡城之日盛也. 由伏處卽上躡坡行, 一里, 至坡脊, 南北俱墜坑成峽. 又一里, 南度西峽之上, 從南坡躡峽西登, 二里稍平. 再緣南坡折而上, 一里, 復隨峽西入, 一里, 抵西嶺下, 轉而北向躡峽中. 其峽乃墜水枯澗, 巨石磊磊, 而疊磴因之, 中無滴瀝, 東西兩崖, 壁夾騈湊, 石骨稜稜, 密翳蒙蔽, 路緣其中, 白日爲冷. 二里餘, 有巨石突澗道中, 若鷁首之浮空, 又若蹲獅之當戶. 由其右崖橫陟其上, 遂循左崖上, 其峻束愈甚. 二里始平, 西行峽中. 一里稍上, 北崖峭壁聳起, 如奮翅劈霄, 而南崖亦嶄削相逼, 中湊如門, 平行其中, 仰天一線, 余以爲此南度之大脊也. 透其西, 峰環壑轉, 分爲二岐: 一由脊門西下, 循北山而西北; 一由脊門直出, 循南山而西南. 莫定所適. 得牧者, 遙呼而問之, 知西北乃樵道也, 遂從其西南行. 半里, 有峰中懸壑中, 兩三茅舍當其上, 亦哨守者之居也. 從其南平行峽中, 西望尖峰聳立, 高出衆頂, 余疑路將出其西北. 及西二里, 稍下窪中, 半里, 抵尖峰東麓, 其

處窪而無水, 西北、西南之峽, 似俱中墜, 始悟脊門西來平壑, 至此皆中窪,
而非外泄之峽矣. 從窪西南上, 遂披尖峰東南峽而登, 密樹蒙茸, 高峰倒影.
二里, 循峰西轉, 遂逾其東度之脊. 西半里, 盤尖峰之南, 西北半里, 又逾其
南度之脊. 北脊高於東度者, 然大脊所經, 又似從東度者南轉, 而脊門猶非
其度處也. 逾脊, 遂北向而下, 一里, 已出尖峰之西, 至此蓋三面挾尖峰而
行矣.

　乃西向隨峽下墜, 一里, 峽始開. 一里, 轉而西南, 乃循南山之坡曲折西
下, 三里, 抵盤壑中. 其處東、北、西三面皆崇峰, 西北、東南二面皆墜峽,
惟西南一脊如堵垣. 平陟其上, 共二里, 逾前岡, 有廢舍踞岡頭, 是爲<u>汝南</u>
<u>哨</u>. 其東南塢中, 有村倚<u>東山</u>, 乃土官所居, 土人又名爲<u>虞螳播箕</u>. 由哨南
下, 行塢中一里餘, 遂南入峽. 東西皆土峰逼夾, 其下頗峻. 二里出峽, 乃飯.
復見東南有墜壑, 乃盤西峰之南, 復西陟其塢. 一里餘, 復陟其西峰而南盤
之, 遂西向循坡下, 北峰南壑, 路從深樹疊石間下, 甚峻. 四里, 轉峽度脊,
其下稍平. 西南半里, 有茅棚賣漿岡頭, 乃沽以潤枯腸. 又西南半里, 下至
壑底, 有水自南峽來, 竟壑中, 北透峽去, 是爲<u>清水江</u>. 始知壑西之山, 反自
大脊南度而北, 其水猶濫觴細流, 不足名溪, 而乃以江名耶? 其下流北出,
當西轉南下, 而合於<u>劍川</u>之上流, 然則<u>劍川</u>之源, 不第始於<u>七和</u>也. <u>清水江</u>
東岸, 有數家居壑中, 上有公館, 爲中道.

　涉水西, 從西坡南向上, 迤邐循西山而南, 三里餘, 乃折而西南上, 甚峻.
一里, 又折而西, 半里, 西逾嶺脊, 卽南從東大脊西度北轉者, 當北盡於<u>清</u>
<u>水江</u>西透之處者也. 越脊西下峽中, 二里, 峽始豁而下愈峻, 又一里餘, 始
就夷平地. 行圍壑間, 又一里餘, 乃循南峰之西而南盤之. 一里, 出其口, 始
見其西群峰下伏, 有峽下嵌甚深, 南去稍闢, 而東南峽中, 似有水光掩映者,
則<u>劍川湖</u>也; 西南層峰高峙, 雪色彌瑩者, 則<u>老君山</u>也. 南盤二里, 又見所
盤之崖, 其西石峰倒湧, 突兀嵯峨, 駢錯趾下, 其下深壑中, 始見居廬環倚,
似有樓閣瞻依[2]之狀, 不辨其爲公館、爲廟宇也. 從其上南向, 依東崖下,
二里, 西度峽脊, 已出居廬之南, 遂循西峰南下, 一里, 則東峽已南向, 直趨

劍湖矣. 於是南望湖光杳渺, 當東山之麓, 湖北帶塹連靑, 環畦甚富, 意州
治已在其間, 而隨峽無路. 路反從峰頭透坳西去, 一里稍下, 又轉西峰而盤
其南. 又一里, 於是南面谿然, 其前無障, 俯見南湖北塢, 而州治倚西山, 當
其交接處, 去此尚遙. 路盤坡西行, 一里餘, 乃從坡西峽中南下. 又一里, 抵
山麓, 乃循崖西轉. 半里, 則村居倚山臨塢, 環堵甚盛, 是爲山塍塘. 問距州
尚十里, 而擔者倦於行, 遂止.

---

1) 용맥(龍脈)은 풍수가의 용어로서, 산이 끊임없이 이어지면서 기복이 있는 빼어난 풍
   수를 가리킨다.
2) 첨의(瞻依)는 『시경·소아(小雅)·소변(小弁)』의 "우러러보느니 아버지요, 의지하느
   니 어머니라네(靡瞻匪父, 靡依匪母)"라는 글귀에서 비롯되었으며, 우러러 의지하다는
   의미로 쓰인다. 여기에서는 기대어 있는 모양을 가리킨다.

十四日 昧爽, 飯於山塍塘, 平明乃行. 自是俱西南向平疇中行矣. 二里餘,
有一小山南突平川, 路從其北西轉而挾之. 復西南行平疇中, 雨霏霏至. 二
里, 有大溪自北而南, 平流淺沙, 湯湯聲注湖中, 然湖自下山塍, 已不可見
矣. 隨溪南行, 又半里, 大石梁西跨之, 其溪流蓋北自甸頭來. 按『志』, 州西
北七十里山頂, 有山頂泉, 廣可半畝, 爲劍川之源. 此山不知何名, 今麗江
南界七和後大脊, 實此川發源之所, 則此山卽在大脊之南可知. 更有東山
淸水江之流, 亦合倂之, 其盤曲至此, 亦不下七十里, 則淸水江亦其源可知.
從橋北望, 乃知水依西山南下, 其東則山塍塘北之山盤夾之, 山塍塘之東,
山南隆而爲川, 又東, 則東山乃南下而屛其東, 與西界金華山爲對. 是山塍
塘者, 實川之北盡處, 其東南闢而爲川以瀦湖, 其西北夾而爲峽以出水者
也. 過橋, 風雨大至. 隨溪南行半里, 避於坊下, 久之稍止, 乃西南復行塍間.
一里餘, 有一小流西來, 乃溯之西一里, 抵劍川州.

州治無城, 入其東街, 抵州前, 乃北行, 稅放行李於北街楊貢士家. 乃買
魚於市. 見街北有祠, 入謁之. 乃祠死節段公者. 段名高選, 州人, 萬曆末,
以進士爲重慶巴縣令, 闔家死奢酋之難,[1] 故奉詔立祠. 今其長子暄蔭錦衣

在都. 祠中有一生授蒙童. 植盆中花頗盛, 山茶小僅尺許, 而花大如碗. 出祠, 東還寓, 以魚畀顧僕, 令守行囊, 而余同主人之子, 令擔者挈飯一包, 爲金華之游.

出西郊, 天色大霽, 先眺川中形勢. 蓋東界卽大脊南下分爲湖東之山者, 是爲東山. 西界則金華山最高, 北與崖場諸山, 南與羅尤後嶺, 頡頏西峙, 是爲西山. (其金華之脈, 實西南從老君山來. 老君山者, 在州西南六十里楊村之北, 其山最高, 爲麗江、蘭州之界, 出礦極盛, 倍於他山者. 土人言, 昔亦劍川屬, 二十年前, 土千戶某姓者, 受麗江賄, 以其山獨畀麗紅. 麗江以其爲衆山之脈, 禁礦不采. 然余按『一統志』, 金華山脈自西番羅均山來, 蓋老君卽羅均之訛, 然謂之西番者, 則『一統志』之訛也. 其山猶在蘭州之東, 西番在蘭州西瀾滄江外, 其山卽非劍川屬, 亦麗江、蘭州界內, 胡以有西番之稱? 然卽此亦可知此山原不屬劍川, 土人賄畀之言, 不是信也.) 其北則山脛後嶺, 自東山北轉, 西亘而掉其尾. 其南則印鶴山, 自東山南下, 西顧而迴其嶺. 中圍平川, 東西闊十里, 南北長三十里, 而湖匯其半. 湖源自西北來, 向西南破峽去, 而湖獨衍於東南. 此川中之槪也. 其地在鶴慶之西, 而稍偏於南; 在麗江之南, 而稍偏於西; 在蘭州之東, 而稍偏於北; 在浪穹之北, 而稍偏於西. 此四境之準也. 州脈自金華北嶺東環而下, 由州治西行一里餘, 及其麓. 有二寺, 並列而東向, 俱不宏敞. 寺後有亭有軒, 在層崖盤磴之上, 水泉飛灑, 竹影桃花, 篲映有致, 爲鄉紳楊君之館. 由其北躡崖西上, 有關帝廟, 亦東向, 而其處漸高, 東俯一川, 匃色湖光, 及東山最高處雪痕層疊, 甚爲明媚. 由廟後循大路又西上半里, 北循坡而下, 爲桃花塢; 南分岐而上, 爲萬松庵; 而直西大道, 則西逾嶺而抵荐歇嶺者也.

乃隨楊君導, 遂從北坡下, 數百步而桃花千樹, 深紅淺暈, 儵入錦繡叢中, 穿其中, 復西上大道, 橫過其南, 其上卽萬松庵, 其下爲段氏墓, 皆東向. 段墓中懸塢中, 萬松高踞嶺上, 並桃花塢, 其初皆爲土官家山, 墓爲段氏所葬, 而桃花、萬松, 猶其家者. 萬松昔爲庵, 聞今亦營爲馬鬣, 門局莫由入. 遂仍從關廟側, 約一里下山. 山之北, 有峽甚深, 自後山環夾而出, 澗流嵌其下, 是爲崖場. 兩崖駢立, 其口甚逼, 自外遙望, 不知山之中斷也. 余欲溯其流入, 以急於金華, 遂循山南行.

一里餘, 有岡如堵牆, 自西山而東亘州南, 乃引水之岡也. 逾岡又南一里餘, 有道宮倚西山下, 亦東向. 其內左偏有何氏書館, 何鄉紳之子讀書其中. 宮中焚修者, 非黃冠, 乃羼曇也.[2) 引余游館中, 觀茶花, 呼何公子出晤, 而何不在, 留余少憩. 余急於登山, 乃出.

從宮右折而西上坡, 一里, 有神廟當石坡上, 爲土主之宮. 其廟東向而前有閣, 閣後兩古柏夾立, 虯藤夭矯, 連絡上下, 流泉突石, 錯落左右, 亦幽閟名區也. 與何公子遇, 欲拉余返館, 且曰 : "家大人亦祈一見." 蓋其父好延異人, 故其子欲邀余相晤. 余約以下山來叩. (後詢何以進士起家, 乃名可及者, 憶其以魏黨削奪, 後乃不往.) 遂從廟右西上, 於是崇攀仰陟, 遵垂坡以登, 三里, 轉突崖之上. 其崖突兀坡右, 下臨深峽, 峽自其上石門下墜甚深. 從此上眺, 雙崖駢門, 高倚峰頭, 其內環立翬翠, 彷彿有雲旌羽裳出沒. 益鼓勇直上, 路曲折懸陡, 又一里而登門之左崖. 其上有小石塔, 循崖西入, 兩崖中闢, 上插雲霄, 而下甚平. 有佛宇三楹當其中, 楹左右恰支兩崖, 而峽從其前下墜, 路由左崖入, 由右崖棧石壁而盤其前以登玉皇閣. 佛宇之後, 有池一方, 引小水從後峽滴入, 池上有飛巖嵌右崖間, 一僧藉巖而棲, 當兩崖夾立之底, 停午[3)不見日色, 惟有空翠冷雲, 綢繆牖戶而已. 由崖底坡坳而登內塢, 有三清閣; 由崖右歷棧而躡前崖, 有玉虛亭, 咫尺有幽曠之異. 余乃先其曠者, 遂躡棧盤右崖之前. 棧高懸數丈, 上下皆絶壁, 端聳雲外, 脚插峽底, 棧架空而橫倚之. 東度前崖, 乃盤南崖, 西轉北上而凌其端, 卽峽門右崖之絶頂也. 東向高懸, 三面峭削, 凌空無倚. 前俯平川, 煙波村樹, 歷歷如畫幅倒鋪. 後眺內峽, 環碧中迴, 如蓉城蕊闕, 互相掩映, 窈藹莫測. 峰頭止容一閣, 奉玉宸[4)於上.

余憑攬久之, 四顧無路, 將由前道下棧, 忽有一僧至, 曰 : "此間有小徑, 可入內峽, 不必下行." 余隨之, 從閣左危崖之端, 挨空翻側, 踐崖紋一線, 盤之西入, 下瞰卽飛棧之上也. 半里而抵內峽之中. 峽中危峰內簇, 瓣分蒂綰, 中空如蓮房. 有圓峰獨穹於後, 當峽中峙, 兩旁俱有峰攢合, 界爲兩峽,合於中峰前. 旁峰外綴連岡, 自後脊臂抱而前, 合成崖門, 對距止成線峽. 峽外圍中簇, 此亦洞天之絶勝矣. 岡上小峰, 共有五頂, 土人謂上按五行, 有金木水火土之辨. 此亦過求之論, 即不藉五行, 亦豈輸三島⁵⁾哉? 中峰前結閣, 奉三淸,⁶⁾ 前有古柏一株頗巨, 當兩峽中合之上. 余欲上躋中峰, 見閣後路甚仄, 陟左峽而上, 有路前蹈峽門左崖之頂, 乃陟峽而北躋之. 東出西轉, 有塔峙坡間, 路至此絶. 余猶攀巉踐削, 久之不得路, 而楊氏之子與擔夫俱在下遙呼, 乃返. 從內峽三淸閣前下墜峽底, 共一里而至峽門內方池上, 就巖穴僧棲, 敲火沸泉, 以所攜飯投而共啖之.

乃與僧同出峽門, 循左崖東行. 僧指右峽壁間突崖之下, 石裂而成峽, 下臨絶壑, 中嵌巉崖, 其內直逼山後莽歇, 峽中從來皆虎豹盤踞, 無敢入者. 余欲南向懸崖下, 僧曰: "既無路而有虎, 君何苦必欲以身試也. 且外阻危崖, 內無火炬, 即不遇虎, 亦不能入." 楊氏子謂: "急下山, 猶可覓羅尤溫泉, 此不測區, 必不能從也." 乃隨之東北下山. 一里, 路分兩岐: 一循山北下, 爲入州便道; 一直東隨坡下, 即來時道. 僧乃別從北去, 余仍東下. 一里, 路左有一巨石, 當坡東向而峙, 下瞰土主廟後. 石高三丈, 東面平削, 鐫三大天王像於上, 中像更大, 上齊石頂, 下踏崖脚, 手托一塔, 左右二像少殺之, (土人言, 土司出兵, 必宰猪羊夜祭之, 祭後牲俱烏有, 戰必有功.) 是爲天王石. 又下一里, 至土主廟南, 乃逾澗南上坡, 循西山之東, 逾坡度塢, 南向而行. 村之倚坡臨川者, 籬舍屈曲, 竹樹扶疏,⁷⁾ 綴以夭桃素李, 光景甚異. 三里餘而得一巨村, 則金華之峰, 至是南盡. 又下爲盤嶺, 迴亘南去, 蘭州之道, 由是而西逾之, 從楊村而達焉.

由村南東盤東突之嘴, 共里餘, 南轉而得羅尤邑, 亦百家之聚也. 其處有溫泉, 在村窪中出, 每冬月⁸⁾則沸流如注, 人爭浴之, 而春至則涸成汚池焉, 水止而不流, 亦不熱矣. 有二池, 一在路旁, 一在環堵之內, 今觀之, 與行潦無異. 土人言, 其水與蘭州溫泉彼此互出, 溢於此則彼涸, 溢於彼則此涸. 大意東出者在秋冬, 西出者在春夏, 其中間隔重巒絶箐, 相距八十里, 而往來有時, 更代不爽,⁹⁾ 此又一異也. 村中有流泉自西峽出, 人爭引以灌, 與溫泉不相涉. 其上有石龍寺, 以晚不及探, 遂由大道北返. 四里, 北越一橋, 橋北有居廬, 爲水寨村. 從村北折而西, 望金華山石門之峽, 高懸雙闕, 如天門矗峙. 又二里, 北抵州治, 入南街, 又里餘而返寓.

---

1) 사추(奢酋)는 영녕(永寧)의 선무사인 토사 사숭명(奢崇明, ?~1629)을 가리킨다. 이족(彛族)인 그는, 천계 원년(1621년)에 요동(遼東)에서 세력을 떨치고 있는 후금(後金)을 견제하기 위해 병사를 동원할 때, 자신의 군대 2만 명을 중경(重慶)으로 파견했다. 그는 기회를 엿보아 반란을 일으켜 명나라 관원을 죽이고서 중경을 점령한 후, 인근 각지를 공략하여 준의(遵義)를 함락하고 성도(成都)를 백일동안 공격했다. 숭정(崇禎) 초에야 평정되었다.
2) 황관(黃冠)은 황색의 관모(冠帽)로서, 흔히 도인들이 즐겨 착용했기에 도인을 가리킨다. 구담(瞿曇)은 석가모니의 성으로서, 부처를 의미하는데, 여기에서는 스님을 가리킨다.
3) 정오(停午)는 정오를 의미한다.
4) 옥신(玉宸)은 천제(天帝), 즉 옥황대제를 가리킨다.
5) 삼도(三島)는 전설 속에 신선이 살고 있다는 봉래산(蓬萊山), 방장산(方丈山), 영주산(瀛洲山)의 세 산을 가리킨다.
6) 삼청(三淸)은 도교의 원시천존(元始天尊), 영보천존(靈寶天尊), 도덕천존(道德天尊)을 가리킨다.
7) 부소(扶疏) 혹은 부소(扶疎)는 나무의 가지와 잎이 무성하게 뒤덮인 모양을 가리킨다.
8) 동월(冬月)은 음력 11월을 의미하며, 흔히 겨울의 의미로 쓰인다.
9) 불상(不爽)은 착오나 틀림이 없음을 의미한다.

十五日 余欲啓行, 聞楊君喬梓[1]言莽歇嶺爲一州勝處, 乃復爲一日停. 命擔者裹飯從游, 先從崖場入. 崖場者, 在金華北峰之下, 有澗破重壁而東出, 剖層峰爲二, 其內皆雲氣春水碓, 極幽寂之致. 莽歇正道, 當從南崖上; 余意披峽而西, 由峽底覓道上, 更可兼盡, 遂溯流入. 始緣澗北, 不得入. 仍渡澗南西入, 南崖之上, 卽昨桃花迷塢處, 而此當其下嵌. 矯首兩崖逼霄, 但謂澗底流泉, 別有天地, 不復知峰頭春色, 更占人間也. 曲折三里, 祇容一溪宛轉, 亂春互答. 旣而峰迴峽轉, 前嶺西亙, 夾澗北來, 中墾稍開, 環崖愈嵌, 路亦轉北, 而迴眺西南嶺頭, 當是莽歇所在, 不應北入. 適有樵者至, 執而問之, 曰: "此澗西北從後山來. 莽歇之道, 當從西亙之嶺, 南向躡其脊, 可得正道." 余從之. 遂緣西亙嶺西南躋之, 雖無路徑, 方位已不出吾目中. 一

里餘, 遂南躡其北突之脊, 東來之路, 亦逾此轉南矣, 遂從之. 此峰自金華山北向橫突, 從此下墜, 前盡於崖場峽口, 後盡於所逾之脊. 其西又有山一支, 亦自南北向橫突金華山之後, 而爲北下之峽. 蓋二山俱從西南老君山來, 分支並馳, 中夾成箐, 石崖盤錯, 卽所謂莽歇嶺也. 於是循金華山之西南向二里, 又漸下者半里, 而抵箐中, 其箐南來, 東崖卽金華北嶺之後, 西崖是爲莽歇, 皆純石危亘, 駢峽相對, 而路當其下. 先有一崖, 北向橫障箐中, 下嵌成屋, 懸覆二丈餘, 而東北一石下垂, 如象鼻柱地, 路南向無隙. 從象鼻卷中, 傍東崖上透, 遂歷覆崖之上, 望東西兩崖, 俱有石庋壁覆雲, 而西崖尤爲突兀, 上露兩亭, 因西向躡危登之. 其亭皆東向, 倚崖綴壁, 浮嵌欹仄, 而南列者較大, 位佛像於中. 左壁有泉自石罅出, 下涵小池而不溢. 北亭就嵌崖通路, 撫虛而過, 得片石冒亭其上, 三面懸削, 其路遂絶. 此反北凌箐口, 高出象鼻覆崖之上矣. 憑眺久之, 聞木魚聲甚亮, 而崖迥石障, 不知其處. 復東下箐底, 溯細流北入, 則西崖轉嘴削骨, 霞崩嶂壓, 其勢彌異. 半里, 矯首上眺, 或下嵌上突, 或中剜旁裂, 或層堆, 或直劈, 各極騫騰. 有書其上爲'天作高山'者, 其字甚大, 而懸穹亦甚高, 或云以篾籠藤索, 從峰頂倒掛而書者. 西崖有白衣大士, 東崖有胡僧達摩, 皆摩空黏壁而成, 非似人跡所到也. 更南半里, 有玉皇閣當箐中. 由此攀西崖, 捱石磴, 有僧嵌一閣於崖隙. 其閣亦東向. 其崖上下陡絶, 中嵌橫紋, 而閣倚之. 挨橫紋而北, 又覆一亭, 中供巨佛, 倚壁而立, 以崖逼不容靑蓮座也. 其北橫紋迸絶矣. 前聞鯨聲遙遞, 卽此閣僧. 其師爲南都人, 茹淡闢幽, 棲此有年, 昨以禪誦赴崖場, 而守廬者乃其徒也, 留余待之. 余愛其幽險, 爲憩閣中作記者半日.

僧爲具餐. 下午而師不至. 余問僧 : "此處有路通金華山否?" 僧言 : "金華尙在東南, 隔大脊一重, 箐中無路上. 東向直躡東崖, 乃南趨逾頂而東下之. 蓋東崖至是匪石而土. 但峭削之極, 直列如屛, 其上爲難." 余時已神往, 卽仍下玉皇閣, 遂東向攀嶺上. 時有遊人在玉皇閣者, 交呼 : "此處險極難階!" 余不顧, 愈上愈峻. 二里, 有路緣峰腰自南而北, 擔者欲從北去, 余强之南. 半里, 此路乃東通後嶺, 非東南逾頂者, 乃復東向躡峻. 擔者屢後, 呼之不至, 余不復待, 竭蹷上躋, 一里餘而東逾其脊. 從脊上俯視, 見州治在川東北矣, 乃卽從脊南趨. 半里, 又東南躍峻上, 一里, 始凌金華山頂. 於是北眺麗江, 西眺蘭州, 東眺鶴慶, 南眺大理, 雖嵌重峰之下, 不能辨其城郭人民; 而西之老君, 北之大脊, 東之大脊分支處, 南之印鶴橫環處, 雪痕雲派, 無不歷歷獻形, 正如天際眞人, 下辨九州, 俱如一黍也. 復從頂脊南行, 脊上已有路, 直前一里, 漸西轉向老君, 余知乃楊莊道, 乃轉而北瞰東向之路, 得一線垂箐下, 遂從之. 下里餘, 路窮箐密, 傾崖倒坎, 欹仄蒙翳, 下嵌莫測, 乃攀枝橫跌, 跌一重複更一枝, 幸枝稠箐密, 不知倒空之險. 如是一里, 如蹈碧海, 茫無涯際. 旣而審視, 忽見一塔下湧, 雖隔懸重箐, 而方隅在目, 知去石門, 不在弱水外矣. 益用攀隆之法. 又一里, 有線徑伏箐間, 隨之巫行. 半里, 得中窪之峽, 又半里, 出三淸閣之後, 卽昨來審視而難從者. 於是下峽門, 過昨所飯處, 皆闃無一人. 乃前趨過昨所望虎穴之上, 此直康衢, 非險道矣. 乃從北道循西山北向下, 五里而返寓, 則擔夫猶未歸也.

---

1) 『문선(文選)・임방(任昉)』『왕문헌집서(王文憲集序)』에서 이선(李善)은 『상서대전(尙書大傳)』을 인용하여 다음과 같이 풀이했다. "백금(주공의 아들)과 강숙(주공의 동생)이 성왕을 알현하러 갔다가 주공을 만났는데, 주공은 그의 아들을 세 차례 볼 때마다 매를 때렸다. 두 사람은 깜짝 놀라 상자에게 '우리 두 사람이 주공을 뵈었는데, 세 차례 볼 때마다 매를 때리니, 어찌된 일입니까?'라고 물었다. 상자는 '남산의 남쪽에 교(喬)라는 나무가 있고, 남산의 북쪽에 재(梓)라는 나무가 있으니, 두 분이 함께 가서 보시지요!'라고 말했다. 이리하여 두 사람은 그가 말한 대로 가서 보니, 교나무는 높게 치솟아 있고, 재나무는 낮게 엎드려 있었다. 돌아와 상자에게 말하자, 상자는 '교는 아비의 도리이고, 재는 자식의 도리랍니다'라고 말했다(伯禽與康叔朝於成王, 見乎周公, 三見而三笞之. 二子有駭色, 乃問於商子, 曰: '吾二子見於周公, 三見而三笞之, 何也?' 商子曰: '南山之陽有木名橋, 南山之陰有木名梓, 二子盍往觀焉!' 於是二子如其言而往觀之, 見橋木高而仰, 梓木晋而俯. 反以告商子, 商子曰: '橋者, 父道也; 梓者, 子道也.'" 후에 교재(喬梓)는 부자의 관계를 가리키게 되었다.

十六日 平明, 炊飯而行, 遵南街出, 七里至羅尤邑. 余以爲將濱湖而行, 而大道俱西南循坡, 竟不見波光渚影. 途中屢陟岡越澗, 皆自西向東, 而岡澗俱不巨, 皆有村廬. 八里, 一聚落頗盛. 從其南又一里, 大路將東轉而趨海門橋, 有岐西南入, 乃石寶山道也, 從此始與大道別. 南瞻印鶴山, 尖聳而當湖之南, 爲一川之南屏. 其脈自湖東南下伏, 而西度復聳, 故楡城大道, 過海門橋繞湖南而東, 由其東伏處南逾而出觀音山; 湖流所注, 由海門橋繞山北而西, 由其西盡處南搗而下沙溪. 石寶山又在印鶴西南, 東隔此溪南下, 又西隔駝强江北流, 故其路始從此溪北峽入, 又從駝强江東峽渡, 然後及石寶之麓焉. 由岐路循西坡南下, 一里, 度一峽, 從峽南上, 轉而西行, 二里餘, 已遙望石寶山尖穹西大峰之南矣.

於是復西南下一里, 涉澗, 乃南向升層岡, 峽中曲折三里, 始南逾其脊. 南下二里, 有水自西南峽來, 至此折而東去, 是爲駝强江, 有大石梁南跨之, 橋南環塍連阡. 南陟之, 半里, 有村廬倚南坡下, 頗盛, 是爲駝强村. 從村南復隨箐南上, 一里餘, 登嶺脊. 從脊上西望, 老君山雪色崢嶸, 在重峰夾澗之西, 始知石寶之脈, 猶從金華南下, 而盡於駝强北轉之處; 若老君之脈, 則南從橫嶺而盡於黑會, 瀾滄之交矣. 平行脊上一里餘, 稍南下, 度峽坳, 半里, 東望海門橋之溪, 已破峽嵌底而南, 有路隨箐直下而就之, 此沙溪道也; 有岐南上盤西峰之南, 此石寶道. 乃南上盤峰, 一里餘, 凌峰之南, 遂西轉而飯. 從嶺頭西向行二里, 稍下而逾脊西, 隨之南轉西向, 一里, 又西南逾其北突之崖, 始平望石寶之尖, 與西峰並峙, 而白塔高懸其間. 南一里, 遂墜壑墊直下, 一里, 抵崖麓, 則駝强江自南而北, 奔流石峽中, 而兩崖東西夾峙, 巉石飛騫, 古木盤聳, 懸藤密箐, 蒙蔽山谷, 祇覺綠雲上幕, 而仰不見天日, 玉龍下馳, 而旁不露津涯. 蓋西卽石寶之麓, 東乃北繞之峰, 駢夾止容一水, 而下嵌上逼, 極幽異之勢. 循東崖南行三里, 夾壁稍開, 有石梁西度, 立梁上四眺, 尚不見寺托何處. 梁南兩崖, 溯水而上, 已無纖徑, 而橋東有路, 南逾東峰, 則沙溪之道也. 度橋西半里, 西壁稍開, 中墜一坑, 甚峻, 有巨閣當其口, 已傾圮不蔽風雨, 而坑中亦無入路, 惟仰見其上, 盤崖層疊, 雲迴幛擁, 如芙蓉十二樓,[1] 令人目眩心駭. 路循坑右盤崖磴曲折上, 一里餘而入石寶寺山門. 門殿三四層, 俱東向, 荒落不整, 僧道亦寂寥; 然石階殿址, 固自雄也.

初不延納, 余不顧, 卽從殿北盤左腋, 窮北巖二重, 復下, 從殿南盤右腋, 窮北巖一重, 再下, 則老僧已炊黃粱相待. 時已下午, 復從右腋上玉皇閣, 窮塔頂, 旣暮始下. 蓋後殿正嵌崖脚, 其層亘之崖, 重重上盤, 而路各從兩旁腋間, 分道橫披而入, 其前旣懸削, 不能直上, 而上亦中斷, 不能交通, 故殿後第一層分嵌三竅, 北竅二重, 路從北腋轉, 南竅一重, 路從南腋轉, 俱迴臨殿上, 而中間不通. 其上又環爲第二層, 殿後仰瞻不見也. 路又從玉皇閣北轉, 卽憑臨第一層之上, 從突崖北陟, 躡北支西上三里餘, 凌後峰之頂. 頂頗平, 西半里, 有白塔當坪間, 又中窪爲土塘者二而無水. 窪之南, 皆石坡外突, 平皮如塘堰, 而石面有紋如龍鱗, 有小窪嵌其上, 皆淺而有水. 其頂卽西亞大峰, 其峰橫列上聳, 西擁如屏, 欲躡其上, 路絶日暮而止. 僧言其上有天成石像, 並不竭石池, 余所睹頗不一, 亦少就雕刻, 不辨孰爲天成也.

----

1) 십이루(十二樓)는 신화전설에서 신선이 사는 곳을 가리킨다.

十七日 由石寶飯而下山. 二里, 度橋東上, 卽轉東南, 二里, 東逾其脊, 乃轉而南行. 漸下, 轉而西南, 三里, 又轉而東, 一里, 循山南轉. (其地馬纓盛開, 十餘小朵簇成一叢, 殷紅奪目, 與山茶同艶.) 二里, 過一南度之脊, 里餘, 越嶺而南, 始望見沙溪之塢, 闢於東麓. 所陟之峰, 與東界大山相持而南, 中夾大塢, 而劍川湖之流, 合駞强江出峽貫於川中, 所謂沙溪也. 其塢東西闊五六里, 南北不下五十里, 所出米穀甚盛, 劍川州皆來取足焉. 從嶺南行又二里, 峰頭石忽湧起, 如獅如象, 高者成崖, 卑者爲級, 穿門踏瓣, 覺其有異, 而不知其卽鍾山也. 去而後知之, 欲再返觀, 已無及矣. 又一里, 遂東南下, 三里及其麓. 從田塍間東南行, 二里, 得一大村, 曰沙腿. 遇一僧, 卽石寶山之主僧也, 欲留余還觀鍾山, 且言 : "從此西四十里, 過蕨食坪, 卽通楊村, 蘭州, 由蘭州出五鹽井, 逕從雲龍州抵永昌, 甚便." 余將從之, 以浪穹何巢阿未晤, 且欲一觀大理, 更聞此地東去卽觀音山, 爲鶴慶, 大理通道, 若捨此而西, 卽多未了之願.

乃別僧東南行塍間, 三里至四屯, 村廬甚盛, 沙溪之水流其東, 有木梁東西駕其上, 甚長. 度橋, 又東南望峽坡而趨, 二里, 由峽躡坡東向上者五里, 得一坡頂, 踞而飯. 又東一里餘, 見路右有峽西隕如刽塹, 其南有崖北向, 一洞亦北向闢門, 艱於隕峽, 惟隔崖眺望, 不及攀也. 又東里餘, 抵東脊之下, 有澗自北來, 小水流其中, 南注西隕峽間. 大路涉澗而東逾脊, 已乃知其爲三營道, 如欲趨觀音山, 當溯澗而北入塢. 余乃復返澗西, 北向溯之入, 行夾中, 徑甚微, 兩旁石樹漸合. 二里出夾, 乃東北躡坡而上, 坡間萬松森列, 馬纓花映日燒林, 而不聞人聲. 五里, 轉而東, 又上五里, 始躡其脊. 脊南北俱峰, 中反窪而成坳, 穿坳一里, 始東北向而下. 望見東界, 遙山屛列, 上干雲漢, 而其下支撐隴盤, 猶不見下關之塢也.

隕峽而下二里, 又見東麓海子一圍, 水光如黛, 浮映山谷, 然其徑蕪塞, 第望之東下. 又二里, 始有路自北頂而下, 隨之東北降, 又五里餘, 始及山麓. 麓之東, 平墅內環, 小山外繞, 自西大山北麓分支, 迴環東抱, 又轉而西, 夾於南麓, 四週如城, 中闢如規, 北半衍爲平疇, 南半瀦爲海子. 海子之水, 反西南逼大山之麓, 破峽隕去, 其中蓋另一天也. 當墅之中, 有居廬駢集, 是爲羅木哨. 其北岡峰, 如負扆獨擁於後, 而前有廬室倚其陽, 是爲李氏之居. (李名某, 以進士任吏部郞. 今其家居.) 地靈人傑, 信有徵哉. 東行塍疇間二里, 過羅木哨村. 又東一里餘, 有大道自西北向東南交過之. 又東半里, 抵東岡下, 循之而北, 半里, 乃東向逾坳而上, 又半里乃下, 及其東麓, 數家瀕東溪而居. 其溪自三岔路澗峽發源, 經觀音山過此, 而西南繞出洞鼻, 合浪穹海子及鳳羽悶江, 而同入普陀崆, 南經中所下洱海者也. 其時將暮, 擔者欲止, 問村人不得, 乃誤從村南度小橋, 由溪東大道北行. 二里, 得觀音鋪村, 已日暮矣, 遂宿.

十八日 昧爽促飯, 而擔夫逃矣. 久之, 店人厚索余貲爲送浪穹. 遂南行二里, 過一石橋, 循東山之麓而南, 七里, 至牛街子. 循山南去, 爲三營大道; 由岐西南, 過熱水塘, 行塢中, 爲浪穹間道. 蓋此地已爲浪穹、鶴慶犬牙錯壞矣. 於是西南從支坡下, 一里, 過熱水塘, 有居廬繞之. 余南行塍間, 其塢擴然大開. 西南八里, 有小溪自東而西注. 越溪又南, 東眺三營, 居廬甚盛, 倚東山之麓, 其峰更崇; 西望溪流, 逼西山之麓, 其疇更沃; 過此中橫之溪, 已全爲浪穹境矣. (三營亦浪穹境內, 余始從鷄山聞其名, 以爲山陰也, 而何以當山之南? 至是而知沐西平再定佛光寨, 以其地險要, 特立三營以控扼之. 土人呼‘營’爲‘陰’, 遂不免與會稽之鄰縣同一称謂莫辨矣.)

又南十里, 則大溪自西而東向曲. 由其西, 有木橋南北跨之, 橋左右俱有村廬. 南度之, 行溪之西三里, 溪復自東而西向曲. 又度橋而行溪之東三里, 於是其溪西逼西山南突之嘴, 路東南陟隴而行. 四里, 則大溪又自西而東向曲, 有石梁南跨之, 而梁已中圯, 陟之頗危. 梁之南, 居廬亦盛, 有關帝廟東南向, 是爲大屯. 屯之西, 一山北自西大山分支南突, 其東南又有一山, 南自東大山分支北突, 若持衡之針, 東西交對, 而中不接. 大溪之水北搗出洞鼻之東垂, 又曲而南環東橫山之西麓, 若梭之穿其隙者. 兩山既分懸塢中, 塢亦若界而爲二. 於是又西南行塍間, 三里, 轉而西, 三里, 過一小石梁, 其西則平湖浩然, 北接海子, 南映山光, 而西浮雉堞, 有堤界其中, 直西而達於城. 乃遵堤西行, 極似明聖蘇堤, 雖無六橋花柳, 而四山環翠, 中皐弄珠, 又西子之所不能及也. 湖中魚舫泛泛, 葺草新蒲, 點瓊飛翠, 有不盡蒼茫、無邊瀲灩之意, 湖名‘茈碧’, 有以也. 西二里, 湖中有皐中懸, 百家居其上. 南有一突石, 高六尺, 大三丈, 其形如龜. 北有一迴岡, 高四尺, 長十餘丈, 東突而昂其首, 則蛇石也. 龜與蛇交盤於一皐之間, 四旁沸泉騰溢者九穴, 而龜之口向東南, 蛇之口向東北, 皆張吻吐沸, 交流環溢於重湖之內. 龜之上建玄武閣, 以九穴環其下, 今名九氣臺. 余循龜之南, 見其齶中沸水, 其上脣覆出, 爲人擊缺, 其水熱不可以濯. 有僧見余遠至, 遂留飯, 且及夫僕焉. 其北蛇岡之下, 亦新建一庵, 余以入城急, 不暇遍歷.

由臺西復行堤間, 一里, 度一平橋, 又二里, 入浪穹東門. 一里, 抵西山之下, 乃南轉入護明寺, 憩行李於方丈. 寺東向, 其殿已久敝, 僧方修飾之. 寺之南爲文昌閣, 又南爲文廟, 皆東向, 而溫泉卽洋溢於其北. 既憩行李, 時甫過午, 入叩何公巢阿, 一見卽把臂入林, 欣然恨晩, 遂留酌及更,[1] 仍命其長君送至寺, 宿焉. (何名鳴鳳, 以經魁初授四川郫縣令, 升浙江鹽運判官. 嘗與眉公道余素履, 欲候見不得. 其與陳木叔詩, 有'死愧王紫芝, 生愧徐霞客'之句, 余心愧之, 亦不能忘. 後公轉六安州知州, 余卽西游出門. 至滇省, 得仕籍, 而六安已易人而治; 訊東來者, 又知六安已爲流寇所破, 心益忡忡. 至晉寧, 會教諭趙君, 爲陸凉人, 初自杭州轉任至晉寧, 問之, 知其爲杭州故交也, 言來時從隔江問訊, 知公已丁艱先歸. 後晤鷄足大覺寺一僧, 乃君之戚, 始知果歸, 以憂離任, 卽城破, 抵家亦未久也.)

1) 경(更)은 고대의 야간 시간의 단위로서, 하룻밤은 오경으로 나누었으며, 경은 지금의 두 시간에 해당된다. 급경(及更)은 날이 어두워져 야경을 돌 때에 이르렀음을 의미한다.

十九日 何君復具餐於家, 攜行李入文廟西廡, 乃其姻劉君匏石讀書處也. 上午, 何君具舟東關外, 拉余同諸郎四人登舟. 舟小僅容四人, 兩舟受八人, 遂泛湖而北. 舟不用楫, 以竹篙刺水而已. 渡湖東北三里, 湖心見漁舍兩三家, 有斷埂垂楊環之. 何君將就其處, 結樓綴亭, 綰納湖山之勝, 命余豫題聯額, 余唯唯卽答應. 眺覽久之, 仍泛舟西北, 二里, 遂由湖而入海子. 南湖北海, 形如葫蘆, 而中束如葫蘆之頸焉. 湖大而淺, 海小而深, 湖名茈碧, 海名洱源. 東爲出洞鼻, 西爲劚頭村, 北爲龍王廟, 三面山環成窩, 而海子中溢, 南出而爲湖. 海子中央, 底深數丈, 水色澄瑩, 有琉璃光, 穴從水底噴起, 如貫珠聯璧, 結爲柱幃, 上躍水面者尺許, 從旁遙覷水中之影, 千花方蕊, 噴成珠樹, 粒粒分明, 絲絲不亂, 所謂'靈海耀珠'也. 『山海經』謂洱源出罷谷山, 卽此. 楊太史有「泛湖窮洱源」遺碑沒山間, 何君近購得之, 將爲立亭以志其勝焉. 從海子西南涯登陸, 西行田間, 入一庵, 卽護明寺之下院也. 何君之戚, 已具餐庵中, 爲之醉飽. 下午, 仍下舟泛湖, 西南二里, 再入小港, 何君爲姻家拉去, 兩幼郎留侍, 令兩長君同余還, 晩餐而宿文廟西廡.

二十日 何君未歸, 兩長君淸晨候飯, 乃攜盒抱琴, 竟堤而東, 再爲九炁臺之游. 擬浴於池, 而浴池無覆室, 是日以街子, 浴者雜沓, 乃已. 遂由新庵掬蛇口溫泉, 憩弄久之, 仍至<u>九㠔臺</u>, 撫琴命酌. <u>何長君</u>不特文章擅藻, 而絲竹俱精. 就龜口泉瀹雞卵爲餐, 味勝於湯煮者. 已而寺僧更出盒佐觴, 下午乃返. 西風甚急, <u>何長君</u>抱琴向風而行, 以風韻弦, 其聲泠泠, 山水之調, 更出自然也.

二十一日 <u>何君</u>歸, 飯余於前樓, 以其集示余, 中有爲余詠者. 余亦作二詩以酬之.

二十二日 <u>何君</u>特設宴宴余. 余以小疾欲暫臥, 懇辭不獲, 强起赴酌. <u>何君</u>出所藏<u>山谷</u>眞跡、<u>楊升庵</u>手卷示余.

二十三日 <u>何長君</u>聯騎同爲<u>佛光寨</u>之游. <u>佛光寨</u>者, <u>浪穹東山</u>之最高險處. <u>東山</u>北自<u>觀音山</u>南下, 一穹而爲<u>三營</u>後山, 再穹而爲<u>佛光寨</u>, 三穹而爲<u>靈應山</u>, 其勢皆崇雄如屏, 連障天半, 遙望雖支隴, 其中實多崩崖疊壁, 不易攀躋, 故<u>佛光寨</u>夙稱天險. (『<u>名勝志</u>』謂爲<u>孟獲</u>首寨, 然載於<u>鄧川</u>, 而不載於<u>浪穹</u>, 誤矣.) 國初旣平<u>滇</u>西, 有<u>普顏篤</u>者, 復據此以叛, 久征不下, 數年而後克之. 今以其地建<u>靈光寺</u>. 從寺後而上, 有<u>一女關</u>最險, 言一女當關, 莫之能越也. <u>顏篤</u>據寨, 以諸女子分守峰頭, 遙望山下, 無所不見. 從關而上, 卽通後山之道, 北出<u>七坪</u>, 南下<u>北牙</u>者也. 余聞其勝, 故與長君先及之. 仍從<u>九㠔臺</u>, 共十里, 過<u>大屯</u>石梁. 其梁已折而重建, 橫木橋以度. 遂從東北行五里, 轉而東, 從徑路又三里, 直抵<u>東山</u>下, 乃沿山東北上, 又二里而及<u>靈光寺</u>. 寺門東向, 下臨遙川, 其前坡雖峻而石不多, 惟寺前一石, 高突如屋. 前樓後殿, 兩廡爲炊臥之所, 乃<u>何君</u>之伯某府別駕所建, 今且就圮矣. 余至, 先有三客在, 皆<u>呂</u>姓, 一少而麻衣者, 爲<u>呂</u>揮使子, 其二長者, 卽其叔也. 具餐相餉, 爲余言<u>一女關</u>之勝, 欲卽登之, 諸君謂日晚不及. 迨下午, 諸<u>呂</u>別去, <u>何長君</u>亦往<u>三營</u>戚家, 余獨留寺中, 爲明晨遍歷之計. (諸<u>呂</u>留蔬果於僧, 令供余,且導余游.)

二十四日 晨起索飯, 卽同寺僧從寺後躋危坡而上. 二里餘, 有岐 : 北盤入峽者, 向寨址道也; 歷級直上而南越峰頭者, 向一女關道也. 余從其上者, 一里餘, 凌坡之脊, 隨之南轉, 俯瞰脊東盤夾中, 有遺址圍牆, 卽普顏篤之舊寨也, 反在其下矣. 南一里, 峰頭始有石累累. 從其下東轉, 南突危崖, 北臨寨底, 線徑橫腰.

운남 유람일기8(滇遊日記八)

해제

　「운남 유람일기8」은 서하객이 운남성 남서부의 점창산(點蒼山)과 이해(洱海)를 유람한 기록이다. 서하객은 3월 초에 낭궁현(浪穹縣) 남쪽에 이른 뒤, 이해를 거쳐 대리부(大理府)와 영평현(永平縣)을 지나 3월 29일 수채포(水寨鋪)에 당도했다. 약 한달 동안의 여정에서 서하객은 이곳에 사는 소수민족의 풍속과 생활상을 경험했으며, 난창강(瀾滄江) 일대의 산천지형에 대해 상세히 고찰했다.

　이번 유람의 주요 여정은 다음과 같다. 낭궁현(浪穹縣) → 봉우(鳳羽) → 청원동(清源洞) → 봉우(鳳羽) → 청원동(清源洞) → 낭궁현(浪穹縣) → 삼강구(三江口) → 중소(中所) → 등천역(鄧川驛) → 상관(上關) → 감통사(感通寺) → 대리부(大理府) → 하관(下關) → 합강포(合江鋪) → 약사사(藥師寺) → 태평포(太平鋪) → 천정포(天頂鋪) → 영평현(永平縣) → 도장(稻場) → 아고채(阿牯寨) → 보대대

사(寶臺大寺) → 수채포(水寨鋪)

역문

기묘년 3월 초하루

말을 타고서 문묘(文廟) 앞에 온 하(何)씨 맏아들이 다시 음식을 포장하여 선물로 주었다. 남문(南門)을 나섰다. 1리를 가서 연무장을 지나니, 한 길은 남동쪽으로 뻗어가다가, 갈림길에서 남서쪽으로 서쪽 산을 따라 나아갔다.

4리를 가자, 서쪽 산은 남쪽으로 끝나고, 물길이 서쪽 골짜기에서 흘러나온다. 이 물은 봉우계(鳳羽溪)의 물인데, 물길이 제법 크다. 남쪽에는 천마산(天馬山)이 이 물길을 가로로 끼고 있으며, 서쪽 산이 끝나는 곳과는 마치 문처럼 서로 마주 치솟아 있다. 그 사이에 흘러나온 물은 동쪽의 자벽호(茈碧湖)의 남쪽 비탈의 둔덕 사이로 쏟아지다가, 연성(練城)에 이르러 남쪽의 보타공(普陀崆)으로 흘러든다.

길은 서쪽 산이 남쪽으로 끝나는 곳을 따라 물길을 거슬러 들어간다. 5리를 가자, 북쪽 벼랑에 홀연 바위봉우리가 벽처럼 우뚝 솟구치고 산머리가 치솟아 있다. 서쪽을 바라보니, 그 안에 움푹한 평지가 약간 펼쳐져 있고, 산머리가 치솟은 곳 아래의 움푹한 평지 안에 마을이 자리하고 있다. 이곳은 산관(山關)이다.

산머리가 치솟은 곳의 위쪽에는 사당이 바위 꼭대기에 웅크리고 있다. 바위 꼭대기를 바라보니, 대단히 불쑥 솟구쳐 있다. 대체로 낭궁현(浪穹縣)의 뒷산은 삼태산(三台山)에서 갈라져 남쪽으로 뻗어내린다. 이곳은 삼태산이 남서쪽으로 끝나는 곳이다. 그 안쪽의 주요 등성이는 약간 서쪽으로 굽이져, 남쪽의 천마산과의 사이에 동서로 움푹한 평지를 이루고 있다.

시내 북쪽 벼랑 사이를 따라 다시 3리 남짓을 가서 서쪽의 주요 등성이의 아래에 이르렀다. 여기에서 남쪽으로 꺾어져 1리만에 산골물을 넘어 동쪽 산을 따라 남쪽으로 나아갔다. 1리를 가자, 민강문초(閩江門哨)가 나왔다. 초소를 지키는 이가 길가에 있다.

다시 남쪽으로 2리를 더 가자, 조그마한 산이 골짜기를 가로막아 자리하고 있다. 이 산이 물길의 목구멍을 내리누르고 있는지라, 남쪽에서 흘러오는 봉우의 물길과 서쪽으로 흘러나가는 철갑장(鐵甲場)의 산골물은 한데 합쳐져 동쪽 벼랑의 아래로 흘러간다. 길은 벼랑을 따라 그 위로 나 있다. 2리를 가서 물길의 목구멍을 가로막은 곳의 남쪽으로 나오자, 마을이 비탈의 동쪽에 자리하고 있다. 비탈이 마치 마을 어귀를 비끄러맨 듯하다.

여기에서 마을의 남쪽에는 움푹한 평지가 널따랗게 펼쳐져 있다. 서쪽은 봉우산(鳳羽山)이고 동쪽은 계시(啓始)의 뒷산이다. 이 두 산 사이에 남북으로 움푹한 평지가 드넓게 이루어져 있는데, 지세가 대단히 훤히 트여 있다. 우푹한 평지 속에는 세 줄기의 물길이 뚫고 흐른다. 남쪽의 상사촌(上駟村)에서 북쪽의 이곳까지 대략 20리길은 온통 밭두둑으로 이어진 비옥한 밭이다. 마을은 골짜기를 감돌아 이루어져 있다.

골짜기를 굽이져 깊숙이 들어가자, 경관이 빼어난 물가의 고지대에 마을이 물길을 끼고서 여기저기 흩어져 있다. 옛날의 주진촌(朱陳村)[1]과 도화원(桃花源)[2]이 이미 쇠락하여 사라진 줄 알았더니, 아직도 이러한 오지가 남아 있다니 기이한 일이 아닐 수 없다. 동쪽의 산을 따라 남쪽으로 나아가니 신생읍(新生邑)이 나왔다. 모두 5리를 나아가 서쪽으로 꺾어져 움푹한 평지를 건넜다.

움푹한 평지를 가로질러 5리만에 서쪽 산의 봉우(鳳羽) 아래에 이르렀다. 이곳은 사상반(舍上盤)으로, 예전의 봉우현(鳳羽縣)이다. 현재 이곳에는 순검사가 설치되어 있다. 한 사람은 유관이고 또 한 사람은 토관인데, 토관의 성은 윤(尹)씨이다. (이름은 충忠이고, 호는 무정惄亭이며, 지휘사 여몽태呂夢熊의 사위이다.)

여몽태는 먼저 사자에게 말을 달려 길을 안내하도록 하고, 머물 곳을 마련하도록 지시했다. 윤씨는 죄인을 체포하느라 뒷산에 가고, 그의 아내가 밥을 내와 손님을 풍성하게 대접했다. 해가 뉘엿뉘엿 질 때에 윤씨가 돌아와 다시 술자리를 마련했는데, 악대까지 동원했다. 이날 밤에 큰비가 내리더니, 날이 밝자 새하얀 눈이 서쪽 산을 가득 뒤덮었다.

---

1) 당나라 백거이(白居易)의 「주진촌(朱陳村)」이라는 시에 "서주 고풍현에 주진이라는 마을이 있다네, (…중략…) 한 마을에 주씨와 진씨 두 성씨 뿐이라 대대로 혼인을 했다네(徐州古豊縣, 有村曰朱陳. (…中略…) 一村唯兩姓, 世世爲婚姻)"라는 시구가 있는데, 이후로 주진촌(朱陳村)은 깊숙한 산속에서 세상과 떨어진 채 안락하게 살아가는 유토피아를 비유하게 되었다.
2) 도화원(桃花源)은 동진(東晉)의 도잠(陶潛)이 지은 「도화원기(桃花源記)」에서 비롯되었으며, 세상과 격절되어 은거하는 이들이 사는 유토피아를 가리킨다.

3월 초이틀

아침 식사 후에, 윤충이 몇 필의 말을 준비하여 나에게 서쪽 산을 구경하자고 했다. 대체로 봉우산의 동쪽 자락인 서쪽 산은 수십 갈래의 길쭉한 언덕이 온통 동쪽으로 구불구불 이어져 내려가는데, 북쪽은 토주평(土主坪)이고, 남쪽은 백왕채(白王寨)이다. 이날 백왕채의 북쪽 갈래인 제석사(帝釋寺)에서 식사를 했다. 이 갈래에는 잇달아 세 개의 절이 겹쳐 있다. 그러나 절에는 모두 스님이 살고 있지는 않았다. 도적떼를 피해 떠났다고 한다.

토주묘에서 다시 서쪽으로 15리를 올라가니, 봉우산의 꼭대기인 관평(關坪)이다. 그 남쪽의 백왕묘(白王廟) 뒤쪽은 산이 더욱 높다. 새하얀 눈빛이 보이건만 오를 겨를이 없었다. (봉우산은 조조산鳥弔山이라고도 한다. 매년 9월에 수많은 새들이 떼를 지어 벌판에 모여드는데, 죄다 이곳에는 없는 종류이다. 토박이들이 불을 피우면, 새들이 불속으로 뛰어든다.)

3월 초사흘

윤충이 말을 준비하여 네 사람에게 청원동(淸源洞)을 유람하도록 안내하라고 지시했다. 아침 식사를 하자마자 곧바로 길을 떠났다. 서쪽 산을 따라 남쪽으로 5리를 가서 마을 한 곳을 지났다. 움푹한 평지의 남쪽에 산이 가로뻗어 있다. 움푹한 평지는 이곳에 이르러 남쪽으로 끝나고, 두 개의 골짜기로 나뉜다. 서쪽 골짜기는 길이 마자초(馬子哨)에서 양비(漾濞)로 통하고, 그 사이로 한 줄기 물길이 흘러나간다. 동쪽 골짜기는 길이 화전초(花甸哨)에서 홍규산(洪珪山)으로 뻗어가고, 그 사이로 두 줄기 물길이 흘러간다. 이 산은 대체로 남쪽의 마자초에서 갈라져 북쪽으로 불쑥 치솟은 것이다.

그 북쪽의 기슭을 좇아 2리만에 동쪽으로 내려가 움푹한 평지를 건넜다. 상사촌을 지나 세 줄기 산골물을 건너 3리만에 동쪽의 한 마을에 이르렀다. 이어 비탈을 올라 동쪽 산을 따라 남쪽으로 나아갔다. 1리 남짓만에 동쪽 산골물의 서쪽을 건넌 뒤, 남쪽으로 비탈언덕을 올랐다. 동쪽의 납평창산(蠟坪廠山, 납평창에서는 광석이 생산되고, 산의 동쪽은 곧 등천주鄧川州이다)과 서쪽에 가로누운 산 사이에 또다시 움푹한 평지가 이루어져 있다.

남쪽으로 1리 남짓을 나아간 뒤, 동쪽으로 꺾어져 움푹 꺼진 곳을 넘었다. 1리를 가서 동쪽으로 내려가자, 홀연 한 줄기 물길이 구렁바닥에서 흘러나온다. 이것은 동쪽 산골물의 상류로서, 청원동에서 흘러내리는 물이다. 서둘러 구렁바닥으로 내려가 살펴보니, 남쪽 동굴에서 흘러나온 이 물은 북쪽으로 용솟음쳐 시내를 이루고 있다. 시내 위의 벼랑 사이에 동굴이 있다. 동굴의 크기는 겨우 두세 자이고 북쪽을 향해 있으며, 위에는 '청원동'이라는 글자가 씌어 있다. 이 글은 등천주의 관리인 양남금(楊南金)이 쓴 것이다.

물은 윗동굴에서 흘러나오지 않으며, 동굴 입구에서 흘러내려 동굴로 흘러드는지라 역시 물은 보이지 않았다. (어떤 이는 몇 리를 나아간 후에야 물소리가 들린다고 말했다.) 들어가는 곳은 비좁고 비스듬히 기운 채 꺼져내린다. 다릉(茶陵)의 뒷동굴과 매우 흡사하다. 두 명의 안내인 가운데, 한 사람은 관솔 한 소쿠리를 들고, 다른 한 사람은 관솔에 불을 붙여 횃불을 만들어 들어갔다.

남쪽으로 몇 길을 들어가자, 길은 두 갈래로 나뉘었다. 아래로 뚫고 가면 동굴이 나오고, 위로 올라가면 누각이 나온다. 누각 위는 다시 두 개의 동굴로 나뉜다. 오른쪽 동굴을 뚫고서 나아가니, 그 아래쪽은 깎아지른 듯 가파르고, 움푹 꺼져내린 골짜기는 자못 깊다. 이곳은 아래로 뚫고 들어갔던 골짜기이다. 그러나 암벽이 가파르고 길이 막혀 있는지라 다다를 수 없었다.

이에 되돌아나와 왼쪽 동굴을 뚫고서 나아갔다. 동굴 속은 양쪽 벽에 낀 채 구불구불한데, 높이는 한 길이 채 되지 않고 너비 역시 엇비슷하다. 동굴 속에는 반듯이 곧추선 기둥이 많다. 어떤 것은 이어진 나뭇가지나 갈라진 기둥처럼 보이고, 어떤 것은 가운데에 똬리를 튼 채 옆에 모여 있다. 나뉘고 모임이 뒤섞여 있고, 틈새가 열리고 구멍이 뚫려 있는지라, 자못 신비하고 기이한 느낌이 들었다. 다만 대단히 희고 맑은 바위재질이 관솔 횃불에 그을려 마치 검댕처럼 까매진지라, 손으로 만지면 미끌미끌 지워지지 않는다.

대체로 이 동굴은 높거나 넓지 않아 연기가 흩어지지 않는다. 토박이들이 습관적으로 관솔을 쓰는 터라, 엎드려 나아가기는 편했지만 연기의 그을음이 더욱 많아졌다. 그래서 이전에 어느 식견 있는 분이 나에게 "이 동굴은 연초에 유람해야 제격이니, 2월이 지나면 그을음 때문에 새카매집니다"라고 말했던 것이다. 내가 그 까닭을 묻자, 그는 이렇게 대답했다. "동굴 안은 한 해가 지나면 들어가는 사람이 없는지라, 예전에 연기에 그을린 것은 차츰 퇴색하여 하얘지고, 새로 생겨나는 종유석역시 차츰 길게 늘어나지요. 새해가 되어 사람들이 다투어 이 동굴을 유람하는데, 경관이 기가 막힙니다. 새해부터 2월까지 유람객이 많아지면, 새로 생겨난 종유석은 따가거나 꺾어버리고 다시 더럽게 그을리는데다 더욱 찌는 듯이 더워지는지라, 그저 옷만 더럽힐 뿐 동굴의 광채를 더 이상 맛볼 수가 없습니다."

나는 그의 말을 곧이듣지 않았다. 그런데 이제야 동굴이 낮은 까닭에 종유석을 따기가 쉬운지라 남김없이 꺾어가고, 연기에 쉽게 그을리는지라 찌는 듯한 더위가 계속 쌓인다는 것을 깨닫게 되었다. 그의 말은 참으로 지어낸 거짓말이 아니었던 것이다.

기둥의 틈을 뚫고서 남쪽으로 들어서자, 차츰 기둥바닥의 밑받침에 물이 고여 있다. 이 밑받침은 모두 바위바닥을 빙 둘러 있는데, 크기는 동이만하다. 광서성의 구룡동(九龍洞) 속의 신선이 사는 밭과 매우 흡사하지만, 거기처럼 그렇게 많지 않을 따름이다.

대략 반리를 들어가다가 동굴을 꺼져내려 서쪽으로 내려왔다. 동굴은 네댓 자의 깊이에 남북 양쪽으로 나뉘어 있다. 아래는 평평하고 위는 바짝 모아져 있으며, 높이와 너비는 역시 한 길이 채 되지 않는다. 남쪽으로는 세 길을 들어가자 끝나고, 북쪽으로는 십여 길을 들어가자 역시 몸을 웅크린 채 들어갈 수 없다.

이에 되돌아나와 꺼져내렸던 동굴 위로 올라가 남쪽의 틈을 찾아 비좁은 어귀를 헤치고서 들어갔다. 몇 길을 들어가자, 동굴은 차츰 낮아지고 종유석이 차츰 바짝 붙어 있다. 그래서 무릎을 굽힌 채 틈새를 뚫고서 나아갔지만, 기어가기조차 더욱 어려워졌다. 다시 되돌아나와 누각아래의 구렁에서 틈을 헤치면서 동쪽으로 돌아든 뒤 수십 길을 들어갔다. 그 안의 높이와 너비는 남쪽으로 들어간 곳과 마찬가지이나, 종유석은 비할 길이 없었다. 끝까지 가서야 서쪽의 구렁을 따라 내려와 동굴을 빠져나왔다.

구렁에서 고개를 치켜들어 바라보니, 그 위쪽이 훤히 트여 있는 느낌이 약간 들었다. 이곳은 곧 들어올 적에 누각 위에서 굽어보았던 곳이다. 동굴을 내려와 밖으로 나오자, 차츰 하늘빛이 보였다. 벼랑을 올라 입구를 빠져나오니, 온몸이 시커먼 먼지를 뒤집어쓰고 있었다.

이에 물동굴의 입구에서 발을 씻고서 바위에 걸터앉아 옷과 몸을 씻었다. 어지러운 동굴 속에서 콸콸 흘러나온 물은 커다란 시내를 이루어 북쪽으로 흘러가는데, 맑고 차가움은 뼈가 시릴 정도였다. 동굴 밖에 남아 있던 두 사람이 지은 기장밥은 다 익어 있었다. 가지고 온 술과 육포를 꺼내어 동굴 앞에 다리를 쭉 펴고 앉아 먹었다. 쳐다보니 하늘빛은 씻은 듯이 맑고 사방의 산은 성처럼 에워싸고 있으니, 기분이 흡족하여 흥취가 절로 인다.

식사를 한 후, 서쪽의 움푹 꺼진 곳을 넘어 약간 남쪽의 화전(花甸)으로 가는 길을 따라갔다. 가운데의 시내를 가로건너 서쪽의 가로뻗은 산의 동쪽 비탈을 올랐다. 산을 따라 둔덕을 올랐다가 5리를 내려가 상사촌의 서쪽으로 나온 뒤, 서쪽 산을 따라 북쪽으로 나아갔다. 1리를 가서 마을 한 곳을 지나, 오솔길에서 서쪽 산의 둔덕 중턱을 따라 그윽하고 깊은 곳을 애써 찾으면서 언덕비탈을 10여 리 오르내렸다. 저물녘에 윤충의 집으로 돌아와 묵었다.

3월 초나흘

윤충이 몇 필의 말을 준비하여 서쪽 산을 따라 북쪽으로 나아갔다. 3리를 가서 서쪽 산이 동쪽으로 뻗어나온 산부리를 감돌았다. 북쪽으로 반리를 더 가자, 홀연 산기슭에 몇 그루의 나무가 허공 속에 높다랗게 버티고 선 채 말발굽 아래에서 솟아나왔다. 그 아래로 나무 사이에서 졸졸거리는 물소리가 들려왔다. 동굴안의 샘물이 산바닥 동쪽의 뚫린 틈새에서 흘러나오고 있었다.

다시 북쪽으로 반리를 더 가자, 북쪽 산에서 움푹 꺼져내린 구렁이 골짜기를 이루고 있다. 구렁을 건너 약간 동쪽으로 나아갔다가 산부리를 감돈 뒤, 3리를 가서 파대읍(波大邑)에 이르렀다. 서쪽 산에 기대어 마을이 있는데, 이 일대에서는 커다란 마을이다. 마을의 북쪽에서 구렁을 꺼져내려와 산골물 한 곳을 가로건너 북쪽으로 올라갔다.

언덕을 넘어 3리를 갔다가 내려오니, 철갑장이 나왔다. 시내는 서쪽 산에서 동쪽으로 쏟아지고, 마을은 시내를 낀 채 자리하고 있다. 앞에는 민강문(閔江門)이 남쪽의 골짜기에 자리하여 물길을 가로막고 있고, 조그마한 산이 또 동쪽에 웅크리고 있다. 이곳은 이 일대 물길의 어귀이다. 남북으로 산을 빙 두른 갈래가 다시 앞에서 교차하니, 마치 달리 신선세계를 이루고 있는 듯하다.

시내를 지나 북쪽의 산을 올랐다. 북쪽의 산은 서쪽 산에서 뻗어내려오는데, 이곳은 철갑장의 용사(龍砂)로서, 실제로 봉우산의 세 번째 겹의 산줄기이다. 산줄기의 동쪽은 시냇물을 바짝 조인 채 가장 견고하다. 그 남서쪽의 기슭이 곧 철갑장이고, 북동쪽의 기슭은 민강문이다. 봉우산 일대의 넓고 평탄한 땅은 모두 이곳을 요새로 삼고 있다. 말을 타고서 북쪽 산에 올랐다. 철갑장의 민가로 돌아와 식사를 했다.

이곳 주민들은 시렁 위에 두 병의 술단지를 놓고서 아래에서 불로 천천히 끓이면서, 술단지 안에 등나무 가지를 꽂아 번갈아 빨아마신다. 여러 차례 물을 부어넣어도 맛은 싱거워지지 않았다. 이 마을사람들은 미얀마로 가서 장사하는 데 익숙한지라, 집집마다 이족(彝族)의 물건들이 많다. 해아차1)를 끓여 손님에게 접대하는데, 찻물의 색깔은 연지처럼 붉으나 아무 맛도 없다. 오후에 계속해서 파대읍에서 샘물이 솟아나오는 동굴이 있는 산부리를 감돌았다가, 서쪽의 그 겨드랑이의 작고 둥근 산을 살펴보았다. 비바람이 세차게 불어닥치는 바람에, 옷이 흠뻑 젖은 채 돌아왔다.

---

1) 해아차(孩兒茶)는 약차(藥茶)의 명칭으로, 오다니(烏爹泥) 혹은 오루니(烏壘泥)라고도 한다. 열을 내려주고 가래를 삭이며, 지혈과 진통에 효험이 있어 부스럼을 치료하는 데 많이 쓰인다. 명나라의 사조제(謝肇淛)가 지은 『오잡조(五雜俎)·물부3(物部三)』에는 "민간에서는 어린 아이들의 종기를 치료하기에, 해아차라고 일컫는다(俗因治小兒諸瘡, 故名孩兒茶也.)"고 설명하고 있다.

3월 초닷새

아침에 일어나 작별하려고 했다. 그런데 윤충이 오늘은 청명절이니 선영을 모신 산에서 연회를 베풀겠다면서 붙잡았다. 선영은 토주묘 북쪽에 새롭게 단장한 무덤이다. 토주묘 앞에 앉아 성묘하는 이들이 분주히 오가는 것을 바라보았다. 부유한 이들은 돼지 한 마리를 끌고와 선영 사이에 구덩이를 파고 불을 지펴 제사를 올린다. 가난한 이들은 닭 한 마리를 잡아와 선영 사이에서 목매달아 죽인 다음, 삶아서 제사를 올린다. 고향의 선영을 생각하니, 벌써 떠나온 지 3년째. 봄철 노천제사조차 드리지 못했으니, 나도 모르게 울컥 서글픈 마음이 일었다. 서둘러 돌아와 잠자리에 누웠다.

3월 초엿새

내가 떠나려 하자, 윤충이 전에 그의 장인 여몽태를 초대하기로 했는데, 오늘 오시기로 했다면서 꼭 더 머물러 달라고 했다. 마침 마을의 유생인 허(許)씨가 봉우산의 남쪽 고개에 오르자고 청하기에 그의 말에 따르기로 했다. 오후에 돌아오니, 여몽태가 과연 와 있었다. 서로 만나 기쁨을 나누었다.

3월 초이레

윤충이 다시 말을 준비하여, 여몽태와 함께 다시 청원동에 놀러갔다. 먼저 백미촌(白米村)에서 넓고 평탄한 땅을 가로질러 동쪽으로 나아가 5리만에 동쪽 산을 따라 남쪽으로 나아갔다. 산기슭에는 기룡경제묘(騎龍景帝廟)가 있고, 기룡경제묘 북쪽에는 샘물 구멍이 있다. 샘물은 벼랑 아래에서 솟구쳐 나온다. 벼랑의 바위는 움푹 팬 채 겹겹이 쌓여 있고, 커다란 나무는 구불구불 휘감아돈다. 맑은 샘물은 벼랑 아래에 철썩이고, 오래된 등나무는 벼랑 위에 칭칭 감아도니, 대단히 맑고 그윽하다. 밭을 갈던 토박이들은 몇 필의 말이 오는 것을 보자 체포하러 온 관원이라 여겨, 모두들 쟁기를 내팽개친 채 산속 험준한 곳으로 도망쳤다. 그들을 소리쳐 부르자, 더욱 다급하게 도망쳤다.

다시 남쪽으로 5리를 더 가서 청원동에 이르렀다. 더 이상 깊이 들어가지 않은 채, 동굴 앞의 형세를 둘러보았다. 이어 서쪽의 가운데 시내를 건너 서쪽 산의 산세와 명승을 두루 구경하고서 돌아왔다. 오후에 어렵사리 작별을 고하자, 여몽태가 윤충을 대신하여 간절하게 나를 붙들었다. 이날 연회에 장(張)씨의 두 자제를 청했다. 손님들이 떠난 후, 여몽태와 함께 잔을 씻어 더 마셨다. 음악을 연주하고 북방의 춤을 추었는데, 악기는 '긴급고'[1]라고 한다.

---

1) 긴급고(緊急鼓)는 팔각형의 소고(小鼓)로서, 팔각고(八角鼓)라고도 한다. 한 면에는 가죽을 씌우고, 나머지 일곱 면에는 방울을 다는데, 연주할 때에는 손으로 가죽면을 두드려 북소리를 내면서, 소고를 흔들어 방울소리를 함께 낸다.

3월 초여드레

여몽태와 함께 아침 식사를 하고서 윤충과 작별했다. 35리를 가서 낭궁현의 남문에 이르렀다. 여몽태가 헤어져 떠나면서 중순에 대리부(大理

府)에서 만나자고 약속했다. 나는 문묘에 들어가면서, 하인 고(顧)씨에게 호명사(護明寺)에서 불을 빌려 밥을 지으라고 한 다음, 육안주의 하(何)씨를 만나러 갔다. 하씨는 나를 기다리다가 오지 않자, 이미 하루전에 대리부로 떠나버렸다. 나는 이에 하씨의 맏아들에게 짐꾼을 구해달라고 재촉하고, 내일 떠나기로 마음먹었다. 하씨의 맏아들은 나를 붙들어 서재에서 술을 마시도록 한 뒤, 온천물을 길어왔다. 목욕을 하고서 잠자리에 누웠다.

3월 초아흐레

하씨의 처소에서 식사를 했다. 길을 나설 무렵, 먹구름이 사방에서 모여들었다. 큰비가 내릴 기세였다. 하씨의 맏아들과 둘째 아들은 찬합에 음식을 준비하여 남쪽 교외까지 배웅했다. 남쪽으로 3리를 나아가자, 봉우계가 서쪽에서 동쪽으로 쏟아져내린다. 가로놓인 나무다리를 건넌 뒤, 남쪽으로 1리 남짓을 가서 천마산 기슭에 이르렀다. 이어 기슭을 따라 동쪽으로 나아가는데, 비바람이 차츰 몰려왔다.

동쪽으로 1리 남짓을 가자, 골짜기 어귀의 북쪽에 연성(練城)이라는 자그마한 둔덕이 자리하고 있다. 위쪽에 탑이 세워져 있는데, 이곳은 현의 학교가 위치한 안산이다. 이 현의 보타공(普陀崆)의 하구는 대단히 비좁은데다, 자연적으로 생겨난 이 둔덕이 가운데에 매달려 열쇠처럼 빗장을 채우고 있다. 자벽호(泚碧湖), 이원해(洱源海)와 관음산(觀音山)의 물은 둔덕의 동쪽에서 흘러나오고, 봉우산의 물은 둔덕의 서쪽에서 흘러나온다. 이들 물은 모두 둔덕의 남쪽에서 합쳐진다. 이곳이 삼강구(三江口)이다.

삼강구의 서쪽에서 그곳을 바라보며 나아갔다. 2리를 더 가서 남쪽의 골짜기에 들어서려는데, 앞쪽의 시내의 상류에 나무다리가 걸쳐져 있다. 다리를 건너 동쪽으로 나아가자, 응산포(應山鋪)에서 오는 길이 북동쪽에서 가로누운 산을 넘어와 만났다. 남쪽의 골짜기 어귀로 들어섰다.

이 골짜기의 동쪽 산은 곧 영응산(靈應山)이 서쪽으로 뻗어내린 갈래이고, 서쪽 산은 곧 천마산의 동쪽 끄트머리이다. 바짝 다가선 두 산 사이로 급류가 요란하게 흐른다. 이곳은 낭궁현의 여러 물길이 거쳐나가는 곳이다. 길은 다리 동쪽을 따라 뻗어 있다. 물길을 따라 남쪽의 골짜기 어귀로 들어섰다. 몇 채의 민가가 골짜기에 자리하고 있는데, 이곳은 순검사이다.

이때 비바람이 마구 휘몰아치는지라, 잠시 다리 위에 걸쳐진 누각 위에서 비를 그쳤다. 허물어진 누각은 비바람을 가려주지 못했다. 몹시 추웠다. 남쪽의 골짜기 속을 바라보니 바람은 마치 춤을 추듯 불어오고, 북쪽을 바라보니 구름에 뒤덮인 여러 봉우리가 나타났다가 순식간에 반짝거리다 사라져버렸다. 한참을 앉아 있어도 비가 그치지 않는지라, 짐꾼을 재촉하여 길을 나섰다.

처음에는 동쪽 벼랑을 따라 남쪽의 보타공으로 나아갔다. 1리를 가자, 골짜기는 서쪽으로 돌아들어 굽어진다. 길 역시 서쪽의 골짜기를 따라 뻗어있다. 1리를 가서 다시 남쪽으로 돌아들어 1리를 가자, 집 한 채가 동쪽 벼랑에 기대어 자리하고 있다. 『군지』에 따르면, 용마동(龍馬洞)이 골짜기 속에 있다고 했는데, 바로 이곳이 아닌가 싶었다. 하지만 비가 너무 심하여, 물어볼 겨를이 없었다.

다시 남쪽으로 나아갔다. 강물은 보타공 속을 더욱 세차게 흘러가는데, 보타공 속에 바위가 불쑥 치솟아 있는지라 급류를 이루고 있다. 바위는 가로놓인 문지방처럼 물길을 가로막거나, 비좁은 문처럼 물길을 옥죄고, 혹은 들쑥날쑥한 이빨, 창이나 검과 같으며, 혹은 코뿔소나 코끼리, 사나운 독수리처럼 보인다. 이처럼 바위가 갖가지 모습으로 치고 끊는 형세를 다했다. 하지만 물은 끝내 가로막히지 않은 채, 타넘거나 뚫고서, 혹은 바위 사이를 휘감으면서, 갖가지 모양으로 뛰어넘는 장관을 남김없이 보여주고 있다.

이때 솟구치는 물살은 발아래에 찰랑거리고, 거센 빗방울은 머리위에 쏟아졌다. 양쪽 벼랑 사이에 끼인 몸은 실 같은 길을 따라 골짜기 옆을 뚫고 나아갔다. 기운이 오히려 거뜬해지는 느낌이 들었다. 2리를 가서 서쪽 벼랑의 바닥을 바라보니, 까마득한 벼랑 아래에 조그마한 동굴이 있다. 동쪽을 향해 있는 동굴은 물살을 따라 삼키고 토해내니, 마음속으로 기이한 생각이 들었다. 이곳을 지나쳐 열수동(熱水洞)이 어디 있는지 묻고서야, 바로 이 동굴임을 알았다.

이에 앞서 토박이들의 이야기에 따르면, 보타공 속에 열수동이 있다. 입구가 대단히 좁으나 가운데는 꽤 넓으며, 그곳의 물은 마치 끓어오르듯이 동굴 바닥에서 용솟음친다고 한다. 사람이 동굴 입구에 들어서면 뜨거운 열기가 찌는 듯하여 온몸이 땀에 흠뻑 젖으며, 병이 있는 사람은 금방 낫는다고 한다. (구기대에서는 계란을 삶을 뿐이지만, 이곳에서는 고기를 삶아 익힐 수 있다.) 나는 이때 몹시 추웠지만, 동굴이 보타공의 깊숙한 바닥에 있는데다, 이미 지나쳐버린지라 내려갈 짬을 내지 못했다.

다시 남쪽으로 1리를 가자, 골짜기는 끝이 났다. 골짜기 앞쪽은 흩어진 채 움푹한 평지를 이루고 있다. 물은 보타공을 흘러나오고, 길은 비탈을 내려온다. 반리를 가서 움푹한 평지에 이르렀다. 이곳은 하산구(下山口)이다.

대체로 보타공 동쪽의 산은 영웅산의 남쪽 자락이다. 산은 이곳에 이르러 남쪽으로 끝나고, 나머지 산줄기는 동쪽으로 물러섰다가 남쪽으로 뻗어 서산만(西山灣)의 등성이를 이룬다. 보타공 서쪽의 산은 남쪽의 등천주 서쪽에서 물길을 거슬러 뻗어오는데, 그 가운데에 남북으로 움푹한 평지가 커다랗게 펼쳐져 있다. 그 가운데에는 미저구강(彌苴佉江)이 가로질러 흐르고 있다. 골짜기 어귀의 남쪽에는 마을이 움푹한 평지에 자리하고 있다. 이곳은 등천주의 경내이다. 강의 양쪽 언덕에는 수양버들이 자라나 있다.

길은 동쪽 언덕을 따라 나아간다. 6리 남짓을 나아가 중소(中所)에 이르렀다. 이때 옷은 이미 흠뻑 젖어 있는데, 비바람이 그치지 않은지라,

여인숙을 찾아 물을 끓여 밥을 지어먹었다. 마을에 들어가 유도석(劉陶
石)을 찾아뵈었다. (유도석의 이름은 일금 一金이다. 그의 아버지는 향촌의 천거로 탁
주涿州의 관리가 되었다가, 임지에서 세상을 떠났다. 전에 그의 내봉장來鳳莊에 묵은
적이 있다.) 유씨가 내온 술로 한기를 달래고, 그 앞의 누각에서 묵었다.
유씨가 태사 양씨의 「이십사기가(二十四氣歌)」를 꺼내 보여주었는데, 서
법은 조맹부(趙孟頫)[1]와 오도자(吳道子)[1]의 흥취를 띠고 있으며, 아름답고
도 빼어난 풍격을 지니고 있다.

---

1) 조맹부(趙孟頫, 1254~1322)는 원나라의 서예가이자 화가로서, 절강성 오흥(吳興) 사
   람으로, 자는 자앙(子昻)이고 호는 송설도인(松雪道人)이다. 송(宋)나라 황족 출신이지
   만, 원나라의 세조에게 등용되어 다섯 황제를 섬겼다. 특히 인종(仁宗)의 총애를 받
   고 한림학사승지(翰林學士承旨)·영록대부(榮祿大夫)가 되었다. 그림에서 그는 당나
   라와 북송의 화풍을 본뜬 복고주의를 주장하여 원나라 산수화의 지도적 역할을 담당
   했으며, 서예에서는 각 서체에 뛰어났으나 특히 왕희지(王羲之)의 필법을 존숭했다.
2) 오도자(吳道子, 680~759)는 당나라 현종(玄宗) 때의 화가인 오도현(吳道玄)을 가리키
   며, 하남성 양적(陽翟) 사람으로 자는 도자(道子)이다. 그는 산수화와 귀신화, 인물화,
   화조화 등에 모두 능했으며, 흔히 중국 산수화의 시조로 일컬어진다.

3월 초열흘

비가 그쳤는데도 한기는 여전히 남아 있고, 사방의 산의 눈빛이 사람
을 비추고 있다. 식사를 할 때 짐꾼이 도망쳐버렸다. 유씨는 사람을 시
켜 강언덕 서쪽의 복종산(覆鐘山) 아래에서 거룻배를 구하도록 하는 한
편, 따로 짐을 지고서 육로로 갈 짐꾼을 구했다. 그는 서쪽 산 아래에
유람할 만한 호수가 있으니, 나와 함께 배를 띄워 구경하고 싶다고 말
했다.

대체로 중소는 미저구강이 골짜기를 빠져나오는 기점에 자리하고 있
다. 이곳은 땅이 평탄하고 비옥하며, 둔전(屯田)이 많다. 둑을 쌓아 강물
을 끌어왔는데, 이곳은 중류소(中流所)이다. 동쪽 산 아래에는 초석동(焦石
洞)에서 흘러내리는 물이 있다. 이 물은 동쪽 산을 따라 용왕묘(龍王廟)

앞을 거쳐 동호(東湖)로 모였다가 흘러서 민지강(閩地江)을 이룬다. 이곳은 동류소(東流所)이다. 서쪽 산 아래에는 종산(鐘山)의 바위동굴에서 흘러나오는 물이 있다. 이 물은 동쪽으로 나와 녹옥지(綠玉池)를 이루고, 남쪽으로 흘러 나시강(羅蒔江)을 이룬다. 이곳은 서류소(西流所)이다. 그래서 이곳에는 '삼강(三江)'이라는 명칭도 있다. 그러나 연성의 세 줄기의 강은 합쳐져 흐르지만, 이 소(所)의 세 줄기 강은 나뉘어 흐르며, 비록 함께 남쪽으로 나아가 이해(洱海)로 흘러들지만, 서로 섞여 흐른 적이 없다.

나는 유씨와 함께 먼저 서쪽의 커다란 돌다리를 건넜다. 이 다리는 미저구강의 위에 걸쳐진 다리이다. 서쪽의 밭두둑 속에서 1리를 나아가자, 조그마한 시내 위에 다리가 걸쳐져 있다. 이곳은 나시강이다. 다리 북쪽에는 못물이 일렁거리고 푸른빛 부들이 무성하며, 다리 남쪽에는 실 같은 시내가 뱀처럼 구불구불 양쪽 밭두둑 사이를 흘러간다.

다리에 걸터앉아 배를 기다렸다. 북쪽을 바라보니, 매화촌(梅花村)과 녹옥지가 1리 너머에 있고, 물가 너머의 길은 촉촉하다. 그러나 배가 오면 곧 떠나야 하기에 북쪽으로 가볼 겨를이 없었다. 이곳이 중소인데, 동쪽 산의 동쪽의 나천(羅川) 위에도 중소가 있다. 그곳은 이곳의 병사가 나누어 일군 둔전이다. 내가 전에 계족산(雞足山)에서 서쪽으로 내려오는 길에 묵었던 곳이기도 하다.

대체로 이곳은 정동쪽으로는 계명사(雞鳴寺)와, 서쪽으로는 봉우의 사상반(舍上盤)과 서로 마주보고 있는데, 각기 산등성이 하나를 사이에 두고 있을 따름이다. 다리 서쪽의 여러 산은 모두 흙산이다. 깎아지른 듯 몹시 가팔라서 불시에 무너져내리는 일이 잦다. 종산은 다리 북서쪽에 솟구쳐 있고, 계시산(溪始山)은 다리 정서쪽에 솟구쳐 있다. 대체로 종산은 동쪽으로 불쑥 튀어나와 있고, 계시산은 서쪽으로 빙 두르고 있다. 계시산(溪始山) 위에 못이 한 곳 있는데, 꼭대기에 모인 물은 남동쪽의 골짜기로 떨어져내린다. 이 물이 여러 물길을 이끄는 시작이기에 '계시(溪始)'라는 이름을 붙인 것이다.

배에 올라 시내를 따라 그 동쪽 기슭을 좇아 남쪽으로 나아갔다. 양쪽의 밭두둑은 시내보다 낮다. 강언덕에 흙을 북돋아 가운데로 물이 흐르게 했는데, 물길은 작으나 물살이 거세다. (이곳의 거룻배는 마치 나뭇잎 같아 고작 세 사람밖에 탈 수 없다. 이 일대에서 미저구강에는 큰 배가 다닐 수 있을 듯하나, 물살이 거세서 따라갈 수 없다.)

2리를 가자, 양쪽 언덕은 차츰 평탄해졌다. 강 가운데에 쌓인 모래로 인해, 배는 달라붙은 듯 꼼짝하지 못했다. 이에 유씨와 나는 강언덕에 올라 둔덕을 나아가고, 뱃사공은 넘실거리는 물결 속으로 뛰어들어 배를 끌어냈다. 5리를 가서 다시 배에 올라탔다.

약간 굽이져 서쪽으로 반리를 갔다가, 남쪽으로 반듯이 호수로 내려갔다. 호수 안에는 마름과 부들이 한들한들 떠 있다. 줄지은 빈 터는 대부분 밭으로 일구고 버드나무를 심어 강언덕으로 삼았으며, 그 사이에 집을 지어놓았다. 물가의 항구 사이는 구불구불 정취가 넘친다. 깊은 곳은 드넓어 거울을 펼쳐놓은 듯하고, 좁은 곳은 아득히 멀어 그림을 가린 듯하다. 바깥에는 사방의 산이 비취빛으로 둘러싸고 있는지라, 항주(杭州)의 서호(西湖)도 이곳만 못하리라는 느낌이 들었다. 호숫가의 모래밭은 대단히 비옥하고, 심어놓은 마늘은 크기가 주먹만 한데다 특이한 맛을 지니고 있다. 양귀비꽃이 짙푸른 버들과 거울 같은 물결 사이로 밭두둑과 둔덕에 이어져 있으니, 경관의 정취는 너무나도 빼어나다.

3리를 달려 호수 끝에 이르렀다. 남쪽을 바라보니, 등천주의 치소가 산겨드랑이 굽이에 자리하고 있다. 민가는 그다지 번성하지 않고 성곽도 없으며, 그 오른쪽에는 허물어진 골짜기가 거꾸로 부딪쳐 있다. 치소는 예전에 덕원성(德源城)으로 옮겼으나, 물을 구하기가 어려워 다시 원래의 자리로 돌아왔다. 한길은 호수 동쪽, 미저구강의 서쪽 언덕에 있는데, 만약 뭍길로 갔다면, 이곳에 호수가 있으며, 호수 안에 이러한 경관이 있다는 것을 알지 못했을 것이다.

다시 남쪽의 항만 사이로 1리 남짓을 나아갔다. 길이 동쪽에서 서쪽 산으로 가로뻗어 있는데, 등천주의 치소로 가는 길이다. 둑 아래에는 세 개의 다리가 잇달아 놓인 채 물을 쏟아내고 있다. 배는 둑의 북쪽을 따라 동쪽으로 나아가 1리만에 다리를 뚫고서 남쪽으로 나아갔다.

다시 반리를 가자, 삼조교(三條橋)라는 조그마한 다리가 있다. 이 길은 북쪽의 중소에서 뻗어오는 한길이다. 물은 다리 동쪽을 뚫고서, 길은 다리 남쪽을 건너, 모두 남쪽으로 나아간다. 애초에 하인 고(顧)씨와 짐을 가지고 여기에서 기다리기로 약속했는데 보이지 않았다. 유씨는 갈림길에서 어디로 갈지 머뭇거렸다.

때는 어느덧 정오가 지난지라 배가 고팠다. 나는 손을 흔들어 유씨에게 작별을 고하면서 어서 돌아가라고 했다. 한길을 따라 남쪽으로 나아갔다. 길 동쪽을 바라보니, 조그마한 산이 움푹한 평지 속에 마치 문지방이 가로막듯 가로뻗은 채 움푹한 평지를 가로지르고 있다. 이곳은 덕원성의 옛 유적이다.

(『지』에 따르면, 예전에 육조六詔[1]가 아직 통일을 이루지 못했을 적에 남조南詔[2]가 오조의 우두머리를 모아 연말 모임을 열었다. 그런데 등섬조鄧睒詔의 아내가 남편에게 가지 말라고 권하면서 "이것은 간계이니, 틀림없이 변고가 있을 것입니다"라고 말했다. 그리하여 쇠팔찌를 남편의 팔에 채워 가게 했다. 나중에 오조의 우두머리가 모두 불에 타 죽어 시신을 가릴 수 없었는데, 등섬조만은 팔에 채운 쇠팔찌 덕분에 시신을 확인하여 돌아올 수 있었다. 후에 누군가 그녀를 강제로 욕보이려 하자, 다시 계략으로 그를 따돌리고 자살함으로써 모욕을 당하지 않았다. 그래서 후세 사람들이 '덕원'이라 하여 그녀를 표창했다.)

움푹한 평지 속에 가로놓인 산은 그다지 높지 않으며, 동서 양쪽의 끄트머리는 각기 커다란 산에 이어져 있지 않다. 산의 서쪽은 와우산(臥牛山)과의 사이에 끼어 있으며, 나시강과 등천역(鄧川驛)으로 가는 길이 이곳을 따라 나 있다. 산의 동쪽은 서산만의 산과의 사이에 끼어 있으며, 미저구강과 민지강의 두 줄기가 이곳을 따라 흘러간다.

남쪽으로 3리를 나아가, 그 서쪽의 골짜기에서 와우산 동쪽에 불쑥 튀어나온 산부리를 끼고서 나아갔다. 와우산은 등천주 동쪽에서 남쪽의 모래톱으로 뻗어내린 팔인 셈인데, 커다란 봉우리가 하나와 조그마한 봉우리 하나가 서로 이어져 뻗어내린다. 큰 것은 와우산이라 하고 작은 것은 상산(象山)이라 부른다. 토박이들은 코끼리는 작고 소는 크다고 여기며, 지금은 두 산을 모두 상산이라 일컫는다. 한데 모인 골짜기 사이에는 수십 가구의 민가가 길에 자리하고 있다. 이곳은 등천역이다.

역을 지나 1리를 가서 서쪽 산의 부리를 빙글 돌아올라서야 하인과 짐꾼을 따라잡았다. 남쪽을 바라보니, 이해는 상관(上關)의 북쪽에 쭉 다다르고, 덕원산이 가로뻗은 남쪽에는 평탄한 들판이 남쪽의 이해의 호숫가에 이어져 있다. 덕원산의 동쪽은 커다란 산이 남쪽으로 뻗어내린 등성이인데, 이곳에 이르러 역시 낮게 엎드린 채 동쪽으로 돌아들었다가 곧바로 이해 동쪽의 커다란 산에 이어진다. 대체로 만리를 달려온 산줄기는 이해의 북쪽에 이르러서야 낮게 뻗어간다.

산부리 남쪽에서 계속해서 서쪽 산에 기대어 남쪽으로 2리를 내려가 골짜기 어귀를 건넜다. 이 골짜기는 서쪽 산에서 뻗어나온다. 골짜기를 가로건너 남쪽의 비탈 사이를 올랐다. 다시 2리를 가자 패방이 길에 자리하고 있다. 비탈을 넘어 남쪽으로 나아가서야 이해와 가까워졌다.

모두 5리를 가자, 서쪽 산의 비탈이 동쪽을 향한 채 바다 속에서 불쑥 튀어나와 있다. 이곳은 용왕묘(龍王廟)이다. 남쪽 벼랑 아래에는 유어동(油魚洞)이 있고, 서쪽 산겨드랑이에는 '십리향'이라는 기이한 나무가 있다. 모두 이 일대의 기이한 명승이다. 남쪽의 사평(沙坪)을 바라보니, 비탈로부터 1리나 멀리 떨어져 있다. 서둘러 하인과 짐꾼에게 숙소를 찾아 식사를 준비하라 하고서, 나는 이 두 곳의 명승을 둘러본 다음에 점심을 먹기로 했다.

이에 한길을 따라 동쪽으로 반리를 가서 호숫가 벼랑을 내려갔다. 용왕묘는 동쪽의 커다란 호수를 굽어보고 있고, 몇 가구의 어부들이 용왕묘 속에서 살고 있다. 용왕묘 앞에는 움푹 팬 구덩이가 있고, 그 위에 다리처럼 바위를 걸쳐놓아 건너게 했다.

바위 남쪽에서 구덩이를 한 길 남짓 내려갔다. 이 구덩이는 남북의 가로가 두 길이고, 동서의 너비는 여덟 자이다. 그 아래는 좀 더 움패어 내려간다. 물길이 골짜기 바닥을 뚫고 흐르고 있는데, 수만 마리의 조그마한 물고기들이 그 안에 어지러이 모여 있다. 내가 오는 것을 보던 어부가 먹이를 가져와 한 주먹 뿌리자, 물고기가 떼 지어 몰려와 먹이를 먹었다. 아마 그 아래에도 보이지 않게 이해로 통하는 가느다란 구멍이 있을 터인데, 커다란 물고기는 보이지 않은 채, 손가락 크기만 한 물고기에 지나지 않는다.

유어동은 용왕묘가 있는 벼랑이 굽이진 곳에 있는데, 물과 바위가 서로 바짝 붙어 있다. 벼랑 안은 뒤로 물러나 물을 에워싼 채 한쪽이 터진 패옥처럼 동쪽을 향해 있으며, 벼랑 아래는 물속에 박힌 채 구멍이 훤히 뚫려 있다. 매년 8월 15일이 되면, 조그마한 물고기들이 이 속에 나타난다. 크기는 손가락만 하고 온몸에 기름이 잘잘 흐른다. 이 물고기는 이 일대에서 가장 맛있는 것으로, 10월이 지나면 다시 없어진다.

벼랑 뒤에는 바위조각이 연꽃의 갈라진 꽃잎처럼 솟구쳐 있다. 바위 틈새로 내려다보니, 그 바닥에 물이 찰랑거리고 있다. 아마 그 아래는 보이지 않게 통해 있을 것이다. 약간 서쪽으로 올라가자, 가운데가 우묵한 구덩이가 길 왼편에 자리하고 있다. 그 동쪽 벼랑의 발치에는 물결이 찰랑거린다. 역시 바깥과 통해 있는지라 호수의 물결과 함께 들락날락 한다.

그 곁을 따라 한길과 엇갈려 서쪽의 비탈을 올랐으나, 길을 찾지 못했다. 멀리 바라보니, 삼가촌(三家村)이 대나무숲 너머 서쪽의 골짜기 속에 자리하고 있다. 이에 서쪽으로 반리를 가서 비탈을 넘어 내려갔다가, 서쪽으로 반리를 더 가서 대나무숲을 타고 올랐다. 이어 서쪽 산을 따라 남쪽으로 1리를 가자, 차츰 길이 나왔다. 서쪽 겨드랑이로 돌아들어 반리만에 삼가촌에 이르렀다. 노부인에게 물으니, 기이한 나무는 마을 뒤쪽의 밭 사이에 있다고 가리켰다.

반리를 더 가서 그 나무 아래에 이르렀다. 높다란 이 나무는 깊숙한 언덕을 굽어보고 있으며, 남쪽을 향해 있는 나무줄기는 반쯤 빈 채 우뚝 곧추서 있다. 나무의 높이는 성성(省城)의 토주묘(土主廟)에 있던 기이한 나무의 절반에도 채 미치지 못하고, 잎사귀 역시 약간 작았다. 나무의 꽃은 황백색이고, 크기는 연꽃만하다. 꽃잎은 역시 열두 장인데, 달마다, 그리고 윤달에 한 장씩 늘어난다. 성성에서의 설명과 똑같다. 다만 꽃이 필 때 향기가 매우 멀리 퍼지기에, 토박이들은 이 꽃을 '십리향(十里香)'이라 일컫는다. 성성에서는 들어보지 못한 이야기이다.

대리부에는 바람, 꽃, 눈, 달의 네 가지 대단한 경관(하관下關의 바람, 상관上關의 꽃, 창산蒼山의 눈, 이해의 달)이 있는데, 상관은 이 꽃으로 널리 알려져 있다. 『지』에 따르면, 대리부의 특이한 산물로 목련화가 있다. 그러나 어디에 있는지 자세히 설명되어 있지 않고, 다른 곳에서도 들어본 적이 없다. 혹시 바로 이것이 아닐까? 꽃은 정월부터 2월 말까지 피었다가 지는데, 지금은 이미 꽃잎이 남아 있지 않아 향기도 맡을 수 없고 색깔도 볼 수 없다. 다만 나뭇가지를 어루만지면서 잎사귀를 분간할 따름이다.

이에 마을 남쪽에서 비탈을 내려와 남동쪽으로 모두 2리를 가서 사평(沙坪)에 이르렀다. 마을이 거리를 끼고서 자리하고 있다. 여인숙에 들어가니, 저녁밥이 이미 익어 있었다. 그런데 유씨가 청한 짐꾼이 이미 가버렸기에, 따로 짐꾼을 청해 내일 아침에 길을 떠나기로 했다.

---

1) 육조(六詔)는 당나라 때에 지금의 운남성과 사천성 남서부 지역에 있었던 여섯 부락의 총칭이다. 조(詔)는 왕 혹은 우두머리를 의미한다.
2) 남조(南詔)는 육조 가운데의 한 나라로서, 성당 시기에 수립되었다가 당나라 말기에 귀족인 정매사(鄭買嗣)에게 멸망당했다. 번성했을 때에는 운남성 전역, 사천성 남부 및 귀주성 서부 지역을 통치했다.

3월 11일

아침 일찍 밥을 짓고, 날이 밝아 짐꾼이 오자 길을 떠났다. 사평에서 남쪽으로 1리 남짓을 가자, 서쪽 산의 갈래가 또 가로누운 채 동쪽으로 불쑥 튀어나와 있다. 이곳은 용수관(龍首關)으로, 점창산(點蒼山)의 북쪽 경계의 첫 번째 봉우리이다. 남쪽으로 뻗어있는 봉우산이 화전초(花甸哨)의 남쪽 고개를 건너뻗어 북동쪽으로 돌아드는 것이 용왕묘 뒤쪽의 여러 산이고, 이어 구불구불 등천주의 와우산과 계시산을 따라 뻗어오다가, 북쪽으로는 천마산에서 끝나고, 남쪽으로 치솟은 것이 점창산이다. 점창산의 동쪽 자락이 북쪽으로 돌아드는 것이 실제로는 이곳에서 시작하기에 '용수(龍首)'라고 일컫는다. (『일통지』는 점창산 열아홉 봉우리를 남쪽에서 북쪽으로의 차례대로 늘어놓았는데, 용의 꼬리를 거꾸로 용의 머리로 여기고 있다.) 산자락과 바다가 엇섞인 곳에 견고한 성이 길가에 자리하고 있다. 이곳은 대리부 북문의 요새로, 이해의 상류에 의지하고 있기에 흔히 상관이라 일컫는다.

성의 북문을 들어가 반리만에 남문으로 나왔다. 이어 점창산의 동쪽 기슭을 따라 남쪽으로 나아갔다. 높다란 서쪽 봉우리를 바라보니, 대부분 움푹 꺼져 내린다. 대체로 뒤쪽은 병풍을 늘어세운 듯하고, 앞쪽은 소매를 이은 듯한데, 이른바 열아홉 봉우리는 모두 오로봉(五老峰)처럼 어깨를 나란히 하고 있으며, 가운데는 움푹 꺼져 구렁을 이루고 있다.

남쪽으로 2리를 가서 두 번째 골짜기의 남쪽을 지나자, 마을이 한길의 오른편에 자리하고 있다. 이곳은 파라촌(波羅村)이다. 마을의 서쪽 산기슭에 협접천(蛺蝶泉)이라는 기이한 곳이 있다. 내가 이곳에 대해 들은 지 오래되었는데, 이곳에 이르니 토박이들이 서쪽을 가리켰다. 이에 하인과 짐꾼에게 먼저 삼탑사(三塔寺)로 가서 하소아(何巢阿)가 지내고 있는 승방에 가 있으라 하고서, 나는 홀로 마을 남쪽에서 서쪽의 기슭을 바라보면서 달려갔다.

반리를 가자 샘물이 졸졸 흐르고 있다. 물길을 거슬러 서쪽으로 반리를 더 가서 산기슭에 이르렀다. 아름드리나무가 벼랑에 기대어 우뚝 솟구쳐 있고, 그 아래에 샘이 있다. 샘물이 동쪽을 향한 채 나무뿌리의 구멍에서 철썩이면서 흘러나온다. 맑고 깨끗하여 구경할 만했다. 약간 동쪽으로 그 아래에 또 한 그루의 작은 나무가 있고, 조그마한 샘이 있다. 역시 나무뿌리에서 철썩이면서 흘러나온다. 두 곳의 샘물은 한 길 크기의 네모진 못을 이루고 있다. 곧 방금 거슬러올랐던 물길의 상류이다.

샘 위에는 커다란 나무가 있다. 이 나무는 4월 초에 호랑나비 모양의 꽃을 피운다. 더듬이와 날개가 생생하여 살아 있는 나비와 다를 바 없다. 또한 수많은 진짜 나비가 더듬이와 다리를 서로 이은 채, 나무꼭대기에서부터 거꾸로 매달려 내려와 샘물 위에 드리우는데, 어지러이 이어진 채 오색빛이 찬란하다. 구경꾼들이 이 달부터 모여들다가, 5월이 지나면 끝이 난다.

내가 광서성(廣西省) 삼리성(三里城)에 있을 때, 참장인 육(陸)씨가 내게 이 기이한 광경을 이야기한 적이 있다. 이곳에 왔으나 때가 일러 꽃은 아직 피지 않았다. 토박이들에게 물으니, 어떤 이는 호랑나비는 이 꽃이 변한 것이라 하고, 또 어떤 이는 꽃모양이 비슷하기에 나비 종류를 끌어들인 것이라고 하는데, 누구의 말이 맞는지 알 수 없었다.

그러나 용수관에서 남북으로 몇 리밖에 떨어져 있는 거리에 두 가지 기이한 꽃이 있건만, 한 곳은 이미 져버려 아쉽고, 다른 한 곳은 아직 피지 않아 안타깝다. 두 곳 모두 한 달이 채 안되는 시간으로 인해 볼 수 없다. 이에 나뭇가지를 꺾고 그 잎사귀를 그린 후에야 길을 떠났다.

얼마 후 산 북쪽의 두 번째 골짜기를 바라보았다. 골짜기 어귀는 마주한 채 문처럼 바짝 붙은 채, 서로 떨어진 거리가 멀지 않다. 북쪽으로 어귀를 올라갔다. 처음에는 길이 없더니, 2리만에 골짜기 남쪽에 가까워지자 동쪽에서 뻗어오는 길이 나왔다. 이 길을 따라 서쪽으로 올라갔다. 비탈이 대단히 가파르다. 길에 있던 나무꾼들이 어디로 가느냐고 묻기에, 산의 풍광을 찾아간다고 대답했다.

그러자 한 사람이 "이 길은 골짜기의 남쪽을 따라 쭉 올라가는데, 나무꾼들이 다니는 길로, 달리 기이한 경관이 없습니다. 남쪽 골짜기 속에 고불동(古佛洞)이 있는데, 대단히 기이하지요. 하지만 까마득한 벼랑에 깎아지른 듯한 절벽인지라 갈 수 없을 듯하고, 안내하는 자 없이는 찾을 수도 없을 겁니다"라고 말했다. 그러자 노인 한 분이 흔연스레 "그대가 만리 먼 곳에서 오셔서 험한 길을 마다하지 않으니, 내 어찌 앞장서 안내하는 일을 마다하겠소?"라고 말했다.

이에 나는 두루마기를 벗고, 꺾어든 호랑나비 나뭇가지를 등에 진 채 길에 올랐다. 서쪽으로 3리를 올라가 남쪽으로 꺾어졌다가 완만하게 3리를 오른 뒤, 서쪽으로 허공에 매달린 채 올라갔다. 2리를 더 가서 마침내 남쪽 골짜기 위에 올랐다. 이곳은 세 번째 골짜기이다.

여기에서 골짜기 위를 따라 서쪽으로 나아갔다. 위아래는 온통 까마득한 벼랑과 깎아지른 듯한 절벽인데, 쌓인 눈이 바위벼랑 사이에 하얗게 반짝이고 솟아오른 태양이 눈을 비추니, 화사한 빛에 눈이 부셨다. 아래로 남쪽 봉우리를 굽어보니, 벼랑과 나란히 치솟은 채 골짜기를 이루고 있다. 골짜기 속에는 움푹 꺼져내린 구렁이 깊고도 아득하며, 골짜기 바깥에는 동쪽의 한길에 닿아 있다. 훤히 트인 골짜기 어귀에는 대단히 번성한 마을이 자리하고 있다. 이곳 벼랑의 남쪽 아래는 온통 깎아지른 듯한 바위인지라, 북쪽의 비탈을 기어올라 남쪽으로 돌아들었다가 서쪽으로 들어가지 않으면 안되었다.

다시 서쪽으로 2리를 올라가자, 벼랑의 바위는 더욱 험하고 가파르다. 맞은편 벼랑 역시 봉긋 솟은 채 빙글 둘러싸고 있다. 대체로 방금 전까지는 여전히 아래 벼랑이 서로 마주하더니, 이곳에 이르자 위쪽의 봉우리가 모두 한데 모여 있다. 다시 1리를 올라 벼랑을 감돌아 차츰 북쪽으로 나아갔다. 바위 하나가 발 아래에 시렁처럼 가로놓여 있다. 위쪽의 벼랑은 날듯이 치켜들린 채 허공을 찌르고 있고, 아래쪽의 벼랑은 그림자를 거꾸로 드리운 채 바닥이 보이지 않는다.

길을 안내하던 노인은 "위쪽 벼랑의 겨드랑이 사이에 대수동(大水洞)이라는 동굴이 있고, 아래쪽 벼랑의 겨드랑이 사이에는 고불동이라는 동굴이 있다오"라고 말했다. 그런데 사방을 둘러보아도 길이 없었다. 안내하는 노인이 "이 시렁바위가 예전에 위쪽 벼랑에서 떨어져내려 아래 동굴 위를 내리누르는 바람에 길이 막히고 말았소"라고 말했다.

그리하여 시렁바위의 서쪽을 따라 나뭇가지를 붙들고서 쭉 내려왔다. 그 아래에 과연 남쪽을 향해 있는 동굴 입구가 있으나, 위에서는 보이지 않는다. 동굴 입구는 갈라진 틈새처럼 보이는데, 높긴 해도 넓지는 않으며, 가운데가 세 층으로 나누어져 있다. 푹 꺼져내린 아래층은 마치 마른 우물처럼 보인다. 몸을 굽혀 내려다보니 깊고도 아득하여 바닥이 보이지 않는다. 예전에는 내려가는 층계를 놓았기에 등불을 밝혀 매우 깊숙이 들어갔지만, 지금은 층계도 없어지고 등불도 없는지라 내려갈 수 없었다.

가운데층은 꽃잎이 갈라지고 창살을 늘어놓은 듯하다. 안쪽의 깊이는 세 길이고, 바위는 반질반질 깨끗하다. 동굴은 비좁으나 환하여, 마치 휘장을 헤친 채 정자에 서 있는 듯하다. 그 안에 앉아 골짜기를 따라 눈길 가는 대로 바라보니, 멀리 호수빛이 마주 보인다. 동굴 입구 위에는 한가운데에 바위가 드리워져 있다. 영락없이 용의 머리가 거꾸로 매달려 있고, 옥구슬로 만든 목걸이가 가운데에 걸려 있는 듯하다.

위층은 가운데 동굴의 오른쪽 벼랑 뒤에 있는데, 허공을 감돌아 위로 뚫려 있다. 얼핏 제법 아늑해 보이건만, 가운데 동굴의 양쪽 벼랑이 깎아지른 듯하여 안으로는 따라오를 수가 없다. 그 앞쪽 입구의 비좁은 곳에는 양쪽 벼랑이 가운데로 모여들어 있다. 왼쪽 벼랑은 앞면이 깎여 있고, 바위의 흔적이 마치 원숭이처럼 보인다. 그 끄트머리는 약간 깎이고 머리는 계란 크기만 하다. 원숭이의 머리를 딛고서 오른쪽 벼랑을 건너뛰어 윗동굴로 들어갈 수 있을 듯했다.

그렇지만 오른쪽 벼랑이 비스듬히 기울어 있고, 왼쪽 벼랑은 비록 두 자 남짓밖에 떨어져 있지 않지만 손으로 달리 붙들 것이 없다. 게다가 원숭이 머리를 내민은 발이 겨우 절반밖에 되지 않는지라 뛰어오르기가 몹시 어려웠다. 이전에는 가로놓인 판자를 타고 넘어갔다고 하지만, 지금은 도무지 찾을 길이 없다.

나는 한참동안 이리저리 헤맸으나, 끝내 건너지 못한 채 내려오고 말았다. 안내하는 노인은 이렇게 말했다. "몇 년 전에 어느 스님 한 분이 이 벼랑 사이에 살면서 불상을 많이 가져다놓았기에 '고불'이라 일컬었다오. 그런데 스님이 떠나고 불상이 옮겨지고 나서는, 층층이 쌓인 층계도, 매달린 사다리도 모두 못쓰게 되어 없어지고, 지금은 어느새 막혀버리고 말았소" 나는 막혀 있지 않으면 오히려 기이하지 않으리라는 생각이 들었다.

이에 다시 시렁바위를 올라 동굴입구에서 벼랑을 더위잡아 기어올랐다. 벼랑 역시 틈새로 들어가자 문을 이루고 있고, 남쪽을 향해 있는 입구 역시 높기는 해도 넓지는 않다. 이런 점은 아랫동굴과 마찬가지이지만, 층층이 쌓인 기이함은 느낄 수 없었다. 왼쪽 바위조각이 아래로 드리워져 있는데, 두들겨보니 종소리가 울려나왔다.

북쪽으로 세 길을 들어가니, 골짜기는 끝이 났다. 벼랑을 기어올랐다. 뒤쪽 암벽의 중턱에는 웅덩이가 있고, 바깥에는 바위조각이 솟구쳐 있으며, 그 가운데는 절구처럼 움푹 도려내어져 있다. 손으로 만져보니 안은 둥글고 바닥은 평평하다. 천연으로 이루어진 샘물 저장 용기인 셈이다. 그 위에는 하얀 자국이 동굴 꼭대기에서 아래로 늘어져 있다. 마치 옥룡이 거꾸로 서 있는 듯하다. 물이 떨어지면서 만든 자국이다. 절구 옆에는 하얀색 자기 그릇이 하나 놓여 있다. 예전에 누군가 물을 마시려고 놓아둔 것이리라. 한참동안 구경하다가 시렁바위를 내려왔다. 안내하던 노인은 뒤쪽 골짜기로 나무하러 떠나고, 나는 벼랑을 따라 동쪽으로 내려왔다.

3리를 가서 남쪽 벼랑의 어귀에 이르렀다. 길은 북쪽으로 돌아드려는데, 그 옆으로도 조그마한 갈림길이 보였다. 동쪽을 향해 풀과 바위 사이로 나 있어 북쪽으로 에돌아가지 않을 듯하다. 그래서 이 갈림길을 따라 내려갔다. 내리막길은 대단히 가파르고, 길은 번번이 끊어졌다가 다시 이어졌다.

동쪽으로 3리를 내려와 남쪽으로 꺾어졌다. 다시 3리를 완만하게 내려와 기슭에 이른 뒤, 동쪽으로 흘러가는 산골물을 건넜다. 산골물 남쪽에는 커다란 바위가 봉긋 솟아 있는데, 방목하는 이들이 그 위에 걸터앉아 있었다. 내가 북쪽의 벼랑에서 내려오는 것을 보더니 다투어 쳐다보지만, 내가 누구인지는 알지 못했다.

다시 남쪽으로 1리 반을 가서 주성촌(周城村) 뒤쪽에 이른 뒤, 동쪽으로 반리를 나와 길을 끼고 있는 거리로 들어섰다. 이곳은 용수관에서 뻗어오는 한길이다. 이때 어느덧 몹시 배가 고팠다. 그런데 대리부로 가는 길을 물어보니, 아직도 60리나 된다고 한다. 이에 서둘러 엎어지고 넘어지면서 발걸음을 재촉했다.

멀리 이해의 동쪽 만을 바라보니, 점창산이 서쪽에 늘어서 있다. 이 산의 열아홉 봉우리가 나란히 줄지어 서 있으나, 대체적인 형세는 가운데에서 두 겹으로 나누어져 있다. 북쪽의 한 겹은 용수관에서 남쪽의 홍규산(洪圭山)에 이른다. 동쪽으로 뻗어나온 그 갈래는 홍규산의 뒤쪽에서 다시 솟구쳐 남쪽의 한 겹을 이룬 뒤, 무위산(無爲山)에서 남쪽의 용미관(龍尾關)에 이르러 그 갈래는 끝이 난다.

홍규산의 뒤쪽에는 북서쪽의 화전초로 통하는 골짜기 있고, 홍규산의 앞쪽에는 그 갈래가 동쪽으로 뻗어나온 곳에 어느 마을이 있다. 동쪽으로 더 나아가 곧장 이해의 중앙쪽을 바라보니, 아비취(鵝鼻嘴), 곧 나찰석(羅刹石)이 보인다. 산은 이곳을 따라 두 겹으로 겹쳐있을 뿐만 아니라, 호수 역시 두 겹으로 경계가 지워진다. 13리를 가서 어느 마을의 서쪽을 지났다. 서쪽을 바라보니 산으로 오르는 길이 있다. 화전초로 가는 길이다. 동쪽을 바라보니 마을이 있는데, 민가가 대단히 많다.

다시 남쪽으로 나아가 동쪽으로 뻗어내린 언덕을 넘어 4리만에 이포(二鋪)를 지났다. 이어 15리를 더 가서 두포(頭鋪)를 지나고, 다시 13리를 가서 삼탑사(三塔寺)에 이르렀다. 대공(大空)의 산방에 들어서니, 하소아가 그의 어린 아들과 함께 문에서 기다리고 있었다. 각종(覺宗) 스님이 내온 술로 허기진 배를 달랜 후, 밥을 먹었다. 밤에 하소아와 함께 절을 나와 탑 아래를 이리저리 거닐다가 다리에 걸터앉았다. 소나무 그늘과 탑의 그림자가 눈의 흔적과 달빛 사이로 어른거렸다. 마음이 고요히 가라앉았다.

3월 12일

각종 스님이 말을 준비하고 식사를 손에 든 채, 하소아와 함께 청벽계(淸碧溪)를 유람하기 위해 기다리고 있었다. 절을 나서자마자 남쪽으로 나아가 3리만에 소지방(小紙房)을 지난 뒤, 남쪽으로 더 나아가 대지방(大紙房)을 지났다. 대지방의 동쪽은 대리부 부성의 서문이고, 그 서쪽 산 아래는 바로 연무장이다.

남쪽으로 1리 반을 더 가서 석마천(石馬泉)을 지났다. 석마천은 비탈의 움푹 꺼진 곳에 있고, 물은 여기에서 넘쳐흘러 나온다. 풍원성(馮元成)은 이 샘물의 맑고 시원함이 혜산(慧山)의 샘물에 못지않다고 여겼다. 벽돌을 쌓은 네모진 못이 만들어져 있고, 그 위에 버려진 터가 있는데, 모두 풍원성의 유적이다. 『지』에는 "샘물 속에 지는 해가 비치면 돌말이 있는지라, 석마천(石馬泉)이라 일컫는다"고 씌어 있다.

남쪽으로 반리를 더 가자 일탑사(一塔寺)가 나오는데, 그 앞에 제갈사(諸葛祠)와 서원이 있다. 남쪽으로 더 나아가 중화봉(中和峰)과 옥국봉(玉局峰)의 두 봉우리를 지났다. 6리를 가서 한 줄기 시내를 건넜다. 물길이 꽤 크다. 다시 남쪽으로 가자, 봉우리가 동쪽으로 빙 두른 채 뻗어내린다.

2리를 더 가서 봉우리의 언덕 남쪽을 감돈 뒤, 서쪽으로 오솔길을 찾아 골짜기로 들어섰다. 골짜기 안에서 서쪽을 바라보니, 겹겹의 봉우리가 어우러져 돋보이고, 최고봉은 그 뒤에 자리하고 있다. 봉우리에는 한 줄기 눈 쌓인 자국이 홀로 높이 드리워져 있다. 마치 한 필의 하얀 비단이 푸른 산을 나누는 듯하다. 골짜기 가운데에서 동쪽으로 쏟아지는 시내는 청벽계의 하류이다.

시내 북쪽에서 언덕을 타고서 서쪽으로 올라 2리를 갔다. 왼쪽의 언덕 위에 있는 무덤은 완상빈(阮尙賓)의 무덤이다. 무덤 뒤에서 서쪽으로 2리를 가서 험준한 길을 따라 벼랑에 올랐다. 이 벼랑은 시내 위에 높이 봉긋 솟은 채, 맞은편 벼랑과 마치 문처럼 나란히 불쑥 치솟아 있다. 위는 높이 치솟아 있고 아래는 깎아지른 듯 가파르며, 그 사이로 시내가 세차게 흘러간다. 이곳 안쪽에서부터 시내는 아래로 깊이 움패어 있고, 벼랑은 위에 양쪽으로 서 있다. 모두 비스듬히 기운 채 바짝 붙어 있는지라 깊고 아득하다.

길은 벼랑의 가장자리를 따라 북쪽 봉우리에 바짝 붙어 서쪽으로 뻗어있다. 1리 남짓을 가자, 말을 타고서는 갈 수 없다. 이에 수행하는 사람에게 시냇가에서 말을 지키라 하고, 하인 고씨 역시 이곳에 멈추어 있으라 했다.

나는 하소아 부자 및 스님 두 분과 함께 시내를 거슬러 들어갔다. 여러 차례 시내의 남북을 건너 1리를 가자, 커다란 바위가 산골물 곁에 웅크리고 있고, 양쪽 벼랑에는 온통 가파른 바위들이 쌓여 있다. 서쪽을 바라보니 안쪽의 문은 양쪽으로 높이 솟구쳐 있고, 가운데는 갈라져 마치 한 줄기 선과 같다. 뒤쪽의 봉우리에는 한가운데로 눈이 드리운 채 층층이 어우러져 돋보이니, 마치 한 폭의 베를 늘어뜨린 듯하다. 대단히 그윽하고도 기이하다. 각종 스님이 문득 광주리를 풀어 술을 따르더니, 세 번이나 술을 권했다.

다시 서쪽으로 반리를 가자, 시냇물이 골짜기를 내달려 바위 사이를 흐르고 있다. 바위색깔은 매끄럽고 무늬가 찬란하여, 그윽한 산림의 정취를 한껏 풍기고 있다. 여기에서 벼랑을 감돌아 올라 1리 남짓을 가자, 북쪽의 봉우리가 약간 트이고 봉긋한 평지가 나타났다. 다시 서쪽으로 반리를 가서 평지에서 서쪽으로 내려왔다가 산골물과 다시 만났다.

산골물을 따라 서쪽으로 반리를 가서 양쪽에 긴 문 아래에 바짝 다가섰다. 물이 문 가운데에 불쑥 솟은 벼랑에서 떨어진다. 높이는 한 길 남짓이며, 아래에 맑은 못을 이루고 있다. 못은 넓이가 두 길 남짓인데, 영롱하게 반짝이는 물결이 깊다는 느낌을 주지는 않는다. 하지만 불쑥 솟은 벼랑의 고랑이 물에 잠겨 있는데다, 높이는 한 길 남짓이지만 미끄러워 발을 딛을 수 없었다.

이때 나는 물장난을 치느라 눈치채지 못했는데, 두 스님은 이미 벼랑을 넘어가고, 하씨 부자는 산골물의 북쪽을 따라 오르고 있었다. 나 홀로 못 위에서 길을 찾았으나 찾아내지 못했다. 이에 봉우리의 고랑을 타고서 물과 길을 다투었다. 바위에 미끄러지면서 물과 함께 못 속으로 쏟아져 내리니, 물은 목까지 찼다. 급히 뛰쳐나와 바위에 걸터앉아 옷을 비틀어 짰다.

북쪽 벼랑을 기어서 벼랑 위에 올랐다. 방금 전에 발이 미끄러졌던 고랑을 굽어보니, 비록 높이는 한 길 남짓이지만, 그 위의 물길은 깎아낸 듯이 구불구불하고 미끄럽기는 더욱 심하다. 설사 첫 층에 오른다 해도, 그 사이로 오르내리기에는 딛을 만한 계단이 없었다.

다시 서쪽 벼랑을 넘어 아래를 굽어보니, 그 안에 못이 있다. 못의 길이와 너비는 각각 두 길 남짓인데, 순록색의 물빛에다 일렁거리는 물결 위에 검푸른빛이 떠돈 채 벼랑과 골짜기를 비추고 있다. 정오의 햇살이 물속을 비추어 금빛과 비췃빛이 엇섞이니, 이러한 광경은 참으로 일찍이 보지 못했던 것이다.

못의 삼면은 암벽에 우묵하게 빙 둘러싸여 있고, 남북 양쪽의 바위문의 암벽은 하늘 높이 치솟아 있다. 암벽의 뒤쪽은 바로 골짜기 바닥의 바위이며, 높이는 역시 두세 길이다. 바위의 발치는 움패어 있고 바위의 윗부분은 불쑥 튀어나와 있으며, 아래는 양옆과 이어져 하나의 바위를 이루고 있다. 마치 반으로 갈라진 항아리와 같은데, 못으로 흘러들만한 틈새가 한 치도 없다. 또한 불쑥 튀어나온 바위 윗부분은 마치 처마처럼 못을 뒤덮고 있는데, 역시 벼랑에서 아래로 떨어지는 물이 한 방울도 없다. 물은 못 속에서 문득 동쪽으로 넘쳐흘러 요란한 소리를 내면서 고랑 속으로 흘러들었다. 마치 용이 골짜기를 박차 오르는 듯하다.

나는 벼랑 가장자리에서 이 광경을 굽어보다가, 급히 벼랑을 기어내려 못가의 바위에 걸터앉았다. 못의 모습이 마음의 온갖 잡념을 씻어줄 뿐만 아니라, 터럭 한 올 땀구멍 하나라도 맑고 깨끗해지는 느낌이 든다. 서둘러 젖은 옷을 벗어 바위 위에 말리고, 흐르는 물에 발을 씻으면서 따사로운 햇살을 등에 받으니, 차가운 물은 번뇌를 씻어내고 따뜻한 햇살은 솜이불을 품은 듯하다. 하씨 부자 역시 온갖 애를 써서 험준한 곳을 기어올라오더니, 기묘한 절경에 탄성을 질렀다.

한참 뒤에 벼랑의 해는 서쪽으로 기울고, 옷도 차츰 말랐다. 옷을 걸쳐 입고서 다시 벼랑 끄트머리로 올랐다가, 그 위를 따라 다시 서쪽의 골짜기의 어귀로 바짝 다가갔다. 이곳은 못 왼쪽에 빙 둘러 있는 벼랑 위이다. 그 북쪽에는 위에서 덮어내린 벼랑이 시렁처럼 허공에 떠 있다. 정자처럼 쉬어갈 만하다. 또한 앞쪽의 손바닥만한 땅에는 평대처럼 벽돌을 쌓아 놓았는데, 아래로 맑은 못을 굽어볼 수 있으나, 험준하고 비좁아 전체의 모습이 다 보이지는 않았다.

앞으로 나아가 나는 그 안을 따라 다시 어귀 안쪽의 두 곳의 못을 다시 살펴보고 싶었다. 그래서 눈이 쌓인 봉우리를 오르려 했다. 하씨 일행은 따라오지도, 만류하지도 않은 채, "우리는 나가서 말이 쉬고 있는 곳에서 기다리겠습니다"라고만 말했다. 나는 북쪽 벼랑이 가운데로 늘어뜨려진 곳을 돌아들어 서쪽으로 쭉 올라갔다. 1리를 가자 동쪽에서 뻗어오는 길이 높다랗게 봉긋 솟은 평지에서 뻗어왔다. 이 길을 따라 구불구불 서쪽으로 오르는데, 길이 몹시 가파르다.

1리 남짓을 가서 골짜기 어귀의 북쪽 꼭대기를 넘은 뒤, 완만하게 서쪽으로 반리를 갔다. 그 안쪽에는 양쪽 벼랑의 암벽이 나란히 높다랗게 솟아 있고, 어귀 안쪽에는 상류의 산골물이 바닥 깊이 움패어 있다. 길가의 북쪽 벼랑의 가파른 암벽에는 아무 자국이 없어 앞으로 건너갈 수 없는지라, 벼랑을 따라 허공에 설치한 석판을 잔도로 삼아 네댓 길을 건너갔다. 이곳은 양교(陽橋) 또는 선교(仙橋)라고 일컫는다. 다리 아래는 바로 어귀 안쪽의 두 번째 못물이 고인 곳인데, 바위에 가려져 보이지 않았다. 다리를 건너 북쪽으로 나아가자, 첩첩이 쌓인 바위가 암벽 사이에 붙어 있다.

약간 북쪽으로 나아가자, 첩첩이 쌓인 바위가 북북으로 끊겼다. 이에 그곳의 층계를 타고서 남쪽의 산골물 바닥으로 내려갔다. 바닥에는 조그마한 물길이 있다. 이 물은 바위 사이를 뱀처럼 흐르다가, 서쪽의 첫 번째 못에서 두 번째 못으로 쏟아져내린다. 이때 두 번째 못은 이미 지났는데도 미처 깨닫지 못한 채, 그저 산골물을 바라보면서 서쪽으로 나아갔다.

양쪽 벼랑은 다시 문처럼 나란히 마주하고, 문 아래에는 또 두 개의 커다란 바위가 마주 솟구쳐 있다. 위에는 집처럼 평평하게 덮인 바위가 있으나, 그 뒤쪽은 막혀 있다. 덮인 바위집 아래에도 그 속에 물이 고여 있다. 역시 맑고 푸르며 깊으나, 크기는 바깥 못의 절반도 채 되지 않는다. 뒤쪽이 막힌 암벽 위에는 물이 위쪽의 산골물에서 흘러내리니, 졸졸거리는 물소리가 끊이지 않는다. 물은 앞쪽의 바위 사이를 따라 동쪽의 두 못으로 흘러든다.

나는 서쪽으로 올라가기에 급한지라, 산골물을 따라 바위를 타고 올라갔다. 이곳의 산골물 속에는 가느다란 물길이 없는데, 바위는 물에 부딪쳐 씻긴 채 오염되어 있기는커녕 더욱 빛나고 매끄럽다. 작은 바위는 밟고 커다란 바위는 기어오르며, 더욱 커다란 바위는 그 사이로 돌아들었다가 층계를 타고 올랐다. 위쪽의 양쪽 벼랑을 바라보니, 까마득히 곧 추서 있다. 더욱 웅장하기 그지없다.

차츰 2리를 오르자, 골짜기의 바위는 봉긋이 높다랗게 솟아 있다. 그 러나 미끄러워 오를 수 없었다. 이에 북쪽의 벼랑을 따라 돌아들어 대 나무숲속으로 올라갔다. 벼랑의 발치에는 오솔길이 빽빽한 대나무숲에 가려져 있다. 대나무를 헤치고 나아갔다. 2리를 더 가자 절벽 아래에서 사람들의 말소리가 들려왔다. 나무꾼들이 이곳에서 마른 나뭇가지를 주 워 묶은 뒤 돌아가려다가 나를 보더니, 앞쪽에는 길이 없어서 더 이상 넘어갈 수 없다고 말해주었다.

나는 그들의 말을 믿지 않은 채, 무성한 대나무숲을 헤치면서 서쪽으 로 올라갔다. 이곳의 대나무는 형체가 점점 커지고 차츰 빽빽해지더니, 길은 흔적도 없이 끊겨버렸다. 나는 숲속을 헤치면서 두건도 벗고 옷도 풀어헤친 채 대나무를 밧줄 삼아 1리 남짓을 기어올랐다. 그 아래의 구 렁 바닥의 산골물은 다시 북쪽으로 빙글 돌아든다. 산골물은 눈이 쌓인 채 드리워진 뒤쪽 봉우리와 함께 두 겹으로 나누어진다. 더 이상 오를 길이 없었다. 듣자하니, 청벽간에는 뒷고개를 넘어 양비(漾濞)로 통하는 길이 있다고 하는데, 설마 산골물을 따라 바위를 타는 길이겠는가?

때는 어느덧 오후에 들어서 있었다. 배가 몹시 고픈지라 서둘러 내려 왔다. 마침 땔감을 짊어진 나무꾼이 나무숲을 기어오고 있었다. 왔던 길 을 되짚어 5리만에 첫 번째 못을 지나고, 물길을 따라 나아가 두 번째 못을 구경했다. 이 못은 골짜기 어귀가 좁다랗게 조여드는 안쪽에 자리 하고 있으며, 왼쪽 벼랑에는 양교가 위에 높이 걸려 있다. 못의 왼쪽에 서 층계와 틈새를 타고서 양교에 올랐다가 동쪽 고개를 넘어 내려갔다.

4리를 가서 높다랗게 봉긋 솟은 평지에 이르렀다. 서쪽 산골의 못을 바라보니, 이미 사람의 모습이 보이지 않았다. 그래서 급히 동쪽으로 내 려와 시내를 따라 나와, 3리만에 말이 쉬고 있는 곳에 이르렀다. 하씨 일행은 이미 떠나고, 하인 고씨만이 남아 이곳에서 밥을 지키고 있었다.

식사를 하고서 동쪽으로 나왔다.

3리 반을 가서 완상빈의 무덤을 지났다. 이어 무덤 오른쪽을 따라 내려가 산골물을 건너 산골물 남쪽으로 동쪽의 고개를 올랐다. 길은 남쪽의 높은 고개를 넘어야 감통사(感通寺)로 가는 샛길일 터인데, 나는 동쪽의 잔갈래를 넘어 3리만에 동쪽 기슭의 중턱으로 내려갔다. 방목하는 이가 감통사로 가는 길은 남서쪽으로 높은 등성이를 넘어가야 한다고 가리켰다. 그래서 다시 남서쪽으로 꺾어져 올랐다가, 벼랑을 바라보면서 올라갔다. 그러나 끝내 걸을 만한 길이 보이지 않았다.

2리를 가서 고갯마루에 오른 뒤, 고개 남쪽을 따라 서쪽으로 나아갔다. 3리를 가서 약간 내려와 골짜기 하나를 건너서 남쪽으로 돌아들었다. 소나무와 노송나무가 무성하게 이어져 있고, 절들이 높거니 낮거니 자리하고 있다. 이곳은 탕산(宕山)이며, 감통사는 그 가운데에 자리하고 있다.

삼탑사와 감통사에는 각기 36곳의 승방이 있다. 삼탑사의 승방은 양쪽에 늘어서 있고, 절 앞의 산문을 출입구로 삼고 있다. 반면 감통사는 벼랑을 따라 숲에 의지한 채, 각기 하나의 사원을 이루고 있는데, 총괄하는 산문은 없다. 정전이 있는 곳은 여러 승방과 나란하며, 정전의 주지 스님은 대운당(大雲堂)에 지내신다. 그래서 뭇사람들은 그를 대운당이라 부른다.

이때 하씨 일행이 어느 곳에 머물러 있는지 알지 못한지라, 승방마다 찾아다니면서 물었다. 이 가운데 반산(斑山)이라는 승방은 양신(楊愼)의 사운류(寫韻樓)의 옛터이다. 애초에 하씨가 이곳에 머무르겠노라고 들었는지라, 승방의 문을 지났다. 그런데 마침 문 앞에 단을 세운 채 불법을 논하고 있기에, 틀림없이 이곳에 없으리라 여겨 묻지도 않고 떠났다.

뒤쪽에서 누군가 쫓아오더니 나를 붙들고서 승방으로 돌아가자고 했다. 내가 동행하는 이들을 찾으러 가야한다고 말하자, 그는 "제가 그들이 머물러 있는 곳을 알고 있으니, 시주밥을 드신 후에 가시지요"라고 말했다. 내가 그의 모습을 보니 일찍이 한 번 본 듯하나, 어디에서 만났는지 기억나지 않았다. 찬찬히 뜯어보니 왕갱우(王賡虞)란 사람이었다. 그는 위후(衛侯)의 아들로서 대리부의 학생인데, 전에 대각사(大覺寺)의 편주(遍周) 법사의 처소에서 만난 적이 있었다. 오늘은 그의 할머니의 기일인지라 아버지를 따라와 이곳에 와 불법을 논하는 것을 지켜보고 있던 터였다. 그는 내가 지나가는 것을 보자, 부자가 모두 잘 아는지라 식사를 하라며 나를 붙든 것이었다.

식사를 하고 있자니, 하씨가 나를 모셔오라고 스님을 보냈다. 식사 후 날이 저물었기에, 모시러온 스님과 함께 대운당 앞을 지나 북쪽으로 올라 하씨가 묵고 있는 정실을 찾아갔다. 다시 그와 더불어 자리에 앉아 술을 마셨다. 밤의 달빛은 전날만큼 휘영청 밝지는 않았다.

3월 13일

하씨와 함께 다른 승방에 시주밥을 먹으러간 김에, 여러 사원을 두루 둘러보았다. 마침 산두견화가 만발한지라, 각 사원마다 찬란하지 않은 곳이 없었다. 대청의 뜨락 바깥에 소나무와 높다란 대나무가 우뚝 자라 있고, 차나무가 사이사이에 섞여 있다. 서너 길의 높이의 차나무는 계수나무와 흡사하다. 마침 차를 따는 때인지라 사다리를 놓고 나무에 오르지 않는 이가 없었다. 차맛은 꽤 좋으며, 볶은 뒤에 햇볕에 말리는데, 색깔은 검푸른빛을 띠고 있다.

얼마 지나지 않아 정전에 들어가니, 산문 역시 웅장하고 널찍하다. 정전 앞에는 돌로 만든 정자가 있고, 가운데에 태조(太祖) 고황제(高皇帝)[1] 께서 무극(無極) 법사에게 하사하신 「귀운남시(歸雲南詩)」 18장이 세워져 있다. 비석의 앞뒤에는 황제의 발문이 적혀 있다.

이 스님은 운남에서 조정에 들어갈 적에 백마와 차나무를 바쳤다. 고황제께서 그를 만나러 복도로 나오자, 백마가 울어대고 차나무가 꽃을 피운지라 두터운 사랑을 받았다. 후에 장강(長江)을 따라 고향으로 돌아올 적에 황제께서 친히 신선한 꽃을 뿌리면서 강을 따라 지나는 곳마다 각기 한 수의 시를 지어 그에게 보냈으며, 또한 여러 한림원의 대신들에게도 시를 지어 그를 배웅하도록 했다. 이제 황제께서 쓰신 글은 사라져버렸으나, 시가 적힌 비석은 그 당시에 새겨진 것이다.

이중계(李中谿)의 『대리군지』에 따르면, 제왕의 시는 문헌에 함께 실을 수 없다고 여겼기에, 끝내 그것을 수록하지 않았다고 한다. 그러나 그의 문헌 가운데에도 황제께서 쓰신 글이 있으니, 유독 시만을 함께 싣지 못한 것은 무슨 까닭인가? 정전은 동쪽을 향해 있고, 대운당은 그 북쪽에 있다. 스님이 차를 끓이고 시주밥을 차렸다.

얼마 후 절 뒤에서 서쪽의 고개를 올라 파라암(波羅巖)을 찾아갔다. 절 뒤에는 산에 오르는 한길이 두 줄기 나 있다. 한 줄기는 북서쪽으로 쭉 올라가 청벽계(淸碧溪)의 남쪽 봉우리에서 15리를 나아가 소불광채(小佛光寨)에 이른다. 이곳은 어제 청벽계에서 바라보았던, 눈 쌓인 흔적이 가운데에 매달린 곳과 가깝지 않을까 하는 생각이 들었는데, 바로 뒷산의 필가산(筆架山)이라는 곳의 동쪽 봉우리이다.

다른 한 줄기는 남서쪽을 향해 있으며, 절 남쪽의 열아홉 번째 산골의 골짜기를 거슬러 북쪽으로 6리를 나아가 파라암에 이른다. 파라암이라는 곳은 예전에 조파라(趙波羅)가 이곳에 살면서 아침저녁으로 예불을 드렸는데, 네모진 바위 위에 두 개의 발자국이 새겨졌기에, 후세 사람들이 이곳을 '파라'라고 일컬었다. '파라'라는 말은 이 일대에서 집을 지닌 도인을 가리키는 칭호이다. 이 바위는 오늘날 대전 안으로 옮겨져 예배드리는 평대로 쓰이고 있다.

이때 나는 하씨 부자와 함께 말을 타고 다니던 참이었다. 절을 떠나자마자, 나무가 보이지 않은 채, 산은 민둥산이었다. 1리를 가서 남서쪽으로 올랐다. 4리를 가서 고개를 넘어 서쪽으로 나아갔다. 이 고개 역시 남쪽의 맞은편 산과 산골물을 사이에 둔 채 문을 이루고 있다. 산골 바닥의 물길은 가늘어 청벽계에 미치지 못하며, 안쪽의 골짜기는 약간 트인 채 북쪽의 산을 따라 서쪽으로 뻗어들어간다.

1리를 더 가자, 북쪽의 산에 바위가 가로로 겹친 채 동굴을 이루고 있다. 동굴은 남쪽의 깊은 구렁을 굽어보고 있다. 구렁의 남서쪽에는 커다란 산이 마치 병풍처럼 하늘 높이 솟구친 채 앞을 에워싸고 있고, 뾰족한 봉우리가 그 위에 이빨처럼 어긋버긋 늘어서 있다. 멀리서 세어보니 역시 열아홉이다. 전체적으로 점창산의 아름다움을 두루 갖추고 있으나 부족한 점이 있다.

동굴의 서쪽에는 스님이 지은 세 칸짜리 집이 있고, 뜨락 앞에는 겹겹이 쌓인 바위가 밝고도 아름답다. 끌어들인 물이 동굴 바위 아래에 웅덩이진 채 고여 있으니, 그윽한 정취가 가득하다. 스님은 차를 끓이고 밀가루로 경단을 만들어 길손에게 대접했다. 한참 후에야 작별했다.

왔던 길을 되짚어 6리만에 대운당을 지났다. 마침 각종 스님이 반산 (斑山)에서 기다리고 있기에, 다시 들어가 사운루(寫韻樓)를 둘러보았다. 사운루는 이미 예전의 모습이 아니며, 지금은 산문에 누각 하나가 남아 있으니, 겨우 흔적만 남아 있는 셈이다. 양신이 남긴 글에 대해 물어보니, 두 개의 편액이 아직 남아 있다고 한다. 절의 스님은 훼손될까 두려워 보관한 채 내걸지 않았다고 한다.

스님이 식사를 차려주었다. 억지로 한 사발을 비우고서 작별을 고했다. 누각 앞에는 용녀수(龍女樹)가 있다. 용녀수는 뿌리에서 서너 개의 커다란 그루가 나누어지고, 각각의 그루는 높이가 서너 길이다. 잎사귀는 두 치 반의 길이에 너비는 길이의 반이고, 짙푸른색에 반짝반짝 윤기를 띠고 있다. 꽃은 희고 옥란[2]보다 큰데, 목련과 같은 부류이나 이름은 다르다. 이때 꽃은 이미 져버린 채, 몇 송이만이 나무 끝에 남아 있을 뿐이다. 꽃송이가 높아서 꺾을 수 없는지라, 나는 나무의 빈 가지만 꺾어 길을 나섰다.

여기에서 동쪽의 비탈을 내려가 5리만에 동쪽의 한길로 나오자, 길 양쪽에 두 개의 조그마한 탑이 서 있다. 빠져나온 한길은 용미관에서 대리부 부성으로 가는 길이다. 탑의 남쪽에는 상목(上睦)이라는 조그마한 마을이 있는데, 부성으로부터 10리 떨어져 있다. 이에 길을 따라 북쪽으로 나아가 칠리교(七里橋)와 오리교(五里橋)의 두 다리를 지나 대리부 부성의 남문에 들어섰다.

널따란 거리를 지나 북쪽으로 나아가 고루(鼓樓)를 지나다가, 여몽태의 사자를 만났다. 여몽태는 오지 못하고, 그의 아들이 이미 와 있음을 알게 되었다. 날이 저문지라 가볼 겨를이 없었다. 이에 북문을 나와 출렁다리를 지나 북쪽으로 가다가, 북서쪽으로 꺾어져 2리를 가서 대공 산방에 들어가 묵었다.

---

1) 태조 고황제는 명나라 태조 주원장(朱元璋)을 가리킨다.
2) 옥란(玉蘭)은 목란속(木蘭屬)의 교목으로서, 잎사귀는 타원형이고 꽃은 종모양이며, 초봄에 꽃을 피운다. 꽃잎은 아홉 조각으로 이루어져 있고, 색깔은 희며 향기는 난과 흡사하다.

3월 14일

절 남쪽의 석공의 집에서 돌을 감상하다가, 하씨와 나는 각각 100전으로 작고 네모진 돌을 샀다. 하씨가 고른 것은 산봉우리로 점철된 묘미를 지니고 있으나, 내가 고른 것은 흑백이 확연히 나누어져 있을 뿐이었다. 그리고서 하씨와 함께 절의 대전을 두루 둘러보았다.

이 절은 열 번째 봉우리 아래에 있다. 당나라 개원(開元) 연간에 지어졌으며, 이름은 숭성사(崇聖寺)이다. 절 앞에는 세 개의 탑이 솥의 발처럼 서 있는데, 가운데 탑이 가장 높고 네모진 형태에 12층으로 쌓여 있다. 오늘날에는 삼탑(三塔)이라 일컫는다. 탑의 사방에는 높다란 소나무가 하늘 높이 솟구쳐 있다.

절의 서쪽에서 산문으로 들어가면, 종루와 삼탑이 마주하고 있다. 기세가 웅장하기 그지없다. 그러나 사면의 벽은 이미 허물어지고 처마의 기와 는 반쯤 떨어져나가, 금방이라도 무너져 내릴 것만 같다. 종루 안에는 대단 히 커다란 종이 있다. 지름은 한 길 남짓이고 두께는 한 자에 달한다. 몽(蒙) 씨[1] 시절에 주조되었으며, 종소리는 80리 밖에서도 들린다. 종루 뒤에는 정전이 있고, 정전 뒤에는 여러 개의 비석이 늘어서 있다. 황화노인(黃華老 人)이 쓰고 이중계가 새긴 네 개의 비석은 모두 이곳에 있다.

비석들 뒤에는 우주관음전(雨珠觀音殿)이 있다. 이것은 구리를 부어 만 든 입상(立像)으로서, 높이는 세 길이다. 부어 만들 적에는 세 개의 마디 로 나누어 거푸집을 만들었는데, 어깨 아래를 먼저 주조하고 나자, 구리 가 동나고 말았다. 그런데 갑자기 하늘에서 구슬 같은 구리 비가 내렸 다. 사람들이 모두 손으로 구리 비를 움켜쥐어 그것을 녹여서 때맞추어 머리 부분을 완성했다. 이런 까닭에 이러한 이름을 갖게 되었던 것이다. 우주관음전의 좌우 복도의 여러 상(像)들도 매우 가지런하지만, 복도가 무너진 바람에 비바람조차 가리지 못할 형편이다.

뒤쪽에서 층계를 따라 오르니 정토암(淨土庵)이 나왔다. 이 암자는 주 지 스님이 기거하는 곳이다. 정토암의 앞쪽 대전은 세 칸이고, 불좌 뒤 에는 커다란 두 개의 바위가 가운데 칸 사이로 패어들어가 있다. 이들 바위는 각기 일곱 자 평방에 두께는 한 치 남짓이다. 북쪽의 바위는 먼 산에 물이 훤히 펼쳐진 형세이다. 그 휘감긴 물결은 변화무상함의 묘미 를 한껏 드러내고 있으며, 조각배는 안개 자욱한 물가 사이에 꼬리를 담그고 있다. 남쪽의 바위는 높은 봉우리가 겹겹이 가로막고 있는 경관 이며, 자욱한 안개는 옅어졌다 짙어졌다 신묘한 변화를 담아내고 있다.

이 두 개의 바위와 청진사(清眞寺)의 마른 매화가 새겨진 비석 받침돌 은 대리석 가운데 가장 오래된 것이다. (청진사는 남문 안에 있으며, 이문二門 에는 병풍 모양의 비석이 하나 있다. 그 북쪽의 받침대에 매화 한 그루가 있는데, 거꾸 로 흔들린 채 받침대 사이에 드리워져 있다. 비석의 색깔은 어두침침하나 나뭇가지의 흔적이 띄엄띄엄 드러나 있으며, 꽃은 없으나 그림의 정취는 남아 있다.)

새로 고른 돌들의 묘미는 순녕부(順寧府)의 장(張)씨가 대공 산방에 맡긴 여러 돌들만한 게 없으나, 이 가운데 가장 신묘한 것은 예전의 돌들보다 훨씬 낫다. 그러므로 조물주가 갈수록 더욱 기이한 것을 만들어냄을 깨달았다. 앞으로 화가들의 작품은 모두 범속한 화법이니, 화단은 없애버려도 좋으리라.

(장씨의 돌 가운데 큰 것은 지름이 두 자이고, 대략 50개 정도이다. 돌 하나하나가 대단히 기이하고 산수에 절묘하게 색깔을 입히고 있는데, 까마득한 봉우리와 깎아지른 듯한 구렁, 구름을 따라 날리는 폭포수, 물에 비치는 눈 덮인 벼랑 등이 중중첩첩으로, 멀거니 가깝거니 붓자국 하나하나 영묘하고도 기이하며, 구름 기운은 살아있는 듯, 물은 소리를 지니고 있는 듯한지라, 오색이 찬란할 뿐만이 아니다.)

대전 뒤에는 또 정전이 있고, 뜨락에는 흰 동백나무 한 그루가 있다. 이 나무의 꽃은 붉은 동백나무만큼 크고, 꽃잎도 붉은 동백나무처럼 한데 모여 있으나, 꽃은 아직 다 피어나지 않았다. 정토암의 북쪽에 또 하나의 암자가 있는데, 대전 안팎의 섬돌은 온통 대리석으로 깔았다. 네모진 돌의 크기는 네모진 벽돌만 한데, 이 역시 예전에 만든 것이다.

새로 지어진 청진사는 난간과 벽을 만드는 데에 대리석을 사용했다. 그 암자 앞은 옥황각이라는 도관이다. 길은 앞쪽의 대전 동쪽의 반원형의 문으로 들어간다. 전각은 3층이고 뒤는 누각인데, 머물러 지키는 도사가 한 명도 없는 채 안은 텅 비어 있고 문은 무너져 있다. 서글픈 마음이 절로 밀려든다.

---

1) 몽씨(蒙氏)는 육조(六詔) 가운데의 하나인 남조(南詔)의 우두머리를 가리킨다.

3월 15일

이 날은 장이 서는 첫날이다. 대체로 대리부에서는 관음(觀音)거리에 장이 서며, 부성 서쪽의 연무장에 장터를 마련한다. 그 유래가 매우 오래되었다. 이 날부터 시작하여 19일에 파하는데, 13곳 성의 물건 가운데 오지 않은 것이 없고, 운남성 안의 여러 소수민족의 물건 또한 이르지 않은 것이 없다. 듣자하니 수년 사이에 길이 많이 막혀 절반 너머 줄어들었다고 한다.

아침 식사를 한 후, 하씨는 말을 타고서 나와 함께 절 왼쪽을 따라 그의 선영에 올랐다. 절 동쪽의 석호촌(石戶村)을 지나니, 수십 아름의 빙 두른 담만 남아 있을 뿐, 사람들은 모두 유랑을 떠나 사라져버렸다. 이는 돌을 캐는 부역으로 인해 그 힘든 일을 견딜 수 없었기 때문이다. (절의 남북쪽에는 온통 석공들이 사는 수십 가구가 있었으나, 지금은 절 남쪽의 가구만 남아 있다. 돌을 캐는 곳은 무위사無爲寺에서 올라가는데, 점창산의 여덟 번째 봉우리이다. 위층을 파낼수록 좋은 돌을 캐낼 수 있다.)

다시 서쪽으로 2리 반을 올라 그의 선영으로 올라갔다. 봉우리 꼭대기에서 꿰어진 구슬처럼 뻗어내린 산줄기는 앞쪽의 삼탑을 안산으로 삼으며, 빙 두른 채 한데 모여 멋진 경관을 드러내고 있다. 2리를 되돌아와 절 뒤쪽에 이르러, 남쪽으로 돌아들어 이중계의 무덤을 지났다. 말을 내려 그에게 절을 올렸다. 자식이 없었던 이중계는 나이 일흔 살이 넘어 이 무덤을 직접 만들고 절에 의지하여 불교에 귀의했다. 그러나 절마저 이처럼 상전벽해일 줄이야 뉘 알았으리오!

서쪽의 석호촌에서 절로 들어가 식사를 했다. 하소아와 함께 장터에 간 김에 성에 들어가 여씨를 찾아가려 했다. 그러나 도중에 비에 섞여 싸라기눈이 세차게 쏟아지는 바람에 시장을 보던 이들이 분주히 되돌아가는지라, 우리 일행 역시 그들을 따라 절로 돌아오고 말았다.

3월 16일

하소아는 아들과 함께 시장에 가고, 나는 서문으로 성에 들어가 여몽태의 아들을 찾아갔다. 그의 숙소를 물어 마침내 관제묘 앞에서 찾아냈다. 대체로 그의 숙소는 서쪽 성 안의 남쪽 모퉁이인데, 이때 그는 벌써 유도석과 함께 시장에 가서 말을 살펴보고 있던 참이었다. 이에 나는 서문에서 서쪽으로 1리 반을 가서 연무장에 들어섰다. 곳곳에 천막을 친 채 장이 서 있는데, 이리저리 엇섞인 채 어지럽고 혼란스러웠다.

시장의 북쪽은 경마장으로, 천 명의 기수들이 한데 모여 있다. 몇 사람은 말을 타고서 경주장 안을 내달리고 있으며, 조를 나누어 겨루기를 하고 있다. 이때 남녀가 한데 뒤섞인 채 어깨를 부딪치면서 서로 구분됨이 없이, 나는 장터를 여기저기 돌아다녔다. 하소아는 글을 사서 이미 돌아갔고, 유도석과 여몽태의 아들은 찾을 길이 없는 터에 각종 스님을 만났다. 저자에서 술을 마시고, 밀가루 음식으로 식사를 했다.

시장의 여러 물건을 둘러보니, 약재가 꽤 많고, 양탄자와 구리 기물, 목재기구 등이 많을 뿐으로, 볼 만한 것은 별로 없었다. 서적이라야 우리 고향에서 새겨 사숙에서 사용하는 읽을거리, 그리고 요즘의 문장 몇 종이 있을 뿐, 오래된 책은 없었다. 날이 저문 뒤에 절로 돌아왔다.

3월 17일

하소아가 작별을 고하고서 돌아갔다. 내가 금등(金騰)에서 동쪽으로 돌아오면, 함께 점창산의 멋진 경관을 유람하자고 약속했다. 이제 차츰 더워질 듯하니, 우선 서쪽으로 가는 편이 나을 듯했던 것이다. 절 앞까지 배웅하고서, 나는 즉시 남쪽의 성으로 들어갔다. 유도석과 사평의 효렴[1]인 서(徐)씨를 만나, 여몽태의 아들이 먼저 경마장으로 갔다는 것을 알고서 이들과 함께 성을 나섰다.

잠시 후 여몽태의 아들을 만나, 아직 말을 사지 못했음을 알았다. 얼마 지나지 않아 여몽태의 아들과 작별하고서, 영창(永昌)의 상인이 파는 보석, 호박 및 비취 등의 물건을 둘러보았다. 하지만 역시 마음에 드는 물건은 없었다. 이어 밀가루 음식으로 식사를 했다. 식사 후 하인 고씨를 찾았으나 끝내 찾지 못한 채 절로 돌아왔다. 하인 고씨는 이미 먼저 돌아와 있었다.

---

1) 효렴(孝廉)은 명나라, 청나라 시기에 거인(擧人)을 가리키는 칭호이다.

3월 18일

동문으로 성에 들어가 두건을 주문하고 대나무 상자를 샀으며, 낡은 상자를 수선했다. 다시 여씨의 숙소에 들렀다가 유도석 및 여몽태의 아들과 인사를 나누었다. 여씨는 그의 하인에게 짐꾼을 구하도록 지시했다. 나는 이에 되돌아왔다.

3월 19일

아침에 여씨의 숙소에 들렀더니, 두 사람이 식사하고 가라고 나를 붙들었다. 유도석과 함께 왕갱우 부자와 인사를 나누려고 갔다. 왕갱우 역시 유씨의 친척이며, 집은 남서쪽 성의 모퉁이 안에 있다. 그의 집 앞은 청진사이다.

청진사의 문은 동쪽으로 남문 안의 널따란 거리를 향하고 있다. 절은 교도인 사(沙)씨가 지은 것으로, 곧 회회당(回回堂)이다. 대전 앞의 문지방과 계단, 창문 아래는 모두 대리석으로 나무판자를 대신했는데, 마치 집안 가득 그림을 진열해놓은 듯하다. 모두 새로 만든 것이나, 유독 옛 매화 무늬의 대리석만은 보이지 않았다.

절에 돌아왔다. 계약한 짐꾼이 오더니 돈을 더 달라고 했으나, 나는 허락하지 않았다. 절 안의 스님이 길을 나서려 하기에, 나는 그 짐꾼에게 계약금을 되돌려달라고 했다. 하지만 그는 여전히 우물쭈물하면서 즉시 돌려주지 않았다. 나는 하인 고씨에게 그를 뒤쫓게 했다. 저물녘에

돌아온 하인 고씨는 "그 자가 가겠답니다"라고 말했다.

3월 20일

아침 일찍 일어나 짐꾼을 기다리는데, 그의 탐욕이 끝이 없다. 나를 위해 짐을 지어줄 절의 스님을 달리 구했다. 식사를 하고 있을 때 짐꾼이 왔지만, 나는 그를 거절했다. 그에게 주었던 계약금을 달라고 하자, 그는 이리저리 둘러대면서 돌려주지 않았다. 이에 나는 무거운 물건은 각종 스님에게 맡겨놓고서, 하인 고씨와 절의 스님에게 먼저 떠나라 했다.

나는 서문으로 들어가 직접 짐꾼에게 달라고 했으나, 끝내 돌려받지 못했다. 지휘사 여씨의 아들에게 가서 부탁하자, 여씨는 돌려받아주겠노라고 응답했다. 이어 나는 청진사로 들어가 비석 위의 매화무늬를 감상했다. 마른 나뭇가지에 꽃은 없고, 검은 바탕에 하얀 무늬가 있다. 하지만 순녕부의 장씨가 맡긴 돌들만큼 기이하지는 못하다.

남문을 나와 스님 및 하인과 함께 길을 떠났다. 서쪽 산을 따라 남쪽으로 나아가 오리교(五里橋)와 칠리교(七里橋)를 지난 뒤, 3리를 더 가서 감통사 앞을 지나 한길로 들어섰다. 감통사 남쪽에 서너 채의 민가가 길 양쪽에 있다. 이곳은 상목(上睦)이다. 남쪽으로 더 나아가자, 서쪽 산의 우뚝 솟은 산세는 약간 낮아지고, 동쪽 이해(洱海)의 빙 두른 형세는 차츰 합쳐진다.

10리를 가서 양화포(陽和鋪)를 지났다. 다시 10리를 가자, 남쪽 산은 동쪽에서 서쪽으로 가로뻗어 있고, 이해는 남쪽의 산기슭에서 끝난다. 서쪽 골짜기를 뚫고 나아갔다. 서쪽 골짜기는, 남쪽으로는 가로뻗은 산이 이곳에 이르러 더욱 가팔라지고, 북쪽으로는 곧 점창산이 이곳에 이르러 남쪽으로 끝나는데, 이 가운데로 뚫려 있는 골짜기이다. 서쪽 골짜기는 서쪽으로 가면, 몹시 비좁아진다.

골짜기 어귀는 약간 널찍하다. 이에 골짜기를 뚫고 흐르는 시내를 나아가자, 그 양쪽 벼랑에 성이 쌓여 있으며, 가운데에는 사람들이 오가도록 돌다리가 걸쳐져 있다. 이곳은 하관(下關)이며, 용미관(龍尾關)이라고도 한다. 하관의 남쪽은 동쪽의 조주(趙州)에서 서쪽의 양비(漾濞)로 통하는 한길이다.

다리를 건너 하관의 남쪽을 나와, 시내 남쪽에서 서쪽으로 나아갔다. 3리를 가자 남북 양쪽의 산이 바짝 다가서 모여들고, 물은 한 줄기 선처럼 그 안을 내달린다. 멀리서 그 안을 힐끗 보니, 높은 봉우리가 북쪽으로 창산의 뒤쪽을 에워싸고 있는데, 벽처럼 우뚝 솟은 채 둥글게 둘러싸고 있다. 서로 어울려 돋보이니 대단히 기이하다.

골짜기를 뚫고서 들어가 2리를 더 갔다. 남쪽 봉우리는 온통 암벽을 이룬 채 시내 위를 거꾸로 내리누르고, 북쪽 봉우리의 한 갈래는 마치 목마른 코뿔소가 내닫는 듯하다. 양쪽의 벼랑은 서로 달라붙어 있고, 가운데로 한 줄기 선만이 트인 채, 바위는 쪼개지고 벼랑은 까마득하다. 처음에는 골짜기 속을 나아가다가 계속 바위 아래를 뚫고서 나아갔다.

골짜기의 양쪽 거리는 네 자가 채 되지 않는다. 그 서쪽에 가로걸린 돌다리는 길이가 한 길 다섯 자이나, 너비는 비좁아 한 자 남짓밖에 되지 않는다. 마치 천태산(天台山)의 돌다리와 흡사하다. 남쪽 벼랑 역시 가파른지라, 길이 통해 있지 않다. 남쪽 벼랑 위로 나와 몸을 굽혀 굽어보니, 모골이 송연하다.

다시 서쪽으로 1리 남짓을 가서 북쪽으로 꺾어졌다. 시내는 아래로 움패어 있는데, 매우 가늘다. 북쪽으로 더 나아가자, 비바람이 거세게 몰아닥쳤다. 북쪽으로 3리 남짓을 가자, 몇 채의 민가가 서쪽 산 아래에 기대어 있다. 이곳은 담자포(潭子鋪)로서, 조주의 관할에 속해 있다. 북쪽으로 5리를 가서 서쪽으로 돌아든 뒤, 북쪽으로 15리를 가자, 시내가 서쪽 골짜기에서 흘러든다. 이곳은 핵도정(核桃箐)이다.

대나무숲속의 시내를 건너 북쪽으로 5리를 더 나아가자, 서너 채의 민가가 서쪽 산 아래에 기대어 있다. 이곳은 모초방(茅草房)이다. 이곳에 이르자 시내의 양쪽에는 벼랑을 깎아 만든 밭두둑이 나타나기 시작하지만, 밭두둑은 여전히 술잔 모양으로 대나무숲 바닥에 이어져 있다.

이날 대리부의 도원(道員)이 양비에서 대리부 부성으로 가는지라, 조주, 대리, 몽화(蒙化)의 여러 마중하는 이들이 빗속에 종종걸음을 치고 있었다. 이곳에서 사십리교(四十里橋)까지는 아직도 5리가 남아 있는데, 시간은 겨우 오후밖에 되지 않았다. 그러나 사십리교 근처의 여인숙이 마중 나온 이들에게 차지될까봐, 숙소를 수소문해서 구했다. 물론 비를 피할 요량도 있었다.

3월 21일

닭이 두 번 울자 주인을 재촉하여 밥을 짓게 하고, 일어나 식사를 기다렸다. 날이 밝자 길을 나서는데, 구름기운이 여전히 자욱했다. 북쪽을 향하여 시내 서쪽으로 나아가 3리 남짓을 가자, 시내 위에 정자가 딸린 다리가 있다. 정자는 이미 반쯤 허물어져 있고, 다리 아래를 흐르는 시냇물은 물살이 몹시 거세다. 이곳은 사십리교이다.

사십리교 동쪽에는 몇 채의 민가가 동쪽 벼랑 아래에 기대어 있다. 모두 잠시 묵어가는 가게들이다. 이곳은 오히려 몽화의 관할에 속해 있다. 대체로 다리 서쪽은 조주이고, 이 산의 서쪽은 몽화이며, 다리 동쪽 역시 몽화이고, 이 산의 동쪽은 태화(太和)이다. 개의 이빨처럼 이렇게 경계가 들쑥날쑥 엇섞여 있다.

이곳에 이르러서야 시내 동쪽으로 나아가다가 점창산의 뒤쪽 기슭에 기대어 나아갔다. 7리 남짓을 가자, 수십 채의 민가가 동쪽 산에 기대어 집을 짓고, 길 양쪽에 마을을 이루고 있다. 이곳은 합강포(合江鋪)이다. 이곳에 이르러서야 비로소 북서쪽의 산골짜기가 가로로 갈라져 있는 것이 보였다. 산 사이가 갈라져 틈새가 나 있는데, 그 남쪽의 것은 내가 방금 왔던 골짜기이고, 북쪽에서 뻗어오는 것은 강의 부리를 내려와 양

비로 뻗어오는 골짜기이며, 그 남서쪽으로 뻗어내리는 것은 두 줄기의 물길이 합쳐져 순녕부로 흘러내리는 골짜기이다. 골짜기의 형세는 비록 멀리서도 분별할 수 있지만, 시냇물이 합쳐지는 곳은 북서쪽 골짜기 속에 깊이 움패어 있는지라, 이곳 합강포에서 보이는 것은 오직 남쪽에서 흘러오는 한 줄기 시내뿐이다.

합강포의 북쪽으로 나오자, 동쪽 산의 잔갈래가 드리워져 서쪽으로 불쑥 솟아 있고, 길은 북쪽으로 그곳을 넘어간다. 남쪽에서 흘러오는 시내조차 보이지 않았다. 대체로 잔갈래가 서쪽으로 끝나는 곳 아래가 바로 두 줄기 강이 만나는 곳이지만, 길은 이곳을 거치지 않는다. 북서쪽의 비탈진 고개를 넘어 4리를 가서야, 비로소 두 줄기의 조그마한 물길이 동쪽과 북쪽의 양쪽 골짜기에서 흘러나온다.

얼마 후에 굽이돌아 서쪽으로 내려오자, 약간 커다란 한 줄기 산골물이 북동쪽의 골짜기에서 흘러온다. 그 위에 정자가 딸린 다리가 놓여있는데, 정자는 이미 반쯤 무너져 있다. 이곳은 형수교(亨水橋)이다. 대체로 점창산 서쪽에서 흘러내리는 물길 가운데, 이곳이 가장 크다. 이 물길은 역시 남서쪽으로 흘러가다가 남북의 두 줄기 물길이 만나는 곳에서 합쳐진다. 이렇게 볼 때, '합강(合江)'이라는 명칭은 사실 세 줄기이지, 양수(漾水)와 비수(濞水)만이 아니다.

다리 서쪽에서 다시 북서쪽의 조그마한 고개를 넘어 모두 1리를 가서야 양수와 만났다. 양비에서 흘러온 이 물길은 이곳을 거치자마자 남쪽의 천생교(天生橋)의 물길과 합쳐져 남서쪽 산골짜기를 뚫고 흘러가다가, 순녕부의 반산(泮山)을 거쳐 난창강(瀾滄江)으로 흘러내린다. 길은 그 동쪽 언덕을 거슬러 나아간다. 그 동쪽 산 역시 창산의 북쪽 갈래이며, 그 서쪽 산은 나균산(羅均山)이 남쪽으로 뻗어내린 줄기인데, 이곳에 이르러 구불구불 남서쪽으로 이어져 뻗어가다가 순녕부의 반산에서 끝이 난다.

북쪽으로 5리를 나아가자, 마을 사이로 거리가 나 있다. 이곳은 금우둔(金牛屯)이다. 금우둔의 북쪽으로 나오자, 자그마한 시내가 동쪽 산에서 흘러나오고, 그 위에 돌다리가 걸쳐져 있다. 다리 곁에 비석이 있기에 손으로 닦고서 읽어보니, 나근계(羅近溪)[1]가 「석문교시(石門橋詩)」라고 제목을 붙인 시이다. 시구에 석문(石門)이 다리 왼쪽에 있다고 하기에, 고개 들어 동쪽을 바라보았다. 홀연 구름이 갈라지더니 푸른 연꽃과 같은 바위 두 조각이 드러난다. 바위는 하늘에 꽂히고 땅에 우뚝 솟은 채 마주서서 나란히 솟구쳐 있다. 그 안에 높다란 산들이 첩첩이 비치고 구름그림자가 들락거린다. 멋진 경관에 가슴이 두근두근 뛰놀았다.

서둘러 하인 고씨와 절의 스님을 불렀으나, 두 사람은 이미 앞서가고 있었다. 멀리서 뒤쫓아 2리만에야 따라잡았다. 바야흐로 그들에게 되돌아가자고 하려는 참에, 한 스님이 곁에서 쳐다보기에 물어보았더니, 석문 옆에 있는 약사사(藥師寺)의 스님이다. 스님은 석문 위에 옥황각이 있고, 또 밝고 널찍하여 머물 수도 있는 두 곳의 동굴이 있다면서, 기꺼이 우리가 머물 수 있도록 해주겠노라고 말했다.

이에 동쪽의 오솔길을 따라 나를 안내해주었다. 5리를 가서 산 아래에 이르러 마을 한 곳을 지나자, 곧 약사사가 나왔다. 이에 약사사에 잠시 머물기로 했다. 스님의 이름은 성엄(性嚴)이다. 그는 나를 조그마한 누각 위에 앉게 하고서, 누에콩을 따서 식사를 대접했다. 이때 아직 오전인지라 나는 산을 오르고 싶었다. 그러자 성엄 스님은 옥황각에서 봉우리를 타고서 10리 남짓을 올라야 하는데다, 두 곳의 멋진 동굴이 있으니, 내일 아침에 떠나도 하루 종일 유람해야 하는지라 오늘은 시간이 촉박하다고 말했다.

성엄 스님은 산속의 일이 아직 끝나지 않았던 터라, 나를 절로 되돌아가도록 배웅하고서 되돌아가면서 열쇠를 나에게 맡겨주었다. 이때 나는 석문의 기이한 풍광을 구경하고 싶어, 식사를 하자마자 누각을 잠그고서 남동쪽의 석문을 바라보면서 발걸음을 재촉했다. 온통 황량한 잡초가 들판을 뒤덮고 밭두둑이 끊겨 있는지라, 길을 가리지 않았다.

2리를 가자 커다란 시내가 석문에서 흘러나오는 것이 보였다. 시내 북쪽으로는 들어가는 길이 없기에 시내 속으로 들어갔다. 시내 속에는 커다란 바위가 많고 세찬 물살이 많은지라, 역시 들어가는 길이 없다. 그저 석문을 지척 가까이에서 바라보기만 할 뿐이었다. 석문은 위 아래로 바짝 다가선 채, 만 길 높이로 깎아지른 듯 나란히 솟아 있다. 서로의 거리는 두 길을 넘지 않고, 그 꼭대기의 양쪽 끄트머리는 마치 한 몸인 듯하며, 그 뿌리는 한 줄기 물길만을 받아들이고 있다.

대체로 본래 온 산은 바깥이 병풍처럼 솟아 있으며, 그 등성이로부터 칼로 한가운데를 가른 듯한지라, 뭍으로 오르기도 어렵고, 시내를 거슬러 오를 수도 없다. 한참동안 이리저리 돌아다니다가 시내의 남쪽을 건너 반대로 길을 따라 서쪽으로 나왔다. 한참 만에 동쪽을 향해 있는 한 줄기 길을 찾았다. 이 길을 따라 들어가 문 아래에 이를 즈음, 다시 시내의 북쪽을 건넜다.

시내 속에는 나무를 묶어 커다란 바위에 걸쳐 건너다니도록 해놓았다. 이 길로 적지 않은 행인이 다님을 알 수 있었다. 뜻밖의 성과에 몹시 기뻤다. 다시 동쪽으로 석문 아래에 바짝 다가서니, 무성한 대나무숲이 길을 뒤덮고 있다. 길은 두 갈래로 나누어진다. 한 갈래는 동쪽의 비탈진 층계를 올라가고, 다른 한 갈래는 남쪽의 시내 어귀로 뻗어내린다.

이에 먼저 시내쪽으로 내려갔다. 시냇물은 마침 석문에서 튀어나오는데, 문 앞에 놓인 커다란 바위가 물길을 가로막은 채 물길을 두 갈래로 나누고 있다. 바위를 타고서 내려오니, 바위를 넘쳐흘러 허공으로 치솟은 북쪽의 물길은 구슬을 꿰어 만든 발의 형상을 한 채, 물살이 웅장하다. 고랑에 패어들었다가 틈새에서 거꾸로 쏟아지는 남쪽의 물길은 조그마한 폭포수의 형상을 한 채 물살이 매우 빠르다. 두 물길 모두 높이가 두 길 남짓이며, 양옆의 바위는 온통 좁다랗고도 가팔라서 오를 수가 없다.

이에 다시 동쪽의 갈림길로 올라가 층계를 기어올랐다. 잠시 후 길은 다시 두 갈래로 나뉘었다. 한 갈래는 북쪽의 비탈을 올라가고, 다른 한 갈래는 시내의 바위를 타고 오른다. 이에 먼저 시내쪽으로 가서 바위를 타고 올랐다. 이 바위는 만 석을 실은 배만큼이나 커다란 크기로 시내 속에 높다랗게 떠 있고, 그 바닥은 사방이 온통 소용돌이치는 물결에 휩싸여 있다. 오직 북서쪽에 한 줄기 층계가 매달려 있을 뿐이다.

층계를 타고서 올랐다. 아래를 굽어보니 물길이 구슬을 꿰어 만든 발처럼 솟구쳐 오르고, 위를 쳐다보니 석문 양쪽의 벼랑이 구름을 가르고 비춰빛을 깎아지른 듯 나란히 높이 치솟은 채 바짝 모여 있다. 참으로 기이한 장관이다. 다만 석문 안쪽은 바위가 무너지고 물이 솟구쳐 올라, 길이 끊긴 채 다닐 수 없다. 이에 다시 북쪽 갈림길로 올라가 층계를 올랐다. 처음에는 등나무와 대나무가 무성하게 뒤덮고 있더니, 얼마 후에는 바위벼랑이 불쑥 솟구쳐 있다. 반리를 가자, 길이 끝났다.

벼랑을 따라 남쪽으로 돌아들자, 날듯한 벼랑이 그림자를 거꾸로 드리우고 있다. 위로는 쌍궐(雙闕)이 바짝 붙어 있고, 아래로는 까마득한 구렁, 곧 석문의 바닥부분을 굽어보고 있다. 비록 원숭이가 기어오르고 새가 날아오른다 할지라도, 건너뛰어 들어갈 수 없을 듯하다. 한참 뒤에 왔던 길을 되짚어 약사사로 돌아왔다. 하루 종일의 힘을 다하면 옥황각에도 이를 수 있을 듯했다. 그러나 잠시 쉬면서 일기의 초고를 기록하고, 내일 유람하기로 남겨두었다.

---

1) 나근계(羅近溪)는 명나라 말기의 양명학가(陽明學家)인 나여방(羅汝芳)이다. 그는 강서성 남성(南城) 사람으로, 자는 유덕(惟德)이며, 흔히 근계선생이라 일컫는다. 가정(嘉靖) 23년(1544년)에 벼슬에 올라 운남대참(雲南大參)을 역임했으며, 저서로『서사회요(書史會要)』가 있다.

3월 22일

아침 일찍 일어나 식사를 기다렸다. 성엄 스님은 땔감을 묶고 노구솥을 등에 지더니, 콩을 따고 쌀을 싸서 스님과 하인에게 나누어 들게 한 후, 절 뒤쪽에서 동쪽의 산으로 올랐다. 2리를 가서 남쪽으로 돌아들어 산허리를 따라 올라 2리를 갔다. 이어 골짜기를 따라 동쪽으로 돌아들어 1리만에 골짜기가 끝나는 곳에서 남쪽으로 돌아들어 고개를 넘었다.

1리를 가자 길은 두 갈래로 나뉘었다. 동쪽으로 오르는 갈래는 화초암(花椒庵)의 바위동굴로 가는 길이고, 남쪽으로 오르는 다른 갈래는 1리만에 석문 위로 넘어가는 길이다. 이곳은 석문의 북쪽 벼랑이고, 오르려는 곳은 이미 석문 안에 있다. 남쪽 벼랑이 무너져 깎아지른 듯한 모습, 그리고 석문 바닥이 요란스럽게 솟구쳐 오르는 형상을 마주하여 굽어보니, 갖가지 기이한 모습이 기운을 절로 솟아나게 한다. 오직 걸터앉아 있는 벼랑 끄트머리가 몹시 위험한지라 몸을 되돌려 구경할 수 없을 뿐이다. 두 가지 모두가 다 좋을 수는 없음을 깨달았다.

동쪽으로 석문 안쪽을 바라보니, 골짜기는 좁다랗게 바짝 조여들고, 물은 남동쪽에서 바닥을 움패면서 흘러나온다. 그 정동쪽에 우뚝 치솟은 한 갈래의 산이 한 가운데에 매달린 채, 마침 골짜기의 석문과 마주하고 있다. 그 위에는 옥황각이 자리하고 있으나, 멀리 바라보이지는 않는다. 대체로 그 안의 나무와 바위가 무성하고 빽빽한지라, 바깥 봉우리처럼 한 눈에 죄다 둘러볼 수는 없었다.

여기에서 언덕등성이를 따라 동쪽으로 1리를 올라, 남쪽의 골짜기에서 벗어나와 북동쪽으로 꺾어들어 반리를 올라갔다. 움푹 꺼진 곳에 허물어진 담과 건물 잔해가 남아 있다. 이곳은 옥봉사(玉峰寺)의 허물어진 터이다. 옥봉사는 만력(萬曆) 초기에 석광(石光) 스님이 세웠다. 약사사는 옥봉사의 분원(分院)이고, 성엄 스님은 곧 그의 후대 계승자인 셈이다. 그 뒤쪽에 또 한 곳의 허물어진 터가 있는데, 이곳은 극락암(極樂庵)이다.

그 뒤쪽에서 다시 남동쪽으로 돌아들어 반리를 올라 다시 동쪽 골짜기와 만났다. 이에 갈라진 골짜기를 따라 동쪽으로 나아가는데, 오래된 나무가 더욱 울창하다. 반리를 가자 갈라진 골짜기는 동쪽으로 끝이 났다. 남쪽의 골짜기 위를 건넜다가 북쪽으로 돌아들어 2리를 가자, 옥황 각이 나타났다.

옥황각은 남쪽의 석문을 향한 채 멀리 있고, 동쪽의 골짜기 절벽을 굽어본 채 바짝 붙어 있다. 맨 처음에는 주(朱)씨와 사(史)씨 두 명의 도 인이 지었다가, 삼현(三賢) 스님이란 분이 확장했으나, 지금은 앞 누각의 사방 벽은 모두 허물어지고, 뒷 전각의 서쪽 모퉁이는 금방이라도 무너 질 듯 위험하기 그지없다. 전각의 동쪽에 평대가 있는데, 아래로 깎아지 른 듯한 구렁을 굽어보고 있다. 그 아래에 있는 동굴은 두 도인이 수도 하던 곳이다.

이때 두 스님과 하인이 불을 피우고 샘물을 구해 밥을 지으려 했다. 나는 동굴을 찾을 겨를이 없을 듯하여 먼저 전각에서 바위를 더위잡아 홀로 올라갔다. 골짜기 뒤쪽의 커다란 산을 멀리 바라보니, 위쪽에 세 개의 봉우리가 솟구쳐 있다. 모두들 이곳을 가리켜 필가봉이라 하는데, 곧 남동쪽의 청벽계 뒤쪽의 주봉(主峰)이라 여기고 있다. 나는 전에 네 곳의 못을 따라 올라 그곳의 남쪽을 둘러본 적이 있다. 그래서 이번에 는 그 북쪽을 두루 살펴 석문의 산골물의 근원을 파헤치고 싶은지라, 끝내 일행을 부를 겨를이 없었다. 스님과 하인 등의 일행 역시 따라오 지 못했다. 나는 기운을 내어 앞으로 쭉 나아갔다.

2리를 가니, 산의 바위는 다하고 흙봉우리가 몹시 가파르다. 나는 나 무를 붙들면서 올라갔다. 3리를 가자, 산의 나무 역시 다하고, 차츰 꼭 대기에 가까워졌다. 한 층 한 층 올라가 꼭대기에 올라서니, 또 하나의 꼭대기가 솟아 있다. 꼭대기에는 온통 불타버린 띠풀과 흘러내리는 흙 으로 가득한 채, 더 이상 가시덤불로 덮여 있지 않았다. 오직 꼭대기의 움푹 꺼진 곳에만 간혹 나무가 한데 모여 있고, 나무숲을 따라 가시덤 불이 뒤덮고 있다. 나는 고개등성이의 불탄 자국이 있는 곳을 따라 나 아갔다. 호랑이의 발자국이 띄엄띄엄 이어진 채, 모래흙속에 찍혀 있다.

몇 곳의 꼭대기를 잇달아 올라서야 맨 꼭대기에 이르렀는데, 여전히 바깥 봉우리이다. 이제야 비로소 점창산의 앞뒤로 두 겹의 봉우리가 있음을 깨달았다. 즉 동쪽에 치솟은 것은 으뜸 봉우리로서, 붓걸이 모양의 봉우리가 가장 높다. 서쪽에 둘러싸여 있는 것은 남쪽은 필가봉에서, 북쪽은 삼탑 뒤의 으뜸 봉우리에서 갈라져 서쪽으로 뻗어있다. 두 산은 양쪽 팔로 안듯이 나아가다가 석문에서 합쳐진다. 다만 그 가운데는 온통 벼랑이 무너지고 산갈래가 떨어져내린지라 더 이상 툭 트인 곳이 없는 채, 아래로 감아돌면서 대나무숲을 끼고 있다. 그 바닥에는 물이 움패어 있고, 그 위에는 나무가 숲을 이루고 있다.

나는 봉우리 꼭대기에서 동쪽의 필가산 아래를 굽어보았다. 물길이 매달린 채 산골바닥을 내달린다. 물소리가 요란하게 끓어오르고, 모습은 구불구불 기세가 넘친다. 그렇지만 위아래가 온통 나무숲에 멀리 덮여 있는지라 전체의 모습은 보이지 않았다. 이곳이 바로 석문의 근원이다. 다시 바깥의 고개에서 북쪽으로 나아가자, 그 북쪽은 다시 갈라져 서쪽으로 뻗어내려간다. 이곳은 양비역(漾濞驛) 북쪽의 고개이며, 서쪽의 양비교(漾濞橋)에서 끝난다.

이때는 정오이며, 날이 개어 유난히 맑았다. 북쪽을 바라보니, 봉우산의 서쪽에 한 줄기 가로누운 산이 북서쪽에서 비스듬히 뻗어오고 있다. 이전에 사계(沙溪)를 따라 남쪽을 바라보았을 적에 비스듬히 그 남서쪽으로 뻗어 다리 뒤쪽의 강어귀가 되었던 곳이다. 검천(劍川)으로 가는 길은 이곳을 거슬러 북쪽으로 들어간다. 남쪽을 바라보니, 담자포 서쪽의 산이 남쪽의 양수와 비수의 두 물길 어귀를 가로질러 합강포를 이루고 있다. 대리부로 가는 길은 이곳을 따라 북쪽에서 뻗어온다. 서쪽을 바라보니, 횡령포(橫嶺鋪)의 등성이가 서쪽 경계에 늘어선 채 북쪽의 비스듬히 뻗은 고개에 이어졌다가, 남쪽의 합강포를 따라 서쪽으로 뻗어내린다. 영창으로 가는 길은 이곳을 넘어 서쪽으로 나아간다.

오직 동쪽만은 안쪽의 봉우리가 높고 험준한지라, 대리부가 바로 동쪽 기슭에 있어도 가운데가 가로막혀 넘어갈 수 없다. 그 까닭은 첫째,

봉우리가 높고 벼랑이 깎아지른 듯하여 기어오르기에 힘겹기 때문이고, 둘째는 산이 두 겹으로 나누어져 있는데, 그 가운데의 대나무숲이 깊게 패어 있는지라 오르내리기 쉽지 않기 때문이다.

듣자하니, 이 산의 북쪽의 움푹 꺼진 곳에 대보(大堡)의 백운사(白雲寺)가 있다. 안쪽 봉우리의 꼭대기로 올랐다가, 다시 남쪽의 필가봉을 넘은 뒤에 동쪽의 청벽계로 내려갈 수 있다고 한다. 대보로 가는 길은 마땅히 산갈래가 서쪽으로 뻗어내린 고개에서, 건너뻗은 등성이를 따라 올라가야 한다. 그런데 이 일대처럼 구렁에 우거진 대나무숲은 없다. 목서평(沐西平)이 대리를 정벌할 적에 점창산을 떠난 후에 깃발을 세워 적군을 교란시켰는데, 바로 이 길을 따라 올랐던 것이다.

한참동안 바라보다가 왔던 길을 되짚어 내려왔다. 3리를 가서 문득 길을 잘못 들어 북서쪽의 갈래로 내려가고 말았다. 길은 끊기고 벼랑은 비스듬히 기울어진지라 매달려 내려갈 수 없는데다, 인적 드문 산은 아득히 떨어져 있는지라, 참모습을 분간할 수도 없다. 끝내 옥황각이 기대어 있는 갈래가 남쪽에 있는지 북쪽에 있는지조차 알 수 없었다.

남쪽 산골의 대나무숲 가까이에 있겠거니 생각했지만, 산골에는 갈림길이 많은데다 벼랑은 가파르고 비탈은 끊긴지라 건너기가 더욱 어려웠다. 가시덤불이 있으면 무성하게 덮여 있고, 가시덤불이 없으면 흙이 흘러내렸다. 마침 머뭇거리면서 두리번거리고 있는데, 비까지 뿌렸다. 이때 홀연 남쪽의 대나무숲에서 외쳐 부르는 소리가 들려왔다. 비로소 옥황각이 그 아래에 있음을 알았다. 나 역시 목청껏 그들을 외쳐 부르면서 멀리서 서로 화답했다. 하지만 대나무숲을 사이에 두고 있는지라, 나무숲에 가려 보이지 않고, 길이 끊겨 갈 수도 없었다.

대나무숲의 위쪽 겨드랑이를 감돌아 2리를 가서야 바위벼랑이 나타났다. 여기에서 틈새로 기어올랐다가 허공을 떨어져 내려왔다. 흙과 함께 흘러내릴 염려는 없으나, 비가 억수같이 쏟아졌다. 다시 1리를 가서 옥황각의 오른쪽으로 나왔다. 지어놓은 밥이 이미 식어버렸기에 다시 뜨겁게 데워서 먹었다.

옥황각 왼쪽으로 약간 내려가니, 깎아지른 듯한 벼랑 사이에 남쪽을 향한 동굴이 있다. 동굴은 아래로 깊숙한 산골을 굽어보고 있는데, 양쪽의 커다란 바위가 합장하듯 모아져 이루어진 동굴이다. 동굴은 높이가 한 길이고 아래의 너비는 한 길 다섯 자이다. 위는 뾰족하게 한데 모여 있고, 들어가는 깊이는 대략 몇 길에 달하지만, 바닥은 매우 평평하고, 바위의 재질은 거칠다. 동굴의 형상 역시 구불구불한 정취는 없으며, 그저 밝게 트여 있음을 취했을 따름이다.

동굴 앞의 바위벼랑 위아래는 깎아지른 듯하다. 오래된 나무는 거꾸로 선 채 구불구불 굽어 있고, 피어오르는 안개는 비취빛을 잡아끌고 있다. 몸을 굽혀 흐르는 물을 움켜 뜨니, 아득하고도 그윽한 별천지라는 생각이 들었다.

이때 비는 어느덧 그치고, 날이 다시 갰다. 나는 왔던 길을 되짚어 북쪽으로 돌아들어 내려가 3리만에 옥봉사의 옛터에 이르렀다. 갈림길을 따라 북쪽의 구렁을 내려가 골짜기를 돌아들고 움푹한 평지를 건너 1리 남짓을 가자, 화초암의 바위동굴이 나타났다. 이 동굴 역시 커다란 바위에 덮여 있다. 그 아래의 절반은 바위가 겹쳐 받침을 이루고 있고, 나머지 절반은 시렁처럼 허공에 떠 있다. 비어 있는 곳은 두세 길 떠 있고, 위아래 역시 한 길 남짓 떨어져 있으나, 온통 숫돌처럼 평평하다.

오직 북쪽만이 아래의 돌받침 위에 붙어 있을 뿐, 동쪽과 서쪽, 남쪽의 삼면은 모두 놀잇배처럼 처마가 허공에 솟구쳐 있다. 지금은 자갈로 처마를 따라 막아놓은 채 서쪽을 향한 문만 남겨두고, 그 안에 불상을 모셔두었다. 동굴 앞에는 세 칸짜리 누각이 지어져 있으나, 벽이 없다. 만약 동굴을 가로막은 자갈로 누각의 벽을 쌓았더라면, 동굴과 누각 둘다 아름다운 모습을 제대로 갖추었을 것이다.

그 북쪽에 또 하나의 커다란 바위가 봉긋 솟아 있고, 아래에는 그 틈새로 화초암에 제공하려는 듯 샘물이 흘러나오고 있다. 이곳은 경계가 그윽한데다 움푹한 평지에 둘러싸여 있으며, 물과 바위가 한데 섞여 있는지라, 은거하여 도를 닦기에 안성맞춤이다. 감실 안에는 갖가지 기물이 갖추어져 있으나, 거주하는 이 없이 적막하기 짝이 없다. 문 역시 설치되어 있으나 잠겨 있지는 않았다. 나는 여기저기 떠도는 몸인지라 이곳에 머물 수 없음을 아쉬워하면서, 서글픈 마음으로 이곳을 떠났다.

서쪽으로 완만하게 1리를 내려가자, 석문의 북쪽 꼭대기의 북쪽에서 뻗어오는 길이 나왔다. 이전에 따라 올랐던 길이다. 다시 북쪽으로 6리를 가서 약사사로 돌아왔다. 도중에 몇 개의 통을 짊어진 채 산을 내려오는 노인 한 분을 만났다. 노인은 바위동굴에 살고 있는 사람으로, 매일 산에 올라 통에 테를 두르고, 저녁이면 짊어지고 산을 내려와, 이것을 팔아 밥값을 번다. 그 역시 밤에는 동굴에 묵지 못했다.

3월 23일

아침 일찍 일어나 성엄 스님을 위하여 「옥황각모연소(玉皇閣募緣疏)」를 지었다. 그러자 성엄 스님이 종이를 가져와 내게 글을 써달라고 청하는지라, 나는 글을 쓴 후에 아침 식사를 했다. 산속에 비가 갑자기 내리기에, 발걸음을 멈춘 채 비가 그치기를 기다렸다. 정오가 거의 되었을 즈음, 비가 내리는 기세가 약간 누그러지자, 나는 짚신으로 바꾸어 신었다. 성엄 스님은 털옷을 걸쳐 입고서 나를 배웅했다.

약사사 대전 문을 나서자마자, 북쪽으로 나아가 2리만에 말라붙은 산골물을 건넜다. 북동쪽의 산기슭에서 흘러나온 이 산골물은 아래로 매우 깊이 움패어 흐르다가, 점창산의 뒤쪽에서 이곳에 이른 뒤, 북서쪽으로 1리를 흘러간다. 산골물을 건넌 뒤, 북서쪽으로 서쪽의 구불구불한 비탈을 올라 1리만에 비탈 위에 올라섰다. 서쪽에는 움푹한 평지가 동서로 펼쳐져 있고, 양비의 물길이 그 속에서 동쪽으로 쏟아져 흐르고 있다.

서쪽으로 완만하게 모두 2리를 내려가자, 산 남쪽에 수십 채의 민가가 한길에 자리하고 있다. 이곳은 양비역이다. 배웅 나온 스님과 작별하고서, 서쪽으로 시내 북쪽의 밭두둑 사이로 3리 남짓을 나아갔다. 북쪽에 줄지은 산은 빙 두른 채 약간 남쪽으로 뻗어가다가, 물길을 가로막고서 곧장 남쪽 산 아래에 바짝 다가선다. 이곳은 기두촌(磯頭村)으로, 역시 수십 채의 민가가 물가의 겨드랑이에 자리하고 있다. 길은 남쪽으로 물가를 감돌았다가 물가 부리를 타고서 서쪽으로 나아간다.

반리를 가자, 비가 그쳤다. 길이 북쪽으로 돌아들자, 남북으로 움푹한 평지가 펼쳐져 있다. 여기에서 동쪽 산의 서쪽 기슭에 기대어 북쪽으로 나아갔다. 3리 남짓을 가서 양비가(漾濞街)에 이르렀다. 민가는 거리를 낀 채 물을 굽어보면서 매우 번성하다. 거리 북쪽의 상류 1리 되는 곳에는 쇠사슬로 이은 다리가 있고, 거리 서쪽의 하류에는 나무다리가 길게 걸쳐져 있다. 두 곳 모두 양비강을 건너는 다리이나, 나무다리의 오솔길이 비교적 가깝다.

『지』에 따르면, 검천호(劍川湖)의 물은 양수가 되고, 이해의 물은 비수가 되는데, 두 줄기의 물이 합쳐지기에 양비강이라 일컫는다. 오늘날 이 다리는 합강포로부터 북쪽으로 30리 떨어져 있으며, 양비역 역시 합강포로부터 북쪽으로 15리 떨어져 있다. 따라서 마땅히 양수일 뿐, 비수와는 아무 관련이 없는데, 어찌하여 두 가지를 아울러 일컫는단 말인가? 비수는 이해에서 비롯되지 않으며, 점창산 뒤쪽에서 흘러나오는 다른 물길이 아니겠는가?

그러나 내가 고찰한 바에 따르면, 여강부(麗江府) 남쪽에서 흘러나오는 물은 모두 '양'이라 일컫는다. 이를테면 십화(十和)의 중해(中海)에서 발원한 양공강(漾共江)은 칠화(七和)를 거쳐 학경부(鶴慶府)로 흘러내리고, 동서의 여러 샘물과 합쳐져 동굴속으로 흘러드는지라, 양공강이라 일컫는다. 이 물길은 구화에서 발원하여 검천주를 거쳐 달리 남쪽으로 흐르는지라, 양별강(漾別江)이라 일컫는다. 그러므로 '별'은 분별한다는 의미의

'별(別)'이지, 코를 의미하는 '비(鼻)'가 아니다. 그런데 『일통지』에서는 양비강(瀼備江)이라고도 했는데, 이는 승비강(勝備江)과 마찬가지로 이름을 붙인 것이다. 이 역시 '비(瀼)'자가 아니라는 증거의 하나이다.

나는 이에 나무다리의 동쪽으로 가서 채소와 쌀을 샀다. 곧바로 이곳에서 다리를 건너려 했으나, 북쪽의 철교를 건너기에는 시간이 촉박하다. 이곳에서 보니 강물이 넓고 힘차서 이수(洱水)보다 배는 되리라는 느낌이 들었다. 서쪽에서 또 하나의 골짜기가 뻗어온다. 이것은 영평(永平)으로 가는 길이다. 움푹한 평지를 바라보면서 북쪽으로 몇 리를 가자, 길이 두 갈래로 나뉘어졌다. 영창부로 가는 한길은 여기에서 서쪽으로 뻗어 있다.

처음에는 움푹한 평지 속을 나아가다가 2리만에 차츰 올랐다. 2리를 더 가자, 몇 채의 민가가 길 양쪽에 있고, '수령련운(繡嶺連雲)'이라 씌어진 커다란 패방이 길에 버티고 있다. 이곳은 고개를 오르는 기점인 백목포(白木鋪)이다. 여기에서 남쪽 비탈을 따라 서쪽으로 올라가 2리만에 비탈 사이를 따라 남쪽으로 돌아들었다. 1리 남짓을 갔다가 다시 서쪽으로 돌아들었다. 여기에서 동쪽의 점창산과 북동쪽의 봉우산을 되돌아보니 오히려 더욱 가까와졌지만, 내가 굽어보는 골짜기는 남쪽에 있다.

다시 서쪽의 비탈을 타고서 구불구불 올라간 뒤 4리를 더 가자, 절이 동쪽을 향한 채 비탈부리의 한 가운데에 매달려 있다. 이곳은 사차사(撦茶寺)이다. 절로 가서 식사를 했다. 절 뒤에서 다시 서쪽으로 오르자, 길은 약간 평탄해졌다. 길 남쪽으로는 전과 다름없이 동쪽으로 흘러나오는 산골물이 굽어보인다. 2리를 더 가자, 고개등성이에 횡령포(橫嶺鋪)라는 마을이 자리하고 있다.

횡령포에서 서쪽으로 나아가, 서쪽의 가운데에 낀 구렁을 건넌 뒤, 3리를 올라 고개의 움푹 꺼진 곳의 등성이를 가로질렀다. 이 움푹 꺼진 곳은 문처럼 좁다랗다. 그 서쪽으로 뚫고 나아가자마자 북쪽으로 푹 꺼져내린 구렁이 있고, 또 구렁 서쪽으로 물이 흐르고 있다. 길은 서쪽의 물길을 따라 뻗어내린다. 2리를 가자 길은 남쪽 골짜기로 돌아들고, 물길은 북쪽 골짜기를 따라 흘러간다. 물길이 북쪽으로 흘러가다가 동쪽의 양비강의 상류로 흘러든다는 것을 알았다.

다시 남쪽으로 2리를 가자, 골짜기 속은 평탄해지지만, 물길은 갑자기 남북 양쪽으로 나누어진다. 비로소 이곳의 산줄기가 이 골짜기 속에서 서쪽에서 동쪽으로 뻗었다가, 그 위쪽의 내가 넘어온 비좁은 어귀로 건너뻗으며, 건너뻗은 줄기는 북쪽의 불쑥 치솟은 봉우리이지, 남쪽에서 뻗어오는 등성이가 아님을 깨달았다.

대체로 북서쪽의 나균산에서 갈라진 이 등성이는 남동쪽의 이곳에 이르러 낮아진 채 골짜기 바닥을 건넌 뒤, 동쪽의 높은 봉우리로 불쑥 치솟는다. 그 북쪽에서 동쪽으로 뻗어내리는 것이 횡령(橫嶺)이다. 이 고개는 동쪽의 백목포에서 끝난다. 그 남쪽에서 구불구불 남쪽으로 이어져 뻗어가는 것은 동쪽의 벽계강을 끼고 서쪽의 승비수(勝備水)를 낀 채 뻗어가다가 두 물길이 만나는 곳에서 끝나는데, 이 산줄기 역시 그다지 길지 않다.

골짜기 속을 따라 남쪽으로 반리를 나아가 서쪽으로 돌아들자, 남동쪽의 푹 꺼져내린 골짜기에서 흘러오던 조그마한 물이 물길을 이루어 서쪽으로 흘러간다. 1리를 더 가서 물길을 따라 남쪽으로 돌아들어, 물길 동쪽의 벼랑을 따라 내려가기 시작했다. 시내의 서쪽을 건넌 뒤, 시내 동쪽을 건너 4리 남짓을 갔다. 동쪽의 골짜기에서 흘러나온 물이 서쪽의, 남쪽에서 흘러내리는 산골물과 합쳐져, 물길이 커지기 시작한다. 골짜기는 동쪽 벼랑에 더욱 바짝 붙은 채 물길을 굽어보면서 서쪽으로 뻗어가고, 길은 시내를 건너 서쪽 벼랑을 따라 내려간다.

남쪽의 비좁은 어귀를 빠져나오니, 어느덧 어둑어둑해져 있다. 약간 비탈을 올라 2리를 가자, 한두 채의 민가가 서쪽 비탈 위에 기대어 있다. 하지만 묵을 곳을 구하지 못했다. 다시 남쪽으로 나아가자, 양쪽 벼랑이 더욱 한데 합쳐진다. 3리를 가서 다시 시내 동쪽으로 건너자, 몇 채의 민가가 동쪽 벼랑 아래에 기대어 있다. 이곳은 태평포(太平鋪)이다. 이곳의 허름한 누각에서 묵었다. (『지』에 따르면, 이 물길은 구도하九渡河이다. 이 물은 산을 따라 에돌아 흐르는데, 강 위에 아홉 개의 다리가 걸쳐져 있는 곳이 바로 이곳이다. 그 하류는 황련보黃連堡의 남동쪽에서 쌍교하雙橋河와 만나 승비강으로 흘러든다.)

3월 24일

닭이 울자 식사를 차렸다. 동틀 녘에 길을 나섰다. 산골물을 넘어 서쪽 산을 옆에 끼고서 남쪽으로 나아갔다. 이곳의 골짜기는 여전히 좁다랗다. 5리를 가서 서쪽 산의 벼랑을 따라 차츰 올라 5리만에 그 남쪽으로 불쑥 튀어나온 산부리를 감돌았다가, 북쪽 봉우리를 끼고서 서쪽으로 나아갔다. 길은 위쪽으로 돌아들고, 시내는 아래쪽으로 돌아든다.

다시 서쪽으로 10리를 가자, 마을이 북쪽 산비탈의 골짜기 사이에 기대어 있다. 민가가 대단히 번성한 이 마을은 타우평(打牛坪)이다. 전해오는 이야기에 따르면, 승상 제갈량(諸葛亮)이 이곳을 지나다가 마침 입춘을 맞자, 소를 잡아 백성에게 보여주었다고 한다.

다시 북쪽의 비탈을 타고서 골짜기의 물길을 따라 서쪽으로 내려가 10리를 가자, 산이 그 서쪽을 가로지르고 있다. 이에 약간 내려가 산 아래로 바짝 다가갔다. 홀연 북쪽에서 남쪽으로 흐르는 시내가 산의 동쪽 기슭을 가로지르고 있다. 이 시내는 동쪽에서 쏟아지는 태평포의 구도하와 만난다. 두 줄기가 만나는 곳 양쪽에 몇 채의 민가가 자리하고 있다. 이곳은 승비촌(勝備村)이며, 북쪽에서 흘러오는 물길은 곧 승비강이다.

마을의 비탈을 감돌아 강을 거슬러 북쪽으로 반리를 가서 정자가 딸린 다리를 넘어 강 서쪽의 벼랑으로 건넜다. 강물은 이수(洱水)보다 약간 크지만 양비강에는 미치지 못한다. 이 강은 나무산(羅武山)에 발원하여

몽화로 흘러내렸다가 벽계강으로 흘러든다. 여기에서 서쪽으로 돌아들어 물길을 따라 남쪽으로 내려갔다. 이어 서쪽 산의 기슭을 따라 나아가는데, 벼랑은 몹시 가파르다. 반리를 가자, 다시 강 너머로 승비촌과 마주했다.

남쪽으로 1리 남짓을 더 가자, 조그마한 골짜기가 서쪽에서 뻗어왔다. 골짜기를 가로질러 차츰 남쪽으로 올라 동쪽의 불쑥 튀어나온 비탈을 감돌았다. 모두 7리를 간 뒤, 올라가서 남쪽의 불쑥 튀어나온 부리를 감돌았다. 물은 그 아래에서 서쪽으로 돌아들었다가 남쪽으로 꺾어져 골짜기를 세차게 흘러가고, 길은 그 아래에서 북쪽 비탈을 낀 채 서쪽으로 뻗어내린다.

대체로 그 서쪽에 있는 골짜기는 서쪽의 움푹 꺼진 곳에서 푹 꺼져내려 뻗어오고, 산은 골짜기 남쪽을 따라 골짜기를 낀 채 함께 동쪽으로 뻗어있다. 골짜기의 물은 불쑥 튀어나온 산부리 아래에서 승비강과 합쳐져 그 남쪽 골짜기를 세차게 흐르고, 불쑥 튀어나온 산부리의 길은 골짜기를 넘어 그 남쪽에 낀 동쪽 자락으로 건너뛰지 못한다. 그래서 서쪽으로 꺾어져 1리 남짓을 나아갔다가 그 서쪽의 움푹 꺼진 곳을 따라 내려갔다. 이어 동쪽으로 꺾어져 1리를 나아갔다가 그 동쪽 자락을 감돌아 올랐다. 동쪽 자락은 곧 승비강이 세차게 흐르던 골짜기의 서쪽 벼랑이다.

반리를 가서 그 남쪽으로 돌아들자, 또 한 줄기의 조그마한 물길이 동쪽 자락 남쪽의 서쪽 골짜기에서 흘러든다. 이에 남쪽으로 흘러가는 커다란 물길을 내버려둔 채, 그 서쪽에서 흘러오는 조그마한 물길을 거슬러 동쪽 자락 남쪽의 벼랑을 따라 서쪽으로 들어섰다. 1리 남짓을 가자, 조그마한 물길의 북쪽 비탈에 마을이 자리하고 있다. 길 양쪽에 마을을 이루고 있다. 이곳은 황련보(黃連堡)이다. 비로소 이 조그마한 물길이 바로 쌍교하임을 알게 되었다.

이곳에서 식사를 하는데, 소낙비가 퍼부었다. 비가 그치기를 잠시 기다렸다가 길을 떠났다. 차츰 북서쪽으로 돌아들어 언덕 위로 2리를 나아가는데, 그 아래의 골짜기는 북쪽에서 뻗어온다. 이에 언덕을 내려가 골짜기 속의 조그마한 다리를 건너 서쪽으로 나아갔다. 이 다리는 쌍교(雙橋) 가운데의 하나이며, 이 강의 근원은 여전히 북쪽의 움푹한 평지에 있다.

다리의 서쪽에서 곧장 서쪽의 비탈을 타고 올라 2리를 가자, 약간 평탄해진다. 서쪽의 움푹한 평지를 향하여 남쪽 봉우리에 기댄 채 다시 비탈을 올라 2리만에 서쪽의 언덕등성이를 넘었다. 이곳은 관음산(觀音山) 등성이인데, 남북 양쪽에 모두 절이 있다. 남쪽 봉우리는 등성이 위에 솟아 있으며, 그 꼭대기는 자못 높다랗게 솟구쳐 있다. 꼭대기 위에 전각이 뒤덮고 있으나, 멀어서 오를 겨를이 없었다.

등성이 사이의 비석을 닦고서 읽어보니, 예전에 무후 제갈량이 이곳을 지나다가 마침 길을 찾고 있는 중에 개 짖는 소리가 들리자, 좌우의 사람들이 관음보살이 현신했다고 보고했다. 이 때문에 민간에서는 낭낭규구산(娘娘叫狗山)이라고도 일컫는다고 씌어 있다. 『군지』에 따르면 이 산은 지보장산(地寶藏山)이다.

등성이에서 서쪽으로 멀리 바라보니, 그 남쪽의 구렁이 어지러이 한데 섞여 뻗어내린다. 이와 필적할 만한 높은 산이 없으며, 틀림없이 멀리 아록사(阿祿司)의 신우가(新牛街)의 경내로 통할 것이다. 그 서쪽 구렁역시 어지러이 한데 섞여 뻗어온다. 그 너머의 먼 산은 북쪽에서 등성이 남쪽으로 뻗어가는데, 북쪽으로는 갈라진 채 동쪽을 향하여 구불구불 이 산과 이어져 있고, 남쪽으로는 빙글 에워싼 채 구렁을 이루고 있다. 구렁은 자못 드넓게 트여 있지만, 비탈이 층층이 낮게 엎드려 있는지라 움푹한 평지를 이루지는 않았다. 서쪽의 산이 뻗어내린 등성이 중턱에는 절이 가운데에 매달려 있다. 구름 사이로 아득하기만 하다. 여기가 바로 '만송선경(萬松仙景)'이라는 곳이다.

여기에서 고갯마루를 따라 빙글 감돌아 북서쪽으로 2리를 가서 서쪽으로 뻗어내린 골짜기를 돌아들었다가, 그 북쪽에서 이내 서쪽에서 뻗어오는 등성이를 넘었다. 이 등성이는 남북 양쪽에 모두 골짜기가 있고, 길은 그 가운데를 따라 나 있다. 2리를 가서 서쪽으로 약간 내려가자, 나무가 무성하다. 더 내려가 다시 등성이를 지나 8리를 가자, 수십 채의 민가가 북쪽의 비탈에 기댄 채 길 양쪽에 모여 있다. 이곳은 백토포(白土鋪)이다.

다시 서쪽의 골짜기에 들어서서 7리만에 차츰 올라가 점점 서쪽 산에 다가갔다. 산등성이는 동쪽으로 드리워지고, 남북으로 푹 꺼져내린 구렁은 매우 깊은데, 소나무가 더욱 빽빽하게 뒤덮어 위아래를 가리고 있다. 비탈 사이에 송파민초(松坡民哨)라는 초소가 있으나 거주하는 이가 없다. 이곳에는 무성한 소나무만이 산에 가득하고 골짜기를 뒤덮은 채, 다른 나무는 보이지 않는다. (듣자하니 이곳에는 복령[1]이 대단히 많다고 한다. 신선할 때 먹으면 마치 마와 같다.) 따라서 비탈의 이름을 '송(松)'이라 일컬은 것은 타당하다.

이 등성이는 대체로 서쪽 고개에서 갈라져 동쪽의 관음산으로 건너 뻗는다. 다만 남북의 물길이 어디로 흘러가는지는 알 수 없다. 여기에서 서쪽의 가파르기 그지없는 층계를 기어올랐다. 수십 계단을 감돌아 올라 5리를 가자, 동쪽에 매달린 등성이에 절이 자리하고 있다. 절은 동쪽을 향한 채 소나무와 구름, 비취빛 물결 사이에서 높이 굽어보고 있다. 이곳은 만송선경사(萬松仙景寺)이다. 뒤쪽에는 송범각(松梵閣)이라는 누각이 있다. 순안사 주태정(朱泰楨)이 이름을 붙였다.

송범각에 올라 동쪽을 바라보니, 훤히 트여 있다. 점창산에 쌓인 흰 눈이 소나무로 가득한 구렁 및 파도소리와 더불어 멀리서 가까이에서 서로 비추고 있다. 송범각 뒤에서 다시 구불구불 위로 올라가 2리만에 고갯마루에 올랐다. 다시 1리 남짓을 가서 서쪽의 등성이 하나를 지났다. 꼭대기라고 여겼는데, 꼭대기 등성이의 남북으로 푹 꺼져내린 골짜기는 마치 여전히 동쪽으로 뻗어나가는 듯하다.

다시 서쪽으로 1리를 올라 남쪽으로 불쑥 튀어나온 꼭대기에 오르자, '일승천정(日升天頂)'이라 씌어 있는 패방이 나왔다. 서쪽으로 1리를 더 가서 골짜기로 뚫고 들어서자, 몇 채의 민가가 골짜기의 웅덩이 사이에 흩어져 있다. 모두 나무껍질로 지붕을 이고, 나뭇가지로 벽을 만들었다. 이곳은 천정포(天頂鋪)이다. 이에 앞서 토박이들이 모두들 '천정(天井)'이라고 일컫기에, 나는 깊은 구렁 속에 있겠거니 여겼는데, 뜻밖에도 깊숙한 산꼭대기에 있다. 우물이 있는지 물어보았으나, 끝내 보이지 않았다.

고갯마루의 민가는 상설 역참의 쉬어가는 곳이 아니었기에, 떼를 써서야 겨우 묵어가도록 허락을 받았다. 가던 걸음을 멈춘 후, 비바람이 휘몰아치고 한기가 엄습했다. 쌀을 사지 못한지라, 밀가루를 구해 개떡을 만들어 먹었다. 잠자리에 들었다.

---

1) 복령(茯苓)은 구멍장이버섯과의 버섯으로서, 공 모양 또는 타원형의 덩어리로 땅속에서 소나무 따위의 뿌리에 기생한다. 껍질은 흑갈색으로 주름이 많고 속은 연붉은 색으로 무르며, 마르면 하얗게 딱딱해진다. 이뇨의 효과가 있어 한방에서 수종(水腫), 임질, 설사 따위에 약재로 쓴다.

3월 25일

동틀 녘에 남겨놓은 개떡을 먹고서, 날이 밝자마자 길을 나섰다. 산꼭대기는 안개에 뒤덮인 채 망망하게 아무 것도 보이지 않았다. 서쪽으로 약간 1리를 내려가자, 산봉우리가 촘촘히 늘어서서 웅덩이를 이루고 있다. 웅덩이 속에는 오솔길이 북쪽으로 뻗어가고 조그마한 물길이 남쪽으로 흐르고 있는데, 한길은 물길을 따라 나 있다.

남쪽으로 골짜기 속을 나아가 1리만에 꺾어져 골짜기를 따라 서쪽으로 내려갔다. 골짜기 남쪽은 어느덧 푹 꺼져내려 허공을 감돈 채 깊숙이 서쪽으로 뻗어나간다. 서쪽으로 3리 남짓을 내려오자, 초소가 서쪽을 향한 채 비탈에 자리하고 있다. 이곳 초소 역시 텅 빈 채 아무도 없다. 그 북쪽에 동쪽에서 뻗어내려온 또 하나의 골짜기는 남쪽의 골짜기와 비탈 앞에서 만난다.

길은 비탈을 감돌아 북쪽으로 나아가 비탈 북쪽의 산골물을 건넜다. 이어 북쪽의 산골물을 따라 서쪽으로 내려가 4리만에 매화초(梅花哨)를 지났다. 여기에서 남북 양쪽으로 줄지은 산이 차츰 훤히 열렸다. 북쪽 산의 산을 따라 다시 서쪽으로 4리를 나아가 서쪽으로 드리운 등성이를 넘자, 비로소 그 남북 양쪽의 벼랑 아래로 푹 꺼져내린 구렁의 전체 모습이 보였다. 구렁을 감돌아 서쪽으로 나가자, 서쪽에 거대한 구렁이 있다.

지맥을 따라 서쪽으로 내려갔다가 8리만에 서쪽 기슭에 이르자, 길 북쪽에 절이 자리하고 있다. 골짜기 속의 조그마한 물길을 건너 시내 서쪽에서 북서쪽으로 돌아들어 밭두둑 사이로 2리를 나아갔다. 동쪽 비탈 아래에 물이 고인 못이 있고, 그 못의 서쪽을 끼고서 북쪽으로 3리를 가서 영평현(永平縣)의 동쪽 거리에 이르렀다.

이곳의 동서 양쪽에 줄지은 산은 서로 8리 떨어져 있다. 북쪽은 양쪽 산이 빙 두르고 있는 자루 모양이고, 남쪽은 양쪽 산 사이에 끼어 문을 이룬 골짜기로, 서로 15리 떨어져 있으며, 은룡강(銀龍江)이 그 가운데를 가로지르고 있다. (은룡강은 상전리上甸里 아황산阿荒山에서 발원하며, 태평하太平河라고도 한다. 매해 한겨울에 동틀 무렵에 하얀 물안개가 강에 가로놓이는데, 영락없이 은빛 용과 같아 은룡강이라 일컫는다. 하류는 타평打坪의 여러 산채를 지나 난창강으로 흘러든다.)

영평현 치소의 동쪽에는 강 위에 다리가 걸쳐져 있다. 그곳은 바로 저자이며 성곽이 없다. 그 북쪽에 성곽이 약간 갖추어져 있다. 그곳은 수비소이나, 관청은 그 안에 없다. 은룡교(銀龍橋)의 서쪽에 보제교(普濟橋)라는 다리가 또 있으며, 다리 아래를 흐르는 조그마한 물길은 남동쪽의 은룡강에 흘러든다. 한길은 현의 치소의 서쪽에서 서쪽 산을 따라 남쪽으로 나아가며, 석동촌(石洞村) 서쪽에 이르러 남서쪽의 산에 들어선다.

나는 석동(石洞)에서 온천을 하고 싶은지라, 마땅히 서쪽 산을 따르지 않고 가운데의 움푹한 평지를 경유해야 했다. 대체로 온천은 움푹한 평지에서 흘러나오기 때문이다. 이에 은룡교에서 채소와 쌀을 사고서, 곧바로 다리 동쪽의 오솔길을 좇아 강을 따라 그 하류를 건넜다. 이어 세무서 앞에서 서쪽으로 나아가 조그마한 봇도랑을 건너자마자, 봇도랑을 따라 남쪽의 움푹한 평지 속을 나아갔다. 이에 서쪽 비탈에 있는 한길과 서로 마주보면서 남쪽으로 나아갔다.

8리를 가자 온천이 평탄한 들판 속에 자리하고 있다. 앞에는 문이 있고, 뒤에는 전각이 있으며, 서쪽의 곁채는 관가의 방으로 쓰이고, 동쪽의 곁채에 바로 목욕하는 못이 있다. 못은 두 곳이고, 각각 집이 지어져 있다. 남쪽의 것은 남자용이고, 북쪽의 것은 여자용이다. 문의 입구에는 마실 거리를 파는 이가 있다. 황량한 들판에 있는 다른 못과는 사뭇 달랐다.

이에 문 앞으로 가서 콩 한 사발을 사서, 콩을 삶아 밥을 지었다. 나는 먼저 술을 마시고서 목욕하러 들어갔다. 온천물은 뜨겁지 않고 따뜻하며, 고이지 않고 흐르며, 깊지 않고 얕은지라 누워서 목욕할 수 있다. 온천의 집은 어느 참장이 지은 것이다. 그러나 바위동굴을 찾아보았으나, 보이지 않았다.

목욕을 마친 후, 식사를 하고서 밖으로 나갔다. 여기에서 서쪽의 골짜기에 들어서면 2리를 채 가지 않아 화교(花橋)로 가는 큰길이 나오고, 여기에서 남쪽의 고개를 넘으면 노당(爐塘)으로 가는 길이 나온다. 나는 이때 청정보대산(淸淨寶臺山)이 노당의 서쪽에 있다는 말을 들었다. 서쪽의, 화교에서 사목하로 가는 한길로 들어서는 길은 빙 둘러가는 길이다. 남쪽의, 노당에서 샛길로 나아가는 길은 지름길이다. 이에 나는 곧바로 움푹한 평지 속에서 남쪽으로 나아갔다.

2리 남짓을 가서 남쪽 산의 기슭에 이르자, 서쪽 골짜기에서 흘러나온 물길이 동쪽으로 쏟아져 은룡강의 골짜기 어귀로 흘러든다. 이것은 곧 화교에서 흘러오는 물이다. 다리를 건너 남쪽으로 반리를 가자, 절이 남쪽 산에 기댄 채 북쪽을 향해 있다. 이 절은 청진사(淸眞寺)이다. (회족回族이 지었다.) 절 앞에서 동쪽으로 돌아들어 반리를 가자, 후둔(後屯)이 나오고, 움푹한 평지가 자그맣게 남쪽에서 뻗어온다.

다시 동쪽으로 움푹한 평지를 가로질러 반리를 간 뒤, 다리를 건너 비탈을 올랐다. 이어 남동쪽으로 1리 남짓을 가서 동쪽으로 돌아들어 고개를 올랐다. 1리를 가서 고개 위에서 길을 잘못 들어 남쪽으로 꺾어져 2리를 간 뒤, 산을 넘어 남쪽으로 내려가자 길이 끊겼다. 2리를 가서 구렁에서 서쪽으로 돌아든 뒤, 2리를 더 가서 다시 북쪽으로 돌아들었다. 이어 후둔의 움푹한 평지로 나왔다가 다시 동쪽의 비탈을 올랐다. 2리를 가서 고개 위에서 길을 잘못 들었던 곳을 지난 뒤, 쭉 고개의 골짜기를 따라 동쪽으로 나아갔다.

반리를 가자, 동쪽으로 쭉 뻗은 골짜기가 나왔다. 이 길은 동광창(銅礦廠)으로 가는 길이다. 남동쪽으로 언덕의 움푹 꺼진 곳을 넘어가면, 문함(門檻)과 노당으로 가는 길이다. 이에 꺾어져 남동쪽으로 따라갔다. 약간 올라가 언덕을 넘어 반리를 가서 동쪽으로 골짜기를 따라 2리를 내려가 골짜기 바닥에 이르렀다. 골짜기는 북쪽에서 남쪽으로 뻗어있다. 은룡강은 구렁에 부딪치면서 골짜기를 따라가고, 길은 강의 서쪽 언덕을 따라 남쪽으로 시내와 벼랑 사이를 나아간다. 그윽하고 깊으며, 강물과 나무가 울창하여 기이한 경관을 이루고 있다.

우레와 함께 비가 세차게 내렸다. 빗속에서 10리를 가자 비가 그쳤다. 조그마한 시내가 서쪽 골짜기에서 흘러왔다. 걸쳐져 놓은 나무다리를 건넜다. 남쪽 산을 따라 동쪽으로 돌아들어 2리만에 남쪽으로 돌아들었다.

1리를 가자, 몇 채의 민가가 서쪽 산 중턱에 자리한 채, 동쪽으로 강을 굽어보고 있다. 이곳은 문함촌(門檻村)이며, 아래로 강에 걸쳐진 다리는 문함교(門檻橋)이다. 강물이 이곳에 이르면 골짜기를 뚫고서 허공에 부딪치니, 마치 문지방이 그 앞에 가로막고 있는 듯하다는 의미이다. 마을의 집에서 묵는데, 쌀을 사기가 몹시 곤란하여 반 되밖에 사지 못했다. 남아 있던 쌀로 죽을 끓이고, 방금 사온 쌀은 남겨두어 내일 식사에 쓰기로 했다.

3월 26일

닭이 두 번 울자 식사를 차렸다. 날이 밝자 강의 서쪽 언덕을 따라 나아갔다. 4리 남짓을 가서 남쪽으로 갈림길에 이르자, 서쪽 골짜기에서 흘러오는 시내는 동쪽의 은룡강과 합쳐지고, 수십 채의 민가가 아래로 시내 어귀를 막아서 있다. 이에 내려가 시내를 건너 남쪽 산의 북쪽을 따라 나아갔다. 이곳에서 강은 동쪽 아래로 꺾어지고, 길은 동쪽 위로 꺾어진다.

동쪽으로 1리 남짓을 올라 북쪽으로 튀어나온 비탈을 감돌아 동쪽으로 나아갔다. 이곳에서 강은 남쪽 아래로 꺾어지고, 길은 남쪽 위로 꺾어진다. 남쪽으로 꺾어지는 곳에 동쪽에서 뻗어든 골짜기가, 동쪽으로 꺾어진 강과 마주하고 있다. 어떤 이는 영평현의 관할지는 오늘날 여기까지라고 여기지만, 남쪽으로 꺾어지는 골짜기는 이미 순녕부에 속한다.

강 서쪽의 고개를 따라 남쪽으로 차츰 내려가 4리를 가서 약간 남서쪽으로 꺾어져 아래로 강 언덕을 따라갔다. 잠시 후 다시 남쪽으로 꺾어져 2리 남짓을 가서 골짜기를 빠져나왔다. 골짜기가 이내 약간 열리면서 밭두둑이 보이기 시작하고, 두세 채의 민가가 서쪽 비탈에 기대어 있다. 이곳은 도장(稻場)이다. 산속을 나아가 이곳에 이르러서야 논두렁이 있는지라, 도장이라 일컬은 것이다. 강의 남동쪽 비탈 사이에도 민가가 있고, 그 아래에도 눈두렁과 밭두둑이 둘러싸고 있다. 이 역시 도장의 관할지이다. 강은 그 사이로 쭉 남쪽으로 흘러가 난창강과 합쳐진다.

길은 서쪽 비탈의 마을 오른쪽에서 곧바로 남서쪽의 비탈을 따라 올라 1리만에 고갯마루에 이르렀다. 마침 강 너머로 동쪽 비탈의 민가와 마주하고 있다. 여기에서 골짜기를 따라 서쪽으로 들어서서 강과 헤어졌다. 이 골짜기는 서쪽의 등성이에서 동쪽으로 뻗어내리는데, 북쪽 벼랑의 평평한 비탈을 따라 골짜기로 들어섰다.

4리를 가서 내려가 골짜기의 남쪽으로 건넜다가 남쪽 벼랑을 따라 허공에 매달린 채 올랐다. 이어 남서쪽으로 감돌고 꺾어져 2리 남짓만에 북쪽의 불쑥 튀어나온 언덕을 넘었다. 남쪽 비탈을 따라 서쪽으로 2리를 가자, 북쪽으로 뻗어내리는 구렁을 가로질렀다. 서쪽으로 2리를 더 가서 그 남동쪽으로 건너뻗은 등성이를 올랐다. 이 등성이의 동쪽의 물길은 도장의 남쪽 골짜기 속으로 흘러내리고, 남서쪽의 물길은 노당의 남쪽으로 흘러내린다.

등성이를 따라 오르자마자, 서쪽으로 봉긋 솟구쳐 있는 높다란 산이 보였다. 위에 둥근 꼭대기가 치솟아 있는 곳은 보대산(寶臺山)이다. 그 북쪽 벼랑이 다시 불쑥 솟았다가 완만하게 꺼져내리는 곳은 산을 오르는 샛길이며, 그 남쪽 자락이 빙글 에두른 채 골짜기로 뻗어내리는 곳은 노당이 기대어 있는 곳이다.

나는 처음에 샛길을 따라 나아갈까 생각했었다. 그런데 이곳에 이르러 나무꾼과 목동에게 물어보니, 모두들 샛길은 약간 빠르기는 하여도 갈림길이 많은데다 도중에 행인이 없어 물어볼 수도 없으니, 노당으로 가는 길을 따르는 편이 약간 에돌기는 하여도 길이 넓어 나을 터이며, 숯을 실어나르는 말떼가 계속 이어지고 행인도 적지 않다고 했다.

그 갈림길은 등성이에서 나뉘는데, 등성이 서쪽 가까이의 골짜기 아래에 민가가 대단히 많다. 이곳은 구로당(舊爐塘)이다. 그 북쪽에서 골짜기로 건너 오르면 바로 샛길이고, 그 동쪽에서 골짜기를 따라 남쪽으로 내려가면 노당으로 가는 길이다.

이에 나는 남쪽으로 비탈을 내려와 1리를 가서 골짜기 바닥에 이르렀다. 반리를 가서 조그마한 다리를 건넌 뒤, 산골물의 서쪽 언덕을 따라 남쪽으로 나아갔다. 이 산골물은 매우 비좁아 가운데에 한 줄기 물길만이 통하며, 양쪽에 때때로 술잔 모양으로 밭두둑을 에워싸고 있다.

4리를 가서 약간 올라 서쪽 벼랑에 올랐다가 내려와 반리를 가자, 비로소 옆으로 골짜기가 북서쪽에서 뻗어왔다. 남쪽으로 골짜기를 건넜다.

다시 서쪽 벼랑을 따라 차츰 올라 5리를 가서 서쪽 벼랑을 감돌아 그 남쪽의 산부리를 넘었다. 매우 깊은 골짜기가 보이고, 골짜기 바닥에는 화로집의 연기와 나무판자집이 어지러이 뒤섞여 있다. 남동쪽으로 골짜기 어귀에 움패어 있는 곳은 하창(下廠)이고, 북서쪽으로 골짜기의 움푹 꺼진 곳에 이어져 있는 것은 상창(上廠)이다. 골짜기 어귀 너머를 좇아 남쪽으로 물길을 따라가는 길은 순녕부로 가는 한길이다.

내가 고개 위에서 서쪽으로 돌아드니, 왼쪽 벼랑에 동굴이 보였다. 동굴 입구는 낮게 패어 있고, 목구멍 모양의 동굴은 수직으로 곧추서 있다. 동굴은 푹 꺼져내려 깊고 어두운데, 광물을 캐냈던 옛 굴이다. 그 위쪽에서 서쪽으로 2리를 나아가 하창을 넘어 상창에 이르렀다. 가운데에 끼어 있는 구렁이 두 갈래로 나뉘어 뻗어온다. 한 줄기는 북동쪽에서, 다른 한 줄기는 북서쪽에서 뻗어오는데, 화로집이 두 갈래 사이에 자리하고 있다. (생산되는 것은 모두 적동(赤銅)이며, 상인들이 사방에서 모여든다.) 저자에는 마실 거리와 고기를 파는 이들이 많았다. 나는 곧 보대산에 오르는지라, 가게에서 채식을 했다.

서쪽 골짜기에서 물길을 거슬러 들어가 1리를 가니, 민가는 끝이 났다. 골짜기를 따라 북쪽으로 들어들자, 골짜기는 대단히 깊고 비스듬히 기울어져 있다. 다만 한 줄기 물길만이 통해 있는지라, 달리 길을 잃을 리는 없다. 다만 산속의 비가 마치 쏟아붓듯 세차게 내리기에, 온몸이 흠뻑 젖지 않을 수 없었다. 3리를 가서 차츰 올라갔다. 2리를 더 가자, 오르막길은 더욱 가팔라진다. 길에 어떤 사람이 세 말들이 항아리만한 커다란 나무뿌리를 등에 진 채 가고 있었다. 지팡이로 그 가운데를 꿰뚫었는데, 그를 붙들어 물어보니, "파초 뿌리입니다. 돼지에게 먹이려구요"라고 말했다.

가파른 길로 2리를 올라가니, 과연 파초가 벼랑을 뒤덮고 있는 게 보였다. 땅이 파헤쳐진 곳이 있다. 곧 뿌리를 파낸 곳이다. 이곳은 나무숲이 깊고도 그윽하며, 산은 높고 길은 외지다. 다행히 숯을 실어 나르는 말떼가 있었다. (모두 이곳에서 공장으로 간다.) 길을 잘못 들었다고 알려주었다.

다시 2리를 올라 그 등성이에 올랐다. 길은 북동쪽에서 등성이를 따라 뻗어내렸다. 이에 등성이를 따라 남서쪽으로 갔다. 이 길을 따라 등성이 위로 2리를 가서 남서쪽으로 내려갔다. 길 왼쪽을 보니 골짜기가 북서쪽으로 뻗어가고, 길은 두 갈래로 나누어진다. 바라보이는 보대산의 둥근 꼭대기는 마치 남서쪽 너머의 봉우리에 있는 듯한지라, 이에 잘못하여 내려가 골짜기를 따라 남서쪽으로 나아가고 말았다.

1리 남짓을 가서 골짜기 속에 갈라진 산골물을 건너서, 산골물을 따라 북서쪽으로 돌아들었다. 1리를 가서 북쪽의 불쑥 튀어나온 산부리를 감돌았다가, 남서쪽의 골짜기 속으로 들어갔다. 산골물을 거슬러 2리를 가자, 길이 차츰 사라졌다. 산골물 북쪽에 산을 불태우는 이가 보이기에, 멀리서 불러 물어보고서야 비로소 길을 잘못 들었음을 알았다. 그러나 보대산이 어디에 있는지, 길은 어디로 따라가야 할지 모르는 터라, 그저 물을 따라가라는 말 한 마디만을 지남침으로 받들었다.

다시 북동쪽으로 산부리를 감돌았던 곳으로 되돌아오니, 산골물은 북쪽으로 돌아든다. 비탈을 따라 북쪽으로 내려갔다. 2리를 가자, 남동쪽에서 뻗어오던 갈림길과 합쳐졌다. 갈림길은 방금 전에 갈라져 북서쪽으로 뻗어있는 바른 길이다. 대체로 보대산은 남서쪽의, 길을 잘못 들었던 골짜기에 있다. 그 남쪽은 바로 건너뻗은 등성이가 동쪽에서 서쪽으로 불쑥 튀어나온 곳이다. 이곳은 보대산의 동쪽 모퉁이가 뻗어온 산줄기인데, 길은 아직 열려 있지 않은 채, 온통 깊은 벼랑과 가파른 구렁 투성이이다. 이곳에서는 숯을 태우는 움을 지어 숯을 노당에 공급하고 있다. 골짜기 속의 물길은 그 서쪽에서 북쪽으로 흐르다가 북쪽 벼랑을 에돌아 서쪽으로 흘러나가 북서쪽의 모퉁이에 이르러서야, 죽력채(竹瀝

峪)의 남쪽에서 뻗어오는 길과 만난다. 그러므로 산을 오르는 길은 반드시 북서쪽에서 남동쪽으로 향해야지, 그 동쪽으로 가서는 끝내 이를 수 없다.

동쪽 벼랑을 따라 북쪽으로 1리를 더 갔다가, 산골물을 따라 서쪽으로 들어들어 북쪽 벼랑을 따라 서쪽으로 2리를 갔다. 비로소 앞쪽의 골짜기가 약간 트이고, 남쪽 산의 비탈에 마을이 기대어 있는 것이 보였다. 이에 서쪽으로 1리를 내려가 산골물 위의 다리를 건넌 뒤, 그 남쪽의 벼랑을 따라 서쪽으로 올랐다. 1리 남짓을 더 가서 아고채(阿牯寨)라는 마을에 이르렀는데, 이곳은 보대산의 문이라 할 수 있다.

아고채에서 남쪽으로 산을 올라 3리만에 혜광사(慧光寺)에 이르렀다. 혜광사는 서쪽을 향해 있고, 앞으로 골짜기를 굽어보고 있다. 골짜기 너머에는 또 산이 골짜기를 빙 둘러 북쪽으로 뻗어가지만, 끝내 보대산은 보이지 않았다. 대체로 보대산의 꼭대기는 이 절의 남동쪽에 봉긋 높다랗게 솟아 있고, 본사(本寺) 또한 보대산 꼭대기의 남쪽에 있으니, 남서쪽 골짜기에서 감돌아 들어가야 마땅하다. 보대대사(寶臺大寺)는 입선(立禪) 법사가 지은 것이다. 입선 법사는 3년 전에 불경을 구하러 동쪽으로 간지라, 이 산을 떠난 지 오래되었다.

나는 성성(省城)에 이르자마자 이 산의 융성함에 대해 들은 적이 있다. 원모(元謀)에서 요안부(姚安府)로 가는 도중에 이곳이 불타버렸다는 소식을 들었으며, 다시 그것을 다시 지었다가 다시 훼손되었다는 소식도 들었다. 나는 화재를 입은 지 오래되었으리라고 생각했다가, 이곳에 이르러서야 그 화재가 섣달에 일어났음을 알게 되었다. 헤아려보니 그때는 내가 요안부를 이미 지난 때인데, 어찌하여 소식이 먼저 전해졌는지 알 길이 없다. 보대대사가 화재를 입은 후에, 대다수의 유명 스님들은 혜광사에 거주하고 있다. 내가 이르렀을 때, 때는 아직 오후이지만, 스님이 굳이 붙들기에 절에 머물기로 했다.

3월 27일

혜광사에서 식사를 하고서, 곧바로 남쪽으로 5리를 올라 그 서쪽으로 건너뻗은 움푹 꺼진 곳을 올랐다. 움푹 꺼진 이곳은 보대산의 서쪽 갈래가 이곳까지 건너뻗은 것이며, 이 움푹 꺼진 곳 서쪽의 잔갈래는 곧장 북쪽으로 돌아들어 혜광사 앞에서 빙 두르고 있다.

움푹 꺼진 곳의 남쪽을 넘자, 앞쪽에 우뚝 솟구쳐 있는 남쪽 산이 보였다. 남쪽 산은 움푹 꺼진 곳의 동쪽에 뻗어있는 꼭대기와 더불어, 문처럼 두 겹으로 늘어섰다가 동서 양쪽의 깊은 골짜기를 이루고 있다. 남쪽 산은 북쪽 꼭대기와 엇비슷한 높이로 동쪽에서 서쪽으로 뻗어간다. 겹겹의 골짜기가 그 가운데에 끼어 있으나 아래의 바닥이 보이지 않으며, 밖으로 난창강과의 사이에 남쪽으로 구렁을 이루고 있다.

대체로 남쪽 산은 노당의 남서쪽에서 서쪽으로 돌아들었다가 난창강의 북쪽 언덕을 거슬러 서쪽으로 뻗어가 보대산의 남쪽 외곽을 이룬다. 이곳에서 서쪽으로는 난창강을 가로막고, 동쪽으로는 사목하의 물길을 에워싼 채, 강파정(江坡頂)을 건너서 북쪽의, 사목하(沙木河)가 난창강으로 흘러드는 곳에서 끝난다. 이것이 남쪽 산의 외곽의 지형이다.

보대산은 노당의 남서쪽에서 서쪽으로 돌아든다. 가운데에 매달린 커다란 등성이는 남쪽을 향해 남쪽 산과 골짜기를 마주하여 보대산을 이루고, 서쪽을 향해 서쪽으로 건너뻗었다가 북쪽으로 돌아든 산갈래와 골짜기를 마주하여 혜광사를 이루고 있다. 이것은 보대산이 가운데에 자리잡은 형세이다. 이 안의 물길은 두 겹인데, 모두 서쪽으로 돌아들어 북쪽으로 흘러나간다. 그 너머의 커다란 물길은 거꾸로 싸안은 채 홀로 남쪽으로 흐르다가 동쪽으로 에돌아 흐른다. 이것은 여러 물길이 빙 둘러 이어진 분포도이다.

이곳에 이르러서야 비로소 그 참모습을 보게 되니, 산은 갈고리 모양으로 에워싸고, 물길은 팔을 엇갈린 듯하다. 산줄기가 시작되는 나균산(羅均山)은 갈고리의 손잡이 부분이고, 박남산(博南山)의 정당관(丁當關)은 갈고리의 가운데 부분으로서, 바깥으로 갈고리의 끄트머리와 마주하고 있다. 강파정은 바로 갈고리의 끄트머리가 끝나는 곳이고, 보대산은 갈고리가 굽어져 꺾어지는 곳이다.

운룡주(雲龍州)에서 흘러오는 난창강은 오른팔로서, 남동쪽으로 싸안으면서 산의 바깥 기슭을 따라 산의 동쪽 자락이 끝나는 곳에 이른 후에 흘러나간다. 남쪽 산의 동쪽 골짜기에서 발원하는 사목하는 왼팔로서, 북서쪽으로 싸안으면서 산 안쪽의 움푹한 평지를 따라 산의 서쪽 자락이 끝나는 곳에 이른 후에 흘러나간다.

두 줄기의 물길이 하나는 산 안쪽에서, 다른 하나는 산 바깥쪽에서, 그리고 하나는 흘러가고, 다른 하나는 흘러오며, 하나는 물길을 따르고, 다른 하나는 물길을 거스른 채 산기슭을 감돌아 흐른다. 산의 남쪽 갈래는 또 가운데를 경계로 북쪽에서, 남쪽에서, 동쪽에서, 서쪽에서, 다시 남쪽에서 북쪽으로 뻗어 보대산을 호위하는 셈이다. 이것은 또한 산과 물이 뒤얽힌 대략적인 모습이다.

움푹 꺼진 곳의 남쪽에서 동쪽으로 돌아드니, 아래로는 남쪽 골짜기를 굽어보고, 위로는 북쪽의 벼랑에 기대어 있다. 동쪽의 산등성이의 남쪽으로 나아가 두 차례 오르내렸다가 3리만에 동쪽의 만불당(萬佛堂)에 이르렀다. 이곳은 곧 보대대사의 앞뜰로서, 보대산이 남쪽으로 불쑥 튀어나온 끄트머리에 자리하고 있다. 입구는 서쪽을 향해 있으나, 전당과 층계는 모두 남쪽으로 열린 채, 앞쪽은 깊은 골짜기의 남쪽을 굽어보고 있다. 남쪽 산은 마치 병풍인 양, 마치 담을 마주하고 있듯이 봉긋 높다랗게 솟구쳐 있다.

산 위에는 목련꽃이 많이 피어 있고, 나무는 대단히 높고도 크다. 피어난 꽃은 연꽃 같은데, 노란색, 하얀색, 파란색, 자주색 등의 여러 빛깔의 꽃이 있다. 꽃잎은 스무 조각이며, 매년 2월이 되면 잎이 채 나오기도 전에 꽃을 피웠다가, 3월이 되면 꽃이 지고 잎이 자란다. 맨 꼭대기에 있는 용석탑(湧石塔)은 높이가 두 길이며 땅에서 솟구쳤다고 하는데, 이것은 석순이다.

그 남쪽의 움푹 꺼진 곳에는 또 섬서성(陝西省)에서 온 노스님이 띠집을 짓고 산 지 스무 해가 되었다. 이곳은 남쪽 산의 그윽하고도 험한 곳인지라, 이곳에 와본 적이 있는 이가 없다. 만불당에서 바라보면 평탄하여 갈 수 있을 듯하지만, 아래로 깊은 골짜기를 오르고 위로 층층의 벼랑을 넘어 하루 종일 걸어야 겨우 오갈 수 있다.

만불당 뒤에서 북쪽으로 올라 채 반리를 가지 않아 보대대사의 옛터가 나왔다. 보대대사는 숭정(崇禎) 원년[1]에 창건되었다. 그 전에도 숲이 우거져 있었는데, 입선 법사가 산을 뒤져 절의 터를 찾다가 이곳을 찾아냈다. 법사는 이곳을 위해 두 개의 손가락을 붙태워 모금하여 대사찰을 지었다. 절의 규모는 웅장하고 널찍하며, 정전은 남쪽을 향해 있다. 층층의 팔각 용마루는 높이가 10여 길이며, 사원의 터의 지반은 몇 무(畝)나 된다.

이곳의 산줄기는 북동쪽에 둥글게 봉긋 솟아오른 꼭대기에서 층층으로 내려오는데, 모양이 마치 줄줄이 꿰어놓은 구슬과 같다. 대전은 산에 바짝 기대어 있다. 다만 그 앞에 깊은 골짜기가 가로놓여 있는지라 훤히 트여 있지 않은데다, 대전의 터가 높다. 또한 서쪽 갈래는 아래로 낮게 엎드려 있고 오른쪽에는 용사(龍砂)가 없으며, 물도 새어나간다. 따라서 지형은 그윽하고 은밀하나 실제로 닫혀 잠긴 곳은 드문지라 이곳을 대단히 좋다고는 할 수 없다.

어떤 사람은 앞쪽의 높은 산이 바짝 붙어 있는 게 흠이라고 말하지만, 나는 그렇게 생각하지 않는다. 산 너머로 커다란 강이 빙 둘러 흘러오지만, 이 산이 가로막지 않았더라면 공활했을 것이다. 또한 산 안쪽에 깊은 골짜기가 비록 가까이 둘러싸고 있지만, 이 산이 가운데에 끼어 있지 않았더라면 물이 새어나갔을 것이다. 비록 앞쪽에 담을 마주한 듯이 내리누르고 있지만, 천하의 대사찰은, 이를테면 소림사(少林寺)가 소실산(少室山)을 마주하고, 영암사(靈巖寺)가 태산(泰山)을 마주하고 있듯이, 모두 우뚝 솟은 산이 앞을 가로막아 오히려 시야를 더욱 멀리 트여준다. 내가 생각하는 바의 흠은 앞쪽의 산이 너무 붙어 있는 것이 아니라, 오른쪽이 약간 성기다는 데에 있다.

처음에 내가 혜광사에서 올 적에, 취봉(翠峰) 스님은 나에게 "소승은 동행할 이를 잠시 기다렸다가, 곧바로 당신의 뒤를 따라가겠습니다"라고 말했다. 만불당에 이르자, 취봉 스님이 과연 한 스님과 함께 와 있었다. 그는 사천성에서 온 일위(一葦) 스님이다. 이 스님은 북경(北京)에서 여기까지 방문했으며, 불법의 종지를 강연하는 데에 뛰어났다.

듣자하니, 이곳에 료범(了凡) 법사가 계신다고 한다. 료범 법사 역시 사천성에서 오신 스님으로, 불경에 정통하다. 그는 입선 법사가 떠나신 후부터 동쪽 골짜기에 머물러 수도하고 있다. 이 산에 명승이 계신다 하여 취봉 스님과 함께 찾아온 것이었다. 이때 료범 법사는 무너진 대전을 위해 태사인 섬약암(閃約庵)에게 모금하여, 우선 옛터에 구리불상을 주조함으로써 부흥의 창도자 역할을 하고 있다. 그는 잠시 정실에서 만불당 앞의 누각으로 옮겨와 지내고 있던 참이었다. 그래서 나는 일위 스님과 함께 인사를 드리러 찾아갔다.

료범 법사는 곧바로 지팡이를 끌고 앞장서서 안내했다. 보대대사의 터에 이르러 본떠놓은 불상의 모형을 둘러보고, 터 왼쪽에서 북쪽 벼랑을 따라 동쪽으로 나아갔다. 층계를 감돌아 비탈을 오르니, 길은 그윽하고도 가파르다. 조그마한 정실을 두 곳 지나고 두 차례를 오르내리고서 남쪽의 조그마한 골짜기로 내려갔다. 고목이 깊숙이 무성하고 등나무가 얽히고 대나무숲이 우거져 있는데, 5리를 가서야 료범 법사의 정실이 나타났다.

정실은 남쪽을 향한 채, 대전의 터와 동서로 나란히 늘어서 있다. 다만 이곳은 동쪽으로 이미 깊숙이 들어와 있다. 그 앞에는 남쪽 산이 다른 곳과 마찬가지로 나란히 끼어 있으나, 오른쪽의 용사가 층층이 쌓여 있는지라, 대전의 터의 서쪽처럼 널찍하게 트여 있지는 않다. 이곳의 산줄기는 북쪽의 둥글게 봉긋 솟은 꼭대기의 가운데에서 드리워져 내려오다가, 정실 앞에 이르러 약간 움푹 꺼지며, 앞에서 다시 약간 둥근 언덕으로 솟은 채, 아래로 깊은 골짜기의 북쪽을 굽어보고 있다. 세 칸짜리 집으로 엮어진 정실은 그 움푹 꺼진 곳을 정면으로 굽어보고 있다. 이 정실은 그윽함과 훤히 트임의 두 가지를 모두 갖추었으니, 보대산의 깊고 오묘한 곳이라 할 만하다.

료범 법사와 고향이 같은 일위 스님은 산속에 조용히 머물고 싶어 했고, 료범 법사는 그와 불경을 논하고 싶어 했다. 내가 곁에서 살펴보건대, 료범 법사는 불경에 박식하기는 하나 심경(心境)이 융합되지 않았으며, 일위 스님은 깨달은 바가 정통하고 부지런하나 종지에 투철하지 못하다. 하지만 두 분 모두 깊은 산중에서 만나보기 어려운 인물들이다. 료범 법사는 그의 제자에게 시주밥을 차리게 했다. 제자는 처음에는 밀가루떡을 내오고 나서, 채소와 밥을 차렸다. 식사를 마치자 비가 세차게 쏟아지더니, 한참만에야 그쳤다. 오후에 길을 나섰다. 보대대사의 터를 지나 15리만에 혜광사로 되돌아와 묵었다.

---

1) 숭정(崇禎) 원년은 1628년이다.

3월 28일

날이 밝자, 식사를 하고서 길을 떠났다. 3리를 가서 북쪽으로 내려가 아고채에 이르렀다. 그곳에서 서쪽으로 내려가 2리를 더 가서, 동쪽에서 흘러오는 산골물을 넘은 뒤, 북쪽 산의 남쪽 벼랑을 따라 북서쪽으로 1리 남짓을 올랐다. 이어 그 서쪽 자락을 감돌아 북쪽으로 나아가는데, 그 아래는 아고채의 북쪽과 서쪽의 두 갈래 산골물이 합쳐져 북쪽으로 흐르는 골짜기이다. 2리를 가서 서쪽으로 불쑥 튀어나온 비탈을 넘은 뒤, 계속해서 동쪽 비탈을 따라 북서쪽으로 나아갔다.

6리를 가서 깎아지른 듯한 비탈을 푹 꺼져내려 1리만에 산골물에 다다랐다. 계속해서 산골물의 동쪽 언덕을 따라 북쪽으로 나아갔다. 골짜기 북쪽을 바라보니, 산이 앞쪽에 가로놓여 있고, 길은 쭉 산을 바라보면서 뻗어 있다. 5리를 가자, 한두 채의 민가가 동쪽 산 아래에 기대어 있고, 그 앞에는 물길을 옆에 끼고서 밭이 일구어져 있다.

다시 북쪽으로 2리를 가서 곧장 북쪽 산 아래에 이르렀다. 골짜기는 동쪽에서 서쪽으로 펼쳐져 있고, 골짜기 속에는 한 줄기 물길이 북쪽 산을 따라 서쪽으로 쏟아져 흐른다. 이것은 바로 구로당의 서쪽에서 뻗어오는 길이다. 남쪽으로 흘러오던 아고채의 산골물은 이 물길과 만난다. 이것은 삼차계(三汊溪)이다. 구로당에서 길을 알려주던 이가 샛길은 빠르기는 하여도 물어보기가 쉽지 않다고 했는데, 바로 이 길을 가리킨 것이다. 여기에서 골짜기는 동서 두 갈래로 바뀌고, 양쪽의 물길은 합쳐져 서쪽으로 흘러가며, 길은 북쪽의 물길을 건너 북쪽 벼랑을 따라 서쪽으로 나아간다.

3리를 가서 서쪽으로 내려가 골짜기 어귀로 나오자, 그 서쪽에 남북으로 커다란 골짜기가 펼쳐져 있다. 대체로 남쪽의 보대산의 남쪽 골짜기에서 뻗어내려 남쪽 산을 따라 북쪽으로 돌아들었다가 밖으로 난창강과 경계를 이루고 있는 곳은 이곳의 움푹한 평지의 서쪽 산이고, 서쪽의 움푹 꺼진 곳을 따라 북쪽으로 돌아들었다가 안으로 혜광사를 끼고 있는 곳은 이곳의 움푹한 평지의 동쪽 산이다. 동쪽 산은 서쪽으로 흘러나가는 삼차계에 의해 끊겨 있고, 보대산의 가운데 산줄기는 삼차계의 북쪽에 이르러 끝난다.

또한 구로당의 북쪽 등성이의 갈래는 갈라져 서쪽으로 불쑥 튀어나온 채 서쪽 산과 마주하여 골짜기를 이루고 있다. 북쪽 골짜기에는 움푹한 평지가 커다랗게 펼쳐져 있고 비탈이 어지러이 섞여 있으며, 바닥은 그다지 평탄하지 않다. 남쪽 골짜기는 삼차계의 물길과 합쳐져 북쪽으로 흘러간다. 이곳은 사목하의 상류이다. 골짜기 속의 밭두둑은 높거니 낮거니 휘감아 돌고, 민가가 동서로 마주하고 있다. 이곳은 죽력채(竹瀝砦)이다.

길은 동쪽 산을 끼고서 북쪽을 돌아들었다. 동쪽 마을의 위로 나아가 북쪽으로 3리를 가니, 움푹한 평지 속의 물이 동쪽 산의 기슭에 곧바로 철썩이고 있다. 길은 벼랑을 따라 그 위로 올라가 북쪽으로 2리를 더 가서 마안령(馬鞍嶺)을 넘었다. 이 고개는 동쪽 산이 서쪽으로 불쑥 튀어나온 부리이며, 물길은 서쪽으로 굽이져 산기슭을 감돈다. 이곳은 죽력채의 문에 해당된다. 북쪽으로 2리를 내려가서야 평탄한 시내를 이루고 있다. 물길과 길 모두 험준한 곳을 벗어나 평탄해졌다.

시내 동쪽을 따라 북쪽으로 3리를 나아가자, 동쪽 산 아래에 구가자(狗街子)라는 마을이 기대어 있고, 서쪽 산에는 아이촌(阿夷村)이라는 마을이 기대어 있다. 동쪽 산은 박남산의 주요 등성이가 서쪽으로 감도는 곳이고, 서쪽 산은 보대산의 남쪽 산이 북쪽으로 돌아드는 곳이다. 이곳의 산은 평탄하게 펼쳐진 채 북쪽으로 뻗어가고, 4리를 더 가면 사목하역(沙木河驛)의 서쪽 비탈이 정당관에서부터 너른 들판의 북쪽에 서쪽으로 불쑥 튀어나온 채 서쪽에 줄지은 산과 합쳐진다. 너른 들판 속의 물길은 사담(沙潭)에서부터 역시 서쪽 산의 기슭에 바짝 붙어 북쪽으로 흘러간다.

이에 길은 물길을 건너 서쪽 벼랑 위를 따라 나아갔다. 3리를 더 가서 북쪽으로 내려가 시내에 이르자, 시내 위에 다리가 걸쳐져 있고, 동쪽에서 뻗어오는 길은 사목하역으로 가는 한길이다. 위에 정자가 덮여 있는 이 다리는 봉명교(鳳鳴橋)이다. 나는 다리를 건너지 않은 채, 남쪽에서 뻗어오는 길을 따라 다리 서쪽을 지났다. 다리 서쪽에서 식사를 했다.

서쪽 산의 한길을 따라 북쪽으로 3리를 나아가, 서쪽 산이 북쪽으로 불쑥 튀어나온 부리를 감돌았다. 여기에서 북쪽의 움푹한 평지가 약간 트이고, 밭두둑이 엇섞인 채 퍼져 있다. 그 아래에는 시냇물이 북쪽으로 꿰뚫고 흘러가다가 북쪽 골짜기를 지나 난창강에 흘러든다. 길은 산부리를 감돌아 서쪽으로 1리를 더 나아가자, 만자촌(灣子村)이 나왔다. 몇 채의 민가가 남쪽 산의 북쪽 기슭에 기댄 채 북쪽으로 불쑥 튀어나온 겨드랑이에 자리하고 있는지라 만자(灣子)라 일컫는다.

만자촌의 서쪽에서 골짜기를 따라 남쪽으로 들어서서 1리를 가자, 골짜기는 끝이 났다. 다시 골짜기 서쪽의 산을 따라 굽이져 서쪽으로 올라 3리를 가서 고개등성이를 올랐다. 이곳은 곧 보대산 남쪽의 산이 북쪽으로 돌아들어 이곳까지 이른 것이다. 고개에 걸터앉아 동쪽을 바라보니, 동쪽 경계는 박남산이 남쪽에서부터 빙 둘러온 것이다.

북쪽을 바라보니, 골짜기 어귀의 가운데가 낮게 엎드려 있다. 이곳은 곧 사목하가 북쪽의 난창강으로 쏟아지는 곳이며, 이 갈래는 북쪽으로 이곳에서 끝난다. 그 너머에 높은 봉우리가 또 높이 솟구쳐 50리 밖에 가로누워 있다. 이 봉우리는 와요산(瓦窯山)으로, 영평현 북쪽과 운룡주의 경계가 나뉘는 곳이며, 예전에 왕반(王磐)이 점거한 채 반란을 일으켰던 곳이다.

(『등영도설騰永圖說』에 따르면, 숭정 무진년에 왕반이 요새에 웅거하여 반란을 일으켜 난창교滄橋를 불살라 끊었다. 또 고찰해보니, 마원강馬元康이 병사를 일으켜 추격하여 왕반과 하何아무개의 소굴을 조간曹澗에서 격파했다. 마원강 역시 '이전에 왕반과 하아무개가 모반을 꾀하여 영창부를 습격해 왔는데, 다행히 난창강에서 다리를 끊은 채 오는지라, 대비를 할 수 있었다'고 말했다. 생각건대, 조간은 운룡주의 서쪽 경계에 있고, 와요산은 운룡주의 남쪽 경계에 있으니, 조간은 틀림없이 영창부의 북쪽 변방에 자리하고 있을 것이다. 왕반과 하아무개 두 도적이 곧바로 남쪽으로 내려오지 않고, 동쪽으로 난창교를 경유했는데, 이는 본디 그 동쪽의 보급로를 차단하고자 함이었다. 이는 와요산과 가깝기 때문일 터인데, 아마도 와요산과 조간은 모두 두 도적의 소굴이었

으리라.)

서쪽을 바라보니, 겹겹의 벼랑과 층층의 골짜기이다. 그 아래는 좁다
랗게 한데 합쳐져 있는데, 어느새 난창강의 물길이 골짜기 바닥에 움패
어 있다. 등성이에서 남쪽으로 나아가자, 암자가 움푹 꺼진 곳에 가로걸
려 있다. 암자의 편액에는 보제암(普濟庵)이라 씌어 있다. 암자의 스님이
이곳에서 찻물을 베풀어주었다. 이곳은 곧 강파정(江坡頂)이라는 곳이다.
이곳의 남쪽으로 나와 서쪽의 골짜기 바닥을 굽어보니, 혼탁한 물길 한
줄기가 남동쪽으로 에돌아 흘러가는데, 아래로 깊이 움패어 있다. 물길
너머로 까마득한 벼랑이 높고도 험준하다. 위로는 운무를 잘라내고 아
래로는 강물을 물어뜯고 있다. 이 벼랑은 곧 나민산(羅岷山)이다.

난창강은 토번(吐蕃)의 차화가전(嵯和哥甸)에서 남쪽으로 흐르다가, 여
강부와 난주(蘭州)의 서쪽, 그리고 대리와 운룡주의 동쪽을 거쳐, 이곳의
산 아래에 이른다. 강물은 다시 남동쪽의 순녕부와 운주(雲州)의 동쪽을
거쳐 남쪽의 위원(威遠)과 차리(車里)로 흘러내리는데, 이 물길을 과룡강
(撾龍江)이라고 하며, 강물은 교지(交趾)로 흘러들어 바다에 이른다. 그런
데 『일통지』에 따르면, 조주(趙州)의 백애검(白崖瞼)에 있는 예사강(禮社江)
은 초웅부 정변현(定邊縣)에 이르러 난창강에 합쳐지고, 원강부(元江府)에
흘러들어 원강(元江)이 된다.

내 생각으로는, 난창강이 정변현 서쪽에 이르러 합쳐지는 것은 몽화
부(蒙化府)의 양비강과 양강의 두 물길이지, 예사강이 아니다. 또한 예사
강이 정변현 동쪽에 이르러 합쳐지는 것은 초웅부의 마룡(馬龍)과 녹풍
(祿豐)의 두 물길이지, 난창강이 아니다. 그러므로 난창강과 예사강은 비
록 똑같이 정변현을 거치기는 하지만, 이미 동서로 나뉜 채 다함께 경
동(景東)으로 흘러내렸다가 동서의 변경으로 나뉘어 흘러 더욱 멀어진다.
이중계의 『대리지』에서는 난창강을 흑수(黑水)라 하고 따로이 『도설』을
갖추었으나, 순녕부 아래는 자세히 밝히지 못했다. 쇠사슬로 이은 다리

의 동쪽에 비문이 있는데, 고을의 향신이 지은 이 비문에 따르면, 다만 순녕부와 차리에서 남쪽 바다로 흘러든다고만 밝혀놓았을 뿐이다. 그러므로 난창강이 동쪽의 원강에 흘러든 적이 없음을 알 수 있다.

고개에서 남쪽으로 1리를 나아가 곧바로 구불구불 내려가는데, 산세가 몹시 가파르다. 고개를 돌려 멀리 바라보니, 철교가 북쪽 벼랑 아래에 움팬 채 매우 가까워보인다. 철교를 마주보거나 혹은 등진 채 '지(之)'자 모양으로 3리를 내려가 강언덕에 닿았다. 곧바로 동쪽 벼랑 아래로 다가가 강을 거슬러 북쪽으로 나아가 1리를 더 가서 쇠사슬로 이은 다리의 동쪽에 이르렀다.

다리 앞부분에는 강물을 굽어보면서 관문을 설치하고, 돌을 쌓아 반원형의 문을 만들었으며, 안쪽에는 동쪽 벼랑에 기대어 무후사(武侯祠)와 세무서를 세웠다. 다리 서쪽의 반원형의 관문 역시 마찬가지이고, 안쪽에는 서쪽 벼랑에 기댄 채 누대를 지어 다리를 세운 이를 제사지내고 있다. 반원형의 관문은 모두 다리 남쪽에 있으며, 그 북쪽은 온통 벼랑의 바위가 깎아지른 듯 높아서 기어오를 길이 없다.

대체로 동서 양쪽에 줄지은 산 가운데, 다리 북쪽에 있는 것은 모두 바위가 엇섞인 채 강의 수면을 거꾸로 내리누르고 있고, 다리 남쪽에 있는 것은 모두 가파른 흙산으로, 강가에 나란히 늘어서 있다. 따라서 길을 잡아들 때에는 늘 남쪽의 흙벼랑을 타고서 '지(之)'자 모양으로 오르내린다. 다리는 그 북쪽의 흙과 바위가 서로 이어진 곳에 걸쳐져 있다. 이곳의 다리는 북반강(北盤江) 위의 철교보다는 넓지만, 길이는 그에 미치지 못한다.

다리 아래로 흐르는 물은 두 곳 모두 혼탁하다. 북반강은 사납게 내달리는 자태와 물결이 맞부딪쳐 솟구치는 기세를 지닌지라 얕아 보인다. 반면 이곳은 흐릿하게 흐르면서 깊고 고요한지라 그 깊이를 헤아릴 길이 없으며, 그 좁고 빠름은 북반강에 비할 수 없다.

북반강에 가로놓인 쇠사슬은 모두 나무판자 아래에 있다. 반면 이곳은 아래에 받침용 쇠사슬이 있고 위에 또 높다란 묶음용 쇠사슬이 있는데, 양쪽 벼랑 끄트머리의 기둥에 매달아 놓았다. 다리 가운데 이르러 또 비스듬히 기울어지는 부분에는 아래에 쇠사슬을 묶었으니, 엇섞어 이어놓은 것이 마치 베틀로 베를 짜면서 잉아로 잡아당기듯 했다.

이곳의 다리는 무후 제갈량이 남방을 정벌할 때 처음 세워졌기에, 맨 먼저 그에게 제사를 지내고 있다. 그 당시에는 나무를 엮어 건넜으며, 나중에는 대나무와 밧줄을 사용하거나 쇠기둥으로 배를 잡아맸는데, 기둥이 여전히 남아 있다. (호경덕胡敬德이라 여기는 이도 있고, 명나라 초에 이곳을 진압한 화악華岳이라 여기는 이도 있다. 그러나 호경덕은 이곳에 온 적이 없으므로 화악이 맞다.)

하지만 난진(蘭津)의 가요로 볼 때, 한나라 명제(明帝) 때에 이미 널리 알려졌으니, 제갈량 당시에 시작된 일은 아닐 것이다. 만력 병오년[1]에 순녕부의 토박이 추장인 맹정서(猛廷瑞)가 반란을 일으켜, 관병을 막으려고 다리를 불살랐으며, 숭정 무진년[2]에는 운룡주(雲龍州)의 반도인 왕반(王磐)이 또 불살랐다. 사십년 동안에 두 번이나 망가졌다가, 최근 기사년[3]에 다시 세웠으며, 천호(千戶) 한 명을 두어 지키게 했다. 이로 볼 때, 이곳이 운남 서부의 요새라는 사실은 수천 수백년이 흘러도 변함없음을 알 수 있다.

나는 이때 다리를 건너는 데 급급하여 다리 동쪽의 무후사(武侯祠)에 들러볼 겨를도 없이, 다리 서쪽의 평대 위의 누각에 올랐다. 서쪽 벼랑이 유독 가파른 것으로 보아, 이곳은 나민산(羅岷山)의 산기슭이리라. 여기에서 반원형의 관문을 나와 나민산의 벼랑을 따라 남쪽으로 강을 따라 올랐다.

(『지』에 따르면, 나민산은 높이가 천여 길이다. 남조南朝의 몽蒙씨 때에 천축天竺에서 온 스님이 있었는데, 그의 이름이 나민羅岷이었다. 그가 일찍이 춤을 추자 산 역시 그를 따라 춤을 추었다. 나중에 이곳에서 세상을 떠나자, 사람들이 바위 아래에 사당을

세웠다. 그때 날아가던 바위가 떨어지자, 지나던 이들이 깜짝 놀라 달려가, 이 바위를 '최행석催行石'이라 일컬었다. 생각건대 그 바위는 벼랑 위의 들짐승이 밟아 떨어져내린 것이리라. 예전에 어떤 사람이 날이 곧 밝을 무렵에 이곳을 지나다가 희미한 안개 속에서 수많은 바위들이 강에서 날아오르는 것을 보았다고 하는데, 이 또한 기이한 일이다.)

5리를 가서 평파포(平坡鋪)에 이르렀다. 수십 채의 민가가 나민산의 동쪽 기슭에 끼어 있으며, 아래로 난창강을 굽어보고 있다. 이곳의 오르막 길이 그런대로 평탄하기에 '평파(平坡)'라고 일컬은 것이며, 여기에서부터 가파른 길을 올라간다. 이때 날은 아직 나아갈 만했으나, 짐을 짊어진 스님이 앞서가면서 몹시 힘들어 하기에 가던 길을 멈추기로 했다.

(고찰한 바에 따르면, 영창부는 준치를 소중하게 여긴다. 이 물고기는 청어처럼 생겼으나 대단히 살져 있으며, 이 강에서 지금 이때에만 잡힌다. 이 물고기를 시어時魚라고 일컫는 것은 오직 3월 말부터 4월 초 사이에만 잡히기 때문이다. 하지만 지금은 강물이 불어난 후인지라 잡을 수가 없었다.)

---

1) 만력(萬曆) 병오년(丙午年)은 만력 34년인 1606년이다.
2) 숭정(崇禎) 무진년(戊辰年)은 숭정 원년인 1628년이다.
3) 기사년(己巳年)은 숭정 2년인 1629년이다.

3월 29일

닭이 두 번 울자, 식사를 차렸다. 날이 밝자 길을 나서, 곧바로 구불구불 남쪽으로 올랐다. 2리 남짓을 가서 서쪽으로 돌아드니, 흙산은 다시 끝이 나고, 바위산으로 바뀌었다. 여기에서 난창강은 남동쪽의 커다란 골짜기를 따라 흘러가고, 길은 조그마한 골짜기를 따라 서쪽으로 들어선다.

서쪽으로 1리를 가자, 바위벼랑이 양쪽에 곧추서 있고, 그 사이에서 물이 떨어져 내린다. 먼저 왼쪽 벼랑에 걸린 잔도를 따라 허공을 가로질러, 곧바로 북쪽으로 틈새의 겹겹의 층계를 서쪽으로, 혹은 북쪽으로 구불구불 올랐다. 길이 몹시 가팔랐다. 양쪽 벼랑 사이에 끼어 있는 바위는 쪼갠 듯한데, 가운데에 동굴 하나가 드리워져 있고, 물이 바위에 부딪치면서 흘러내린다. 층계를 타고서 벽에 기대어 올라가니, 사람은 마치 암벽을 뚫고서 하늘을 어루만지는 듯하고, 물은 마치 길을 다투듯 이마에까지 튀어오른다. 마치 사람과 물이 서로 지지 않으려는 듯하다.

골짜기 사이에는 고목이 하늘에 닿을 듯 솟구쳐 있고, 구불구불 휘어진 나뭇가지는 층계에 매달려 있다. 물소리와 바위색깔이 사람의 몸과 마음을 차갑게 식혀버리는지라, 기어오르는 고통스러움도 잊고, 말이 내달릴 수 있는 길인지도 알지 못한다. 2리를 오르자, 길 사이에 암자가 있다. 암자에는 도인이 살고 있는데, 이곳은 곧 산달관(山達關)이다.

암자 뒤에서 다시 서쪽으로 오르자, 길은 두 갈래로 나뉘었다. 한 갈래는 물길을 건너 남쪽 벼랑을 따라가고, 다른 한 갈래는 쭉 올라가 북쪽 벼랑을 따라간다. 두 길 모두 1리 남짓만에 다시 합쳐진 뒤, 바위골짜기 위로 뻗어 오른다. 나는 산등성이라고 여겼는데, 그 안은 여전히 평탄한 골짜기이다. 졸졸 골짜기 속을 흘러오던 물은 이곳에 이르러 골짜기의 바위의 동쪽으로 떨어져 내린다. 그 바깥쪽은 대단히 가파르고, 그 안쪽은 매우 평평하다.

그 가파른 곳을 올라 동쪽 산 위를 뒤돌아보니 층층의 봉우리가 드러나 있다. 동쪽으로 가까이 있는 봉우리는 구가자(狗街子)와 사목하역의 뒤쪽의 여러 등성이로서, 이른바 박남산의 정당관이다. 남동쪽으로 멀리 있는 봉우리는 보대산의, 둥글게 봉긋 솟은 꼭대기이다. 안쪽의 평평한 곳에도 두세 채의 민가가 골짜기에 자리하고 있다. 골짜기를 따라 서쪽으로 들어가자, 움푹한 평지의 바닥은 밭두둑으로 일구어져 있으며, 길은 산골물을 따라 북쪽으로 뻗어 있다. 2리를 가서 산골물을 건너 남쪽으로 가다가 남쪽 봉우리의 겨드랑이를 감돌아 서쪽으로 나아갔다.

1리를 가서 골짜기 서쪽으로 뚫고 나오니, 그 안에 평평한 웅덩이는 마치 성처럼 푹 꺼져내리고, 그 위로 사방의 산이 에워싸고 있다. 바닥은 마치 거울처럼 둥글고 평평하여 수천 무의 비옥한 땅이 이루어져 있다. 이곳에 마을이 들쑥날쑥 자리하고 있으며, 닭과 개, 뽕과 삼 모두가 활기를 띠고 있다. 까마득한 벼랑의 높다란 층계 위에 연꽃의 꽃받침과 같은 이곳 안에 이러한 세상이 펼쳐져 있으리라고는 생각지 못했다. 이곳은 수채(水寨)이다.

이전에 수채라는 이름을 들었을 적에, 나는 아마 산 너머의 아래에 있으리라 여겼다. 이곳에 이르러서야 평평한 웅덩이 속에 빙 둘러 있음을 알게 되었다. 산꼭대기의 물은 웅덩이 속으로 쏟아지는데, 산달관의 한 줄기만이 허공에 푹 꺼져내려 물길의 어귀를 이루고 있다. 무릉(武陵)의 도원(桃源)과 왕관(王官)의 반곡(盤谷)[1]도 모두 이곳에 미치지는 못하리라. 이곳은 운남에 들어선 이래 으뜸가는 명승이나, 길가에 있는지라 사람들이 오히려 느끼지 못할 따름이다.

웅덩이의 동쪽을 따라 약간 남쪽으로 오르자, 길 사이에 민가가 있다. 이곳은 수채포(水寨鋪)이다. 『지』에 따르면, 아장채(阿章寨)가 있다고 했는데, 바로 이곳이 아닐까? 다시 남쪽의 골짜기의 비탈을 따라 동쪽으로 2리를 나아가 동쪽 비탈의 등성이를 넘었다. 등성이 양옆에는 두세 채의 민가가 보이고, 등성이 남쪽의 물길은 남동쪽으로 난창강에 흘러내린다. 이 등성이는 여전히 주요 등성이가 아니다.

등성이의 남쪽을 지나자, 동쪽과 남쪽의 산은 모두 낮게 엎드려 있다. 여기에서 동쪽으로 보대산을 바라보니, 난창강이 보대산의 남쪽 기슭을 끼고서 흘러간다. 남쪽으로 난창강의 서쪽 언덕을 바라보니, 뭇봉우리들이 어지러이 섞여 있다.

여기에서부터 사월 초아흐레까지 모두 열흘 동안의 기록이 빠져 있다. 이때 틀림없이 영창부에서 섬인망(閃人望, 이름은 중엄仲儼이다. 을축년에 서길사[2]가 되었으며, 서석성徐石城과 나이가 같고 서하객 등과 동기이다)과 만나고,

그의 동생인 지원(知愿, 이름은 중동仲侗이고, 병자년의 향시에서 일등을 했다)을 알게 되었을 것이다. 스승 계회명(季會明)이 기록하다.

---

1) 왕관(王官)의 반곡(盤谷)은 지금의 산서성 영제현(永濟縣)의 중조산(中條山)에 있는 왕관곡(王官谷)을 가리킨다. 이곳은 깊고 그윽한 골짜기와 험준한 봉우리, 기이한 모습의 바위, 아름다운 시내 등, 빼어난 경관을 자랑한다. 당나라 때의 시인인 사공도(司空圖)가 이곳에 은거했으며, 한유(韓愈), 유종원(柳宗元), 노륜(盧綸) 등 수많은 문인들이 이곳을 유람하여 작품을 남겼다.
2) 서길사(庶吉士)는 명나라와 청나라 때에 한림원(翰林院) 안에 설치된 단기 직위 가운데의 하나이다. 과거시험을 통과한 진사(進士) 중에서 능력이 있는 이를 선발하여 임명했으며, 이 직위를 거쳐 각종 관직에 나아갔다.

원문

己卯三月初一日 何長君以騎至文廟前, 再饋餐爲包, 乃出南門. 一里, 過演武場, 大道東南去, 乃由岐西南循西山行. 四里, 西山南盡, 有水自西峽出, 卽鳳羽之流也, 其水頗大. 南卽天馬山橫夾之, 與西山南盡處相峙若門, 水出其中, 東注茈碧湖南坡塍間, 抵練城而南入普陀崆. 路循西山南盡處溯水而入, 五里, 北崖忽石峰壁立, 聳首西顧, 其內塢稍開, 有村當聳首下塢中, 是名山關. 聳首之上, 有神宇踞石巓, 望之突兀甚, 蓋卽縣後山, 自三台分支南下, 此其西南盡處也. 其內大脊稍西曲, 南與天馬夾成東西塢. 循溪北崖間又三里餘, 西抵大脊之下, 於是折而南, 一里, 渡澗, 東循東山南行. 一里, 爲悶江門哨, 有守哨者在路旁. 又南二里, 有小山當峽而踞, 扼水之吭, 鳳羽之水南來, 鐵甲場之澗西出, 合而搗東崖下. 路乃緣崖襲其上, 二里, 出扼吭之南, 村居當坡東, 若縮其口者. 由是村南山塢大開, 西爲鳳羽, 東爲啓始後山, 夾成南北大塢, 其勢甚開. 三流貫其中, 南自上駟, 北抵於此, 約二十里, 皆良田接塍, 縮谷成村. 曲峽通幽入, 靈皋[1]夾水居, 古之朱陳村、桃花源, 寥落已盡, 而猶留此一奧, 亦大奇事也. 循東山而南, 爲新生邑, 共五里, 折而西度塢中. 截塢五里, 抵西山鳳羽之下, 是爲舍上盤, 古之鳳羽縣也. 今有巡司, 一流一土, 土呂姓. (名忠, 號懋亭, 爲呂揮使夢熊之壻.) 呂夢熊先馳使導爲居停, 而尹以捕緝往後山, 其內人出飯待客, 甚豐. 薄暮尹返, 更具酌, 設鼓吹焉. 是夜大雨, 迨曉而雪滿西山.

---

1) 고(皐)는 물가의 고지대를 의미한다.

初二日 晨餐後, 尹具數騎, 邀余游西山. 蓋西山卽鳳羽之東垂也, 條岡數十支, 俱東向蜿蜒而下, 北爲土主坪, 南爲白王寨. 是日飯於白王寨北支帝釋寺中. 其支連疊三寺, 而俱無僧居, 言亦以避寇去也. 從土主坪更西上十五里, 卽關坪, 爲鳳羽絶頂. 其南白王廟後, 其山更高, 望之雪光皚皚而不及登. (鳳羽, 一名鳥弔山, 每歲九月, 鳥千萬爲群, 來集坪間, 皆此地所無者. 土人擧火, 鳥輒投之.)

初三日 尹備騎, 命四人導游淸源洞, 晨餐後卽行. 循西山南行五里, 過一村, 有山橫亘塢南, 大塢至是南盡而分爲二峽, 西峽路由馬子哨通漾濞, 有一水出其中; 東峽路由花甸哨出洪珪山, 有二水出其中, 其山蓋南自馬子哨分支北突者. 由其北麓二里, 東降而涉塢, 過上馹村, 渡三澗, 三里, 東抵一村, 復上坡循東山南行. 一里餘, 渡東澗之西, 乃南躡坡岡, 則東之蠟坪廠山, (其廠出礦, 山之東卽鄧川州.) 與西之橫亘山又夾成小塢. 南行里餘, 乃折而東逾一坳, 共一里, 東向下, 忽見一水自壑底出, 卽東澗之上流, 出自洞下者也. 亟下壑底, 睹其水自南穴出, 湧而北流成溪. 其上崖間一穴, 大僅二三尺, 亦北向, 上書'淸源洞'三字, 爲鄧川縉紳[1]楊南金筆.

水不從上洞出, 由洞口下降而入, 亦不見水. (或曰: 行數里後, 乃聞水聲.) 其入處逼仄深墜, 恰如茶陵之後洞. 導者二, 一人負松明一筐, 一人然松明爲炬以入. 南入數丈, 路分爲二, 下穿者爲穴, 上躋者爲樓. 樓之上復分二穴. 穿右穴而進, 其下甚削, 陷峽頗深, 卽下穿所入之峽也, 以壁削路阻, 不得達. 乃返穿左穴而進, 其內曲折駢夾, 高不及丈, 闊亦如之, 而中多直豎之柱, 或連枝剖楹, 或中盤旁叢, 分合間錯, 披隙透竅, 頗覺靈異, 但石質甚瑩白, 而爲松炬所薰, 皆黑若煙煤, 著手卽膩不可脫. 蓋其洞旣不高曠, 煙霧莫散, 而土人又慣用松明, 便於傴僂, 而益增其煤膩. 蓋先是有識者謂余曰 : "是洞須歲首卽游爲妙, 過二月輒爲煙所黑." 余問其故, 曰 : "洞內經年, 人莫之入, 煙之舊染者, 旣漸退而白, 乳之新生者, 亦漸垂而長, 故一當新歲, 人競遊之, 光景甚異. 從此至二月, 游者已多, 新生之乳, 旣被采折, 再染之垢, 愈益薰蒸, 但能點染衣服, 無復領其光華矣." 余不以其言爲然. 至是而知洞以低故, 其乳易采, 遂折取無餘, 其煙易染, 遂薰蒸有積, 其言誠不誣也. 透柱隙南入, 漸有水貯柱底盤中. 其盤皆石底迴環, 大如盆盎, 頗似粵西洞中仙田之類, 但不能如其多也. 約進半里, 又墜穴西下, 其深四五尺, 復夾而南北, 下平上湊, 高與闊亦不及丈, 南入三丈而止, 北入十餘丈, 亦窘縮不能進. 乃復出, 升墜穴之上, 尋其南隙, 更披隘以入. 入數丈, 洞漸低, 乳柱漸逼, 俯膝透隙, 匍匐愈難. 復返而出, 由樓下坑內批隙東轉, 又入數十丈, 其內高闊與南入者同, 而乳柱不能比勝. 旣窮, 乃西從下坑透穴出.

由坑仰眺, 其上稍覺崆峒, 卽入時由樓上俯瞰處. 旣下穴出, 漸見天光, 乃升崖出口, 滿身皆染淄蒙垢矣. 乃下濯足水穴之口, 踞石而浣洗. 水從亂穴中汩汩出, 遂成大溪北去, 淸冷澈骨. 所留二人, 炊黃粱於洞外者亦熟. 以所攜酒脯, 箕踞啖洞前, 仰見天光如洗, 四山如城, 甚愜幽興. 飯後, 仍逾西坳, 稍南遵花甸路, 遂橫涉中溪, 西上橫亘山之東坂. 沿山陟隴, 五里下, 出上駟村之西, 仍循西山北行. 一里, 過一村, 遂由小徑遵西山隴半, 搜剔幽奧, 上下岡坂十餘里, 抵暮, 還宿於尹宅.

---

1) 진신(縉紳)은 고대에 조회를 할 때 관리들이 예복의 띠에 홀(笏)을 꽂는 것을 가리킨다. 예전의 관리의 복식이 후에는 관리를 의미하게 되었다. 명나라 때에는 관리, 퇴

직관리, 향시에 합격한 이를 가리키게 되었으며, 흔히 향신을 가리킨다.

初四日 尹備數騎, 循西山而北. 三里, 盤西山東出之嘴. 又北半里, 忽見山麓有數樹撑空, 出馬足下, 其下水聲淙淙出樹間, 則泉穴自山底東透隙而出也. 又北半里, 有坑自北山陷墜成峽, 涉之. 稍東, 又盤一嘴, 又三里而至波大邑, 倚西山而聚廬, 亦此間大聚落也. 由村北墜坑而下, 橫涉一澗, 又北上逾岡, 三里而下, 是爲鐵甲場, 有溪自西山東注, 村廬夾之. 前悶江門南當峽扼水, 小山又東踞, 爲此中水口, 南北環山兩支, 復交於前, 又若別成一洞天者. 過溪, 上北山. 北山自西山橫拖而來, 爲鐵甲場龍砂, 實鳳羽第三重砂也, 東束溪流, 最爲緊固, 其西南之麓卽鐵甲, 東北之麓卽悶江門, 鳳羽一川, 全以此爲鎖鑰焉. 騎登其上. 還飯於鐵甲場居民家. 置二樽於架上, 下煨以火, 揷藤於中而遞吸之, 屢添而味不減. 其村氓慣走緬甸, 皆多彝貨, 以孩兒茶點水饗客, 茶色若胭脂而無味. 下午, 仍從波大邑盤泉穴山嘴, 復西上探其腋中小圓山. 風雨大至, 沾濡而返.

初五日 晨起欲別, 尹君以是日淸明, 留宴於塋山, 卽土主廟北新塋也. 坐廟前觀祭掃者紛紛, 奢者攜一豬, 就塋間火炕之而祭; 貧者攜一雞, 就塋間弔殺之, 亦烹以祭. 迴憶先塋, 已三違春露[1]不覺愴然! 亟返而臥.

---

1) 춘로(春露)는 봄에 거행하는 노천의 제사를 의미한다.

初六日 余欲別, 而尹君謂前邀其岳呂夢熊, 期今日至, 必再暫停. 適村有諸生許姓者, 邀登鳳羽南高嶺, 隨之. 下午返而呂君果至, 相見甚歡.

初七日 尹君仍備騎, 同夢熊再爲淸源洞之游. 先從白米村截川而東, 五里, 遵東山南行. 山麓有騎龍景帝廟, 廟北有泉一穴, 自崖下湧出, 崖石嵌磊, 巨木盤紆, 淸泉漱其下, 古藤絡其上, 境甚淸幽. 土人之耕者, 見數騎至,以爲追捕者, 俱釋耜而趨山走險, 呼之, 趨益急.. 又南五里而抵淸源洞. 不復深入, 攬洞前形勢. 仍西渡中溪, 遍觀西山形勝而返. 下午, 余苦索別, 呂君代爲尹留甚篤. 是日宴張氏兩公子. 客去, 猶與呂君洗盞更酌, 陳樂爲胡舞, 曰'緊急鼓'.

初八日 同夢熊早飯後別尹君. 三十五里, 抵浪穹南門. 夢熊別去, 期中旬晤榆城.[1] 余入文廟, 命顧僕借炊於護明寺, 而後往候何六安. 何公待余不至, 已先一日趨榆城矣. 余乃促何長君定夫, 爲明日行計. 何長君留酌書館, 復汲湯泉爲浴而臥.

---

1) 유성(楡城)은 대리(大理)의 별칭이다. 한나라 때에 엽유현(葉楡縣)을 설치했기에 후에도 유성이라 일컫는다.

初九日 早飯於何處. 比行, 陰雲四合, 大有雨意, 何長君、次君仍以盒餞於南郊. 南行三里, 則鳳羽溪自西而東注, 架木橋度之, 又南里餘, 抵天馬山麓, 乃循而東行, 風雨漸至. 東里餘, 有小阜踞峽口之北, 曰練城, 置浮屠於上, 爲縣學之案. 此縣普陀崆水口, 旣極逼束, 而又天生此一阜, 中懸以鎖鑰之. 茈碧湖、洱源海及觀音山之水出於阜東, 鳳羽山之水出於阜西, 俱合於阜南, 是爲三江口. 由其西望之而行, 又二里, 將南入峽, 先有木橋跨其上流, 度橋而東, 應山鋪之路自東北逾橫山來會, 遂南入峽口.

是峽東山卽靈應山西下之支, 西山卽天馬山東盡之處, 兩山逼湊, 急流搗其中, 爲浪穹諸水所由出. 路從橋東, 卽隨流南入峽口. 有數家當峽而居, 是爲巡檢司. 時風雨交橫, 少避於跨橋樓上. 樓圮不能蔽, 寒甚. 南望峽中, 風陣如舞; 北眺凌雲諸峰, 出沒閃爍. 坐久之, 雨不止, 乃强擔夫行. 初從東崖南向行普陀崆中, 一里, 峽轉而西曲, 路亦西隨之. 一里, 復轉而南, 一里, 有一家倚東崖而居. 按『郡志』, 有龍馬洞在峽中, 疑卽其處, 而雨甚不及問. 又南, 江流搗崆中愈驟, 崆中石聳突而激湍, 或爲橫檻以扼之, 或爲夾門以束之, 或爲齫齬, 或爲劍戟, 或爲犀象, 或爲鷙鳥, 百態以極其搏截之勢; 而水終不爲所阻, 或跨而出之, 或穿而過之, 或挾而瀠之, 百狀以盡超越之觀. 時沸流傾足下, 大雨注頭上, 兩崖夾身, 一線透腋, 轉覺神王. 二里, 顧西崖之底, 有小穴當危崖下, 東向與波流吞吐, 心以爲異. 過而問熱水洞何在, 始知卽此穴也. 先是, 土人言普陀崆中有熱水洞, 門甚隘而中頗寬, 其水自洞底湧出如沸湯. 人入洞門, 爲熱氣所蒸, 無不浹汗, 有疾者輒愈. (九禿臺止可煮卵, 而此可糜肉.) 余時寒甚, 然穴在崆底甚深, 且已過, 不及下也.

又南一里, 峽乃盡, 前散爲塢, 水乃出崆, 而路乃下坡. 半里抵塢, 是爲下山口. 蓋崆東之山, 卽靈應南垂, 至是南盡, 餘脈遜而東, 乃南衍爲西山灣之脊; 崆西之山, 南自鄧川西逆流而上; 中開爲南北大塢, 而彌苴佉江貫其中焉. 峽口之南, 有村當塢, 是爲鄧川州境, 於是江兩岸垂楊夾堤. 路從東岸行, 六里餘而抵中所. 時衣已濕透, 風雨不止, 乃覓逆旅, 沸湯爲飯. 入叩劉陶石. (名一金, 父以鄉薦爲涿州守, 卒於任. 前宿其來鳳莊者.) 劉君出酒慰寒, 遂宿其前樓. 出楊太史「二十四氣歌」相示, 書法帶趙吳興, 而有媚逸之致.

初十日 雨止而餘寒猶在, 四山雪色照人. 迨飯而擔夫逸去, 劉君乃令人覓小舟於江岸之西覆鐘山下, 另覓夫肩行李從陸行, 言西山下有湖可游, 欲與余同泛也. 蓋中所當彌苴佉江出峽之始, 其地平沃, 居屯甚盛, 築堤導江, 爲中流所; 東山之下, 有水自焦石洞下, 沿東山經龍王廟前, 匯爲東湖, 流爲閟地江, 是爲東流所; 西山之下, 有水自鐘山石穴中, 東出爲綠玉池, 南流爲羅蒔江, 是爲西流所. 故其地亦有‘三江’之名. 然練城之三江合流, 此所之三江分流, 雖同南行注洱海, 而未嘗相入也.

余與劉君先西過大石梁, 乃跨彌苴佉江上者. 西行塍中一里, 有橋跨小溪上, 卽羅蒔江也. 橋之北, 水塘潋灔, 青蒲蒙茸; 橋之南, 溪流如線, 蛇行兩畦間. 因踞橋待舟, 北望梅花村綠玉池在里外, 而隔浦路濕, 舟至便行, 竟不及北探也. 此地名中所, 東山之東, 羅川之上, 亦有中所, 乃卽此地之分屯也, 余昔自雞山西下所托宿處. 大約此地正東與雞鳴寺, 西與鳳羽舍上盤相對, 但各間一山存耳. 橋西諸山皆土, 而峭削殊甚, 時多崩圮. 鐘山峙橋西北, 溪始峙橋正西, 蓋鐘山突而東, 溪始環而西. 溪始之上, 有水一圍, 匯絶頂間, 東南墜峽而下, 高挈衆流之祖, 故以'溪始'名. 下舟, 隨溪遵其東麓南行. 兩旁塍低於溪, 壅岸行水於中, 其流雖小而急. (此處小舟如葉, 止受三人. 其中彌苴佉江似可通大舟, 而流急莫從.) 二里, 則兩岸漸平, 而走沙中壅, 舟膠不前. 劉君與余乃登岸行隴, 舟人乃凌波曳舟. 五里, 乃復下舟. 少曲而西, 半里, 遂南挺而下湖. 湖中菱蒲泛泛, 多有連蕪爲畦, 植柳爲岸, 而結廬於中者. 汀港相間, 曲折成趣, 深處則曠然展鏡, 夾處則窅然罨畫, 儵儵有江南風景; 而外有四山環翠, 覺西子湖又反出其下也. 湖中渚田甚沃, 種蒜大如拳而味異, 鶯粟花連疇接隴於黛柳鏡波之間, 景趣殊勝. 三里湖盡, 西南瞻鄧川州治當山腋曲間, 居廬不甚盛而無城, 其右有崩峽倒衝之; 昔年遷於德源城, 以艱於水, 復還故處. 大路在湖之東, 彌苴佉江西岸, 若由陸路行, 不復知此中有湖, 並湖中有此景也.

又南行港間一里餘, 有路自東橫亘於西山, 卽達州治之通道也. 堤之下, 連架三橋以泄水. 舟由堤北東行, 一里, 穿橋而南. 又半里, 有小橋曰三條橋, 卽北從中所來之大道也. 水穿橋東, 路度橋南, 俱南向行. 初約顧僕以行李待此而不在, 劉君臨岐踟蹰. 時已過午, 腹餒, 余揮手別劉君, 令速返. 余遵大道南行, 始見路東有小山橫亘塢中, 若當門之檻, 截塢而出者, 是爲德源城, 蓋古蹟也. (按『志』, 昔六詔未一, 南詔延五詔長爲星迴[1]會, 鄧睒詔之妻勸夫莫往, 曰: "此詐也, 必有變." 以鐵環約夫臂而行. 後五詔俱焚死, 遺尸莫辨, 獨鄧睒以臂約認之還. 後有欲强妻之, 復以計詒之, 得自盡, 不爲所汚. 故后人以'德源'旌之.) 山橫塢中不甚高, 而東西兩端, 各不屬於大山. 山之西, 與臥牛相夾, 則羅蒔江與鄧川驛路從之; 山之東, 與西山灣山相夾, 則彌苴佉、悶地二江從之. 南三里, 從其西峽傍臥牛山東突之嘴行. 臥牛山者, 鄧川東下南砂之臂也, 一大峰, 一小峰, 相屬而下, 大者名臥牛, 小者名象山; 土人以象小而牛大, 今俱呼爲象山云. 湊峽之間, 有數十家當道, 是爲鄧川驛. 過驛一里, 上盤西山之嘴, 始追及僕擔. 遂南望洱海直上關而北, 而德源橫亘之南, 尚有平疇,南接海濱. 德源山之東, 大山南下之脊, 至是亦低伏東轉, 而直接海東大山. 蓋萬里之脈, 至洱海之北而始低渡云.

由嘴南仍依西山南下, 二里, 下度一峽口, 其峽自西山出, 橫涉之面南上坡間. 又二里, 有坊當道, 逾坡南行, 始與洱海近. 共五里, 西山之坡, 東向而突海中, 是爲龍王廟. 南崖之下, 有油魚洞, 西山腋中, 有'十里香'奇樹, 皆爲此中奇勝. 而南瞻沙坪, 去坡一里而遙, 急令僕擔先覓寓具餐, 余並探此而後中食. 乃從大路東半里, 下至海崖. 其廟東臨大海, 有漁戶數家居廟中, 廟前一坑下墜, 架石度其上如橋. 從石南墜坑下丈餘, 其坑南北橫二丈, 東西闊八尺, 其下再嵌而下, 則水貫峽底, 小魚千萬頭, 雜沓於內. 漁人見余至, 取飯一掌撒, 則群從而噆之. 蓋其下亦有細穴潛通洱海, 但無大魚, 不過如指者耳. 油魚洞在廟崖曲之間, 水石交薄, 崖內遜而抱水, 東向如玦, 崖下揷水中, 崆峒透漏. 每年八月十五, 有小魚出其中, 大亦如指, 而週身俱油, 爲此中第一味, 過十月, 復烏有矣. 崖之後, 石聳片如芙蓉裂瓣, 從其隙下窺之, 多有水漱其底, 蓋其下皆潛通也. 稍西上, 有中窪之宕當路左, 其東崖漱根, 亦有水外通, 與海波同爲消長焉.

從其側交大路而西逾坡, 不得路, 望所謂三家村者, 尙隔一箐踞西峽間. 乃西半里, 越坡而下, 又西半里, 涉箐而上, 乃沿西山南向而趨, 一里, 漸得路, 轉入西腋, 半里, 抵三家村. 問老嫗, 指奇樹在村後田間. 又半里, 至其下. 其樹高臨深岸, 而南幹半空, 矗然挺立, 大不及省城土主廟奇樹之半, 而葉亦差小. 其花黃白色, 大如蓮, 亦有十二瓣, 按月而閏增一瓣, 與省會之說同; 但開時香聞遠甚, 土人謂之'十里香', 則省中所未聞也. 楡城有風花雪月四大景,(下關風, 上關花, 蒼山雪, 洱海月.) 上關以此花著. 按『志』, 楡城異產有木蓮花, 而不注何地, 然他處亦不聞, 豈卽此耶? 花自正月抵二月終乃謝, 時已無餘瓣, 不能聞香見色, 惟撫其本辨其葉而已. 乃從村南下坡, 共東南二里而至沙坪, 聚落夾衢. 入邸舍, 晚餐已熟. 而劉君所倩擔夫已去, 乃別倩爲早行計.

十一日 早炊, 平明, 夫至乃行. 由沙坪而南, 一里餘, 西山之支, 又橫突而東, 是爲龍首關, 蓋點蒼山北界之第一峰也. 鳳羽南行, 度花甸哨南嶺而東北轉者, 爲龍王廟後諸山, 迤邐從鄧川之臥牛溪始, 而北盡於天馬, 南峙者爲點蒼, 而東垂北顧, 實始於此, 所以謂之'龍首'. (『一統志』列點蒼十九峰次第, 自南而北, 則是反以龍尾爲首也.) 當山垂海錯之處, 鞏城當道, 爲楡城北門鎖鑰, 俗謂之上關, 以據洱海上流也. 入城北門, 半里出南門, 乃依點蒼東麓南行. 高眺西峰, 多墜坑而下, 蓋後如列屏, 前如連袂, 所謂十九峰者, 皆如五老比肩, 而中墜爲坑者也.

南二里, 過第二峽之南, 有村當大道之右, 曰波羅村. 其西山麓有蛺蝶泉之異, 余聞之已久, 至是得土人西指, 乃令僕擔先趨三塔寺, 投何巢阿所棲僧舍, 而余獨從村南西向望山麓而馳. 半里, 有流泉淙淙, 溯之又西, 半里, 抵山麓. 有樹大合抱, 倚崖而聳立, 下有泉, 東向漱根竅而出, 淸洌可鑒. 稍東, 其下又有一小樹, 仍有一小泉, 亦漱根而出. 二泉匯爲方丈之沼, 卽所溯之上流也. 泉上大樹, 當四月初卽發花如蛺蝶, 須翅栩然, 與生蝶無異. 又有眞蝶千萬, 連須鉤足, 自樹巓倒懸而下, 及於泉面, 繽紛絡繹, 五色煥然. 遊人俱從此月, 群而觀之, 過五月乃已. 余在粤西三里城, 陸參戎卽爲余言其異, 至此又以時早未花, 詢土人, 或言蛺蝶卽其花所變, 或言以花形相似, 故引類而來, 未知孰是. 然龍首南北相距不出數里, 有此二奇葩, 一恨於已落, 一恨於未蕊, 皆不過一月而各不相遇. 乃折其枝, 圖其葉而後行.

已望見山北第二峽, 其口對逼如門, 相去不遠, 乃北上躡之. 始無路, 二里, 近峽南, 乃得東來之道, 緣之西向上躋, 其坡甚峻. 路有樵者, 問何往, 余以尋山對. 一人曰:"此路從峽南直上, 乃樵道, 無他奇. 南峽中有古佛洞甚異, 但懸崖絶壁, 恐不能行, 無引者亦不能識." 又一老人欣然曰:"君旣萬里而來, 不爲險阻, 余何難前導." 余乃解長衣, 並所折蛺蝶枝, 負之行.

共西上者三里, 乃折而南, 又平上者三里, 復西向懸躋. 又二里, 竟凌南峽之上, 乃第三峽也. 於是緣峽上西行, 上下皆危崖絶壁, 積雪皚皚, 當石崖間, 旭日映之, 光豔奪目. 下瞰南峰, 與崖又駢峙成峽, 其內隆壑深杳, 其外東臨大道, 有居廬當其平豁之口, 甚盛. 以此崖南下俱削石, 故必向北坡上, 而南轉西入也. 又西上二里, 崖石愈巉嶪, 對崖亦穹環駢繞, 蓋前猶下崖相對, 而至此則上峰俱迴合矣. 又上一里, 盤崖漸北, 一石橫庋足下, 而上崖飛騫刺空, 下崖倒影無底. 導者言 :"上崖腋間, 有洞曰大水, 下崖腋間, 有洞曰古佛." 而四睇皆無路. 導者曰 :"此庋石昔從上崖隆下, 橫壓下洞之上, 路爲之塞." 遂由庋石之西, 攀枝直隊, 其下果有門南向, 而上不能見也. 門若裂罅, 高而不闊, 中分三層. 下層隊若眢井, 俯窺杳黑而不見其底, 昔曾置級以下, 燼燈而入甚深, 今級廢燈無, 不能下矣. 中層分巤排橺, 內深三丈, 石潤而潔, 洞狹而朗, 如披帷踐榭, 坐其內, 隨峽引眺, 正遙對海光; 而洞門之上, 有中垂之石, 儼如龍首倒懸, 寶絡[1]中掛. 上層在中洞右崖之後, 盤空上透, 望頗窈窕, 而中洞兩崖中削, 內無從上. 其前門夾處, 兩崖中湊, 左崖前削, 石痕如猴, 少刌其端, 首大如卵, 可踐猴首, 飛度右崖, 以入上洞. 但右崖欹側, 左崖雖中懸二尺餘, 手無他援, 而猴首之足, 亦僅點半趾, 躍陟甚難, 昔有橫板之度, 而今無從覓. 余宛轉久之, 不得度而下. 導者言 :"數年前一僧棲此崖間, 多置佛, 故以'古佛'名, 自僧去佛移, 其疊級架梯, 亦廢無存, 今遂不覺閉塞." 余謂不閉塞不奇也. 乃復上庋石, 從其門捫崖上. 崖亦進隙成門, 門亦南向, 高而不闊, 與下洞同, 但無其層疊之異. 左石片下垂, 擊之作鐘鼓聲. 北向入三丈, 峽窮而躋之上, 有窪當後壁之半, 外聳石片, 中刌如虀臼, 以手摸之, 內圓而底平, 乃天成貯泉之器也. 其上有白痕自洞頂下垂中, 如玉龍倒影, 乃滴水之痕. 臼側有白磁一, 乃昔人置以飲水者. 觀玩旣久, 乃復下庋石. 導者乃取樵後峽去, 余乃仍循崖東下.

　三里, 當南崖之口, 路將轉北, 見其側亦有小岐, 東向草石間, 可免北行之迂, 乃隨之下. 其下甚峻, 路屢斷屢續. 東下三里, 乃折而南, 又平下三里, 乃及麓, 渡東出之澗. 澗南有巨石高穹, 牧者多踞其上, 見余自北崖下, 爭覘眺之, 不知爲何許人也. 又南一里半, 及周城村後, 乃東出半里, 入夾路之衢, 則龍首關來大道也. 時腹已餒, 問去楡城道尙六十里, 亟竭蹶而趨. 遙望洱海東灣, 蒼山西列, 十九峰雖比肩連袂, 而大勢又中分兩重. 北重自龍首而南至洪圭, 其支東拖而出, 又從洪圭後再起爲南重, 自無爲而南至龍尾關, 其支乃盡. 洪圭之後, 卽有峽西北通花甸; 洪圭之前, 其支東出者爲某村, 又東錯而直瞰洱海中, 爲鵝鼻嘴, 卽羅刹石也. 不特山從此疊兩重, 而海亦界爲兩重焉. 十三里, 過某村之西, 西瞻有路登山, 爲花甸道, 東瞻某村, 居廬甚富. 又南逾東拖之岡, 四里, 過二鋪, 又十五里而過頭鋪, 又十三里而至三塔寺. 入大空山房, 則何巢阿同其幼子相望於門. 僧覺宗出酒沃饑而後飯. 夜間巢阿出寺, 徘徊塔下, 踞橋而坐, 松陰塔影, 隱現於雪痕月色之間, 令人神思悄然.

---

1) 보락(寶絡)은 옥구슬을 꿰어 만든 목걸이 장식을 의미한다.

十二日 覺宗具騎挈餐, 候何君同爲淸碧溪游. 出寺卽南向行, 三里, 過小紙房, 又南過大紙房. 其東卽郡城之西門, 其西山下卽演武場. 又南一里半, 過石馬泉. 泉一方在坡坳間, 水從此溢出, 馮元成謂其淸洌不減慧山. 甃爲方池, 其上有廢址, 皆其遺也. 『志』云: "泉中落日照見有石馬, 故名." 又南半里, 爲一塔寺, 前有諸葛祠並書院. 又南過中和、玉局二峰. 六里, 渡一溪, 頗大. 又南, 有峰東環而下. 又二里, 盤峰岡之南, 乃西向覓小徑入峽. 峽中西望, 重峰疊映, 最高一峰當其後, 有雪痕一派, 獨高垂如匹練界靑山, 有溪從峽中東注, 卽淸碧之下流也. 從溪北躡岡西上, 二里, 有馬鬣[1]在左岡之上, 爲阮尙賓之墓. 從其後西二里, 躡峻凌崖. 其崖高穹溪上, 與對崖騈突如門, 上聳下削, 溪破其中出. 從此以內, 溪嵌於下, 崖夾於上, 俱逼仄深宣. 路緣崖端, 挨北峰西入, 一里餘, 馬不可行, 乃令從者守馬溪側, 顧僕亦止焉.

余與巢阿父子同兩僧溯溪入. 屢涉其南北, 一里, 有巨石蹲澗旁, 兩崖巉石, 俱堆削如夾. 西眺內門雙聳, 中劈, 僅如一線, 後峰垂雪正當其中, 掩映層疊, 如掛幅中垂, 幽異殊甚. 覺宗輒解筐酌酒, 凡三勸酬. 復西半里, 其水搗峽瀉石間, 石色光膩, 文理燦然, 頗饒煙雲之致. 於是盤崖而上, 一里餘, 北峰稍開, 得高穹之坪. 又西半里, 自坪西下, 復與澗遇. 循澗西向半里, 直逼夾門下, 則水從門中突崖下墜, 其高丈餘, 而下爲澄潭. 潭廣二丈餘, 波光瑩映, 不覺其深, 而突崖之槽, 爲水所汨, 高雖丈餘, 膩滑不可著足. 時余狃之不覺, 見二僧已逾上崖, 而何父子欲從澗北上, 余獨在潭上覓路不得. 遂躡峰槽, 與水爭道, 爲石滑足, 與水俱下, 傾注潭中, 水及其項. 亟躍而出, 踞石絞衣. 攀北崖, 登其上, 下瞰余失足之槽, 雖高丈餘, 其上槽道, 曲折如削, 膩滑尤甚; 卽上有初層, 其中升降, 更無可階也. 再逾西崖, 下覷其內有潭, 方廣各二丈餘, 其色純綠, 漾光浮黛, 照耀崖谷, 午日射其中, 金碧交蕩, 光怪得未曾有. 潭三面石壁環窩, 南北二面石門之壁, 其高參天, 後面卽峽底之石, 高亦二三丈; 而脚嵌纇突, 下與兩旁聯爲一石, 若剖半盎, 並無纖隙透水潭中, 而突纇之上, 如簷覆潭者, 亦無滴瀝抛崖下墜; 而水自潭中輒東面而溢, 轟倒槽道, 如龍破峽. 余從崖端俯而見之, 亟攀崖下墜, 踞石坐潭上, 不特影空人心, 覺一毫一孔, 無不瑩徹. 亟解濕衣曝石上, 就流濯足, 就日曝背, 冷堪滌煩, 暖若挾纊. 何君父子亦百計援險至, 相叫奇絕.

久之, 崖日西映, 衣亦漸乾, 乃披衣復登崖端, 從其上復西逼峽門, 卽潭左環崖之上. 其北有覆崖庋空, 可當亭榭之憩, 前有地如掌, 平甃若臺, 可下瞰澄潭, 而險逼不能全見. 旣前, 余欲從其內再窮門內二潭, 以登懸雪之峰. 何君輩不能從, 亦不能阻, 但云: "余輩當出待於休馬處." 余遂轉北崖中垂處, 西向直上. 一里, 得東來之道, 自高穹之坪來, 遵之曲折西上, 甚峻. 一里餘, 逾峽門北頂, 復平行而西半里, 其內兩崖石壁, 復高駢夾起, 門內上流之澗, 仍下嵌深底. 路傍北崖, 削壁無痕, 不能前度, 乃以石條緣崖架空, 度爲棧道者四五丈, 是名陽橋, 亦曰仙橋. 橋之下, 正門內之第二潭所匯, 爲石所虧蔽, 不及見. 度橋北, 有疊石貼壁間. 稍北, 疊石復北斷, 乃趁其級南墜澗底. 底有小水, 蛇行塊石間, 乃西自第一潭注第二潭者. 時第二潭已過而不知, 祇望澗中西去, 兩崖又駢對如門, 門下又兩巨石夾峙, 上有石平覆如屋而塞其後, 覆屋之下, 又水瀦其中, 亦澄碧淵渟, 而大不及外潭之半. 其後塞壁之上, 水從上澗垂下, 其聲潺潺不絶, 而前從塊石間東注二潭矣. 余急於西上, 遂從澗中歷塊石而上. 澗中於是無纖流, 然塊石經衝滌之餘, 不特無汚染, 而更光膩, 小者踐之, 巨者攀之, 更巨者則轉夾而梯之. 上矚兩崖, 危崿直夾, 彌極雄厲. 漸上二里, 磵石高穹, 滑不能上, 乃從北崖轉陟箐中. 崖根有小路, 爲密箐所翳, 披之而行. 又二里, 聞人聲在絶壁下, 乃樵者拾枯枝於此, 捆縛將返, 見余, 言前已無路, 不復可逾. 余不信, 更從叢箐中披陟而西上. 其處竹形漸大, 亦漸密, 路斷無痕. 余莽披之, 去巾解服, 攀竹爲絚, 復逾里餘. 其下鏨底之澗, 又環轉而北, 與垂雪後峰, 又界爲兩重, 無從竟升. 聞淸碧澗有路, 可逾後嶺通漾濞, 豈尙當從澗中歷塊耶?

時已下午, 腹餒甚, 乃亟下; 則負芻之樵, 猶匍匐箐中. 遂從舊道五里, 過第一潭, 隨水而前, 觀第二潭. 其潭當夾門逼束之內, 左崖卽陽橋高橫於上, 乃從潭左攀蹬隙, 上陽橋, 逾東嶺而下. 四里至高穹之坪, 望西澗之潭, 已無人跡, 亟東下沿溪出, 三里至休馬處. 何君輩已去, 獨留顧僕守飯於此, 遂啜之東出. 三里半, 過阮墓, 從墓右下渡澗, 由澗南東向上嶺. 路當南逾高嶺, 乃爲感通間道; 余東逾其餘支, 三里, 下至東麓之半. 牧者指感通道, 須西南逾高脊乃得, 復折而西南上躋, 望崖而登, 竟無路可循也. 二里, 登嶺頭, 乃循嶺南西行. 三里, 乃稍下, 度一峽, 轉而南, 松檜翳依, 淨宇高下, 是爲宕山, 而感通寺在其中焉.

蓋三塔、感通, 各有僧廬三十六房, 而三塔列於兩旁, 總以寺前山門爲出入; 感通隨崖逐林, 各爲一院, 無山門總攝, 而正殿所在, 與諸房等, 正殿之方丈有大雲堂, 衆俱以大雲堂呼之而已. 時何君輩不知止於何所, 方逐房探問. 中一房曰斑山, 乃楊升菴[2]寫韻樓故址, 初聞何君欲止此, 過其門, 方建醮設法於前, 知必不在, 及不問而去. 後有人追至, 留還其房. 余告以欲覓同行者, 其人曰: "余知其所止, 必款齋而後行." 余視其貌, 似曾半面, 而忘從何處, 諦審之, 知爲王賡虞, 乃衛侯之子, 爲大理庠生, 向曾於大覺寺會於遍周師處者也. 今以其祖母忌辰, 隨其父來修薦於此, 見余過, 故父子相諗, 而挽留余飯焉. 飯間, 何君亦令僧來招. 旣飯而暮, 遂同招者過大雲堂前北上, 得何君所止靜室, 復與之席地而飮. 夜月不如前日之皎.

十三日 與何君同赴齋別房, 因遍探諸院. 時山鵑花盛開, 各院無不燦然. 中庭院外, 喬松修竹, 間以茶樹. 樹皆高三四丈, 絶與桂相似, 時方採摘, 無不架梯升樹者. 茶味頗佳, 炒而復曝, 不免黝黑. 已入正殿, 山門亦宏敞. 殿前有石亭, 中立我太祖高皇帝賜僧無極「歸雲南詩」十八章, 前後有御跋. 此僧自雲南入朝, 以白馬、茶樹獻, 高皇帝臨軒見之, 而馬嘶花開, 遂蒙厚眷. 後從大江還故土, 帝親灑天葩, 以江行所過, 各賦一詩送之, 又令諸翰林大臣皆作詩送歸. 今宸翰[1]已不存, 而詩碑猶當時所鐫者. 李中谿『大理郡志』, 以奎章[2]不可與文獻同輯, 竟不之錄. 然其文獻門中亦有御制文, 何獨詩而不可同輯耶? 殿東向, 大雲堂在其北. 僧爲瀹茗設齋.

已乃由寺後西向登嶺, 覓波羅巖. 寺後有登山大道二; 一直上西北, 由淸碧溪南峰上, 十五里而至小佛光寨, 疑與昨淸碧溪中所望雪痕中懸處相近, 卽後山所謂筆架山之東峰矣; 一分岐向西南, 溯寺南第十九澗之峽, 北行六里而至波羅巖. 波羅巖者, 昔有趙波羅棲此, 朝夕禮佛, 印二足跡於方石上, 故後人卽以'波羅'名. '波羅'者, 乃此方有家道人之稱. 其石今移大殿中爲拜臺. 時余與何君喬梓騎而行. 離寺卽無樹, 其山童[3]然. 一里, 由岐向西南登. 四里, 逾嶺而西, 其嶺亦南與對山夾澗爲門者. 澗底水細, 不及淸碧, 而內峽稍開, 亦循北山西入. 又一里, 北山有石橫疊成巖, 南臨深壑. 壑之西南, 大山前抱, 如屛揷天, 而尖峰齒齒列其上, 遙數之, 亦得十九, 又蒼山之具體而微者. 巖之西, 有僧構室三楹, 庭前疊石明淨, 引水一龕貯巖石下, 亦饒幽人之致. 僧瀹茗炙麵爲餌以啖客. 久之乃別.

從舊路六里, 過大雲堂, 時覺宗相待於斑山, 乃復入而觀寫韻樓. 樓已非故物, 今山門有一樓, 差可以存跡. 問升庵遺墨, 尚有二扁, 寺僧恐損剝, 藏而不揭也. 僧復具齋, 强吞一盂而別. 其前有龍女樹. 樹從根分挺三四大株, 各高三四丈, 葉長二寸半, 闊半之, 而綠潤有光, 花白, 大於玉蘭, 亦木蓮之類而異其名. 時花亦已謝, 止存數朵在樹杪, 而高不可折, 余僅折其空枝以行.

於是東下坡, 五里, 東出大道, 有二小塔峙而夾道; 所出大道, 卽龍尾關達郡城者也. 其南有小村曰上睦, 去郡尚十里. 乃遵道北行, 過七里、五里二橋, 而入大理郡城南門. 經大街而北, 過鼓樓, 遇呂夢熊使者, 知夢熊不來, 而乃郎已至. 以暮不及往. 乃出北門, 過弔橋而北, 折而西北二里, 入大空山房而宿.

---

1) 신(宸)은 대궐을 의미하며, 흔히 황제를 비유하기도 한다. 신한(宸翰)은 황제가 친히 쓴 글을 의미한다.
2) 규장(奎章)은 제왕이 친히 쓴 글을 의미한다.
3) 산동(山童)은 산에 풀이나 나무가 없음을 의미한다.

十四日 觀石於寺南石工家, 何君與余各以百錢市一小方. 何君所取者, 有峰巒點綴之妙; 余取其黑白明辨而已. 因與何君遍遊寺殿. 是寺在第十峰之下, 唐開元中建, 名崇聖寺. 寺前三塔鼎立, 而中塔最高, 形方, 累十二層, 故今名爲三塔. 塔四旁皆高松參天. 其西由山門而入, 有鐘樓與三塔對, 勢極雄壯; 而四壁已頹, 簷瓦半脫, 已岌岌矣. 樓中有鐘極大, 徑可丈餘, 而厚及尺, 爲蒙氏時鑄, 其聲聞可八十里. 樓後爲正殿, 殿後羅列諸碑, 而中谿所勒黃華老人書四碑俱在焉. 其後爲雨珠觀音殿, 乃立像鑄銅而成者, 高三丈. 鑄時分三節爲範, 肩以下先鑄就而銅已完, 忽天雨銅如珠, 衆共掬而熔之, 恰成其首, 故有此名. 其左右迴廊諸像亦甚整, 而廊傾不能蔽焉. 自後歷級上, 爲淨土庵, 卽方丈也. 前殿三楹, 佛座後有巨石二方, 嵌中楹間, 各方七尺, 厚寸許. 北一方爲遠山闊水之勢, 其波流瀠折, 極變化之妙, 有半舟皮尾煙汀間. 南一方爲高峰疊障之觀, 其氤氳淺深, 各臻神化. 此二石與淸眞寺碑趺枯梅, 爲蒼石[1]之最古者. (淸眞寺在南門內, 二門有碑屏一座, 其北趺有梅一株, 倒軃垂趺間. 石色黯淡, 而枝痕飛白,[2] 雖無花而有筆意.) 新石之妙, 莫如張順寧所寄大空山樓間諸石, 中有極其神妙更逾於舊者. 故知造物之愈出愈奇, 從此丹靑一家, 皆爲俗筆, 而畫苑可廢矣. (張石大徑二尺, 約五十塊, 塊塊皆奇, 俱絶妙著色山水, 危峰斷壑, 飛瀑隨雲, 雪崖映水, 層疊遠近, 筆筆靈異, 雲皆能活, 水如有聲, 不特五色燦然而已.) 其後又有正殿, 庭中有白山茶一株, 花大如紅茶, 而瓣簇如之, 花尙未盡也. 淨土庵之北, 又有一庵, 其殿內外庭除, 俱以蒼石鋪地, 方塊大如方磚, 此亦舊制也; 而淸眞寺則新制以爲欄壁之用焉. 其庵前爲玉皇閣道院, 而路由前殿東鞏門入, 紺宮三重, 後乃爲閣, 而竟無一黃冠居守, 中空戶圮, 令人悵然.

---

1) 창석(蒼石)은 대리부에서 생산되는 대리석을 가리킨다. 명나라 때에는 대리석을 점창석(點蒼石), 문석(文石)이라고도 일컬었으며, 토박이들은 초석(礎石)이라고도 일컬었다.
2) 비백(飛白) 혹은 비백서(飛白書)는 한자의 서체의 하나로서, 획선 중에 먹이 묻지 않은 흰 부분이 띄엄띄엄 나타나는 서체이다. 후한(後漢)의 채옹(蔡邕)이 한 미장이가 흰 벽을 빗자루로 칠하는 것을 보고 고안해 냈다고 한다. 그림에서도 이와 마찬가지로 먹물을 적게 적신 붓으로 흰 부분이 드러나도록 하는 화법이다.

十五日 是日爲街子之始. 蓋楡城有觀音街子之聚, 設於城西演武場中, 其來甚久. 自此日始, 抵十九日而散, 十三省物無不至, 滇中諸彝物亦無不至, 聞數年來道路多阻, 亦減大半矣. 晨餐後, 何君以騎同余從寺左登其祖塋. 過寺東石戶村, 止餘環堵數十圍, 而人戶俱流徙已盡, 以取石之役, 不堪其累也. (寺南北俱有石工數十家, 今惟南戶尙存, 取石之處, 由無爲寺而上, 乃點蒼之第八峰也, 鑿去上層, 乃得佳者.) 又西上二里半, 乃登其塋. 脈自峰頂連珠下墜, 前以三塔爲案, 頗有結聚環護之勝. 還二里, 至寺後, 轉而南過李中谿墓. 乃下馬拜之. 中谿無子, 年七十餘, 自營此穴, 傍寺以爲皈依, 而孰知佛宇之亦爲滄桑耶! 由西石戶村入寺飯. 同巢阿趨街子, 且欲入城訪呂郎, 而中途雨霰大作, 街子人俱奔還, 余輩亦隨之還寺.

十六日 巢阿同乃郎往街子, 余由西門入叩呂夢熊乃郎. 訊其寓, 得於關帝廟前, 蓋西城內之南隅也, 時已同劉陶石往街相馬矣. 余乃仍由西門西向一里半, 入演武場, 俱結棚爲市, 環錯紛紜. 其北爲馬場, 千騎交集, 數人騎而馳於中, 更隊以覘高下焉. 時男女雜沓, 交臂不辨, 乃遍行場市. 巢阿買文已返, 劉、呂物色無從, 遇覺宗, 爲飲於市, 且覓麵爲飯. 觀場中諸物, 多藥, 多氈布及銅器木具而已, 無足觀者. 書乃吾鄉所刻村塾中物及時文數種, 無舊書也. 旣暮, 返寺中.

十七日 巢阿別而歸, 約余自金騰東返, 仍同盡點蒼之勝, 目下恐漸熱, 先爲西行可也. 送至寺前, 余卽南入城. 遇劉陶石及沙坪徐孝廉, 知呂郎已先往馬場, 遂與同出. 已遇呂, 知買馬未就. 旣而辭呂, 觀永昌賈人寶石、琥珀及翠生石諸物, 亦無佳者. 仍覓麵爲飯. 飯後覓顧僕不得, 乃返寺, 而顧僕已先在矣.

十八日 由東門入城, 定巾, 買竹箱, 修舊篋. 再過呂寓, 叩劉、呂二君. 呂命其僕爲覓擔夫, 余乃返.

十九日 早過呂寓, 二君留余飯. 同劉君往叩王賡虞父子, 蓋王亦劉戚也, 家西南城隅內. 其前卽清眞寺. 寺門東向南門內大街, 寺乃教門沙氏所建, 卽所謂回回堂也. 殿前檻陛窗櫺之下, 俱以蒼石代板, 如列畫滿堂, 俱新制, 而獨不得所謂古梅之石. 還寺, 所定夫來索金加添, 余不許. 有寺內僧欲行, 余索其定錢, 仍捐不卽還. 令顧僕往追, 抵暮返, 曰: "彼已願行矣."

二十日 晨起候夫, 余以其谿壑[1]無厭, 另覓寺僧爲負. 及飯, 夫至, 辭之. 索所畀, 彼展轉不還. 余乃以重物寄覺宗, 令顧僕與寺僧先行. 余乃入西門, 自索不得, 乃往索於呂揮使乃郎, 呂乃應還. 余仍入清眞寺, 觀石碑上梅痕, 乃枯槎而無花, 白紋黑質, 尚未能如張順寧所寄者之奇也.

出南門, 遂與僧僕同行. 遵西山而南, 過五里、七里二橋, 又三里, 過感通寺前入道. 其南, 有三四家夾道, 曰上睦. 又南, 則西山巍峨之勢少降, 東海彎環之形漸合. 十里, 過陽和鋪. 又十里, 則南山自東橫亘而西, 海南盡於其麓, 穿西峽而去. 西峽者, 南卽橫亘之山, 至此愈峻, 北卽蒼山, 至此南盡, 中穿一峽, 西去甚逼. 而峽口稍曠, 乃就所穿之溪, 城其兩崖, 而跨石梁於中, 以通往來, 所謂下關也, 又名龍尾關. 關之南則大道, 東自趙州, 西向漾濞焉.

旣度橋出關南, 遂從溪南西向行. 三里, 南北兩山俱逼湊, 水搗其中如線, 遙睇其內, 崇峰北繞蒼山之背, 壁立彎環, 掩映殊異. 破峽而入, 又二里, 南峰俱成石壁, 倒壓溪上, 北峰一支, 如渴兒下赴, 兩崖相黏, 中止通一線, 剖石倒崖, 始行峽中, 繼穿石下. 峽相距不盈四尺, 石梁橫架其西, 長丈五尺, 而狹僅尺餘, 正如天台之石梁. 南崖亦峻, 不能通路. 出南崖上, 俯而瞰之, 毛骨俱悚. 又西里餘, 折而北, 其溪下嵌甚微. 又北, 風雨大至. 北三里餘, 數家倚西山下, 是爲潭子鋪, 其地爲趙州屬. 北五里, 轉而西, 又北十五里, 有溪自西峽來入, 是爲核桃箐. 渡箐溪, 又北五里, 有三四家倚西山下, 是爲茅草房, 溪兩旁至此始容斷崖之膛, 然猶梧棬[2]之綴於箐底也. 是日, 楡道[3]自漾濞下省, 趙州、大理、蒙化諸迎者, 蹀躞[4]雨中. 其地去四十里橋尚五里, 計時才下午, 恐橋邊旅肆爲諸迎者所據, 遂問舍而托焉, 亦以避雨也.

---

1) 계학(谿壑)은 산간의 골짜기를 의미하며, 흔히 인간의 탐욕을 비유하기도 한다.
2) 배권(桮棬)은 나무로 만든 잔 혹은 술잔을 가리킨다.
3) 명나라 때의 포정사(布政使), 안찰사(按察使) 등의 업무가 번다하고 관할구역이 넓었으므로, 이들의 동료가 일부 사무 혹은 일부 구역의 민정, 감찰과 군사업무를 분담했는데, 이것을 도(道)라고 일컫는다. 포정사의 참정(參政)이나 참의(參議)에서 비롯된 것을 분수도(分守道)라 하고, 안찰사의 부사(副使)나 첨사(僉事)에서 비롯된 것을 분순도(分巡道)라 하며, 이들을 통틀어 도원(道員)이라 일컫는다.
4) 접섭(蹀躞)은 종종걸음으로 걷는 것을 의미한다.

二十一日 雞再鳴, 促主者炊, 起而候飯. 天明乃行, 雲氣猶拗拗也. 北向仍

行溪西, 三里餘, 有亭橋跨溪上, 亭已半圮, 水沸橋下甚急, 是爲四十里橋.
橋東有數家倚東崖下, 皆居停之店, 此地反爲蒙化屬. 蓋橋西爲趙州, 其山
之西爲蒙化, 橋東亦爲蒙化, 其山之東爲太和, 犬牙之錯如此. 至是始行溪
東, 傍點蒼後麓行. 七里餘, 有數十家倚東山而廬, 夾路成巷, 是爲合江鋪.
至是始望西北峽山橫裂, 有山中披爲隙, 其南者, 余所從來峽也; 其北來者,
下江嘴所來漾濞峽也; 其西南下而去者, 二水合流而下順寧之峽也. 峽形
雖遙分, 而溪流之會合, 尚深嵌西北峽中, 此鋪所見, 猶止南來一溪而已.
出鋪北, 東山餘支垂而西突, 路北逾之, 遂併南來溪亦不可見, 蓋餘支西盡
之下, 卽兩江會合處, 而路不由之也. 西北行坡嶺者四里, 始有二小流自東
北兩峽出. 旣而盤曲西下, 一澗自東北峽來者差大, 有亭橋跨之, 亭已半圮,
是爲亨水橋. 蓋蒼山西下之水, 此爲最大, 亦西南合於南北二水交會處. 然
則‘合江’之稱, 實三流, 不止漾水、濞水而已也. 從橋西復西北逾一小嶺,
共一里, 始與漾水遇. 其水自漾濞來經此, 卽南與天生橋之水合, 破西南山
峽去, 經順寧泙山而下瀾滄江. 路溯其東岸行. 其東山亦蒼山之北支也, 其
西山乃羅均南下之脈, 至此而迤邐西南, 盡於順寧之泙山.

北行五里, 有村居夾而成巷, 爲金牛屯. 出屯北, 有小溪自東山出, 架石
梁其上, 側有石碑, 拭而讀之, 乃羅近溪所題「石門橋詩」也. 題言石門近在
橋左, 因矯首東望, 忽雲氣迸坼, 露出靑芙蓉兩片, 揷天拔地, 駢立對峙, 其
內崇巒疊映, 雲影出沒, 令人神躍. 亟呼顧僕與寺僧, 而二人已前, 遙追之,
二里乃及. 方欲强其還, 而一僧旁伺, 問之, 卽石門旁藥師寺僧也. 言門上
有玉皇閣, 又有二洞明敞可居, 欣然願爲居停主. 乃東向從小路導余, 五里,
抵山下, 過一村, 卽藥師寺也. 遂停杖其中. 其僧名性嚴, 坐余小閣上, 摘蠶
豆爲餉. 時猶上午, 余欲登山, 性嚴言, 玉皇閣躡峰而上十里餘, 且有二洞
之勝, 須明晨爲竟日遊, 今無及也. 蓋性嚴山中事未完, 旣送余返寺, 遂復
去, 且以匙鑰置余側. 余時慕石門奇勝, 餐飯, 卽扃其閣, 東南望石門而趨,
皆荒翳斷塍, 竟不擇道也.

二里, 見大溪自石門出, 溪北無路入, 乃下就溪中; 溪中多巨石, 多奔流,

亦無路入. 惟望石門近在咫尺, 上下逼湊, 骈削萬仞, 相距不逾二丈, 其頂兩端如一, 其根止容一水. 蓋本一山外屏, 自從其脊一刀中剖而成者, 故旣難爲陸陟, 復無從溯溪. 徘徊久之, 乃渡溪南, 反隨路西出. 久之得一徑東向, 復從以入, 將及門下, 復渡溪北. 溪中縛木架巨石以渡, 知此道乃不乏行人, 甚喜過望. 益東逼門下, 叢篁覆道. 道分爲二, 一東躡坡磴, 一南下溪口. 乃先降而就溪, 則溪水正從門中躍出, 有巨石當門扼流, 分爲二道. 襲之而下, 北則漫石騰空, 作珠簾狀而勢甚雄; 南則嵌槽倒隙, 爲懸溜形而勢甚束, 皆高二丈餘, 兩旁石皆逼削, 無能上也. 乃復上就東岐躡磴. 已又分爲二, 一北上躡坡, 一南凌溪石. 乃先就溪凌石, 其石大若萬斛之舟, 高泛溪中, 其根四面俱湍波濚激, 獨西北一徑懸磴而上, 下瞰卽珠簾所從躍出之處, 上眺則石門兩崖劈雲削翠, 高骈逼湊, 眞奇觀也. 但門以內則石崩水湧, 路絶不通, 乃復上就北岐躡磴. 始猶藤箐蒙茸, 旣乃石崖聳突, 半里, 路窮. 循崖南轉, 飛崖倒影, 上逼雙闕, 下臨絶壑, 卽石門之根也, 雖猿攀鳥翥, 不能度而入矣. 久之, 從舊路返藥師寺. 窮日之力, 可倂至玉皇閣, 姑憩而草記, 留爲明日遊.

二十二日 晨起候飯, 性嚴束火負鐺, 摘豆裹米, 令僧僕分攜, 乃從寺後東向登山. 二里, 轉而南向循山腰上, 二里, 復隨峽轉東, 一里, 從峽盡處南轉逾嶺. 一里, 路分二岐, 一東上者, 爲花椒庵石洞道; 一南上者, 一里而逾石門之上. 此石門之北崖也, 所登處已在門之內, 對瞰南崖崩削之狀, 門底轟沸之形, 種種神旺, 獨所踞崖端危險, 不能返觀, 猶覺未能兩盡也. 東眺門以內, 峽仍逼束, 水自東南嵌底而來. 其正東有山一支, 巍然中懸, 恰對峽門, 而玉皇閣卽踞其上, 尚不能遙望得之, 蓋其內木石茸密, 非如外峰可以一覽盡耳. 於是緣岡脊東上一里, 南與峽別, 折而東北上半里, 坳間有頹垣遺構, 爲玉峰寺廢址. 玉峰者, 萬曆初僧石光所建, 藥師乃其下院, 而性嚴卽其後嗣也. 其後又有一廢址, 曰極樂庵. 從其後復轉向東南上半里, 再與東峽遇, 乃緣支峽東向行, 古木益深. 半里, 支峽東盡, 乃南渡其上, 復北轉,共二里而得玉皇閣. 閣南向石門而遙, 東臨峽壁而逼, 初創於朱、史二道人, 有僧三賢擴而大之, 今前樓之四壁俱頹, 後閣之西角將仆, 蓋岌岌矣. 閣東有臺, 下臨絕壑, 其下有洞, 爲二道靜修處. 時二僧及僕, 俱然火覓泉將爲炊, 余不及覓洞, 先從閣援石獨上. 蓋遙望峽後大山, 上聳三峰者, 衆皆指爲筆架峰, 謂卽東南淸碧溪後主峰. 余前由四潭而上, 曾探其陽, 茲更欲一窮其陰, 以盡石門澗水之源, 竟不暇招同行者, 而同行僧僕亦不能從. 余遂賈勇直前.

二里, 山石旣窮而土峰峻甚, 乃攀樹. 三里, 山樹亦盡, 漸陟其頂. 層累而上, 登一頂, 復起一頂. 頂皆燒茅流土, 無復棘翳, 惟頂坳間, 時叢木一區, 棘翳隨之. 余從嶺脊燒痕處行, 虎跡齒齒, 印沙土間. 連上數頂, 始造其極, 則猶然外峰也. 始知蒼山前後, 共峰兩重 : 東峙者爲正峰, 而形如筆架者最高; 西環者南從筆架、北從三塔後正峰, 分支西夾, 臂合而前, 湊爲石門. 但其中俱崩崖墜派, 不復開洋, 俱下盤夾箐, 水嵌其底, 木叢其上. 余從峰頭東瞰筆架山之下, 有水懸搗澗底, 其聲沸騰, 其形夭矯, 而上下俱爲叢木遙罨, 不能得其全, 此卽石門之源矣. 又從外嶺北行, 見其北又分支西下, 卽漾濞驛北之嶺, 西盡於漾濞橋者也. 時日色正午, 開霽特甚, 北瞻則鳳羽之西, 有橫山一抹, 自西北斜亘而來者, 向從沙溪南望, 斜亘其西南, 爲橋後水口者也, 劍川之路, 溯之北入; 南眺則潭子鋪西之山, 南截漾、濞二水之口, 爲合江鋪者, 大理之路, 隨之北來; 西覽則橫嶺鋪之脊, 排闥西界, 北接斜亘之嶺, 南隨合江西下, 永昌之路, 逾之西向; 惟東面內峰巀嶪, 楡城卽在東麓, 而間隔莫逾, 一以峰高崖陡, 攀躋旣難, 一以山劃兩重, 中箐深陷, 降陟不易. 聞此山北坳中, 有大堡白雲寺, 可躋內峰絕頂, 又南逾筆架, 乃東下淸碧溪. 大堡之路, 當卽從分支西下之嶺, 循度脊而上, 無此中塹之箐, 沐西平征大理, 出點蒼後, 立旗幟以亂之, 卽由此道上也.

憑眺久之, 乃循舊跡下. 三里, 忽誤而墜西北支, 路絕崖欹, 無從懸墜, 且空山杳隔, 莫辨眞形, 竟不知玉皇閣所倚之支在南在北也. 疑尙瀕南澗箐中, 而澗中多岐, 且峻崖絕坂, 橫度更難, 有棘則蒙翳, 無棘則流圮. 方徘徊

間, 雨復乘之, 忽聞南箐中有呼噪聲, 知玉皇閣在其下. 余亦漫呼之, 已遙
相應, 而尚隔一箐, 樹叢不可見, 路絕不可行. 盤箐之上腋二里, 始得石崖,
於是攀隙墜空, 始無流墜之恐, 而雨傾如注. 又一里而出玉皇閣之右, 炊飯
已寒, 重沸湯而食之. 閣左少下, 懸崖之間, 有洞南向, 下臨深澗, 乃兩巨石
合掌而成者. 洞高一丈, 下闊丈五, 而上合尖, 其深入約及數丈, 而底甚平.
其石質粗牆, 洞形亦無曲折之致, 取其通明而已. 洞前石崖上下危削, 古木
倒盤, 霏煙攬翠, 俯掬轟流, 令人有杳然別天之想.

時雨已復霽, 由舊路轉北而下, 三里, 至玉峰寺舊址. 由岐下北壑, 轉峽
度塢, 一里餘而得花椒庵石洞. 洞亦巨石所覆, 其下半疊石盤, 半庋空中,
空處浮出二三丈, 上下亦離丈餘, 而平皆如砥. 惟北黏下盤之上, 而東西南
三面, 俱虛簷如浮舫, 今以碎石隨其簷而窒之, 祗留門西向, 而置佛於中.
其前架樓三楹, 而反無壁; 若以窒洞者窒樓, 則洞與樓兩全其勝矣. 其北又
一巨石隆起, 下有泉出其隙間, 若爲之供者. 此地境幽塢繞, 水石錯落, 亦
棲眞[1]之地. 龕中器用皆備, 而寂無居人, 戶亦設而不關. 余愧行脚不能留
此, 爲悵然而去. 乃西向平下一里, 即石門北頂北來之道, 向所由上者. 又
北六里而返藥師. 途中遇一老人, 負桶數枚下山, 即石洞所棲之人, 每日登
山箍桶, 晚負下山, 鬻以爲餐, 亦不能夜宿洞間也.

---

1) 서진(棲眞)은 도가에서 진성(眞性)을 길러 본원(本元)으로 되돌아감을 일컫는다.

二十三日 晨起, 爲性嚴作「玉皇閣募緣疏」.[1] 因出紙請書, 余書而後朝食.
山雨忽作, 因停展待之. 近午, 雨少殺, 余換草履, 性嚴披氈送之. 出藥師殿
門, 即北行, 二里, 涉一枯澗. 其澗自東北山麓出, 下嵌甚深, 蒼山之後至此
又西北一里矣. 既渡, 西北上西紆之坡, 一里逾其上, 始見其西開一東西塢,
漾濞之水從其中東注之. 西向平下共二里, 山南有數十家當大路, 是爲漾
濞驛. 別送僧, 西行溪北田塍中三里餘, 北界山環而稍南, 扼水直逼南山下,
是爲磯頭村, 亦有數十家當磯之腋. 路南向盤之, 遂躋磯嘴而西. 半里, 雨

止, 路轉北, 復開南北塢, 於是倚東山西麓北行. 三里餘, 抵漾濞街. 居廬夾街臨水甚盛, 有鐵鎖橋在街北上流一里, 而木架長橋卽當街西跨下流, 皆度漾濞之水, 而木橋小路較近.

按『志』: 劍川水爲漾, 洱海水爲濞, 二水合流故名. 今此橋去合江鋪北三十里, 驛去其北亦十五里, 止當漾水, 與濞水無涉, 何以兼而名之耶? 豈濞水非洱海, 卽點蒼後出之別流耶? 然余按: 水出麗江府南者, 皆謂之漾. 如漾共發源於十和之中海, 經七和下鶴慶, 合東西諸泉而入穴, 故曰漾共. 此水發源於九和, 經劍川別而南流, 故曰漾別. 則'別'乃分別之'別', 非口鼻之'鼻'也. 然『一統志』又稱爲漾備, 此又與勝備同名, 亦非'濞'字之一徵矣.

余乃就木橋東買蔬米, 卽由此度, 不及北向鐵橋度, 其中始覺湯湯, 倍於洱水. 西向又有一峽自西來, 是爲永平道; 望大塢北去, 亦數里而分爲二, 而永昌大道, 則從此而西. 始行塢中, 二里漸上. 又二里, 有數家夾道, 大坊跨之, 曰'繡嶺連雲', 言登嶺之始也, 是爲白木鋪. 由是循南坡西向上, 二里, 由坡間轉向南, 一里餘, 復轉向西, 於是迴眺東之點蒼, 東北之鳳羽, 反愈近, 然所臨之峽則在南. 更西躍坡, 迤邐而上, 又四里, 有寺東向, 當坡嘴中懸, 是爲捨茶寺. 就而飯. 由其後又西上, 路稍平, 其南臨東出之澗猶故也. 又二里, 有村當嶺脊, 是爲橫嶺鋪. 鋪之西, 逶西躍夾坑中, 又上三里而透嶺坳之脊. 其坳夾隘如門, 透其西, 卽有坑北墜, 又有坑西流. 路隨西流者下, 二里, 路轉向南峽, 而水乃由北峽去, 始知猶北流而東入漾濞上流者.

又南二里, 其峽中平, 而水忽分南北, 始知其脈由此峽中自西而東, 度其上所逾夾隘, 乃旣度, 而北突之峰, 非南來之脊也. 蓋此脊西北自羅均山分支, 東南至此, 降度峽底, 乃東突崇峰, 由其北而東下者爲橫嶺, 而東盡於白木鋪, 由其南逶迤南去者, 東挾碧溪江, 西挾勝備水, 而盡於兩水交會處, 是其脈亦不甚長也. 從峽中南行半里轉西, 有小水自東南墜峽來, 始成流西去. 又一里, 隨流南轉, 始循水東崖下. 旣渡其西, 復涉其東, 四里餘, 有水自東峽出, 西與南下之澗合, 其流始大, 而峽愈逼東崖, 直瞰水而西, 路乃渡而循西崖下. 南出隘, 已昏黑. 稍上坡, 共二里, 有一二家倚西坡上, 投宿不得. 又南, 兩崖愈湊, 三里及之, 復渡溪東, 則數家倚東崖下, 是爲太平鋪, 乃宿其敝樓. (按『志』: 是水爲九渡河, 沿山繞流, 上跨九橋者是; 其下流與雙橋河合於黃連堡東南, 入勝備江.)

---

1) 모연(募緣)은 스님이 재물을 동냥하여 선한 인연을 맺어주는 것을 의미한다. 모연소(募緣疏)는 재물을 모금하기 위해 사람들에게 도움을 청하는 글을 가리킨다.

二十四日 雞鳴具飯, 昧爽卽行. 越澗, 傍西山而南, 其峽仍逼. 五里, 遵西山之崖漸上, 五里, 盤其南突之嘴, 遂挾北峰西行, 路轉於上, 溪轉於下. 又西十里, 有村倚北山坡峽間, 廬舍最盛, 是爲打牛坪. 相傳諸葛丞相過此, 值立春, 打牛以示民者也. 又遵北坡隨峽流西下, 十里, 有山橫截其西, 乃稍降而逼其下. 忽見有溪自北而南漱, 橫截山之東麓, 太平鋪九渡河自東注之, 有數家當其交會之夾, 是爲勝備村, 此北來之水, 卽勝備江也. 盤村坡溯江而北半里, 乃涉亭橋, 渡江西崖. 江流差大於洱水, 而不及漾濞, 其源發於羅武山, 下流達於蒙化, 入碧溪江. 由其西轉而隨流南下, 循西山之麓行, 崖峭甚. 半里, 又隔江與勝備村對. 又南一里餘, 有小峽自西來, 截之漸南上, 盤其東突之坡. 共七里, 又上而盤其南突之嘴, 水從其下西轉南折而破峽去, 路從其上挾北坡西下. 蓋其西有峽, 自西坳下墜而來, 又有山, 從峽南挾之俱東, 當突嘴之下, 與勝備合而破其南峽, 突嘴之路, 不能超峽而度其南挾之東垂, 故西折一里餘, 而下循其西坳, 又東折一里, 而上盤其東垂, 東垂卽勝備所破峽之西崖也. 半里, 轉其南, 又有一小水自東垂南西峽來入, 乃捨其南去大流, 而溯其西來小流, 循東垂南崖西向入之. 一里餘, 有村踞小流之北坡, 夾路成聚, 是爲黃連堡, 始知此小流卽雙橋河也. 飯於其處, 山雨驟至, 稍待復行. 漸轉西北, 行岡上二里, 其下峽直自北來, 乃下渡峽中小橋而西. 此橋卽雙橋之一也, 其河源尙在北塢中.

從橋西卽躡西坡而上, 二里稍平, 西向塢倚南峰復上坡, 二里, 西逾岡脊, 是爲觀音山脊, 南北俱有寺. 南峰當脊而起, 其巔頗聳, 有閣罩其上, 以遠不及登. 拂脊間碑讀之, 言昔武侯過此, 方覓道, 聞犬吠聲, 而左右報觀音現, 故俗又呼爲娘娘叫狗山, 按『郡志』, 卽地寶藏山也. 從脊西遙望, 其南壑雜沓而下, 高山無與爲匹者, 當遙通阿祿司新牛街之境也; 其西壑亦雜沓而來, 其外遠山, 自北亘脊南去, 北支分而東向, 逶迤與此山屬, 南抱爲壑, 頗寬豁, 而坡陀層伏, 不成平塢; 西山亘脊之半, 有寺中懸, 縹渺雲嵐間, 卽所謂'萬松仙景'也.

於是從嶺頭盤旋, 西北二里, 轉過西下之峽, 由其北乃陟西來之脊. 其脊南北俱有峽, 路從其中, 共二里, 西向稍下, 樹木深翳. 再下, 再過脊, 又八里, 有數十家倚北坡夾道而廬, 是爲白土鋪. 又西入峽, 七里漸上, 漸逼西山, 山脊東垂, 南北隆壑甚深, 松翳愈密, 上下虧蔽, 有哨房在坡間, 曰松坡民哨, 而無居人. 此處松株獨茂, 彌山蔽谷, 更無他木, (聞其地茯苓甚多, 鮮食如山藥.) 坡名以'松', 宜也. 其脊蓋自西嶺分支, 東度觀音山者, 第不知南北之水何下耳. 於是西上躡蹬, 甚峻, 數十盤而登. 共五里, 有寺踞東懸之脊, 東向憑臨於松雲翠濤之間, 是爲萬松仙景寺. 後有閣曰松梵, 朱按君泰楨所題. 登之, 東眺甚豁, 蒼山雪色, 與松壑濤聲, 遠近交映也. 由其後再曲折上躋, 二里餘, 登嶺頭. 又一里餘, 西過一脊, 以爲絶頂矣, 頂脊南北分隆之峽, 似猶東出者. 又西上一里, 躡南突之巓, 榜曰'日昇天頂'. 又西一里, 穿峽而入, 有數家散處峽窪間, 俱以木皮爲屋, 木枝爲壁, 是爲天頂鋪. 先是土人俱稱爲'天井', 余以爲在深壑中, 而不意反在萬山絶頂也, 問所謂井者, 亦竟無有. 嶺頭之廬, 以非常站所歇, 强之後可. 旣止, 風雨交作, 寒氣逼人, 且無從市米, 得麵爲巴[1]而啖之. 臥.

---

1) 파(巴)는 밀가루나 메밀가루, 쌀 등을 굽거나 찐 둥글납작한 떡을 가리키는데, 운남성 및 귀주성에서는 파파(粑粑)라고도 한다.

二十五日 昧爽, 啖所存巴, 平明卽行, 霧蔽山頂, 茫無可見. 西向稍下一里, 山峰簇立成窪, 窪中有小路北去, 有小水南流, 大道隨之. 南行峽中, 一里,折而隨峽西下, 峽南已墜壑盤空, 窈然西出矣. 西下三里餘, 有哨房當坡而西向, 亦虛而無人. 其北又有一峽自東下, 與南峽會於坡前. 路盤坡而北, 渡坡北澗, 卽隨北澗西下, 共四里餘, 過梅花哨, 於是南北兩界山漸開. 循北山又西, 四里, 度西垂之脊, 始全見其南北兩崖下墜之坑, 盤壑西出, 而西有巨壑焉. 沿支西下, 又八里, 抵西麓, 有寺當路北. 渡峽中小水, 從其西轉西北, 行田塍中二里, 有一塘積水東坡下, 挾其西而北, 又三里, 抵永平縣之東街.

其處東西兩界山相距八里, 北卽其迴環之兜, 南爲其夾門之峽, 相距一十五里, 而銀龍江界其中. (其水發源上甸里阿荒山, 一名太平河. 每歲孟冬近曉, 有白氣橫江, 恍若銀龍, 故名; 下流經打坪諸寨, 入瀾滄江.) 當縣治東, 有橋跨其上, 其處卽爲市而無城. 其北有城堞略具, 乃守禦所, 而縣不在其中也. 銀龍橋之西, 又有橋名普濟, 橋下小水東南入銀龍江. 大道由縣治西, 沿西山而南, 至石洞村西, 西南入山; 余欲從石洞浴溫泉, 當不沿西山而由中塢, 蓋溫泉當塢而出也. 乃從銀龍橋市蔬米, 卽從橋東小路, 隨江而渡其下流, 由稅司前西行, 過一小澮, 卽隨之南行塢中, 與大道之在西坡者, 相望而南也. 八里, 則溫泉當平疇之中, 前門後閣, 西廂爲官房, 東廂則浴池在焉. 池二方, 各爲一舍, 南客北女. 門有賣漿者, 不比他池在荒野也. 乃就其前買豌豆, 煮豆炊飯. 余先酌而入浴. 其湯不熱而溫, 不停而流, 不深而淺, 可臥浴也. 舍乃一參戎所構而成者. 然求所謂石洞, 則無有矣.

旣浴, 飯而出眺, 由其西向入峽, 不二里, 卽花橋大道; 由其南向逾嶺, 爲爐塘道. 余時聞有淸淨寶臺山在爐塘之西, 西由花橋抵沙木河大道入, 其路迂, 南由爐塘間道行, 其路捷, 余乃卽從塢中南向行. 二里餘, 抵南山之麓, 有水自西峽來, 東注而入銀龍江峽口, 卽花橋之水也. 度橋而南半里, 有寺倚南山而北向, 曰淸眞寺. (回回所造) 由其前東轉半里, 爲後屯, 有小塢自南來. 又東截塢半里, 逾橋上坡, 東南躋一里餘, 轉而東陟其嶺. 一里, 從嶺上誤折而南, 二里, 逾山南下, 路絶. 二里, 由坑西轉, 又二里, 復轉而北, 仍出後屯小塢, 乃復上東坡. 二里, 仍過嶺上誤處, 乃竟嶺峽而東. 半里, 有峽直東者, 爲銅礦廠道; 東南逾岡坳者, 爲門檻、爐塘道, 乃折而從東南. 稍上逾岡半里, 東向隨峽而下者二里, 及峽底, 則深峽自北而南, 銀龍江搗 壑而隨之, 路隨其西岸南行豁崖間, 幽深窈窕, 水木陰閡, 一奇境也. 雷雨 大作, 行雨中十里而雨止. 有小溪自西峽來, 架木橋渡之. 依南山東轉, 二 里, 轉而南. 一里, 有數家踞西山之半, 東向臨江, 是爲門檻村, 下跨江之橋, 爲門檻橋, 言江流至此, 破峽搗空, 若門闃之當其前也. 宿於村家, 買米甚 艱, 祇得半升. 以存米爲粥, 留所買者, 爲明日飯.

二十六日 雞再鳴, 具飯. 平明, 隨江西岸行. 四里餘, 南至岔路, 有溪自西峽 來, 東與銀龍江合, 數十家下縮溪口. 乃下涉其溪, 緣南山之北, 於是江東 折於下, 路東折於上. 東向上者一里餘, 盤北突之坡而東, 於是江南折於下, 路亦南折於上. 南折處, 又有峽自東來入, 正與東折之江對, 或以爲永平之 界, 今僅止此, 其南折之峽, 已屬順寧矣.

循江西嶺南向漸下, 四里, 稍折西南, 下緣江岸, 已復南折, 二里餘, 出峽, 峽乃稍開, 始見田塍, 有兩三家倚西坡, 是爲稻場. 山行至是, 始有稻, 故以 爲名. 其江之東南坡間, 亦有居廬, 其下亦環畦塍, 亦稻場之屬. 江流其間 直南去, 與瀾滄江合. 路由西坡村右, 卽西南緣坡上, 一里, 至嶺頭, 正隔江 與東坡之廬對, 於是緣峽西入, 遂與江別. 其峽自西脊東下, 循北崖平坡入 之. 四里, 降度峽南, 循南崖懸躋而上, 乃西南盤折二里餘, 逾北突之岡. 循 南坡而西, 二里, 有坑北下, 橫陟之. 又西二里, 乃凌其東南度脊. 此脊之東, 水下稻場南峽中, 西南水下爐塘而南. 從脊上, 卽西望崇山高穹, 上聳圓頂 者, 爲寶臺山; 其北崖復突而平墜者, 爲登山問道; 其南垂紆繞而拖峽者, 爲爐塘所依. 余初擬從間道行, 至是屢詢樵牧, 皆言間道稍捷而多岐, 中無 行人, 莫可詢問, 不若從爐塘道, 稍迂而路闊, 以炭駝相接, 不乏行人也. 其 岐卽從脊間分, 脊西近峽南下, 其中居廬甚殷, 是爲舊爐塘. 由其北度峽上, 卽間道也; 由其東隨峽南下, 爐塘道也.

余乃南下坡, 一里, 至峽底. 半里, 度小橋, 隨澗西岸南行. 其澗甚狹, 中止通水道一縷, 兩旁時環畦如梐枑. 四里, 稍上, 陟西崖而下, 半里, 始有一旁峽自西北來, 南涉之. 又沿西崖漸上, 五里, 盤西崖而逾其南嘴, 乃見其峽甚深, 峽底爐煙板屋, 擾擾於內, 東南嵌於峽口者, 下廠; 西北綴於峽坳者, 上廠也; 緣峽口之外, 南向隨流下者, 往順寧之大道也. 余從嶺上西轉, 見左崖有竅, 卑口豎喉, 其墜深黑, 卽挖礦之舊穴也. 從其上西行二里, 越下廠, 抵上廠, 而坑又中間之, 分兩岐來, 一自東北, 一自西北, 而爐舍踞其中. (所出皆紅銅,[1] 客商來販者四集.) 肆多賣漿市肉者, 余以將登寶臺, 仍齋食於肆.

由西峽溯流入, 一里, 居廬乃盡. 隨峽北轉, 峽甚深仄, 而止通一水, 得無他迷, 然山雨傾注, 如納大麓,[2] 不免淋漓. 三里, 漸上, 又二里, 上愈峻. 見路有挑大根如三斗盎者, 以杖貫其中, 執而問之, 曰:"芭蕉根也. 以餇豬." 峻上二里, 果見芭蕉蔽崖, 有掘而偃者, 卽挖根處也. 其處樹箐深窅, 山高路僻, 幸有炭駝(俱從此赴廠.)爲指迷. 又上二里, 乃登其脊. 有路自東北逶脊而來者, 乃隨脊向西南去. 從之行脊上二里, 乃西南下. 見路左有峽西北出, 路遂分爲兩岐, 而所望寶臺圓頂, 似在西南隔峰, 乃誤下從峽西南. 一里餘, 渡峽中支澗, 緣之西北轉. 一里, 盤北突之嘴, 復西南入峽中. 溯澗二里, 路漸湮, 見澗北有燒山者, 遙呼而問之, 始知爲誤. 然不知山在何所, 路當何從, 惟聞隨水一語, 卽奉爲指南. 復東北還盤嘴處, 澗乃北轉, 遂緣坡北向下. 二里, 有一岐自東南來合, 卽前分岐西北之正道也. 蓋寶臺正在西南所誤之峽, 其南卽度脊之自東西突者, 此寶臺東隅之來脈也, 而其路未開, 皆深崖峭壑, 爲燒炭之窟, 以供爐塘所用; 峽中之流, 從其西北向流, 繞北崖而西出, 至西北隅, 始與竹瀝砦南來之路合, 故登山之道, 必自西北向東南, 而其東不能竟達也. 循東崖又北一里, 復隨澗西轉, 循北崖西行二里, 始望見前峽稍開, 有村聚倚南山之坡. 乃西下一里, 度澗橋, 緣其南崖西上, 又一里餘而抵其村, 是爲阿牯寨, 乃寶臺門戶也. 由寨後南向登山, 三里, 至慧光寺.

其寺西向, 前臨一峽, 隔峽又有山環之而北, 而終不見寶臺. 蓋寶臺之頂,高穹於此寺東南, 而其正寺又在臺頂之南, 尙當從西南峽中盤入也. 寶臺大寺, 爲立禪師所建, 三年前, 立師東遊請藏, 久離此山. 余至省, 卽聞此山之盛, 比自元謀至姚安途中, 乃聞其燬於火, 又聞其再建再毁. 余以爲被災久矣, 至是始知其災於臘月也, 計其時余已過姚安矣, 不知何以傳聞之在先也? 自大寺災後, 名流多棲托慧光. 余至, 日猶下午, 僧固留, 遂止寺中.

---

1) 홍동(紅銅)은 적동(赤銅)이라고도 하며, 구리에 2~8%의 금만을 배합하거나 또는 다시 1% 정도의 은을 더해서 만든 흑자색의 구리합금을 가리킨다.
2) 『서경・순전(舜典)』에는 "큰 숲속으로 몰아넣으니 사나운 바람과 뇌우에도 길을 잃지 않았다(納於大麓, 烈風雷雨弗迷)"라고 했다. 납대록(納大麓)은 흔히 세찬 비바람에 휩쓸리다는 의미로 쓰인다.

二十七日 飯於慧光寺, 卽南上五里, 登其西度之坳. 此坳乃寶臺之西支, 下而度此者, 其坳西餘支, 卽北轉而環於慧光之前. 逾坳南, 見南山前矗, 與坳東橫亘之頂, 排闥兩重, 復成東西深峽. 南山之高, 與北頂並, 皆自東而西, 夾重峽於中而下不見底, 距瀾滄於外而南爲之塹. 蓋南山自爐塘西南, 轉而西向, 溯瀾滄北岸而西行, 爲寶臺南郊, 於是西距瀾滄之水, 東包沙木河之流, 渡江坡頂而北盡於沙河入瀾滄處, 此南山外郊之形也. 寶臺自爐塘西南亦轉而西向, 大脊中懸, 南面與南山對夾而爲寶臺, 西面與西度北轉之支, 對夾而爲慧光, 此寶臺中踞之勢也. 其內水兩重, 皆西轉而北出, 其外大水逆兜, 獨南流而東繞, 此諸流包絡之分也. 至是始得其眞面目, 其山如環鉤, 其水如交臂. 山脈自羅均爲鉤之根把, 博南丁當關爲鉤幹之中, 正外與鉤端相對, 而江坡頂卽鉤端將盡處, 寶臺山乃鉤曲之轉折處也. 瀾滄江來自雲龍州爲右臂, 東南抱而循山之外麓, 抵山東垂盡處而後去. 沙木河源從南山東峽爲左臂, 西北抱而循山之內塢, 抵山西垂盡處而後出. 兩水一內一外, 一去一來, 一順一逆, 環於山麓, 而山之南支又中界之, 自北自南, 自東自西, 復自南而北, 爲寶臺之護, 此又山水交濚之槪也.

從坳南, 於是東轉, 下臨南峽, 上倚北崖, 東向行山脊之南, 兩降兩上, 三里, 東至萬佛堂. 此卽大寺之前院也, 踞寶臺南突之端, 其門西向, 而堂陛俱南闢, 前臨深峽之南, 則南山如屛, 高穹如面牆. 其上多木蓮花, 樹極高大, 花開如蓮, 有黃白藍紫諸色, 瓣凡二十片, 每二月則未葉而花, 三月則花落而葉生矣. 絶頂有湧石塔, 高二丈, 云自地湧出, 乃石笋也. 其南坳間, 又有一陝西老僧結茅二十年, 其地當南山奧阻, 曾無至者, 自萬佛堂望之, 平眺可達, 而下陟深峽, 上躋層崖, 竟日而後能往焉. 由萬佛堂後北上不半里, 卽大寺故址. 寺創於崇禎初元, 其先亦叢蔽之區, 立禪師尋山見之, 爲焚兩指, 募開叢林, 規模宏敞, 正殿亦南向, 八角層甍, 高十餘丈, 址盤數畝. 其脈自東北圓穹之頂, 層跌而下, 狀若連珠, 而殿緊倚之, 第其前橫深峽, 旣不開洋, 而殿址已崇, 西支下伏, 右乏護砂, 水復從泄, 覺地雖幽閟而實鮮關鎖, 此其所未盡善者. 或謂病在前山崇逼, 余謂不然, 山外大江雖來繞, 而無此障之則曠, 山內深峽雖近環, 而無此夾之則泄, 雖前壓如面牆, 而宇內大刹, 如少林之面少室, 靈巖之面岱宗,[1] 皆突兀當前, 而開拓彌遠, 此吾所謂病不在前之太逼, 而在右之少疏也.

初余自慧光寺來, 其僧翠峰謂余曰: "僧少待一同衣, 當卽追隨後塵." 比至萬佛堂, 翠峰果同一僧至, 乃川僧一葦, 自京師參訪至此, 能講演宗旨. 聞此有了凡師, 亦川僧, 淹貫[2]內典, 自立師行後, 住靜東峽, 爲此山名宿, 故同翠峰來訪之. 時了凡因殿毀, 募閃太史約庵, 先鑄銅佛於舊基, 以爲興復之倡, 暫從靜室中移棲萬佛前樓, 余遂與一葦同謁之. 了凡卽曳杖前引, 至大寺基, 觀所模佛胎, 遂從基左循北崖復東向行. 盤磴陟坡, 路極幽峭, 兩過小靜室, 兩升降, 南下小峽, 深木古柯, 藤交竹叢, 五里而得了凡靜室. 室南向, 與大殿基東西並列, 第此處東入已深, 其前南山並夾如故, 而右砂層疊, 不比大殿基之西曠矣. 其脈自直北圓穹之頂中垂而下, 至室前稍坳, 前復小起圓阜, 下臨深峽之北. 而室則正臨其坳處, 橫結三楹, 幽敞兩備, 此寶臺奧境也. 一葦與了凡以同鄉故, 欲住靜山中, 了凡與之爲禪語. 余旁參之, 覺凡公禪學宏貫, 而心境未融, 葦公參悟精勤, 而宗旨未徹, 然山窮水盡中亦不易得也. 了凡命其徒具齋, 始進麵餅, 繼設蔬飯. 飯後雨大至,牟晌方止. 下午乃行. 仍過寺基, 共十五里, 還宿慧光寺.

二十八日 平明, 飯而行. 三里, 北下至阿牯寨. 由其西下又二里, 越東來澗, 緣北山之南崖, 西北上一里餘, 盤其西垂而北, 其下卽阿牯北西二澗合而北流之峽也. 二里, 越西突之坡, 仍循東坡西北行. 六里, 隆懸坡而下, 一里及澗. 仍隨澗東岸北行, 望見峽北有山橫亘於前, 路直望之而趨. 五里, 有一二家倚東山下, 其前始傍水爲田. 又北二里, 直低北山下, 有峽自東而西, 中有一水沿北山而西注. 此卽舊爐塘西來之道, 阿牯寨之澗南來, 此與之合, 是爲三汊溪. 舊爐塘指答者, 謂間道捷而難詢, 正指此也. 於是其峽轉爲東西, 夾水合而西去, 路北涉之, 循北崖西行.

三里, 西降而出峽口, 其西乃開南北大峽. 蓋南自寶臺南峽來, 從南山北轉, 而界瀾滄於外者, 爲此塢西山; 從西坳北轉, 而挾慧光寺於內者, 爲此塢東山, 東山爲三汊溪西出而界斷, 寶臺中脈止至其北. 又舊爐塘北脊之支, 分派西突, 與西山對峽, 而北峽中塢大開, 陂陀雜沓, 底不甚平, 南峽與三汊溪水合流北去, 是爲沙木河上流. 峽中田塍, 高下盤錯, 居廬東西對峙, 是名竹瀝砦. 路挾東山北轉, 行東村之上而北三里, 塢中水直齧東山之麓. 路緣崖蹟其上, 又北二里, 逾馬鞍嶺. 此嶺乃東山西突之嘴, 水曲而西環其麓, 路直而北逾其坳, 此竹瀝砦之門戶也. 北下二里, 始爲平川, 水與路俱去險就夷.

北行溪東三里, 有村倚東山下, 曰狗街子, 倚西山曰阿夷村. 東山乃搏南大脊西盤, 西山乃寶臺南山北轉者也. 其山平展而北, 又四里, 而沙木河驛之西坡, 自丁當關西突於川之北, 與西界山湊, 川中水自沙潭, 亦逼西山之麓而北. 路乃涉水, 緣西崖之上行. 又三里, 北下及溪, 有橋跨溪, 東來者, 是爲沙木河驛大道. 其橋有亭上覆, 曰鳳鳴橋. 余南來路, 經橋西, 不逾橋也．飯於橋西．隨西山大路北行三里，盤西山北突之嘴，於是北塢稍開，田塍交布，其下溪流貫直北去，透北峽，入瀾滄．路盤嘴西行又一里，爲灣子村，數家倚南山北麓，當北突之腋，故曰灣子．由其西循峽南入，一里，峽窮．復遵峽西之山，曲折西向上躋，三里，陟嶺脊，此卽寶臺南山北轉至此者．踞嶺東望，東界卽博南山所從南環而至者．北望峽口中伏，卽沙木河北注瀾滄，而此支所北盡於此者；其外有崇峰另起，橫峙於五十里外者，曰瓦窯山，爲永平北與雲龍州分界，昔王磐踞而爲亂處．(按『騰永圖說』，崇禎戊辰，王磐據險爲叛，燒斷瀾滄橋．又按，馬元康曾領兵追搗王磐，何某巢穴於曹澗．馬亦言：先是王、何搆叛，來襲攻永昌，幸從瀾滄燒橋而來，故得爲備．按曹澗在雲龍州西界，瓦窯山在雲龍州界，曹澗當永昌北鄙．王、何二賊不直南下，而東由瀾滄橋，固欲截其東援大路，亦以與瓦窯相近也，蓋瓦窯、曹澗皆二賊之窟也．) 西望則重崖層峽，其下逼簇，不知瀾滄之流已嵌其底也．由脊而南，有庵橫跨坳中，題曰普濟庵，有僧施茶於此，是卽所謂江坡頂也．出其南，西瞰峽底，濁流一線繞東南而去，下嵌甚深，隔流危崖崒崒，[1] 上截雲嵐而下齧江流者，卽羅岷山也．

　瀾滄江自吐蕃嵯和哥甸南流，經麗江、蘭州之西，大理、雲龍州之東，至此山下，又東南經順寧、雲州之東，南下威遠、車里，爲撾龍江，入交趾至海．『一統志』謂趙州白厓瞰禮社江，至楚雄定邊縣合瀾滄，入元江府，爲元江．余按，瀾滄至定邊縣西所合者，乃蒙化漾濞、陽江二水，非禮社也；禮社至定邊縣東所合者，乃楚雄馬龍、祿豐二水，非瀾滄也．然則瀾滄、禮社雖同經定邊，已有東西之分，同下至景東，東西鄙分流愈遠．李中谿著『大理志』，定瀾滄爲黑水，另具圖說，於順寧以下，卽不能詳．今按鐵鎖橋東有碑，亦鄉紳所著，止云自順寧、車里入南海，其未嘗東入元江，可知也．

　由嶺南行一里，卽曲折下，其勢甚陡．迴望鐵橋嵌北崖下甚近，而或迎之，或背之，爲‘之’字下者，三里而及江岸．卽挨東崖下溯江北行，又一里而至鐵鎖橋之東．先臨流設關，鞏石爲門，內倚東崖，建武侯祠及稅局．橋之西，鞏關亦如之，內倚西崖，建樓臺并祀創橋者．鞏關俱在橋南，其北皆崖石巉削, 無路可援. 蓋東西兩界山, 在橋北者皆夾石, 倒壓江面, 在橋南者皆削土, 駢立江旁, 故取道俱南就土崖, 作"之" 字上下, 而橋則架於其北土石相接處. 其橋闊於北盤江上鐵鎖橋, 而長則殺之. 橋下流皆渾濁, 但北盤有奔沸之形, 洶湃之勢, 似淺; 此則渾然逝, 淵然寂, 其深莫測, 不可以其狹束而與北盤共擬也. 北盤橫經之練, 俱在板下; 此則下旣有承, 上復高綳, 兩崖中架兩端之楹間, 至橋中, 又斜墜而下綳之, 交絡如機之織, 綜[2]之提焉. 此橋始於武侯南征, 故首祀之, 然其時猶架木以渡, 而後有用竹索用鐵柱維舟者, 柱猶尙存. (或以爲胡敬德, 或以爲國初鎭撫華岳, 而胡未之至, 華爲是.) 然蘭津之歌, 漢明帝時已著聞, 而不始於武侯也. 萬曆丙午, 順寧土酋猛廷瑞叛, 阻兵燒燬, 崇禎戊辰, 雲龍叛賊王磐又燒燬. 四十年間, 二次被毁, 今己巳復建, 委千戶一員守衛, 固知滇西咽喉, 千百載不能改也. 余時過橋急, 不及入叩橋東武侯祠, 猶登橋西臺間之閣, 以西崖尤峻, 爲羅岷之麓也. 於是出鞏關, 循羅岷之崖, 南向隨江而上. (按『志』, 羅岷山高千餘丈. 蒙氏時有僧自天竺來, 名羅岷, 嘗作戲舞, 山石亦隨而舞. 後沒於此, 人立祠巖下, 時墜飛石, 過者驚趨, 名曰'催行石'. 按石本崖上野獸抛踏而下. 昔有人於將曉時過此, 見霧影中石自江飛上甚多, 此又一異也.) 五里, 至平坡鋪, 數十家夾羅岷東麓而居, 下臨瀾滄, 其處所上猶平, 故以'平坡'名, 從此則躡峻矣. 時日色尙可行, 而負僧苦於前, 遂止. (按永昌重時魚.[3] 其魚似鯖魚狀而甚肥, 出此江, 亦出此時. 謂之時者, 惟三月盡四月初一時耳, 然是時江漲後已不能得.)

---

1) 졸률(崪嵂)은 산이 높고 험준한 모양을 가리킨다.
2) 종(綜)이란 잉아이며, 베틀의 날실을 한 칸씩 걸러서 끌어 올리도록 맨 굵은 실이다.
3) 시어(時魚) 혹은 시어(鰣魚)는 준치를 가리킨다.

二十九日 雞再鳴, 具餐. 平明行, 卽曲折南上. 二里餘, 轉而西, 其山復土盡而石, 於是滄江東南從大峽去, 路隨小峽西向入. 西一里, 石崖矗夾, 有水自夾中墜, 先從左崖棧木橫空度, 卽北向疊磴夾縫間, 或西或北, 曲折上躋甚峻. 兩崖夾石如劈, 中垂一竇, 水搗石而下, 蹬倚壁而上, 人若破壁捫天,水若爭道躍顙, 兩不相遜者. 夾中古木參霄, 虯枝懸磴, 水聲石色, 冷人心骨, 不復知有攀陟之苦, 亦不知爲驅馳之道也. 上二里, 有庵夾道, 有道者居之, 卽所謂山達關也.

由其後又西上, 路分爲二, 一渡水循南崖, 一直上循北崖, 共一里餘而合, 遂凌石峽上. 余以爲山脊矣, 其內猶然平峽, 水淙淙由峽中來, 至是墜峽石東下, 其外甚峻, 其內甚平. 登其峻處, 迴望東山之上, 露出層峰, 直東而近者, 乃狗街子、沙木河驛後諸脊, 所謂博南丁當也; 東南而遠者, 寶臺圓穹之頂也. 內平處亦有兩三家當峽而居. 循之西入, 塢底成畦, 路隨澗北. 二里, 涉澗而南, 盤南峰之腋而西. 一里, 透峽西出, 則其內平窪一圍, 下墜如城, 四山迴合於其上, 底圓整如鏡, 得良疇數千畝, 村廬錯落, 雞犬桑麻, 俱有靈氣. 不意危崖絶磴之上, 芙蓉蒂裡, 又現此世界也, 是爲水寨. 先是聞其名, 余以爲將越山而下, 至是而知平窪中環. 山頂之水, 交注窪中, 惟山達關一線墜空爲水口, 武陵桃源, 王官盤谷, 皆所不及矣. 此當爲入滇第一勝, 以在路旁, 人反不覺也. 循窪東稍南上, 有廬夾道, 是爲水寨鋪, 按『志』有阿章寨, 豈卽此耶? 又南隨峽坡東行二里, 逾一東坡之脊, 脊兩旁有兩三家, 脊南水猶達東南下瀾滄, 仍非大脊也. 過脊南, 東南二面, 山皆下伏, 於是東望寶臺, 知瀾滄挾其南去, 南瞻瀾滄西岸, 群峰雜沓.

自此至四月初九, 共缺十日. 其時當是在永昌府入叩閃人望, (諱仲儼, 乙丑庶吉士, 與徐石城同年, 霞客年家[1]也.) 幷晤其弟知愿, (諱仲侗, 丙子科解元也.) 卽此時. 業師季會明誌.[2]

---

1) 년가(年家)는 같은 해에 과거를 치러 등과한 집안끼리 서로 부르는 호칭이다.
2) '業師季會明誌' 부분은 서하객의 손자인 서건극(徐建極)의 초본에 근거하여 보충했다.

운남 유람일기9(滇遊日記九)

해제

「운남 유람일기9」는 서하객이 운남성 등월주(騰越州)를 유람한 기록이다. 서하객은 4월 10일 영창부(永昌府)를 떠나 등월주, 순강(順江), 계두(界頭), 곡석(曲石) 등지를 거쳐 4월 29일 등월주로 돌아왔다. 등충(騰衝)의 북부지역을 두루 유람한 이번 여정에서, 그는 산에 오르다가 위험에 처하기도 하고, 옷을 팔아 여비를 마련하기도 했다. 이러한 곤란을 겪으면서 그는 이 일대의 자연형세를 자세히 고찰했을 뿐만 아니라, 소수민족의 생활상과 풍속 및 광산지구의 현황을 생동적으로 기록했다.

이번 유람의 주요 여정은 다음과 같다. 영창부(永昌府) → 와저포(窪底鋪) → 대판포(大坂鋪) → 마반석(磨盤石) → 태평포(太平鋪) → 적토포(赤土鋪) → 등월주(騰越州) → 보봉산(寶峰山) → 순강촌(順江村) → 아행창(阿幸廠) → 열수당(熱水塘) → 남향전(南香甸) → 계두촌(界頭村) → 등월주(騰越州)

역문

기묘년 4월 초열흘

섭지원(閃知愿)이 아침에 서(徐)씨 성의 사자를 보내와 짐꾼에 대해 물어왔는데, 어제 계약한 짐꾼은 끝내 오지 않았다. 서씨는 다시 남쪽 관문으로 달려가 짐꾼 한 명을 구해왔다. 내가 식사를 한 지 한참이 지나서였다. 이에 옷 네 가지, 책 네 권, 그리고 양말보따리 등을 도사인 도(陶)씨에게 맡겨둔 뒤, 함께 짐꾼의 집에 갔다. 그가 식사를 마치기를 기다려 오전에야 길을 나섰다. 서씨는 그제야 떠나갔다. 남문을 나서자, 남문밖에 조그마한 물길이 서쪽에서 동쪽으로 흐르고, 그 위에 출렁다리가 걸쳐져 있다. 곧 태보산(太保山)의 남쪽 골짜기에서 흘러나오는 물길이다.

남쪽으로 5리를 나아가자, 커다란 돌다리가 깊숙한 시내위에 걸쳐져 있다. 돌다리 아래의 물은 끊긴 채 제대로 흐르지 못한다. 짐작건대 사하(沙河)의 물이리라. 남쪽으로 반리를 더 가니, 비탈 사이의 나무 모습은 전과 다름없이 나의 고향의 앵두나무와 흡사하지만, 나무에 어리는 화제주[1]의 모습은 보이지 않았다. 한두 집의 나무 아래에 천막이 쳐져 있고, 비취빛 기름을 바른 장막이 씌워진 가마가 대여섯 대 눈에 띄었다. 아녀자들이 숲속에서 놀고 있는지라, 가까이 다가가 무슨 나무인지 확인하지는 못했다.

다시 남쪽으로 반리를 더 가자, 성의 담처럼 생긴 둑이 서쪽 산에서 에워싼 채 뻗어온다. 둑 위에 올랐다. 둑 안에는 물이 갇힌 채 못이 이루어져 있다. 못물은 서쪽의 산기슭에 찰랑거리고, 동쪽에는 한 길 남짓 높이의 방죽이 쌓여 있다. 동쪽의 방죽을 따라 남서쪽으로 나아가자 2리만에 방죽은 끝나고, 산이 방죽의 남서쪽에서 빙 둘러 뻗어내린다. 몇 채의 민가가 산굽이에 자리하고 있다.

남쪽으로 돌아들어 그 앞으로 나아가 2리를 더 가자, 수십 채의 민가가 서쪽 산 아래에 기대어 있고, 산은 또 그 남쪽을 빙 두르고 있다. 이곳은 와사와(臥獅窩)이다. 대체로 이곳 서쪽의 커다란 산은 남쪽의 끄트머리 즈음에 갈라져 이내 동쪽으로 돌아든다. 그 북쪽으로는 먼저 가까운 갈래가 동쪽으로 겹겹이 뻗어내리는데, 태보산과 구룡산(九隆山)은 모두 이 경우이다. 더 남쪽으로 가면 와사와가 남서쪽의 움푹 꺼진 곳 속에 있다. 산세는 다시 뻗어내리는데, 그 위쪽의 봉우리는 바위벼랑이 감돌면서 불쑥 솟구쳐 영락없이 사자의 머리와 흡사하고, 그 아래쪽의 봉우리는 마치 사자가 누워 있는 듯한 모습으로 자못 기다랗다.

나는 먼저 남쪽 비탈 위에 있는 한길을 바라보았다. 오솔길이 서쪽으로 꺾여져, 사자 모양의 벼랑이 감돌아 불쑥 솟구친 사이에 있는 줄을 알지 못했다. 그저 불쑥 튀어나온 벼랑이 앞쪽의 봉우리와 함께 골짜기에 바짝 합쳐지는 것을 멀리서 바라보면서, 마음속으로 기이하게 여길 따름이었다.

토박이가 오기를 기다려 물어보니, 첫 번째 사람은 "이곳은 석화동(石花洞)입니다"라고 말했다. 다시 다른 사람에게 물어보니, "이곳은 파초동(芭蕉洞)입니다"라고 말했다. 오솔길이 마침 그 아래를 따라 지나고 있다. 석화동은 나중에 생긴 이름일 뿐이다. 대체로 한길은 남쪽의 비탈을 올라가고, 오솔길은 서쪽으로 꺾여져 이곳을 지난다.

나는 이때 오솔길을 따라 오르고 싶었다. 하지만 하인과 짐꾼이 뒤쳐져 있는지라, 앉아서 한참동안 그들을 기다렸다. 그들이 오자, 마을 남쪽에서 조그마한 다리를 지났다. 비석을 읽어보니, 이곳은 와불교(臥佛橋)이다. 다리를 지나자마자 서쪽으로 꺾여져 오솔길을 따라 비탈을 올랐다. 1리 남짓을 가서, 비탈의 움푹 꺼진 곳에서 조그마한 물길을 건너자, 곧바로 불쑥 솟구친 벼랑에 있는 파초동이 쳐다보였다. 아마 불쑥 솟구친 벼랑은 사자 머리이고, 동굴은 누워 있는 사자의 배꼽에 자리하고 있을 것이다.

산골물을 건넌 뒤, 서쪽으로 올라가 동굴을 살펴보았다. 동굴 입구는 동쪽을 향해 있고 높다랗게 두 길 높이로 봉긋 솟은 채, 필가산(筆架山)과 멀리 마주보고 있다. 동굴 안으로 한 길 남짓 들어가자, 북서쪽으로 꺾어져 내려간다. 이 동굴은 내리막길이 가파르기는 해도 길은 꽤 평탄하다. 세 길을 내려가자 차츰 어두워졌다. 듣자하니 횃불을 들고 들어가야 하고, 깊이도 1리 남짓 된다고 하기에, 잠시 돌아가는 길에 횃불을 가져와 살펴보기로 했다.

동굴을 나와 벼랑의 서쪽을 따라 1리를 올랐다. 불쑥 솟구친 벼랑 아래의 골짜기를 지나 등성이를 뚫고서 서쪽으로 반리를 가서 웅덩이 한 곳을 건넜다. 등성이 안쪽은 가운데가 웅덩이진 골짜기이다. 물은 동쪽의 불쑥 솟구친 벼랑의 등성이에 바짝 붙은 채, 벼랑의 기슭으로 세차게 내리친다. 물은 새어나갈 구멍은 없으나 물거품이 일어 혼탁하다. 방금 전에 건넜던, 파초동 앞의 조그마한 물길은 곧 벼랑을 뚫고 골짜기로 떨어져 흘러나간다.

물길 위에서 고개를 따라 남쪽으로 돌아들었다. 1리를 가서 남쪽 비탈의 등성이를 넘어서야, 비로소 등성이의 남쪽 역시 아래로 푹 꺼져내려 커다란 웅덩이를 이루고 있는 것이 보였다. 웅덩이 안에는 물이 없었다. 남쪽 비탈의 한길은 오른쪽 웅덩이 속에서 남서쪽으로 오르고, 내가 따라갔던 오솔길은 서쪽의 커다란 산을 따라 남쪽으로 고개 사이로 나아간다. 5리를 가서 잇달아 두 곳의 비탈 등성이를 넘었다.

모두 2리를 가니, 서쪽에 줄지은 커다란 산은 남쪽으로 푹 꺼져내려 낮은 등성이를 이루고 있다. 이곳은 동쪽으로 돌아드는 가장 긴 등성이이다. 남쪽 비탈에서 웅덩이를 건넌 길은 이곳에 이르러 합쳐진다. 이에 서쪽으로 돌아들었다가 낮은 등성이를 따라 나아가니, 등성이의 북쪽에도 가운데에 웅덩이진 채 물이 고여 있다. 서쪽으로 1리를 갔다가 비탈을 내려와 반리만에 와저포(窪底鋪)에 이르렀다. 대여섯 채의 민가가 골짜기 사이에 자리하고 있다. 이 골짜기는 종횡으로 퍼져 있으나, 실제로는 가운데가 웅덩이져 있으며, 그 속에는 물이 한 방울도 없다.

웅덩이를 따라 서쪽으로 1리를 내려가 곧바로 커다란 산 아래에 이르렀다. 다시 남쪽으로 웅덩이와 골짜기 속으로 2리를 나아가자, 또다시 동쪽으로 꺼져내린 등성이가 나타나고, 등성이 남쪽에는 움푹한 평지가 약간 펼쳐져 있다. 여기에 조그마한 둥근 봉우리가 나란히 서 있으나, 이곳의 물은 여전히 동쪽으로 흐른다. 1리를 간 뒤, 남쪽의 비탈을 올랐다. 이어 비탈 남쪽에 나란히 서 있는 둥근 봉우리를 감돌아, 봉우리 틈새로 길을 잡아 남쪽으로 나아갔다.

1리를 가서 봉우리의 겨드랑이로 돌아들어, 비로소 남동쪽으로 감돌아 올라 남서쪽으로 나아갔다. 모두 1리 남짓을 가자, 남북 양쪽의 산갈래는 모두 북쪽의 커다란 산에서 서쪽으로 갈라진 갈래가 동쪽으로 에도는 것이다. 그 가운데에 대단히 깊은 골짜기를 이루고 있다. 길은 북쪽 갈래를 넘어 그 위쪽에서 서쪽으로 골짜기에 들어섰다. 그 남쪽 갈래는 그 위에 나무숲이 우거지고, 그 아래에는 대나무숲이 꺼져내리고 있다. 비록 대단히 깊지만 물소리는 들리지 않는다. 서쪽으로 2리를 나아간 뒤, 서쪽으로 대나무숲속으로 내려갔다.

다시 1리를 가자, 몇 채의 민가가 대나무숲 바닥에 자리하고 있다. 이곳은 냉수정(冷水箐)이며, 두부를 파는 사람의 집에서 식사를 했다. 여기에서 남서쪽의 대나무숲을 따라 올라 1리만에 등성이 하나를 지났다. 이 등성이는 서쪽에서 동쪽으로 건너뻗은 산줄기이다. 등성이 남쪽에는 낮게 엎드려 있는 뭇산이 보이기 시작하고, 그 남서쪽에는 멀리 산들이 가로누워 있다.

길은 다시 언덕을 넘어 서쪽으로 올라 1리만에 남쪽의 불쑥 솟구친 벼랑을 올랐다. 이곳은 유혁관(油革關)의 옛터로서, 예전에 관문을 설치하여 세금을 걷던 곳이나, 지금은 이미 없어져버렸다. 그 서쪽은 곧장 벼랑이 꺼져내리는데, 대단히 가파르다. 2리를 내려가자, 차츰 완만해졌다. 2리를 더 내려가니, 서쪽의 골짜기가 차츰 트인다. 스님이 북쪽 산 아래에 기대어 누각을 새로 지어놓았다. 스님이 찻물을 대접했다. 이곳은 공작사(孔雀寺)이다.

절의 서쪽에서 산부리를 따라 남쪽으로 돌아들어 모두 1리를 갔다가, 산부리를 넘어 서쪽으로 갔다. 이어 북서쪽으로 그 잔갈래를 감돌아 3리를 가자, 정자가 딸린 다리가 나타났다. 양쪽 골짜기 사이에는 다리가 걸쳐져 있고, 다리 아래에는 조그마한 산골물이 북쪽에서 남쪽으로 흐른다. 그 안은 메마른 채 물 한 방울도 없었다.

다리 서쪽의 비탈을 넘어 북서쪽으로 내려가니, 길가에 노란 열매가 많다. 이 열매는 복분자인데, 색깔은 노랗고, 시고 달착지근하여 갈증을 해소할 수 있다. 그 서쪽에 움푹한 평지가 훤히 트여 있다. 움푹한 평지 서쪽의 커다란 산은 한 줄기는 서쪽에 가로놓여 있고, 다른 한 줄기는 남쪽에 가로놓여 있다. 포표(蒲縹)라는 마을이 서쪽의 커다란 산 아래에 자리하고 있다.

이 산은 남쪽으로는 남쪽에 가로놓인 커다란 산에서 비롯되고, 그리고 동쪽으로는 유혁관 남쪽 아래의 갈래에서 비롯되는데, 건너뻗어 낮은 등성이를 이루었다가 다시 솟구친다. 그 속의 물길은 남쪽에서 북쪽으로 흘러 나민산(羅岷山)에 이르렀다가, 서쪽의 노강(潞江)으로 흘러든다. 서쪽으로 모두 2리를 내려가자, 이내 물을 끌어들인 밭두둑이 나왔다. 밭두둑 안에는 온통 모내기를 하여 곳곳에 짙푸른 빛이 가득하다.

다시 북서쪽으로 2리 남짓을 나아가 포표의 동쪽 마을을 지났다. 마을의 서쪽에는 북쪽에서 쏟아지는 시내 위에 정자가 딸린 다리가 걸쳐져 있다. 이 다리는 오씨여량(吳氏興梁)이다. 다시 서쪽으로 반리를 가서 포표의 서쪽 마을에 묵었다. 이곳은 쌀값이 자못 헐하여 20문에 서너 사람이 배불리 먹을 수 있다. 포표의 동쪽 마을과 서쪽 마을 모두 길을 끼고서 거리를 이루고 있다. 서쪽 마을이 훨씬 길고, 역참도 그곳에 있다.

1) 화제(火齊) 혹은 화제주(火齊珠)는 보석의 일종이다. 『양서(梁書)·제이전(諸夷傳)·중천축국(中天竺國)』에 따르면, "화제는 모양이 운모와 같고, 색깔은 자금(紫金)과 같으며 광택이 난다(火齊狀如雲母, 色如紫金, 有光耀)."고 한다.

4월 11일

닭이 울자 일어나 식사를 차렸다. 동틀 녘에 마을의 서쪽을 따라 곧장 북쪽을 향해 서쪽의 커다란 산을 따라 나아갔다. 이어 시내를 따라 북쪽으로 나아가니, 지세가 차츰 높아진다. 벼랑을 올라 8리만에 석자초(石子哨)에 닿았다. 몇 채의 민가가 서쪽 산의 북동쪽 모퉁이에 기대어 있다. 북쪽으로 2리를 더 간 뒤, 산을 감돌아 서쪽으로 돌아들었다. 서쪽에서 동쪽으로 뻗어오던 골짜기가 고표(枯飄)의 북쪽에서 물이 쏟아지는 골짜기와 합쳐진다.

골짜기를 거슬러 남쪽 산의 북쪽에 기대어 서쪽으로 2리를 들어가, 내려가다가 남쪽에서 뻗어오는 골짜기의 어귀로 올라갔다. 골짜기에 심은 것은 죄다 붉은 꽃을 피운 채 밭두둑을 이루고 있는데, 이미 딸 만했다. 서쪽으로 1리를 가서 서쪽에서 뻗어오는 골짜기의 어귀를 올랐다. 오르막길은 많지 않고, 물 역시 얼마 되지 않는다. 십여 채의 민가가 골짜기에 자리하고 있다. 이곳은 낙마창(落馬廠)이다.

골짜기의 북쪽을 넘은 뒤, 북쪽 산의 남쪽에 기대어 서쪽으로 들어서서 1리를 가서 완만하게 올라 등성이를 넘었다. 이 등성이는 남쪽에서 북쪽으로 건너뻗었다가 솟구쳐 골짜기 북쪽의 산을 이루고, 북쪽의 나민산에서 끝난다. 등성이를 넘어 서쪽으로 골짜기 속을 나아갔다. 길은 대단히 평탄하다. 길 남쪽에는 차츰 산골물이 형태를 갖추어 남쪽 벼랑을 따라 서쪽으로 흘러내린다. 길은 그 북쪽으로 나아간다.

3리를 가자, 몇 채의 민가가 북쪽 산에 기대어 있고, 공관이 그곳에 있다. 이곳은 대판포(大坂鋪)이다. 그 서쪽에서 1리를 오르내리자, 산골물 위에 정자가 딸린 다리가 걸쳐져 있다. 이곳에서 산골물의 남쪽을 건너 남쪽 산의 북쪽에 기대어 서쪽으로 내려갔다. 2리를 가자, 몇 채의 민가가 남쪽 골짜기에 자리하고 있다. 이곳은 만자교(灣子橋)이다. 마실 거리를 파는 이가 있기에, 지게미조차 다 마셨다. 우리 고향의 단술과 똑같다.

산은 이곳에 이르러 빙 둘러 치솟은 채 어지러이 모여 있다. 한 줄기 산골물이 동쪽에서 흘러온다. 곧 대판포의 물길이다. 또 한 줄기의 산골물이 남쪽의 골짜기에서 흘러와, 골짜기를 떨어져내려 벼랑에 거꾸로 매달려 있다. 대단히 비좁은 이 물길은 북쪽으로 흘러내리다가 동쪽에서 흘러오는 산골물과 합쳐져 북쪽으로 흘러가고, 조그마한 나무다리가 그 위에 가로놓여 있다.

다리를 건너자마자 서쪽 산의 동쪽에 기대어 북쪽으로 나아갔다. 동쪽의 산이 이곳에 이르자, 또 한 줄기의 물이 이 골짜기에서 서쪽으로 흘러내리는지라, 세 줄기의 물길이 합쳐져 북쪽의 골짜기를 뚫고서 흘러간다. 동서 양쪽 벼랑은 사이에 한 줄기 선을 이룬 채, 모두 붉은 해를 낀 채 구름에 닿을 듯 솟아 있고, 시내는 아래로 움패어 있다. 대나무숲은 무성하게 뒤덮고, 바위는 삐쭉삐쭉 솟구쳐 있다.

길은 그 위를 따라 암벽을 타넘고 벼랑을 헤치면서 이빨처럼 삐쭉삐쭉한 바위를 붙들고서 북쪽으로 3리를 갔다. 이어 서쪽으로 돌아들어 내려가니, 바위의 기세는 더욱 가파르고 한데 모여든다. 서쪽으로 2리를 더 가자, 골짜기는 남쪽으로 굽이지고, 산골물 역시 골짜기를 따라 굽이진다. 반리를 가서 서쪽으로 감돌았다가 북쪽으로 돌아들자, 길은 온통 벼랑을 뚫어 만든 나무 잔도이다. 반리를 간 뒤, 서쪽의 벼랑을 따라 내려갔다.

1리를 가자, 비석이 남쪽 산의 벼랑에 기대어 있다. '이곳은 옛날의 반사곡이다(此古盤蛇谷)'라고 씌어 있다. 곧 무후 제갈량(諸葛亮)이 등갑병[1]을 불태워 죽였던 곳이니, 이제야 비로소 이곳의 험준함이 운남(雲南)의 으뜸임을 믿게 되었다. (수채水寨는 험준한 여러 봉우리 위로 높이 튀어나와 있는 반면, 이 골짜기는 여러 구렁 아래로 깊이 감돌고 있다. 운남성의 두 절경을 이곳에서야 보게 되었다.)

비석 남쪽에서 차츰 내려가자, 골짜기 역시 점점 훤히 트인다. 다시 서쪽으로 2리를 간 뒤, 북쪽으로 돌아들어 비탈을 내려갔다. 다시 서쪽으로 돌아들어 1리를 가자, 나무다리가 산골물 위에 가로놓여 있다. 다리를 건너 북쪽 벼랑을 따라 서쪽으로 나아갔다. 1리를 가서 남쪽으로 불쑥 솟구친 등성이를 넘으니, 이곳에서 서쪽 골짜기는 훤히 트여 있다. 물은 남쪽 구렁을 감돌아 흐르고, 길은 북쪽 산을 따라 뻗어있다.

다시 서쪽으로 완만하게 3리를 내려가자, 북쪽 산이 서쪽으로 끊겨 있고, 길은 비탈을 따라 남쪽을 돌아들었다. 서쪽을 바라보니, 비탈 서쪽에 골짜기가 북쪽에서 남쪽으로 뻗어가고, 온통 높다란 산들이 나란히 서 있다. 노강(潞江)이 그 아래에 자리하고 있음을 알고 있으나 보이지는 않았다.

남쪽으로 2리 남짓을 나아가자, 강물은 이미 북서쪽의 움패어 있는 기슭의 발치에서 흘러내리다가, 동쪽 산 남쪽의 골짜기의 산에 바짝 다가선 채 남쪽으로 돌아들어 흘러간다. 이에 남쪽으로 비탈을 내려가 1리를 가자, 두세 채의 민가가 강 언덕에 기대어 자리하고 있고, 그 앞에 공관이 있다. 이에 물을 끓여 식사를 했다.

때마침 나룻배가 강의 남쪽 언덕에 있는데, 한참을 기다려서야 왔다. 배에 오른 후, 뱃사공은 벼랑 언덕을 빙글 돌아 식사를 했다. 뱃사공은 한참동안 돌아오지 않더니, 오후에야 배를 띄워 남쪽으로 나아갔다. 강줄기는 자못 넓다. 난창강(瀾滄江)의 배는 될 듯하다. 난창강은 깊어 깊이를 헤아릴 수 없으나, 이곳은 급류의 요충지에 자리하고 있어 물살이 거세기는 하여도 깊이는 난창강에 미치지 못하다. 두 강은 막상막하이다.

이 강은 북쪽의 골짜기에서 흘러와『일통지』에 따르면, "이것의 원류는 옹망雍望에서 비롯된다"고 했는데, 옹망이 어느 소수민족의 지명인지 알 수 없다. 토박이들의 말에 따르면, "구두국狗頭國에서 비롯된다"고 하는데, 물이 불어날 때마다 개머리가 떠내려오는 것을 말하는 것이다), 남쪽 골짜기로 쏟아져 흘러간다. 어떤 이는 동쪽의 난창강과 합쳐진다고 말하고, 어떤 이는 가운데로 쭉 교지 남쪽으로 흘러내리기에 몽(夢)씨가 이것을 '사독(四瀆)' 가운데의 하나로 봉했다고 말한다.

내가 추측해보건대, 역시 합쳐지지 않은 채 홀로 흘러간다는 견해가 맞다고 생각한다. 토박이들의 이야기에 따르면, 장독(瘴毒)이 몹시 심하므로 반드시 술을 마신 뒤에야 건너고, 여름과 가을에는 건널 수 없다고 한다. 나는 마침 한여름인데도 식사만 했을 뿐 술을 마시지도 않았으며, 배 속에 앉아 한참동안 물길을 저어갔다. 그런데도 어찌 장독 따위를 겪겠는가?

남쪽 벼랑으로 건너가자, 소낙비가 세차게 뿌렸다. 벼랑의 서쪽을 보니, 몹시 커다란 나무가 마치 접시 모양으로 울창하게 우거져 있다. 급히 그 아래로 뛰어갔는데, 나무는 대단히 특이했다. 나무뿌리는 두 길의 높이에 크기가 열 아름이고, 그 사이에 네모난 돌이 탑처럼 쌓여 있다. 돌탑의 높이는 나무줄기와 같고, 나무줄기가 돌탑을 타넘어 휘감고 있다. 그런데 북서쪽은 나무줄기가 빽빽하여 돌이 드러나 있지 않고, 강을 굽어보는 남동쪽은 줄기가 성긴지라 돌이 드러나 있다. 나무줄기와 돌이 이미 한 몸으로 이어져 풀어낼 수 없으니, 이 또한 궁벽한 벼랑의 기이한 장관이다.

잠시 후 거센 바람이 매섭게 불어오고 비가 흩뿌렸다. 다시 서쪽으로 완만하게 비탈을 올랐다. 바라보니, 북서쪽에 봉긋 솟은 봉우리는 가파르기 그지없고, 남서쪽에 나란히 늘어선 벼랑은 동쪽으로 불쑥 솟아 있다. 그 남쪽 벼랑의 봉우리에 민가가 자리하고 있다. 이곳은 곧 마반석(磨盤石)이다.

마반석을 바라보면서 서쪽으로 나아가 10리만에 서쪽 산에 바짝 다가섰다. 비가 한 바탕 또 내렸다. 잠시 후 무지개가 동쪽 산의 반사곡(盤蛇谷) 위에 떠오르더니, 비는 이윽고 그쳤다. 소낙비가 내리면 장독이 많다고 지금껏 말해왔는데, 어떤 이상한 징후도 보이지 않았다. 약간 남쪽으로 꺾어져 2리를 가자, 산 아래에 팔만(八灣)이라는 마을이 있다. 몇 채의 민가는 모두 띠집이다. 일행 가운데의 한 사람이, 이곳은 무더워 살수 없으며, 산을 올라야 시원해질 것이라고 말했다.

마을 서쪽에서 산을 따라 남쪽으로 돌아들어 1리만에 골짜기 어귀를 지났다. 골짜기를 따라 서쪽으로 들어서서, 남쪽으로 물을 건넜다가 벼랑을 넘어 약 1리를 간 뒤, 남쪽 벼랑에서 서쪽으로 올랐다. 오르막길은 몹시 가파르다. 구불구불 벼랑을 감돌아 8리만에 봉우리 꼭대기에 올랐다. 이곳이 마반석이라는 곳이다. 백 가구가 봉우리 꼭대기에 기대어 살고 있는데, 동쪽으로 깎아지른 듯한 구렁을 굽어보고, 아래로는 대단히 깊이 움패어 있다. 구렁의 남동쪽은 널따란 밭이다. 벼가 무성하게 자라나 있다.

이날 밤 봉우리에 기대어 묵었다. 달빛이 허공에 떠 있다. 이곳은 바로 고려공산(高黎貢山)의 동쪽 봉우리이다. 무후 제갈량과 정원후(靖遠侯) 왕기(王驥)[2]가 잇달아 변경을 개척했던 일, 그리고 위원백(威遠伯) 방정(方政)[3]이 홀로 싸우다 죽은 일이 떠올랐다. 지난 일이 마치 거울을 보는 듯한데, 떠도는 인생은 홀로 바위에 기대어 있으니, 오래도록 탄식해마지 않았다.

---

1) 등갑(藤甲)은 등나무를 베어 반년동안 기름에 담갔다가 햇볕에 말린 다음, 다시 기름에 담그기를 여러 번 반복하여 만든 갑옷이다. 제갈량이 남방의 소수민족을 정벌하여 맹획(孟獲)과 싸울 때, 오과국(烏戈國)의 병사들은 모두 등갑을 입었기에 등갑병이라 일컬어졌다.

2) 왕기(王驥, 1378~1460)는 명나라의 대신으로, 자는 상덕(尙德)이다. 그는 병부상서를 역임했으며, 정원백(靖遠伯)에 봉해졌다가 죽은 후 정원후(靖遠侯)로 추서되었다. 명나라 정통(正統) 2년(1437년)에 녹천(麓川)의 토사 사임발(思任發)이 반란을 일으키자, 조정은 왕기를 파견하여 정벌하도록 했다. 서하객의 운남유람일기에 자주 등장하는 왕상서(王尙書)는 바로 왕기를 가리킨다.

3) 방정(方政)은 명나라 대신으로, 녹천의 토사 사임발이 반란을 일으켰을 때 이를 정벌하고자 출정했다가 군진에서 세상을 떠났다. 죽은 후 위원백(威遠伯)에 봉해졌다.

4월 12일

닭이 두 번 울자 식사를 하고서, 동틀 녘에 문을 나섰다. 이곳은 험준한 봉우리 위에 자리하고 있지만, 민가가 대단히 번성한데, 공관이 마을 북쪽에 있으며, 노강역(潞江驛)이 그 위에 있다. 산 아래 남동쪽에는 널찍한 하천이 이루어져 있고, 벌써 모내기를 하여 들판은 초록빛으로 가득차 있다. 또한 노강은 동쪽 산을 따라 남동쪽으로 흘러가고, 안무사(安撫司)는 남서쪽의 움푹한 평지에 자리하고 있다.

마반석에서 남서쪽으로 오르는 길은 몹시 가파르다. 2리를 가서 그 남쪽 골짜기 위를 넘었다. 골짜기는 아래로 깊이 움팬 채 서쪽에서 동쪽으로 뻗어 안무사 아래로 나아간다. 골짜기 바닥에는 틈새가 전혀 없고, 오직 깊은 숲속에 졸졸거리는 소리만 들려온다. 골짜기의 깊은 산 역시 매우 가파르고, 등나무가 뒤덮여 있으며, 원숭이와 날다람쥐가 한낮에 울부짖는 소리가 끊이지 않았다.

골짜기 북쪽에는 길이 벼랑을 따라 올라가다가 골짜기를 따라 서쪽으로 들어갔다. 위로 산꼭대기와 1~2리도 채 떨어져 있지 않다. 골짜기를 따라 완만하게 서쪽으로 4리를 나아가자, 바위동굴이 남쪽의 길가 벼랑을 굽어보고 있다. 동굴은 깊이와 너비가 한 길 남짓인데, 토박이들이 바위를 깎아 안에 산신의 비석을 모셔놓았다.

다시 4리를 가서 약간 북쪽으로 꺾어져 벼랑을 올랐다가, 서쪽으로 돌아들어 올라가 골짜기의 비탈을 굽어보았다. 북쪽 골짜기 위는 이곳에 이르러 남쪽으로 드리워진 채 비탈을 이루고 있다. 남쪽 골짜기의 아래에는 남쪽 산의 바닥에서 뻗어나온 골짜기가 동쪽으로 뻗어나온 골짜기와 만나 '정(丁)'자를 이루었다가, 북쪽으로 드리워진 채 비탈을 이루고 있다. 서쪽으로 2리를 더 가서 산등성이를 넘기도 하고 봉우리 남쪽을 따라가면서 3리를 더 나아갔다. 몇 채의 민가가 동쪽으로 갈라져 뻗어가는 등성이에 자리하고 있다. 이곳은 포만초(蒲滿哨)이다.

대체로 산등성이는 이곳에 이르러 갈라져 동쪽으로 나아가다가 다시 불쑥 솟구쳐 약간 높아진다. 그 북쪽으로는 푹 꺼져내린 골짜기가 북쪽으로 뻗어가고, 그 남쪽은 안무사 뒤쪽의 골짜기의 상류이다. 여기에서 서쪽을 바라보니, 뾰족한 봉우리가 서쪽에서 다시 치솟고, 그 북서쪽에는 높은 등성이가 봉긋 솟아 남쪽으로 건너뻗은 커다란 등성이를 이루기 시작한다. 이것은 고려공산이다. 토박이들은 이곳을 고량공산(高良工山)이라 잘못 부르고 있으며, 몽씨는 분수에 맞지 않게 이 산을 서악(西嶽)이라 봉했다. 이 산은 곤륜강(崑崙岡)이라고도 일컫는다. 이 산이 높고도 크기에 이르는 말이지만, 곤륜산(崑崙山)이 남쪽으로 뻗어내린 주요 갈래이니, 이곳 사람들의 말이 전혀 이치에 닿지 않는 것은 아니다.

포만초에서 서쪽으로 1리를 내려와 방금 전에 바라보았던 뾰족한 봉우리에 이르렀다. 이어 층계를 타고서 여러 번 돌아들어 올랐다. 양 옆에는 깎아지른 듯한 벼랑이 양쪽에 치솟아 있고, 가운데는 푹 꺼져내려 길을 이루고 있다. 양쪽의 벼랑 사이의 길을 타고서 구불구불 올라가니, 양쪽 언덕에는 높다란 나무가 뒤틀린 채 허공 속에 휘감겨 있고, 나무뿌리는 엉킨 채 벼랑 밖으로 드리워져 있다. 벼랑 위에는 빽빽한 대나무가 그늘을 뒤덮어 장막을 드리운 듯하다. 그 위를 따라 걷노라니, 수많은 산의 꼭대기에 있다는 느낌이 전혀 들지 않았다. 그저 당나라 사람이 "양쪽 산의 나무는 울창하고, 종일토록 두견이는 울어대누나"[1]라고 읊었듯이, 정감과 경관이 하나가 된다.

1리 남짓을 가서 그 등성이에 올랐다. 완만하게 등성이 위를 나아가 2리 남짓을 더 가자, 몇 채의 민가가 북쪽의 등성이에 기대어 있다. 이곳은 분수관(分水關)이다. 마을 서쪽에는 북쪽의 비탈을 따라 남쪽으로 흘러내리는 물이 있다. 이것이 노강 안무사(安撫司)의 뒤쪽 골짜기의 발원지이다. 남쪽으로 돌아들어 서쪽의 고개등성이를 넘자, 벽돌을 쌓아 만든 반원형의 관문이 건너뻗은 등성이 위에 버티고 서 있다. 이 분수관은 매우 오래되었는지라 꼭대기는 가운데가 이미 허물어져 있다. 이곳이 바로 분수관의 물길이 나뉘는 곳이다. (분수관 동쪽의 물은 노강으로 흘러내리고, 분수관 서쪽의 물은 용천강龍川江으로 흘러내린다.)

여기에서 서쪽의 골짜기를 내려가다가 약간 남쪽으로 돌아들어, 곧바로 서쪽으로 올라 골짜기를 뚫고 등성이를 넘었다. 5리를 가서 남쪽으로 가로놓인 등성이를 건너자, 신안초(新安哨)라는 마을이 나왔다. 신안초 남쪽에서 다시 서쪽으로 돌아들어 산등성이를 지나기도 하고 고개의 골짜기를 타고서 여러 차례 오르내리면서 10리를 가니, 태평초(太平哨)가 나왔다. 여기에서 내리막길과 평탄한 길을 여러 차례 거듭하니, 비로소 오르막길 등성이는 없어졌다.

5리를 가니, 소헐창(小歇廠)이 나왔다. 5리를 가서 죽파포(竹笆鋪)에 이르렀다. 분수관을 지나고서부터 비가 간간이 내리더니, 죽파포에 이르자 날이 개기 시작했다. 몇 채의 민가가 길을 끼고서 거리를 이루고 있다. 사슴고기를 파는 이가 있기에, 나는 그것을 사서 구워 말렸다. 여기에서 3리를 쭉 내려가니, 다암(茶庵)이 나온다.

다시 서쪽으로 5리를 내려가 산기슭에 닿으니, 비탈 사이로 밭두둑을 빙 둘러 밭이 일구어져 있다. 그 아래에는 용천강이 북쪽에서 남쪽으로 흐른다. 넓은 노강의 삼분의 일에도 미치지 못하지만, 내달려 떨어지는 물살은 대단히 거세다. 서쪽 벼랑의 깎아지른 듯한 암벽은 강 속에 박혀 있고, 동쪽은 평탄한 비탈이 밭두둑을 감싸고 있다. 밭두둑 사이로 반리를 나아가 용천강의 동쪽 언덕에 이르렀다.

강을 거슬러 북쪽으로 나아가 반리를 더 가자, 강 위에 쇠사슬로 이어진 다리가 걸쳐져 있다. 제작 방법을 살펴보니, 양쪽의 머리맡에 쇠사슬을 매달고, 가운데에 베를 짜듯이 나무판자를 끼웠다. 쇠사슬을 이어 만든 난창강의 철교와 방법은 똑같으나, 너비가 좁아 그곳의 절반밖에 되지 않았다. 다리 서쪽에서 층계를 타고 남쪽으로 올라 반리를 가니, 용관(龍關)이 나왔다. 수십 가구의 민가가 비탈에 자리하고 있으며, 세무서를 두어 장사치들에게 세금을 걷고 있다.

다시 서쪽으로 완만하게 4리 남짓을 올라가 감람파(橄欖坡)에서 묵었다. 감람파는 서쪽 산의 등성이에서부터 동쪽으로 층층이 튀어나와 있다. 백 가구가 비탈에 자리하고 있으며, 길 양쪽에 이루어진 거리는 산 중턱에 자리잡고 있다. 이곳의 쌀값은 대단히 싸다. 20문에 하룻밤의 잠자리와 두 끼의 식사는 물론, 길가는 도중에 먹을 음식도 포함되어 있다.

용천강은 아창만(峨昌蠻) 칠장전(七藏甸)의 북쪽 골짜기의 뭇산에서 발원하여, 이곳을 거쳐 미얀마의 태공성(太公城)에 이르러 대영강(大盈江)에 합쳐진다.

---

1) 이 시구는 두보(杜甫)의 「자규(子規)」에 나오는데, 원문은 다음과 같다. "골짜기 속의 운안현, 강가 누각의 날듯한 기와는 가지런하네. 양쪽 산의 나무는 울창하고, 종일토록 두견이 울어대누나. 조그마한 몸은 봄바람에 드러나고, 쓸쓸한 울음소리는 밤에 처량하여라. 시름겨운 나그네 어찌 이 소리 들으랴, 사람들 곁에서 낮은 소리로 운다네(峽裏雲安縣, 江樓翼瓦齊. 兩邊山木合, 終日子規啼. 眇眇春風見, 蕭蕭夜色凄. 客愁那聽此, 故作傍人低.)"

4월 13일

날이 밝자 식사를 했다. 감람파의 서쪽에서 고개를 타고서 북서쪽으로 8리를 올라갔다. 이어 약간 북쪽으로 나아가 북쪽 골짜기를 넘어 서쪽으로 올라 2리만에 고개 위를 따라 완만하게 나아갔다. 북서쪽을 바라보니, 층층의 봉우리가 고개 위로 줄지어 모여 있다. 처음에는 그 남쪽 자락을 따라 나아가려고 했다. 그런데 1리만에 홀연 고갯마루에서 북쪽으로 돌아들어 3리를 간 뒤, 남서쪽으로 골짜기 속으로 내려가고 말았다.

1리를 가자, 네댓 채의 민가가 골짜기에 자리하고 있다. 대나무로 울타리를 친 띠집이 자못 맑고 그윽한 정취를 풍긴다. 이곳은 적토포(赤土

鋪이다. 이 마을은 서쪽에 줄지어 모여 있는 층층의 봉우리의 기슭에 자리하고 있으며, 동쪽의 감람파와의 사이에 움푹 꺼진 곳을 이루고 있다. 마을의 서쪽에는 정자가 딸린 다리가 조그마한 산골물 위에 걸쳐져 있고, 산골물은 남쪽 골짜기에서 흘러나와 북쪽 골짜기를 내달리고 있다. 다리의 이름은 건안교(建安橋)이다.

『지』에 따르면, 대영강의 강물은 북동쪽의 적토산에서 흘러나온다고 했다. 이곳의 이름은 적토(赤土)이고, 물은 북동쪽에서 용천강으로 흘러내리는 듯하다. 혹시 그 서쪽에 줄지어 모여 있는 층층의 봉우리가 적토산이고, 이 산골물은 그 동쪽 기슭의 물길이며, 마을이 그 기슭에 있기에 적토(赤土)로써 포(鋪)의 이름을 삼은 게 아닐까?

다리 서쪽에서 곧바로 남쪽의 비탈을 올라 2리를 간 뒤, 남서쪽으로 등성이를 올랐다. 이 등성이는 곧 줄지어 모여 있는 봉우리에서 남동쪽으로 갈라져 뻗어내린 것이다. 다시 서쪽으로 돌아들어 1리 남짓을 가자, 차를 따라주는 암자가 북쪽을 향해 있는 등성이에 자리하고 있다. 이곳은 감로사(甘露寺)이다.

서쪽으로 1리를 더 가자, 비탈 사이의 물은 북쪽을 향해 벼랑을 떨어져내리고, 길은 물길을 넘어 서쪽을 향해 골짜기로 뻗어내린다. 골짜기 속에는 북쪽에서 남쪽으로 흐르는 물길이 비탈 위의 물길과 더불어 남북으로 나뉘어 흐르고 있다. 추측하건대 모두 동쪽의 용천강으로 흘러들 것이다.

반리를 간 뒤, 골짜기 바닥에서 물길을 거슬러 북쪽으로 들어갔다. 이 골짜기의 동서 양쪽의 벼랑은 모두 줄지어 모여 있는 층층의 봉우리에서 갈라져 남쪽으로 뻗어내린 것이다. 골짜기의 서쪽 벼랑은 본 갈래이고, 동쪽 벼랑은 나누어진 갈래로서, 남동쪽의 감로사 등성이에서 뻗어내린 것이다. 다만 골짜기의 물길은 남쪽으로 흘러나왔다가 동쪽으로 돌아든다. 그것이 북쪽으로 건안교에서 합쳐지는지, 아니면 쭉 동쪽으로 용천강으로 흘러내리는지는 알 수 없다.

북쪽으로 골짜기 바닥을 1리 남짓 나아갔다. 물길이 두 갈래로 나뉘어 흘러오는데, 모두 매우 가늘다. 비탈의 서쪽을 따라 가파르게 올라 1리를 가서, 북쪽으로 고개의 골을 뚫고서 반리만에 등성이를 가로질렀다. 이 등성이는 북동쪽에서 남서쪽으로 건너뻗는다. 등성이 이북에는 꺼져내린 골짜기가 서쪽으로 뻗어내린다.

길은 골짜기의 끄트머리에서 북쪽으로 돌아들어 서쪽으로 나아갔다. 몇 채의 민가가 북쪽 산 위에 기대어 있다. 이곳은 난전초(亂箭哨)이다. 이곳에 이르러 비로소 줄지어 모여 있는 층층의 봉우리의 고개등성이의 서쪽으로 빠져나왔다. 『지』에 따르면, 적토산은 등월주의 주성 동쪽 30리에 있으며, 물길이 이곳에 이르러서야 나누어진다고 한다. 그런데 앞의 적토포는 오히려 동쪽 언덕의 기슭에 있으니, 나누어진 물길의 주요 등성이가 아님을 알 수 있다.

고개의 초소에서 식사를 했다. 서쪽으로 약간 내려가 모두 2리를 가자, 움푹한 평지가 남쪽에서 북쪽으로 펼쳐져 있고, 그 속에 가느다란 물길이 흐르고 있다. 『지』에 따르면, 대영강에는 세 줄기의 원류가 있는데, 적토산에서 비롯되는 한 줄기는 틀림없이 바로 이곳일 것이다. 이 물길은 여기에서 서쪽으로 흘러 마읍하(馬邑河)로 흘러나왔다가, 등월주 주성의 북쪽을 에돌아 서쪽으로 흘러 농종산(龍嵷山)과 나생산(羅生山)의 두 물길과 합쳐진 뒤, 함께 대영강의 원류를 이룬다.

다시 북쪽으로 비탈을 2리 남짓 올라가자, 한두 채의 민가가 비탈 남쪽에 자리하고 있다. 민가의 빙 두른 담은 남쪽 골짜기의 움푹 꺼진 곳을 대단히 멀리 에워싸고 있고, 그 안에는 여러 종류의 과일나무가 심겨져 있다. 이곳은 판창(板廠)이다. 이곳에서 서쪽으로 2리를 갔다가 서쪽으로 반리를 내려가자, 십여 채의 민가가 골짜기의 움푹 꺼진 곳에 자리하고 있다. 이곳은 근채당(芹菜塘)이다.

마을 앞의 자그마한 물길은 북동쪽의 대영강의 원류와 합쳐진다. 마을의 집은 많지 않으나, 모두 진달래꽃이 화사하게 피어 있다. 피처럼 붉고 아름다운 빛이 눈길을 잡아끌었다. 만약 민가에서 심었다고 여기자니, 이 깊은 산속의 미개인들이 어찌 이처럼 특이한 정취를 지니고 있단 말인가? 만약 산의 흙이 진달래가 자라기에 적합하다면, 어찌 다른 언덕과 둔덕에는 묘연히 흔적도 없단 말인가?

마을의 서쪽에서 다시 서쪽으로 고개를 올라 1리 남짓을 갔다. 이어 골짜기를 돌아들어 완만하게 꼭대기 위로 3리 남짓을 나아간 뒤, 서쪽 고개의 끄트머리로 나왔다. 아래를 바라보니, 움푹한 평지는 매우 깊으나, 가운데는 숫돌처럼 평평하고, 비옥한 밭과 멀리 있는 마을이 서로 어우러져 조화를 이루고 있다. 이곳의 움푹한 평지는 크고도 둥글며, 사방의 조그마한 산에 빙글 둘러싸여 이루어져 있다. 다른 너른 들판이 시내를 따라 골짜기를 이루고 있는 것과는 사뭇 달랐다.

서쪽으로 가파른 길로 5리를 내려가 골짜기를 따라 북동쪽으로 꺾어졌다가, 다시 서쪽으로 꺾어져 3리를 갔다. 이어 동쪽의 산을 따라 북쪽으로 나아가자, 그 아래는 약간 평탄해진다. 2리를 더 가자, 동쪽 산의 기슭에 파각촌(坡脚村)이라는 마을이 자리하고 있다. 마실 거리를 파는 이가 술을 내오는데, 대단히 맛이 있다. 초에 무친 부추를 안주로 삼아, 동행하던 최(崔)씨와 함께 연거푸 두 병을 마시고서 길을 떠났다.

여기에서 서쪽으로 평탄한 들판을 나아가 1리를 가자, 조그마한 물길이 남쪽에서 북쪽으로 흐르고 있다. 『지』에서 일컫는 나생산(羅生山)의 물인데, 대영강의 세 갈래 원류 가운데의 하나이기도 하다. 이 물길은 밭두둑 사이로 나뉘어 흐른다. 다시 북서쪽으로 2리 남짓을 가자, 뇌타전(雷打田)이라는 마을이 있다. 그 동쪽에도 조그마한 시내가 남쪽에서 북쪽으로 흐르고 있다. 이것은 나생산에서 흐르는 물길의 본류이며, 방금 전에 지났던 조그마한 물길과 함께 대영강의 원류 가운데 하나라고 한다.

이 시내의 동쪽 밭의 웅덩이진 곳에는 온통 시커먼 흙이 불쑥 튀어나와 있다. 토박이들은 그 위층을 파내 햇볕에 말린 다음 불을 지필 때 사용하고 있다. 대체로 석탄은 딱딱하게 굳은 채 땅 아래에 깊이 파묻혀 있으나, 이것은 푸석푸석한 채 흙 위로 떠오른 것일 텐데, 색깔은 마찬가지이다.

마을 북쪽에서 다시 서쪽으로 3리를 가자, 집들이 비탈의 밭두둑 사이에 자리하고 있다. 이곳은 토과촌(土鍋村)이라 한다. 마을에서는 죄다 흙을 구워 솥을 만든다. 여기에서 서쪽으로는 집들이 쭉 이어져 있다. 1리를 가자 동가(東街)가 나오고, 반리를 더 가자 서교대가(西交大街)가 나온다. 두 거리는 '십(十)'자 모양을 이루고 있다.

등월주 주성의 남문은 바로 서교대가의 북쪽에 자리잡고 있다. 주성 남쪽의 민가와 저자는 대단히 번성하다. 이런 일은 성 가운데에 없었던 일이고, 이러한 주성 또한 운남 서부에서는 볼 수 없다. 이에 서교대가의 동쪽에 있는 검부(黔府) 관사에서 가던 길을 멈추었다. 때는 마침 정오를 지난 참이었다. (이때 검부에서 파견한 왕앙천王仰泉이라는 관리는 이미 성성省城으로 되돌아간지라, 완옥만 阮玉灣의 추천서는 잠시 가게에 맡겨 두었다.)

4월 14일

아침에 비가 내렸다. 하인 고(顧)씨에게 수재인 반(潘)씨의 집을 찾아가 오방생(吳方生)의 편지를 전하게 했다. 오전에 비가 그치자, 반씨가 찾아왔다. 오후에 내가 반씨를 찾아갔으나 반씨가 외출한지라, 이에 돌아와 숙소에서 일기를 썼다. 저물녘에 동행해온 최씨가 나를 끌어 저자에서 술을 마셨다. 대나무 열매(대나무 열매는 크기가 잣만 하고, 속살은 연밥처럼 둥근데, 토박이들은 이것을 푹 삶아 팔았다)를 안주로 삼아, 투호를 하면서 실컷 마셨다. 달이 떠오르고서야 돌아왔다. 달이 휘영청 밝다.

4월 15일

아침 일찍 반씨를 만났다. 반씨는 관문을 나서지 말라고 권했다. 오전에 반씨가 술안주를 보내왔다. 오후에 가게의 노인 역시 와서 나에게 길을 떠나지 말라고 권유했다. 이에 앞서 나는 완옥만의 편지를 가게 주인 양(楊)씨에게 주면서, 그에게 함께 떠날 사람을 찾아달라고 부탁했는데, 주인은 그러겠노라고 말했다.

해질녘에 반씨가 술을 마시자고 부르는지라 함께 술을 마셨다. 형제 모두가 나에게 떠나지 말라고 권유하면서, 날이 무더워 장독이 한창 기승을 부리는데, 어찌 더 없이 귀한 몸을 함부로 가벼이 내던질 수 있느냐고 말했다. 손가락을 꼽아보니 운남성에 들어선 지 벌써 여덟 달째이고, 왕(王)씨도 곧 다시 돌아올 것이다. 내지로 들어갈 때 그와 함께 관문을 들어서는 것이 가장 편리하겠기에, 나는 잠시 그러마고 했다. 이날 밤 달빛이 대단히 밝건만, 관저의 객사에서 마음 편히 감상할 수 없었다. 우울한 마음으로 자리에 누웠다.

4월 16일

아침 일찍 일어나 주인이 밥을 차려주기를 기다렸다. 첨산(尖山)에 갈 생각이었다. 첨산은 주성의 북서쪽 100리에 있다. 이에 앞서 주인은 이곳의 영험하고도 기이함에 대해 이야기하면서 나에게 가보라고 종용했는지라, 제일 먼저 그곳에 가볼 작정이었다. 이에 대나무상자, 옷가지, 양탄자를 주인 양씨집에 맡기고, 가벼운 차림으로 하인 고씨와 길을 나섰다.

남문 밖에서 성을 따라 서쪽으로 반리를 가서 신교(新橋)를 지났다. 신교는 커다란 돌다리이다. 다리 아래의 물길은 북쪽에서 세 갈래의 물길과 합쳐져 성 서쪽을 두르고 남쪽으로 흐르다가, 이곳을 거쳐 남쪽의 대영강으로 흘러간다.

다리를 지난 후, 사방을 둘러보니 산세가 빙글 두르고 있다. 우선 방향에 따라 살펴보았다. 주성의 정동쪽에 자리하면서 꼭대기가 평평한 곳은 구란산(球珊山)이며, 난전초에서 오는 길은 그 남쪽 등성이를 넘는다. 주성의 정서쪽에 자리한 채 뾰족하게 치솟은 곳은 뇌고산(擂鼓山)이고 남쪽은 용광대(龍光臺)이며, 면정(緬箐)으로 가는 길이자, 물길 어귀의 서쪽에 끼어 있는 산이다. 정북쪽에 있는 것은 상간아산(上干峨山)으로서, 난전초의 산갈래이다. 이곳에서 동쪽으로 건너뻗었다가 남쪽으로 솟구치는데, 성 북쪽으로부터 20리 떨어져 있다. 정남쪽에 있는 것은 내봉산(來鳳山)으로서, 등월주 치소가 있는 산갈래이다. 이곳에서 북쪽으로 건너뻗었다가 다시 서쪽으로 불쑥 치솟아 보록각(保祿閣)을 이루며, 물길 어귀의 동쪽에 끼어 있는 산이다.

성의 남서쪽은 물길의 어귀이며, 골짜기는 바짝 조여진 채 허공에서 꺼져내린다. 이곳은 질수애(跌水崖)이다. 성 남동쪽과 북동쪽에는 모두 빙글 돌아드는 움푹한 평지가 있다. 내봉산은 북쪽에서 빙 둘러 건너뻗은 산줄기이다. 그런데 북동쪽은 유독 낮게 엎드려 있고, 높은 산이 그 너머에 봉긋 솟아 있다. 곧 용천강 동쪽의 고려공산(高黎貢山)이 북쪽에서 뻗어오는 줄기이다. 성의 북서쪽의 봉우리는 홀로 솟구쳐 뭇봉우리보다 높이 튀어나와 있다. 이곳은 농종산(龍樅山)으로, 북쪽에서 갈라져 나온 갈래가 만나는 곳이다.

여기에서 쭉 남쪽으로 필봉(筆峰), 보봉(寶峰), 뇌고산이 있으며, 용광대에서 끝난다. 여기에서 서쪽으로 건너뻗었다가 남쪽으로 돌아들면, 맹방(猛蚌)이 나온다. 여기에서 동쪽으로 건너뻗으면 상간아산이 나오고, 낮게 엎드린 채 동쪽으로 건너뻗었다가 남쪽으로 솟구치면 적토산의 난전령(亂箭嶺)이 나온다. 또한 남쪽으로 뻗어내렸다가 서쪽으로 돌아들면 나생산이 나온다. 정북쪽으로 나누어진 갈래는 구란산으로, 주성의 동쪽에 치솟았다가 북쪽으로 마읍촌(馬邑村)에서 끝난다. 서쪽에서 남쪽으로 뻗은 갈래는 내봉산으로, 주성의 남쪽에 치솟았다가 서쪽으로 물길 어귀에 낀 채, 북쪽으로 용광대와 마주하고 있다. 이것이 주성의 사방의 산이다.

이곳의 물길 가운데, 한 줄기는 남동쪽으로 나생산에서 흘러나와 북쪽으로 뇌타전을 거쳐 성의 북동쪽에 이른다. 다른 한 줄기는 동쪽으로 난전초에서 흘러나와 북쪽으로 흐르다가 마읍촌의 남서쪽으로 흘러나와 성의 북동쪽에 이른다. 또 다른 한 줄기는 농종산에서 흘러나와 고여 호수를 이루었다가, 흘러 고하(高河)를 이룬 뒤, 남쪽의 성의 북동쪽에 이른다. 세 줄기의 물길이 하나로 합쳐져 대영강을 이룬다. 성의 서쪽에서 남쪽으로 흐르는 대영강은 두 곳의 다리를 지나 골짜기를 부딪쳐 내리는데, 깊이는 열 길이고 너비는 세 길 남짓이며, 아래는 깊은 못이다. 이 강은 골짜기를 뚫고서 남서쪽으로 흘러 화상둔(和尚屯)을 거친다. 대차강(大車江)이라고도 한다. 이것이 주성의 사방의 물길이다.

그 북쪽으로 이틀을 가면 계두(界頭)에 이르러 상강(上江)과 마주하고, 그 남쪽으로 하루를 가면 남전(南甸)에 이르러 농천(隴川), 미얀마와 마주한다. 또한 그 서쪽으로 하루 반을 가면 고용(古勇)에 이르러 다산(茶山)과 마주하고, 그 동쪽으로 하루 반을 가면 분수관에 이르러 영창부와 마주한다. 여덟 곳의 관문은 그 북서쪽에서 비스듬히 남동쪽에 이른다.

(서쪽의 네 관문은 만합蠻哈수비대에 속하며, 북서쪽에서 남쪽으로 향해 있다. 첫번째는 신호관神護關, 두 번째는 만인관萬仞關, 세 번째는 거석관巨石關, 네 번째는 동벽관銅壁關이다. 동쪽의 네 관문은 농파隴把수비대에 속하며, 남서쪽에서 남동쪽으로 향해 있다. 첫 번째는 철벽관鐵壁關, 두 번째는 호거관虎踞關, 세 번째는 천마관天馬關, 네 번째는 한룡관漢龍關이다. 여덟 관문의 바깥은, 신호관에서 나오면 이서迤西로 통하는 서쪽 길이며, 호박琥珀과 벽옥을 생산한다. 천마관에서 나오면 맹밀孟密로 통하는 남쪽 길이며, 보석을 채굴하는 광산이 있다. 한룡에서 나오면 목방木邦을 통하는 남동쪽 길이며, 방양포1)를 생산한다. 철벽관에서 나오면 만막蠻莫으로 통하는 남쪽 길이며, 미얀

마의 아와(阿瓦)[2]로 가는 바른 길이다.

예전에 만막과 맹밀은 모두 중국의 영토였으나, 만력 33년[3]에 김등척(金騰戚)이 이곳에 여덟 관문을 세우자고 주장한 이후, 관문 너머의 여러 소수민족은 모두 아와의 소유가 되고 말았다. 주성에서 남쪽의 남전(南甸)에 이르면, 길이 나누어진다. 서쪽의 간애로 가면 만합의 여러 관문에 이르고, 남쪽의 농천으로 가면 농파(隴把)의 여러 관문에 이른다. 주성에서 서쪽으로 면정(緬箐)에 이르면 길이 나누어진다. 서쪽의 신호관을 나서면 이서로 통하고, 북서쪽의 고개를 넘으면 고용에 이른다. 대개 '세 곳의 선무사'는 여전히 관문 안에 속하나, '여섯 곳의 선위사'는 모두 관문 밖에 속한다.) 바로 중국과 소수민족의 경계이다. 이것이 이곳 사방의 변방을 바라본 것이다.

대영강은 하상둔(河上屯)을 지나 면정의 물길과 합쳐져, 남쪽의 남전으로 흘러들면 소량하(小梁河)이고, 남아산(南牙山)을 거치면 남아강(南牙江)이라고도 일컬어진다. 이어 남서쪽으로 간애(干崖)의 운롱산(雲籠山) 아래로 흘러들면 운롱강(雲籠江)이라 일컫고, 물길을 따라 간애의 북쪽에 이르면 안락하(安樂河)이며, 꺾어져 서쪽으로 150리를 흘러가면 빈랑강(檳榔江)이 되었다가, 비소만 경계에 이르러 금사강으로 흘러들어 미얀마로 들어간다. (어떤 견해에 따르면, 태공성(太公城)에서 합쳐진다고 하는데, 이 성은 미얀마의 경내에 있다.)

고찰해보건대, 미얀마의 금사강은 원류를 밝히지 않았다. 『지』에서는 그 너비가 5리라고 밝히면서 맹양(孟養)의 경계라고 말했을 뿐이다. 그런데 동쪽으로 금사강에 이르고, 남쪽으로는 미얀마에 이르며, 북쪽으로는 간애에 이른다면, 이 강은 간애의 남쪽, 미얀마의 북쪽, 맹양의 동쪽에 있는 셈이다.

또한 고찰해보건대, 망시장관사(芒市長官司)의 남서쪽에 청석산(青石山)이 있는데, 『지』에서는 금사강의 원류가 거기에서 비롯되고, 대영강으로 흘러든다고 했으며, 또한 대차강은 등충(騰衝)에서 흘러 청석산 아래를 지난다고 했다. 어찌 대영강이 청석산의 북쪽을 지나고, 금사강은 청석산의 남쪽을 지난다는 말인가?

『지』에서 금사강의 원류가 청석산에서 비롯된다고 말한 것은 마땅히 경유지이지 발원지가 아니다. 만약 발원지라면, 어찌 이렇게 큰 물길일 수 있단 말인가? 또한 고찰해보건대, 망시(芒市)의 서쪽에는 녹천강(麓川江)이 있는데, 아창만 지구에서 발원하여 미얀마의 땅을 흘러지나 대영강에 합쳐진다. 또한 남전의 남동쪽 170리에 맹내하(孟乃河)가 있는데, 용천강에서 발원한다. 용천강은 등월주의 동쪽에 있으며, 사실 아창만 지구에서 비롯되어 남쪽으로 미얀마의 태공성으로 흘러가 대영강에 합쳐진다.

이처럼 녹천강과 용천강은 모두 아창만 지구에서 발원하여 함께 남전의 남쪽, 간애의 서쪽으로 흐르다가, 함께 미얀마의 땅으로 들어갔다가 대영강에 합쳐진다. 그러나 두 곳에는 실제로 두 줄기의 물길이 있지 않으니, 어찌 녹천강이 용천강이고, 용천강이 금사강이며, 강 하나에 세 개의 이름이 있을 수 있단 말인가?

아마 녹천(麓川)은 롱천(隴川)이라고도 부르며, '용(龍)'과 '농(隴)'은 발음이 사실 서로 가까우니, 틀림없이 하나임에 의심할 여지가 없을 것이다. 대체로 아창만 지구의 물길은 등월의 동쪽에 이르러 용천강이라고 일컫고, 망시의 서쪽에 이르러 녹천강이라 부르는데, 녹천을 경계로 한다. 그것은 장관사의 경내에 있고, 실제로 청석산 아래에서 흘러나오며, 그 하류를 금사강이라 일컫는다. 그래서 이곳을 가리켜 금사강의 원류라 하지만, 청석산 아래에서 발원하는 것이 아님을 알 수 있다.

또한 간애 남서쪽, 미얀마의 북쪽에 이르러, 북쪽에서 흘러온 대영강이 합쳐진 뒤, 함께 남쪽으로 흘러 그 기세가 넓어지기 시작한다. 이에 이 물길은 독자적으로 금사강이라 일컬으며, 태공성에 이른다. 맹양의 경계는 실제로 그 남쪽 물길의 서쪽에 자리하고 있기에 이것을 가리켜 경계라고 한 것이다. 그러나 맹양의 동쪽에 금사강의 남쪽 물길이 있거나, 간애의 서쪽에 또 청석산에서 흘러나온 금사강의 서쪽 물길이 있는 것은 아니다.

또한 대영강이 금사강과 합쳐진 뒤 미안마로 흘러들거나, 용천강이 미안마로 흘러들어가 대영강과 합쳐지는 것도 아니다. 대영강이 흘러든 금사강은 용천강 하류이고, 용천강이 합쳐진 대영강을 바로 금사강이라 일컫는 것이다. 갈라져 나뉜 명칭이 더욱 어지럽더니, 이것을 모아 꿰뚫자 줄기가 절로 드러난다. 이것이 두 물길이 거치는 곳이다.

이리하여 고려공산의 산줄기를 더욱 잘 알 수 있게 되었다. 즉 남쪽의 망시와 목방으로 뻗어내리다가 바다에 이르러 끝나고, 노강만은 홀로 바다의 서쪽으로 흘러내림을 알 수 있다. 『지』에 따르면, 등월주 남쪽에 있는 대차호가 매우 드넓고, 그 가운데에 있는 산은 아름다운 초록빛 물결 속에 푸른 한 점과 같다고 했다. 오늘날 성 북쪽으로 상간아(上干峨)와 농종산 아래에는 두 곳의 호수가 있는데, 성 남쪽에는 고여 있는 물이 없다. 도대체 어찌하여 커다란 물길이 먼지를 날리게 되었단 말인가?

신교를 지나 서쪽으로 반리를 나아가자 갈림길이 나왔다. 북서쪽으로 나아가는 길은 오사(烏沙)와 첨산으로 가는 길이고, 남쪽으로 내려가는 길은 질수하(跌水河)로 가는 길이다. 그곳의 경관이 대단히 빼어나다는 이야기를 들은 적이 있는지라, 이에 먼저 남쪽으로 갔다. 대나무가 우거진 움푹한 평지 속으로 1리를 나와 동쪽으로 흐르는 조그마한 산골물을 건넜다. 이어 남쪽의 비탈을 올라 동쪽으로 약 반리를 가자, 대영강 위에 커다란 돌다리가 걸려 있다. 이 다리는 동서로 신교 하류에 걸쳐져 있다.

다리 서쪽에서 약간 남쪽으로 비탈을 올라 반리를 채 가지 않아, 물이 왼쪽 골짜기 속에서 허공을 가로질러 완만하게 흘러내린다. 벼랑의 깊이는 십여 길이고, 삼면이 벽으로 빙 둘러 있다. 물은 세 갈래로 나뉘어 날듯이 흘러내린다. 가운데 물길의 너비는 한 길 다섯 자이고, 왼쪽으로 벼랑과 나란히 솟구치는 물길은 너비가 넉 자이며, 오른쪽의 움팬 벼랑을 내달리는 물길은 너비가 한 자 반이다. 가운데 물길은 마치 발(簾)과 같고, 왼쪽은 베와 같으며, 오른쪽은 기둥과 같다. 기세가 대단히 웅장하여 안장(安莊)의 백수하(白水河)만큼이나 장관을 이루고 있다. 다만 이곳의 벼랑이 훨씬 가깝고 비좁다.

서쪽 벼랑에서 남쪽 벼랑을 에돌아 평평하게 마주 서니, 날아 내리는 물방울이 거꾸로 말려올라, 마치 옥가루가 날리고 구슬이 튀어오르는 듯하고, 멀리 사람의 옷과 얼굴에 흩뿌린다. 한낮에 참으로 비꽃과 눈송이가 내리는 듯하다. 토박이들은 오랜 비에 날이 맑지 않은 것이 이 때문이라고 말한다. 하지만 마땅히 '비(雨)'를 '가뭄(旱)'으로 바꾸어야 옳을 터이니, '비(雨)'자를 쓰는 것은 쓸데없는 군더더기이다.

이 물은 아래로 떨어져 못을 이루고, 골짜기 바닥을 깊이 움패어 흐른다. 이에 내려가 밟아보았다. 비좁은 구렁 사이에 이층의 가옥이 있다. 이것은 왕씨의 물방앗간이다. 다시 서쪽 벼랑에 올랐다. 그 남쪽의 봉우리는 높이 솟구쳐 허공에 기댄 채 폭포에 두 손을 모아 인사를 하는 듯하다. 이곳은 용광대이며, 그 위에 관제전(關帝殿)이 지어져 있다.

한참동안 이리저리 둘러보고서, 다시 서쪽 벼랑을 내려왔다. 이 벼랑은 대단히 비좁은데, 동쪽에는 폭포수가 허공으로 떨어져내리고, 서쪽 역시 좁다란 구렁에 집이 빙 둘러 있다. 집 아래의 구렁 바닥을 굽어보니, 흐르는 샘과 물방아가 있다. 이곳 역시 물방앗간으로서, 빙 두른 비탈 사이에 있다. 그 서쪽은 남쪽의 면정으로 내려가는 한길이니, 물이 어디에서 흘러나오는지 도무지 알 수가 없다.

자세히 살펴보니, 물은 산발치 아래에서 구멍을 뚫고 흘러나왔다가, 남쪽으로 두 줄기로 갈라진다. 한 줄기는 한길을 따라 남쪽으로 쏟아지고, 다른 한 줄기는 다시 커다란 바위 아래로 들어갔다가 좁다란 구렁에 있는 집으로 들어가 절구질을 하게 된다. 머리를 돌려 바라보니, 벼랑 북쪽에 한 줄기 골짜기가 대여섯 길의 깊이로 나란히 솟구쳐 북쪽에서 뻗어온다. 골짜기는 너비가 겨우 한 자이지만, 높이는 세 길 남짓이 넘는다. 물은 그 바닥에서 앞쪽 벼랑의 중턱을 뚫고 들어갔다가 그 남쪽으로 흘러나온다.

벼랑의 동굴 위를 헤아려보니, 높은 곳은 역시 세 길 남짓이고, 남쪽의 물이 흘러나오는 구멍까지는 위로 서너 길이 이어져 있다. 아래의 뚫려 있는 구멍과 위의 나란히 치솟은 골짜기가 어떻게 형성되었는지 도무지 알 수 없다. 천연의 교묘함과 인간의 공교로움으로도 이러한 경지에 이를 수 없을 듯하다.

벼랑에서 서쪽 봉우리를 올라 1리를 가자, 절이 봉우리 동쪽에 자리잡고 있다. 문은 동쪽을 향해 있다. 이곳은 비로사(毗盧寺)이다. 절 서쪽에서 2리를 가서 곧바로 뇌고산의 뾰족한 봉우리 아래에 이르자, 쭉 봉우리를 타고서 서쪽으로 오르는 길이 보였다. 길에 있던 두 사람의 서생이 북쪽에 있는, 보봉(寶峰)으로 가는 한길을 가리켰다. 그들이 가리키는 곳을 향해, 밭사이를 가로질렀다.

반리를 가서 한길이 나타나자, 한길을 따라 서쪽의 비탈을 올랐다. 2리를 가서 서쪽으로 뇌고산의 북쪽에 이르렀다. 마땅히 북서쪽으로 갈림길을 따라 올라가야 했다. 그런데 나는 그만 길을 잘못 들어 남서쪽을 따라 1리만에 가파른 길로 1리를 올라가서, 차츰 남쪽으로 돌아들어 올랐다가 뇌고산을 향하여 나아갔다.

1리를 더 가자, 길을 잘못 들었다는 생각이 들어, 서쪽의 고개등성이를 넘었다. 멀리 바라보니, 북서쪽의 고개 중턱에 보봉의 전각이 보였다. 전각은 이 등성이와 비슷한 높이에 있으나, 겹겹의 나무숲을 사이에 두고 있고, 그 아래는 대단히 깊으며, 온통 남서쪽 고개등성이를 따라 꺼져내린다. 비탈을 따라 동쪽으로 내려갔다가 한길을 타고 다시 오르는 길, 그리고 비탈을 올라 서쪽으로 올라 봉우리 등성이에서 돌아들어 내려오는 길을 비교해보니, 위로 올랐다가 그 김에 꼭대기까지 올라가 보는 게 나을 듯했다.

그리하여 남서쪽으로 올랐다. 오르막길은 대단히 가파르다. 1리를 가서 곧장 뇌고산의 뾰족한 봉우리의 서쪽으로 나오자, 뾰족한 봉우리에서 남쪽으로 뻗어오던 길과 만났다. 이 길을 따라 북서쪽으로 등성이를 넘었다. 등성이 북쪽의 길은 두 갈래로 나뉜다. 한 갈래는 북서쪽의 봉우리를 따라 뻗어가고, 다른 한 갈래는 북동쪽의 고개를 넘어간다. 1리를 가서 두 차례 고개를 넘고 등성이를 오르는데, 등성이 양쪽은 모두 동서로 뻗어내린다. 이에 등성이에서 식사를 했다.

북쪽을 지나자, 길은 다시 방금 전처럼 두 갈래로 나뉘었다. 북동쪽의 갈림길은 여전히 보봉으로 가는 길이 아니었으며, 아직도 나무숲을 사이에 두고 있다. 이에 다시 북서쪽으로 꼭대기를 올라 1리를 가서 가장 높은 곳에 올랐다. 동쪽으로 주성 동쪽의 움푹한 평지를 굽어보고, 서쪽으로 아롱(峨隴) 남쪽의 움푹한 평지를 굽어보니, 모두 가까이 이 등성이 아래에 끼어 있다. 또한 아롱의 서쪽에도 북쪽에서 남쪽으로 뻗은 한 겹의 높은 봉우리가 아롱의 움푹한 평지에 끼어 있으며, 남쪽의 면 정으로 뻗어나갔다가 대영강과 만나 남쪽으로 뻗어내린다. 꼭대기 남동 쪽에는 나무들이 빽빽하게 뒤덮고 있다.

이에 북서쪽을 따라 내려왔다. 내리막길은 매우 가파르더니, 반리만에 평탄해졌다. 동쪽의 나무숲을 따라 북쪽으로 고개등성이를 나아가 반리를 더 가자, 길은 '십(十)'자로 교차한다. 남쪽에서 북쪽으로 쭉 나아가는 길은 온통 등성이를 나아가고, 동쪽의 나무숲에서 올라 북서쪽으로 가로지르는 길은 산허리를 빠져나온다. 보봉의 절이 나무숲이 우거진 곳에 있음을 알고서, 이에 동쪽으로 꺾어져 내려왔다. 나뭇잎이 우거진 나뭇가지 사이를 뒤덮어 몹시 가파른데다 미끄러워, 나뭇가지를 붙잡지 않으면 발을 한 걸음도 딛을 수가 없었다.

1리를 내려와 전각의 오른편으로 돌아드니, 삼청전(三淸殿)이 나왔다. 앞에는 세 칸짜리 허정(虛亭)이 동쪽으로 너른 들판의 멋진 풍광을 안고 있다. 그 아래로 정자와 누각이 깎아지른 듯한 벼랑 사이를 장식하고 있지만, 나무숲을 사이에 두고 비탈이 빙 두르고 있어서 지척간이건만 보일락 말락 어렴풋하다. 삼청전의 서쪽 곁채에는 도사 두 명이 살고 있다.

나는 짐을 내려놓은 뒤, 하인 고씨에게 여기에서 지키고 있으라 하고서, 허정 앞에서 동쪽으로 내려갔다. 길은 두 갈래로 나뉘었다. 한 갈래는 오른쪽에서 까마득한 비탈을 내려가고, 다른 한 갈래는 왼쪽에서 깊숙한 나무숲을 돌아든다. 나는 먼저 나무숲을 따라 내려가 반리를 갔다. 오른쪽의 벼랑 사이를 바라보니, 정자 하나가 날듯이 얽어져 있다. 팔각과 겹겹의 격자창이 깎아지른 듯한 벼랑 위에 높이 기대어 있다. 이곳은 참장부의 오(吳)씨(사천四川 사람으로, 이름은 신신藎臣이다)가 새로 지어 순양(純陽)⁴⁾을 제사지내는 곳이다.

정자의 왼쪽에서 더 내려가 나무숲을 따라 반리를 갔다. 남쪽으로 돌아들어 정자 아래의 바위를 쳐다보니, 칼로 깎아낸 듯 천 길이다. 마치 한 조각 연꽃잎처럼 높이 봉긋 솟아 허공을 향하여 있다. 그 남쪽에는 또 하나의 꽃잎이 그 옆에 나란히 붙은 채 곧추서 있다. 온통 갈라진 무늬 하나 없는 순돌로서, 서로 달라붙은 곳 사이로 한 줄기 선이 드리워져 있다. 선의 너비는 겨우 한 자 남짓밖에 되지 않고, 그 가운데에 층계가 뚫려 있다. 올려다보니 영락없이 사다리가 거꾸로 매달려 있는 듯하다.

북쪽의 꽃잎 위에는 '전고산대천(奠高山大川)'이라는 다섯 자가 크게 씌어 있다. 역시 참장부의 오씨의 필적이다. 그 아래로 새로 지은 건물이 길에 걸쳐져 있는데, 그 안에는 영관(靈官)의 상을 그려 모셔놓았다. 남쪽의 꽃잎 옆에는 뾰족한 바위가 유난히 치솟아 있고, 양쪽의 층계가 문을 이루고 있으며, 그 아래에는 옥황각이 기대어 있다. 등월주를 빙 둘러 흙산이 많이 있는데, 유독 이 벼랑만은 오로지 바위인데다, 양쪽의 나무숲 사이에 까마득히 봉긋 솟아 있으니, 귀와 눈에 문득 느낌이 다르다. 옥황각의 남쪽 역시 나무숲이 깎아지른 듯하여 길이 없고, 영관헌(靈官軒)의 북쪽 또한 벼랑을 깎아만든 층계가 바위 사이에 움패어 있다.

북쪽으로 몇 길을 내려오자, 돌로 만든 패방이 앞을 가로막고 있다. 패방에는 '태극현애(太極懸崖)'라고 크게 씌어져 있다. 이곳에서 북쪽의, 동쪽으로 뻗어내린 나무숲을 건넌 뒤, 북쪽 비탈을 올라 1리 남짓을 가니, 보봉사(寶峰寺)가 봉우리에 자리하고 있다. 이 절의 높이는 옥황각과 같다. 그러나 옥황각은 동쪽을 향해 있는 반면, 이 절은 남쪽을 향해 있으며, 절 동쪽의 용사가 아주 미미하다. 그래서 빙 두른 나무숲의 중앙에 자리한 채 한 산의 한가운데를 차지하고 있는 옥황각만은 못하다. 절은 자못 쓸쓸한데, 비구니가 이곳에 살고 있다. 이곳은 예전에 마가다(摩伽陀)에서 온 스님이 수도했던 곳이다. 다른 곳은 모두 도교보다 불교가 흥성하지만, 이곳만은 정반대이다.

잠시 후 다시 나무숲속을 내려와 태극애(太極崖)에 올랐다. 이어 북쪽의 꽃잎 모양의 바위 아래를 지나 한 줄기 선과 같은 층계를 따라 올랐다. 이 층계는 너무나 가팔라서 거의 발걸음을 멈추어 서 있을 수 없다. 다행히 양쪽 벼랑이 좁다랗게 조여드는지라, 손으로 버티면서 올라갔다. 단숨에 여든 계단을 올라 순양정(純陽亭)의 남쪽에 이르니, 골짜기는 비로소 구불구불한 층계가 된다. 다시 서른 남짓의 계단을 올라 허정에 이르렀다.

나는 이곳에서 달을 보면서 아직 펼쳐지지 않은 경관을 드넓게 구경할 작정인지라, 탁자를 닦아 일기를 썼다. 하인 고씨에게 태극애 아래의 나무숲 동쪽에서 물을 길어와 밥을 짓게 했는데, 도사 두 명이 만류하면서 밥을 가져와 나에게 먹으라 했다. 여전히 허정에 앉아 있노라니, 갑자기 바람이 미친듯이 불고 구름이 자욱하게 깔리더니, 날이 저물자 달빛도 완전히 가려져버렸다. 도사 소(邵)씨가 허정은 바람이 거세다면서, 나를 자신의 침상으로 청했다.

---

1) 양포(洋布)는 기계로 짠 직물을 의미하며, 수공으로 짠 토포(土布)에 상대되는 용어이다. 방양포(邦洋布)는 목방에서 생산되는 양포를 가리킨다.

2) 아와(阿瓦, Ava)는 미얀마의 옛 지명이자, 1364년부터 1555년에 걸쳐 미얀마 지역에 세워진 왕조이다.

3) 만력(萬曆) 33년은 1605년이다.

4) 순양(純陽) 혹은 순양자(純陽子)는 전설 속의 신선인 여동빈(呂洞賓)의 별칭이다.

4월 17일

잠자리에서 일어나니, 해가 곱고 산이 그윽하다. 이곳에 잠시 머물러 쉴 생각으로, 주머니에 남아있는 쌀로 죽을 끓이고, 하인 고씨에게 주성의 숙소에 가서 귀주(貴州)에서 산 푸른빛 비단을 가져오도록 했다. 비단을 팔아 여비를 마련할 작정이었다. 이곳은 등월주에서 8리밖에 떨어져 있지 않은데, 하인 고씨는 가더니 돌아오지 않았다. 오후가 되자 몹시 배가 고픈 터에, 도사 호(胡)씨가 나에게 밥을 주었다. 얼마 지나지 않아 하인 고씨가 돌아왔으나, 비단은 가져오지 않았다.

4월 18일

허정에서 일기를 썼다. 지난 밤에 호랑이가 산아래에서 참장의 말을 잡아먹은지라, 참장은 군사를 풀어 온 산을 뒤져 호랑이를 쫓으라 했다. 사방에 보이는 사람은 아득하고 외치는 소리가 서로 응했다. 양쪽의 나무숲에서 수색하는 사람들이 위아래 여기저기 있으나, 끝내 호랑이를 찾지 못했다.

전당관(巔塘關)은 남쪽으로 커다란 산을 넘고, 남서쪽으로는 고용관(古勇關) 북쪽으로 에돈다. 산갈래가 동쪽으로 불쑥 치솟은 것은 첨산이고, 남동쪽으로 불쑥 치솟은 곳은 마안산(馬鞍山)이며, 산갈래가 남쪽으로 뻗어내린 것은 보봉이고, 남쪽으로 더 가면 타고첨(打鼓尖)이며, 더 남쪽으로 용광대에서 끝난다.

마안산의 원래 갈래는 동쪽으로 건너뻗는다. 맨 처음 치솟아 필봉(筆峰)을 이루고, 두 번째로 치솟아 농종산을 이루며, 여기에서 남쪽으로 빙둘러 적토산을 이루고 난전초의 등성이를 넘어간다. 이어 더 남쪽으로는 반개산(半個山)을 이루었다가, 북서쪽으로 빙 둘러 내봉산을 이루고주성에서 끝맺는다. 이것이 이른바 회룡고조[1]이다.

고용관의 북쪽에서 갈라져 남쪽으로 뻗어내린 것은 귀전(鬼甸)의 서쪽산이고, 더 남쪽의 것은 아롱의 서쪽 산이며, 더 남쪽으로 면정에 이른다. 원래의 갈래가 남서쪽으로 뻗어내린 것은 고용의 서쪽 관문이며, 남쪽의 신호관으로 이어진다. 여덟 곳의 관문 너머로, 그 북쪽에 또 고용관과 전당관의 두 곳이 있으니, 이곳은 옛 관문이다. (전당관 너머는 다산장관사茶山長官司로, 예전에는 중국에 속했으나 지금은 아와에 속한다. 전당관 북동쪽, 아행창阿幸廠 북쪽은 자매산姊妹山으로, 반죽[2]이 생산되며, 그 너머는 모두가 미개인이다.)

보봉산은 동쪽을 향한 채 그 앞에 병풍처럼 서 있다. 아래는 두 곳의나무숲으로 나뉘어 있고, 가운데에는 높이 봉긋 솟은 바위벼랑이 드리워져 있으며, 벼랑의 양옆은 나무숲 바닥에 거꾸로 박혀 있다. 북쪽의나무숲 위에는 언덕이 빙 두르고 있는데, 앞쪽은 담처럼 에워싸고 있고,바위벼랑은 가운데가 갈라져 있으며, 그 사이에 층계가 깎여 매달려 있다. 이 층계는 호손제(猢猻梯)라고 한다.

호손제의 남쪽에는 그 아래에 옥황각이 기대어 있고, 호손제의 북쪽에는 그 위에 순양각(純陽閣)이 자리잡고 있다. 예전에 편액에 '태극현애(太極懸崖)'라고 써놓았는데, 참장 오씨가 또 그 위에 '전고산대천(奠高山大川)'이라고 큰 글씨를 새겨놓았다. 순양각 위에 세 칸짜리 건물이 펼쳐져 있다. 건물의 좌우는 까마득한 나무숲 속에 자리한 채 아래로 깎아지른 듯한 구렁을 굽어보고 있다.

북동쪽을 향하여 가까이로는 빙 두른 언덕이 앞에 낮게 엎드려 있고너른 들판이 그 아래를 에워싸고 있다. 또한 멀리로는 동쪽 산 너머로 고려공산 북쪽의 뾰족한 봉우리가 뭇산의 봉우리에서 유난히 튀어나온 채 그 가운데를 마주보고 있다. (이 봉우리를 토박이들은 소설산小雪山이라 일컫는데, 먼 봉우리가 하늘 높이 뻗어 있고, 그 위에 규옥을 두 손으로 들고 있는 듯한 봉우리가 뾰족하게 솟구쳐 있다. 대체로 분수관의 북쪽 20리에 있을 것이다. 분수관 사이로 오를 수 있는 길이 없고 볼 수도 없는데, 이곳에 이르니 동쪽으로 보인다. 마안산의 보장宝藏 스님의 제자 경공徑空 스님이 예전에 군대에 있을 때에 적토포에서 북쪽의 용천강을 건너 그 아래에 이른 적이 있었다. 그곳은 고간조高簡槽인데, 단段씨 성의 주민의 안내를 받아 그 꼭대기까지 올랐다고 한다. 그곳의 높이는 대략 40리라고 한다.) 시야가 매우 시원스럽게 툭 트여 있다. 그 뒤쪽의 삼청전(三淸殿)에는 도사 소씨가 살고 있다. 삼청전은 서쪽 꼭대기로부터 멀지 않다. 나는 방금 전에 이곳에서 내려왔다.

대체로 이 산의 가장 높은 곳은 삼청전으로, 북동쪽을 향하고 있다. 암벽에 자리하면서 온 산의 한 가운데를 차지하고 있는 곳은 옥황각으로, 동쪽을 향하고 있다. 북쪽 나무숲의 북쪽에 자리하면서 빙 두른 언덕의 겨드랑이 사이에 기대어 있는 곳은 보봉사로서, 남쪽을 향하고 있다. 옥황각은 암벽 아래에 자리한 채, 두 곳의 나무숲 사이에 끼어 있으니, 지맥의 올바른 위치를 잡고 있는 셈이다. 순양각은 외로이 벼랑 사이에 매달린 채, 연화첨(蓮花尖) 위를 따라 신기함을 드러내고 있다. 이 기이함이야말로 상생(相生)의 절묘함이다.

대체로 등월주 남쪽에는 흙산이 많은데, 이 산은 흙산이 가운데의 바위벼랑을 싸안고 있어, 마치 송곳이 주머니에서 날카롭게 튀어나온 듯하다. 게다가 두 곳의 대나무숲 속에는 기괴한 나무들이 울창하게 뒤덮고 있다. 대나무 가운데 큰 것은 우리 고향의 묘죽[3]만 하고, 중간 크기의 것은 우리 고향의 근죽[4]만 하며, 작은 것은 우리 고향의 담죽[5]만하다. 없는 것이 없으나, 또한 운남 동부와 서부에 있는 것이 아니다.

---

1) 회룡고조(迴龍顧祖)는 풍수학에서 서로 호응하는 지형을 가리킨다. 이는 갓 집에서

기어 나온 새끼용이 오랫동안 붙어지내던 조룡(祖龍)에서 떨어져 나왔지만, 여전히 조룡을 뒤돌아보고, 조룡 또한 새끼용을 멀리 바라보면서, 두 마리 용이 비록 떨어져 있더라도 서로 잊지 않고 이어져 있는 듯한 모양에서 비롯되었다.

2) 반죽(斑竹)은 상비죽(湘妃竹)이라고도 한다. 전설에 따르면, 순(舜)이 창오(蒼梧)에서 죽었을 때, 아황(娥皇)과 여영(女英)의 두 비(妃)가 흘린 눈물이 대에 묻어 얼룩이 생겼다고 한다.

3) 묘죽(貓竹)은 줄기가 크고 두꺼워 배를 만드는 데 흔히 쓰이며, 모죽(茅竹) 혹은 모죽(毛竹)이라고도 한다.

4) 근죽(筋竹)은 가운데가 꽉 차고 단단한 대나무로서, 대나무의 끝이 날카로워 창을 만드는 데에 쓰인다.

5) 담죽(淡竹)은 줄기의 마디가 짧고 두께도 얇으며, 재질이 치밀하여 가늘게 쪼개지므로 죽제품을 만드는 데에 쓰인다.

4월 21일

식사를 한 후 도사 소씨와 작별하고서 순양각을 내려와, 동쪽의 태극애를 거쳤다. 이곳에서 만약 북쪽의 나무숲을 가로질러 올라가면, 반리만에 보봉사에 이를 것이다. 그러나 나는 남쪽 나무숲이 깎아지른 듯 가파른데다 어제 거치지 않았기에, 이에 한길에서 옥황각을 따라 까마득한 벼랑을 내려갔다.

구불구불 반리를 내려갔다가 다시 북쪽 나무숲 아래의 골짜기를 건너, 빙 두른 언덕의 한길을 따라 반리만에 북쪽의 보봉사로 올라갔다. 비구니에게 길을 물었더니, 비구니는 전각 왼편의 봉우리 꼭대기로 안내해 나오더니, 산 아래의 핵도원(核桃園)을 가리켰다. 쭉 북쪽으로 가면 첨산으로 가는 길이고, 북서쪽으로 고개를 넘으면 타응산(打鷹山)으로 가는 길이다. 듣자하니 타응산에 북직(北直) 스님이 새로 그곳을 개척했는데, 자못 기이하다고 한다. 이에 먼저 타응산으로 갔다.

여기에서 북동쪽의 비탈을 내려가 1리만에 비탈 북쪽에 이르렀다. 다시 북쪽으로 1리 남짓을 가자, 몇 채의 민가가 서쪽 산기슭에 기대어 있다. 이곳은 핵도원이다. 그 북서쪽에는 꽤 나지막이 움푹 꺼진 곳이 있다. 보봉이 북쪽에서 건너뻗은 등성이이다. 한길은 서쪽을 향해 있고,

조그마한 시내는 동쪽으로 쏟아진다.

시내를 넘어 쭉 북쪽으로 1리 남짓을 간 뒤, 북서쪽의 비탈을 올랐다. 4리를 가서 비탈 등성이를 넘어 서쪽으로 나아갔다. 이곳은 장파(長坡)라고 한다. 서쪽으로 반리를 더 간 뒤, 북쪽으로 돌아들어 서쪽 봉우리를 낀 채 그 북쪽을 따라 계속해서 서쪽의 등성이 위를 나아갔다. 이 등성이는 북쪽으로 내려가면 곧 주점령(酒店嶺)이 동쪽으로 건너뻗어 필봉과 농종산을 이루고 있고, 남쪽으로 내려가면 야저파(野豬坡)가 남쪽으로 뻗어나가 아롱과 면정을 이루고 있다. 이들은 대체로 모두 산갈래의 등성이를 나아간다.

서쪽으로 5리를 가자, 등성이의 움푹 꺼진 곳에 길이 '십(十)'자로 갈라졌다. 이에 북서쪽으로 가로질렀다. 북서쪽을 따라 비탈을 넘어야 마땅한데, 길을 잘못 들어 서쪽을 따라 고개의 남쪽으로 나아가고 말았다. 2리를 가서 나무꾼을 만나고서야, 이 길은 귀전으로 가는 길이며, 타옹산의 절이 지어진 곳은 어느덧 정북쪽의 쌍봉 아래에 있음을 알게 되었다.

그러나 이때 어느새 쌍봉은 보이지 않고, 길의 흔적조차 보이지 않았다. 이에 가시덤불을 헤치면서 자갈길을 타고 올랐다. 위로 쭉 3리를 오르자, 안개 기운이 봉우리를 덮친 채, 모였다 흩어졌다 한다. 2리를 더 오르니 평지가 여기저기 어지러이 펼쳐져 있고, 조그마한 봉우리가 그곳을 싸안고 있다. 가운데에는 휘감아도는 구렁이 많고, 대나무가 우거진 채 여기저기 펼쳐져 있다. 북쪽 봉우리 아래에 몇 개의 기둥이 떠받치고 있기에, 구렁 속을 따라 달려가보았으나 여전히 길은 보이지 않았다.

기둥 왼편에 대를 엮어 만든 감실이 보였다. 보장 스님이 나를 보더니 감실 안으로 맞아들였다. 이 스님이 바로 산을 개척한 분임을 알게 되었다. 이리하여 그는 나와 함께 두루 형세를 살펴보았다. 식사 후 안개가 조금 걷혔다. 내가 길을 나서려 하자, 보장 스님은 한사코 하룻밤을 묵어가라고 나를 붙들었다. 이에 나는 그 뒤쪽의 산 가운데 자락을 따라 올라갔다.

이 산은 가운데가 불쑥 치솟은 물거품 모양의 산으로, 그 뒤는 다시 낮게 내려가고, 커다란 산이 뒤쪽에서 에워싸고 있다. 위에는 두 개의 봉우리가 솟구치고, 가운데는 움푹 꺼져 있다. 멀리서 바라보면 말의 안장과 같은 모양이기에, 마안산이라고도 일컫는다. 토박이들의 말에 따르면, 그 위에는 매가 많기에 옛『지』에서는 집응산(集鷹山)이라고도 했는데, 이곳의 방언에 따라 타응(打鷹)이라 와전되었다고 한다.

이 산줄기는 북쪽의 관자평(冠子坪)에서 남쪽으로 솟구쳤다가, 꼭대기에서 두 갈래로 나누어진다. 한 줄기는 남서쪽에 솟구치고, 다른 한 줄기는 북동쪽에 솟구쳐 있다. 두 봉우리의 갈래가 마치 팔을 싸안듯이 앞을 둘러싸고 있다. 남서쪽으로 뻗어내리는 갈래는 구렁의 오른편에 자리한 채 낮게 엎드렸다가 가운데를 지나 다시 조그마한 언덕으로 솟아 가운데의 안산을 이루고, 남쪽으로 꺼져내려 다시 봉우리로 솟구쳐 앞쪽의 안산을 이룬다. 북동쪽으로 뻗어내리는 갈래는 구렁의 왼편에 자리한 채 낮게 엎드렸다가 맺혀져 동쪽 웅덩이의 빗장을 이룬다.

두 봉우리의 움푹 꺼진 곳은 바로 빙 둘러 우묵한 곳이다. 앞쪽에 웅크리고 있는 봉우리가 우묵한 곳 가운데에 자리하고 있으며, 산줄기는 다시 북동쪽의 봉우리에서 내려가다가 가운데로 건너뻗는다. 이 모양이 영락없이 구슬 한 알이 쟁반에 받쳐져 있는 듯하다. 그 앞에는 두 개의 조그마한 언덕이 다시 치솟아 있는데, 마치 가슴에 두 개의 젖가슴이 늘어서 있는 듯하다.

이 산줄기는 곧 가운데에 웅크린 봉우리로부터 왼쪽에서 오른쪽으로 건너뻗고, 오른쪽에서 앞쪽으로 건너뻗었다가 다시 가운데에서 언덕으로 치솟아, 두 곳의 젖가슴과 같은 언덕과 함께 세 발의 솥을 이룬다. 앞쪽에 늘어선 것은 가운데 봉우리 가까이의 안산을 이룬 채, 남쪽의 가운데의 안산과 나란히 치솟아 있다. 동쪽으로 약간 건너뻗은 뒤 다시 치솟은 언덕은, 북쪽으로 동쪽 웅덩이의 빗장과 같은 봉우리와 나란히 마주하고 있다. 그러므로 두 곳의 젖가슴과 같은 언덕 앞에는 좌우로 모두 웅덩이 속의 움푹 꺼진 곳이 있으며, 가운데 봉우리의 뒤에도 역시 좌우로 골짜기 속의 빗장이 있다. 이 산줄기는 대단히 평탄한 듯하지만, 솟구쳤다가 낮게 엎드린 모습을 어렴풋이나마 찾아볼 수 있다.

이 두 봉우리의 높은 곳은 좌우로 온통 빙 두르고 있으며, 오직 가운데에 낮게 엎드렸다가 솟구치는 한 줄기만이 앞으로 건너뻗는다. 그 동쪽은 필봉, 농종산이고, 남쪽은 보봉, 용광대인데, 모두 이 산줄기이다. 토박이들은 이렇게 말한다. "삼십년 전에 이 위는 온통 커다란 나무와 대나무가 빈틈없이 뒤덮고 있었고, 가운데에 용담(龍潭)이 네 곳 있었지요. 깊이를 헤아릴 길이 없는 용담은, 사람의 발걸음이 가까이 이르면 물결이 솟구쳐 올라 사람이 가까이 다가갈 수 없었답니다. 나중에 양을 치는 일이 있자, 천둥이 치고 벼락이 떨어져 오륙백 마리의 양과 양치기 여러 명이 모두 죽고, 밤낮으로 불이 타올라 커다란 나무와 대나무가 흔적도 없이 타버리고 못 역시 뭍으로 변해버렸지요. 지금 산 아래에 물이 흘러나오는 구멍이 있는데, 모두 산기슭에서 갈라져 나온 것입니다."

산꼭대기의 바위는 색깔이 적갈색이고 재질은 가볍다. 모양은 벌집과 같으니, 떠있는 거품이 응결되어 이루어진 듯하고, 두 팔로 껴안을 정도로 크더라도 두 손가락으로도 들 수 있으나, 대단히 단단하다. 참으로 재난을 겪은 뒤의 여파이다. 보장 스님은 가운데의 봉우리 아래에 집을 지었는데, 앞쪽으로 두 곳의 젖가슴과 같은 언덕을 굽어보고 있다. 훗날 누군가가 확장한다면, 뒤로는 봉우리를 타고 오를 수 있으며, 앞으로는 젖가슴과 같은 언덕에 종루와 고루를 지을 수 있으리라.

오늘날 여러 웅덩이들은 가운데가 움푹 꺼져 있으나, 한 방울의 물도 받아들이지 않는다. 그런데 동쪽의 웅덩이 위에는 바위에 기대어 구덩이가 패인 채 물이 고여 있다. 용이 떠난 뒤 상전벽해의 거대한 변화가 일어났는데, 오직 이 산을 개척한 보장 스님에게 주려고 이 한 국자의 물만을 남겨둔 것일까?

보장 스님은 본래 북직[1] 사람이다. 그는 계족산과 보대산(寶臺山)에서 오는 길에 첨산을 보았다. 첨산은 비록 높다랗게 매달려 있으나 겹겹이 싸여 있지 않은지라, 그의 제자인 경공 스님과 함께 산을 찾아 이곳까지 와서, 대나무로 엮은 감실에서 좌선한 지 2년이 되었다. 이제 주성의 사람들이 모두들 감동하여 다투어 나무를 지고 대나무를 운반하여, 먼저 이 한 칸을 지었다. 아직은 절을 크게 이루었다고는 할 수 없다.

경공 스님은 사천 사람이다. 그는 전에 종군하여 선봉에 서서 중경(重慶)을 수복하고 요동(遼東)과 귀주를 구원했으며, 가는 곳곳마다 공을 세워 후에 등월주 참장부의 기패관이 되었다. 그러나 감로사에서 삭발하고 출가하여 스승을 따라 산을 찾아나섰다.

스승은 홀로 적막한 산속에 앉아 좌선하고, 경공 스님은 산 아래에서 보시를 받는다. 손가락 하나를 살라 이 산을 개척했으니, 두 사람 모두 기인이라 할 수 있다. 이날 밤에는 감실 안에서 묵었다. 이곳에 머물러 스님이 되려는 행각생 한 분이 또 있는데, 나의 고향인 장경교(張涇橋) 사람(성은 소蕭씨이고, 호는 무념無念이며, 이름은 도명道明이다)이다. 그를 보자 오랜 친구를 만난 듯하다.

---

1) 북직(北直)은 북직예(北直隷)로서, 당시의 수도인 북경 및 천진, 하북성의 대부분, 하남성과 산동성의 일부 지역을 가리킨다.

4월 22일

아침 일찍 일어나니, 묵은 안개는 말끔히 걷혀 있었다. 보장 스님은 먼저 간식을 가져와 나를 대접한 후, 나와 함께 봉우리 앞을 두루 둘러보았다. 높은 곳에서 굽어보니, 남쪽은 남전이고, 그 너머로 가로누운 채 앞에 늘어서 있는 산은 용천강 뒤쪽의 경계이다. 가까이 움팬 기슭의 서쪽은 귀전이고, 그 너머로 서쪽에 끌어안고 있는 겹겹의 봉우리는 고용 앞에서 남쪽으로 뻗어내린 갈래이다. 아래로 낮게 엎드린 채 동쪽으로 건너뻗은 곳은 필봉이고, 그 너머로 동쪽에 봉긋 솟은 드높은 고개는 고려공산 뒤쪽에 솟구친 산줄기이다. 다만 북쪽만은 이 산이 뒤쪽에서 병풍을 이루고 있다.

그런데 어제 이미 고개에 올라 북쪽을 바라보고서 알게 되었는 바, 북동쪽의 툭 트인 곳은 용천강이 합쳐지는 곳이고, 북서쪽의 한데 모인 곳은 첨산이 높다랗게 매달려 있는 곳이며, 정북쪽으로 명광의 여섯 공장 너머는 모두 미개인이 사는 곳이다. 한참 뒤에 식사를 하고서 보장 스님과 헤어졌다.

보장 스님은 제자인 경공 스님에게 앞장서서 길을 안내하도록 했다. 북동쪽을 따라 나아가니, 온통 아직 개척되지 않은 길이다. 처음에 동쪽으로 빙 두른 팔 부분을 넘자마자 북동쪽으로 내려갔다. 길은 없으나 꽤 평탄했다. 3리 남짓을 가자, 길이 고개 북쪽을 따라 서쪽으로 뻗어있다. 이 길은 귀전으로 가는 길이다. 대체로 이 산의 앞뒤는 모두 귀전으로 가는 길이다.

여기에서 길들이 서로 교차했다. 이에 동쪽으로 내려가는데, 길이 매우 가파르다. 1리를 가자, 남동쪽에서 뻗어오는 길이 북서쪽의 고개를 넘어 뻗어간다. 이것은 곧 등월주에서 관자평으로 가는 길이다. 대체로 관자평은 북쪽에서 남쪽으로 건너뻗었다가 타응산의 꼭대기로 봉긋 치솟는다. 북쪽에서 바라보니, 말안장과 같은 쌍봉은 보이지 않고, 갓처럼 층층이 솟아있다는 느낌만 들 뿐이다.

등성이를 넘어 서쪽으로 내려오자, 평지의 마을이 기대어 있다. 못이 서쪽으로 솟구쳐 흐른다. 이것은 귀전의 상류로서, 아롱을 거쳐 남쪽으로 흘러내린다. 나는 이 길을 가로질러 북동쪽으로 내려가 가시덤불 속을 나아갔다. 1리 남짓을 가서 북쪽으로 내려가니, 서쪽의 조그마한 골짜기에 기대어 차츰 오솔길이 보였다. 길 오른쪽 골짜기에는 대나무와 덩굴이 무성하다.

동쪽으로 돌아든 뒤 골짜기를 넘어 1리만에 북쪽에 빙 두른 언덕 위를 나아갔다. 언덕의 서쪽에는 커다란 산이 골짜기 속에 빙 둘러 있고, 언덕의 동쪽에는 비탈을 따라 동쪽으로 내려간다. 모두 2리를 가서 비탈의 기슭에 이르자, 향수구(響水溝)의 골짜기가 그 동쪽에 있다. 시내가 서쪽 골짜기에서 흘러나왔다.

북쪽으로 시내를 건너 서쪽 산을 따라 북쪽으로 나아갔다. 서쪽 산은 이곳에 이르러 약간 트이고, 길은 서쪽으로 산에 들어간다. 그 길을 가로질러 북쪽으로 나아가 1리 남짓만에 약간 내려가자, 또 조그마한 물길이 서쪽의 움푹한 평지에서 흘러나온다. 이곳은 왕가패(王家壩)이다. (이 물길을 경계로 하여, 남쪽은 모두 목부沐府의 장원이다.)

북쪽으로 반리를 더 가서, 남쪽에서 뻗어오는 한길과 합쳐졌다. 북쪽으로 1리를 더 가자, 서쪽 산 아래에 마을이 있다. 이곳에 이르니, 가운데의 움푹한 평지가 트이기 시작한다. 남쪽의 주점척(酒店脊)에서 뻗어오는 움푹한 평지는 북쪽의 이곳에 이르러 동서로 트여 있다. 시내는 동쪽 기슭을 따라 북쪽으로 흘러내리고, 마을은 동쪽을 향한 채 서쪽 산에 기대어 있다. 길은 그 가운데를 뻗어나간다.

다시 북쪽으로 1리 남짓을 가자, 북동쪽의 계두(界頭)로 가는 갈림길이 있다. 나는 서쪽 산을 따라 북서쪽으로 내려가 조그마한 골짜기를 넘은 뒤, 반리를 가서 서쪽으로 돌아들었다. 이 남쪽 골짜기는 만요수(灣腰樹)로, 왕가패의 뒷산일 것이고, 그 북쪽의 움푹한 평지는 좌소둔(左所屯)으로, 농종산이 북쪽으로 또 치솟은 봉우리이다. 그 잔갈래는 북서쪽으로 빙 둘러싸고 있다. 움푹한 평지 속에는 밭두둑이 아래쪽으로 펼쳐지기 시작한다. 향수구의 물길 역시 북서쪽으로 이곳을 가로지르고, 길은 남쪽 산에서 서쪽으로 나아간다.

1리 남짓을 가자, 조그마한 물길이 북쪽으로 흘러간다. 다시 서쪽으로 1리 남짓을 가자, 남쪽 산 아래에 마실 거리를 파는 띠집이 있다. 이곳에는 커다란 소나무가 어지러이 뒤섞여 있는데, 높은 그림자와 깊숙한 그늘에 한낮의 햇빛조차 푸른빛을 띠고 있다. 서쪽으로 2리를 가자 마참(馬站)이 나오고, 그 북쪽의 비탈 아래의 숲 건너편에는 집들이 제법 많다. 길 왼편에는 한 채만 있다. 주성에서 오는 이들은 모두 여기에서 식사를 한다. 그 서쪽에는 밭두둑이 비탈을 빙 두르고 있다.

밭을 따라 북서쪽으로 1리 남짓을 나아가 북쪽 산 아래에 이르렀다. 약간 서쪽으로 가다가 다시 북쪽으로 나아가 1리를 가서 움푹 꺼진 곳을 넘으니, 정기시장이 서 있었다. 이곳은 마참의 동네이다. 그 북쪽에는 산비탈이 어지러이 모여 있는데, 이빨처럼 들쑥날쑥한 바위는 높낮이가 일정하지 않다. 또한 동쪽의 언덕과 서쪽의 산 사이에는 시내가 북쪽으로 쏟아진다.

모두 3리를 가자, 앞에 산이 가로놓여 있다. 서쪽으로 산을 따라 반리를 가서 북쪽의 움푹 꺼진 곳을 가로질렀다. 그 북쪽에는 산이 훤히 열린 채 아래로 빙 두른 구렁을 감돌고 있다. 시내는 서쪽 산에서 골짜기를 뚫고 남쪽으로 흘러오다가 구렁을 에돌아 북쪽으로 흘러간다. 움푹 꺼진 곳을 가로지르는 산은 남쪽에서 서쪽으로 돌아들고, 움푹 꺼진 곳의 서쪽 봉우리는 서쪽의 시내에서 끝남을 알게 되었다.

구렁을 감돌아 북서쪽으로 1리 남짓을 가서, 시내의 동쪽 언덕을 따라 나아갔다. 그 서쪽 언덕에는 소나무와 전나무가 빽빽하다. 그곳에 커다란 절터가 있다. 이에 시냇가에서 식사를 했다. 다시 북쪽으로 반리를 가니 구파(邱坡)가 나오는데, 두세 채의 민가가 서쪽 산 아래에 기대어 있다. 그 서쪽에는 뭇산 속에 골짜기가 갈라져 있고, 갈림길이 서쪽의 골짜기로 들어서고 있다. 이 갈림길은 고용으로 가는 길이다. 그 동쪽에는 골짜기 어귀가 가로로 트여 있으며, 남북의 물길은 모두 여기에서 흘러나온다.

여기에서 북쪽으로 밭두둑 사이를 나아갔다. 2리를 가는 동안, 밭 사이로 나뉘어 흐르는 물길을 여러 차례 넘었다. 북쪽으로 1리 남짓을 더 가자, 순강촌(順江村)이 나왔다. 이곳은 예전의 순강주(順江州)의 치소이다.

서쪽 산은 이곳에 이르러 가운데가 끊겼다가 다시 솟구친다. 유달리 솟구친 산세가 자못 험준하다. 이곳은 삼청산(三淸山)이다. 마을은 대부분 돌을 둘러 담을 이루고 있으며, 대나무가 이어져 그늘을 드리우고 있다.

북쪽으로 반리를 더 가자, 서쪽 골짜기에서 흘러나온 물길이 동쪽으로 쏟아진다. 이곳은 순강(順江)이며, 그 위에 나무다리가 걸쳐져 있다. 순강촌의 동쪽에는 산속의 움푹한 평지가 동쪽으로 펼쳐져 있다. 다리를 지난 뒤 북쪽의 비탈을 올라 대나무 숲속 길을 나아갔다. 반리를 가서 북쪽으로 내려와 말라붙은 호수를 지났다. 1리 남짓을 가서 북쪽의 비탈을 오르니, 비탈의 북쪽에 띠집이 모인 시장이 있다. 이곳은 순강가자(順江街子)이다.

다시 북서쪽의 비탈 사이를 나아갔다. 이곳의 비탈은 삼청산에 기댄 채, 동쪽으로 좁다란 구렁을 굽어보고 있다. 구렁의 동쪽은 강동산(江東山)이 남쪽으로 뻗어내리다가 멈춘 곳이다. 여기에서부터 삼청산은 서쪽으로 뻗어가고, 강동산은 동쪽으로 병풍처럼 펼쳐지면서, 남북으로 움푹한 평지를 이루고 있다.

비탈 사이로 3리를 나아가 북쪽으로 약간 내려가자, 별안간 물소리가 들려왔다. 길 동쪽에 남쪽에서 북쪽으로 흐르던 시내가 이곳에 이르러 동쪽으로 돌아들어 흐르고 있다. 생각건대 순강의 지류가 이곳까지 흘러온 것이리라. 대체로 강동산의 서쪽에는 이미 북쪽에서 흘러오는 강이 두 곳이나 있는데, 이 물길은 어찌하여 거꾸로 북쪽으로 흘러가는 걸까? 물길은 동쪽으로 흐르고, 길은 동쪽으로 드리워진 비탈을 북쪽으로 감돌아 2리를 나아갔다. 이곳은 계자평(雞茨坪)이다. 계자평을 넘어 북쪽으로 1리 남짓을 내려가자, 다시 평탄한 들판이 나타나고, 마실 거리를 파는 이가 길 오른편에 자리하고 있다.

여기에서 북동쪽으로 밭두둑 사이를 나아가 1리 남짓을 가자, 강물이 북서쪽에서 남동쪽으로 쏟아지고, 그 위에 기다란 나무다리가 걸쳐져 있다. 이곳은 서강(西江)이다. 그 동쪽에 북동쪽에서 남동쪽으로 쏟아지는 또 하나의 물길이, 동쪽 산을 따라 서강과 나란히 남쪽의 움푹한 평지 속을 흘러간다. 이 물길은 동강(東江)이다. 서강교(西江橋)를 건넌 뒤 북쪽으로 두 강 사이로 나아가 1리만에 고동(固棟)에 이르러 신가(新街)에서 묵었다.

고동은 곡동(谷棟)이라고도 하는데, 마을은 움푹한 평지 속에 자리하고 있으며, 동강과 서강 사이에 끼어 있다. 북쪽에는 아오산(雅烏山)의 남쪽 자락이 두 산 사이에 가로놓였다가 이곳에 이르러 끝난다. 남쪽에는 두 강이 3리 너머에서 합쳐져 남동쪽으로 흘러가다가 곡석(曲石)에 이르러 용천강으로 흘러든다. 동쪽에는 강동산이 북쪽의 석동 동쪽에서 남쪽으로 뻗어내리고, 서쪽에는 삼청산 북쪽에서 또 하나의 봉우리가 솟구쳐 남쪽의 삼청산과 함께 기러기가 가듯 나란히 치솟아 있다. 그 가운데에 문과 같은 골짜기가 있고, 골짜기를 따라 소전(小甸)으로 가는 길이 나 있다.

이 봉우리는 운봉(雲峰)의 첨산이 동쪽으로 뻗어내리다가 북쪽으로 돌아든 산줄기이다. 운봉은 바로 그 서쪽에 있으나 첨산에 가려져 있다. 그래서 고동에서는 서쪽으로 이 산만 보일 뿐, 운봉은 보이지 않는다. 이곳은 정동쪽으로 와전(瓦甸)과 마주하고, 정서쪽으로 운봉과 마주하며, 정북쪽으로는 열수당(熱水塘)과 마주하고, 정남쪽으로는 마참과 마주한다. 새 저자거리와 옛 저자거리가 있다. 남쪽은 새 거리이고, 북쪽은 옛 거리이다.

4월 23일

주인에게 동산의 죽순을 가져오라 하여 아침 식사로 먹었다. 맛이 우리 고향의 것과 똑같다. (8~9월 사이에 향순이 나오면, 연기에 그을리고 말려서 병에 넣어 보관하는데, 맛이 향기롭다.) 북쪽으로 1리를 가서 옛 거리를 지났다. 성이 유(劉)씨인 사람의 집에서 비송(飛松) 한 통을 샀다.

'비송'이란 호실(狐實) 혹은 오실(梧實)이라고도 한다. 마치 오동나무의 열매처럼 생겼으나 두 배나 크다. 색깔과 맛 또한 오동나무와 같으나, 껍질이 얇아 쉽게 벗겨진다. 빽빽한 나무숲 속에 자라는데, 보이는 대로 나무를 잘라내야 얻을 수 있다. 늦어지면 나무만 남아 있을 뿐, 열매는 모두 날아가버린 채 빈 그루만 남아 있다. 그래서 '비송'이라 일컫는다. 오직 전당관 너머의 미개인들의 경내에만 있다.

미개인들은 때로 차와 밀랍, 가물치, 비송의 네 가지를 가지고 관내에 들어와 소금과 베로 바꾸어간다. 이 사람들은 웃옷이나 치마가 없으며, 오직 한 폭의 베로 음부를 매고 상체는 네모진 휘장을 걸쳐 감쌀 뿐이니, 옷고름이나 소매 따위는 아예 알지 못한다. 이 미개인들은 곧 다산장관사의 소수민족들로서, 예전에는 내지에 귀속되었으나, 지금은 군왕의 교화가 미치는 곳이 아니다. 그러나 그들을 '홍모(紅毛)'라고 일컫는 것은 옳지 않다.

다시 북쪽으로 2리 남짓을 가니, 가로누운 언덕이 뒤쪽에 뻗어 있다. 바라보노라니 마치 양쪽의 높은 산이 동서로 이어져 있는 듯한데, 그 안에 두 강이 양옆으로 움패어 있는지는 더 이상 알 길이 없다. 이 언덕은 아오산의 남쪽 자락의 끄트머리로서, 동강과 서강이 모두 그 양쪽의 겨드랑이에서 남쪽으로 흘러나온다. 아마도 애하(挨河)일 텐데, 토박이들은 '아오(雅烏)'로 잘못 알고 있을 따름이다.

언덕을 넘어 북쪽으로 나아가 2리를 더 나아갔다. 언덕 왼쪽은 차츰 불쑥 치솟아 봉우리를 이루고 있으며, 언덕 오른쪽은 차츰 움패어 구렁을 이루고 있다. 길은 차츰 구렁을 넘어 봉우리를 옆에 낀 채 올라간다. 구렁 양옆은 모두 봉우리인지라, 다시금 점차 골짜기를 이루고 있다. 골짜기의 서쪽 봉우리를 따라 2리를 나아가, 그 북쪽의 움푹 꺼진 곳을 넘은 뒤, 서쪽 봉우리의 북쪽을 끼고서 서쪽으로 내려갔다.

2리를 가자, 길 오른편에 커다란 밤나무 한 그루가 있다. 밤나무는 자못 크지만, 나무줄기 가운데가 불탄 채 비어 있다. 길 왼편에는 서쪽 골짜기에서 굽이져 감돌아 동쪽으로 흘러오던 서강이 골짜기에 부딪쳐 남동쪽으로 흘러가더니, 여기에서 고동의 서쪽 산의 북서쪽으로 흘러나간다. 그제야 아래쪽에 휘감아도는 구렁이 서쪽으로 훤히 트여 있는 것이 보였다. 강은 구렁의 바닥을 감돌아 흐르고, 첨산은 그 남서쪽에 우뚝 치솟아 있다.

서쪽으로 1리를 더 내려가, 강의 북쪽 언덕을 따라 서쪽으로 2리를 나아갔다. 언덕마루에 오색(烏素)이라는 마을이 기대어 있다. 이곳의 강은 반대로 북쪽으로 꺾어져 흘러오고, 길은 남쪽으로 언덕을 내려가 강에 가까워진다. 반리를 가자 기다란 나무다리가 강 위에 가로놓여 있다. 거꾸로 서쪽에서 동쪽으로 다리를 건넜다. 다리 동쪽에 있는 대나무숲과 집들의 곁을 따라 남서쪽으로 돌아들자, 고동의 서쪽 산과 뾰족한 봉우리 뒤쪽의 커다란 산이 그 남쪽을 에워싸고 있다. 강은 그 북쪽으로 굽이져 흐르고 있다.

서쪽으로 반리를 더 가자, 매우 번성한 마을이 대나무숲에 이어져 있다. 반리를 가서 마을의 남쪽에서 서쪽으로 돌아들었다가, 언덕의 비탈을 2리 나아갔다. 언덕마루에는 커다란 소나무가 어지러이 섞여 있고, 집들이 언덕에 기대어 있다. 반리를 가서 서쪽으로 내려가 구렁 한 곳을 넘었다. 다시 남서쪽으로 1리 남짓을 가서 잇달아 두 곳의 마을을 지난 뒤, 서쪽으로 내려가 구렁 한 곳을 건너서야 산기슭에 닿았다. 이에 서쪽으로 올라 반리를 가자, 조그마한 물길이 비탈 사이로 쏟아지기에, 다가가 몸을 씻었다.

때는 한낮이었다. 옷을 벗어 한참동안 세탁한 뒤, 남서쪽의 오솔길을 따라 올랐다. 1리를 가서 서쪽으로 돌아들어, 동쪽에서 뻗어오는 길과 만났다. 이때 우레와 함께 비가 세차게 내리쳤다. 풀숲의 오솔길 사이로 나아가 1리만에 약간 서쪽으로 내려가 골짜기 바닥을 건넜다. 이곳에는 커다란 나무가 하늘 높이 솟구치고 등나무가 움푹한 평지를 얼키설키 뒤덮고 있다. 기세가 그윽하면서도 험준하기 짝이 없다.

골짜기 부리를 감돌아 서쪽으로 1리를 간 뒤, 골짜기 바닥을 건넜다. 두 곳의 골짜기는 모두 깊숙한 나무숲 속에 있다. 북쪽에서 남쪽으로 졸졸거리면서 흐르던 조그마한 물길은 서쪽에서 흘러오는 시내로 흘러들어 합쳐진 뒤, 동쪽으로 나아가다가 북쪽으로 흘러나간다. 골짜기의 서쪽 벼랑을 건너자, 벼랑의 오른편에 거대한 바위가 불쑥 솟아 있다.

길은 거대한 바위의 동쪽에서 북쪽으로 올라, 구불구불 나무숲 사이로 올라간다. 높다란 벼랑은 비취빛 물방울을 떨어뜨리는 듯하고, 깊은 물은 금을 체로 걸러놓은 듯하다. 비로소 비가 개고 해가 뜬 것을 알았지만, 흐리건 맑건 그늘이 드리워져 있는지라 허공을 기어오르는 데에는 조금도 방해가 되지 않았다.

3리를 올라, 드디어 언덕등성이를 넘었다. 등성이 양쪽의 벼랑은 모두 깊이 꺼져내린 채 푸른빛을 머금고 있다. 바닥에서 졸졸거리는 물소리가 들려오건만, 바닥을 분간할 수 없다. 등성이는 비좁아 일곱 자에 채 미치지 못하나, 그 한가운데에 나무를 덧붙여 건너가도록 해놓았다. 대체로 등성이 양옆은 온통 깎아지른 듯 가파른데다, 가운데에 구멍이 움푹 패어있는지라, 나무로 빈곳을 메워 놓았다.

등성이 위로 1리를 나아갔다가 북쪽으로 약간 내려온 뒤, 남쪽으로 꺼져내린 골짜기를 건너 반리만에 북서쪽으로 올랐다. 오르막길이 몹시 가파르다. 1리 남짓을 가서 식사를 했다. 길은 약간 평탄해지더니, 남서쪽으로 돌아들었다가 북쪽으로 감돌아 반리를 간 뒤, 구불구불 올라가는 길은 훨씬 가파르다. 1리를 가자 다시 약간 평탄해졌다. 봉우리의 벼랑을 따라 산허리를 돌아들자, 나무숲 너머의 둔덕과 나무 사이에 뾰족한 봉우리가 보이기 시작했다. 그러나 방금 따라 걷던 곳 역시 뾰족한 봉우리였음을 전혀 알지 못했다.

북쪽으로 반리를 가서 그 봉우리의 서쪽 겨드랑이에 이르렀다. 이어약간 서쪽으로 내려와 등성이를 건넌 뒤 서쪽으로 올랐다. 오르막길은 온통 까마득한 벼랑과 깎아지른 듯한 층계이다. 방금 전에 감돌았던 등성이 동쪽의 봉우리를 뒤돌아보니, 봉우리 하나가 또다시 솟구쳐 있다. 산꼭대기는 깎아낸 듯 뾰족하여 첨산과 견줄만하다. 그러나 첨산은 바위로만 이루어진 채 가운데에 매달려 있는 반면, 이 봉우리는 흙봉우리가 앞으로 튀어나와 있을 따름이다.

두 봉우리의 북쪽에는 또다시 서쪽의 커다란 산과의 사이에 깊은 구렁이 이루어져 있는데, 여러 갈래들이 감돌면서 튀어나와 있고, 대나무와 나무들이 가득 뒤덮고 있다. 마치 비취빛 물결과 자욱한 안개처럼 아래에 깊숙이 가라앉아 있으니 그 끄트머리까지 가볼 수도 없고, 그저 원숭이소리만 요란스럽게 서로 부르고 화답하니 사람이 도저히 이를 수도 없었다.

봉우리 꼭대기에는 마치 태화산(太華山)의 창룡령(蒼龍嶺)[1]의 등성이처럼, 곧추선 바위에 층계를 깎아 사다리를 만들어 놓았다. 양쪽은 모두 까마득한 벼랑이고 가운데에 바위등성이가 드리워져 있다. 등성이는 너비가 겨우 한 자 남짓이며, 마치 용이 꼬리를 끌면서 건너가는 듯하다. 등성이를 따라 나 있는 층계는, 고개 들어 바라보니 층층이 끝없이 뻗어 있는 것만 보일 뿐, 역시 그 끄트머리까지 가볼 수는 없었다. 층계는 모두 세 번을 돌아들어 1리만에 그 꼭대기에 이르렀다.

꼭대기는 동서의 길이가 다섯 길이고, 남북의 너비는 그 절반이다. 그 가운데에 옥황각이 지어져 있다. 앞쪽의 세 칸은 관음보살을 모시고, 뒤쪽의 세 칸은 유·불·도 삼교의 성인을 모셨다. 꼭대기의 평평한 곳은 이렇게 끝이 나고, 건물은 모두 동쪽을 향한 채 앞쪽의 뾰족한 봉우리를 굽어보고 있다. 남북 양쪽의 누각은 옆으로 세워진 측루(側樓)로서 반쯤 허공에 매달려 있다. 북쪽 누각은 진무(眞武)대제를 제사지내고, 아래로 북쪽 골짜기를 굽어보고 있으며, 양쪽 머리맡에는 침상을 매달아 손님을 맞고 있다. 남쪽 누각은 산신을 제사지내고, 아래로 남쪽 골짜기를 굽어보고 있으며, 가운데는 훤히 트인 채 재당(齋堂)으로 사용되고 있다.

이 모두 사천 출신의 법계(法界) 스님이 지었다. 대체로 그 위쪽에는 길이 나 있지만, 개척하지 않아 거처할 수가 없다. 법계 스님이 이곳을 지은 지 채 5년이 되지 않았는데, 이제 또다시 산기슭에 아래 전각을 짓겠노라면서 주성에 갔다가 아직 돌아오지 않았다. 나는 이곳의 그윽하면서도 험준함이 마음에 들어 동쪽의 측루에 머물기로 했다. 절을 지키는 두 분의 스님 가운데, 한 분은 쌀을 구하러 산을 내려갔고, 다른 한 분은 땔감을 살라 밥을 지을 뿐이었다.

---

1) 태화산은 섬서성 화음현(華陰縣)에 있는, 해발 2200미터의 서악(西岳) 화산(華山)을 가리킨다. 창룡령(蒼龍嶺)은 화산의 중턱에 있는데, 비탈이 대단히 가파르고 길의 너비는 1미터도 채 되지 않으며, 양쪽은 깊은 골짜기를 이루고 있다. 산의 바위에는 '한유투서처(韓愈投書處)'라는 다섯 글자가 새겨져 있는데, 전설에 따르면 당대의 문인 한유가 이곳에 왔다가 험준한 경관에 놀란 나머지, 살아 돌아갈 수 없겠다고 겁을 집어먹고 책을 내던졌다고 한다.

4월 24일

아침 일찍 일어나니 날이 갰다. 사방의 산은 모두 그 비취빛을 드러냈으나, 산 아래의 들판은 마치 솜이 펼쳐진 듯 구름이 하얗게 깔린 채 물결이 넘실대는 듯하다. 멀고 가까움을 분별할 수 없이, 온통 비취가 정처없이 떠도는 듯하고 움팬 백은이 겹겹이 이어져 있는 듯한지라, 그 아래에 비탈과 못, 마을과 밭두둑의 색다른 경관이 또 있으리라고는 생각지 못했다. 산 너머의 산, 들판 건너의 들판까지, 약간 멀리 문득 비취빛 산안개에 휩싸인 채 분간할 수 없다. 다만 이때 층층의 덧받친 구름이 한 조각은 안에, 또 한 조각은 밖에 있을 따름이다. 가만히 살펴보니, 비록 그 아래쪽은 가려져 있으나, 그 위쪽은 더욱 성기다.

이에 산속의 스님을 불러 멀리 가까이의 여러 산을 가리키면서 물었다. 스님은 하나하나 알려주고서 함께 남쪽 벼랑을 매달려 내려왔다. 앞쪽으로 까마득한 구렁을 굽어보고 뒤쪽으로 가파른 절벽에 기대어 있는 벼랑이 있다. 벼랑의 가운데에는 가로의 틈새가 깎여있고 아래는 평평한데다 위는 덮여 있어, 마치 정사각형의 침상과 같다. 이것은 비록 작긴 하여도 쉬거나 누울 수 있으니, 선상(仙牀)이라고 한다. 층층의 가파른 절벽 아래를 굽어보니, 가파른 바위가 겹겹이 내리덮고 있는지라 기어오를 수가 없다. 스님이 그 아래에 선동(仙洞)이 있다고 가리켰다. 스님은, 반드시 층계를 타고서 두 번째 층까지 내려갔다가 벼랑을 돌아들어 내려가야 이를 수 있다면서, 앞장서서 나아갔다.

이 동굴은 겹겹이 이어진 커다란 바위로 이루어져 있다. 어지러운 벼랑에 거꾸로 선 층계는 떨어질 듯하면서도 떨어지지 않은 채, 갈라진 곳은 틈새를 이루고, 내리덮은 곳은 동굴을 이루었으며, 꿰뚫은 곳은 문을 이루고 있다. 동굴 문은 한둘이 아니고, 동굴은 한 층이 아니다. 동굴 속은 널찍한 곳이 없고, 동굴 바깥은 그윽하고 험준한 곳을 떠받치고 있으니, 층층이 층계를 쌓고 널빤지를 걸쳐놓았다면, 역시 아늑하게 거처할 만한 곳이다.

동굴 입구 가운데, 동쪽을 향한 채 벼랑의 겨드랑이 속에 있는 문이 커다랗다. 동굴 속으로 들어가 남쪽으로 골짜기를 뚫고 지나 높이 치솟았다가 내려와 남쪽의 골짜기 어귀로 나왔다. 동굴 입구는 남쪽의 까마득한 구렁을 굽어보고, 위쪽은 겹겹의 벼랑에 끼어 있는데, 두 개의 나무공이 그 앞에 거꾸로 매달려 있다.

고개들어 흘끗 보니, 그 위에는 길게 늘어진 등나무가 벼랑 끄트머리에서 허공에 매달린 채 한 길 남짓 내려와 혹 모양으로 맺혀져 있다. 마치 조롱박이 덩굴에 달려 있는 듯하다. 혹 끄트머리에는 새싹과 가느다란 가지가 옆으로 이어져 있는데, 위로 치켜든 채 비와 이슬을 받아들여 무성하게 싹을 틔우고 구불구불 기세가 넘친다. 꽃과 잎사귀는 하나의 모양이 아니고, 둥글게 이어진 가지 사이로 가느다란 열매를 맺고 있다. 산속의 스님 역시 그것의 이름을 알지 못한 채, 그저 기생(寄生) 혹은 목담(木膽)이라고 할 따름이다. 한 줄기가 아래로 늘어뜨려져 있는데,

맺혀진 몸체는 가운데가 텅 빈 채 바람을 맞고 이슬을 빨아들이고 있다. 그 형상이 쓸개(膽)가 매달려 있는 듯하고, 목숨은 허공을 따라 기대어 (寄) 있으니, 그 뜻을 취하여 기생과 목담이라 하여도 과히 틀린 말은 아닐 터이다.

나는 기이한 마음이 들어 그것을 따려고 했다. 그러나 몇 길 높이에 매달려 있는데다, 앞쪽은 갈라진 벼랑이 곧장 꺼져내리는지라 아무리해도 딸 수 없을 듯했다. 다만 그 앞에 벼랑의 틈새에서 솟구친 높다란 나무가 있으니, 만약 사다리를 구해 나무 사이로 넘어가 나뭇가지를 타고 오른 뒤, 기다란 대나무로 갈고리낫을 만든다면, 덩굴을 걸어 그것을 잘라낼 수 있을 듯했다.

이에 나는 표지를 해놓고서 길을 나아가, 길을 안내하는 스님을 따라 층계에서 북쪽의 허공에 매달린 평대를 내려갔다. 이 평대는 바위등성이 한 갈래이다. 아래로 북쪽 구렁을 둘러보니, 삼면은 허공을 감돈 채 용머리처럼 치켜들고 있으며, 길쭉한 언덕과 휘감아도는 구렁은 그 아래에 굽이진 채 깊숙하다. 선동(仙洞)과 더불어 평대는 마치 좌우에 귀걸이가 드리워지듯 각기 층계의 양옆을 수놓고 있다. 남쪽 벼랑에 기대어 있는 동굴은, 그윽하고 험준함으로써 기이함을 드러내고, 북쪽 구렁에 웅크리고 있는 평대는 높은 데에서 굽어봄으로써 멋진 풍광을 자아내고 있도다! 이것이 봉우리 앞 양쪽의 개략적인 모습이다.

봉우리 뒤에서 남서쪽의 등성이를 넘어 내려가자, 그윽한 경계는 더욱 많아졌다. 최근에 법계 스님이 닦은 오솔길을 따라 10리를 내려가면 소전에 이른다. 이에 고동에서 서쪽의 골짜기에 들어선 뒤, 이곳을 지나 고용관으로 가는 길로 나아갔다. 그 비탈에 열수당(熱水塘)이 있는데, 이곳 역시 법계 스님이 개척한 곳이다. 여기에서 동쪽으로는 고동으로 나갈 수 있고, 서쪽으로는 고용관까지 갈 수 있다. 하지만 이때 나는 북쪽의 전탄관(滇灘關)과 아행창(阿幸廠)을 찾아가보고 싶은 홍취가 든지라, 동시에 양쪽을 구경할 겨를은 없었다.

이날 정오에 절로 되돌아와 하인 고씨와 함께 도끼를 가져와 대나무 장대에 묶고 사다리를 매고 갔다. 방금 전에 말한 방법대로 나무에 올라 혹처럼 생긴 열매를 따기로 했다. 벼랑은 높고 골짜기는 푹 꺼져내리는데, 나무 끝은 힘을 주기가 어려운지라, 한참만에야 간신히 열매를 따냈다. 혹처럼 생긴 열매 가운데, 어떤 것은 거꾸로 매달린 조롱박처럼 둥근데, 위는 크고 아래는 작으며 가운데에는 흰색의 목이 감겨 있다. 또 어떤 것은 커다란 옥결처럼 빙 둘러 있는데, 양쪽 끄트머리는 둥글게 모아지고 가운데는 텅 비어 있다. 모두 위쪽에는 넝쿨이 매달려 있고, 아래쪽에는 가지가 피어나 있다. 옥결처럼 생긴 것은 가볍고도 말랑말랑하고, 조롱박처럼 생긴 것은 단단하고도 묵직했다. 나는 두 가지를 모두 취할 수 없기에, 나중에 길을 나설 때에 가벼운 것은 놓아두고 단단한 것을 지고 갔다.

4월 25일

나는 산 위에 두 수의 시를 남겨놓고서, 어깨에 목담을 짊어진 채 동쪽의 한길을 따라 층계를 내려갔다. 1리 남짓을 가서 동쪽의 움푹 꺼진 곳을 건너지난 뒤, 남동쪽의 앞쪽 봉우리의 허리를 따라 나아갔다. 반리를 더 가서 동쪽으로 등성이의 목 부분을 건넜다. 여기에서부터는 온통 길 양쪽에 깊은 숲이 우거져 있다. 구불거리면서 가파른 길을 따른 지 2리만에 남쪽으로 굽이도는 골짜기를 건넌 뒤, 북동쪽으로 올랐다.

반리를 가서 등성이를 넘어, 동쪽의 등성이 사이를 나아갔다. 좌우에는 온통 구렁이 매우 깊으나, 겹겹의 나무에 가려져 있다. 반리를 더 가서 등성이 사이에 깔린 나무를 넘었다. 등성이의 양쪽은 대단히 비좁은데다가 가운데가 움푹 파인 채 꺼져내리는지라, 나무로 메워 이곳을 건넜다. 다시 남동쪽으로 반리를 가서 구렁을 감돌아 북동쪽으로 내려갔다. 2리를 가서 앞쪽의 커다란 바위의 왼쪽에 이르러, 남쪽으로 흘러내리는 시내를 건넜다. 반리를 간 뒤, 다시 동쪽으로 언덕 하나를 넘었다. 반리를 더 가서, 남쪽으로 흘러내리는 시내를 건너 동쪽으로 약간 오른 뒤, 나무숲을 빠져나와 북동쪽으로 나아갔다.

1리를 가서 아래 절의 갈림길까지 내려왔다가, 전에 왔던 오솔길을 되짚어 1리 남짓만에 전에 옷을 빨았던 물길이 있는 곳에 이르렀다. 반리를 더 가서 움푹한 평지를 넘자, 마을이 나타났다. 마을로 들어가 열수당으로 가는 길을 물었다. 계속해서 북동쪽으로 3리를 가서 오색교(烏索橋)를 지난 뒤, 오색교에서 서쪽의 언덕을 넘어 북쪽으로 나아가 1리만에 한길과 만났다. 한길을 따라 북서쪽으로 나아가다가, 동쪽 산의 기슭을 따라 나아갔다.

6리를 가자, 언덕이 동쪽 산에서 곧바로 서쪽 봉우리를 마주한 채 뻗어내리고, 강물은 서쪽 봉우리의 기슭에 철썩이면서 흐른다. 길 역시 언덕을 따라가다가 강과 만났다. 잠시 후 다시 언덕을 넘어 북쪽으로 내려가자, 북쪽에 움푹한 평지가 약간 펼쳐져 있다. 조그마한 물길이 엇섞여 흐르다가 서쪽으로 쏟아지는데, 증기가 어지럽게 피어오른다. 이곳이 바로 열수당이다. 반리를 가서 열수당 위에 이르니, 못은 있으나 집이 보이지 않는다. 게다가 부슬비가 휘날린다.

이에 하인 고씨에게 열수당 곁에서 짐을 지키고 있으라 하고서, 북쪽으로 반리를 갔다. 비탈을 올라 이곳의 저자거리를 살펴보았으나, 장은 이미 파하여 별다른 것이 보이지 않았다. 남쪽 언덕을 바라보니 움푹 꺼진 곳의 등성이 사이에 마을이 있다. 저자의 사람들이 그 위를 가리키면서, 사천 출신의 노인 이(李)씨가 있으니 쉬어갈 만하다고 했다. 다시 남쪽으로 반리를 가서 그를 찾았다. 복건(福建) 출신의 홍(洪)씨가 이전에 나의 고향에 묵은 적이 있었다. 그는 나를 위해 길을 안내하여 같은 숙소에 들었다.

이에 나는 밖으로 나가 열수당가로 가서 하인 고씨를 불러 들여 가져온 식사를 꺼내 먹었다. 아행(阿幸)으로 가는 길을 물어보니, 반드시 여기를 지나쳐야 한다고 했다. 이곳은 동쪽으로 명광(明光)까지 비록 산 하나를 사이에 두고 있을 뿐이지만, 험준하여 갈 수 없다. 살펴보니 날은 아직 이르고 비도 그쳤다. 그래서 열수당은 떠날 때에 목욕하기로 남겨두고, 목담은 노인 이씨의 집의 채마밭에 맡겨둔 채, 북서쪽으로 나아갔다.

5리를 가서 북쪽으로 비탈을 올랐다. 이곳은 좌소(左所)인데, 병사가 나뉘어 주둔하는 곳이다. 이곳에는 민가가 대단히 흥성하다. 길 가는 이들 모두가 나에게 이곳에 묵으라고 권했다. 앞쪽은 온통 북이(僰彝)[1]의 집들이어서 묵을 수 없는데다, 다산족(茶山族)[2]이 들락거려 밤에는 다닐 수 없기 때문이었다. 나는 그들의 이야기에 조금도 개의치 않았다. 북쪽으로 2리를 더 가서 비탈을 넘은 뒤, 3리를 가서 후소둔(後所屯)을 지났다.

차츰 꺾어져 북서쪽을 따라 3리를 나아가, 서쪽의 커다란 산의 북동쪽 자락을 쭉 따라가다가 다시 강과 마주쳤다. 고개를 돌려 바라보니, 첨산과 앞쪽 봉우리는 나란히 솟구쳐 있고, 가운데의 움푹 꺼진 곳은 마치 말안장과 같다. 좌소의 남쪽에는 또 한 줄기의 봉우리가 서쪽 산에서 불쑥 튀어나와 그 북쪽으로 뻗어있다. 그러므로 길은 틀림없이 북동쪽으로는 오색교에서 열수당에 이를 것이고, 북서쪽으로는 이곳에 이른다.

이곳은 바로 첨산의 북쪽에 자리하고 있다. 그 북쪽에는 서쪽의 커다란 산이 차츰 낮게 엎드렸다가 가운데가 서쪽으로 물러난다. 전탄관(巓灘關)의 산줄기가 지나는 곳이다. 쭉 남쪽으로 뻗어가던 동쪽의 커다란 산은, 갈라져 푹 꺼져내려 서쪽으로 내달린 뒤, 아래로 불쑥 조그마한 산으로 튀어나와 북쪽에 가로로 늘어서 있다. 이곳은 송산파(松山坡)이며, 송산파의 북쪽은 곧 아행창에서 북쪽으로 들어가는 골짜기이다. 그 북서쪽에는 높다란 봉우리가 가로놓인 비탈 위에 떠 있다. 이곳은 아행창과 전탄관의 사이이며, 그 사이에 끼어 있는 봉우리는 토과산(土瓜山)이다.

강의 동쪽 언덕을 1리 나아간 뒤, 북동쪽으로 꺾어져 1리만에 동쪽 산의 겨드랑이 아래에 이르렀다. 산봉우리가 무리지어 서 있는 곳에 두

세 채의 민가가 동쪽 비탈에 기대어 자리하고 있다. 이곳은 송산(松山)이다. 그 앞에서 북쪽으로 1리를 더 가서 북쪽 산이 서쪽으로 뻗어있는 비탈을 올라 1리를 가서 비탈의 등성이를 넘었다. 이 등성이는 정서쪽으로 전당과 마주하고 있다. 움푹한 평지는 서쪽으로 감돌고, 강물은 북쪽으로 가로지른 등성이를 따라 흘러내린다. 등성이는 마치 담과 같다.

물길을 거슬러 북쪽으로 올라가 등성이 사이를 따라 2리를 나아갔다가 북서쪽으로 내려갔다. 반리를 가자, 바위병풍이 서쪽을 향해 봉우리 꼭대기에 서 있다. 이곳은 토주비(土主碑)로서, 신령이 깃들어 있는 곳이다. 바위의 서쪽에서 비탈을 따라 내려가 강을 건너 서쪽으로 올랐다. 이 길은 전탄관으로 가는 길인데, 이미 띠풀에 막혀 다닐 수가 없다. 다산(茶山)의 미개인들만이 간혹 이 길을 따라 들락거리는데, 차와 밀랍, 홍등,[3] 비송, 가물치 등을 지고 와서, 송산과 고동의 여러 토박이들과 소금이나 베로 바꾼다. 중국에도 간혹 나가는 이들이 있으나, 대부분 약탈당하는지라 가려고 하지 않는다.

이곳의 관문은 예전에는 지키는 이들이 있었다. 그러나 안전하게 거주할 수 없는지라, 지금은 대부분 달아난 채 아무도 살지 않는다. 이제 관문은 없어지고 밭은 황량해져 적막한 채, 여우와 토끼의 소굴이 되어 버렸다. 이곳의 비좁은 어귀 역시 구불구불 에돌고 평탄한데다, 그다지 높거나 험하지 않다. 이곳에서 3리 떨어져 있으나, 멀리서 바라보아도 그 형세를 대충 알 수 있다. 그제야 북쪽의 비탈을 내려왔다. 한 줄기 길이 움푹한 평지 사이에서 강의 동쪽 언덕을 거슬러 북쪽으로 뻗어있다. 이 길은 다리를 건너는 지름길이다. 또 한 줄기 길은 동쪽의 비탈을 따라 북쪽의 묵을 곳으로 올라간다. 이에 반리를 내려와 동쪽에서 흘러오는 조그마한 산골물을 건넌 뒤, 동쪽 비탈을 올라 북쪽의 비탈을 따라 나아갔다.

2리를 가자, 네댓 채의 민가가 동쪽 산에 기대어 있다. 이곳이 곧 묵어갈 곳이다. 집 주인은 성이 왕씨이며, 부부 모두 산속에 나무를 베러

갔다가 아직 돌아오지 않았다. 나는 서쪽의 다리를 건너 서쪽 산을 바라보면서 묵을 집으로 내려가려 했다. 그런데 이곳 강 언덕의 서쪽의 집들은 토박이들이 사는 곳이며, 모두 나그네를 맞아들이지 않는다는 말을 들었다. 나그네를 받아주는 곳은 오직 동쪽 언덕의 왕씨 가게뿐이라는 것이었다.

마침 머뭇거리고 있을 때, 밭에서 호미질을 하고 있던, 왕씨의 이웃 사람이, 자신의 아내 역시 산에 들어갔다가 아직 돌아오지 않았는데, 느긋하게 기다려줄 수 있을지 없을지 모르겠다고 말했다. 이에 나는 그의 집 문으로 돌아가 기다렸다. 한참만에야 아낙이 돌아오더니, 나를 위하여 물을 길어 밥을 지었다.

이곳의 이름은 토과산이다. 서쪽은 전탄관 북동쪽의 높다란 봉우리에서 남쪽으로 뻗어내린 갈래이며, 동쪽은 아오산이 정북쪽으로 높다랗게 뻗어내린 고개이다. 가운데에는 움푹한 평지가 이루어져 있으며, 그 사이로 강물이 가로질러 흐르고 있다. 남쪽에는 토주비가 가로놓인 언덕이 동쪽에서 서쪽으로 불쑥 솟구쳐 있으며, 북쪽에는 토과산의 동쪽 고개가 서쪽에서 동쪽으로 불쑥 솟구쳐 있다. 이 가운데는 움푹한 평지를 경계로, 남쪽은 송산파와 떨어져 있고, 북쪽은 아행창과 떨어져 있는지라, 가운데에 절로 덮개를 펼쳐놓은 듯하다.

대체로 전탄관의 토박이 순검사는 예전에 아무개성이었지만, 이미 후사가 끊겨버렸다. 지금은 토박이들 가운데 용(龍)씨라는 뛰어난 자가 이곳과 강 너머로 마주한 채, 비록 관직을 받지는 않았으나, 엄연히 토사라 자처하고 있다.

---

1) 북이(僰彝)는 중국 고대의 소수민족의 하나로서, 중국의 남서부, 특히 사천성의 북도(僰道)에 분포했다. 백이(白彝)라고도 하며, 지금의 태족(傣族)을 가리킨다.
2) 시대에 따라 경파족(景頗族)에 대한 명칭은 다양한데, 노강주(怒江州)의 노수현(瀘水縣) 경내의 경파족은 흔히 '다산족(茶山族)', '다산인(茶山人)' 등이라 일컬어진다.
3) 홍등(紅藤)은 등본(藤本) 식물로서, 줄기로는 지팡이를 만들 수 있으며, 이를 가공하여 여러 기물을 엮을 수 있다.

4월 26일

아침 일찍 일어나 식사를 했다. 서쪽으로 내려가 밭 사이로 반리를 가서 강 언덕에 이르렀다. 강을 거슬러 북쪽으로 나아가자, 강에 나무다리가 걸쳐 있다. 서쪽으로 나아가 다리를 건넜다. 다시 강 서쪽의 언덕을 거슬러 북쪽으로 나아가 1리만에 북쪽의 비탈을 올랐다. 반리를 가서 동쪽으로 꺾어져 동쪽의 불쑥 튀어나온 산부리를 감돌았다.

반리를 가서 다시 북쪽으로 돌아들어 비탈 위를 따라 나아갔다가, 서쪽의 봉우리 허리를 따라갔다. 동쪽의 강물을 굽어보니, 움푹한 평지의 바닥은 이곳에 이르러 조여지더니 골짜기를 이루고 있다. 골짜기 너머로 동산의 벼랑을 바라보니, 갈라진 바위가 하늘 높이 솟구친 채 위로 싸안고 있다. 북쪽의 아행창 북쪽의 자매산(姉妹山)에서 발원한 골짜기 속의 물은 남쪽으로 흘러내리다가, 남쪽의 오색(烏索)으로 내달려 고동의 서강을 이룬다.

동서 양쪽에 줄지은 산은 자매산에서 갈라진다. 서쪽으로 뻗어내린 산줄기는 전탄관의 북동쪽 봉우리로 봉긋 솟고, 더 내려와 토과산을 이룬다. 동쪽으로 뻗어내린 산줄기는 아행창의 동산으로 봉긋 솟고, 더 남쪽의 아오산으로 이어진다. 동산의 동쪽에는 북쪽이 명광이고, 남쪽은 남향전(南香甸)인데, 이 산만은 험준한 채 떨어져 있다. 길은 경사져 넘기 어려운지라 길가는 이들은 이곳을 피한다.

서쪽 비탈을 북쪽으로 5리를 나아가서 약간 내려오자, 조그마한 산골물이 서쪽에서 동쪽으로 흐르고 있다. 산골물을 건너 북쪽으로 올라간 뒤, 여기에서부터 동쪽으로 불쑥 튀어나온 비탈을 여러 차례 넘어, 다시 동쪽으로 흐르는 산골물을 건넜다. 8리를 가자, 서쪽의 평지가 약간 트인다. 북쪽으로 자매산을 바라보니, 아득히 보이지 않는다.

다시 북쪽으로 2리를 가서 서쪽 산의 산부리를 감돌고서야, 비로소 북쪽에 기대어 있는 자매산이 보였다. 앞쪽의 구렁 아래에는 화로집의 연기가 자욱하고, 공장의 집들이 그곳에 있다. 마침내 5리를 가서 공장에 닿았다. 공장은 모두 띠집이며, 크고 작은 화로들이 있다. 제련하는 광석은 자줏빛의 커다란 덩어리인데, 모양은 마치 주사(朱砂)처럼 보인다. 아무개 성의 사람이 마침 화로를 지피려다가 나를 보더니, 감실 안에서 식사를 하라고 붙들었다.

그의 이야기에 따르면, 그 북쪽의 자매산 뒤편은 미개인들이 출몰하는 지역으로, 황량하여 사는 사람이 없다. 이 일대는 자주 미개인들에게 어지럽혀지는데, 매일 아침 일찍 나무숲을 넘어온다. 이들은 사오십 명이 채 되지 않지만, 독약을 바른 화살은 독성이 강하여 화살에 맞으면 죽지 않는 이가 없다고 한다. 그의 아내와 아들은 모두 이곳에서 죽었으며, 지금 산 앞에 묻혀 있다.

자매산에서는 반죽(斑竹)이 생산된다. 자매산은 이곳에서 북쪽으로 30리 떨어져 있으나, 바라보면 죄다 보이는지라 오를 필요가 없다. 명광은 가파른 언덕을 넘어 지나는데, 이곳에서 동쪽으로 40리 떨어져 있다. 하지만 길이 경사진지라 다니는 사람이 없으며, 나무숲이 깊고 덩굴이 가리고 있을까봐 역시 가지 않았다. 그리하여 밖으로 나와 20리를 나아가 토과산으로 내려갔다.

1리를 더 가서 강 위의 다리를 건너 동쪽으로 나아갔다. 이어 강을 따라 남쪽의 움푹한 평지 속의 지름길을 좇아 2리만에 남서쪽의 비탈 아래에 이르렀다. 강물은 비탈에 철썩거리면서 남쪽으로 흘러가고, 길은 약간 동쪽으로 나아가 동쪽 골짜기에서 흘러오는 조그마한 산골물을 넘었다. 이 산골물은 서쪽으로 강에 쏟아진다. 곧 방금 전에 건넜던 토주비의 비탈 북쪽의 물길이다. 강의 서쪽에도 산골물이 있는데, 전탄관의 남쪽에서 흘러와 동쪽의 강에 쏟아진다. 이곳은 바로 물길이 모여드는 곳이다.

다시 남동쪽의 비탈을 올라 반리만에 바위병풍의 토주비 아래에 이르러, 앞에서 뻗어오는 길과 만났다. 다시 남쪽의 언덕을 넘어 내려와 송산과 여러 소(所)를 지나 20리만에 열수당의 이씨 노인집에 들어섰다. 때는 아직 오후였다. 열수당의 물이 새어나오는 곳을 두루 살펴보니, 물이 흘러나오는 모습이 대단히 기이했다.

대체로 움푹한 평지 속에 있는 조그마한 물길은 동쪽 골짜기 속에서 서쪽으로 쏟아진다. 이 물길은 냉천(冷泉)이다. 조그마한 물길의 좌우에는 샘구멍이 여기저기에 뚫려 있는데, 구멍의 크기는 피리만 하다. 구멍에서 뿜어 오르는 물은 불룩하게 끓어오르는 모양에 돌돌거리는 소리를 내며, 수면 위로 두세 치 튀어 오르고 끓는 물처럼 뜨겁다. 한 곳에 여러 개의 구멍이 튀어나온 경우도 있고, 바위구멍 속에서 비스듬히 뿜어져 나오는 경우도 있는데, 그 물은 더욱 뜨겁다.

토박이들은 샘물의 하류에 둥근 못을 만들어 노천욕을 했다. 나는 물이 뜨거울까봐 몸을 담그지는 못한 채, 그저 못 가운데의 바위 위에 걸터앉아 물을 휘저어 몸을 씻을 따름이었다. (못 바깥은 바로 냉천이 엇섞여 흐르는데, 만약 이 물을 못으로 끌어들인다면, 목욕할 만할 것이다.) 이것은 냉천의 남쪽 비탈의 뜨거운 물이다. 그 북쪽은 동쪽 비탈 아래에 기대어 있고, 몇 군데가 더 있는데, 모래 구멍에서 흘러나오기도 하고 혹은 바위구멍에서 흘러나오기도 한다. 그 앞에 역시 둥근 못을 만들어 놓았다. 뜨겁기는 마찬가지이다. 두 못은 서로 마주하고 있으며, 물이 넘쳐흐르는 구멍은 100곳이 넘는다.

4월 27일

아침에 일어나 식사를 하고서 길을 나섰다. 전과 다름없이 목담을 어깨에 짊어졌다. 언덕에서 남동쪽의 골짜기를 내려가 1리 남짓을 가자, 또다시 연기가 자욱하다. 움푹한 평지 속에 넘쳐흐른 뜨거운 물이 차가운 물과 엇섞인 채 서쪽의 골짜기로 흘러나가고 있다. 이 움푹한 평지에는 모두 동쪽의 커다란 산이 구렁을 빙 두르고 있다.

그 남쪽에서 다시 비탈을 올라 1리 남짓을 가자, 동쪽 산에서 가로지른 구렁이 서쪽으로 펼쳐져 있다. 마치 땅을 파서 경계를 지어놓은 듯하다. 그 아래에는 역시 물길이 졸졸거리면서 흐르고 있다. 구렁을 따라 동쪽으로 1리를 오른 뒤, 구렁이 움푹 꺼져내린 곳에서 남쪽으로 그 위를 건넜다. 대체로 그 동쪽의, 아직 건너지 못한 곳 역시 빙 두른 구렁이 평지를 이루고 있다. 동쪽 봉우리 아래에는 마을이 기대어 있고, 길은 그 남서쪽에 자리하고 있다.

반리를 가자 갈림길이 나왔다. 한 갈래는 남쪽으로 비탈 위로 나아가고, 다른 한 갈래는 동쪽으로 마을 사이를 지난다. 나는 동쪽의 길이 마을 속으로 가는 길이라 생각하여, 동쪽 봉우리를 따라 남쪽으로 나아갔다. 앞을 바라보니 첨산이 대단히 가까웠다. 3리를 가서 약간 내려가자, 앞에 가로놓인 움푹한 평지가 보인다. 그 서쪽 아래는 오색의 옆 마을이고, 그 남쪽 너머는 아오산 서쪽의 움푹 꺼진 곳이다. 이에 이곳이 고동으로 가는 길임을 깨달았다. 허둥지둥 동쪽으로 돌아들어 비탈 사이로 바삐 나아갔다.

1리를 가자, 남쪽에서 뻗어오는 한길이 나왔다. 이곳이 고동에서 남향전(南香甸)으로 가는 길임을 알고서, 한길을 따라갔다. 차츰 북동쪽으로 나아가 1리를 오르자 약간 평탄해지고, 동쪽으로 반리를 간 뒤 다시 비탈을 올랐다. 완만하게 1리를 올라 봉우리 꼭대기를 나아가다가 남쪽으로 약간 돌아들어 반리를 가니, 곧 남쪽 아오산의 등성이이다. 등성이 위에서 남쪽의 농종산을 멀리 바라볼 수 있는데, 북쪽에서 뻗어오는 고개는 그 북쪽에서부터 꺼져내려 움푹 꺼진 곳을 이루었다가, 다시 이 비탈로 솟구친다.

동쪽의 움푹한 평지를 따라 평탄하게 반리를 나아가 북동쪽으로 내려왔다. 움푹 꺼진 곳의 동쪽에 이르렀다. 서쪽의 움푹 꺼진 곳에서 뻗어오는 길은 열수당으로 가는 바른 길이다. 푹 꺼져내린 구렁의 동쪽 마을의 갈림길 위를 따라가야 마땅할 터이나, 길을 잘못 들어 남쪽으로 에두르고 말았다.

여기에서 동쪽으로 1리 남짓을 더 내려가자, 그 아래는 빙 둘러 평지를 이룬 채 북쪽 산의 동쪽에 자리하고 있다. 산의 경계는 제법 훤히 트여 있고, 그 사이에 밭두둑은 없지만 풀이 무성하게 자라나 있다. 북동쪽에는 봉우리가 동쪽으로 불쑥 솟구쳐 있으며, 높고 험준하여 앞쪽의 표지처럼 보인다. 이곳은 곧 석방동(石房洞)이 있는 산이며, 그 뒤는 북서쪽의 서산에 이어져 있다. 북쪽에서 남쪽으로 뻗어내리는 서산은 마치 병풍이 늘어서 있는 듯하다. 곧 열수당의 동쪽에서 남쪽의 아오산으로 건너뻗은 것이다.

여기에서 서산을 따라가다가 북쪽으로 반리를 내려가자, 두세 채의 민가가 남쪽 비탈에 기대어 자리하고 있다. 아래에는 조그마한 물길이 동쪽으로 떨어져내리고, 길은 그 북서쪽으로 뻗어나가지만, 어느 곳인지 물어볼 사람이 없었다. 잠시 후 어떤 사람을 만나 그를 붙들어 물어보았다. 그 사람은 "아오산촌(雅烏山村)입니다"라고 말하고서는, 급히 자리를 떠났다. 나중에야 이곳이 위험한 길임을 알았다. 길가는 이들이 발걸음을 멈추려 들지 않으려는 곳이었는데, 나는 어리숙하게 유유자적하고 있었던 것이다.

북쪽으로 1리를 더 가서 동쪽으로 불쑥 튀어나온 비탈을 넘은 뒤, 1리를 가서 그 움푹 꺼진 곳에 올라섰다. 비로소 동강의 형세가 눈에 들어왔다. 동강은 그 남쪽에서 아오산 동쪽의 골짜기에 부딪치면서 흘러가지만, 여전히 강은 보이지 않았다. 북쪽으로 나아가다가 동쪽으로 돌아들어 내려가 1리를 가자, 골짜기가 북서쪽에서 뻗어내린다. 이 골짜기는 높고도 험준한 뒤쪽 북서쪽의 산이 서쪽에 줄지은 산과의 사이에 끼어 이루어진 것이다. 조그마한 물길이 골짜기를 따라 동쪽으로 흘러나오고, 그 위에 건널 수 있는 자그마한 나무다리가 있다.

다리를 지나 동쪽으로 나아가 북쪽 산의 기슭을 따라가자, 비로소 남쪽의 구렁 속이 보였다. 동강이 굽이져 남서쪽을 향하여 골짜기를 치달리고 있다. 대체로 이곳의 북쪽 산은 동쪽으로 불쑥 솟구쳐 높고도 험준하며, 남쪽 산은 석동창(石洞廠) 남쪽에서 감돌아 서쪽으로 돌아들어 높다랗게 솟구쳐 강동산의 북쪽 고개를 이루고 있다. 남쪽 산은 북쪽과 마주한 채 강을 가로질러 서쪽으로 뻗어내리고, 가운데는 훤히 트여 움푹한 평지를 이루고 있는데, 그 사이를 구불거리면서 뻗어간다.

그 북쪽에서 동쪽으로 1리를 나아가자, 남동쪽의 움푹한 평지로 뻗어내린 갈림길이 나왔다. 물길을 가로질러 배를 타고 건너는 길은 동쪽의 석동창(石洞廠)으로 가는 길이고, 북동쪽으로 높고도 험준한 봉우리를 끼고 돌아드는 길은 북쪽의 남향전으로 가는 길이다. 여기에서 북동쪽으로 1리 남짓을 가서 높고도 험준한 봉우리의 동쪽으로 돌아들었다.

멀리 바라보니, 훤히 트인 움푹한 평지가 북쪽에서 남쪽으로 펼쳐진 채, 동서 양쪽에 나뉘어 줄지은 산들 사이에 끼어 있다. 서쪽 산에는 동쪽으로 불쑥 치솟은 산이 많고, 동쪽 산은 병풍처럼 뻗은 기세를 지니고 있다. 움푹한 평지의 북쪽은 훤히 트여 멀리까지 이르고, 움푹한 평지의 동쪽은 강동산 북쪽의 높다란 산이 치솟은 채 마주하고 있다. 오직 남동쪽의 골짜기는 그윽하게 깊숙이 들어간다. 이곳은 양교(楊橋)와 석동(石洞)으로 가는 길이다. 남서쪽의 움푹한 평지는 구불거리면서 흐르는 듯한데, 동강이 골짜기를 뚫고 흐르는 곳이다.

이에 앞서, 나는 이곳의 높고도 험준한 봉우리를 바라보면서 기이하다고 이미 느끼고 있었다. 봉우리의 기슭을 빙 두르면서 감돌아 뻗은 벼랑을 쳐다보니, 층층이 겹겹이 위로 솟구쳐 있다. 동쪽에서 북쪽으로 돌아들자, 층층의 벼랑 위에 동쪽을 향해 있는 동굴이 보였다. 동굴에 올라가고 싶었으나 길이 보이지 않고, 포기하고자 하나 차마 떠날 수가 없었다.

마침내 하인 고씨에게 짐을 내려두고 길가에서 목담을 지키고 있으라 하고서, 나는 기어올랐다. 그 위는 가파르기 그지없었다. 반리를 간 후에는, 흙이 가팔라 발을 딛지 못한 채, 풀뿌리를 붙들면서 올랐다. 얼마 후에는 풀뿌리조차도 붙들 수 없었는데, 다행히 바위에 닿았다. 그러나 바위 역시 단단하지 않아 발을 딛을 때마다 무너져내리고, 손으로 붙들어도 무너져내렸다. 간혹 약간이라도 달라붙은 것을 찾으면, 마치 벽 위에 달라붙듯 두 발을 바짝 붙이고 손가락을 걸쳤으나, 한 발자국도 옮기기가 어려웠다.

위로 오르고 싶지만 붙잡을 만한 것이 없고, 내려가고 싶어도 바닥이 없으니, 평생에 겪어온 위험한 경우 가운데 이보다 더 심한 적은 없었다. 가파른 절벽은 있었으나 이처럼 푸석거리는 흙은 없었으며, 흘러내리는 흙은 있었으나 이처럼 푸석거리는 바위는 없었다. 한참만에야 우선 두 손과 두 발의 네 군데가 떨어지지 않을 바위를 찾았다. 그런 다음, 허공에 매달린 채 한 손을 옮기고 나서 허공에 매달린 채 한 발을 옮겨 한 손과 한 발을 든든하게 한 다음에, 허공에 매달린 채 또 한 손과 한 발을 옮겼다. 다행히 바위는 무너지지 않았지만, 손발에 맥이 풀려 떨어질 뻔했다.

한참만에야 다행히 기어오른 뒤, 몸을 가로 누인 채 남쪽으로 지나 반리만에 그 북쪽 벼랑에 이르렀다. 벼랑을 따라 약간 내려와 남쪽으로 돌아들어 동굴로 들어섰다. 동굴 입구는 마치 반달이 위를 덮은 듯이 봉긋 솟아 있으며, 위에는 거꾸로 드리워진 종유석이 많았다. 동굴 속은 그다지 깊지 않아 다섯 길 이내이고, 뒤쪽의 벽이 둥글게 감싸고 있다. 아래에는 조그마한 문이 갈라져 있다.

틈새를 비집고 들어가니, 한 길 남짓 만에 끝나고, 달리 기이한 것이 없다. 동굴을 나와, 북쪽 벼랑을 따라 서쪽으로 올라갔다. 몸을 가로 뉘어 기어오르기보다 훨씬 힘겹게 골짜기를 따라 오르면서, 북쪽으로 에돌아 내려가는 길이 나오기를 바랐다. 그러나 한참이 지나도 길이 보이지 않았다. 반리를 가서 비탈의 서쪽을 넘은 뒤, 그 위를 쳐다보니 벼랑이 높다랗게 봉긋 솟아 있다. 그 아래에 동굴이 있고, 동굴 입구는 남쪽을 향해 있다. 온 힘을 다해 그곳으로 갔다.

반리를 가서 동굴에 들어섰다. 동굴 앞에는 커다란 바위가 입구를 막아선 채, 입구는 둘로 나누어져 있다. 먼저 서쪽의 입구를 따라 들어갔다. 문득 커다란 바위의 뒤를 따라 동쪽으로 돌아들자, 문 안에는 아늑한 밀실이 있다. 그 동쪽으로 뚫고 나아가자, 그 속에는 빙글 돌아 뒷방이 있다. 그러나 역시 한 길 남짓 만에 끝나는지라 깊이 들어가지는 못했다. 돌아서 동쪽의 입구로 빠져나왔다.

커다란 바위 위를 둘러보니, 동굴 꼭대기에 덮여 있는 부분과의 사이에 한 길 남짓의 빈틈이 있다. 입구의 동쪽은 또한 바위 하나를 빙 두른채 마주하고 있다. 그 바위는 마치 평대처럼 가운데에 매달려 있다. 만약 사다리를 놓아 올라간다면, 바라보이는 경치가 더욱 기이할 듯했다. 동굴을 나와 벼랑을 따라 북쪽으로 반리를 가니, 그 아래 역시 온통 까마득한 벼랑뿐 길이 없는데, 풀뿌리가 매달린 채 이어져 있다. 이에 앉은 자세로 아래로 내려갔다. 두 발은 앞쪽으로 뻗고, 두 손은 뒤쪽의 풀뿌리를 움켜쥔 채, 허공에 내던지듯한 자세로 벼랑을 따라 1리를 내려가 기슭에 닿았다. 하인 고씨와 만나니, 마치 다시 태어난 기분이었다.

정오가 다 되어 길가에서 가지고 온 밥을 먹자마자, 서쪽 산을 따라 북쪽으로 나아갔다. 3리를 가자, 서쪽 산은 가운데가 뒤로 물러나 있다. 1리를 더 가자, 서쪽 산의 움푹한 평지 속에 마을이 기대어 있다. 반리를 더 가서 마을 앞으로 에돌아 북쪽으로 나아가 마침내 강과 만났다. 이곳은 강물이 서쪽으로 굽이진 곳이다.

이 마을은 서쪽 산이 뒤에서 감싸안고 있고, 동강이 앞에서 두 손을 맞잡은 채 인사를 건네는 듯하다. 게다가 남북 양쪽의 뾰족한 봉우리가 좌우에 마치 깃발과 북처럼 솟구쳐 있는지라, 대단히 잘 어울린다. 조그마한 시내가 뒤쪽의 산에서 흘러나오고, 마을 곁의 물길 가까이에는 온통 밭두둑을 빙 둘러 밭이 일구어져 있다. 이곳은 나합채(喇哈寨)로서, 역시 산속에 경관이 빼어난 곳이다.

강을 거슬러 북쪽으로 나아가 반리를 갔다. 조그마한 시내가 동쪽으로 쏟아지는 다리를 건넌 뒤, 북쪽의 비탈을 올랐다. 2리를 가서, 북동쪽으로 북쪽의 뾰족한 봉우리의 동쪽 기슭을 따라갔다. 1리 남짓을 가서 뾰족한 봉우리의 중턱을 쳐다보니, 동굴이 동쪽을 향한 채 높다랗게 봉긋 솟아 있고, 동굴 입구는 가파르기 짝이 없다. 위로 봉우리 꼭대기에 이르자, 마치 처마가 허공을 날듯이 덮고 있다. 동굴 밖에는 종유석이 드리워져 있고, 동굴 안에는 문지방이 가로놓여 있다. 그 아래는 너무나 가팔라서 올라갈 곳이 없을 듯하다. 대체로 이 길은 북쪽의 비탈을 따라 올라간다.

나는 이때 짐을 진 채 내려놓을 수 없는지라, 우선 공장 지구로 갔다. 북쪽으로 1리 남짓을 더 가서 서쪽에서 흘러오는 산골물을 건너자, 마을이 강의 서쪽 언덕에 모여 있고, 광석을 제련하는 화로가 마을에 가득 퍼져 있다. 이곳이 남향전이다. 이에 이씨 노인집에 묵기로 했다. 이제 겨우 정오를 막 지난 때이다.

이에 앞서, 나는 고작 30문의 돈을 소매 속에 지니고 있었다. 헤아려보니 계두에서 등월주로 되돌아올 비용도 되지 않았지만, 하루의 먹을거리로 쌀을 살 수 있었다. 석방동에 가서 산을 오를 적에는 손발을 어떻게 하지 못한 채 돈을 어디에 떨어뜨렸는지 알 수 없었지만, 이제는 손에 한 푼도 남아 있지 않았다. 이에 겹옷과 양말, 치마를 숙소 바깥에 내걸어 한 가지를 팔아서 노자로 쓰기를 바랐다. 한참만에야 어떤 사람이 200문의 돈으로 비단 치마를 사갔다. 나는 기분이 좋아 술과 고기를 사서 하인 고씨에게 숙소에서 삶으라 했다.

나는 서둘러 밥을 챙겨먹고서, 저녁을 틈타 뾰족한 봉우리의 동굴을 찾아 나섰다. 이에 마을 서쪽을 따라 서쪽에서 흘러오는 시내를 거슬러 반리만에 시내 남쪽으로 건넌 뒤, 북이의 집 뒤편에서 남쪽의 비탈을 올랐다. 구불구불 남쪽으로 1리를 올라, 드디어 동굴 아래에 이르렀다. 동굴 안에는 모두 다섯 칸의 3층집이 지어져 있고, 편액에는 '운암사(雲巖寺)'라고 씌어져 있다.

처음에 그 아래층에서 북쪽으로 꺾어져 가운데 층으로 올랐다가, 남쪽으로 꺾어져 위층으로 올라갔다. 그 안에는 신상(神像)이 어지럽게 나타났지만, 그 앞은 대단히 널찍하다. 종유석이 동굴의 처마 아래에서 밖으로 드리워져 있다. 기다란 것은 나뭇가지처럼, 짧은 것은 실처럼, 어지러이 나부낀다. 어떤 것은 뚫린 채 텅 비어 밝고, 어떤 것은 엇섞여 드리웠다가 거꾸로 말려 있다. 갖가지의 모양이 대단히 기이하다.

그 북쪽 끝까지 가니, 꼭대기는 더욱 봉긋하게 빙 둘러 솟아 있다. 그 지세를 따라 위쪽에 평대가 걸쳐져 있으며, 평대 위에는 또 서쪽으로 감실이 갈라져 있더니, 또다시 그 지세를 따라 위에 전각이 세워져 있다. 또한 평대의 북쪽에서 벼랑을 따라 비탈이 나 있다. 비탈을 따라 허공을 감돌아 올라가자, 동굴 꼭대기의 자욱한 모습과 동굴 앞의 나부끼는 모양이 거의 다 눈에 들어온다.

평대의 북쪽에는 또 하나의 조그마한 감실이 남쪽을 향한 채 갈라져 있다. 그 지세를 따라 사다리를 걸쳐 다니게 했으며, 앞에는 조그마한 패방이 늘어서 있다. 패방 위에는 '수월(水月)'이라고 제목을 붙여 놓았으며, 그 속에는 관음보살을 모시고 있다. 나는 이제껏 동굴 속에 전각을 짓는 것을 싫어했는데, 매번 동굴의 멋진 경관을 가리기 때문이었다. 그런데 유독 이곳만은 적절하게 꾸민지라, 방해가 되지 않을 뿐만 아니라 신령스러운 느낌이 더욱 들었다. 머나먼 이역에서 이처럼 신묘한 구조물을 보게 되리라고는 생각지도 못했다.

이때 동굴 속에 살고 있는 도사는 아직 공장에 머문 채 돌아오지 않았다. 높다란 층계는 막혀 있지 않고, 동굴은 잠겨 있지 않은지라, 오래도록 쉬면서 구경했다. 이 안에서 묵을 침낭을 가져오지 않은 게 안타까웠다. 동굴의 남쪽에 또 하나의 입구가 나란히 열려 있는데, 그 위에도 종유석이 드리워져 있다. 그러나 이곳 동굴 속의 높이와 넓이는 3분의 1에도 미치지 못하고, 바위의 색깔은 이제 막 뚫은 듯 자황색이다.

그 위의 층계를 기어올라 조그마한 구멍을 뚫고서 서쪽으로 들어가 두 길을 간 후 남쪽으로 구부러졌다. 그 안은 차츰 어두워지는데, 물이 고여 있다. 위에서는 물방울 소리가 들려오건만, 아래로 물이 새나갈 구멍이 없으니, 이 또한 신기한 샘물이다. 동굴 속에서 물을 구할 수 있는 곳은 이곳뿐이다. 동굴 안쪽의 동굴은 더욱 깊고도 멀지만, 물에 가로막힌데다 어두컴컴하여 더 이상 끝까지 가볼 수 없었다. 이에 내려와 북쪽 벼랑 아래에서 왔던 길을 되짚어 2리만에 숙소로 돌아왔다. 술을 마시고 잠자리에 누우니, 나도 모르게 거나한 기분이 들었다.

남향전은 '난향(蘭香)'이 와전된 것이 아닌가 생각한다. 남향전은 북쪽에 있기에 '남'이라 불러서는 안되기 때문이다. 산은 명광에서 갈라져 내려오고, 서쪽은 곧 아행창에서 남동쪽으로 뻗어내린 산이다. 명광에서 뻗어내린 산은 동쪽으로 비스듬히 빙 둘러 남쪽으로 나아가다가 남향전의 동쪽에 이르러 서쪽으로 불쑥 솟았다가 남쪽으로 뻗어내리며, 그 사이에 강물을 끼고 있다. 이 강물 역시 명광에서 발원하고, 북쪽은 곧 자매산이 동쪽으로 뻗은 줄기이다. 이곳은 고동의 동강의 원류이다.

이 일대에는 '명광의 여섯 공장(明光六廠)'이라는 명칭이 있다. 그런데 명광은 남향전의 북쪽 30리에 있으나, 실제로 공장이 없다. 숯을 만들고 벽돌을 운반하여, 광석을 제련하는 이곳의 공장에 공급할 따름이다. 이 공장은 남향전 안에 있으며, 광석을 캐내는 갱은 동쪽 봉우리의 가장 높은 곳에 있다. 아오산의 북쪽 고개를 넘으면 바라다 보이는 곳은, 모두 채굴하는 공장이지, 제련하는 공장이 아니다.

동쪽 봉우리의 북동쪽에는 석동창이 있는데, 북서쪽의 아행창, 남동쪽의 회요(灰窯)와 더불어 모두 여섯 공장이라고 한다. 여러 공장 가운데 이 공장만은 마을이 매우 번창하다. 그러나 아행창의 광석은 주사처럼 자주색의 덩어리이지만, 이곳의 여러 공장의 광석은 모래흙처럼 노란색에 푸석푸석한지라, 아행창의 광석만큼 질이 좋지는 않다.

4월 28일

아침 일찍 일어나니, 안개가 자욱했다. 날이 밝자 식사를 하고서 계두(界頭)로 길을 나섰다. 이곳은 남향전의 남동쪽에 있으며, 커다란 산과 강을 각각 한 겹씩 사이에 두고 있다. 남향전 북동쪽의 대창(大廠)에서 산을 넘어가면, 높다란 구렁이 중중첩첩이고 길이 좁지만 가깝다. 이에 반해, 남향전 남동쪽의 양교(陽橋) 광산에서 동쪽의 고개를 넘어가면, 깊은 골짜기가 평탄하고 길이 넓지만 멀다. 이때 흙비가 내리고 어두운지라 오솔길로는 갈 수 없어, 토박이를 따라 양교로 가는 길을 따라갔다. 이 길로 가면 석동창이라는 곳도 둘러볼 수 있을 것이다.

마을의 동쪽에서 강의 다리를 건넜다. 이 다리는 동강 위에 동서로 가로놓여 있으며, 몇 칸의 정자로 덮여 있다. 다리의 동쪽에서 곧장 강의 동쪽 언덕을 좇아가다가 동쪽 산을 따라 남쪽으로 나아갔다. 동산은 곧 고동의 강동산의 줄기이다. 북쪽의 명광에서 뻗어오는 이 산줄기는 대창(大廠)에 이르러 남동쪽으로 약간 굽이졌다가, 이곳에 이르러 다시 서쪽으로 불쑥 솟구쳐 남쪽으로 뻗어내린다. 남향전의 동쪽에 병풍처럼 우뚝 서 있다.

그 위에는 광산의 갱이 봉우리 꼭대기에 자리하고 있고, 띠집이 갱을 따라 지어져 있다. 아오산의 북쪽 고개에서 멀리 바라보면서 남향전이라 여겼는데, 이곳에 이르고서야 조양(朝陽)에서 광석을 생산하는 동굴임을 알았다. 그러나 지금은 안개에 가로막혀 코앞의 동산조차도 전혀 보이지 않는다. 이 동굴은 그저 머릿속으로 그리면서 지나칠 뿐이었다.

남쪽으로 8리를 나아가자, 동산에서 뻗어나온 골짜기가 있다. 동쪽으로 돌아들어 골짜기에 들어섰다. 이 골짜기의 북쪽은 곧 동산의 남쪽 끄트머리이고, 남쪽은 곧 동쪽 고개가 서쪽으로 돌아들었다가 서쪽의 남향전에서 솟구쳐 강동산의 북쪽 고개를 이룬다. 툭 트인 골짜기는 자못 깊고, 서쪽에서 흘러나온 샘물은 동강으로 흘러든다. 이곳은 곧 어제 높고도 험준한 산 앞의 갈림길을 따라 강을 건너 동쪽으로 들어섰던 골짜기이다. 골짜기의 길은 비록 깊으나, 양쪽 벼랑은 바짝 다가서 있다.

북쪽의 산을 따라 동쪽으로 2리를 나아가 골짜기 안을 바라보니, 어지러운 봉우리들이 들쑥날쑥 물길을 가로막은 채 뾰족하게 솟구쳐 있다. 서둘러 걸음을 재촉하여 1리만에 봉우리 아래에 이르렀다. 문득 북쪽 벼랑을 바라보니, 벼랑의 가운데가 갈라져 문처럼 양쪽에 치솟아 있다. 길은 산골물을 거슬러 동쪽으로 올라가지 않은 채, 북쪽으로 돌아들어 문에 들어섰다. 대체로 문 왼쪽의 벼랑은 바위발치가 산골물 바닥에 반듯이 꽂혀 있다. 길은 바깥으로 돌아가기가 어려운지라 문 안으로 들어가 에돌았다.

문 안에서 계속해서 동쪽의 왼쪽 벼랑을 오른 뒤, 1리를 가서 어지러운 봉우리 위를 넘었다. 서너 개의 바위봉우리가 줄지어 나뉜 채 뻗어 있는데, 흐르는 물길과 부딪친 바람에 바위의 뼈대만 남기고 있을 따름이다. 북쪽 봉우리를 따라 산골물 남쪽의 어지러운 봉우리를 바라보면서 동쪽으로 1리를 더 갔다. 길은 다시 북쪽으로 돌아들어 북쪽 봉우리의 틈새를 타고서 북쪽으로 내려갔다.

반리를 가자, 봉우리 북쪽에 또 하나의 골짜기가 펼쳐져 있다. 이 골짜기는 북쪽에서 남쪽으로 뻗어가다가 동쪽에서 뻗어오는 골짜기와, 북쪽 봉우리가 동쪽으로 불쑥 치솟은 곳 아래에서 만나, 함께 어지러운 봉우리의 틈새를 뚫고서 서쪽으로 뻗어 있다. 북쪽 봉우리라는 곳은 대창의 갈래에서 남서쪽으로 뻗어내리다가, 남향전의 동쪽에 불쑥 솟구친 봉우리이다. 내가 지금 나아가는 길은 그 남쪽 자락을 따라 동쪽으로 향하며, 그 남동쪽의 자락 역시 이곳에 이르러 끝이 난다.

이 산의 북서쪽에는 서쪽의 남향전을 굽어보는, 조양동(朝陽洞)이라는 광산이 있으며, 이 산의 남동쪽에는 동쪽의 이 골짜기를 굽어보는, 양교(陽橋)라는 광산이 있다. 양교의 광석 역시 대부분 옮겨져 남향전에서 제련된다. 남향전이 여러 곳의 광석이 모여드는 곳임을 깨달았다. 골짜기를 따라 북쪽을 바라보니, 골짜기 안에는 산이 굽이돌고 구렁이 훤히 트여 있다. 화로 연기가 자욱이 일어나는 공장도 있다. 이곳은 석동창이다.

석동이라는 곳은 대창의 산줄기가 이곳에 이르러 갈라진 채 빙 두르고 있다. 서쪽으로 뻗어내리는 것은 남향전의 동쪽 경계에서 남쪽의 양교 아래에 이르는데, 골짜기 속에서 다시 동쪽으로 건너뻗어 봉우리로 불쑥 솟아 '호사(虎砂)'를 이룬 채 그 안을 둘러싸고 있다. 동쪽으로 뻗어내리는 것 역시 남쪽으로 내달리다가 동쪽으로 둘러싸는데, 동쪽 고개에 이르러 서쪽으로 돌아들어 봉긋 솟아 강동산의 북쪽 경계를 이루면서 빙 둘러 '용사(龍砂)'를 이룬 채 그 바깥을 둘러싸고 있다.

이곳의 물은 석동의 남동쪽에서 흘러나와 동쪽 고개의 북쪽 아래를 흐르는 물길과 합쳐진 뒤, 서쪽으로 어지러운 봉우리로 쏟아졌다가, 양교에서 골짜기를 흘러지나는 물길과 합류하여 서쪽의 동강으로 흘러든다. 이렇듯 석동이란 곳은 뭇산에 중중겹겹으로 싸여 있는 구렁으로서, 양교의 골짜기 북쪽에서 바라볼 수 있다. 골짜기 속으로 건너뻗은 줄기는 동쪽으로 뻗어가는데, 가운데로 경계를 지은 등성이는 없으나, 물은 양쪽으로 나뉘어 흘러간다.

나는 이때 골짜기에서 석동으로 발걸음을 재촉할 작정이었다. 그러나 계두로 가는 길을 분간하기 어려우니, 차라리 동행하는 이를 따라가는 편이 낫겠다고 생각했다. 그리하여 석동을 제쳐두고서 동쪽 골짜기에서 물길을 거슬러 3리를 들어갔다. 길 동쪽에 병풍처럼 앞에 우뚝 서 있는 봉우리는 북쪽의 양교와 경계를 이루고 있으며, 동쪽에서 건너뻗은 봉우리는 이곳에 이르러 동쪽으로 끝이 난다. 석동의 물길은 동쪽의 병풍 같은 산을 따라 남쪽으로 흘러나오다가 서쪽으로 돌아든다. 곧 양교 남쪽 골짜기의 상류이다.

길은 동쪽의 병풍 같은 앞쪽 산 아래에 이르러 두 갈래로 나뉜다. 북동쪽으로 석동의 물길을 거슬러 고개를 넘어가는 길은 교두로 가는 길이고, 남동쪽으로 동쪽 고개의 북쪽 아래를 흐르는 물길을 거슬러 고개를 넘어가는 길은 계두로 가는 길이다. 그러므로 서쪽으로 골짜기 속을 흐르는 물길 가운데, 석동의 물길이 으뜸이고, 동쪽 고개의 물길은 버금이다.

여기에서 남동쪽의 비탈을 올라 2리 남짓만에 고갯마루를 넘었다. 이곳은 곧 양교의 동쪽 고개이다. 고개를 넘자마자 남쪽으로 내려가 1리만에 다시 골짜기를 올라 고개 위를 따라 남쪽으로 나아갔다. 2리를 가서 그곳의 남동쪽 비탈을 따라 내려가다가 2리만에 동쪽으로 흘러내리는 구렁을 넘었다. 이어 약간 위쪽으로 2리를 나아가 그 남쪽 비탈을 넘어 다시 내려갔다. 동쪽의 커다란 골짜기로 뻗어내리는 갈림길이 나왔다. 동행하는 이가 길을 잘못 드는 바람에 남쪽으로 나아갔다가, 1리 남짓을 가서야 길을 잘못 들었음을 깨달았다.

이에 허둥지둥 비탈을 올라 북동쪽으로 1리를 가다가 서쪽에서 오는 도사를 만났다. 그와 함께 동쪽의 밭두둑을 올랐다. 1리 남짓을 가자, 용천강의 동강쪽 원류가 남쪽으로 넘실넘실 흘러가는데, 위에 등나무를 엮어 만든 다리를 놓아 건너도록 했다. 다리는 열네댓 길의 너비에, 등나무 서너 줄기를 양쪽 벼랑에 높이 연결시켜 놓았다. 나뭇가지 끝에서 가운데로 늘어뜨리고 등나무 위에 대나무를 엮어 발을 딛을 수 있게 했으며, 양 옆에도 대나무를 가로놓아 난간으로 삼았다.

대체로 일반적인 다리는 반원형으로 가운데가 높은데, 이 다리는 반대로 매달린 채 가운데가 쳐져 있고, 발을 들 때마다 계속해서 흔들거린다. 그래서 반드시 손으로 옆의 가지를 움켜쥔 후에야 걸음을 옮길 수 있으며, 사람만 건널 수 있을 뿐, 말은 건너갈 수 없다.

다리의 동쪽에서 밭두둑을 따라 오르자, 비로소 길 양쪽에 마을의 집들이 보였다. 2리를 가서 동쪽의 비탈을 오른 뒤, 비탈의 등성이를 따라 동쪽으로 나아갔다. 이 비탈은 대단히 평탄한데, 동쪽 경계의 설산이 가로놓인 채 서쪽으로 뻗어내린 것이다. 그 위로 3리를 나아가 곧바로 동쪽 산 아래에 이르렀다. 이곳은 계두촌(界頭村)이다. 이 마을은 동쪽 산의 북쪽에 기대어 있는데, 집을 끼고서 거리를 이루고 있으나 장터는 보이지 않았다. 물어보니, 날이 가문지라, 오늘은 장터를 북서쪽의 강과 비탈 사이로 옮겼으며, 북쪽의 교두(橋頭)와 저자를 합쳤다고 한다. 대체로 이곳에서는 날이 가물면 저자를 옮기는 것이 습속이다.

이에 하인 고씨에게 쌀을 사서 밥을 짓게 했다. 나는 다시 북서쪽으로 내려가 저자로 가서 이리저리 둘러보았다. 저자는 소란스럽기 그지없을 뿐, 기이한 물품은 보이지 않았다. 이에 계두로 돌아와 식사를 했다. 이곳은 어느덧 용천강의 동쪽에 속해 있으며, 고려공설산(高黎貢雪山)의 서쪽 기슭에 자리해 있는데, 산세가 봉긋 솟아오른 곳이다.

대체로 고려공산은 흔히 곤륜강(崑崙岡)이라 하며, 고륜산(高崙山)이라 일컫기도 한다. 이 산줄기는 곤륜산에서 시작하여 남쪽으로 내려와 자매산에 이르렀다가, 남서쪽으로 뻗어가면 전탄관 남쪽의 높은 산을 이룬다. 또한 남동쪽으로 뻗어가면 소전(小田)과 대당(大塘)을 에돌아 동쪽으로 마면관(馬面關)에 이른 뒤, 봉긋이 남쪽으로 솟구쳐 하늘 높이 가로걸려 설산을 이루고 산심(山心)을 이루며 분수관을 이루었다가, 다시 남쪽으로 나아가 망시에 이르러서야 낮아져 천천히 흩어진다. 이 남북의 높다랗게 봉긋 솟은 것은 거의 500리에 달하는데, 망시에서 목방(木邦)까지 아래로 평탄한 비탈을 이루고, 곧바로 미얀마에 이르러 바다에서 끝난다. 이것은 곤륜산 정남쪽의 지맥이다.

계두에서 설산의 서쪽 기슭을 따라 남쪽으로 나아갔다. 여러 차례 서쪽으로 불쑥 솟은 비탈을 넘어 15리를 갔다. 멀리 바라보니, 나고성(羅古城)이 동쪽 산비탈 사이에 기대어 있고, 절이 그곳을 굽어보고 있다. (이 성은 토착의 미개인들이 쌓은 옛 터이다. 이 절은 자못 크며, 이곳에서 설산으로 넘어가는 길이 있는데, 상강上江을 지난다.) 다시 남쪽으로 2리를 가서 마석하(磨石河)를 지났다. 남쪽으로 2리를 더 가서 산 하나를 넘고, 또 서쪽으로 불쑥 튀어나온 움푹 꺼진 곳을 넘었다. 남쪽으로 2리를 더 가서 조그마한 나무다리를 지났다.

남쪽으로 1리를 더 가서 비탈 한 군데를 넘은 뒤, 비탈을 따라 동쪽으로 돌아들었다. 2리를 가서 남동쪽의 골짜기 어귀에 이르니, 산이 동쪽의 커다란 산에서 남쪽으로 빙 둘러 골짜기 어귀에 솟구쳐 있다. 한 길은 비탈을 넘어 남쪽으로 뻗어오르고, 오솔길은 골짜기를 따라 남서쪽으로 나 있다. 이에 골짜기 어귀를 따라 나오니, 방금 전에 지났던 등나무 다리 아래의 강이 움푹한 평지의 북쪽에서 흘러온다.

이에 그 동쪽 언덕을 따라 남쪽으로 3리를 가자, 강 언덕에 기대어 있는 마을이 보이기 시작했다. 이에 마을을 곁에 끼고서 남쪽으로 나아갔다. 1리를 더 가서 와전(瓦甸)에서 묵었다. 강의 동쪽 언덕 가까이에는 남북으로 움푹한 평지가 커다랗게 펼쳐져 있고, 마을과 밭이 이어져 있다. 동쪽의 커다란 산은 곧 설산이다. 차츰 남쪽의 산심과 가까워진다.

4월 29일

식사를 하고서, 날이 밝자 강 동쪽 언덕을 따라 나아갔다. 2리 남짓을 가자, 양쪽 언덕의 바위봉우리가 서로 합쳐진다. 물은 골짜기 사이를 흘러가고, 사람은 벼랑 위로 넘어간다. 강이 벼랑에 조여진 바람에 세차게 내달리는 물길은 마치 실과 같은데, 그 가운데의 못은 대단히 깊다. 골짜기에는 물에 부딪치는 바위가 많아 세찬 물살에 물결이 사납다. 고기 잡는 이가 물길 속 바위 사이에 친 그물은, 마치 옥과 비취를 잡으려는 듯하다. 물고기를 잡았는지 어떤지, 살진지 어떤지와 관계없이, 절로 멋진 풍광을 이루고 있다.

반리를 가서 벼랑을 넘어 남쪽으로 내려갔다. 강 역시 골짜기를 빠져나오자, 물결 위에 떠 있는 바위가 있다. 영락없이 물을 따라 흘러나온 자라처럼 보인다. 남쪽으로 2리를 더 가서 상장(上莊)을 지나자, 산이 서쪽에 불쑥 솟구쳐 있고, 가운데에 끼어 있는 움푹한 평지는 밭을 이루고 있다. 마을은 불쑥 솟구친 봉우리의 동쪽에 기대어 있다. 강은 불쑥 솟구친 봉우리의 서쪽으로 굽이지고 길은 움푹한 평지 속을 따라 나 있다.

등성이를 넘어 남서쪽으로 나아가 1리 남짓을 더 갔다가 강과 만났다. 양쪽 벼랑은 다시 골짜기를 이루고 있다. 골짜기에 불쑥 솟구친 바위가 물길을 맞아들이는 모습이나, 물길 속에 그물로 비춰를 끄는 모습은 이전과 마찬가지이다. 1리를 가자 강은 서쪽으로 굽이지고, 길은 강의 남쪽을 따라 역시 서쪽으로 굽이졌다가 북쪽의 움푹한 평지를 가로지른다.

여기에서 북쪽을 바라보니, 강 너머 남쪽으로 뻗어내린 산은 이곳에 이르러 가운데가 나누어진다. 그 동쪽 갈래는 이미 끝났다가 가로로 불쑥 솟구쳐 동쪽으로 뻗어 있다. 곧 서쪽 골짜기가 에둘러 뻗어내린 것이다. 그 서쪽 갈래는 가로로 불쑥 솟구쳐 남서쪽으로 뻗어 있다. 곧 고동의 양쪽 강이 합쳐져 남쪽으로 감도는 것이다. 두 갈래 사이에는 북쪽으로 물러난 채 움푹한 평지를 이루고 있으며, 회요창(灰窯廠)이 그 위를 굽어보고 있다. 회요창 역시 여섯 곳의 공장 가운데 하나로서, 생산해내는 광석은 다른 곳보다 품질이 뛰어나다. 예전에는 닫혀 있다가 이제 다시 열었으나, 다른 곳만 못하다.

서쪽으로 1리를 간 뒤, 북쪽에 불쑥 솟구친 조그마한 언덕을 올랐다. 대나무가 비탈을 둘러싸고 있고, 그 안에 집이 지어져 있다. 이곳은 고죽강(苦竹岡)이다. 언덕을 넘어 남쪽으로 내려가 1리만에 움푹한 평지를 넘어 남쪽으로 오른 뒤, 비탈 위에서 남쪽으로 나아갔다. 2리를 가자, 강물은 서쪽 봉우리의 산부리를 따라 남동쪽으로 굽이진다. 배를 타고서 그 서쪽 언덕으로 건넌 뒤, 서쪽 산을 따라 남쪽으로 나아갔다.

1리를 가자 비탈의 꼬리부분이 동쪽으로 꺾어진다. 길 역시 비탈을 따라 동쪽으로 뻗어간다. 남쪽의 비탈을 넘어 1리를 가자, 한두 채의 민가가 비탈에 기댄 채 북쪽을 향해 있다. 그 동쪽에서 다시 남쪽으로 1리를 올랐다가, 그 동쪽 아래의 등성이를 넘었다. 남쪽의 등성이 사이로 2리를 간 뒤 약간 내려오자, 조그마한 골짜기가 서쪽에서 동쪽으로 펼쳐져 있다. 매우 비좁은 이 골짜기 속에는 조그마한 물길이 구렁에 부딪치면서 동쪽으로 흘러나온다.

이에 반리를 내려와 약간 서쪽으로 돌아들어 물길을 맞아들이면서 골짜기 속을 나아갔다. 몇 채의 민가가 골짜기 북쪽에 기대어 있다. 이곳은 곡석(曲石)이다. 골짜기의 서쪽 안은 오히려 훤히 트인 채 움푹한 평지를 이루고 있다. 움푹한 평지에 마을이 기대어 있다. 이곳은 골짜기의 물이 따라나오는 곳이다. 여기에서 남쪽으로 골짜기의 물길을 가로지른 뒤, 비탈을 올랐다. 비탈 사이로 2리를 나아가자, 길 왼쪽에 마을이 자리하고 있다. 역시 곡석의 마을집이다.

남쪽으로 3리를 더 가서 비탈을 따라 서쪽으로 들어들자, 비탈 남쪽에 움푹한 평지가 커다랗게 펼쳐져 있고, 물길이 동쪽으로 가로지르고 있다. 이 물길은 고동의 두 강이 합쳐졌다가 순강 및 향수구의 여러 물길과 함께 동쪽으로 흘러나가는 것이다. 이 비탈을 따라 약간 북쪽으로 흐르다가 계두와 와전의 강물과 만났다. 이것은 용천강의 상류인데, 대체로 곡제(曲除)에서 서로 만난다. 고동의 강동산은 석동에서 남쪽으로 등성이가 건너뻗는데, 역시 곡제에서 가운데가 끊긴다.

나는 앞서 고동에서 강동산의 서쪽을 다녔고, 이어 양교의 동쪽 고개에서 강동산의 북쪽을 넘었으며, 또 와전에서 강동산의 동쪽을 살펴보았고, 회요창과 곡석에서 강동산의 남쪽을 돌아다녔다. 대체로 강물은 세 방향의 지역에 끼어 있는데, 나는 강동산의 네 모퉁이를 두루 다닌 셈이다.

서쪽으로 1리를 나아갔다가 남쪽으로 1리를 가파르게 내려와 움푹한 평지의 바닥에 이르렀다. 강에 걸쳐져 있는 다리는 역시 쇠사슬이 서로 이어져 있고, 그 위에 정자가 지어져 있다. 이곳은 곡석교(曲石橋)이다. 『일통지』에 따르면, 용천강 위에는 등나무 다리가 두 군데 있는데, 그 하나는 회석(回石)에 있다고 했다. 그런데 강 위아래를 살펴보았으나, 회석이란 이름은 없으니, 혹시 곡석을 잘못 쓴 게 아닐까? 이 다리가 예전에는 등나무를 매달았는데, 나중에 쇠사슬로 바뀐 것이 아닐까?

여기에서 강의 남쪽 언덕에서 비탈을 올라 서쪽의 골짜기를 따라 올랐다. 2리 남짓을 간 뒤, 남쪽의 고개를 올라 2리 남짓만에 고갯마루에 올랐다. 서너 채의 민가가 고개에 자리하고 있다. 이곳은 주점(酒店)이다. 마실 거리를 팔기에 붙여진 이름이다. 식사를 하고서 길을 나섰다. 고개를 따라 남동쪽으로 2리를 내려가 약간 서쪽으로 돌아들었다가, 다시 남쪽으로 비탈 위를 나아갔다. 다시 2리를 약간 내려가 움푹한 평지를 올랐다.

남쪽으로 2리를 더 가서 지휘사 진(陳)씨의 장원을 지났다. 다시 남쪽의 골짜기 속을 따라 2리를 나아가자, 앞쪽의 골짜기를 빙 두른 둔덕이 꺾인 채 서쪽에서 뻗어온다. 갈림길은 쭉 남쪽으로 그 둔덕을 뻗어오른다. 나는 이에 뭇사람을 따라 골짜기 속에서 서쪽으로 나아갔다. 반리를 가서 차츰 서쪽으로 오르다가, 다시 반리를 가서 남쪽으로 꺾어져 올랐다. 반리를 더 가서 남쪽 둔덕의 등성이에 올라서야, 비로소 동쪽으로 건너뻗은 산줄기를 넘었다.

이곳에서 남쪽을 바라보니, 앞쪽에 훤히 펼쳐져 있는 구렁이 남쪽의 나생산과 마주하고 있으며, 그 사이에 매우 멀리 움푹한 평지가 이루어져 있다. 등월주의 주성은 보일락 말락 30리 너머에 있으며, 동쪽의 구모산(球牟山)은 전체의 모습이 보인다. 오직 서쪽의 보봉과 북서쪽의 집응산만은 농종산에서 남쪽으로 뻗어내린 갈래에 가려져 보이지 않는다.

나는 우선 기운을 내어 홀로 올라가 책상다리를 하고서 풀밭에 앉았다. 한참 후에야 길 가던 이가 오더니, 이곳 앞쪽에 도적이 있는데, 동쪽 산골짜기에서 나와 길을 가로막고 약탈을 하고 있으니, 어서 남쪽으로 뛰어내려가라고 재촉했다. 동쪽의 층층의 골짜기와 겹겹의 산들을 바라보니, 그윽한 경관을 찾아가는 길이 있을 것만 같은데, 길 가던 이는 어서 떠나지 않는다고 걱정할 따름이다.

2리를 내려오자, 산기슭에 고여 있는 맑은 물이 보였다. 나는 상간아의 청해자(淸海子)라고 여겼다. 다시 가파르게 2리를 내려오자, 호수의 북쪽 언덕에 마을이 자리하고 있다. 대나무 숲길은 무성한데, 층층의 산들이 마을 뒤를 에워싸고 있고, 맑은 못이 마을 앞을 비추고 있다. 마을의 북동쪽 모퉁이를 돌아들자, 조그마한 물길이 골짜기 사이에서 쏟아져 내리고, 그 아래에 마실 거리를 파는 집이 자리하고 있다.

가게에 들어가 잠시 쉬었다. 지고 있던 목담을 골짜기의 샘 속에 담그고서, 이 호수가 바로 상간아의 징경지(澄鏡池)인지 아닌지 물었다. 가게 주인의 대답은 시큰둥했다. 다만 배를 띄워 호수 안에 물고기를 잡는 이들이 있는데, 때가 모내기철인지라 식사만 제공할 뿐 팔러 나갈 틈이 없다고 했다. 그런데 내 기억으로는 『지』에 하해자(下海子)의 물고기는 잡을 수 있으나 상해자(上海子)의 물고기는 잡을 수 없다고 씌어 있다. 『지』의 말이 이제는 맞지 않는다는 말인가?

호수 동쪽의 가파른 기슭을 따라 2리를 나아가 호수의 남쪽 물가에 이르러, 밭을 갈던 이를 만나 다시 물어보았다. 그제야 이곳은 하해자이고, 징경지라고 하는 상해자는 아직 마을 북동쪽의 겹겹의 산 위에 있으며, 여기에서 5리를 올라야 이를 수 있음을 알았다. 나는 거기에 갈 수 없었다. 남쪽으로 2리를 가서 산골물을 넘자, 대나무숲에 이어진 마을이 매우 깊숙하다. 이곳은 중간아촌(中干峨村)이다.

마을 남쪽에서 남쪽으로 3리를 더 내려가자, 대나무집이 서로 어울려 비치는 훨씬 먼 마을이 있다. 이곳은 하간아촌(下干峨村)이다. 이곳에 이르자, 동쪽 비탈 아래에는 움푹한 평지가 깊숙이 펼쳐져 있고, 시냇물이 남쪽으로 가로질러 흐르고 있다. 마을 남쪽을 따라 약간 서쪽으로 나아가자마자 남쪽으로 돌아들어, 비탈 위를 따라 나아갔다. 1리를 가서 차츰 남쪽으로 내려와 움푹한 평지속의 시냇물을 굽어보니, 벌써 조그마한 배를 띄워 저어가는 이가 보였다.

이윽고 남쪽으로 2리를 나아가자, 한두 채의 민가가 비탈의 굽이에 기대어 자리한 채, 하간아촌과 남북으로 멀리 마주하고 있다. 여기에서 동쪽의 비탈 위를 따라 반리를 간 뒤, 비탈의 동쪽 부리를 올랐다. 그 위에서 남쪽으로 돌아드니 동쪽 부리 아랫녘이다. 이곳의 벼랑은 대단히 가파르다. 또 수십 채의 민가가 그 기슭에 기대어 있다. 그러나 대나무와 나무가 무성하여 굽어보아도 보이지 않을 듯하다.

남쪽으로 반리를 가서 약간 서쪽으로 갔다가 남쪽으로 돌아들었다. 반리를 가자, 벼랑 아래의 민가는 끝이 나더니, 홀연 커다란 시내가 동쪽을 향한 채 앞에 가로놓여 있다. 이 시내는 벼랑을 뚫고서 바위구멍으로 흘러내린 물길이다. 벼랑이 가팔라서 내려갈 길이 없다. 그래서 벼랑 가장자리를 따라 남쪽으로 반리를 나아가다가 약간 내려가자, 비탈 기슭을 따라 내려가는 길이 나타났다.

하인 고씨에게 길모퉁이에서 목담을 지키고 있으라 하고, 나는 지팡이를 짚고서 기슭을 내려와 벼랑을 따라 북쪽으로 돌아들었다. 반리를 더 나아가 우거진 나무숲속으로 뛰어들었다. 그 아래의 바위구멍에서 물이 흘러나오고 있다. 토박이들이 바위둑으로 물을 가둬 북쪽으로 흐르게 해놓았다. 둑 위에는 소용돌이치는 물이 못을 이루고 있는데, 깊이는 네댓 자에 이른다. 둑 아래에는 구렁으로 뿜어낸 물이 시내를 이루고 있다. 너비는 거의 네댓 길에 이른다.

샘물이 넘쳐흐르는 곳은 온통 나무뿌리와 바위 위의 샘구멍이 어지럽게 얽혀 있는 곳에서 스며나오는데, 서늘한 기운이 뼛속까지 스며든다. 손바닥으로 물을 떠서 마셔보니 오장육부가 뻥 뚫리듯 시원해진다. 목담을 가져와 물속에 던져 담그지 못한 것이 안타까웠다. 얼마 지나지 않아 남쪽의 벼랑 기슭을 따라 반리를 나아가 하인 고씨가 기다리는 곳에 이르러, 목담을 짊어지고서 길에 올랐다.

다시 남쪽으로 2리를 나아가 비탈을 내려오자, 비탈 동쪽에 몇 채의 민가가 자리하고 있다. 주민이 나에게 동쪽의 다리를 넘어가라고 가리켜주었다. 이 다리는 간아(干峨) 하류의 시내에 동서로 걸쳐져 있다. 『지』에서 말하는 마장하(馬場河)이다. 다리 동쪽을 건너자마자 남동쪽의 밭두둑 사이를 넘었다.

3리를 가서 동쪽 산 아래에 이르자, 또 한 줄기의 시내가 동쪽에서 서쪽으로 흐르고, 그 위에 다리가 남북으로 걸쳐져 있다. 이 다리는 영봉교(迎鳳橋)이다. 그 서쪽에 비봉산(飛鳳山)이 있기에 붙여진 이름이다. 다리 아래의 물은 남동쪽의 적토파에서 흘러나오는데, 북쪽의 나무당(羅武塘)으로 흘러갔다가 마읍촌으로 흘러나오며, 서쪽으로 이곳을 거쳐 마장하와 합쳐진다. 다리를 지나 남쪽으로 걸음을 재촉했다. 2리를 가서 다시 남쪽으로 다리 하나를 건너자, 다리 아래의 물길은 선처럼 금방이라도 끊어질 듯하다. 이 물길은 황파천(黃坡泉)이 북쪽으로 흐르다가 서쪽으로 돌아든 것이다.

남쪽으로 1리를 더 간 뒤, 남쪽의 다리 하나를 넘었다. 이 물길 역시 금방이라도 끊어질 듯하다. 음마하(飲馬河)가 북쪽으로 흐르다가 서쪽으로 돌아든 것이다. 남쪽으로 1리를 더 가서 등월주의 북문에 들어섰다. 성 안에서 2리를 나아가 남문으로 나왔다. 성안에는 저자가 없는지라, 떠들썩한 남쪽 관문 밖과는 달랐다. 숙소에 이르니, 어느덧 오후 나절이었다.

원문

己卯四月初十日 閃知愿早令徐使來問夫, 而昨所定者竟不至. 徐復趨南關覓一夫來, 余飯已久矣. 乃以衣四件、書四本、並襪包等寄陶道, 遂同至夫寅. 候其飯, 上午乃行, 徐使始去. 出南門, 門外有小水自西而東, 弔橋跨其上, 卽太保山南峽所出者. 南行五里, 有巨石梁跨深溪上, 其下水斷而不成流, 想卽沙河之水也. 又南半里, 坡間樹色依然, 頗似余鄕櫻珠,[1] 而不見火齊映樹. 一二家結棚樹下, 油碧輿五六肩, 乃婦人之遊於林間者, 不能近辨其爲何樹也. 又南半里, 有堤如城垣, 自西山環繞來. 登其上, 則堤內堰水成塘, 西浸山麓, 東築堰高丈餘. 隨東堰西南行, 二里堰盡, 山從堰西南環而下, 有數家當曲中. 南轉行其前, 又二里, 有數十家倚西山下, 山復環其南, 是爲臥獅窩. 蓋其西大山將南盡, 支乃東轉, 其北先有近支, 東向屬下, 如太保、九隆皆是也; 又南爲臥獅, 在西南坳中, 山形再跌而下, 其上峰石崖盤突, 儼然一如狻猊之首, 其下峰頗長, 則臥形也.

余先望見大路在南坡之上, 初不知小路之西折而當獅崖盤突間, 但遙見其崖突兀, 與前峰湊峽甚促, 心異之. 候土人而問, 初一人曰：“此石花洞也.” 再問一人, 曰：“此芭蕉洞也.” 小路正從其下過, 石花卽其後來之名耳. 蓋大路上南坡, 而小路西折而由此, 余時欲從小路上, 而僕擔俱在後, 坐待久之. 俟其至, 從村南過小橋, 有碑稱臥佛橋. 過橋, 卽西折從小路上坡. 一里餘, 從坡坳間渡小水, 卽仰見芭蕉洞在突崖之下, 蓋突崖乃獅首, 而洞則當其臥臍之間. 涉澗, 又西上而探洞. 洞門東向, 高穹二丈, 正與筆架山遙對. 洞內丈餘, 卽西北折而下. 其洞下雖峻而路頗夷, 下三丈漸暗, 聞秉炬入, 深里餘, 姑挨歸途攜炬以窮也.

出洞, 循崖西上一里, 過突崖下峽, 透脊而西半里, 度一窪. 脊以內乃中窪之峽, 水東挨突崖脊, 下搗其崖麓, 無穴以泄, 水沫淤濁, 然前所渡芭蕉洞前小水, 卽其透崖瀝峽而出者. 從水上循嶺南轉, 一里, 逾南坡之脊, 始見脊南亦下墜成大窪, 而中無水. 南坡大道, 從右窪中西南上; 而余所從小道, 則循西大山南行嶺間. 五里, 連逾二坡脊. 共二里, 則西界大山南向墜爲低脊, 此其東轉之最長者也, 南坡涉窪之路, 至此而合. 乃共轉西向, 循低脊而進, 脊北亦中窪瀦水焉. 西一里, 降而下坡, 半里而得窪底鋪, 五六家在坑峽間. 其峽雖縱橫而實中窪, 中無滴水. 隨窪西下一里, 直抵大山下. 復南行窪峽中二里, 又得東墜之脊, 脊南塢稍開, 於是小圓峰離立矣, 然其水猶東行. 一里, 又南上坡, 盤坡南離立圓峰, 取道峰隙而南. 一里, 轉峰腋, 始東南上盤而西南. 共里餘, 則南北兩支, 俱自北大山之西分支東繞, 中夾成峽甚深. 路逾北支, 從其上西向入峽; 其南支則木叢其上, 箐墜其下. 雖甚深而不聞水聲焉. 西行二里, 乃西下箐中. 又一里, 有數家當箐底, 是爲冷水箐, 乃飯於鬻腐者家. 於是西南隨箐上, 一里, 過一脊, 其脊乃從西而東度之脈也. 脊南始見群山俱伏, 有遠山橫其西南. 路又逾岡西上, 一里, 登其南突之崖, 是爲油革關舊址, 乃舊之設關而榷稅處, 今已無之. 其西卽墜崖西下, 甚峻. 下二里, 漸平. 又二里, 西峽漸開, 有僧新結樓倚北山下施茶, 曰孔雀寺. 由寺西循山嘴南轉, 共一里, 逾嘴而西, 乃西北盤其餘支, 三里而得一亭橋. 橋跨兩峽間, 下有小澗, 自北而南, 已中涸無滴. 橋西逾坡西北下, 路旁多黃果, 卽覆盆子也, 色黃, 酸甘可以解渴. 其西塢大開, 塢西大山, 一橫於西, 一橫於南, 而蒲縹之村, 當西大山下. 其山南自南橫大山, 又東自油革關南下之支, 橫度爲低脊而復起者; 其中水反自南而北, 抵羅岷而西入潞江焉. 共西下二里, 乃得引水之塍, 其中俱已揷秧遍綠. 又西北行二里餘, 過蒲縹之東村. 村之西, 有亭橋跨北注之溪, 曰吳氏輿梁. 又西半里, 宿於蒲縹之西村. 其地米價頗賤, 二十文可飽三四人. 蒲縹東西村俱夾道成街, 而西村更長, 有驛在焉.

　　十一日 雞鳴起, 具飯. 昧爽, 從村西卽北向循西大山行, 隨溪而北, 漸高而陟崖, 共八里, 爲石子哨, 有數家倚西山之東北隅. 又北二里, 乃盤山西轉, 有峽自西而東, 合於枯飄北注之峽. 溯之, 依南山之北, 西入二里, 下陟南來峽口. 峽中所種, 俱紅花成畦, 已可採矣. 西一里, 陟西來峽口, 其上不多, 水亦無幾, 有十餘家當峽而居, 是爲落馬廠. 度峽北, 復依北山之南西入, 一里, 平上逾脊. 其脊自南而北度, 起爲峽北之山, 而北盡於羅岷者也. 逾脊西行峽中, 甚平, 路南漸有澗形依南崖西下, 路行其北. 三里, 數家倚北山而居, 有公館在焉, 是爲大坂鋪. 從其西下陟一里, 有亭橋跨澗, 於是涉澗南, 依南山之北西下. 二里, 有數家當南峽, 是爲灣子橋. 有賣漿者, 連糟而啜之, 卽余地之酒釀也. 山至是環聳雜沓, 一澗自東來者, 卽大坂之水; 一澗自南峽來者, 墜峽倒崖, 勢甚逼仄, 北下與東來之澗合而北去, 小木橋橫架其上. 度橋, 卽依西山之東北行, 東山至是亦有水從此峽西下, 三水合而北向破峽去. 東西兩崖夾成一線, 俱摩雲夾日, 溪嵌於下, 蒙箐沸石. 路緣於上, 鑿壁搷崖, 排石齒而北三里, 轉向西下, 石勢愈峻愈合. 又西二里, 峽曲而南, 澗亦隨峽而曲, 路亦隨澗而曲. 半里, 復西盤北轉, 路皆鑿崖棧木. 半里, 復西向緣崖行. 一里, 有碑倚南山之崖, 題曰'此古盤蛇谷', 乃諸葛武侯燒藤甲兵處, 然後信此險之眞冠滇南也. (水寨高出衆險之上, 此峽深盤衆壑之下, 滇南二絶, 於此乃見.) 碑南漸下, 峽亦漸開. 又西二里, 乃北轉下坡. 復轉而西一里, 有木橋橫澗而北, 乃度, 循北崖西行. 一里, 逾南突之脊, 於是西谷大開, 水盤南壑, 路循北山. 又西平下三里, 北山西斷, 路乃隨坡南轉. 西望坡西有峽自北而南, 俱崇山夾立, 知潞江當在其下而不能見. 南行二里餘, 則江流已從西北嵌脚下, 逼東山南峽之山, 轉而南去矣. 乃南向下坡, 一里, 有兩三家倚江岸而樓, 其前有公館焉, 乃就瀹水以飯.

時渡舟在江南岸, 待久之乃至. 登舟後, 舟子還崖岸而飯, 久之不至, 下午始放渡而南. 江流頗闊, 似倍於瀾滄, 然瀾滄淵深不測, 而此當肆流之衝, 雖急而深不及之, 則二江正在伯仲間也. 其江從北峽來, (按『一統志』云, "其源出雍望." 不知雍望是何彝地名. 據土人言:"出狗頭國", 言水漲時每有狗頭浮下也.) 注南峽去, 或言東與瀾滄合, 或言從中直下交南, 故蒙氏封爲'四瀆'之一. 以余度之, 亦以爲獨流不合者是. 土人言瘴癘甚毒, 必飮酒乃渡, 夏秋不可行. 余正當孟夏, 亦但飯而不酒, 坐舟中, 擢流甚久, 亦烏睹所云瘴母哉. 渡南崖, 暴雨急來, 見崖西有樹甚巨, 而鬱蔥如盤, 急趨其下. 樹甚異, 本高二丈, 大十圍, 有方石塔甃其間, 高與幹等, 幹跨而絡之, 西北則幹密而石不露, 東南臨江, 則幹疏而石出, 幹與石已連絡爲一, 不可解矣, 亦窮崖一奇也.

已大風揚厲, 雨散, 復西向平行上坡. 望西北穹峰峻極, 西南駢崖東突, 其南崖有居廬當峰而踞, 卽磨盤石也. 望之西行, 十里, 逼西山, 雨陣復來. 已虹見東山盤蛇谷上, 雨遂止. 從來言暴雨多瘴, 亦未見有異也. 稍折而南, 二里, 有村當山下, 曰八灣, 數家皆茅舍. 一行人言此地熱不可棲, 當上山乃涼. 從村西隨山南轉, 一里, 過一峽口. 循峽西入, 南涉而逾一崖, 約一里,逶從南崖西上. 其上甚峻, 曲折盤崖, 八里而上凌峰頭, 則所謂磨盤石也.
百家倚峰頭而居, 東臨絶壑, 下嵌甚深, 而其壑東南爲大田, 禾芃芃焉. 其
夜倚峰而棲, 月色當空, 此卽高黎貢山之東峰. 憶諸葛武侯、王靖遠驥之
前後開疆, 方威遠政之獨戰身死, 往事如看鏡, 浮生獨倚巖, 慨然者久之.

十二日 雞再鳴, 飯, 昧爽出門. 其處雖當峻峰之上, 而居廬甚盛, 有公館在
村北, 潞江驛在其上. 山下東南成大川, 已揷秧盈綠, 潞江沿東山東南去,
安撫司依西南川塢而居. 逶由磨盤石西南上, 仍峻甚. 二里, 逾其南峽之上,
其峽下嵌甚深, 自西而東向, 出安撫司下. 峽底無餘隙, 惟聞水聲潺潺在深
箐中. 峽深山亦甚峻, 藤木蒙蔽, 猿鼯晝號不絶. 峽北則路緣崖上, 隨峽西
進, 上去山頂不一二里. 緣峽平行西四里, 有石洞南臨路崖, 深闊丈餘, 土
人鑿石置山神碑於中. 又四里, 稍折而北上崖, 旋西, 西登臨峽之坡. 北峽
之上, 至是始南垂一坡, 而南峽之下, 則有峽自南山夾底而出, 與東出之峽
會成'丁'字, 而北向垂坡焉. 又西二里, 或陟山脊, 或緣峰南, 又三里, 有數
家當東行分脊間, 是爲蒲滿哨. 蓋山脊至是分支東行, 又突起稍高, 其北又
墜峽北下, 其南卽安撫司後峽之上流也. 由此西望, 一尖峰當西復起, 其西
北高脊排穹, 始爲南渡大脊, 所謂高黎貢山, 土人訛爲高良工山, 蒙氏僭封
爲西嶽者也. 其山又稱爲崑崙岡, 以其高大而言, 然正崑崙南下正支, 則方
言亦非無謂也. 由蒲滿哨西下一里, 抵所望尖峰, 卽躡級數轉而上. 兩旁削
崖夾起, 中墜成路, 路由夾崖中曲折上升, 兩岸高木蟠空, 根糾垂崖外, 其
上竹樹芄密, 覆陰排幕, 從其上行, 不復知在萬山之頂, 但如唐人所詠: "兩
邊山木合, 終日子規啼", 情與境合也. 一里餘, 登其脊. 平行脊上, 又二里
餘, 有數家倚北脊, 是爲分水關. 村西有水沿北坡南下, 此爲潞江安撫司後
峽發源處矣. 南轉, 西逾嶺脊, 磚砌鞏門, 跨度脊上. 其關甚古, 頂已中穨,
此卽關之分水者. (關東水下潞江, 關西水下龍川江.)

於是西下峽, 稍轉而南, 卽西上穿峽逾脊, 共五里, 度南橫之脊, 有村廬,
是爲新安哨. 由哨南復西轉, 或過山脊, 或踰嶺峽, 屢上屢下, 十里, 爲太平

哨. 於是屢下屢平, 始無上陟之脊. 五里, 爲<u>小歇廠</u>. 五里, 爲<u>竹笆鋪</u>. 自過
<u>分水關</u>, 雨陣時至, 至<u>竹笆鋪</u>始晴. 數家夾路成衢, 有賣鹿肉者, 余買而炙
脯. 於是直下三里, 爲<u>茶庵</u>. 又西下五里, 及山麓, 坡間始盤脛爲田. 其下卽
<u>龍川江</u>自北而南, 水不及<u>潞江</u>三分之一, 而奔墜甚沸. 西崖削壁揷江, 東則
平坡環脛. 行脛間半里, 抵<u>龍川江</u>東岸. 溯江北行, 又半里, 有鐵鎖橋架江
上. 其制兩頭懸練, 中穿板如織, 法一如<u>瀾滄</u>之鐵鎖橋, 而狹止得其半. 由
橋西卽躡級南上, 半里爲<u>龍關</u>, 數十家當坡而居, 有稅司以榷負販者. 又西
向平上四里餘, 而宿於<u>橄欖坡</u>. 其坡自西山之脊, 東向層突, 百家當坡而居,
夾路成街, 踞山之半. 其處米價甚賤, 每二十文宿一宵, 飯兩餐, 又有夾包.[1]

　　<u>龍川江</u>發源於群山北峽<u>峨昌蠻</u>七藏甸, 經此, 下流至<u>緬甸太公城</u>, 合<u>大
盈江</u>.

---

1) 협포(夾包)는 길가는 중에 먹을 음식을 끼워 넣음을 가리킨다.

十三日 平明而飯. 由坡西登嶺西北上, 八里, 稍北, 逾北峽西上, 二里, 從
嶺上平行. 望西北有層峰排簇嶺上, 初以爲將由其南垂行, 一里, 忽從嶺頭
轉北, 三里, 乃西南下峽中. 一里, 有四五家當峽而居, 竹籬茅舍, 頗覺淸幽,
是爲<u>赤土鋪</u>. 其村當西面排簇層峰之麓, 東與<u>橄欖坡</u>夾而爲坳. 村西有亭
橋架小澗上, 其水自南峽來, 搗北峽去, 橋名<u>建安</u>. 按『志』, <u>大盈江</u>之水, 一
出自東北<u>赤土山</u>, 而此鋪名<u>赤土</u>, 水猶似東北下<u>龍川</u>者, 豈其西排簇層峰
爲<u>赤土山</u>, 而此猶其東麓之水, 以其在麓, 卽以名鋪耶? 由橋西卽南向上
坡, 二里, 西南登脊, 卽自排簇峰東南分支下者. 又轉而西一里餘, 有庵施
茶, 當脊北向而踞, 是爲<u>甘露寺</u>. 又西一里, 坡間水北向墜崖, 路越之西向
下峽. 峽中有水自北而南, 又與坡上水分南北流, 以余意度之, 猶俱東下<u>龍
川</u>者. 半里, 乃從峽底溯水北入. 其峽東西兩崖, 俱從排簇層峰分支南下者,
西崖卽其本支, 東崖乃分支, 東南由<u>甘露寺</u>脊而下者也. 第峽水南出東轉,
不知其北合於<u>建安橋</u>, 抑直東而下<u>龍川</u>否也? 北行峽底一里餘, 水分二道

來, 皆細甚. 遂從坡西躡峻上, 一里, 北穿嶺夾, 半里, 透脊. 其脊自東北度西南, 脊以北卽墜峽西下. 路從峽端北轉而西, 有數家倚北山之上, 是爲亂箭哨, 至是始出排簇層峰嶺脊之西. 按『志』, 赤土山在州城東三十里, 水至是始分, 則前之赤土鋪猶東岸之麓, 非分流之正脊可知也.

飯於嶺哨. 西向行稍下, 共二里, 有塢自南而北, 細流注其中. 按『志』, 大盈江有三源, 一出赤土山, 當卽此矣, 從此而西, 出馬邑河, 繞州城北而西合罷㟓、羅生二水, 同爲大盈之源者也. 又北上坡二里餘, 有一二家當坡之南, 環堵圍南峽之坳甚遙, 雜植果樹於中, 是爲板廠. 由其西二里, 又西下半里, 有十餘家當峽坳而居, 是爲芹菜塘. 其前小水, 東北與大盈之源合. 村廬不多, 而皆有杜鵑燦爛, 血豔奪目. 若以爲家植者, 豈深山野人, 有此異趣? 若以爲山土所宜, 何他岡別隴, 杳然無遺也? 由村西復西上坡一里餘, 轉峽而平行頂上三里餘, 乃出西嶺之端. 下望其塢甚深, 而中平如砥, 良疇遠村, 交映其間. 其塢大而圓, 乃四面小山環圍而成者, 不比他川之沿溪成峽而已. 西向峻下者五里, 循峽東北折, 又折而西三里, 乃循東山北行, 其下稍平. 又二里, 有村當東山之麓, 是爲坡脚村. 有賣漿者, 出酒甚旨, 以醋芹爲菜. 與同行崔姓者, 連啜二壺乃行. 於是西行平疇中, 一里, 有小水自南而北, 卽『志』所云羅生山之水, 亦大盈三源之一, 分流塍中者也. 又西北二里餘, 有村曰雷打田. 其東亦有小溪, 自南而北, 則羅生山之正流也, 與前過小流, 共爲大盈之一源云. 是溪之東田窪間, 土皆黑墳, 土人芟其上層曝乾供爨, 蓋煤堅而深入土下, 此柔而浮出土上, 而色則同也. 由村北又西三里, 有廬舍當坡塍間, 曰土鍋村, 村皆燒土爲鍋者. 於是其西廬舍聯絡, 一里爲東街, 又半里, 西交大街, 則‘十’字爲衢者也. 騰越州城之南門, 卽當大街之北, 城南居市甚盛, 城中所無, 而此城又迤西所無. 乃稅駕於大街東黔府官舍, 時適過午也. (時黔府委官王仰泉者, 已返省, 阮玉灣導書, 姑與店中.)

　十四日　早雨. 命顧僕覓潘秀才家, 投吳方生書. 上午雨止, 潘來顧. 下午, 余往顧而潘出, 乃返作記寓中. 薄暮, 同行崔君挾余酌於市, 以竹實

爲供, (竹實大如松子, 肉圓如蓮肉, 土人煮熟以賣.) 投壺[1]暢飮. 月上而返, 冰輪
皎然.

1) 투호(投壺)는 술을 마실 때 즐기는 오락의 일종으로, 차례대로 화살을 병에 던져 승부를 정하여 술을 마신다.

十五日 晨往晤潘. 潘勸無出關. 上午, 潘饋酒餚. 下午, 店中老人亦來勸余
無行. 先是余以阮玉灣書畀楊主人, 托其覓同行者, 主人唯唯. 至暮, 以潘
酒招之共酌. 兄弟俱勸余毋卽行, 謂炎瘴正毒, 奈何以不貲[1]輕擲也. 屈指
八月, 王君將復來, 且入內, 同之入關最便, 余姑諾之. 是夜月甚皎, 而邸舍
不便憑眺, 竟鬱鬱臥.

1) 부자(不貲)는 재물을 주고도 살 수 없을 만큼 귀함을 의미한다.

十六日 晨起, 候主人飯, 欲爲尖山之行. 其山在州城西北百里. 先是主人
言其靈異, 慫慂余行, 故謀先及之. 乃以竹箱、衫、氈寄楊主家, 挈輕囊與
顧僕行. 從南門外循城西行, 半里, 過新橋, 巨石梁也. 橋下水自北合三流,
襟城西而南, 過此南流去, 卽所謂大盈江矣.

余旣過橋, 四望山勢迴環, 先按方而定之. 當城之正東而頂平者, 爲球璘
山, 亂箭哨之來道逾其南脊; 當城之正西而尖聳者, 爲擂鼓山, 南爲龍光臺,
爲緬箐道, 爲水口西夾; 直北者, 爲上干峨山, 亂箭哨之脈, 從之東度南起,
去城北二十里; 直南者, 爲來鳳山, 州治之脈, 從之北度, 又西突保祿閣, 爲
水口東夾. 城西南爲水口, 束峽極緊, 墜空而下, 爲跌水崖. 城東南、東北
俱有迴塢, 乃來鳳山自北環度之脈. 而東北獨伏, 有高山穹其外, 卽龍川江
東高黎貢山北來之脈也. 城西北一峰獨聳, 高出衆峰, 爲崽崱山, 乃北來分
脈之統會. 從此直南, 爲筆峰, 爲寶峰, 爲擂鼓, 而盡於龍光臺. 從此西度南
轉, 爲猛蚌. 從此東度, 爲上干峨; 低伏而東度南起, 爲赤土山亂箭嶺; 南下
西轉, 爲羅生山; 支分直北者, 爲球璘, 峙州東而北盡馬邑村; 支分由西而

南者, 爲來鳳, 峙州南而西夾水口, 北與龍光對. 此州四面之山也.

其水, 一東南出羅生山, 北流經雷打田, 至城東北; 一東出亂箭哨, 北流西出馬邑村西南, 至城東北; 一出崔嵸山, 瀦爲海子, 流爲高河, 南至城東北. 三水合爲一, 是爲大盈江, 由城西而南, 過二橋, 墜峽下搗, 其深十丈, 闊三丈餘, 下爲深潭, 破峽西南去, 經和尙屯, 又名大車江. 此州四面之水也.

其北二日抵界頭, 與上江對; 其南一日抵南甸, 與隴川、緬甸對; 其西一日半至古勇, 與茶山對; 其東一日半至分水關, 與永昌對. 八關自其西北斜抵東南, (西四關屬蠻哈守備, 自西北而東南: 一曰神護, 二曰萬仞, 三曰巨石, 四曰銅壁. 東四關屬隴把守備, 自西南而東南: 一曰鐵壁, 二曰虎踞, 三曰天馬, 四曰漢龍. 八關之外, 自神護而出, 爲西路, 通迤西, 出琥珀碧玉; 自天馬而出, 爲南路, 通孟密, 有寶井[1]; 自漢龍而出, 爲東南路, 通木邦, 出邦洋布; 自鐵壁而出, 亦爲南路, 通蠻莫, 爲緬甸阿瓦正道. 昔蠻莫、孟密俱中國地, 自萬歷三十三年金騰戚道立此八關, 於是關外諸彝, 俱爲阿瓦所有矣. 由州南抵南甸分路: 西向干崖, 至蠻哈諸關, 南向隴川, 至隴把諸關. 由州西抵緬箐分路: 西出神護, 通迤西; 西北逾嶺, 至古勇. 大概'三宣'猶屬關內, 而'六慰'[2]所屬, 俱置關外矣.) 遂分華、彝之界. 此其四鄙之望也.

大盈江過河上屯合緬箐之水, 南入南甸爲小梁河; 經南牙山, 又稱爲南牙江; 西南入干崖雲籠山下, 名雲籠江; 沿至干崖北, 爲安樂河; 折而西一百五十里, 爲檳榔江, 至比蘇蠻界, 注金沙江入於緬. (一曰合於太公城, 此城乃緬甸界.) 按緬甸金沙江, 不注源流, 『志』但稱其闊五里, 然言孟養之界者, 東至金沙江, 南至緬甸, 北至干崖, 則其江在干崖南、緬甸北、孟養東矣. 又按芒市長官司西南有青石山, 『志』言金沙江源出之, 而流入大盈江, 又言大車江自騰衝流經青石山下. 豈大盈經青石之北, 金沙經青石之南耶? 其言源出者, 當亦流經而非發軔, 若發軔, 豈能卽此大耶? 又按芒市西有麓川江, 源出峨昌蠻地, 流過緬地, 合大盈江; 南甸東南一百七十里有孟乃河, 源出龍川江. 而龍川江在騰越東, 實出峨昌蠻地, 南流至緬太公城, 合大盈江. 是麓川江與龍川江, 同出峨昌, 同流南甸南千崖西, 同入緬地, 同合大盈. 然二地實無二水, 豈麓川卽龍川, 龍川卽金沙, 一江而三名耶? 蓋麓川又名隴川, '龍'與'隴'實相近, 必卽其一無疑; 蓋峨昌彎之水, 流至騰越東爲龍川江, 至芒市西爲麓川江, 以與麓川爲界也. 其在司境, 實出靑石山下, 以其下流爲金沙江, 遂指爲金沙之源, 而非源於山下可知. 又至千崖西南、緬甸之北, 大盈江自北來合, 同而南流, 其勢始闊, 於是獨名金沙江, 而至太公城. 孟養之界, 實當其南流之西, 故指以爲界, 非孟養之東又有一金沙南流, 千崖之西又有一金沙出靑石山西流; 亦非大盈江旣合金沙而入緬, 龍川江又入緬而合大盈. 大盈所入之金沙, 卽龍川下流, 龍川所合之大盈, 卽其名金沙者也. 分而岐之名愈紊, 會而貫之脈自見矣. 此其二水所經也. 於是益知高黎貢之脈, 南下芒市、木邦而盡於海, 潞江之獨下海西可知矣. 按『志』又有大車湖在州南, 甚廣, 中有山, 如瓊浪中一點靑. 今惟城北上千峨寵從山下有二海子, 城南並無瀦水, 豈洪流盡揚塵耶?

過新橋, 西行半里, 有岐: 西北行者, 爲烏沙、尖山道; 南下者, 爲趺水河道. 余聞其勝甚, 乃先南趨. 出竹塢中一里, 涉一東流小澗, 南上坡, 折而東約半里, 有大石梁架大盈江上, 其橋東西跨新橋下流. 從橋西稍南上坡, 不半里, 其水從左峽中透空平墜而下, 崖深十餘丈, 三面環壁. 水分三派飛騰, 中闊丈五, 左駢崖齊湧者, 闊四尺, 右嵌崖分趨者, 闊尺五, 蓋中如簾, 左如布, 右如柱, 勢極雄壯, 與安莊白水河齊觀, 但此崖更近而逼. 從西崖繞南崖, 平對而立, 飛沫倒卷, 屑玉騰珠, 逢灑人衣面, 白日間眞如雨花雪片. 土人所稱久雨不晴者以此, 但'雨'字當易'旱'爲是, 用'雨'字則疊牀架屋³⁾矣. 其水下墜成潭, 嵌流峽底甚深, 因下跐之. 有屋兩重在夾壑中, 乃王氏水舂也. 復上西崖. 其南一峰高聳, 憑空揖瀑, 是爲龍光臺, 上建關帝殿. 迴盼久之, 復下西崖. 其崖甚狹, 東卽瀑流墜空, 西亦夾坑環屋. 俯視屋下坑底, 有流泉疊碓, 亦水舂也, 而當環坡間, 其西卽南下緬箐大道, 不知水所從出. 細瞰之, 水從脚下透穴出, 南分爲二, 一隨大道南注, 一復入巨石下, 入夾坑之屋爲舂. 迴眺崖北有峽一線, 深下五六丈, 駢峙北來, 闊僅一尺, 而高不啻三丈餘, 水從其底透入前崖之腹而出其南. 計崖穴之上, 高亦三丈餘, 南至出水之穴, 上連三四丈, 不識其下透之穴與上骿之峽, 從何而成, 天巧人工, 兩疑不能至此矣.

從崖上躋西峰, 一里, 有寺踞峰之東, 門東向, 爲毗盧寺. 由其西二里, 直抵擂鼓尖峰下, 見有路直躋峰西上, 而路有二生, 指寶峰大道尙在北, 乃橫涉田間. 半里, 得大道, 隨而西上坡. 二里, 西抵擂鼓之北. 當西北從岐上, 而余誤從西南, 一里, 躋峻, 一里, 漸轉南陟, 復向擂鼓行. 又一里, 心知其誤, 遂西逾嶺脊, 則望見寶峰殿閣, 在西北嶺半, 與此脊齊等, 而隔箐兩重, 其下甚深, 皆從西南嶺脊墜下. 計隨坡東下, 就大道復上, 與躋坡西上, 從峰脊轉下, 其路相比, 不若上之得以兼陟其頂也. 遂西南上, 甚峻, 一里, 直出擂鼓尖之西, 有路自尖南向來合, 同之西北度脊. 脊北路分爲二, 一西北沿峰去, 一東北攀嶺行. 一里, 再逾嶺陟脊, 其脊兩旁皆東西下, 乃飯於脊. 過北, 路復分爲二如前, 然東北者猶非寶峰路, 尙隔一箐也. 乃復西北上頂, 一里, 躋其最高處, 東俯州城東塢, 西俯峨隴南塢, 皆近夾此脊下, 而峨隴之西, 又有高峰一重, 自北而南, 夾峨隴之塢, 南出緬箐, 而與大盈之江合而南去焉. 頂東南深樹密翳, 乃從西北下, 甚峻, 半里就夷. 隨東箐北行嶺脊, 又半里, 路交‘十’字: 一從南直北者, 俱行其脊; 一從東箐中上, 橫過西北者, 出山腰. 知寶峰之寺在箐翳矣, 乃折而東下. 木葉覆叢條間, 甚峻而滑, 非攀枝, 足無粘步.

下一里, 轉殿角之右, 則三淸殿也. 前有虛亭三楹, 東攬一川之勝, 而其下亭閣綴懸崖間, 隔箐迴坡, 咫尺縹渺. 殿西廡爲二黃冠所棲. 余置行囊, 令顧僕守其處, 乃由亭前東下. 道分爲二, 一從右下危坡, 一從左轉深箐. 余先隨箐下, 半里, 右顧崖間, 一亭飛綴, 八角重檐, 高倚懸崖之上, 乃參府吳君(蜀人, 名蓋臣)新建以祀純陽者. 由亭左再下, 緣箐半里, 南轉, 仰見亭下之石, 一削千仞, 如蓮一瓣, 高穹向空, 其南又豎一瓣骿附之, 皆純石無纖紋, 惟交附處中垂一線, 闊僅尺餘, 鑿級其中, 仰之直若天梯倒掛也. 北瓣之上, 大書‘奠高山大川’五字, 亦吳參府筆, 其下新構建造一軒跨路, 貌靈官於中. 南瓣側有尖特聳, 夾級爲門, 其下玉皇閣倚之. 環騰多土山, 獨是崖純石, 危穹夾箐之間, 覺耳目頓異. 玉皇閣南亦懸箐無路, 靈官軒北又鑿崖爲梯, 嵌夾石間. 北下數丈, 有石坊當其前, 大書曰:'太極懸崖.' 從此北度東下之箐, 再上北坡, 共里餘, 則寶峰寺當峰而踞, 高與玉皇閣等. 而玉皇閣東向, 此寺南向, 寺東龍砂最微, 固不若玉皇閣當環箐中央, 得一山之正也. 寺頗寥落, 有尼居之, 此昔之摩伽陀⁴⁾修道處. 他處皆釋盛於道, 而此獨反之. 已復下箐中, 躡太極崖, 過北瓣下, 從一線之級上. 其級峻甚, 幾不能留趾, 幸兩崖逼束, 手撑之以登. 一上者八十級, 當純陽亭之南, 峽始曲折爲梯, 又三十餘級而抵虛亭間. 余擬眺月於此, 以擴未舒之觀, 因拭桌作記. 令顧奴汲水太極下箐東以爨, 二黃冠止之, 以飯飯余. 仍坐虛亭, 忽狂飆布雲, 迨暮而月色全翳. 邵道謂虛亭風急, 邀余臥其榻.

---

1) 보정(寶井)은 보석을 채굴하는 광정(礦井)을 의미한다.
2) 삼선(三宣)과 육위(六慰)는 각각 세 곳의 선무사(宣撫司)와 여섯 곳의 선위사(宣慰司)를 가리키며, 모두 명대에 운남성 변방지구에 설치한, 규모가 비교적 큰 토사이다. 세 곳의 선무사는 남전(南甸)선무사, 간애(干崖)선무사, 농천(隴川)선무사이며, 여섯 곳의 선위사는 차리(車里)선위사, 맹양(孟養)선위사, 목방(木邦)선위사, 면전(緬甸)선위사, 팔백대전(八百大甸)선위사, 노과(老撾)선위사이다.
3) 첩상가옥(疊牀架屋) 혹은 가옥첩상(架屋疊牀)은 침대 위에 침대를 겹치고 지붕 위에 거듭 지붕을 얹는다는 뜻으로, 쓸데없는 짓을 되풀이함을 비유한다.
4) 마가타(摩伽陀) 혹은 마게타(摩揭陀)는 중인도(中印度)의 옛 나라인 마가다(Magadha)를 가리킨다.

十七日 余起, 見日麗山幽, 擬暫停憩其間, 以囊中存米作粥, 令顧奴入州寓取貴州所買藍紗, 將鬻以供杖頭. 而此地離州僅八里, 顧奴去不返. 抵下午, 餒甚, 胡道飯余. 旣而顧奴至, 紗仍不攜來也.

十八日 錄記於虛亭. 先夜有虎從山下齧參戎馬, 參戎命軍士搜山覓虎. 四峰瞭視者, 吶聲相應, 兩箐搜覓者, 上下不一, 竟不得虎.

巔塘關南越大山, 西南繞古勇關北. 分支東突者, 爲尖山; 東南突者, 爲馬鞍山; 又分支南下者, 爲寶峰, 又南爲打鼓尖, 又南盡於龍光臺. 其馬鞍山正支東度者, 一起爲筆峰, 又起爲崜嵷, 於是南環爲赤土, 爲亂箭哨過脊, 又南爲半個山, 而西北環來鳳而結州治. 此所謂迴龍顧祖也. 從古勇關北分支南下者, 爲鬼甸西山, 又南爲鵝籠西山, 又南低於緬箐; 正支西南下者, 爲古勇西關, 而南接於神護焉. 八關之外, 其北又有此古勇、巓塘二關, 乃古關也. (巓塘之外爲茶山長官司, 舊屬中國, 今屬阿瓦. 巓塘東北、阿幸廠北爲姊妹山, 出斑竹, 其外卽野人.) 寶峰山東向屛立其前, 下分爲二箐, 中垂石崖高穹, 兩旁倒挿箐底. 北箐之上, 環岡一支, 前繞如堵牆, 石崖中裂, 鑿級懸其間, 名猢猻梯. 梯南玉皇閣倚其下, 梯北純陽閣踞其上, 舊有額名爲'太極懸崖', 而吳參戎又大書鑴其上, 曰'奠高山大川'. 純陽閣之上, 則開軒三楹, 左右當懸箐之中, 而下臨絶壑. 向東北, 近則環岡前伏, 平川繞其下, 遠則東山之外, 高黎貢北尖峰特出衆山之頂, 正對其中, (此峰土人又名爲小雪山, 遙峰橫亘天半, 而其上特聳一尖如拱圭, 1) 蓋在分水關之北二十里. 關間無路能上, 亦不能見, 至此乃東見之. 馬鞍山宝藏之徒徑空, 昔在戎行時, 曾從赤土鋪北度龍川至其下, 爲高簡槽, 有居人段姓者, 導之登其頂. 其高蓋四十里云.) 目界甚爽. 其後爲三淸殿, 則邵道所棲也. 三淸殿去西頂不遙, 余前從之下. 蓋是山之最高者, 爲三淸殿, 東北向; 當石壁而居一山之中者, 爲玉皇閣, 東向; 居北箐之北, 倚環岡腋間者, 爲寶峰寺, 南向. 玉皇閣當石壁下, 兩箐夾之, 得地脈之正; 而純陽閣孤懸崖間, 從蓮花尖上現神奇, 是奇, 正相生之妙也. 蓋騰陽多土山, 而此山又以土山獨裹石崖於中, 如穎躍於囊, 且兩箐中怪樹奇株, 鬱蒽蒙密. 竹之大者, 如吾地之貓竹, 中者如吾地之筋竹, 小者如吾地之淡竹, 無所不有, 又非迤東西所有也.

---

1) 규(圭)는 옥으로 만든 홀(笏)로서, 위 끝은 뾰족하고 아래가 세모지거나 네모져 있다.

二十一日 飯後別邵道, 下純陽閣, 東經太極崖. 其處若橫北箐而上, 半里而達寶峰寺; 余以南箐懸峭, 昨所未經, 乃從大路循玉皇閣下懸崖. 曲折下半里, 又度北箐之下峽, 從環岡大道復半里, 北上<u>寶峰寺</u>. 問道於尼. 尼引出殿左峰頭, 指山下<u>核桃園</u>, 直北爲<u>尖山</u>道, 西北登嶺爲<u>打鷹山</u>道. 聞<u>打鷹山</u>有北<u>直</u>僧新開其地, 頗異, 乃先趨<u>打鷹</u>. 於是東北下坡, 一里, 抵城北. 又北一里餘, 有數家倚西山麓, 是爲<u>核桃園</u>. 其西北有坳頗低, 乃<u>寶峰</u>之從北度脊者, 有大道西向之, 有小溪東注. 逾之, 直北一里餘, 乃西北登坡. 四里, 逾坡脊而西, 是名<u>長坡</u>. 又西半里, 乃轉而北, 挾西峰而循其北, 仍西行脊上. 其脊北下, 卽<u>酒店嶺</u>之東度爲<u>筆峰</u>、<u>竈嵆</u>者, 南下, 卽<u>野豬坡</u>之南出爲<u>鵝籠</u>、<u>緬箐</u>者, 蓋俱從分支之脊行也. 西五里, 嶺坳間路交'十'字, 乃西北橫陟之. 當從西北躡坡, 誤從西行嶺之南. 二里, 遇樵者, 知爲<u>鬼甸</u>道, <u>打鷹</u>開寺處已在直北雙峰下. 然此時已不見雙峰, 亦不見路影, 乃躡棘披磢. 直上者三里, 霧氣襲峰, 或合或開. 又上二里, 乃得亂坪, 小峰環合之, 中多迴壑, 竹叢雜布. 見有撐架數柱於北峰下者, 從壑中趨之, 仍無路. 柱左有篷一龕, 僧<u>寶藏</u>見余, 迎入其中, 始知卽開山之人也. 因與余遍觀形勢. 飯後霧稍開, 余欲行, <u>寶藏</u>固留止一宵. 余乃從其後山中垂處上.

其山乃中起之泡也, 其後復下, 大山自後迴環之, 上起兩峰而中坳, 遙望之狀如馬鞍, 故又名<u>馬鞍山</u>. 據土人言, 其上多鷹, 舊『志』名爲<u>集鷹山</u>, 而土音又訛爲<u>打鷹</u>云. 其山脈北自<u>冠子坪南聳</u>, 從頂上分二岐, 一峙西南, 一峙東北, 二峰之支, 如抱臂前環. 西南下者, 當壑右而伏, 過中復起小阜而爲中案, 南墜而下, 復起一峰爲前案. 東北下者, 當壑左而伏, 結爲東窪之鑰. 兩峰坳處正其環窩處, 前蹲一峰當窩中, 其脈復自東北峰降而中度, 宛如一珠之托盤中. 其前復起兩小阜, 如二乳之列於胸. 其脈卽自中蹲之峰, 從左度右, 又從右前度, 而復起一阜於中, 與雙乳又成鼎足, 前列爲中峰近案, 卽南與中案並峙. 稍度而東, 又起一阜, 卽北與東窪之鑰對夾. 故兩乳之前, 左右俱有窪中坳, 中峰之後, 左右亦有峽中局, 其脈若甚平, 而一起一伏, 隱然可尋. 其兩峰之高者, 左右皆環而止, 唯中之伏而起者, 一線前度, 其東爲<u>筆峰</u>、<u>竈嵆</u>, 南爲<u>寶峰</u>、<u>龍光</u>者, 皆是脈也. 土人言, "三十年前, 其上皆大木巨竹, 蒙蔽無隙, 中有<u>龍潭</u>四, 深莫能測, 足聲至則湧波而起,人莫敢近; 後有牧羊者, 一雷而震斃羊五六百及牧者數人, 連日夜火, 大樹深篁, 燎無孑遺, 而潭亦成陸, 今山下有出水之穴, 俱從山根分逗云." 山頂之石, 色赭赤而質輕浮, 狀如蜂房, 爲浮沫結成者, 雖大至合抱, 而兩指可攜, 然其質仍堅, 眞劫灰之餘也. 寶藏架廬在中峰之下, 前臨兩乳, 日後有擴而大者, 後可累峰而上, 前可跨乳爲鐘鼓之樓云. 今諸窪雖中坳, 而不受滴水, 東窪之上, 依石爲窨, 有瀦水一方, 豈龍去而滄桑倏易, 獨留此一勺以爲開山之供者耶! 寶藏本北直人, 自雞足寶臺來, 見尖山雖中懸而無重裹, 與其徒徑空覓山至此, 遂龕坐篷處者二年. 今州人皆爲感動, 爭負木運竹, 先爲結此一楹, 而尙未大就云. 徑空, 四川人, 向從戎爲選鋒, 復重慶, 援遼援黔, 所向有功, 後爲騰越參府旗牌,[1] 薙髮於甘露寺, 從師覓山. 師獨坐空山, 徑空募化山下, 爲然[2]一指, 開創此山, 俱異人也. 是晩宿龕中. 有一行脚僧亦留爲僧薙地者, 乃余鄉張涇橋人, (蕭姓, 號無念, 名道明.) 見之如見故人也.

---

1) 기패(旗牌)는 황제의 명령이 쓰인 깃발이나 부절을 관장하는 관리로서, 기패관(旗牌官)이라고 한다.
2) 연(然)은 연(燃)과 통한다. 연지(燃指)는 스스로 손가락을 살라 경건함을 드러내는 행위이며, 흔히 소지(燒指)라고 한다.

二十二日 晨起, 宿霧淨盡, 寶藏先以點餉余, 與余周歷峰前. 憑臨而南爲南甸, 其外有橫山前列, 則龍川後之界也; 近嵌麓西爲鬼甸, 其外有重峰西擁, 則古勇前南下之支也; 下伏而東度, 爲筆峰, 其外有高嶺東穹, 則高黎貢後聳之脈也, 惟北向則本山後屛焉. 然昨已登嶺北眺, 知東北之豁處, 爲龍川所合; 西北之叢處, 爲尖山所懸; 而直北明光六廠之外, 皆野人之樓矣. 久之, 乃飯而別.

寶藏命其徒徑空前導, 從東北行, 皆未開之徑也. 始逾東環之臂, 卽東北下, 雖無徑而頗坦. 三里餘, 有路循嶺北西去, 往鬼甸道, 蓋是山前後皆向鬼甸道也. 於是交之, 仍東下, 甚峻. 一里, 又有路自東南來, 西北逾嶺去,此卽州中趨冠子坪道. 蓋冠子坪從北南度, 穹起打鷹之頂, 自北望之, 不見雙峰如鞍, 祇覺層起如冠. 逾脊西下, 是爲坪村所托, 有龍潭西湧, 乃鬼甸上流, 經鵝籠而南下者也. 余交其路, 仍東北下, 行莽棘中. 一里餘, 北向下, 傍西小峽漸有微徑, 徑右峽中亦有叢竹深藤. 東轉, 再逾一峽, 一里, 乃北行環岡上. 岡之西, 大山始有峽中盤; 岡之東, 始隨坡東下. 共二里, 抵坡麓, 則響水溝之峽在其東矣. 有溪自西峽出, 北涉之, 隨西山北行. 西山至是稍開, 有路西入之. 交其路而北, 一里餘, 稍下, 又有小水從西塢出, 是爲王家壩. (以此水爲界, 南俱沐府莊.) 又北半里, 遂與南來大路合. 又北一里, 有村在西山下, 至是中塢始開. 其塢南從酒店脊來, 北至此東西乃闢, 溪沿東麓北下, 村倚西山東向, 而路出其中. 又北里許, 有岐東北往界頭. 余循西山西北下, 渡一小峽, 半里, 西轉, 其南谷爲灣腰樹, 蓋王家壩之後山也; 其北塢爲左所屯, 乃竈從北又起一峰, 其餘支西北而環者. 塢中始有田疇下闢, 響水溝之流亦西北貫之, 而路從南山西向行. 一里餘, 有小水北流. 又西一里餘, 有結茅賣漿在南山下, 於是巨松錯立, 高影深陰, 午日俱碧. 又西二里爲馬站, 其北坡下頗有隔林之廬, 而當路左者止一家, 州來者皆飯焉; 其西始田塍環坡. 從田中西北行一里餘, 抵北山下. 稍西復北, 一里, 逾其坳, 有墟場, 爲馬站街房. 其北山坡雜沓, 石齒高下, 東岡與西山, 遂夾溪北注. 共三里, 有山橫於前, 乃西隨之, 半里, 北透其坳, 其北則山開而下盤環塹, 溪從西山透峽南來, 繞塹北去, 固知透坳之山, 乃自南而西轉, 坳西一峰, 卽西盡於溪者也. 盤塹而西北一里餘, 遂循溪東岸行, 其西岡松檜稠密, 有大寺基在焉. 乃飯於溪旁. 又北半里爲邱坡, 有兩三家倚西山下. 其西則群山中迸爲峽, 有岐西入之, 爲古勇道, 其東則谷口橫拓, 南北之水俱由之出焉. 於是北行田塍間, 二里, 屢逾其分流之水. 又北一里餘. 爲順江村, 古之順江州治也. 西山至是中斷復起, 其特聳頗贋, 是爲三淸山. 村多環石爲垣, 連竹成陰者. 又北半里, 有水自西峽來, 東向而注, 是爲順江, 有木梁跨其上. 順江村之東, 山塢東闢. 過橋, 復北上坡, 行竹徑中. 半里, 北下, 過乾海子. 一里餘, 北上坡, 有虛茅在坡北, 是爲順江街子. 復西北行坡坂間. 其坂

西倚三淸山, 東臨夾壑, 壑之東, 則江東山南下而橫止焉. 從此三淸西亘,
江東東屛, 又成南北之塢. 行坂間三里, 北向稍下, 忽聞水聲, 則路東有溪
反自南而北, 至是乃東轉去, 想順江之分流而至者. 蓋江東山之西, 已有兩
江自北而來, 此流何以反北耶? 流旣東, 路逶北盤東垂之坡, 二里, 是爲雞
茨坪. 逾坪北下一里餘, 復得平疇, 有賣漿者當路右. 於是東北行田塍間,
一里餘, 有江自西北往東南, 長木橋橫跨之, 是爲西江; 其東又有一江自東
北注東南, 沿東山與西江並南行塢中, 是爲東江. 旣度西江橋, 逶北行江夾
中, 一里而至固楝, 宿於新街.

　固楝一名谷楝, 聚落當大塢中, 東、西二江夾之. 其北則雅烏山南垂, 橫
亘兩山間, 至此而止; 其南則兩江交合於三里外, 合流東南去, 至曲石入龍
川江; 東則江東山, 北自石洞東, 南向而下; 西則三淸山北又起一峰, 南與
三淸雁行而峙, 其中有峽如門, 而小甸之路從之. 是峰卽雲峰尖山東下北
轉之脈, 雲峰正在其西, 爲彼所掩, 故固楝止西見此山而不見雲峰也. 其地
直東與瓦甸對, 直西與雲峰對, 直北與熱水塘對, 直南與馬站對. 有新、舊
二街, 南爲新, 北爲舊.

　二十三日 命主人取園筍爲晨供, 味與吾鄕同. (八九月間有香筍, 薰乾瓶貯, 味
有香氣) 北一里, 過舊街. 買飛松一梆於劉姓者家. '飛松'者, 一名狐實, 亦作
梧實, 正如梧桐子而大倍之, 色味亦如梧桐, 而殼薄易剝; 生密樹中, 一見
輒伐樹乃可得, 遲則樹卽存而子俱飛去成空株矣, 故曰'飛松', 惟巓塘關外
野人境有之. 野人時以茶、蠟、黑魚、飛松四種入關易鹽、布. 其人無衣
與裳, 惟以布一幅束其陰, 上體以被一方幃而裹之, 不復知有衿袖之屬也.
此野人卽茶山之彝, 昔亦內屬, 今非王化所及矣; 然謂之"紅毛", 則不然也.
　又北二里餘. 橫岡後亘. 望之若東西交屬於兩界崇山, 不復知其內有兩
江之嵌於兩旁也. 此岡卽雅烏山南垂盡處, 東、西二江皆從其兩腋南出,
疑卽挨河, 而土人訛爲'雅烏'耳. 陟岡而北, 又二里, 岡左漸突而成峰, 岡右
漸嵌而爲坑, 路漸逾坑傍峰而上, 於是坑兩旁皆峰, 復漸成峽. 循峽西峰行

二里, 陟其北坳, 遂挾西峰之北而西向下. 二里, 路右有大栗樹一株, 頗巨而火空其中; 路左則西江自西壑盤曲東來, 破峽而東南去, 於是出固棟西山之西北矣. 始下見盤壑西開, 江盤壑底, 而尖山兀然立其西南矣. 又西下一里, 隨江北岸西行二里, 始有村廬倚岡頭, 是爲烏素. 其江反北向折而來, 路乃南下岡就之, 半里, 則長木橋橫架江上, 反自西而東度之. 橋東復有竹有廬, 從其側轉而西南, 則固棟西山與尖峰後大山圍環其南, 而江曲其北者也. 又西半里, 有村連竹甚盛. 半里, 從其村南西轉, 復行岡坂者二里, 岡頭巨松錯落, 居廬倚之. 半里, 西向下, 涉一坑. 又西南一里餘, 連過兩村, 又西向下, 涉一坑, 始及山麓. 遂西向上, 半里, 有小水注坡坂間, 就而滌體. 時日色亭午, 解衣浣濯久之, 乃西南循小徑上. 一里, 轉而西, 始與東來路合. 時雷雨大至, 行草徑間, 一里, 稍西下, 涉一峽底, 於是巨木參霄, 緯藤蒙塢, 遂極幽峭之勢. 盤峽嘴而西, 一里, 又涉一峽底. 二峽皆在深木中, 有小水淙淙自北而南, 下注西來之溪, 合而東行北出者也. 涉峽之西崖, 有巨石突立崖右. 路由巨石之東, 北向上, 曲折躋樹蔭中, 高崖滴翠, 深水篩金, 始知雨霽日來, 陰晴弄影, 不礙凌空之屐也. 上三里, 遂陟岡脊. 脊兩崖皆墜深涵碧, 聞水聲潺潺在其底, 而不辨其底也. 脊狹不及七尺, 而當其中復有輔木以度者, 蓋脊兩旁皆削, 中復有窅下陷, 故以木塡之. 行脊上一里, 北復稍下, 又涉一南墜之峽, 半里, 乃西北上, 其上甚峻. 一里餘而飯. 稍夷, 轉西南盤而北, 半里, 復曲折上, 峻愈甚. 一里, 又稍夷, 循峰崖而轉其腰, 始望見尖峰在隔箐隴樹間, 而不知所循者亦一尖峰也. 北半里, 抵其峰西腋, 稍西下度一脊, 遂西上, 上皆懸崖削磴. 迴顧前所盤脊東峰, 亦一峰復聳, 山頭尖削, 亦堪與尖山伯仲, 但尖山純石中懸, 而彼乃土峰前出耳. 兩峰之北, 復與西大山夾成深壑, 支條盤突, 箐樹蒙蔽, 如翠濤沉霧, 深深在下, 而莫窮端倪, 惟聞猿聲千百, 唱和其間, 而人莫至也. 峰頭就豎石鑿級爲梯, 似太華之蒼龍脊. 兩旁皆危崖, 而石脊中垂, 闊僅尺許, 若龍之垂尾以度, 而級隨之, 仰望但見層累不盡, 而亦不能竟其端倪也. 梯凡三轉, 一里而至其頂. 頂東西長五丈, 南北闊半之, 中蓋玉皇閣, 前三楹奉白衣大士,後三楹奉三教聖人, 頂平者如是而止, 其向皆東臨前峰之尖. 南北夾閣爲側樓, 半懸空中, 北祠<u>眞武</u>, 下臨北峽, 而兩頭懸榻以待客; 南祠山神, 下臨南峽, 而中敞爲齋堂. 皆<u>川</u>僧<u>法界</u>所營構, 蓋其上向雖有道, 而未開闢, 莫可棲托. <u>法界</u>成之, 不及五年, 今復欲闢山麓爲下殿, 故往州未返. 余愛其幽峻, 遂止東側樓. 守寺二僧, 一下山負米, 一供樵炊而已.

二十四日 晨起, 天色上霽, 四山咸露其翠微, 而山下甸中, 則平白氤氳, 如鋪絮, 又如漾波, 無分遠近, 皆若浮翠無根, 嵌銀連疊, 不知其下復有坡淵村塍之異也. 至如山外之山, 甸外之甸, 稍遠輒爲嵐翠掩映, 無能拈出, 獨此時層層襯白, 一片內, 一片外, 搜根別奧, 雖掩其下而愈疏其上. 乃呼山僧與之指質遠近諸山, 一一表出, 因與懸南崖而下. 有崖前臨絶壑, 後倚峭壁, 中剒橫罅, 下平而覆, 恰如匡牀, 雖小而可憩可臥, 是名<u>仙牀</u>. 俯層峭之下, 巉覆累累, 無可攀循, 僧指其下有<u>仙洞</u>, 須從梯級下至第二層, 轉崖下墜, 乃可得之, 遂導而行. 其洞乃大石疊綴所成, 亂崖顚磋, 欲墜未墜, 迸處爲罅, 覆處爲洞, 穿處爲門, 門不一竅, 洞不一層, 中欠寬平, 外支幽險, 若疊級架板, 亦可幽棲處也. 洞門東向腋中者爲大, 入而南穿一峽, 排空而下, 南出峽門. 其門南臨絶壑, 上夾重崖, 有二木球倒懸其前. 仰睇之, 其上垂藤, 自崖端懸空下丈餘, 卽結爲癭, 如瓠匏之綴於蔓者. 癭之端, 綴旁芽細枝, 上迎雨露, 茸苾夭矯, 花葉不一狀, 亦有結細子圓綴枝間者, 卽山僧亦不能名之, 但曰寄生, 或曰木膽而已. 一絲下垂, 結體空中, 馭風吸露, 形似膽懸, 命隨空寄, 其取意亦不誣也. 余心識其異, 欲取之, 而高懸數丈, 前卽崩崖直墜, 計無可得. 但其前有高樹自崖隙上聳, 若得梯橫度樹間, 緣柯而上, 以長竹爲殳, 可鉤藤而截取之. 余乃識而行, 復隨導僧由梯級北下懸空之臺, 乃石脊一枝, 下瞰北壑, 三面盤空, 矯若龍首, 條岡迴壑, 紆鬱[1]其下, 與<u>仙洞</u>各綴梯級之旁, 若左右垂珥. 臺倚南崖, 以幽峭見奇; 臺踞北壑, 以憑臨爲勝! 此峰前兩槪也. 由峰後西南越脊而下, 更多幽境. 近<u>法界</u>新開小路, 下十里至<u>小甸</u>, 乃<u>固棟</u>西向入峽, 經此而趨<u>古勇</u>之道. 其坡有<u>熱水塘</u>,

亦法界新開者, 由此東可出固棟, 西可窮古勇, 而余時有北探滇灘、阿幸之興, 遂不及兼收云.

是午返寺, 同顧僕取斧縛竿負梯而往, 得以前法升木取癭. 而崖高峽墜, 木杪難於著力, 久而後得之. 一癭圓若葫蘆倒垂, 上大下小, 中環的頸; 一癭環若巨玦, 兩端圓湊而中空 : 皆藤懸於上而枝發於下. 如玦者輕而松, 如葫蘆者堅而重, 余不能兼收, 後行時置輕負堅者而走.

---

1) 우울(紆鬱)은 굽이지고 깊은 모양을 가리킨다.

二十五日 余留二詩於山, 負木膽於肩, 從東大道下梯級. 一里餘, 東度過坳, 遂東南循前峰之腰. 又半里, 東度脊項, 於是俱深木夾道. 由折峻下者二里, 涉一南盤峽, 復東北上. 半里凌脊, 乃東行脊間, 左右皆夾壑甚深, 而重木翳之. 又半里, 度脊間鋪木. 脊兩旁甚狹, 而中復空墜, 故以木墳而度之. 又東南半里, 復盤壑東北下. 二里, 至前巨石之左, 遂涉南下之溪. 半里, 復東逾一岡. 又半里, 再涉一南下之溪, 東向稍上, 遂出箐東北行. 一里, 至下院分岐之路, 仍從向來之小路, 一里餘, 至前浴流之所. 又半里, 越塢而得一村, 入問熱水塘道. 仍東北三里, 過烏索橋, 從橋西逾岡而北, 一里, 與大道合. 隨之西北, 循東山之麓行. 六里, 有岡自東山直對西峰而下, 驅江流漱西峰之麓, 而路亦因之與江遇. 已復逾岡北下, 北塢稍開. 有小水交流西注, 蒸氣雜沓而起, 即熱水塘也. 半里, 抵塘上, 有池而無屋, 雨霏霏撲人. 乃令顧僕守行囊於塘側, 北半里上坡, 觀其街子, 已散而無他物. 望南岡有村廬在坳脊間, 街子人指其上有川人李翁家可歇. 復南半里迴覓之. 有閩人洪姓者, 向曾寓余鄉, 爲導入同寓. 余乃出就塘畔招顧僕入, 出攜餐啖之. 問阿幸路, 須仍從此出. 此中東至明光, 雖止隔一山, 險峻不可行也. 見日色尙早而雨止, 乃留熱水待出時浴, 並木膽寄李翁家茱園中, 遂仍西北行.

五里, 北上坡, 爲左所, 蓋其分屯處也. 其處居廬甚盛, 行者俱勸余宿此, 謂前皆樊彝家, 不可棲, 且多茶山彝出入, 不可晚行. 余不顧. 又北二里, 逾一坡, 又三里, 過後所屯. 漸折而從西北, 三里, 直追西大山東北垂, 復與江遇. 迴顧尖山與前峰並峙, 中坳如馬鞍, 而左所之南, 復有峰一支自西山突出, 橫亙其北, 故路必東北從烏索橋抵熱水塘, 又西北至此也. 此地正當尖山之北, 其北則西大山漸伏, 中遜而西, 爲巓灘過脈處; 東大山直亙而南, 分墜西竄, 下突小山, 橫界於北, 爲松山坡, 坡之北, 卽阿幸北進之峽. 其西北, 高峰浮出於橫坡之上, 則阿幸、巓灘之間, 又中界之一峰, 所謂土瓜山也. 行江東岸一里, 復折而東北一里, 抵東山腋下. 山峰叢立處, 有兩三家倚東坡而棲, 是爲松山. 從其前又北一里, 上北山西亙之坡, 一里躋坡夅. 其夅正西與巓塘相對, 有塢西盤, 而江水自北橫界夅下, 夅若堵牆. 溯水北上, 從夅間行二里, 乃西北下. 半里, 有石屏西向立峰頭, 是爲土主碑, 乃神之所托也. 從石西隨坡下, 涉江西上, 乃滇灘關道, 已茅塞不通. 惟茶山野人, 間從此出入, 負茶、蠟、紅藤、飛松、黑魚, 與松山、固棟諸土人交易鹽布. 中國亦間有出者, 以多爲所掠, 不甚往也. 其關昔有守者, 以不能安居, 多遁去不處, 今關廢而田蕪, 寂爲狐兔之穴矣. 其隘亦紆坦, 不甚崇險, 去此三里, 已望而知之, 遂北下坡. 一道從塢間溯江東岸北行, 爲度橋捷徑; 一道沿東坡北上, 爲托宿之所. 乃下半里, 渡東來小澗, 復上東坡, 北隨之行.

　　二里, 有四五家倚東山而居, 卽托宿之所也. 其主人王姓者, 夫婦俱伐木山中未歸. 余將西度橋, 望西山下投棲; 聞其地江岸石廬, 乃土舍所托, 皆不納客, 納客者惟東岸王店. 方躊躇間, 一鋤於田者, 乃王之鄰, 謂其婦亦入山未歸, 不識可徐待之否? 余乃還待於其門. 久之婦歸, 爲汲水而炊. 此地名土瓜山, 西乃滇灘東北高峰南下之支, 東乃雅烏直北崇亙之嶺, 中夾成塢, 江流貫其間; 南則土主碑之橫岡自東而西突, 北則土瓜山之東嶺自西而東突, 中界此塢, 南別松山坡, 北別阿幸廠, 而自成函蓋於中. 蓋滇灘土巡檢昔爲某姓, 已絕, 今爲土居之雄者, 曰龍氏, 與此隔江相向, 雖未授職, 而儼然以土舍自居矣.

　　二十六日 凌晨起飯, 西下行田間, 半里, 抵江岸. 溯江北行, 有木橋跨江而西, 度之. 復溯江西岸北行, 一里, 北上坡. 半里, 折而東, 盤其東突之嘴.
半里, 復轉而北, 從坡上行. 西循峰腰, 東瞰江流, 塢底至此, 遂束而爲峽.
隔峽瞻東山之崖, 崩石凌空, 嚴嚴上擁, 峽中之水, 北自阿幸廠北姊妹山發
源南下, 南趨烏索而爲固棟西江者也. 東西兩界山, 自姊妹山分支 : 西下
穹爲滇灘東北峰, 而下爲土瓜山; 東下穹爲阿幸東山, 而南接雅烏. 東山之
東, 北爲明光, 南爲南香甸, 第此山峻隔, 路仄難逾, 故行者避之. 北行西坡
五里, 稍下, 有小澗自西而東, 涉之北上, 於是屢陟東突之坡, 再渡東流之
澗. 八里, 西坪稍開, 然北瞻姊妹, 反茫不可見. 又北二里, 盤西山之嘴, 始
復見姊妹山北倚, 而前壑之下, 爐煙氤氳, 廠廬在焉. 遂五里而至廠. 廠皆
茅舍, 有大爐、小爐. 其礦爲紫色巨塊, 如辰砂之狀. 有一某姓者, 方將開
爐, 見余而留飯於龕中. 言其北姊妹山後, 卽爲野人出沒之地, 荒漠無人居,
而此中時爲野人所擾, 每凌晨逾箐至, 雖不滿四五十人, 而藥箭甚毒, 中之
無不斃者. 其妻與子, 俱沒於此, 現葬山前. 姊妹山出斑竹, 北去此三十里,
可望而盡, 不必登. 明光逾峻而過, 東去此四十里, 然徑仄無行者, 恐箐深
蔓翳, 亦不可行. 乃遂出, 仍二十里下土瓜山.

又一里, 過江橋而東, 乃沿江南隨塢中捷徑, 二里, 抵西南坡下. 江漱坡
而南, 路稍東, 逾東峽來小澗. 其澗西注於江, 卽前涉土主碑坡北之流. 江
之西亦有小澗自滇灘南來, 東注於江, 其處乃正流之會也. 復東南上坡半
里, 至石屛土主碑下, 與前來之道合. 又南越岡而下, 過松山及諸所, 二十
里而入熱水塘李老家. 時猶下午, 遍觀熱水所泄, 其出甚異. 蓋塢中有小水
自東峽中注而西者, 冷泉也. 小水之左右, 泉孔隨地而出, 其大如管, 噴竅
而上, 作鼓沸狀, 滔滔有聲, 躍起水面者二三寸, 其熱如沸, 有數孔突出一
處者, 有從石窩中斜噴者, 其熱尤甚. 土人就其下流, 作一圓池而露浴之.
余畏其熱, 不能下體, 僅踞池中石上拂拭之而已. (外卽冷泉交流, 若導入侵之,
卽可浴.) 此令泉南坡之熱水也. 其北倚東坡之下, 復有數處, 或出於砂孔, 或
出於石窩, 其前亦作圓池, 而熱亦如之. 兩池相望, 而溢孔不啻百也.

二十七日 晨起, 飯而行. 仍取木膽肩負之. 由岡東南下峽一里餘, 復有煙氣鬱勃, 則熱水復溢塢中, 與冷水交流而西出峽, 其塢皆東大山之環壑也. 由其南復上坡里餘, 有坑自東山橫截而西, 若塹界之者, 其下亦水流淙淙. 隨坑東向上一里, 從坑隥處南渡其上. 蓋其東未渡處, 亦盤壑成坪, 有村倚東峰下, 路當其西南. 半里, 有岐: 一南行坡上, 一東向村間. 余意向東者乃村中路, 遂循東峰南行, 前望尖山甚近. 三里稍下, 見一塢橫前, 其西下卽烏索之旁村, 其南逾卽雅烏之西塢矣, 乃悟此爲固棟道. 亟轉而東, 莽行坡坂間. 一里, 得南來大路, 乃知此爲固棟向南香甸道, 從之. 漸東北上一里, 稍平, 東向半里, 復上坡. 平上者一里, 行峰頭稍轉而南半里, 卽南雅烏之脊也. 從其上可南眺矗嵸山, 而北來之嶺, 從其北下隥爲坳, 復起此坡. 東隨塢脊平行半里, 乃東北下. 抵坳東, 則有路西自坳中來者, 乃熱水塘正道, 當從隥坑東村之岐上, 今誤迂而南也. 於是又東下一里餘, 其下盤而爲坪, 當北山之東, 山界頗開, 中無阡塍, 但豐草芃芃. 東北一峰東突, 欿嶪前標, 卽石房洞山也, 其後乃西北而屬於西山. 西山則自北而南, 如屏之列, 卽自熱水塘之東而南度雅烏者也. 於是循西山又北下半里, 見有兩三家倚南坡而廬, 下頗有小流東向而隥, 而路出其西北, 莫可問爲何所. 已而遇一人, 執而詢之. 其人曰: "雅烏山村也." 亟馳去. 後乃知此爲畏途, 行者俱不敢停趾, 而余貿貿焉[1]自適也.

又北一里, 再逾一東突之坡, 一里, 登其坳中, 始覺東江之形, 自其南破雅烏東峽而去, 而猶不見江也. 北向東轉而下, 一里, 有峽自西北來, 卽巑岏後西北之山, 與西界夾而成者, 中有小水隨峽東出, 有小木橋度其上. 過而東, 遂循北山之麓, 始見南壑中, 東江盤曲, 向西南而破峽. 蓋此地北山東突而巑岏, 南山自石洞廠南, 盤旋西轉, 高聳爲江東山北嶺, 與北對夾, 截江西下, 中拓爲塢, 曲折其間. 路從其北東行一里, 有岐東南下塢中, 截流渡舟, 乃東趨石洞之道; 有路東北挾巑岏之峰而轉, 乃北趨南香甸道. 於是東北一里餘, 轉巑峰東. 遙眺其塢大開, 自北而南, 東西分兩界夾之. 西山多東突之尖, 東山有亘屏之勢, 塢北豁然遙達, 塢東則江東北嶂, 矗峙當夾. 惟東南一峽, 窈窕而入, 爲楊橋、石洞之徑; 西南一塢, 宛轉而注, 爲東江穿峽之所.

先是, 余望此巑岏之峰, 已覺其奇; 及環其麓, 仰見其盤亘之崖, 層聳疊上; 旣東轉北向, 忽見層崖之上, 有洞東向, 欲一登而不見其徑, 欲舍之又不能竟去. 遂令顧僕停行李, 守木膽於路側, 余竟仰攀而上. 其上甚削, 半里之後, 土削不能受足, 以指攀草根而登. 已而草根亦不能受指, 幸而及石. 然石亦不堅, 踐之輒隕, 攀之亦隕, 間得一少黏者, 綳足掛指, 如平貼於壁, 不容移一步. 欲上旣無援, 欲下亦無地, 生平所歷危境, 無逾於此. 蓋峭壁有之, 無此蘇土; 流土有之, 無此蘇石. 久之, 先試得其兩手兩足四處不摧之石, 然後懸空移一手, 隨懸空移一足, 一手足牢, 然後懸空又移一手足, 幸石不墜, 又手足無力欲自墜. 久之, 幸攀而上, 又橫貼而南過, 共半里, 乃抵其北崖. 稍循而下墜, 始南轉入洞. 洞門穹然, 如半月上覆, 上多倒垂之乳. 中不甚深, 五丈之內, 後壁環擁, 下裂小門. 批隙而入, 丈餘卽止, 無他奇也. 出洞, 仍循北崖西上. 難於橫貼之陟, 卽隨峽上躋, 冀有路北迂而下, 久之不得. 半里, 逾坡之西, 復仰其上崖高穹, 有洞當其下, 洞門南向, 益竭蹶從之. 半里, 入洞. 洞前有巨石當門, 門分爲二, 先從其西者入. 門以內輒隨巨石之後東轉, 其中夾成曲房, 透其東, 其中又旋爲後室, 然亦丈餘而止, 不深入也. 旋從其東者出. 還眺巨石之上, 與洞頂之覆者, 尙餘丈餘. 門之東, 又環一石對之, 其石中懸如臺, 若置梯躡之, 所覽更奇也. 出洞, 循崖而北半里, 其下亦俱懸崖無路, 然皆草根懸綴. 遂坐而下墜, 以雙足向前, 兩手反而後揣抓草根, 略逗其投空之勢, 順之一里下, 乃及其麓. 與顧僕見, 若更生也.

日將過午, 食攜飯於路隅, 卽循西山北行. 三里而西山中遜, 又一里, 有村倚西山塢中, 又半里, 繞村之前而北, 遂與江遇, 蓋江之西曲處也. 其村西山後抱, 東江前揖, 而南北兩尖峰, 左右夾峙如旗鼓, 配合甚稱. 有小溪從後山流出, 傍村就水, 皆環塍爲田, 是名喇呷寨, 亦山居之勝處也. 溯江而北, 半里, 度小溪東注之橋, 復北上坡. 二里, 東北循北尖峰之東麓. 一里餘, 仰見尖峰之半, 有洞東向高穹, 其門甚峻, 上及峰頂, 如簷覆飛空, 乳垂於外, 檻橫於內, 而其下甚削, 似無陟境, 蓋其路從北坡橫陟也. 余時亦以負荷未釋, 遂先趨廠. 又北一里餘, 渡一西來之澗, 有村廬接叢於江之西岸, 而礦爐滿布之, 是爲南香甸. 乃投寓於李老家, 時甫過午也.

　先是, 余止存青蚨三十文, 攜之袖中, 計不能爲界頭返城之用, 然猶可糴米爲一日供. 迨石房洞扒山, 手足無主, 竟不知抛墮何所, 至是手無一文. 乃以褶襪裙三事懸於寓外, 冀售其一, 以爲行資. 久之, 一人以二百餘文買紬裙去. 余欣然, 沽酒市肉, 令顧僕烹於寓. 余亟索飯, 乘晚探尖峰之洞. 乃從村西溯西來之溪, 半里, 涉其南, 從蘷彝廬後南躡坡. 迤邐南上一里, 遂造洞下. 洞內架廬三層, 皆五楹, 額其上曰'雲巖寺'. 始從其下層折而北, 升中層, 折而南, 升上層. 其中神像雜出, 然其前甚敞. 石乳自洞簷下垂於外, 長條短縷, 繽紛飄颻, 或中透而空明, 或交垂而反捲, 其狀甚異. 復極其北, 頂更穹盤而起, 乃因其勢上架一臺, 而臺之上又有龕西迸, 復因其勢上架一閣. 又從臺北循崖置坡, 盤空而升, 洞頂氤氳之狀, 洞前飄灑之形, 收覽殆盡. 臺之北, 復迸一小龕南向, 更因其勢而架梯通之, 前列一小坊, 題曰'水月', 中供白衣大士. 余從來嫌洞中置閣, 每掩洞勝, 惟此點綴得宜, 不惟無礙. 而更覺靈通, 不意殊方[2]反得此神構也. 時洞中道人尙在廠未歸, 雲磴不封, 乳房[3]無扃, 憑憩久之, 恨不攜囊托宿其內也. 洞之南復有一門駢啓, 其上亦有乳垂, 而其內高廣俱不及三之一, 石色赭黃如新鑿者. 攀其上級, 復透小穴西入, 二丈後曲而南, 其中漸黑, 而有水中貯, 上有滴瀝聲, 而下無旁泄竇, 亦神瀵也. 洞中所酌惟此. 其中穴更深迥, 但爲水隔而黑, 不復涉而窮之. 乃下, 仍從北崖下循舊路, 二里返寓. 遂啜酒而臥, 不覺陶然.

　南香甸, 余疑爲'蘭香'之訛, 蓋其甸在北, 不應以'南'稱也. 山自明光分脈來, 西卽阿幸東南下之山, 東乃斜環而南, 至甸東乃西突而南下, 夾江流於中. 其流亦發於明光, 北卽姊妹山東行之脈也, 是爲固棟東江之源. 此中有'明光六廠'之名, 而明光在甸北三十里, 實無廠也, 惟燒炭運磚, 以供此廠之鼓煉. 此廠在甸中, 而出礦之穴在東峰最高處, 過雅鳥北嶺, 卽望而見之,皆采挖之廠, 而非鼓煉之廠也. 東峰之東北有石洞廠, 與西北之阿幸, 東南之灰窯, 共爲六廠云. 諸廠中惟此廠居廬最盛. 然阿幸之礦, 紫塊如丹砂; 此中諸廠之礦, 皆黃散如沙泥, 似不若阿幸者之重也.

---

1) 무무(貿貿)는 경솔하여 생각이 깊지 못하거나, 어리숙하여 세상물정을 모르는 모양을 가리킨다.
2) 수방(殊方)은 머나먼 곳이나 이역(異域)을 의미한다.
3) 유방(乳房)은 종유석이 자라나는 동굴을 의미한다.

二十八日 晨起, 霧甚. 平明, 飯而爲界頭之行. 其地在南香甸東南, 隔大山、大江各一重. 由南香東北大廠逾山, 則高壑重疊, 路小而近; 由南香東南陽橋礦逾東嶺, 則深峽平夷, 路大而遙. 時因霾黑, 小路莫行, 遂從土人趨陽橋道, 且可並攬所云石洞也. 從村東度江橋. 其橋東西橫架於東江之上, 覆亭數楹. 由橋東, 卽隨江東岸, 循東山南向行. 東山者, 卽固棟江東山之脈, 北自明光來, 至大廠稍曲而東南, 至是復西突而南下, 屛立南香甸之東. 其上有礦穴當峰之頂, 茅舍緣之, 自雅烏北嶺遙望, 以爲南香甸也, 至而後知爲朝陽出礦之洞. 然今爲霧障, 卽咫尺東山, 一無所睹, 而此洞直以意想走之而已. 南行八里, 則有峽自東山出, 遂東轉而蹈之. 其峽北卽東山至此南盡, 南卽東嶺之轉西, 西矗於南香甸南, 爲江東山北嶺者也. 開峽頗深, 有泉西出而注於東江, 卽昨所從巉峴山前分岐渡江而東入之峽也. 峽徑雖深, 而兩崖逼仄. 循北山東行二里, 望見峽內亂峰參差, 扼流躍穎, 亟趨之. 一里至其下, 忽見北崖中迸, 夾峙如門, 路乃不溯澗東上, 竟北轉入門. 蓋門左之崖, 石脚直揷澗底, 路難外濚, 故入而內繞耳. 由門以內, 仍東踞左崖之後, 一里, 遂逾亂峰之上, 蓋石峰三四, 逐隊分行, 與流相鏖, 獨存其骨耳. 循北峰攬澗南亂峰, 又東一里, 路復北轉, 蹈北峰之隙北下. 半里, 則峰北又開一峽, 自北而南, 與東來之峽, 會於北峰東突之下, 同穿亂峰之隙而西. 所謂北峰者, 從大廠分支西南下, 卽南香甸東突之峰, 余今所行路, 循其南垂向東者也, 其東南垂亦至是而盡. 是山之西北, 有礦西臨南香甸者, 曰朝陽洞; 是山之東南, 有礦東臨是峽者, 曰陽橋. 陽橋之礦, 亦多挑運, 就煎煉於南香, 則知南香乃衆礦所聚也. 隨峽北望, 其內山迴壑闢, 有廠亦爐煙勃勃, 是爲石洞廠. 所云石洞者, 大廠之脈, 至是分環, 西下者, 自南香東界而南至陽橋下, 從峽中又東度一峰, 突爲'虎砂'而包其內; 東下者, 亦南走而東環之, 至東嶺而西轉, 穹爲江東山北境, 繞爲'龍砂'而包其外. 其水自石洞東南出, 合東嶺北下之水, 西注於亂峰, 與陽橋度峽水合流, 西注東江. 是石洞者, 衆山層裹中之一壑也, 從陽橋峽北望而見之, 峽中度脈而東, 雖無中界之脊, 而水則兩分焉.

余時欲從峽趨石洞, 慮界頭前路難辨, 不若隨同行者去. 遂舍石洞, 從東峽溯流入, 三里, 則路東有峰前屏, 北界陽橋, 東度之峰, 至是東盡. 石洞之水, 隨東屏之山, 南出而西轉, 則陽橋南峽之上流也. 路抵東屏前山下, 亦分岐爲二: 東北溯石洞水逾嶺者, 爲橋頭路; 南南溯東嶺北下之水逾嶺者, 爲界頭路. 然則西下峽中之水, 以石洞者爲首, 以東嶺者爲次也. 於是東南上坡, 二里餘, 陟嶺巓, 是卽所謂陽橋東嶺矣. 逾嶺卽南下, 一里, 復陟峽而上, 從嶺上南行. 二里, 就其東南坡而下, 二里, 越東流之壑. 復稍上二里, 越其南坡, 再下. 有岐下東大峽, 爲同行者誤而南, 一里餘, 始知其誤. 乃莽陟坡而東北, 一里, 遇西來道, 偕之東陟脛. 一里餘, 則龍川東江之源, 滔滔南逝, 繫藤爲橋於上以渡. 橋闊十四五丈, 以藤三四枝高絡於兩崖, 從樹杪中懸而反下, 編竹於藤上, 略可置足, 兩旁亦橫竹爲欄以夾之. 蓋凡橋鞏而中高, 此橋反掛而中垂, 一擧足輒搖蕩不已, 必手搏旁枝, 然後可移, 止可度人, 不可度馬也. 從橋東遵脛上, 始有村廬夾路. 二里, 復東上坡, 由坡脊東行. 其坡甚平, 自東界雪山橫垂而西下者. 行其上三里, 直抵東山下, 是爲界頭村. 其村倚東山面北, 夾廬成街, 而不見市集. 詢之, 知以旱故, 今日移街於西北江坡之間, 北與橋頭合街矣. 蓋此地旱卽移街, 乃習俗也. 乃令顧僕買米而炊. 余又西北下抵街子, 視其擾擾而已, 不睹有奇貨也. 旣乃還飯於界頭. 其地已在龍川江之東, 當高黎貢雪山西麓, 山勢正當穹隆處. 蓋高黎貢俗名崑崙岡, 故又稱爲高侖山. 其發脈自崑崙, 南下至姊妹山; 西南行者, 滇灘關南高山; 東南行者, 繞小田、大塘, 東至馬面關, 乃穹然南聳, 橫架天半, 爲雪山、爲山心、爲分水關; 又南而抵芒市, 始降而稍散, 其南北之高穹者, 幾五百里云; 由芒市達木邦, 下爲平坡, 直達緬甸而盡於海: 則信爲崑崙正南之支也.

由界頭卽從雪山西麓南行, 屢逾西突之坡, 十五里, 遙望羅古城倚東山坡間, 有寺臨之. (此城乃土蠻所築之遺址. 其寺頗大, 有路從此逾雪山, 過上江.) 又南二里, 過磨石河. 又南二里, 越一山, 又逾一西突之坳. 又南二里, 過一小木橋. 又南一里, 越一坡, 乃循坡東轉. 二里, 抵東南峽口, 有山自東大山南環而峙於門, 大路逾坡而南上, 小徑就峽而西南. 乃就峽口出, 則前所過藤橋江, 亦自塢北來. 遂循其東岸而南, 三里, 始有村倚江岸, 乃傍村南行. 又一里, 宿瓦甸. 瀕江東岸, 亦南北大塢也, 村膛連絡; 東向大山, 卽雪山, 漸南與山心近矣.

二十九日 飯而平明, 隨江東岸行. 二里餘, 兩岸石峰交合, 水流峽間, 人逾崖上, 江爲崖所束, 奔流若線, 而中甚淵深. 峽中多沸水之石, 激流蕩波, 而漁者夾流置罾於石影間, 攬瑤曳翠, 無問得魚與魚之肥否, 固自勝也. 半里, 越崖南下. 江亦出峽, 有石浮波面, 儼然一黿鼉隨水出也. 又南二里, 過上莊, 有山西突, 中夾塢成田, 村倚突峰之東, 江曲突峰之西, 而路循塢中. 逾脊而西南, 又一里餘, 復與江遇, 而兩崖復成峽, 石之突峽迎流, 與罾之夾流曳翠, 亦復如前也. 一里, 江曲而西, 路從江之南, 亦曲而西截向北之塢. 於是北望隔江南下之山, 至是中分; 其東支已盡, 橫突而東, 卽西峽之繞而下者; 其西支猶橫突西南, 卽固棟兩江所合而南盤者; 兩支之中, 北遜成塢, 而灰窯廠臨其上焉. 是廠亦六廠之一, 所出礦重於他處, 昔封之而今復開, 則不及他處矣. 西一里, 復上一北突小岡, 有竹環坡, 結廬其中者, 是爲苦竹岡. 越而南下, 共一里, 又越塢南上, 遂從坡上南行. 二里, 江隨西峰之嘴曲而東南, 始蟻舟而渡其西岸, 隨西山南行. 一里, 坡尾東掉, 路亦隨而東. 南逾之一里, 有一二家倚坡北向而居, 由其東更南上一里, 遂逾其東下之脊. 南行脊間二里, 復稍下, 有小峽自西而東, 其峽甚逼, 中有小水, 搗坑東出. 乃下半里, 稍西轉, 迎流行峽中, 有數家倚峽北, 是爲曲石. 而峽之西, 其內反闢而成塢, 亦有村廬倚之, 則峽水之所從來也. 於是南截峽流, 又上坡. 行坡間二里, 有村當路左, 亦曲石之村廬也. 又南三里, 乃隨坡西轉, 始見坡南塢大開, 水東貫之, 則固棟兩江合而與順江、響水溝諸流, 一併東出者也. 循此坡稍北, 即與界頭、瓦甸之江合, 是爲龍川江之上流, 蓋交會於曲除者也. 固棟之江東山, 自石洞南度脊, 亦中盡於曲除者也. 余先自固棟歷其西, 又從陽橋東嶺逾其北, 又從瓦甸瞻其東, 又從灰窯、曲石轉其南, 蓋江流夾其三方, 而余行周其四隅矣. 西行一里, 又南向峻下者一里, 及塢底, 有橋跨江, 亦鐵鎖交絡而覆亭於其上者, 是爲曲石橋. 按『一統志』, 龍川江上有藤橋二, 其一在回石. 按江之上下, 無回石之名, 其即曲石之誤耶? 豈其橋昔乃藤懸, 而後易鐵鎖耶?

於是從江南岸上坡, 西向由峽上. 二里餘, 復南向陟嶺, 二里餘, 登嶺頭. 有三四家當嶺而居, 是爲酒店, 以賣漿得名也. 飯而行, 循嶺東南向二里下, 稍西轉, 復南行坡上. 又二里稍下, 陟一塢而上. 又南二里, 過陳揮使莊. 又南隨峽中行, 二里, 有隴環前峽折而自西來, 有岐直南躡其隴, 余乃隨衆從峽中西行. 半里, 漸西上, 又半里, 折而南上, 又半里, 南登隴脊, 始逾東度之脈. 於是南望, 前堊大開, 直南與羅生山相對, 其中成塢甚遙, 州城隱隱在三十里外, 東之球琤, 亦可全見, 惟西之寶峰, 又西北之集鷹, 皆爲崔嵸南下之支所掩, 不得而見焉. 余先賈勇獨上, 踞草而坐. 久之後行者至, 謂其地前有盜, 自東山峽中來, 截路而劫, 促余並馳南下. 東望層峽重巒, 似有尋幽之徑, 而行者惟恐不去之速也.

下二里, 望見澄波匯山麓, 余以爲即上干峨清海子矣. 又峻下二里, 有村廬當海子北岸, 竹徑扶疏, 層巒環其後, 澄潭映其前. 路轉其東北隅, 有小水自峽間下注, 有賣漿之廬當其下. 入而少憩, 以所負木膽浸注峽泉間, 且問此海子即上干峨澄鏡池否. 其人漫應之, 但謂海子中有魚, 有泛舟而捕者, 以時挿秧, 止以供餐, 不遑出賣. 然余憶『志』言, 下海子魚可捕, 上海子魚不可捕, 豈其言今不驗耶?

循海東峻麓行二里, 及海子南濱, 遇耕者, 再問之. 始知此乃下海子, 上海子所云澄鏡池者, 尙在村東北重山之上, 由此而上五里乃及之. 余不能從. 南二里, 越一澗, 有村連竹甚深, 是爲中干峩村. 由村南又南下三里, 其村竹廬交映更遙, 是爲下干峩村. 至是東坡之下, 闢爲深塢, 而溪流南貫. 由是從村南稍西, 卽轉南向, 隨坡上行. 一里, 漸南下, 俯瞰塢中溪流, 已有刺小舟而浮者. 旣而南行二里, 有一二家倚坡灣而居, 與下干峩南北遙對. 從此東向隨坡上半里, 乃躡坡之東嘴. 從其上南轉, 則東嘴之下, 其崖甚峻, 又數十家倚其麓而居, 竹樹蒙茸, 俯瞰若不可得而窺也. 南半里, 稍西復轉而南, 半里, 崖下居廬旣盡, 忽見一大溪東向而橫於前, 乃透崖而出石穴者. 崖峻無路下墜, 沿崖端南行半里, 稍下, 見有徑下沿坡麓, 乃令顧僕守木膽於路隅, 余策杖墜麓循崖北轉. 又半里, 投叢木中, 則其下石穴交流, 土人以石堤堰水北注. 堤之上, 迴流成潭, 深及四五尺; 堤之下, 噴壑成溪, 闊幾盈四五丈. 泉之溢處, 俱從樹根石眼糾繆中出, 陰森沁骨. 掬而飮之, 腑髒透徹, 悔不攜木膽來一投而浸之也. 旣乃仍南沿崖麓, 半里, 至顧奴候處, 取木膽負而行.

又南二里下坡, 有數家當坡之東, 指余東向逾梁. 其梁東西跨干峩下流之溪, 『志』所謂馬場河也. 逾梁東, 卽東南逾田塍間. 三里, 抵東山下, 又有溪自東而西, 有梁南北跨之, 是爲迎鳳橋, 以其西有飛鳳山也. 橋下水卽東南出於赤土坡者, 北流至羅武塘, 出馬邑村, 西向經此而與馬場河合. 過橋遂直趨而南. 二里, 再南逾一梁, 梁下水如線將絶, 則黃坡泉之向北而西轉者. 又南一里, 又南逾一梁, 其水亦將絶, 則飲馬河之向北而西轉者. 又南一里, 入騰越北門. 行城中二里, 出南門. 城中無市肆, 不若南關外之喧闐也. 抵寓已下午矣.